调生

刘旭峰 著

河南文艺出版社
·郑州·

图书在版编目(CIP)数据

选调生/刘旭峰著. —郑州:河南文艺出版社,
2018.10(2019.9 重印)

ISBN 978-7-5559-0741-1

Ⅰ.①选… Ⅱ.①刘… Ⅲ.①长篇小说-中国-当
代 Ⅳ.①I247.5

中国版本图书馆 CIP 数据核字(2018)第 241966 号

出版发行 河南文艺出版社
本社地址 郑州市郑东新区祥盛街 27 号 C 座 5 楼
邮政编码 450018
承印单位 三河市兴国印务有限公司
经销单位 新华书店
开　　本 890 毫米×1240 毫米　1/32
印　　张 17
字　　数 439 000
版　　次 2018 年 10 月第 1 版
印　　次 2019 年 9 月第 2 次印刷
定　　价 58.00 元

一

1999年6月29日傍晚。太阳已经收敛了耀眼的光芒，变得柔和起来，但地上似乎仍有点儿热。我坐在草坪上，一边仰望着蓝天、白云、夕阳，一边漫无边际地回忆着大学四年的生活。是啊！一切都要过去了，马上就要到一个新的天地去奋斗，会是什么样子啊？上学时经常说"将来"怎么怎么样，可现在，"将来"已经那么现实地摆在眼前，似乎没有上学时想象的那么美好，也许想象大都过于理想化吧！

直到前几天，在我们商学院最后一次全体大会上，辅导员讲，我们这一届毕业生签约率只有30%，就业形势很不理想，很多学生到现在还在为就业而奔波。这时，我们才切身体会到现实的压力。辅导员动情地说："同学们！今天也许是我最后一次面对大家。跟了大家四年了，算是告别吧！你们马上就要到一个新的环境了，当然，不可能每个人的工作都称心如意。但无论在什么工作岗位上，都是机遇与挑战并存的。你们要抓住机遇，在不同的岗位上干出一番成就，实现自己的理想抱负，实现自己的人生价值！"

"哗……"同学们鼓起掌来，许多同学眼睛里都有激动、期待和留恋，有的同学眼睛湿润了，我也感到热血沸腾。

"同学们！"老师接着说，"你们这一届是很优秀的，有的成了团中央候补委员，有的去了银行，有的去了大企业，有的考上了研究生继续深造，还有三名同学响应国家号召，被选拔到基层工作，成为选调生……"老师讲到这里，我立刻感到自豪起来——因为我马上就要成为一名选调生了！这对我来说，是那么新奇，那么令人向往！

"八弟，你在干什么啊？"我猛地一惊，回头一看，是同寝室的郑凯，排行老五——我们寝室八个人按年龄进行了排序。

"没什么事，寝室太热、太吵，我到这里清静清静！"

"快走，我们寝室一块儿照张相，算纪念吧，找了你半天！"

回到寝室，他们都在，一切都准备好了。

一切东西都是在即将失去的时候才体会到它的美好，若干年后的今天，我更加深切地感受到这一点。所幸我们留下了几张合影，一张张灿烂的笑脸成了我们大学四年的谢幕曲。

一起拍完照，吃过晚饭后，我回到寝室，开始整理书籍和杂物。寝室里有了片刻的安静，他们几个都在忙自己的事情。不少同学已经提前把书卖掉，校园里出现了不少地摊，那些还有一些价值的书被处理给了小师弟、小师妹。我其实并不需要怎么费力去收拾，前几天已经初步收拾过了，但我还是想再整理一下，唯恐遗漏什么重要的东西。

几张绿色的信纸从一本厚书中滑落出来。我心头一惊，对了，还有一件事情没有了结！打开信纸，上面露出娟秀的字迹：……你对我的执着让我感动，但我仍要劝你放弃，相信你一定能够找到比我更好的女孩！……得到的不一定最好，最好的不一定能够得到。祝你永远幸福。韩颖。

韩颖是我上大一时认识的，我俩是一个系的，上课总在一起，加之我俩的寝室是联谊寝室，所以慢慢就熟悉起来。她比我大一岁，说话做事挺大方的。联谊寝室搞活动时，她来到我们寝室，我一眼就发现了她的与众不同，一种异样的幸福感使我不敢正视她。后来和郑凯聊天时，我吐露了埋在心底的秘密。他盯着我看了半天，然后说："你要是追她的话，你的情敌会很多。"我问他："我要是追她的话，你看能成功吗？"郑凯不置可否地笑了笑。

大学前两年，我与她一直没有交往，我一直认为自己与她是有感应的，她应该明白我的心思，偶尔眼神碰撞时，我如触电般，迅速地移开视线。到了大三，情况有了些变化，有两个男孩开始追她，我感

选调生

到了前所未有的压力，迫使我不得不采取行动。我开始找借口和她接触，有了些交往后，开始大胆和她约会。第二次约她晚上出去时，她见我的第一句话就是："你认为今天晚上我会来吗？"我故作自信地说："我相信你一定会来！""为什么啊？""因为我们是好朋友啊！"她听完后笑了："我的好朋友很多啊，又不只有你一个！"我便红了脸，心想，这个女孩好厉害啊！越是这样，我越是喜欢她。我想应该向她表白一下，不然自己会后悔的！

已是初秋，刚下过雨，那个晚上有了几丝凉意。我带了雨伞和她边走边聊。我右手拿着没有打开的伞，与地面呈四十五度夹角，自以为这个姿势很有气质。果然，她看着我说："你这个样子很像英国绅士！""是吗？"我心里一阵高兴。走着走着，她说："你快把我挤得没有地方了！"我这才注意到，我不经意间一直向她那边靠拢，她要和我保持安全距离，只好尽量靠路边走。"不好意思！"我连忙道歉。

我们从文科院走到理科院，又绕体育场走了许多圈儿。天有些晚了，她说："我们回去吧！"

"别……韩颖，我还有一件事要对你说！"我一看，再不说就没有机会了，就鼓足了勇气。

"什么事啊？"她的声音温柔、好听。

"这事有点儿……有点儿不太好说……"我支支吾吾地说。

"到底是什么事啊？你只管说！"

"这样吧，你给我五分钟时间，五分钟以后我再说！"

"好吧！"她拿出手表，"开始计时了！"说完，她调皮地向我笑了笑。

我深深地吸了一口气，努力使自己平静下来。抬头望望夜空，寥落的几颗寒星镶嵌在夜幕中，调皮地眨着眼睛。体育场的草坪上传来不知名的小虫的叫声，除此以外就是寂静。在昏黄的路灯下，我看到她凝视着远方，是那样恬静，那样迷人！可我的喉咙像被塞满了棉花，怎么也说不出话来。你怎么这么笨啊！我不禁在心里狠狠地骂自己。

时间一分一秒地流逝……

"五分钟到了啊！"她把手表放进口袋，"说吧，到底什么事！"

"我……我……"我有些不知所措了。

"你不说算了，我走了！"她拉出了一副要走的架势。

"我……我想追你！"我狠了狠心，终于说出了口，同时感到如释重负。

她的身子猛地一震，愣了一下："咱俩？我没想过！怎么跟你说呢——不太合适吧！我一直把你当作普通朋友！"

我的心瞬间凉了许多，难道这两年我的感觉有误？但又迅速想到郑凯说过女孩子都这样，不会马上答应的，应该坚持不懈地去追。于是我就把这几年对她的那种感觉全都向她表白了。她静静地听着，看得出，她的内心并没有多少厌恶，反而有几分高兴和骄傲！有人追总是一件令人高兴的事情吧！

我不知道怎样回到了寝室，躺在床上许久没有入睡，心里说不出是什么滋味。有几分甜丝丝的感觉，有种如释重负的感觉，但更多的是清醒和失望：我绝不是一个振臂一呼而应者云集的英雄！……

现在忽然又看到了她给我的信，过去的一幕幕又浮现在眼前，不管是完美还是遗憾，应该有个结局吧！我拿起电话，拨通了她宿舍的号码，一个女孩的声音传入耳内："喂，请问你找哪位？""请问韩颖在吗？""我就是，你是哪位？"可能是很久没有联系了，我没听出她的声音，她似乎也没听出是我。"我是丁晨辉，麻烦你出来一下好吗？我在你宿舍楼下等你，有点儿事对你说。""好吧！"那边挂了电话。

橘黄色的路灯把人的身影拖得忽长忽短，空气中散发着花草的暗香，近处和远处不时传来忽高忽低的号叫声和啤酒瓶的破碎声，那是快要毕业的学生在释放他们的激情。这一切，使宁静的夜晚增添了几分浮躁。路过报栏时，不经意间看到一对恋人在报栏后的黑暗处拥抱，不知是在做最后的告别还是在准备新的征程。我的心里顿时充满着说不出的滋味：其实是明知的结果，而我却努力使它成为带着遗憾的完美。

在女生宿舍旁边的一棵松树下，我停下来，开始静静地等待。不到一分钟，她来了，依然楚楚动人，也许是"情人眼里出西施"吧！当你暗恋一个人时，她的一举一动、一笑一颦都是那么可爱！

"快要毕业了，这封信交给你！"我说。

她笑了："你想说的都在里边写着吧？回去我再好好看！"她显然理解错了，如同我前几次给她写信那样，她总是表现出一种说不出的优越感，而这种优越感有时让我有一点点反感。

"不是的。"我郑重地说，"这是你以前给我的回信和照片，我想还是彻底一点儿好，现在都还给你！"

她的笑容收敛了，有些发愣，随即像突然明白了什么似的迅速从信封中抽出照片，然后开始撕信，最后潇洒地把碎纸屑向空中一抛，"好了，就这样结束吧！"

在昏黄的路灯映衬下，撕碎的信纸如同片片雪花在空中飞舞，我的蔷薇色的梦也如同这雪花般的碎片随风飘去……

"我走了，祝福你过得比我好！"我望了望深邃的夜空，又看了她最后一眼，终于撇下夜幕中的她，转身离去，大踏步地头也不回地离去……我和她犹如大海中的两只航船，最终渐行渐远，去寻找各自的彼岸。

二

大学的最后一个晚上似乎有些平淡。"天下没有不散的筵席"，该告别的事情都已经告别过了，寝室的几个弟兄都在默默地忙着整理自己的东西。熄灯后不久，没有太久的卧谈，大家都睡去了。

第二天上午很快就办完了毕业手续。回到寝室不久，就有人陆陆续续开始往外大包小包地搬东西，因为有规定，必须在三天内离校。我们寝室老二乔华宇和老三张晴天成了最先离开的人，我和其他室友帮助搬东西，然后是握手、挥手，互道珍重……

我在静静地等候着父亲。父亲在乡人大工作，前几天我已经和他通过电话，约定今天下午来接。到了午后，整个宿舍楼都显得空荡了许多，没有了往日的喧嚣。我们宿舍里只剩下老大谷克强和郑凯与我相伴。在我昏昏欲睡之时，忽然，宿舍门响了，我连忙跳下床去开门，果然是父亲来了! 他身后还跟着一个年轻人。

父亲和室友打过招呼后，指着那个年轻人对我说："这是你齐哥，今天他特意用乡政府的桑塔纳来接你!"在他看来，也许桑塔纳就是很了不起的车了。

于是开始搬我的东西，谷克强和郑凯自然也来帮忙。大大小小一共十一箱，我的书一本都没卖，给将来回忆青春的时候留点寄托吧! 等东西都搬到车上后，我又回到宿舍，看了看我住了好几年的上铺，不禁感慨万千：别了，我的上铺! 别了，我的211宿舍!

车要启动了，谷克强和郑凯相送，我和他们一一握手："谢谢你们两个送我，来日方长，咱们还有见面的机会，愿咱们都能够有所作为!"

我上了车，打开车窗，向他们挥手致意。郑凯大声喊道："祝八弟早日当上乡长! 县长! 市长! ……"他的声音淹没在越来越快的车轮中。

汽车转过宿舍楼，经过篮球场，绕过相伴四年的教室，在高大的法国梧桐的注目礼中，驶出了学校的北门，离开了这熟悉而又陌生的省城。此刻，我感到无比的轻松和惬意。作为从小在农村长大的人，我讨厌大城市的喧嚣，喜欢回归自然的那种感觉。大城市可能不适合我，但在广阔农村应该有展示自己的舞台。从刚记事起，就开始上学，秋去春来整整十五年寒窗苦读，以后不上学的日子会是什么样子？在乡镇我能做些什么？

我不禁想起一个多月前在省委组织部组织的培训会上，一位乡党委书记说过的话："乡镇工作，概括起来就是'上边千条线，底下一根针'，上边的任何事情，最终都要靠基层去解决。乡镇工作很辛苦，直接与老百姓打交道，关系到党和政府的形象，要做好乡镇工作很不容易。你们大学毕业后到了乡镇要多学习，书本上的知识和实践是有很大差距的，要积极进取，脚踏实地，争取干出一番成绩来！"

省城距离我们县城将近二百里地，快到县城的时候，父亲提议抄近路回家，不必绕道县城。于是汽车开始拐进乡村公路，这时候我看到了路边"故城镇人民政府"字样的白色竖牌。父亲指着政府院对我说："这是故城镇，新中国成立前你的曾祖父在这里做过生意！"

乡村公路有些窄，两辆汽车迎面相遇，错车都有些困难。但是这条柏油公路比较偏僻，很少有车通过，所以汽车跑得并不慢。路两边是玉米地，玉米长得并不高，微风掠过，一望无际的玉米地掀起阵阵波浪。路上很静，只有蝉在树丛中不停地鸣叫。

终于到家了。几大纸箱书和用品都堆在我的房间内，我把书都封了起来，长长地嘘了一口气，暗自给自己立了个规矩：至少一个月之内不碰书，好好给自己的大脑放个假！再这样，自己真的就成了一个呆子。的确，自从我六岁开始上学，就是无休止地学习、考试，五年的小学、三年的初中、三年的高中、四年的大学，一共十五年寒窗，我也由一名懵懂顽童变成了二十一岁的青年。接下来，该是英雄展示用武之地的时候了！

上午还在学校，还是一个大学生，到了晚上我就真正走向社会了！我的人生将会是怎样一番风景？

三

农村的日子一切都是那么自然，只有体会过城市忙碌的人才会知道农村的悠闲。离开了学校，没有了考试的压力，我顿时懒散起来。一转眼一星期过去了，这段日子我每天就是睡懒觉，看电视，出去玩。

这天下午，吴俊峰打电话过来，约我明天和他一起去莲城市人事局报到。吴俊峰是我新认识不久的朋友，说起他，还要提到选调生考试。

从小到大学习成绩一直很好的我，到了大学才知道自己的渺小，和自小在城市长大的同学相比，自己无论是见识还是能力，和他们都有不小的差距，有一些人自然而然地成为学生干部。刚开始的时候，我对此还不以为意，只顾埋头学习、泡图书馆，可是后来的事实让我越来越体会到这方面的重要性。

高中以前，只要认真学习就行，其他什么都可以不想。到了大学，情况已经远远不同于以前。临近毕业的时候，由于就业压力大，除了考研的少数同学外，大部分人都在忙于找工作，当然我也不例外。不知从哪位同学口中得到一个消息，说是莲城师专要来学校招聘教师，这可是一份好工作，可是院里不知为什么没有把这个消息公布出去。

于是，我抱着一线希望找到了辅导员。那是个五十多岁的胖胖的女人，戴着一副黑边眼镜。当我说明来意后，辅导员的目光透过厚厚的眼镜片折射在我身上，她漫不经心地说："你来晚了，招聘的人早就走了。"我有些生气，就问她："那为什么院里不事先把招聘的消息公布出去，让大家都有机会参加招聘？"辅导员冷冷地说："人家是从学生干部里面招人。知道吗？——学生干部！"她一边说一边用手指使劲捣着桌面，强调着"学生干部"的重要性。之后她反问我："晨辉，我记得你好像不是学生干部吧？"我顿时无语了，脸上火辣辣的。

事后我很不服气，心想学生干部有什么了不起？我学习并不比他们差！可是现实就这么残酷地摆在了面前，还没毕业，就已经输在起跑线上了。我暗自憋着一口气，一定要努力，把失去的机会重新赢回来。

正当我闷闷不乐的时候，传来了省委组织部招录选调生的消息。当了解到选调生的具体含义后，我毫不犹豫地报了名，固然有想实现自己价值的原因，但不可否认也有争口气的心态：在大学没有当成学生干部，走向社会就争取当一名真正的干部！

那年的春天很冷，三月中旬还下了一场大雪。我买了公务员考试资料，在寒冷的教室里紧张地复习着，准备着选调生考试。功夫不负有心人，笔试我入围了，而且成绩靠前；面试也顺利过关。进入体检程序的有十一个人，而当年莲城市的选调生名额只有七个。在这十一个人中，我名列第五，吴俊峰名列第八。我跟吴俊峰就是在体检时认识的，当时，我注意到十一个人中有一个人有些特别：他个头不算高，但长得特别白净，戴了副眼睛，看上去文质彬彬的，那张脸微胖，显得很富态。

交谈中发现，原来我们两个还是一个县的呢，我在城东，他在城西，因此平添了几分亲切。他告诉我其实他已经找好了工作，在县城三高当老师。我羡慕地说："你安排得挺不错嘛！这么稳定的工作，为什么还要考选调生？"他笑了笑："其实我自己对当教师挺满意的，可我的父母还是想让我考选调生。我理解他们，总希望我将来能弄个一官半职，他们脸上也有光。说到底，还是虚荣心吧！"顿了一下，他又问我："你呢，怎么想到考试的？"我说："喜欢基层吧！我的父亲和哥哥都是乡镇干部，受他们的影响。但我觉得主要是自己还不完全适应大城市，农村出来的，到了大城市觉得自己太渺小，没有自信啊！只有在基层心里才踏实，另外我也想在基层好好干一番事业！"他拍拍我的肩说："这次你肯定没问题，我是第八名，只要七个人，估计我就是陪陪榜吧！"那不一定。"我说，"前边体检的人不会都合格吧，只要有一个不合格，你就有机会！"他笑着摇摇头："我的运气不会那么好吧？"我说："我有一种感觉，前七名里面肯定有不合格的，你一定能成功！""你真会安慰人。"他说，"但愿如此吧！"

傍晚时分，我们十一个人聚集在人事局大楼前，等待着命运的安排。在我们身后，是部分家长，他们也在焦急地等待。不一会儿，楼上下来了几个人，一个看上去四十岁出头、领导模样的人手里拿着一份材料来到我们面前，我们立刻紧张起来，决定我们命运的时刻到来了！

"下面我宣布一下咱们的体检结果和最终入围的人员名单：周磊、王江涛、陈红雨、贾耀辉、丁晨辉、孔丽丽、吴俊峰。"顿时人群骚动起来，大家开始小声地议论，几家欢喜几家忧吧！当听到自己名字的时候，我心里顿时有种如释重负的感觉，虽然觉得自己应该没有问题，但是正式结果出来之前还是有几分忐忑。我看看旁边的吴俊峰，他那白净的胖胖的脸上洋溢着微笑，他冲着我点点头，好像在说"真被你说中了！"他应该比我更高兴。

"同学们，其实大家都很优秀，可是我们的名额毕竟有限。没有被念到名字的同学可以考虑找其他工作了，是金子到哪里都会发光的，相信你们也一定能够找到适合自己的位置。大家说是不是，啊？"说到这里，那个领导模样的人微笑着环视人群。

没有人应答。没有被念到名字的四个人开始收拾提包，嘴里小声嘟哝着什么。忽然，其中一个人站了出来，愤怒地说："你们这次考试根本就不公平、不透明，一定有人作弊。我笔试面试总成绩是第六名，为什么没有我？"那个领导模样的人似乎一点儿都不感到意外："你是叫梅润启吧，你的体检没通过，一会儿你可以查一下自己的体检单。另外，年轻人说话不要太偏激，看问题要全面！"他又回过头去对身边的一个年轻人说："小赵，你领他过去看一下体检结

　　　　　　　　　　　　　　　　　　　　　选调生

果!"于是那个叫梅润启的人气呼呼地跟着小赵进了人事局大楼。

这时候只剩下入围的七个人,另外三个早已经悄悄离开了。那个领导模样的人说:"现在的大学生,唉,怎么说呢……你们七个人要做好准备,下一步人事局要对你们进行一对一考核,考核通过了才算正式录用。等人事部门的通知吧!好了,你们可以走了!"

七个人都是欢乐的小鸟。有的父母就陪在旁边,他们高兴地说笑着一起离去。我和吴俊峰都是自己一个人来的,于是一起乘车回家,临别时相互留了电话,相约有事的时候相互照应。

这次一起去市人事局报到就是临毕业时我们通电话约定好的。在市人事局门口,我和吴俊峰见了面。虽然上次才刚认识,但感觉就像是老朋友一样。

人事局干部科在三楼,科室门开着,里面两张办公桌,一张是空着的,另外一张桌子后面坐着一个年轻人,大约二十五六岁,正在看报纸。我想起来了,他就是那天带梅润启查体检单的那个小赵。我敲敲门,小赵猛地抬起头来:"你们两个有事吗?"

"是这样,我们是今年的省选调生,来报到的。"我连忙说。

"哦,是这样啊,你们快进来吧,先坐!"说着,小赵把我们往长条椅子上让。然后,他走到饮水机旁边,拿了两个纸杯子接水。

两杯热气腾腾的开水放在了我们面前,我感到有些受宠若惊,连忙站起来道谢。

小赵拿起电话拨通了一个号码:"王科长,咱们市今年的两个选调生来咱这儿报到了,就在科室等着,你看……"电话那边怎么说的我没有听清楚。

"好,好!"小赵挂断了电话,对我们说,"你们稍等一会,王科长马上来!"

在等待的时候,我们和小赵谈着话。从他口中得知,今年七个选调生中,颍川县就我们两个,其他五个人前几天已经陆续来过了。

这时候吴俊峰用一种很羡慕的眼光看着小赵说:"你真的很不

错，能在大机关上班，我们两个还要下基层，不知道什么时候才会有出头之日！你在市里，我们在乡里，真是一个在天上，一个在地下！"

小赵笑着摇摇头："其实你不知道，坐机关是很难受的，整天就是按时上班下班，没有自由，也不可能有什么大的作为，也不会给你展示自己的舞台。我来这里有三四年了，才毕业时候的那点儿激情早被磨下去了，慢慢打发时光吧，在这里是要熬出点儿资历才可以的。你们两个才毕业，真正上了班才会知道理想和现实的差距……"

我暗想，看来吴俊峰对基层工作并不怎么喜欢，现在就开始考虑以后的前途了，自己倒无所谓，反而觉得乡镇挺不错的，先干几年再说吧！

正说着话，小赵突然站了起来："王科长，您回来了！"我这才向门口看去，见来了一个四十出头的人，他西装革履，手里拿着公文包，正是那天向我们宣读入围名单的那个领导模样的人。

我和吴俊峰也立刻站起来，异口同声道："王科长！"

小赵指着我们说："王科长，这就是颍川县的两名选调生，丁晨辉、吴俊峰！"

"你们坐！"王科长用手指着长条椅子，笑容可掬地说。

小赵赶紧从办公桌上把王科长的杯子拿过来，续了上水。

王科长在他的办公桌前坐了下来，说："你们两个很优秀，能一路过关斩将很不容易，以后到了基层可要好好工作啊！要踏踏实实干上几年，干出点儿成绩了，组织上自然会看到的。"

"是的，我们一定好好干！"我们连忙说。

王科长接着说："你们的手续先放在这里，我们还要和颍川县的组织和人事部门协商一下对你们两个具体怎么安排。你们先回家等一段时间吧！"

"好！"我们连忙站起来，把派遣证从口袋里拿出来，"王科长，您看一下！"

"小赵，你先把他们两个的派遣证收好！"小赵连忙接过来，拉

　　　　　　　　　　　　　　　　　　选调生

开抽屉，把派遣证放了进去。

这时候王科长站起来，伸出手，做出要和我们握手的姿态。我知道我们该离开了。小赵送出门口说："你们俩耐心地等吧！到时候我会通知你们！"

在回去的路上，我问吴俊峰："你说我们要等多长时间？"

"不会太长时间吧！研究咱们两个去哪里，不算是太麻烦的事，撑死了半个月左右。"

"希望能快一点儿，我真想知道自己会被分到哪个乡镇。"我说。

"我也一样。"吴俊峰说，"其实我父母更着急，他们想等我工作安排住了就赶快给我介绍个对象，他们说村里和我年龄差不多的，很多都有小孩了！"顿了一下，他又说："你大学谈过恋爱吗？"

我说："算是没谈过吧，即使谈了也没有成功。"

他说："现在想想，还是自由恋爱好。你说介绍对象——两个不认识的人怀着相同的目的去见面，能有感觉吗？"

我笑了："反正我是没相过亲，总认为离我很遥远，不过我觉得很好奇。我们身边许多人不都是通过相亲找到对象了吗？也许我们也会去相亲的。"

他叹了口气："唉，我曾经暗恋过一个高中同学，不过同桌了两年，我也没敢对她说。"

"那她现在怎么样了？"我问道。

"我刚听说她已经到咱们团县委上班了，她父亲好像是一个什么局长。咱们都是农村出来的，能高攀上人家吗？"

"那不一定。"我说，"你不对人家说，人家怎么能知道？赶快行动，现在还不算晚。"

他笑了笑："其实我真的挺喜欢她，总忘不了她。可是总觉得人家在县城，我们在乡镇……唉！还是有差距啊！不过不管怎样，过几天我想去见见她，就当是老同学见面吧！"

"你这样想就对了,事在人为嘛!"

公共汽车在我们村口停下来,我下了车,和吴俊峰挥手告别。

四

一晃二十多天过去了,没有得到市人事局的任何消息,其间我打过两次电话询问,给的答复依然是等待。这些日子除了有些焦急外,我的生活过得很悠闲,偶尔干些农活,书已经很长时间没看了。有时候想想,这种生活也好,一旦上了班,就从学校这个牢笼到了单位这个牢笼,再不会有自由了,人生最好过的日子就是不用上班而生活也无忧的日子。田野里玉米已经长得很高,想想刚毕业离校的时候,玉米才刚出苗不久。天也越来越热了,到了一年中最热的时候。

这天早上,我刚起床到了南院(老家两所宅院,吃饭都在南院,晚上我和哥哥在北院住)就听见父亲说有个姓郑的同学给我打了电话。一定是郑凯!我拿起电话回了过去,郑凯在电话里告诉我寝室几个人的去向:郑凯自己如愿回到了老家县城的农行,已经拿到了第一个月的工资,老大、老二去了企业,老三、老六工作好像还没有着落,老四、老七打算考研究生,所以在学校附近租了房继续复习考研。最后他问道:"八弟你早就找好了工作,现在上班了吗?感觉怎样?""难啊。"我说,"离开学校一个多月了,还没通知上班呢!真不知道还要等多久!""不要着急,好像行政单位很多都是这样,我认识的和你一样到基层的几个朋友也没上班呢!再耐心等一等!"听完他的话,我稍稍得到了一点儿安慰。郑凯又邀请我到他那里去玩,我说:"等过一段时间工作安顿好了再说吧。"

挂了电话,我刚准备吃饭,电话铃又响了,我想郑凯一定还有什么忘了交代。连忙拿起电话,里面却传来一个女生的声音:"丁晨辉,你听出我是谁了吗?"我先是一阵激动,难道是韩颖?不过这种特别的幸福感转瞬即逝。"你是李秋华吧,我猜对了吗?"

选调生

"呵呵，四年多没见，还能听出我的声音！你现在怎样，上班了吗？"秋华问道。

"还没安排好呢！每天闲得发闷。你不是到三高当老师了吗？"

"是啊，不过到九月才开学，现在还早。你要是感觉闷得慌，到我们这里爬山吧！一起散散心！"她发出了邀请。

我犹豫了一下，转念一想也好，四年多过去了，不知道秋华变样了没有。于是说："好啊，真想见见你，咱们高中毕业后就没见过面。你看什么时候合适？"

"明天吧，明天是阴天，比较凉爽，正适合爬山。你到了后井镇以后再向西走三里地，路边有个李寨村，打听我就行了。"

"好的，明天见！"

李秋华是我高中同学，高三的时候坐在我前边。那时候我们学习都不错，用老师的话说就是处于"高分段"的人。在那段艰苦的岁月里，我们都把全部精力投入学习中，偶尔她会扭过头来和我探讨试题。在高中毕业留言册上，她给我留下了这样一段话：人不可有傲气，但不能没有傲骨。你虽然有些傲气，但是更有傲骨。相信你一定能够创造出自己的辉煌。

到了大学以后，我们两个一直保持书信往来，主要是相互鼓励，畅谈大学生活和成长的烦恼。到了大四下学期，大家都忙着找工作，她在给我的最后一封信中说："我已经找好了工作，回县城三高当老师。对于将来，我也不敢期望太多，我想还是现实一点儿好。毕业后，我想找个人——一个男人，和他生活在一起，过上稳定的生活。"读完她的信后，我有一种失落感，也许毕业后我再不能和她保持通信，她应该属于具体的某个人了。想到这里，心里又涌起一种酸酸的味道。

后井镇在县城的西部，属于山区，距离我家大约六十里。我从来没去过，据说交通不大方便。我给表弟大伟打了电话，让他骑摩托车带我去。大伟比我小三岁，却已经结了婚，他有一辆摩托车，是结婚时买的。我只会骑自行车，还从来没碰过摩托车。

第二天一早，我刚吃过饭，大伟就来了。他穿着一件崭新的浅蓝色T恤衫，皮凉鞋擦得很亮，头发梳得板板正正。与他相比，我倒是显得土气得多了。大伟看着我，皱起了眉头："二哥，你把头发好好梳梳，有点儿乱。"说着，帮我把梳子拿了过来。"有摩丝吗？啫喱水也行。"他说。我摇摇头："什么都没有。"他不说话，把梳子在脸盆里蘸了水，然后递给我："给，先简单用水定定型吧。你要记着打扮自己，这样以后才能找到好老婆！"说着，他笑起来。我也笑了。

总不能空着手去吧，我想了想，家里有一箱健力宝可以带上，到地方了再买些水果就可以了。

摩托车在公路上飞驰，我的衣角在疾风中翻翩起舞，两边的树木唰唰地向后倒退。虽然是盛夏，但今天正好是阴天，坐在飞驰的摩托车上，感觉很凉爽。大伟骑车水平真高，有时候觉得快要撞着前边的自行车了，他却巧妙地躲了过去。

走了大约十里路，我发现他不时地扭过头往后看，就问道："你总是回头看什么呢？"

大伟得意地笑了："我在看美女呢！只要看到前边有女的，我就加油冲过去，然后回头看看这女的长得漂不漂亮。"

我心里有些不高兴，表弟有些变了。这几年见得少，他怎么变得有些流里流气，再也寻不着年少时代的那种纯真无邪了。

我没好气地说："你还是好好骑你的车吧，左顾右盼的，万一出了事怎么办？"

"嘿嘿，二哥，看来你还不相信我的骑车水平，你就放心好了，包你平安。美女这么多，我看看，饱饱眼福，总不犯法吧！你看，刚过去了一个穿绿裙子的美女多漂亮！唉，我结婚有些早了！"说到这里，大伟不禁叹息起来。

摩托车绕过颍川县，到了县城西部，路明显窄了许多，而且忽高

16

忽低的，像过山车一样。路上的行人也变得稀少了。

"还有多远？"我问道。

"可能走了一半吧。你别管了，这地方我去过！"

又走了将近一个小时，两边有连绵的山。我在后座上，屁股都有些酸了，这时候我看到前方变得热闹起来，似乎是个小镇。大伟说："二哥，这就是后井镇，过了这个镇应该就到你同学家了。"

"咱们到前边买些水果吧！"我说。

我们继续向前走，没多远，就看到路边有个水果摊，一个六十多岁的老头坐在摊位旁。我下了车，买了两大串香蕉和一些苹果。正要付钱，迎面走过两个十八九岁的大姑娘，立刻有一种淡淡的雪花膏味飘入我的鼻孔，大伟脱口而出："这山里的风景就是好，山里的大妞就是漂亮！"

老头看了一眼大伟，有些生气了："小伙子，你这是遇到我了，要是遇到年轻一点儿的，就凭你这句话，你们非打架不可！"

大伟尴尬地笑了笑，不作声。我想，这老头说话还算是留了些分寸，其实就是说，我要是年轻一点儿，非揍你不可！

离开小镇，向前走了三四里路，一个小村庄便展现在面前。村庄前边临着乡村公路，后边是山冈。这时候，迎面走来一个放羊归来的老汉，我立刻拦住他问道："大伯，请问李秋华家怎么走？我是她同学。"

老汉停下脚步，打量了我一下，然后指着身后说："过两排房子，东边第二家就是，她家大门前有两棵葡萄树。"

我道过谢，和大伟一起向前走，果然见一处大门前种着两棵葡萄树。大门没有关，院中静悄悄的，我径直走到院中，喊道："这是秋华家吗？"

堂屋门开了，是秋华。只见她兴奋地说："晨辉！等了你快一个上午，可算来了！快点儿进屋吧！"

"秋华，真不好意思，路太远了！就这还是骑摩托车来的。这是我表弟。"我指了指身后的大伟，"不怕你笑话，我还不会骑摩托车呢，就让表弟带我来了。"

"没关系，你来了就好。快吃点儿葡萄吧，自己家种的。"秋华又对大伟说，"你来了就别客气，我和晨辉是老同学了。"

吃葡萄的时候，我才开始仔细打量秋华。四年多没见，她个头还是不高，模样也没怎么改变，谈不上漂亮，皮肤似乎比原来还黑了一点儿，不过看起来丰满了许多。

这时候，从外面走进来一个五十多岁的妇女，进屋后就一直往我这边看。李秋华忙介绍说："晨辉，这是我妈！"我连忙站起来。打过招呼，秋华妈说："秋华，你带他们到后山看看吧，山里风景不错！"

到了后山，果然别有一番风景。山并不算高，不一会儿爬上了一个小山头，放眼望去，远处的几个村庄笼罩在茫茫的薄雾中。山风吹在身上，凉爽极了。"来，我给你们照张相吧！"大伟举起相机，同时嘴角露出一丝狡黠的微笑。

和女同学单独照合影，是我以前没有过的，我有些犹豫。秋华倒是挺大方的，身子向前凑了凑，说："好啊，你开始吧！"

"不行不行，二哥，你干什么呢，离人家八丈远，叫我怎么照！"

我又往秋华那边挪了挪，一直到快贴着她的身子了，大伟才说："这还差不多！"

大伟连续为我们拍了三四张，然后说："我有些累了，在这里歇会儿，你们两个往山那边走走吧！"

山的那边，其实还是山。山上有很多不知名的小花，黄的、蓝的、紫的，漫山遍野都是。秋华轻声地哼着歌，不时摘些小花，然后编织成一个花环。我们来到一个小山头，在一块大石头上坐下来。

秋华感慨地说："想想我们上高中的时候，都是只顾学习，什么都不想。现在想想，都是书呆子。"我笑了："是啊，不过多亏那时候

　　　　　　　　　　　　　选调生

是书呆子，才考上了大学。"秋华追问道："那现在呢，你是不是还像过去一样呆呢？"我说："可能以后走入社会，就会慢慢转变，不过人本质的东西很难改变。"秋华说："我听说咱们的同学大学毕业后很多都到了大城市，回到咱们县城的没几个，以后见面很难了。咱们两个还能见到很不容易了，我会很珍惜的。"说着，她望着我，眼光中闪烁着一种异样的光芒。我说："在县城也没关系，其实在哪儿都无所谓，只要自己觉得合适就行。我想在乡镇干出一番事业来！"秋华鼓励我说："我相信你一定能成功！其实在高中的时候我就看出你将来一定能有所作为。不过我和你不一样，我是女孩子，我想过稳定的生活……"

在秋华家吃过午饭后，又和她父母谈了一小会儿，我便提出告辞。临走时，秋华说："以后没事了多联系，上班了告诉我一声！"

离开李寨村，大伟神秘地一笑："你们俩咋样？"我一愣："什么咋样？"大伟拍我一下："二哥，你就别装正经了。当我看不出来啊，那女的对你有点儿意思。"我摇摇头："你想哪儿去了？我们是同学。"大伟嬉皮笑脸地说："去去去，我看你是上学上多了。我虽说比你小两岁，但我这方面经的事比你多，能看不出来吗？"我心里油然升起一种幸福的感觉："是真的吗？那你觉得她怎么样？"大伟说："那还用问，当然不错了，和你很般配！"我又问："你觉得她长得怎么样？""不错！挺漂亮的！"他不住地点头。我却摇摇头说："你这是在安慰我。她个头有些低，样子也不算漂亮，对吧！"大伟不以为然："反正我感觉挺不错的。再说人除了长相，还得看性格、看为人，对不对？"

回来的路上，我心情舒畅。摩托车骑得飞快，耳边呼呼生风，一个多小时后，老家便展现在了眼前。

五

一年之中，最热的时候莫过于中伏天，晚上的时候，暑气还没消，电扇呼呼地吹着，可我躺在北院的屋内怎么也睡不着。于是我干脆拿了一张凉席，爬到平房顶上去睡。躺在上面虽然也是热，但比屋内稍强一些，时时吹来一阵小风，也能带来几丝凉意。这时候真是与大自然融为了一体，苍天为被，大地为床，什么都可以去想，什么都可以不想。半夜醒来，望望深邃的夜空，不知不觉中月亮已经转到了西方；遇到满天繁星的夜晚，半夜醒来有可能会看到一颗流星倏地一下划过夜空，迅速向天边落去。到了后夜，凉气开始袭来，早上醒来的时候发现自己不知什么时候已经用毛巾被把自己裹得严严实实。夏天的早晨，天亮得很早，往往五点钟左右，东方就开始露出鱼肚白，小鸟就开始叽叽喳喳地催促你起床了。

连续许多天没有下雨了。在高温的炙烤下，大地像渴急了的嘴唇似的裂开一道道缝隙。玉米已经长得高可过人，但随着干旱天气的持续，有的叶子开始打卷儿。这天父亲对我说，无论如何也要给玉米浇浇水。但是浇水的群众很多，要排队，等轮到我们的时候，已经到了晚上，父亲无可奈何地说："想不打黄昏都不行，这几亩地看来要忙到后半夜了！"

我们浇地的时候，父亲叫了堂兄、堂弟两个人来帮忙。对他们来说，干农活就是家常便饭。哗哗的流水从塑料管中涌向玉米地，水势很大，但也许是天太旱的缘故，水向前推进的速度并不是很快，等了很长时间才听到玉米地那头的父亲说改沟。于是第二沟开始了，同样是长时间的等待。

在等候的时间，我灭了电灯，蹲在地里倾听哗哗的水声和蟋蟀的吟唱，不时有蟋蟀从脚上跳过。抬头看看夜空，我看到了北斗七星和天河。我对旁边的堂兄说："你知道北斗星和天河的故事吗？"他摇摇头："不知道，你给我讲讲吧！"于是我告诉了他北斗星和天河的来历和位置。堂兄聚精会神地听着，感慨地说："我那时候真不该下学那么早，太贪玩了，唉！……"

又不知过了多久，父亲突然在玉米地那头喊起来，原来是跑水

选调生

了，我和堂兄连忙过去查看。有几处玉米地已经成为"汪洋大海"，蹚着水过去，水立即淹没了脚踝。我和堂兄连忙拿起锹把几处跑水的地方用土挡好。

浇地在一沟一沟地进行……我有些困了，堂兄也抱着膝盖闭上了眼睛。不知过了多长时间，睡眼蒙眬中终于盼到了父亲收工的命令。等回到家冲完身子上床睡觉时，东方已经有些发白，已经后夜四点多了。

我在当天的日记中写道：劳动是艰辛的，又是极其伟大的。在这与大自然的抗争中，我看到了生活的严肃，锻炼了自己的意志，同时也体会到了其中别样的乐趣。

深夜一切都静下来的时候，我又想到了工作。说实在话，这段日子虽然轻松自在，但是我越来越感到焦躁和气闷，像是一个飘浮在空中的气球，忽上忽下，有种上不着天、下不着地的感觉。距离去市人事局报到已经一个多月了，还是没有任何消息。我想，不就是研究我们几个人的去向嘛！三五天足够了。为什么这么慢啊，工作如果都是这样开展的话，那什么事都耽误了。难道还要无限期等下去？何时是个头啊！我渐渐地又感到了一种厌烦，难道将来我从事的职业也是这样的吗？如果是这样的话，还不如当个老师呢！于是又开始后悔当初为了虚荣和所谓的争一口气而报考了选调生。难道我真的错了吗？

想到这些，我就在房顶上辗转反侧，难以入眠。想着想着，一切渐渐变得模糊起来，星星也显得更加虚无缥缈，忽而又仿佛一齐向我冲来……

不知过了多久，忽然觉得有什么东西打在脸上，凉凉的，越来越密，我忽地一下坐起来，听到远处传来隆隆的雷声。抬头望望天，星星不知什么时候藏了起来，只剩下寥落的几颗还在天边挂着。这时候一道刺眼的白光伴随着一声巨响传来，我赶快收起凉席和毛巾被，飞快地下了楼梯，刚到房檐下，大雨就瓢泼似的下了起来。

转眼到了九月。那场大雨过后，天气凉爽了许多。这天上午我实在忍不住又向市人事局打了电话，这次接听电话的是王科长。当我怀着忐忑不安的心又问起我们的分配问题时，王科长笑着说："这两天你们过来吧，正准备给你们打电话呢！"

挂了电话，我激动得一下子跳起来，大声叫喊着："我要上班了！我要上班了！"是啊，足足等了两个来月，现在终于有眉目了！

第二天上午，我早早就起床了，匆匆扒了几口饭，就到村口去等公共汽车。经过一个多小时的颠簸，不到八点半，就到了市人事局门口。大约等了半个小时，吴俊峰也匆匆赶来了。他在县城西边，比我要远一些。见到我，他激动地说："晨辉，你昨天告诉我这个消息后，我一个晚上都没睡好觉。这段时间可把我急死了！以为咱们的事情要黄了呢！我父亲正准备托人疏通关系，你就打来电话了！"

到了干部科，王科长和小赵都在。王科长拍拍我们的肩膀，笑眯眯地说："你们两个等着急了吧！前段时间主要是有一些具体问题没协调好，没想到拖了这么长时间。现在基本上说好了，你们下午就可以去颍川县人事局，找干部调配股的齐股长。"看到王科长这么平易近人，我们心中的焦虑和积郁的怨气一下子抛到了九霄云外，一种感激之情油然而生，连忙站起来说："太谢谢您了，王科长。"王科长摆摆手，示意我们坐下："不用谢，把你们安排好，也是我们的工作职责。"又对小赵说："你给他们开个介绍信！"一会儿工夫，小赵就把介绍信开好了，又郑重地盖上了公章。我接过介绍信一看，见上面只有短短几行字：

颍川县人事局：

兹介绍1999年大学本科毕业生丁晨辉、吴俊峰等二人（均系省选调生）到你处报到，请予接洽。

莲城市人事局干部科

1999年9月7日

小赵又从抽屉中拿出我们的派遣证，说："带上你们的派遣证，

选调生

一并交到县人事局齐股长那里。"这时候王科长拿出笔来，在本上写着什么，然后把这页纸撕了下来，交给我们，叮嘱说："到了乡镇，一定要好好工作。这是市委组织部青干科的电话，你们以后多与青干科联系，不管是工作中的困难，还是有什么想法，都可以给青干科说。我们这里只管分配，以后对你们的具体管理就由青干科来负责了。"

离开市人事局才九点多。我说："咱们现在就往县城赶，中午在县城吃饭，下午一上班就去县人事局。"吴俊峰说："好。咱们加快速度，估计三两天就能上班了！"

在往县城的公共汽车上，吴俊峰对我说："这些日子父母给我介绍了个对象，是乡卫生院的。前几天刚见过，挺不错的。"我笑了："那你的那个高中同桌呢？你去找她了吗？""去见了，不过听口气好像有男朋友了，我就没再往下说。"我说："你应该试一试的，也许她在试探你呢！"吴俊峰叹了口气："算了，咱和她没法比，和她在一起压力太大，还是找个门当户对的吧！这样心里踏实。"

快中午的时候，我们赶到了颍川县。对于县城，我不算陌生，但也谈不上熟悉。上高中的时候，我就在县三高，不过那时候很少到县城闲逛。县城附近有一条河，叫颍河，颍川县因此而得名，据说大禹治水的故事就发生在这里。

终于盼到了下午，刚一上班我们就来到县人事局。在三楼正对着楼梯的一间办公室门牌上，我看到了白底红字的"干部调配股"几个字。敲了半天门，没有人应答。吴俊峰说："看来咱来早了，人家还没上班呢！"我说："都三点半了，不是说下午三点上班吗？"

等了好一会儿，才看到楼下慢腾腾地走上来一个小老头，五十多岁的样子。"你们找谁？"老头打量了我们一下，问道。"我们找齐股长。""我就是。"老头说着，拿出钥匙开了门。我们跟了进去。

"找我有什么事？说吧！"齐股长边说边开了电扇。我想这个齐股长与我想象的相比，年龄实在有些大了。

吴俊峰说:"齐股长,我们是今年省委组织部的选调生,是来咱们这里报到的。"说着,他拿出了我们两个的派遣证和介绍信。

齐股长从抽屉中拿出眼镜戴上,仔细看了看我们俩的材料,然后把眼镜摘下来,漫不经心地说:"好吧,我知道了,材料先放在这里。你们回去吧!"

就这样打发我们回去?连个说法都没有。我心里有些不高兴,问道:"齐股长,你看我们下一步怎么办呢?"

"一个字——等,一直等到我们通知你再说。"齐股长冷冷地说。

"要等多长时间?"吴俊峰问道。

"等多长时间我也不知道,早晚有人通知我了,我就通知你们。"

"我们都等好几个月了,我在省里的同学很多都上班了!"我忍不住有些激动地说。

"这是县里,不是省里。不想等你就去省里上班吧,还来颍川县干什么?"齐股长发怒了,边说边用手指不停地捣着桌子。

我们顿时有些蒙了,没想到是这个样子。上午在市人事局,王科长他们多和蔼啊,还给我们倒水。到了县城,竟然连个座都没有。以前总想着越往上干部架子越大,到了下面应该会好些,没想到正好相反。

气氛变得有些紧张。这时候,吴俊峰打破了僵局:"齐股长,我们两个都是刚毕业的学生,不会说话,您千万不要生气。我们主要是心里太着急了,您要多为我们考虑考虑。"

"这还像句话。一个地方有一个地方的情况,县里怎么能和省里比?你们等得着急,我也等得着急,我在这个位子上一干就是十年,有谁能为我考虑考虑?"齐股长愤愤地说。

离开县人事局,我实在忍不住了,就对吴俊峰说:"你看老头那个熊样,好像谁欠他什么东西似的。不就是个股长吗?有什么了不

选调生

起! 以前光在书本上看到一些干部官僚主义,今天终于见识了!"

吴俊峰也愤怒地说:"其实我也想说几句,他那个态度,我早就憋不住了! 可是咱的命运还是掌握在人家手里,忍一忍吧! 人在屋檐下,不得不低头啊!"

六

从县人事局回到家里,我一连好几天都是无精打采的。父亲知道情况后安慰我说:"好事多磨,你已经等了那么长时间,还在乎这几天吗? 我也是从那时候过来的,这才刚走向社会,以后你遇到的事多着呢!"

往年的九月份,正是开学时间,今年我终于不用再想开学的事情了,但心里总觉得像少了点儿什么似的。这天上午,老朋友张志举来找我玩。说是老朋友,一点儿都不错。我们俩一般大,他所在的村和我们村只有一条公路之隔。我俩上小学的时候就是好朋友,只是他比我低一届。后来我去省城上大学,他第二年也考上了省城的那所大学,我们又成了校友。在我等待上班的这段日子里,他找过我几次,我们一起打球、下棋、谈天。

这次他见到我就说:"晨辉,我后天就要开学了,打算明天一早就走,所以今天过来看看你。时间过得真快,马上就是大学最后一年了,真不知道毕业后是什么样子。你呢,怎么样? 什么时候上班?"我无奈地说:"什么时候上班,我不知道;到什么地方上班,我也不知道。我现在一切都蒙在鼓里,所知道的就是一个字——等。"他笑了:"不用着急,反正你的工作是有着落了,横竖还能等到明年吗?"我说:"那可不一定,看现在的办事效率,等到明年也很有可能。"

过了一会儿,他说:"说实在的,明年我也该毕业了,现在是准备考研还是找工作,我还拿不准,不过我已经提前准备考研了。"我说:"准备了就好,最好是考研,将来能找个好工作,不像我现在这样。很多东西失去后才懂得珍惜，我现在很想再回到学校，可惜已经不可能了。"他说："我也这样想，不过我父母倒是希望我能早一点儿参加工作，这几年他们供我上大学已经很不容易了。"我说："你要是真的找工作，我觉得思想要解放一些，最好能去大企业，这样能充分发挥自己的才能，待遇也好。这段时间我算是看透了，学校和社会真的很不一样！"他说："到学校后我会静下心来好好考虑自己的未来。明年六月份之前你如果有机会到省城办事，千万别忘了找我！你什么时候正式上班了，给我打电话说一声。"

十月，到了收获的金秋季节。一连四五天的秋雨，使天气凉了许多，再也看不到光着膀子在树荫下乘凉的人了。外边的蝉已经停止了鸣叫，前段时间在地里捉的几只蝈蝈也伴随着秋风离开了我。玉米已经收获，田野里一片空旷，大部分耕地已经犁完，有的已经开始播种小麦。这几天一直在干农活，忙得不可开交，因为前几天的秋雨耽误了几天，所以雨一停大家都连忙去干活。有时候想想，人还是忙一点儿好，尤其是心情不好的时候，忙起来烦恼的事情就可以暂时抛到九霄云外了。

这天上午，我们刚把北地的那一大块小麦种好，天就开始下起雨来，等赶到家后，浑身都湿透了。我正在换衣服的时候，电话铃响了，里面传出吴俊峰的声音："你正在忙什么？打了几次电话都没人接。"我说："还能忙什么，干农活呗！上午都去种麦了，刚回到家。我快成真正的农夫了！"吴俊峰笑了："变成农夫也好。诸葛亮还躬耕于南阳呢，后来不是也大有作为吗？"我苦笑了一声："人家是圣贤，怎么能相提并论？"闲扯了几句后，他郑重地说："告诉你一个好消息，咱们的事情有眉目了，明天上午咱们一起去趟县人事局吧。"我顿时来了精神："真的吗？这次不会再等了吧！他们给你打电话了？"他得意地说："光坐着等能那么快吗？我父亲托人找了县人事局的张明远书记，是他帮的忙。"我这才恍然大悟："是这样啊，怪不得这么快，就这样还等了一个月！"他说："好了，明天上午咱们人事局门口

选调生

见。"

第二天一早,我来到县人事局门口的时候,吴俊峰已经在那里等候了。他见了我就说:"这次咱们不找那个齐股长,直接找张书记去!张明远是局里的党组书记、副局长,二把手呢!"到了二楼,我看到最东边的一个房间门牌上写着"书记室"三个字,吴俊峰敲了敲门,听到里面有人说:"请进。"我们推开门走了进去。

办公桌旁一个人正在看文件,我们进去的时候,他的目光从文件上移开,注视着我们,然后露出了笑容,指着旁边的沙发说:"你们快坐!"我这才注意到这个人四十出头,微胖的脸,一副笑容可掬的样子,让人感到温暖。"您是张书记吧?"吴俊峰问道。那人回答:"我是。你们是今年分到咱们县的那两个选调生吧?""是的,是的!"我们连忙回答。张书记说:"我前几天才听说你们已经来这里报到了,而且等了很长时间。这个老齐,真不像话,人都报到了也不给我说一声!我昨天问起他的时候,他才说了这件事。"说着,他拿起电话:"齐股长吗?你过来一下!"

不一会儿,门响了,那个半大老头走进来,立刻显出很谦恭的样子:"张书记,您找我?"张书记开门见山地说:"老齐,我问你,这两个选调生安排方案你弄好了吗?"齐股长连忙说:"弄好了,初步计划一个安排到云山镇,一个安排到故城镇。"张书记又问:"你看现在能给他们办手续吗?现在!"齐股长说:"能!能!等一会儿我领他们办手续。"张书记这才满意地说:"好啊!这就好。老齐啊,这两个人是省委组织部选拔到咱们县培养锻炼的,全省一共才一百五十名,咱们县也只有他们俩,你一定要重视起来。前段时间他们来报到的时候你就应该马上告诉我,你让他们等了一个来月,恐怕他们心里早有怨言了吧。"齐股长立刻显得不自然起来:"张书记,前段时间我看您实在太忙了,不想打扰您,想等您有空的时候再向您汇报……"张书记打断他说:"好了,你别说了,快给他们办手续吧!"

我们两个连忙站起来,过去握住张书记的手说:"太谢谢您了,张书记!"张书记笑着说:"不用谢。我们工作中存在一些失误,你们还要多谅解!"一句话说得我们心里热乎乎的。

到了干部调配股,齐股长立刻变了一副面孔,板着脸说:"你俩有什么想法直接和我说就行了,干吗还惊动张书记?这段时间他太忙了,我都没好意思打扰他,想等他不忙的时候再汇报你们的事情,谁知道你俩竟然等不及了。你们这样做,让我工作多被动?"吴俊峰连忙赔着笑说:"对不起,齐股长,我们主要是在家等得太着急了,想早一点儿上班,您就多多谅解吧!"齐股长不作声了,从腰间取出钥匙,打开抽屉,拿出一沓印好的介绍信来,然后拧开钢笔,在上边飞快地写着。"你去故城镇吧!"齐股长对我说。然后又对吴俊峰说:"你去云山镇吧!"说着,他把开好的介绍信分别交给我们。齐股长又说:"这次给你们两个安排的乡镇都是条件比较好的乡镇,离你们各自的老家也不算太远。组织上够照顾你们了,有的乡镇连工资都发不下来!"我们连忙站起来,假装感激地说:"齐股长,太谢谢您了!"齐股长哼哼了几声,然后说:"好了,你们现在去趟县委组织部,把你们的安排情况给干部科说一下!"

离开干部调配股,我对吴俊峰说:"这个老头当个演员都行,你看他脸色变得多快,在张书记面前像个孙子似的,在我们面前立刻变成了大爷。本来是他耽误了我们这么长时间,经他这么一说,我们好像还很对不起他似的,还要去感谢他!"吴俊峰笑了:"谁让我们的命运掌握在他手里呢?这次我算看到权的力量了,要不是张书记,不知咱们还要等多长时间。"我说:"这个老头胆子还真大,咱们的手续他都敢压下来,不怕上级问起来担责任吗?"吴俊峰反问我:"你说他为什么要压咱们的手续?"我想了想:"莫非是想让咱们给他送礼?"吴俊峰笑着点点头:"我猜是这样的,他想先卡咱们一下,然后看咱们是否明白事。没想到咱们俩一对儿什么都不知道,哈哈!"

我们两个边走边说,不一会儿就到了县委组织部,接待我们的是干部科的李东伟科长，他高高的个子，三十七八岁的年龄，看上去也挺平易近人的。听完我们的情况介绍后，李科长满意地说："人事局给你们俩安排得都不错。以后有什么困难，可以直接和我联系。"说着，他把他的电话号码写了两份，分别交给我们俩，又说："你们这几天拿着介绍信到单位报到吧！乡镇工作很艰苦，但也最能锻炼人。以后要多虚心学习，千万不能懒惰、不能骄傲！"

临分别时，我对吴俊峰说："算算咱们两个一共等了三个多月，从夏天等到秋天，当初真没想到有这么复杂，真让人感慨啊！离开校园走向社会，这算是第一课吧！"吴俊峰接过话道："是啊，这些东西课本上是学不到的，只有在实践中才能慢慢领悟！"

回到家里，我立刻找到在地里忙着秋种的父母，把分配结果告诉了他们。他们长嘘了一口气，高兴地说："晨辉，你这十几年学总算没白上，我们心里的一块石头算是落地了！"父亲又说："故城镇不错，离家三十多里地，不算太远，经济条件还可以。——真是巧合，早些年你的曾祖父曾在那里做过生意，你正好也分配到那里。看来你到那里也能够出人头地的！"我不禁回想起了离校回家途中的那个小镇，心里充满了希望……

父亲建议我下周一去故城镇报到，这样算起来在家的自由时间只剩三四天了，我立刻又发觉自由的珍贵。等待消息的时候简直想要发疯，而一旦有了要上班的消息，又有些怀念那些等待的日子。说实在话，在家的这些日子，虽然等待的过程有些焦急，但认真想一想，日子过得好悠闲，我已经变得有些懒散了。

七

在一个深秋的早晨，我骑自行车离开家乡，向着那个对我来说向往而又神秘的小镇驶去。这将是我走向社会的第一站，会是怎样一番情景？出发前母亲说："这么远你第一次去上班，我不放心，要不让你爸陪你一块儿去吧！"还没等我说话，父亲就皱起了眉头："他都二十出头了，上班还要家长陪着，让那边领导看到了笑话！给领导的第一印象就不好。这几次他去市、县人事局办手续，不是挺像回事嘛！小孩子长大了就应该自己锻炼锻炼，不能什么事情都靠父母。"我也说："你们俩就放心吧，我现在不是小孩了，我知道该怎么办。需要你们帮忙的时候我会说的！"说完，我骑上车，头也不回就走了。

　　已是深秋，经过昨天的一场雨，空气变得很清新，但天越发冷起来。路两边的树木已经开始凋零，不时有枯叶落下来。远处田野里的小麦有的已经发芽，泛出丝丝绿意。我骑车很快，只觉得耳边呼呼生风，一会儿工夫就翻过了那道山冈，到了郭岗镇。这边我没来过，听父亲说过了郭岗镇再向北，才能到故城镇。好在我依稀记得离开大学回家那天经过的路。过了郭岗镇，果然就看到了那条乡村小道，虽然窄些，但是铺了柏油，所以路挺平整的。就这样又经过五六个村庄，大约一个半小时后，"故城镇人民政府"白底黑字的牌子就展现在眼前。

　　我推着自行车直接进入镇政府大院，并没有人拦阻。我看到政府楼一共三层，看上去有些破旧。楼前边不远有一个大花坛，花坛里并没有花，只有一株很粗的松树刺向天空。左边是一片菜地，右边是一个篮球场，有四五个人在打篮球，"扑通扑通"的声音很大。我把自行车停在政府楼前，锁好后，就直接上了楼。

　　党政办公室在二楼，楼梯口的右边，所以很好找。办公室门开着，里面坐着一个年轻人，大约二十来岁的样子，圆脸，留着整齐的刘海儿，看上去有些孩子气，正在看报纸。我敲敲门，走了进去。那个年轻人抬头看看我，问："你找谁？"

　　"我找赵书记！"我连忙说。在县委组织部与李科长谈话时，我曾经用笔记下了故城镇主要领导的名字。

　　那个年轻人看了我一眼说："他不在，下村去了！"

　　　　　　　　　　　　　　　　　　　　　　　　选调生

"那李镇长呢？找李镇长也行。"我又问。

"不在，也下村了！"年轻人说。

"那抓组织的领导呢，在吗？"我问道。

那个年轻人显得有些不耐烦："他们都不在，今天上午都下村开会了！你有什么事吗？"

"是这样的。我是省委组织部选派到故城镇的选调生，来这里报到上班的！"说着，我从提包里拿出了介绍信。

年轻人没有接介绍信，态度变得和缓起来："你先等一下。"说着他走出了办公室。

不一会儿，年轻人回来了，同时身后跟着一个瘦小的半大老头，他穿着一身深灰色的中山装，显得有些不合时宜。老头见了我就说："小伙子，来让我看看你的介绍信！"我把介绍信递给老头，他仔细看了看，什么也没说，又走了出去。

大约又等了十分钟，一个三十多岁的人走进来，他戴着一副眼镜，穿着蓝色的西装，系着一条红色的领带，显得文质彬彬的。年轻人立刻站起来，指着我说："陈秘书，就是他来报到的。"

陈秘书把介绍信递给我，微笑着说："你的介绍信已经看过了，我们非常欢迎大学生到我们故城镇工作……"我连忙说："谢谢陈秘书！太谢谢您了！"

"我的话还没说完呢！"陈秘书收敛了笑容，接着说，"可是镇里编制太紧张了，现在还有超编的人没办法安置呢！要不你先回去等一等，有消息我们会告诉你！"

我的心里顿时像被泼了一盆凉水，那股升腾起来的喜悦立刻消失得无影无踪，血一下子涌了上来。我涨红着脸有些激动地说："陈秘书，我是省委组织部下派的选调生，怎么能不让上班？"

陈秘书不慌不忙地说："不是不让你上班，是让你先回去等等，到时候我们通知你了你再来！要不——先这样吧？！"说着他伸出手来，做出要和我握手告别的姿态。

怒火在我心中燃烧起来。我什么话也没说，草草地和他握了手，匆匆下了楼，骑上车，离开了故城镇政府。

出了镇政府大门，我的情绪稍稍平稳，我找了个僻静的地方停下车来。怎么办？难道就这样把我打发回家吗？那不知道又要等到什么时候。这几个月的等待让我有些害怕了。这可怎么办呢？我心里不住地问自己。忽然，我想到了县委组织部，几天前李科长说过的话仿佛又在耳旁响起："……以后有什么困难，可以直接和我联系。"我的眼前一亮：何不去趟组织部问问？对，不管结果如何，也要把情况给组织部说一说。这帮官僚主义分子，不能太便宜他们了！倒要看看组织部怎么解释。

打定了主意，我骑上车，飞快地向县城奔去。故城镇离县城二十多里地，等我赶到县城的时候，已经上午十点出头了。由于上次去过，所以我很快就找到了组织部干部科。敲开门后，我看到李东伟科长正在打电话，一个接一个地打个不停。李科长看到我后点点头，示意我坐下。等了十多分钟，李科长终于停下来，冲着我抱歉地笑了笑："下午有个会，这不，刚通知完。你是分到故城镇的那个选调生吧！叫丁晨辉，对吧？怎么样，去报到了吗？"

我立刻感到一肚子委屈，鼻子有些发酸，激动地说："李科长，这到底是怎么回事？不是说好了去报到吗？怎么又不让上班？这些人太官僚了吧！"李科长笑着说："出什么事了？不要着急，慢慢说。"于是我就把去故城镇报到的前后经过说了一遍。"哦，是这样啊。"李科长一边听我说一边不住地点头。等我说完后，他略微思索了一下，然后问："你报到前和故城的赵清明书记联系过吗？"我一下子愣了："怎么联系？我刚毕业，谁也不认识！""哦，对了，你是刚毕业的学生，瞧我这记性，这点都给忘了！"李科长好像想起了什么似的。

"那我到底什么时候才能上班？"我着急地问。

李科长从抽屉里拿出一支烟，用打火机点燃，慢慢地抽了几口，

选调生

几缕蓝色的轻烟扩散开来。"这样吧，你先回去，你的情况我会尽快向部领导反映，让你尽早上班。"李科长思索了片刻对我说。

"可千万别让我再等了，从夏天开始等，这马上就要等到冬天了！"我说。

李科长笑了："不会的。请你相信，组织部派去的干部他们不敢不接收的。颍川县今年才只有你们两个选调生，有些乡镇想要我们还不给呢！我想可能还有一些细节问题没沟通好。"

"那先谢谢你了，李科长！"说完，我离开了县委组织部。

回到家里的时候已经到了中午。父亲看到我回来，显出有些吃惊的样子："你怎么回来了？上午情况怎么样？见到他们领导了吗？"我沮丧地说："他们不让上班，还要我再等等！"于是我就把上午报到的情况和去组织部的情况一五一十地全说了。最后我说："我就想不明白，组织部的命令他们也敢违抗！"

父亲认真地听着，我讲完后他沉默了一会儿，最后叹了口气："可能还有一些路数没有走到。和浇地一样，渠里的树叶太多，水当然就流得慢；把这些树叶清完了，水自然就流畅了。我原来想着没这么复杂，能省的就省了，看来我想错了，有些东西是不能省的。你别着急，先在家等几天，我想想办法！"

上午跑了几十里路，感到很累，所以吃过午饭后，我就沉沉入睡了。一觉醒来已经快傍晚，洗完脸后我感到精神好了许多。忽然想起了吴俊峰，他上班了吗？是否像我一样遇到麻烦？我拿起电话，拨通了他家的号码，等了好半天，里面传出来一个有些苍老的声音："你找谁啊！"我想这一定是吴俊峰的父亲了，就说："您是大伯吧，我是丁晨辉，请问俊峰在吗？"那边的声音立刻亲切起来："哦，你是晨辉啊，俊峰多次提过你。他今天上午去云山镇上班了！"我问道："那他那边有电话吗？"俊峰父亲说："有！他上午就给我打电话说了那边的号码，我给你说一下！"

等他告诉我电话号码后，我立刻拨过去，找到了吴俊峰。还没等我说话，吴俊峰就迫不及待地问："晨辉，你去故城报到了吗？"我说："我先问你吧，你今天报到情况怎么样？"他说："还算顺利吧，这边的书记对我很客气，当时就让人给我安排了住处，暂时让我在党政办公室工作。这不，上了半天班了！"我好奇地问："上班和上学相比感觉怎样？你今天上班都干些什么？"吴俊峰笑道："感觉好像还没有上学的时候好，有事没事都要守着办公室，太不自由了。今天下午接了两三个电话，其他时间就是和新认识的同事聊天。"他又问我："你呢，上班了吗？"我苦笑了一下："我命不好，上午也去报到了，可人家竟然不要！真没想到，现在我竟潦倒得连乡镇都不要了！"吴俊峰也笑了："你开什么玩笑！咱们是省里选派下来的，还有组织部的关照，他们敢这么做吗？"我郑重地说："确实不是开玩笑，他们说编制紧张，然后就把我给打发了，让我先回家等信儿。这一等，不知又要多长时间！"他想了想说："你最好去趟组织部，把情况说一说，让他们帮帮忙！"我说："今天上午我就去找过干部科李科长了，他说要向领导请示！"他说："这就好，我想这次你不会等太长时间。组织部领导要是出面说话，应该没问题，他还得想想他的领导位子想不想坐了！"我叹了口气："希望如此吧，再等下去，恐怕我就要急疯了！"他笑了，连声说："不至于，不至于！我等你的好消息，你上班后一定记得给我说一声！"

晚饭后，父亲对我说："我想了半天，那个赵书记我不认识，但是我忽然想到了一个人，他和赵书记有点儿亲戚，要是他能引见咱们去拜访一下赵书记，事情应该就解决了。"我问道："这个人是谁啊？"父亲反问我："你还记得毕业时接你回家的司机小齐吗？几个月前他刚找我办过一件事，没想到现在就反过来该找他办事了。"我立刻想起了毕业离校的情景，想起了那个父亲让我叫他齐哥的年轻人。父亲说："我现在就给他打电话！"

父亲去里间打电话了。过了一会儿，他出来兴冲冲地说："我和他说好了，他很愿意给咱帮忙，明天晚上他开车陪咱们去找赵书

选调生

记!"

第二天晚上刚擦黑，桑塔纳轿车就来了，从车里跳出来一个二十多岁的年轻人，正是小齐。小齐拍拍我的肩膀说："听你爸说了你的情况，能分到故城镇，真不错，条件比咱乡好！""谢谢你，还得麻烦你多帮忙呢！"我连声说。

县城离家乡二十多里地，不到半个小时就到了。草草吃过饭后，小齐说："我表哥赵清明家在县人民医院附近，快八点了，现在去他应该正好在家。"

车子在县城拐过几道弯后，我就有些迷失方向了。县城我本来就不熟悉，何况是在晚上？大约二十分钟以后，车子在一所宅院前停了下来。这是一所独居院，大门前的灯亮着，门两边有两头石狮子，显得十分威武。敲了半天门，里面出来个小姑娘，她打开小门探出头来，问道："你们找谁啊？"小齐说："你看看我是谁，连我都不认识了！"小姑娘仔细看了看，说道："原来是齐叔叔，快点儿进来吧！"说着，小姑娘又望了望身后的父亲和我。

客厅里，有个中年人正在看电视。小齐连忙走过去打招呼。那个中年人不慌不忙地从沙发上站起来，说："小齐来了，快坐！这是——"中年人指了指父亲和我。小齐连忙介绍说："这是我们乡人大的丁主席，这是他儿子——今年刚分到故城镇的选调生。"然后又指着中年人说："这就是我表哥赵清明！"父亲连忙过去和赵清明握手："赵书记，打扰你休息了！"赵书记笑道："哪里的话，快坐快坐！"又对旁边的小姑娘说："快点儿给客人倒茶，拿些水果！"

我这才仔细看了看对面坐的赵书记，四十多岁，中等个子，国字脸，脸色有些发黄，看上去很随和又很干练，并没有我所想象的那样盛气凌人。赵书记说："丁主席，我看你有些面熟，咱们以前好像见过！"父亲连忙说："是啊！应该是在县里开会的时候吧，只不过那时候咱们没有正式说过话。今天终于有机会拜访你了！"彼此寒暄几句后，父亲切入了正题："赵书记，有件事情还得请你多帮忙。

我儿子今年大学刚毕业,考上了省选调生,这不,前几天刚分到故城镇,以后就跟着你当兵了,你可要多批评啊!"赵书记笑了起来,望了望我,然后说:"丁主席太客气了,老子英雄儿好汉。小伙子不错,一看就是有文化、有修养的人。你在乡政府多年,受你言传身教,上班以后,他一定错不了!"父亲转过头对我说:"赵书记夸你呢,还不快谢谢!以后跟着赵书记当兵,千万要勤快,多学着些,可不能骄傲!"我连忙向赵书记道谢。赵书记又说:"前几天我听组织部的人说了,有个省选调生分到我们镇,说是全县就两个,我当时就对组织部的人说:'全县就两个,能把其中一个分到我们镇,太感谢你们了!'只是这段时间我有些忙,还没顾得上安排呢!"父亲笑着说:"不着急。赵书记你实在太忙了,基层的父母官,不好当啊!"赵书记摇摇头说:"这是我的工作失误,再忙也得把这件事办了!"又对我说:"小伙子,在家等着急了吧!"我不好意思地笑了笑,同时感到心里热乎乎的,说:"我就是在家闲得有些无聊,想早一点儿上班!"赵书记哈哈大笑,站起来说:"好,你们先坐着,我这就打电话安排!"

赵书记走进一个房间,关了门。小齐趁此机会对父亲说:"你别看是我表哥,平时见到我可严肃了。今天还算不错的,可能是见到你们心情好吧!"父亲说:"赵书记人真好,没想到这么平易近人!"两三分钟后,赵书记走出来说:"好了,我给党委秘书陈秘书打过电话了,让他安排一下,这几天你们等通知吧!"父亲站起来,感激地说:"赵书记,这件事太谢谢你了!"我也随着父亲站了起来。赵书记示意我们坐下,说:"不用谢,这都是应该的!"然后又看着我,感慨地说:"年轻人刚参加工作不容易。想想我年轻的时候,吃的那个苦啊,真是一言难尽,现在总算一步步走过来了。年轻人受点儿挫折没什么,关键是不能气馁,不要怨天尤人。要想有所作为,必须脚踏实地,扑下身子!"

临别时,赵书记将我们送出大门外,他拍拍我的肩膀说:"小伙子,好好干,一定会有出息的!"

　　　　　　　　　　　　　　　　　　　　　选调生

车很快离开县城,在夜幕中飞驰。父亲和小齐说说笑笑,不一会儿,车子就下了公路,来到我家门口。下了车,父亲握着小齐的手说:"今天太谢谢你了!要不是你,事情就不会这么顺利!"小齐谦虚地说:"丁主席,你太客气了,以前你帮我的还少吗?要说谢,应该是我谢你才对。"

小齐走后,父亲对我说:"这回应该没问题了,你只管安心在家等吧,不会等很长时间了!"又意味深长地说,"你还年轻,有些道理要慢慢去悟。要不是我帮过小齐的忙,他今天会那么痛快地帮咱的忙吗?你记住,与人方便,自己方便。以后你经的事多了,就会慢慢明白这个道理。"

这个晚上,我的心情甭提多舒畅了,躺在床上,很快就进入了梦乡……

大约十天后的一个星期五下午,我正在看电视,电话铃响了,里面传出一个男子的声音:"请问丁晨辉在吗?"我说:"我就是。"那人郑重地说:"我是故城镇政府的,我姓陈,你下周一来上班吧,记着一定要带上行李!"

八

初冬的早晨是寒冷的,枯叶随风簌簌而下,一层薄薄的霜就凝结在地面上;一切都蜷缩着,显得那么安静,那么萧条,再也不似夏秋季节那样喧嚣。这天早上天蒙蒙亮,我就告别了父母,骑上车飞快地向故城镇奔去。虽然天气有些冷,但是骑行三十多里,等我赶到镇政府大院的时候,浑身早已暖烘烘的。

来到党政办公室,那个年轻人正在拖地,看到我后立刻放下拖把,边和我握手边说:"你来得这么早啊!陈秘书刚到,我去叫他!"一会儿工夫,陈秘书急匆匆走过来,见了我就说:"你叫丁晨辉,对吧?"我点点头。陈秘书指着那个年轻人说:"这是咱们党政办公室的童振兴。小童啊，你去帮小丁安排一下住处！"说着，陈秘书掏出一把钥匙交给我："快去快回，还有很多事呢！"

小童和我一起来到楼下，帮我把行李搬到三楼。打开房门后，我看到屋内乱七八糟的，靠墙放着一张床，床上铺着一张草席，废旧报纸堆得到处都是。紧贴着床放着一张桌子，棕黄色的漆掉了不少。"快把行李放床上吧！"小童催促着。我用手摸了一下床上的报纸，上面落着薄薄的一层灰。我在报纸堆里找出几张干净的报纸，将它们铺好，把被褥放了上去。"这个房间以前是谁住的？"我问道。小童说："镇综治办的一个人，一个月前停薪留职走了。"

等我们回到党政办公室时，陈秘书说："我领你见一下赵书记！"到了赵书记办公室，几个人正在谈事。陈秘书走上前去，对赵书记说："赵书记，这就是咱们镇新分来的选调生丁晨辉！"赵书记和我握了握手，微笑着说："乡镇条件很苦，恐怕会委屈你的！""没事，没事。"我本想说几句客气话，却有些紧张，不知道该说什么好。

刚离开赵书记办公室，"丁零零……"一阵清脆的铃声响了。许多人不知从什么地方冒出来，从各个方向向楼下奔去。小童拉了我一下："走吧！该去点名了！"

楼下的大会议室一共有四间，主席台上放着长桌，被深绿色的桌布罩着。小童把我拉到最后一排坐下。等会议室安静下来的时候，我看到主席台上坐了两个人，一个是赵清明书记，另一个是个瘦高个，戴着一副眼镜，有几分书生气。我想，莫非这就是镇长李书田？这时候，陈秘书开始点名了，大约用了三四分钟。除了几个请假的，绝大多数人都在。赵书记清了清嗓子，身子向前探了一下，说："同志们！今天大家来得比较齐，先给大家宣布一件事。今年省委组织部下派的选调生，咱们颍川县一共两个，分给咱们镇了一个，叫丁晨辉，今天刚上班。大家认识一下！"这时候人们不约而同地向后排看去。我连忙站起来，深深地鞠了一个躬，说："谢谢大家！"赵书记用手示意我坐下，说："大学本科生来到乡镇工作，很难得。咱们镇干部队伍里好像还没有真正的全日制本科毕业生吧！不过也反映了一个问题——现在的就业真是越来越难。我才从学校毕业的时候，大专生都是宝。真是此一时彼一时，再过几年，总不会本科生往村里分吧？李镇长，你说有没有可能？"李镇长笑着说："我套用一句当下的流行语吧，叫作一切皆有可能。我听说现在都有克隆技术了，以后男人啊，恐怕基本派不上用场了！""哈哈……"大家都笑起来，会议室里顿时充满了欢快的气氛。

接着赵书记安排了近期的工作，主要是农田水利建设方面的，又听了各工作区的情况汇报。最后赵书记说："近期大家要多往村里跑跑，尤其是包村干部，趁现在工作不是太忙，一些遗留问题该解决的尽快解决。哪个村出了乱子，我拿你工作区领导和包村干部是问，到时候别怪我翻脸不认人！"说完又把头向李镇长凑去，小声说："李镇长还有什么要讲的没有？"李镇长摆摆手。"那好吧，散会！"

人们陆续从会议室走出来，会议室前边的空地上立刻站满了人，这一簇那一簇的，小童告诉我这是各工作区在安排工作。我们回到党政办公室，上次见到的那个半大老头不知什么时候已经坐在办公桌旁边了。小童介绍说："这是致清叔！"致清叔马上站起来和我握手："你叫丁晨辉，对吧？行李都安顿好了吗？"我点点头说："致清叔，以后有什么活儿你尽管说，让多我干一些。"致清叔说："好，大学生素质就是不一样，以后好好干，会有出息的！"

我们正说话的时候，陈秘书带着另外两个人走进来。经过陈秘书介绍，我才知道一个是政府秘书王志伟，另一个是通信员许长杰。王志伟大约三十岁，个头不高，平头正脸，看起来挺帅的。许长杰看起来二十来岁，白净的皮肤，头发用啫喱水喷得整整齐齐，穿着蓝色的西服，皮鞋擦得好像要照出人影来。陈秘书说："我们党政办公室现在算上我和王秘书，已经六个人了。咱们分一下工：我和童振兴、丁晨辉为第一组，王秘书和张致清、许长杰为第二组，工作日期间两组轮流值班。值班主要负责接听电话，要保证电话畅通。当然，夜里一般不会有电话，主要是白天，千万不能脱岗。今天嘛，就从第一组开始。晨辉刚上班，有些事情你们要多帮助他。"

分工完毕后，大家开始各自忙碌了。陈秘书、王秘书和通信员许长杰脚步匆匆地走了出去，办公室就剩下我和小童、致清叔。我有些纳闷，问道："他们三个干什么去了？"致清叔说："办公室咱们六个人，除去两位领导和通信员，真正能待在办公室的其实就咱们三个。他们主要是围着领导转。你往楼下看看！"

我走出办公室扶着栏杆往楼下看去，刚才还热热闹闹的会议室门口不知什么时候没了人影。一辆桑塔纳轿车停在那里，赵清明书记正向车前走去，身后跟着许长杰，他手里拿着公文包。只见许长杰小跑着超到赵书记前面，右手迅速地拉开车门。等赵清明钻进轿车后，许长杰把公文包递了过去，然后把车门关好，朝着车窗挥挥手，桑塔纳轿车一溜烟驶出了镇政府大院。许长杰独自站了片刻，然后慢吞吞地向楼梯走去。

上班对我来说真是个陌生的事情。经历了十五年的学生生涯，开学、放假，上课、下课，似乎这就是生活的全部。一旦开始上班了，自己能做些什么呢？上午的时光过得很慢，我坐在党政办公室里真有些憋闷，偶尔来了个电话，有小童或者致清叔来接，毕竟我什么情况都不了解呢！好在办公室环境还是很宽松的，可以和他们两个随便聊聊天。过了一会儿陈秘书来了，要我们把群众意见箱挂在镇政府大门口。我便自告奋勇和致清叔一起去——出去透透气总比闷在办公室强许多。

意见箱是木制的，前边留了一个很细的缝，是用来投递信件的。致清叔拿了几个水泥钉，又找来锤子，我们两个便向镇政府大门口走去。门前就是乡村公路，一辆辆卡车或者农用车不时从门口驶过。我说："致清叔，让我来吧！"水泥墙很硬，我费了很大力气才把钉

　　　　　　　　　　　　　　　　　　　选调生

子钉进去一半，钉子也有些歪了。致清叔说："还是让我来吧。你虽然年轻，但是别小看这活儿，也是要经验的。"说着他接过锤子，用力地钉了起来。意见箱钉好后，我问道："这个箱子咱们每天都打开吗？"致清叔说："一个月开一次就行。"我很惊讶："时间太长了吧，要是群众有急事不就耽误了吗？"致清叔笑了："一个月一次就足够了，哪有那么多群众意见？一个月能见一两封信都不错了。"我说："那这个意见箱还有什么用处？"致清叔看看我，笑了笑说："基层工作和你在学校的时候不一样，有些事情你经得多了，慢慢就知道了。"

快中午了，致清叔说："走吧，一起去后边食堂吃饭！"到了后边，我看到所谓的食堂大概只有两间房那么大，有两个五十多岁的师傅在忙碌着。吃饭的人并不多，稀稀落落的有四五个。我们三人走过去，每人盛了一碗面条，找张桌子坐了下来。

吃过饭后，致清叔说："晨辉，你回你的住处休息吧，下午不用去办公室太早。三四点过去都行。"我说："那怎么能行，电话谁来接？"致清叔说："没关系，分工只是大概，没那么清的。再说，通信员小许房间内串的也有电话，他也会接的。你快点儿去休息吧！"

到了三楼自己的房间，我打开门，看到门后有一个拖把和水桶，还有几块旧抹布。我打了一桶水，把地拖了个干干净净，又用抹布把床、桌子和椅子都擦了一遍，然后把床铺好，把用品都拿出来放好，这才长嘘了一口气。

房间内比较冷，后窗户的玻璃烂了一个角，一阵北风吹过，发出呜呜的响声。我将报纸揉成一个团，把玻璃的洞堵好，又到镇政府大门口的小卖部买了茶瓶和热水器。回来后我烧了一瓶水，然后靠着床，边喝茶边想心事。仔细想一想，人生有些事情真的挺捉摸不定的，一年前的现在，我正在教室里准备研究生考试，憧憬着毕业后的前程。怎么也不会想到一年后能来到这个小镇，待在这个又冷又破的小屋内，做着一些无聊的事情。想想上班后的第一个上午，我都做了些什么? 除了钉了一个群众意见箱以外, 好像就是闲聊了。难道这就是上班吗? 相比起来, 还是上学时代好, 大学校园, 多么美好啊! 我又想起了韩颖, 这个让我欢喜让我忧的女孩, 不知道她现在萍漂何处……

正想着, 忽然传来了"砰砰"的敲门声, 我连忙穿好鞋去开门, 是致清叔! 他手里端着茶杯走进来。"快坐! 你可是我这里的第一个客人啊!"我说。致清叔微笑着说: "怎么样? 这里的条件是不是有些差? 你有些不适应吧!"我点点头: "原本有心理准备的, 不过和想象的还是有点儿差距。"致清叔说: "过一段时间适应了就行了。你怎么想来乡镇工作? 我知道大学生都是往大城市挤的。"我说: "其实主要是就业压力大, 我是农村出来的, 又没有什么关系, 所以能找个稳定的工作实在不容易。再加上我也不喜欢大城市, 还是在农村心里感到踏实些。乡镇虽然是基层, 但是总会有奔头, 况且我也不会总在乡镇吧!"致清叔叹了口气说: "难啊! 像你这样的本科生, 恐怕在乡镇也很难发挥作用, 学的书本知识可能很多都用不上。再说, 下到乡镇容易, 上去就很难了。"我说: "现在我也不想那么多, 事在人为吧, 先干几年再说!"致清叔说: "乡镇有些人素质不高, 以后你可不能和他们一样混日子, 要不然你就真的没有出头之日了。我希望你能早点儿离开乡镇, 找到更适合自己的地方!"我说: "致清叔, 多谢你了, 我会努力的!"

致清叔喝了几口茶, 我连忙拿起茶瓶给他添上水。他把茶杯放下, 望了望我说: "你是不是也想知道为什么我这么一大把年龄还待在办公室里, 连个职务也没有?"这句话正问到我的心里, 其实上午陈秘书召集我们开会的时候我就有些纳闷, 看得出来, 他只是一名普通干部, 被比他小很多岁的陈秘书领导, 我的心里挺同情他的。我笑着说: "是有些疑问的。不过我才认识你没多久, 不好意思问太多。"致清叔也笑了: "看来你挺实在的。我呀, 当年是一步之差, 才落到现在的这步田地。那时候我才二十多岁, 从部队复员回家, 拿着手续到民政局报到，他们留下我的手续，让我回家等消息。可是我到民政局问了几次，他们一直让我等。到了后来我有些恼火了，就去质问他们，他们竟翻脸不认人了，说从来就没见到我的手续。这下可把我气坏了，和部队联系，部队也和他们交涉过几次。可是不久我们这个部队撤销了，再也联系不上，也就没人管这个事了。再去找民政局，他们死活不承认。唉，你想想，得罪了民政局，能有好结果吗？""那后来呢？"我问道。致清叔又喝了一口水，接着说："后来啊，我又去找他们的领导闹。闹了几次，他们也怕事情闹大了，就和我商量，由他们出面，把我安排到故城镇，没有了手续，只能是临时人员。当时我想，唉，这就是命啊，也许我命不好，认命了吧！就这样，一直到现在，都二十多年了。你想想，不是正式人员，哪有提拔的资格啊！"说到这里，他叹了口气。

我也不住地叹息："那时候没人帮你想想办法吗？"致清叔苦笑了一声，说："我父母都是老实巴交的农民，他们除了种地，什么都不懂啊！我的亲戚也都是农村的，所以没人能指望。还有，那时候我太年轻了，社会阅历太少，要不然也不会吃那么大的亏。"我安慰他说："要是那时候你的手续没丢，恐怕你早就当上领导了。"听我这么说，致清叔脸上露出几丝得意的神色："估计差不多。前几年我注意到有一个和我重名重姓的人，年龄也一样，现在是县里一个局的局长。我十分怀疑当年是不是他托关系把我给顶替了，可是年代久远，我又没有证据，所以只能是怀疑。再说了，就是有证据，又能怎么样，人这一辈子还能回到过去吗？所以说啊，人这一辈子很关键的就那么几步，错过了，这辈子就完了。"说着，他又不住地摇头叹息。忽然，他又像想起了什么似的，看了看手表说："哎呀，该去办公室了，和你说话差点儿忘了时间！难得你有耐心听我唠叨这么多陈芝麻烂谷子！"

我和致清叔下了楼，回到党政办公室，见小童已经坐在那里了。下午仍然没什么事情，只是小童接了个电话，是县里通知的，说是明天要开"三级联创"会议,小童赶快找陈秘书进行了汇报。

到了傍晚,偌大的镇政府大院显得空空荡荡的,除了党政办公室外,很少能见到人了。光秃秃的树枝上几只麻雀在叽叽喳喳地叫着,好像在召唤它们的亲人回家。一阵北风吹过,镇政府大院旗杆上的红旗随风簌簌飘摆。致清叔已经回家了,小童还在。我上了楼,回到自己的屋内。一个人静静待着的时候,致清叔的话又在耳旁响起,作为一个大学生不适合在乡镇工作,应该尽早离开乡镇,否则难有出头之日。虽说致清叔是一片好意,可是上班第一天他就对我说这些,还是让我心里有些波澜的。但是转念一想,还没了解乡镇,适应乡镇,我就要离开吗?显然是不可能的。离开乡镇,目前我还能去哪里?这里好歹也算是我人生的第一站,既来之则安之,不管怎么样,我还是要继续待下去的,至于我将来离不离开,那是以后的事情,暂时不用考虑。

百无聊赖,于是我拿本书来看,可是看了半天竟然不知道看了些什么。在这异乡的土地上,我感到自己仿佛是一叶浮萍,无依无靠,连个倾诉的人都没有,这个漫漫长夜该怎么度过啊!天色渐渐暗下来,我越来越感到寂寞和压抑,简直要喘不过气来。我走出房间,站在走廊上,望着越来越暗的天空,忽然想起了什么,赶快锁好门,骑上车,飞快地离开镇政府大院,向老家奔去。

九

第二天早晨天还没亮我就从家出发了,来到办公室,见小童已经开始打扫卫生。他见了我便说:"你昨天晚上是不是回家了?"我说:"太无聊了,在这里待不住。"小童笑了笑说:"我昨天晚上喊你一块吃饭呢,敲了半天门,没人开,想着你可能回家了。"我拿了一块抹布,开始擦起桌椅来。一会儿工夫致清叔来了,陈秘书和王秘书也来了。

点完名，陈秘书把我叫到他的办公室，说："晨辉啊，你是本科生，和小童他们不一样。除了做好办公室日常工作外，我想把信息这块工作交给你，以前都是我自己抽时间写的。"我心里有些紧张："陈秘书，让我写信息可以，我就是怕自己写不好，以前没写过。"陈秘书和蔼地说："没关系，慢慢锻炼锻炼就行了，你是大学生，有基本素质，不怕写不好的。另外，咱们镇缺乏能写的人，你在这方面好好培养培养，将来会进步很快的。"经过陈秘书的鼓励，我的心里才有了几分勇气："行！就是以后你要多指点我。"陈秘书说："那是当然，你写完后我帮你修改，然后向县委县政府信息科和报社投稿。""那都写什么啊？"我问道。陈秘书说："反映咱们镇开展的工作吧，以正面的为主。"然后拿了几篇信息稿件交给我："回去没事的时候好好看看吧！"我正要离开，陈秘书又把我叫住，突然变得异常亲切起来："我比你大十岁，其实你就把我当作哥哥看待就行，有什么困难可以直接找我。我解决不了的可以向赵书记说。你不要怕多干活，你干了多少领导都会看在眼里的。我这样安排也是为你好啊！"接下来的几天，没事的时候我就研究怎样写信息，有时候回家吃过晚饭后连夜写，第二天拿给陈秘书看。总的来说，陈秘书还算满意，让致清叔送到县里去了。

过了几天陈秘书忽然问我："这段时间你是不是天天晚上回老家？"我点点头，暗想难道这有什么过错吗？陈秘书认真地说："你最好不要天天往家赶，年轻人早晚要出来闯一闯的，总想家怎么能行？让领导看到了不好。再说了，那么远的路，你晚上骑车也不安全。一星期回去一次就行，晚上的时间你可以多看看书，也可以找值班的同事多聊聊天。"

渐渐地我和办公室的几个人混熟了。小童比我小一岁，来这里快两年了，他家离这里只有七八里地，每天骑自行车上下班。以前他也是天天晚上回家，自从我住在镇政府后，他回家的次数少了，晚上经常找我聊天，下棋。他说："镇政府和我年龄差不多的人不多，有的人不对脾气，我不想和他们说那么多。你来了就好了，总算找到能说话的人了。"致清叔除了值夜班外，天天回家，他说："我和你们不一样，我还有老婆、孩子，一大家子等我呢！"

有一次通信员许长杰把我叫到没人的地方，说："晨辉，近期你是不是和童振兴在一起的时间比较多？"我点点头："是啊，怎么了？"许长杰说："那人有点儿神经兮兮的，我劝你别理他太多！"我很惊讶地说："不会吧，我看他挺好的，和别人没有多大区别！"许长杰不以为然地说："听不听随你，反正我是为你好。"

我很纳闷，就找机会把这件事对致清叔说了。致清叔摇摇头说："其实小童这个人还是挺不错的，可能有些人对他有误会。"我问道："到底为什么？"致清叔说："你刚来不久，有些事你不了解。小童刚分到咱们镇的时候，开始也是当通信员。通信员你知道都干什么吗？其实就是给书记和镇长擦桌子、扫地、跑腿、打杂的，说白了就是伺候领导，围着领导转，领导发句话你就得忙活半天，领导不下班你就得老老实实等着。正好那段时间镇里工作很忙，书记和镇长一会儿一叫他，让他整天忙得脚打锣似的，晚上还得熬到半夜。小童刚毕业，哪儿经过这阵势？没几天就变得无所适从了。可越是害怕越容易出错，有一次领导让他通知个会，他竟然给忘了。为此，领导狠狠批评了他一顿，他就变得更加没有自信了……一个多月后，他竟然患了领导恐惧症，见了领导就害怕，领导对他说什么，他得好半天才反应过来，而且每天晚上睡不好觉，总觉得领导在他身边转悠。""那后来呢？"我问道。"后来？"致清叔打了个哈欠说，"后来领导看他实在不行，就让他回家休息了。正好这时候分来了许长杰，一看就是个八面玲珑的人，是个当秘书的料，就让他当了通信员。""那小童回家后怎么样呢？"我追问道。"小童回家后，一口气休息了半年多。本来还想再休息一段时间，这时候书记和镇长都调走了，来了新的书记和镇长，就是现在的赵清明和李书田。小童的父母怕他在家待时间长了，新的领导万一不承认他，工作就危险了，就赶快让他来了。这回还是分在办公室，不过不当通信员了。"

我觉得有些可笑，就感叹道："这当通信员还当出病来？太可笑了！"致清叔说："可笑？天下可笑的事多着呢！你这才遇到几件？不过小童本身没有错，人挺好的，也不是没有能力，只是他不适合当通信员。把一个人放在这个位置上，可能他是个蠢材，换个地方，他有可能就成人才了。诸葛亮厉害不？你让他冲锋陷阵，恐怕他连普通的士卒都不如！"我不住地点头，感慨道："致清叔，听你说话，我真长见识了，这些道理书本上不一定能学得到。"致清叔笑着摇摇头："你别夸我了，其实很多道理我也是经历了很多教训后才慢慢明白的。吃一堑，长一智嘛！再说说小童这人，其实是挺无辜的，我觉得不管别人怎么说，咱们还是像对待平常人一样对待他。"我说："我一直认为小童和其他人没什么区别，挺正常的。要是许长杰不对我说这件事，我根本就不知道。"致清叔说："小童在家休息半年多后，早已经没事了。至于许长杰对你说这些话，我想可能是另有目的吧！""什么目的？"我问道。致清叔说："这么给你说吧，一个单位，不管是大还是小，都是一个社会，都会有矛盾和斗争，咱们办公室也不例外。以后你慢慢就会体会到的。"我若有所悟地点着头……

在办公室待了一段时间后，我发现包村干部好像挺自由的，点完名，很多都下村办事了，不用老守在那里。可是办公室不行，时间长了，让人有些烦闷。陈秘书和王秘书除了服务好领导外，很多时候就待在自己的办公室里，只是偶尔才到党政办公室交代一些事情。这天书记和镇长都到县里开会了，是一天的会。对于办公室来说，领导不在的时间很幸福，大家都可以轻松轻松了。点完名后，王秘书对我说："上午咱们去残联扶贫基地看一看，你做好准备，回来写一篇信息。陈秘书不是让你写信息吗？这正好是一个很好的素材。你通知许长杰一下，让他也跟着！"我就找到许长杰，把去残联扶贫基地的事说了，然后问道："残联基地在什么地方，远不远呢？"许长杰说："不远，就在镇政府东北，不到两里地！"

快到十点了，还没见王志伟吭声，我便悄悄地问许长杰："王秘书上午是不是很忙？"许长杰不屑地说："他忙什么！估计正在屋里喝茶呢！"我说："现在都十点了，该出发了。再晚都中午了，还去调研什么？"许长杰看着我，狡黠地笑起来："不着急，不着急！你急什么？等到十一点以后都不耽误！"我说："那太晚了，还没去该回来了。是不是王秘书忘了，我去提醒他一下！"许长杰说："你想去问就去吧，反正我是不去！"于是我就来到王志伟办公室，敲门进去后，见他正在看杂志，桌上放着一杯刚泡好的茶，热气腾腾的。王志伟看见我，先是一愣，然后把书放下，指着对面的长沙发说："晨辉来了，快坐！"我没有坐，走到王志伟跟前说："王秘书，你不是说上午去残联基地吗？现在该走了吧！"王秘书吃了一惊，很快又拿起杂志说："再稍等一会儿，我把这篇文章看完。一会儿我通知你！"

回到办公室，我就把去残联基地调研的事情对致清叔说了。他说："别着急，其实你不用去找王秘书的，领导自有领导的考虑。去晚了，中午就在那里吃饭，下午再回来不就行了，反正今天也没什么事！"

果然，直到十一点出头，王秘书才从他的办公室出来，说："好了，咱们走吧！"他又对致清叔和小童交代了几句，然后我们三个人骑车向残联基地驶去。

出了办公室，顿时有种小鸟出笼的感觉。虽然是寒冬，天气冷得很，但是心情还是很舒畅的，毕竟我是第一次离开办公室去调研。走在乡村小路上，两边是冬小麦，绿油油的一眼望不到边，小麦叶子上泛着点点露珠，那应该是见了太阳的冬霜吧！桐树早已落完了叶子，只有树枝孤零零地随风微微颤动。十几分钟后，我们就来到了残联基地。我看到基地里面是大片大片的大棚蔬菜，几个老人正在来回忙碌。拐过去一个弯，穿过右边的一个小门，立刻有一股微微的臊臭味飘进鼻孔，看来这里是搞饲养的。我看到这边是猪圈，那边是鸡棚，还有一个地方养着白兔。正在看的时候，一个胖胖的中年男子迎了上来，握着王志伟的手，毕恭毕敬地说："王秘书，欢迎你在

　　　　　　　　　　　　　选调生

百忙中到基地视察指导工作！"王志伟谦虚地说："哪里哪里，给你们添麻烦了！"又回头对我和许长杰说："你们也认识一下，这是残联基地的牛向东主任，咱们镇有名的能人！"我们也赶快和牛主任握了手。牛向东赞扬道："这两个小伙子，一看就很精干，你王秘书真是强将手下无弱兵啊！哈哈哈……"王志伟也笑了起来。

　　牛主任把我们让到他的办公室，介绍了基地的一些情况："这个残联基地有七八十亩吧，是咱们县残联重点扶持的基地，主要是照顾残疾人就业的。你们也看到了吧，来咱们这里干活的都是些残疾人。基地西部主要是搞大棚蔬菜，东部主要是搞饲养，还有一些水产养殖，养些鱼虾什么的，特别是养水蛭，利润高着呢！整个基地可以安置残疾人二百人，效益还不错，一年下来少说也能挣个四五十万吧！"王秘书不住地点头，我拿出小本子快速地记着。牛主任又说："可是基地也有难处，虽说效益还不错，可是开支也很大，除去这些残疾人的工资外，扩大生产、日常设施维护、来往招待等等，也是一笔不小的费用。这些残疾人出活慢，脾气还大，特别是有些老头脾气倔着呢，稍不如意就骂骂咧咧的，不好管呢！你说，本来是照顾他们的，现在他们竟成大爷了，有些人不能宠啊，一宠就宠坏了！"说到这里，牛主任显得有些生气。王秘书安慰他说："那些老头脾气倔，你别跟他们一般见识就好了。现在基地搞得这么好，你是功不可没啊，大家都得感谢你！"牛主任得意扬扬地说："哪里哪里！都是领导的关怀，特别是你王秘书的照顾。你大笔一挥，给我们争取了不少扶持资金啊！"王志伟摆摆手说："牛主任，这我可不敢当。我只不过是帮助呼吁呼吁！"

　　说了一会儿话，牛向东看看手表："你们来了就别走了，中午咱们一块到饭馆吃饭。"王秘书站起来说："我们该回去了，没多远，我们还能在你这里吃饭？"牛向东一把拉住了王志伟："怎么不能在我这里吃饭？王秘书你百忙之中来我这里，就是看得起我，无论如何我也要尽尽地主之谊！"王志伟想了想说："要不这样吧，就在你们食堂，一人吃碗面条算了。"牛向东说："王秘书你太客气了，来我这里，你就听我的！"说完，他拿起电话安排去了。

　　一辆面包车停在了牛主任办公室门口，我们上了车，很快出了残联基地。牛主任说："咱们到路口附近的饭店吧！有几家还不错。"我暗自想，他说的路口可能是镇政府西边去省城的公路吧，我毕业回家的时候从那里经过。果然，面包车不久就拐上了省道，我看到路两边有大大小小的饭店，多数看起来又脏又破，偶尔有几家看起来规模和档次还像个样子。向北走了没多久，面包车在一家饭店门口停了下来，这个饭店还算干净，门店都是新的，看起来开业时间不长。挨着门口的长沙发上坐着四五个花枝招展的女子，不时地向店外张望。刚走进店门，老板马上从椅子上站起来，快步走上来握住牛主任的手，满脸堆笑地说："哎哟，牛主任，今天怎么有时间到我这里来了？"牛主任晃着老板的手说："怎么，不欢迎吗？"那个老板说道："哪里的话。像您这样的贵客，我请还请不来呢！快往里请！"牛主任又介绍了王秘书、许长杰和我，老板和我们一一握了手。老板把我们让进一个单间，一名女服务员迅速跟了进来。老板对女服务员说："这几位都是今天的贵客，你一定要伺候好！"又对牛主任说："你们慢慢聊吧，有什么事只管给我说，我就不耽误你们了！"说着，老板退了出去。

　　牛向东先点了四个凉菜，又让王秘书点热菜。王志伟说："牛主任，这里你来得比我多，你就别客气了！"推让一番后，牛向东又点了四个热菜。见他还要接着点菜，王志伟抢过菜谱说："咱们就这几个人，八个菜足够了，点多了浪费！"牛向东也伸出手来，试图从王志伟手中重新把菜谱抢过来。两人正争执不下时，许长杰站起来解围说："牛主任，你就按照我们王秘书的意思办吧，镇里谁不知道我们王秘书最讨厌大吃大喝！——要不就先这样，不够了咱们再点！"牛向东无可奈何地说："王秘书光给我们节省了，其实我们再困难，吃饭总还是没问题的。再来个酸辣肚丝汤吧！"服务员写好菜单出去安排了。

几分钟后，凉菜上齐了。牛向东打开酒瓶，给每个酒杯都添满酒，然后说："今天非常欢迎王秘书还有你们两位来指导工作，说实在话，我非常希望领导能够常来我们这里。领导来得多了，基地才能发展。你说是不是啊，王秘书？"王志伟点点头："就是给你添麻烦了！"牛向东说："说的哪里话，今天安排得太简单了！时间不早了，来，咱们先干一杯！"说着他举起了酒杯，一一碰过酒后，一饮而尽。王志伟、许长杰也都喝完了酒。我端起酒杯，犹豫了一下，喝了下去，感觉一股热流从喉咙里通过。连干三杯后，我感到浑身有些飘，脸热辣辣的。牛向东拿起筷子说："大家动动筷吧，这里的饭菜还是很不错的。"一会儿工夫，热菜开始上了。牛向东把筷子放下，拿起酒杯说："今天难得大家相聚，我敬大家几杯酒。"说着，他"咕咚咕咚"一口气连喝了四杯，然后把酒杯倒过来亮了亮："我先喝为敬！"随后拿起王志伟的酒杯："王秘书，我敬你四杯酒，祝你四季发财！谢谢你对基地的支持！"王秘书按住牛主任的手说："两杯吧，我酒量不行，慢慢喝！"牛主任把王秘书的手拨开："那可不行，你工作那么忙，好容易抽出时间来，今天说什么也得喝四杯！"见推辞不过，王秘书只好把四杯酒都喝了。喝酒的时候，牛主任小声对王秘书说："你前段给我说的那个事儿，我给我姐夫郭土林说过了，他答应近期就找孙书记去说，你就放心吧！"王秘书连声道谢。他们俩说话的时候神秘兮兮的，旁边的我听了个一头雾水。

牛主任又给许长杰敬酒，许长杰倒是没怎么推辞，一饮而尽。轮到给我敬酒了，王秘书介绍说："小丁是本科生呢，是省委组织部下派的干部。"牛主任眼神中立刻露出异样的光芒，把我上下打量了一番，伸出手来，重新和我握了握手："王秘书，你怎么不早说呢！失敬失敬！能给省里下派的干部敬酒，是我的荣幸。"我说："牛主任，我喝酒实在不行，你的心意我领了，要不只喝两杯吧！"牛主任说："不行，正因为酒量不行才要锻炼呢！王秘书，你说是不是？"王秘书说：

"小丁，牛主任第一次给你敬酒，你就喝了吧。后面的酒你可以随意喝。"无奈，我只好端起酒杯，勉强喝了下去。"这还差不多！"牛主任说，"小伙子前途无量，以后你当上大官了，可别说不认识我！"我红了脸说："哪有什么前途？慢慢干吧！"敬完酒后，牛主任回到自己的座位上。随后，王秘书、许长杰和我先后回敬了牛主任，大家说说笑笑，洋溢着融洽的气氛。渐渐地，我觉得头有些沉，胃里不断向上翻……

　　热菜上齐了，连酸辣肚丝汤也端上来了。牛主任也有了几分醉意："王秘书，这些年来你对基地的支持，你老兄我都记在心里啊！"王秘书说："支持基地发展是应该的，我只是尽了一点微薄之力。说到底，还得感谢你。以后有什么困难只管说就是！"牛主任醉醺醺地说："那是，有什么困难我第一个想到的就是兄弟你！"说完，牛主任站起来，拍了拍王秘书的肩膀说："你等我一下！"牛主任出去了，不一会儿又回来了，后边跟着两个年轻的女服务员，一股浓郁的香味立刻飘了过来。牛主任说："王秘书，下午也没什么事，咱们多玩一会儿，我请你们跳舞吧！"王秘书连忙站起来，摆摆手说："不行不行，下午还有事呢！我们还是回去吧！"牛主任拉着王秘书的手说："时间还早呢，难得咱们弟兄们聚一次，玩个尽兴吧！"说着，牛主任拉着王秘书走出了房间。许长杰跟了出去，我也随着他们走了出去。

　　拐过几道弯后，那两个女服务员拿出钥匙打开了一个房间，里面的灯光显得昏暗。我们在长沙发上坐下来。女服务员先给我们倒茶，然后打开音响，里面传出了杨钰莹那甜美的声音，"我的思念，是不可触摸的网……"女服务员走上前去，把王秘书和牛主任从沙发上拉起来。于是，随着舞曲的节奏，王秘书和牛主任的身躯扭动起来。两三个曲子过后，王秘书和牛主任坐下来休息，女服务员又来拉我和许长杰。许长杰马上站起来，熟练地伸出手挽住一个女服务员的手，另一只手去扶女服务员的腰。我顿时有些手足无措，对另一个女服务员说："我……我不大会跳舞，我就不跳了！"女服务员有些无所适从，站在那里一动不动。这时候王秘书拍拍我的肩膀，笑着说："晨辉，你是不是有些不好意思？看来你上学上得太多了，不就是跳个舞吗？还这么封建！去吧，胆子大一些！"牛主任也笑起来："一看你就是刚毕业的学生，书生气还这么浓。你看人家小姑娘多大方！快点起来，要像个爷们！人家姑娘都不怕，你怕什么？"我正犹豫着，那个女服务员抿着嘴笑了，一把将我从沙发上拉了起来。

伴随着轻柔的舞曲，蒙眬的醉眼，还有女人身上特有的柔软和清香，我觉得自己的身子好像飘了起来，随着舞曲的节奏一起一伏，仿佛进入了另一个世界……

十

回到镇政府的时候已经是下午快四点了。王秘书对我说："你根据今天去残联基地的调研情况写一篇信息，明天让陈秘书把把关！"

晚饭后童振兴又来宿舍找我，他问道："你今天去残联基地感觉怎么样？"我说："还不错吧！比在办公室守着强，我这个人喜欢自由。"他用一种羡慕的眼光看着我说："王秘书对你挺好的，我很少有这样的机会！看来还是要有点儿学历，你才来咱们镇，我看领导对你还是挺重视的。"我摇摇头说："可能是王秘书想让我锻炼锻炼吧，我这是第一次跟着领导出去调研，下次调研该带你去了！"他说："希望这样吧！其实我也不喜欢老待在办公室。"我说："下去调研是不错，就是最好别吃饭，一吃饭就要喝酒，我最怕喝酒，所以还没开席，我心里就发虚。还有，我觉得在酒场上说的话大都是废话、空话和套话。称兄道弟、互相恭维、言不由衷，你觉得有意思吗？"小童听后笑起来："我和你的感觉一样，只是我比你酒量强一些。以前我当通信员时，最看不惯这一套了，可是没有办法。后来我觉得自己性格不适合，就回家休息了一段时间！"我说："其实咱们都不适合，许长杰今天表现得倒挺不错，我看他对这一套挺熟悉的。"小童脸上露出一丝不屑地神色："他就是个当秘书的料，你看他每天见领导点头哈腰的样子，让人恶心！"我也笑了，说："你想过哪天离开办公室吗？"小童说："前段时间你来的时候我对陈秘书说过，他让我等等再说。实在不行我就直接找赵书记！"我说："好！最好咱们俩都能去包村，忙闲倒无所谓，自由才是最重要的！"他点点头："咱们俩想到一块儿了！"我从抽屉中拿出象棋说："来，杀两盘！"

小童走后已经深夜了，我倒了一杯白开水，放在桌上。然后拿出笔记本，铺上稿纸，白天调研的一幕幕又浮现在眼前。我以《故城镇残联基地建设成绩斐然》为标题，一口气写了将近两页，又修改了两遍，自己感觉满意了，又抄了一遍，这才长嘘一口气。一看表，半夜十二点了，这才赶快熄灯睡觉。

第二天点完名后，我把写好的信息交给陈秘书，他粗略地翻了翻："好，写得不错！"又叫来致清叔："上午你去趟县城吧，把这篇信息复印一份，分别报县委、县政府信息科。另外，近期县委县政府的文件也该领了，你去后一块儿领回来！"

到了下午，致清叔回来了。我问他："怎么样？顺利吗？"致清叔说："都报去了，能不能发表不敢说。"见我脸色有些不自然，他忙又改口说："我估计应该没问题！"我说："下次你去县城最好我能跟你一起去！"致清叔笑了："这跑腿的活你也愿意干？正好，我这老胳膊老腿的，该歇歇了。下次我带你一起去，以后这个活儿交给你好了！"

一个星期后，我和致清叔到县城取文件，见我那篇信息果然在县委信息科的刊物上发表了。回到镇里后我立刻把刊登有我那篇信息的刊物复印了一份自己保存，原件交给陈秘书。他看完后很高兴，拍拍我的肩膀说："不错，继续坚持下去。咱们镇的宣传工作现在主要是我和组织干事樊国超来负责，现在正好还缺个宣传干事，你好好干，过一段时间我向领导推荐你当宣传干事。这可是个正股级职

　　　　　　　　　　　　　　　　选调生

位呢!"我高兴地点了点头,心里甭提多舒服了。

又过了几天,组织干事樊国超来找我。樊干事二十七八岁,高高的个子,胖乎乎的,戴了副眼镜,看起来文质彬彬的。他一见到我就说:"晨辉,听陈秘书说你在县里发表了一篇信息?"我点点头。他说:"你保存的还有吗?我想看看。"我就到宿舍里把自己复印的那期信息拿了出来,交给他:"樊干事,我写得不好,你还得多指点。"他仔细看了看,称赞道:"写得不错。这样吧,我想给县报社写篇稿子,你这个能借我参考一下吗?"我说:"樊干事,你太客气了,只管拿走吧!"

几天后,致清叔拿着《颍川通讯》找到我,指着其中一篇文章对我说:"小丁,你看,这不是你写的那篇信息吗?没有改动多少,换了个标题,怎么署名就成了樊国超呢?"我凑过去仔细看了看,果然看到了一篇标题为《故城镇积极抓好残联基地建设促进残疾人就业》的文章,除了开头加了几句话外,后边的内容和我那篇消息几乎一模一样。我的脸立刻涨红了,顿时有一种被欺骗了的感觉。致清叔叹了口气说:"晨辉啊,怎么说呢?你太实在了,对人以诚相待没错,不过有时候还是要留些心眼。这个樊国超也太过分了,起码应该署上你俩的名字啊!这下可好,你辛苦了半天,功劳全成他的了!"我自我解嘲地说:"算了,不就是没写上我的名字嘛!我也不在乎,让他出风头去吧!"致清叔摇摇头说:"晨辉啊,一篇文章的确算不了什么,不过这已经不是一篇文章的问题了。属于自己的该争取就要当仁不让,有时候你退让了,他不但不会尊重你,反而会认为你软弱。以后一定要记着,'吃一堑,长一智'!"

第二天一早我便找到樊干事要我的那篇信息,他从抽屉里拣出来交给我,有些尴尬地笑笑说:"真是对不起,这几天太忙。我正准备给你送去呢!"我也冷笑了一声:"那我就不打扰你了。另外,你在报纸上写的那篇关于残联基地的文章我看到了,很不错,比我的强多了!"他脸色有些发红,摇摇头说:"哪里哪里,还得谢谢你给我提供的素材!"

这件事以后,我的心里好久不能平静。致清叔说得对,一篇稿件算不了什么,可这里面反映出的深层次问题却不能不令人深思。处于纷乱芜杂的社会,人的品德不可能都是一样的。对于君子,当然要以诚相待,推心置腹。但问题是不可能每个人都是君子,或者即使是君子,那么他所做的每件事也未必都是光明磊落的。樊国超的文笔在镇里是屈指可数的,但并不代表他其他方面都很优秀;反过来说,樊国超在这件事上所表现出的自私,也并不能以偏概全地说明他品质就有多大问题,所谓"金无足赤,人无完人"吧!所以,时时处处要多动脑筋,要多考虑。但又仔细想想,觉得这样的话人活得实在太累了,还不如简单一些的好。唉……

呼呼的西北风连续刮了好几天,天气变得更冷了,真正到了隆冬时节。我有好长一段时间没回家了,星期五下午,我给小童打了招呼,提前骑车向家奔去。回家的感觉总是很美好的,我想起这段时间除了下去调研了一次,很少离开镇政府大院。到了家中,见已经生了炉子,父母正在一边烤火一边谈话。我就对他们讲了这一段时间的经历,父亲不住地点头,又告诉我一些应该注意的问题。母亲突然说:"你是不是有个同学叫李秋华?"我有些吃惊:"有啊,怎么了?"母亲说:"她前几天打电话问你的情况,我说你早就上班了,她要你抽时间给她回个电话。"说着,母亲去里屋拿出一张纸,上面写着电话号码。母亲说:"这是她单位的电话。"

我打了过去,让接电话的那个人去叫秋华。秋华接过电话说:"晨辉你不够意思啊,上班了也不说给你这个老同学打个电话!"说实在话,这段时间我还真的没顾上跟她联系,便自责说:"真不好意思,我刚上班不久,工作挺忙的,想着等闲一些的时候再给你联系。"秋华话锋一转,说道:"咱们的班主任赵老师你还记得吗?"我说:"赵老师怎么能忘了?"秋华说:"那就好。前几天我向他提到了你,他对你印象挺深的。怎么样,明天咱们一块儿去看望看望他?"我高兴地说:

"我也正有此意，明天上午十点，我在你们学校门口等你吧！""好，不见不散！"说完，秋华挂断了电话。

母亲见我打完电话出来，问道："那个叫李秋华的找你有啥事？""没啥，她叫我和她一起去看望我们高中的班主任。"我回答道。"她长得啥样啊？"母亲问道。"啥样？我也说不好。你问这干啥？"我问道。

"你呀！"母亲嗔怪着，"你看看咱们村和你年龄差不多的人，很多都结婚了，至少也订婚了。以前你上学我不管，现在毕业了，你也老大不小了，该想想找对象的事了。我看秋华好像对你有点儿意思，人家又是个老师，多好！"我笑了笑说："你就别管了，这事急不得。看看再说吧！"母亲说："你有她的照片吗？"我便把夏天和她一起爬山时的照片拿了出来。母亲看后点着头说："不错，除个头有点儿低外，挺合适的。咱也不能要求太高！"

第二天上午我提前来到县三高。这是我上高中时的母校，自从高中毕业后，我就再也没有回去过。在学校大门口，我看到以前卖早餐的阿姨正在收拾摊位，上高中时我几乎每天早上都去她的摊上喝豆腐脑。大门右侧的小书店还在，不少学生在里面看书，这也是我那时候经常去的地方。四年多过去了，一切似乎没有多大改变。改变的只是学生，一批又一批的高中生从这里静静走过，走向他们梦寐以求的大学，或者无可奈何地提前走向了社会。

大门口有些冷，我来回踱着步。正等着的时候，听到有人叫我的名字，我抬头一望，果然看到秋华正在向我招手。她穿着粉红色的羽绒服，围着白色的围巾，头发修剪得整整齐齐，看上去比上次白了许多。我快步走上前去，一股淡淡的清香飘入鼻孔。秋华笑着说："你等了很长时间吧！"我摇摇头："没，刚来没多久。"秋华说："咱们先买点儿东西吧！"

我们在门口小卖部买了一箱苹果和一箱牛奶，然后向学校后边走去。我问道："赵老师还住在后面的家属楼？他现在怎么样？"秋华说:"赵老师还是老样子,他儿子也正好今年毕业,留在北京了。我能分配到咱们母校,赵老师帮了不少忙呢!还记得上高中那时候吗?赵老师对咱们可好了!"

秋华的话让我仿佛又回到了高中时代。那时候赵老师是班主任,教我们语文,从高一到高三随班走。赵老师上课风趣幽默,把许多深奥的道理讲得浅显易懂,因此许多学生都爱听他的课。在他的帮助下,我的语文成绩提高了不少,甚至还得过全年级第一名。

有一次我的一篇描写秋游的作文被他在班上当作范文读了,读完后,他说:"你们说这篇作文写得好吗?"大家异口同声地说:"好!"赵老师没作声,又把其中一段景物描写念了一遍:"车窗外一片秋色,远远望去,高粱涨红了脸,棉花咧着白色的大嘴笑着,小麦挥动着长长的胳膊……"然后他问道:"大家说这段描写好吗?"同学们仍然说:"好!"赵老师笑了:"认为写得好的举起手来!"大多数学生都把手举得高高的,我的心里立刻觉得美滋滋的。赵老师收敛了笑容,说道:"请同学们把手放下。我想问大家一个问题,你们在初秋的时候见过麦苗吗?"我的脸立刻火辣辣的,糟了,怎么没注意到这一点呢!同学们也都大笑起来。赵老师接着说:"我活了快五十岁,也从来没在初秋的时候见过麦子,更别说'小麦挥动着长长的胳膊'了!"同学们笑得更厉害了。我低下头,感到有些无地自容。赵老师摆摆手,示意大家不要笑。他说:"总体来讲,这篇作文写得不错,虽然有一点小小的问题,但是瑕不掩瑜,我给这篇作文打了八十五分。写作文要特别注意细节问题,不能犯这种低级错误。不仅是作文,以后大家走向社会,也要特别注意,细节决定成败!"我这才抬起头看了赵老师一眼,见他正在用赞许的目光看我呢,好像在说:"没关系,以后注意就行了!"我心里这才有了不少安慰,也不好意思地笑起来。从那时起,我记住了"细节决定成败"这个道理,也养成了做事耐心细致的习惯。

到了高三以后,学习更忙碌了。学校把我和秋华等十二个学习拔尖的学生单独找了个教室,晚自习的时候集中起来辅导。赵老师对我们说，一定要注意身体，千万不能累坏了，就现在的水平，只要正常发挥，考上个重点大学应该没有问题。可惜那年高考，十二个人里面有十个人考上了不同的重点大学，甚至有一个人考上了北大，只有我和秋华发挥失常，只考取了省内的普通大学。从此之后，我再也没见到过赵老师。今天就要见到赵老师了，那一幕幕往事涌上心头。

赵老师家在四楼，按了门铃，门开了。四年多不见，赵老师还是那样神采奕奕。他热情地把我和秋华让到沙发上，就去泡茶。我连忙站起来说："赵老师，您别忙了，我自己来！"赵老师摆摆手说："晨辉，今天你和秋华来看我，我很高兴，你们坐。"

一会儿工夫，茶泡好了，我们边品茶边聊天。我问了赵老师和其他熟悉的老师的情况，知道了他们大都没有变化，唯独那个教英语的女老师去上海发展了。秋华说："赵老师，来的路上我和晨辉还说起我们高中的时候呢！那时候你对我们俩都很好，很多事情我们都记忆犹新。"赵老师感慨地说："是啊，时间过得真快，转眼间我已经教了三十年学了，这三十年一晃而过，看到你们，我就想起自己刚毕业的时候，好像就在昨天一样！"

赵老师问了我现在的情况，知道我分到了故城镇，便说："你现在成了我的父母官啊！"我惊讶地说："赵老师，您老家也是故城的吗？"赵老师笑着说："我老家是故城镇赵坡的，以后你在故城工作了，很可能会去到的。"喝了一口茶，赵老师接着说："晨辉啊，你上高中的时候就很用心，那时我就觉得你将来肯定会有所作为的，虽然那年高考你没考好，不过我对你的期望一直没有改变。现在分到了乡镇，起点是低了些，但是只要努力进取，拿出你高中那时候的精神来，相信你会有出人头地的那一天！"听完赵老师对我的鼓励，我心里感到热乎乎的，便说："赵老师，您相信精神的力量吗？上高中的时候，我最喜欢每周一下午的班会，每次您讲完后我似乎有用不完的力量，把全部精力都投入学习中。每次想偷懒的时候，想起您的话，我就会立刻重新振作起来。现在也一样，今天又聆听了您的教诲,我以后工作会更有劲了!"秋华开玩笑说:"赵老师是个出色的演说家,要是放在国外,可以竞选州长了!"说笑间,已近中午,赵老师要留我们吃饭,被我们婉言谢绝了。

我和秋华一起在外吃过午饭,天色阴沉下来,刮起了凛冽的寒风。秋华抬头望了望天空,说:"外边风太大了,一块儿到我宿舍看看吧!"绕过体育场,转过一所教学楼,来到一所破旧的二层楼旁,秋华说:"到了。怎么样,这个地方还熟悉吧!"我惊讶地说:"这不是当年你们的女生宿舍吗?怎么现在——"秋华打断我的话说:"这几年学校建了新的学生宿舍楼,原来的宿舍楼就成为老师的单身宿舍了。这里住着好几个老师呢!"上了二楼,秋华拿出钥匙,打开了宿舍门,我顿时感觉暖和了许多。

宿舍内收拾得干干净净,靠南边窗户的桌子上摆着一盆蜡梅,花朵含苞欲放,散发出淡淡的清香。宿舍北半部是一套炊具和一个布柜子。秋华招呼我坐在床对面的椅子上,给我倒了茶,然后在床上坐下,直盯着我微笑。我有些拘束,慌忙避开她的眼光。在外边的时候有说有笑,可一旦坐下来单独面对她的时候,我竟然感到有些手足无措。

宿舍气氛一时有些尴尬。秋华突然忍不住笑起来:"咋不说话了?晨辉,你都上班一段时间了,还像以前那样腼腆!"我也笑起来,气氛顿时轻松了许多。我说:"第一次到女生宿舍,和女生单独待在一起,太紧张了!"秋华问道:"你上大学都没有谈过恋爱?"我说:"没有啊,也有喜欢的人,可是人家不喜欢我啊。"秋华摇摇头:"我不相信。"我自我解嘲地说:"主要是一门心思看书,变得太呆了。现在的女孩子个个都不简单,你说,谁能看上一个书呆子呢!"秋华调皮地说:"那可不一定。我看书呆子也不错的,至少能靠得住!"我笑着说:"要是女孩子都能像你这样想就好了,可惜我没遇到过。"秋华说:"那你现在遇到也不晚啊!"我说:"现在不着急,我先把工作干出点儿成绩再说。"秋华把大拇指伸出来,朝着我晃了晃:"有志气。从高中的时候我就知道你很有志气！"我忽然想起了毕业纪念册，便说："毕业那时候的留言册我还保存着呢！你给我的留言还在上面。你的留言册呢？"秋华拿出钥匙，打开抽屉，取出一个蓝色封皮的日记本，递给我说："给你，你的留言在第十六页上。"我接过留言册，翻到第十六页，一眼就看到了我那略显稚嫩的笔迹。秋华说："你给我的留言后边还附了一首诗，我给你背下来：'三年同窗情似海，六月分别在今朝。今日起航知何处？他年相逢诉萍漂。'怎么样？没记错吧！"我也把大拇指竖起来："真服了你，一个字都不差！"秋华抿着嘴笑了："那要看是谁的留言了。"秋华又问了我一些乡镇的情况，我说："其实参加工作了还不如上学的时候呢！那时候一心只管学习就行，而现在还要应对各种人际关系。反正挺累的！"秋华说："那看来我选教师行业还算选对了？"我说："至少还有学校那种氛围。"于是，我们又谈起了一些老师和同学的境况。

　　不知什么时候，风停了，天色更加阴暗了，开始飘起小雪花来。我站起来说："秋华，我该回家了，你看，外面都下雪了。"秋华也站起来，拉了我一把："你先别走，还有一件事请你帮忙。"我说："说什么帮忙？有什么事情只管说吧，至少我可以帮你出出主意。"秋华望了望我，笑了，脸上掠过一丝羞涩："我同事想帮我介绍对象，也是个老师，说过几天选个时间见面，我正在犹豫去还是不去。你说我去还是不去？"我立刻觉得心里有种怪怪的滋味，是羡慕，嫉妒，还是少许怨恨？都说不清楚。我语无伦次地说："这个，你应该去。不过，最好别去——看情况吧，去不去都行！"秋华大笑起来："你怎么了，说话吞吞吐吐的。我想听听你的主意，你要说不让我去，我就不去了。"我心里不想让她去，但嘴上还是说："那你去吧，也许会遇到合适的！"秋华说："要是这样的话，那我可去了啊？"我说："你去吧，有什么情况告诉我一声！"

　　该回家了，秋华把我送到校门口。这时候雪渐渐变大了，地上已经积了薄薄的一层。秋华把伞递给我说："你带着吧，路上雪大。"

我感到心里暖乎乎的："那你怎么办？"秋华向我挥挥手说："我这才几步路！你快点走吧。再见！"我撑起伞向前走了几步，不由自主地一回头，看到雪地中的她还在向我这边凝望，那纷纷扬扬的雪花像一群可爱的小精灵，在空中翩翩起舞，飘落在她白色的围巾上，飘落在她粉红色的羽绒服上……

十一

夜里我在床上辗转反侧，想到了对象问题。是啊，如果说以前还有些遥远的话，现在可是确实到了该认真考虑一下的时候了。刚结束了大学时代感情的伤痛，本想先安安静静干出点儿成绩再说，可是树欲静而风不止。母亲的期望，我不能不考虑，供我这么多年读书，太不容易了。秋华其实也不错的，看得出她对我挺有好感，不如把这层窗户纸捅破？我忽然又想到了韩颖，不知道她现在怎样。和她相比，无论个头还是模样，秋华都要逊色一些，想到这里我又有些动摇了，总觉得有些不甘心。唉，爱我的和我爱的就是这样矛盾，是找个爱我的，还是找个我爱的？……

大雪又时大时小、时断时续地下了一天。到了星期一早晨，我六点钟就起床了，天还没有亮。推开屋门，一股寒气袭来，我打了个冷战。外面白茫茫一片，雪下得正紧。透过屋内的灯光，我看到大片大片的雪花泛着白光，争先恐后地向大地冲去。走到院子里，积雪埋没了脚脖，发出籁籁的响声。

洗漱完毕，我正要跨上自行车出发，母亲出来了。她抬头看看铺天盖地的大雪，说："你不要命了？这么大的雪你还要上班？今天你向你们领导请个假吧，干工作也不能不要命！"我还要争辩几句，母亲用一种不容分辩的口气说："你下午再去吧，上午先请个假。"八点刚出头，我给陈秘书打了个电话，陈秘书听完后，马上说："行，你别管了，上午点名的时候我给你解释一下。"我这才放了心。

选调生

上午，雪渐渐停了下来。快中午的时候，太阳出来了，照在雪地上，白光刺得人眼睛都睁不开。刚吃过午饭，我就出发了。乡村公路上的雪被来往的汽车碾过，变得很滑，我只好尽量往边靠。路两边的冬小麦早已不见了踪影，被厚厚的雪覆盖着。放眼望去，天地间只有白茫茫一片。该翻过山冈的时候，路有些陡，骑不上去，我只好从自行车上下来推车。就这样推着车走了一里多地，我感到手脚热乎乎的，身上要出汗了。到了下坡路的时候，我骑上车，顺坡而下，耳边呼呼生风。忽然间，我感到车子向下一沉，自己便随着车子摔了下去。好在穿着棉衣，再加上是雪地，没感到怎么疼。我从地上爬起来，拍了拍身上的雪，仔细一看，原来是公路上的一处小坑被大雪覆盖，让人无法辨认。我重新骑上车，艰难地向镇政府驶去。

将近三个小时后，我才到了镇政府大院。来到办公室，致清叔显出很惊异的神情说："你怎么这时候来了？这么大的雪！以为你明天才能来的。"小童也走过来关切地询问。我把手套脱下来，喘了口气说："明天雪也不会化多少，反正也要来，还不如早点儿来呢！再说，请太多的假，领导也不一定愿意啊！"我给父母打了电话报平安，然后问致清叔："今天办公室忙吗？"致清叔摇摇头："还那样吧，每天都一样。其实你没必要这么着急来，有些事情，你不来也有人去做。"我笑了笑，没作声。我又到陈秘书办公室里看了看，他正在写材料，看到我，他也有些惊讶，说道："是晨辉啊，没想到你今天能来！"我笑着说："主要是怕办公室太忙，不敢耽误太久。"陈秘书摘下眼睛，揉了揉双眼，笑眯眯地说："好样的！外边风雪这么大，你还这么积极，真不错。年轻人就应该这样，你可不能像机关有些人那样懒散。你表现怎样，领导能看在眼里的。"我们又谈了一些信息写作方面的事情。忽然，陈秘书像想起了什么似的说："对了，上午组织委员桂宝华找到我，说是近期上边要来检查'三级联创'工作，要及早做好准备。他那里人手不够，想跟我借人，我想让你和小童一起去。你们明天起就不必待在办公室了，跟随桂委员一起下村！"我心里立刻高兴起来，说实在话，我正盼望有机会能下村看看呢！我问："那办公室呢？只剩致清叔了。"陈秘书说："没关系，我让许长杰也别乱跑，多盯盯办公室。其实镇政府是一盘棋，事情来了大家一起去做，很正常，以后你就会明白，到村里了解了解情况也好。"

几天后桂委员便叫人召我和小童一起来到他的办公室，研究迎接"三级联创"检查工作。其实，对于乡镇干部来说，除了一些职能站所外，大多数人办公室就是自己的单身宿舍。这时候桂委员办公室内已经来了两个人，桂委员正在一边喝茶一边和他们说话。我一看，原来是组织干事樊国超和文化站女干部吴秋娜。吴秋娜我见过几次，也就是见面打声招呼，没有什么特别的印象。说实在话，虽说上班了一段时间，但是镇里的同事我还没有认识完呢！这时候我才注意到原来吴秋娜其实算是有些洋气的女干部，个头不算太高，脸很白，估计是抹了一层薄粉，在她身边坐着，不时会闻到一种淡淡的清香；眉毛描得又黑又细，像是演员化了妆要参加演出似的。

看人到齐了，桂委员便把茶杯放下，对大家说："这块工作本来是我和国超的事，但是任务太多了，顾不过来，只好把你们三个人抽过来帮忙。具体工作由国超牵头，你们听他安排！我上午还得到组织部开个会。"

樊国超把胸脯挺了挺，又扶了扶眼镜，对我们三个一本正经地说："咱们现在主要任务是到村里帮助他们整材料，当然不是每个村都去，全镇二十六个行政村，哪里能跑过来？主要是第一批争创的八个村。过几天上面就要来检查，所以咱们现在是时间紧，任务重，你们要好好帮我的忙啊！"桂委员也说："这几天你们多辛苦吧！你们三个有什么要说的吗？"我们连忙表态，都表示会认真配合好桂委员和范干事的工作，不给全镇"三级联创"工作抹黑。桂委员这才满意地说："你们下村吧，我要到县里开会了！"

离开了桂委员办公室，樊国超说："咱们上午去赵坡村，下午去故城村。"几个人分别推出各自的自行车，向赵坡村驶去。路上我问樊国超"三级联创"到底是什么,樊国超笑着说:"按照文件上说,'三级联创'活动是在县、乡镇和村三级党组织中,开展以'五个好'村党组织、乡镇党委和农村基层组织建设先进县为主要内容的创建活动。具体是哪'五个好'我还没记全,到村里再看看上面的文件怎么说吧!"我们都笑了起来。

赵坡村在镇南部,离镇政府有四五里路,平时骑车也不要太长时间,可是今天阴冷阴冷的,北风呼啸,到了村里我们一个个脸和鼻子冻得通红,但浑身热烘烘的。村部里早有几个人在等候,樊国超一介绍我才知道原来是村书记、村主任和会计主任,他们都姓赵。其实,这个村绝大多数人都姓赵,要不怎么叫赵坡呢!忽然我又想起了班主任赵老师,这里莫非就是他的故乡?

村部一共三间房子,外边是一个院子,种着几棵粗壮的桐树。靠东墙有一个花坛,里面有不少月季花,由于是冬季,月季花只剩下光秃秃的枝干和刺,在寒风中瑟瑟发抖。走进屋内,立刻觉得温暖了许多,原来屋内已经生了炉子。屋子正中间摆着几张沙发和一个茶几;靠东墙放着一个大柜子,柜子西边并排放着两张大桌子,上面凌乱地放着一些报纸和几份文件;屋子西边是一张床,放着叠好的被褥。我们在沙发上坐下,樊国超简单介绍了镇里开展"三级联创"活动情况和上面将要来检查工作的事情,最后他说:"咱们赵坡村基础条件比较好,村班子也很团结能干,镇'三级联创'工作开展以来,你们几个干得都不错,也取得了不少成绩,争取'五好'村党支部你们肯定跑不了。这次上面检查,你们是必查的村,所以一定要把工作做扎实,对照上面文件的标准,看看还缺少什么,缺什么咱们补什么,千万不能给镇里抹黑!"赵支书表态说:"樊干事,你就放心吧,我们肯定配合好镇里的工作。你看看,这几年,我们赵坡村哪项工作落后过?"村主任和会计主任也随声附和着。樊国超看了看手表:"哟,都十点出头了,那咱们抓紧时间开始吧!"

会计主任拿出钥匙,把靠东墙的那个大柜子打开,里面有十几个档案盒。樊国超让我们把档案盒都拿出来摆到桌子上，然后一个个打开，又从自己的提包里把"三级联创"活动的文件拿出来，对照上面的要求，仔细看起来。我借此机会也围过去，看了看那个文件，主要是想了解一下争创"五好"村党支部的"五好"是什么。见文件中写着："……一是领导班子好，二是党员干部队伍好，三是工作机制好，四是小康建设业绩好，五是农民群众反映好……"

把档案看完，樊国超长嘘了一口气，满意地说："你们这里的材料基本齐全，就是有一点，开展农村实用技能培训情况怎么没有？"赵支书站起来，走过来仔细看了看，然后搔搔后脑勺，赔着笑说："怪我大意，怪我大意！我们村开展过很多次培训，包括这次镇里统一组织的。连这些也要装档案？"樊国超指了指文件说："赵支书，你看看'五好'的'小康建设业绩好'这一条，上面明明写着'要积极开展农村实用技能培训'，没有这些资料，人家以为你没开展这项工作呢！"赵支书回头对会计主任说："你快点去把这次参加培训的那十几个人找来，让他们过来签名！"会计主任面露难色，说："这十几个都是人，不是家具，说搬来就能搬来！腿在他们自己身上长着，人家白天就不出去打工了？"赵支书拍拍脑袋，尴尬地说："瞧瞧我这记性，这可怎么办呢！"樊国超摆摆手说："不用了！把他们都找齐后，黄花菜都凉了。"然后又对赵支书说："这样吧！咱们几个代他们签名，反正技能培训这事也是真的，上面检查难道还一个个核对笔迹？"几个村干部都笑了。赵支书说："还是镇里的干部有办法！"于是大家齐动手，画好了表格，把农村实用技能培训材料补充完整了，又对照文件仔细检查了一遍，确认没有问题了，才放了心。

又说了一会儿话，快中午了。赵支书对会计主任说："你陪樊干事他们去吃饭，我和村主任就不去了！"樊国超说："你真的有事吗？"赵支书说："事儿倒是没有，就是怕群众看见了影响不好，又该说我大吃大喝。现在的群众，只要见你一去饭馆，就会在背后骂，还是避嫌一点好！"樊国超皱了皱眉头说："那这样吧，我们回镇里去吃饭，不打扰你们了！"赵支书连忙说："樊干事，你别误会，你难得来一次，无论如何也要在村里吃饭，哪怕是吃碗面条呢！你要是再说回镇里，就是打我的脸了！"几番推让后，会计主任带领我们来到村西部的小饭馆。

说实在话，我早已经又冷又饿了。小饭馆靠着乡村公路，在空旷的田野映衬下，显得孤零零的，没有一点儿生机。进了小饭馆，立刻感到暖和了不少，飘来的阵阵饭香让我觉得肚子更加饿了。饭馆里人不多，摆着七八张桌子，稀稀落落地坐着五六个人在吃饭，大概是过往拉货的司机。我们在靠墙的一张桌子旁边坐下，每人要了一大碗烩面，会计主任还准备要几个小菜，被樊国超拦下了。一会儿工夫，烩面端上来。吴秋娜看了看碗，说："这么大的一碗面，我哪能吃完！"然后拿起筷子，对我说："晨辉，帮帮忙，给你拨一些吧！"吴秋娜给我拨一些，又给小童拨了一些，剩下半碗面了，才开始吃起来。看来是真的饿了，我狼吞虎咽地吃起来，感觉从来都没吃过这么好的面。

吃完饭后，身上暖和了许多，外面的风似乎也不那么刺骨了。我们告别会计主任，骑车向故城村奔去。故城村的干部都在村部等着呢，樊国超介绍的时候，我才知道原来是故城村的村主任楚善本和会计主任郭子敬。怎么没有村支书？我有些纳闷。樊国超并不多问，随着村干部径直走进屋内，我们也跟了进去。故城村的"三级联创"材料整理得也不错，樊国超仔细检查了一遍，把存在的一些小问题指出来，我们立刻帮助村干部进行了补充。

出了故城村，我们准备回镇政府。樊国超对我说："晨辉，没看到故城村的支书，你是不是觉得有些疑问？"我点点头："是有些纳闷。怎么了？里面还有什么原因吗？"樊国超笑着说："这个村有些特殊，村支书叫郭土林。别看他只是个村支书，架子大得很，我看除了咱们书记和镇长去他能露露面，其他领导都不会被他放在眼里。"我立刻想到了前些日子和王志伟、许长杰去残联扶贫基地的时候，基地负责人牛向东曾提到过他，好像还是牛向东的姐夫。于是我很惊讶地说："他有什么特殊的地方？咱们去赵坡，人家赵支书不是很客气吗？"樊国超说："人跟人不一样的，咱们镇二十五个村，除了他故城村，其他村的支部书记多多少少都比较谦虚。郭土林有后台，据说他和市委书记孙百川有什么亲戚，也不知道是真是假。那可是市委书记，咱们县领导还得听市委书记的呢，更别说咱们镇领导了！"我不服气地说："那是他的亲戚，又不是他本人，大面上总得过得去吧！"樊国超轻轻叹了口气说："要是像你说的那样就好了，可他就是这种人。有的人稍有一点资本，就不知道自己是谁了。他在村里算得上是一手遮天，他一发话，其他村干部没有人敢提不同意见。不过这个郭土林工作上还是挺不错的，镇里安排的任务他基本都能按时完成，年年被评为咱们县的优秀村党支部书记。"我说："就是太霸道、太独断专行了。""你知道为什么咱们今天安排上午去赵坡，下午去故城吗？"樊国超问道。"先去远的，后去近的吧！"我说。"不全对。"樊国超脸上露出得意的神色："咱要是上午去了故城，中午饭都没人管。"又看了看小童和吴秋娜："你们两个来得比晨辉早，你们在故城村吃过饭吗？"两个人同时摇摇头。吴秋娜说："别说吃饭了，连口茶都没喝过！"樊国超笑了："别说咱们，就连咱们的桂委员和陈秘书都没有在故城村吃过饭。我看大概只有咱们的赵书记和李镇长才有这个资格！"大家都笑起来。樊国超又说："其实，一顿饭算得了什么，在哪里能吃不来饭？主要是互相尊重问题。就算是他郭土林让我在他那里吃饭，我还不一定去呢！连人之常情都不懂。"

回到镇政府后，大家各自忙各自的事去了。临别时，樊国超说："咱们节省点时间吧。明天分成两组，我和秋娜一组，去陈庄和马楼；晨辉和小童一组，去魏庄和张屯。"

第二天上午点完名后，我和小童骑车先去魏庄。魏庄在镇政府南边，过了赵坡还得走两三里路。由于事先通知过，去到村部的时候，村干部已经在那里等候了。说是村部，其实是借用一个祠堂的几

　　　　　　　　　　　　　　　　　　选调生

间房子。村支书叫毛金豹，四十多岁的样子，胖胖的身材，皮肤黝黑，挺大的一双眼睛显得炯炯有神。旁边站着一个瘦小的老头，六十多岁的样子，不过看上去挺健壮的。毛金豹介绍说："这是我们村的副支书兼治保主任乔天庆，你们就叫天庆叔吧！"

我们走上前打了招呼，乔天庆连忙摆摆手说："你们别听毛金豹瞎说，我这个治保主任谁封的？镇里没有文件，是他毛金豹自己封的，出了魏庄谁承认？再说我一个糟老头子，自身都难保，还能保别人？"毛金豹笑着说："老乔，当着年轻人的面，你还谦虚个啥？谁不知道你老乔老当益壮，从年轻的时候就一直是个大能人。村里离开了谁也不能离开你！"乔天庆顿时来了劲，说道："这话也不错。我老乔也不是吹的，想当年……"毛金豹连忙打断他："你就别瞎掰了，人家镇干部大老远来了，天又这么冷，你还不快点儿把门打开！"乔天庆从腰里拿出一大串钥匙开门去了。毛金豹小声地对我说："这老头就是个老小孩，别人奉承他几句，他就找不着北了。别看是个老头，村里工作挑大梁呢！只要一给他鼓劲，什么难活累活都能干！"又说："今天我们的村主任和会计主任在村里处理一起村民纠纷，要不然他们也得来！"

进了屋内，毛金豹把一堆文件盒放在桌子上，说道："你们检查检查，看看合格不合格。"我和小童仔细看了看，魏庄的材料基本还行，不过比起昨天赵坡和故城两村的，就有些差了。好在昨天跟着看了一遍，情况比较熟了，就参照着昨天的两个村对材料进行了补充。

快中午的时候，总算整完了，我和小童准备回镇政府，毛金豹执意挽留我们吃饭："怎么了，嫌我们村穷？吃碗面条总还是有的！"看我们坚决不去饭馆，毛金豹想了想说："要不这样吧，中午去我家吃饭，让你嫂子做炸酱面！"我们这才跟着去了。

下午去了张屯，等回到镇政府的时候，天已经快黑了。

十二

检查组终于要来了。这天上午刚点完名，我们几个就被叫到桂委员办公室。他告诉我们县委组织部检查组大概上午九点半到，由组织部副部长韩为民带队，初步计划检查两个村，赵清明书记要亲自陪同检查组。我们的主要任务是现在就提前赶到村里，帮他们做好准备工作。我问道："桂委员，都是哪两个村？"桂委员说："那要等他们来了以后决定。"我说："那就不好办了，总不能第一批争创的八个村都派人去吧！"桂委员看看我，笑了："也没什么不好办的。你们就去赵坡和故城两个村就行，别的不用管。他们要去看的村基本上是由咱们决定的，不是他们想去哪个村就去哪个村！"我更加疑惑了。这时候樊国超拉了我一把："你就听桂委员安排吧！"最后安排的结果是我和樊国超去故城村，小童和吴秋娜去赵坡。

在去故城村的路上，樊国超对我说："晨辉，你才参加工作不久，一些潜规则不是太懂。上面检查工作不是你想象的随便到哪个村都行，这样就乱套了，如果去了差一点儿的村，那不光我们，他们脸上也不好看，显得他们的工作也没搞好。他们想去看哪个村，还要征求一下镇里意见的。"我说："那要是这样的话，都拣好的给上级看，那他们还能了解基层真实情况吗？"樊国超说："你就别管太多了，哪个镇都是这样的。我们要不这样，到时候评比结果出来，肯定是倒数第一。"我说："那咱们前几天大冷天下村不就是白忙活了？"樊国超摇摇头："也不能这么说。至少有一种气氛，也给村里一些压力，通过开展活动，有些村也确实办了不少好事。"

说着话的时候，不知不觉中已经来到故城村。直接到村部后，我看到几个人正在村部的院子里忙碌，其中一个五十多岁的人不停地指挥他们干这干那。这个人个头不高，臃肿的身子，肥头大耳，但眼神却十分锐利，说话有一种不容置疑的权威，其他几个人在他面前显得俯首帖耳。樊国超见我在仔细看他，便说："你知道这个人是谁吗？"

选调生

我试探着说："不会是故城的村支书郭土林吧？"樊国超说："一点儿没错，能有这副嘴脸的，除了他，还能有谁？"我们走上前去，郭土林也看到了我们，说："国超来了？你们是来打前站的吧！"樊国超笑着说："是啊，不过你已经把工作做得很好了，我们来光看看就行！"说着，樊国超又介绍了我，郭土林只是冲我点点头，面无表情地说："好，好！"

我们进了村部的办公室，看到里面打扫得几乎一尘不染，桌椅擦抹得干干净净，文件资料摆放得整整齐齐。村主任楚善本和会计主任郭子敬正在谈话，见我们进来，立刻站起来和我们握手："樊干事你们来指导工作？"樊国超说："能指导什么？是奉领导之命来看看，一会儿检查组就该来了。""樊干事太客气了！"楚善本说着，便拿了茶杯，给我们倒上茶，让我们坐下来等着。樊国超悄悄告诉我，楚善本当村主任也快二十年了，人很随和，群众有什么事都爱找他说；郭子敬人也不错，很敬业，只是有时候过于谨小慎微。

大约过了半个小时，就听到外面有小汽车的声音，我们立刻站起来，走了出去。我看到村部停着两辆小汽车，镇党委书记赵清明、主抓组织的副书记崔大壮和组织委员桂宝华正陪着几个人向村部的办公室走来，村支书郭土林一边招呼他们进办公室一边和他们说着什么。来的这几个人都西装革履，领带打得板板正正，皮鞋擦得很亮，一看就是从上面下来的干部。不用问，准是县委组织部的检查组。正在和赵清明、郭土林谈话的那个人一定就是组织部副部长韩为民了；韩为民身旁站的那个人，三十多岁的年龄，看上去挺随和的，这不是组织部干部科的李东伟科长吗？我曾经为上班的事情找过他两次，印象挺深的。

这些人一走进来，村部办公室立刻显得拥挤起来。我们和检查组的人一一握手，在和李科长握手的时候，他关切地问我："这些日子在乡镇感觉怎样？还适应吗？"看来，他还记得我。我立刻感到有些受宠若惊，连忙说："谢谢李科长还记得我。我在这里感觉还不错,也慢慢适应了。"李科长笑起来:"今年全县的省派选调生就吴俊峰你们两个,我怎能不记得?乡镇工作很辛苦,你能适应就好,有什么想法可以再找我!"打过招呼后,我和樊国超以及村主任、会计主任找了个不起眼的角落站着。

他们坐下后,赵清明书记亲自给他们倒上茶,然后说:"故城村基础条件比较好,村班子讲团结,能力强。我来过多次,也走访过一些群众,他们对村班子都很满意。尤其是'三级联创'工作开展以来,村里办了不少实事,他们都说'三级联创'工作搞得好,群众得到不少好处。"韩副部长不住地微笑点头。赵清明又说:"这样吧,我说得不够全面,毕竟具体工作是村里开展的,还是让郭支书具体介绍介绍情况吧!"

郭土林接过话茬:"说起这个'三级联创',我开始心里还不能接受,想着又是花架子,走走形式。后来我想,不管是什么活动,说到底还是多为咱老百姓办些好事。我在村里的会上讲,要借着这次活动,把村里需要办的事情列一列,必须办的要马上办,不能马上办的也要多想想办法。活动开展时间不长,但是村里还是办了几件事的,村南的路提前修好了,学校有几间房子漏雨,我自己先借钱找人修了,还有几户存在矛盾,是我亲自过去给他们解和的……我郭土林也是干了十几年的老支书了,该做什么事情,我心里还是有谱的!"

桂宝华插话说:"故城村的'三级联创',我们赵书记很重视,前后来过几次指导工作……"赵清明摆摆手说:"主要是上面的决策好,组织部的领导关心支持,郭支书能力强,很有自己的思路,我这个镇党委书记很省心。"郭土林高兴得都合不住嘴了:"赵书记谦虚了,不过很多具体工作确实还得村里去做。不是我说句大话,上面布置了工作,咱们故城镇二十五个村,有哪个村像我这里雷厉风行的?咱们镇里很多工作,都是我们故城村带头完成的。你说对不对,赵书记?"桂宝华皱了皱眉头,把目光投向赵清明,见赵清明书记仍然乐呵呵地点着头:"那是那是。"又对韩副部长说:"韩部长,咱们下面是不是实地看一看？"韩为民点点头说："好！耳听为虚，眼见为实嘛！我总不能光听你们说好就是好了。"这时候会计主任郭子敬把装资料的柜子打开，把十几个档案盒抱过来，堆在桌子上。韩副部长打开几个档案盒，简单地翻了几页，又把资料放下，说道："资料你们准备得很充分，看得出你们做了不少工作，我就不看了。我想到村里看看郭支书说的修好的路和学校修补的危房，然后还想找两个党员谈谈心。"

赵清明书记、崔大壮副书记以及村支书郭土林陪韩副部长他们看路和学校去了，留下桂委员以及村主任和会计主任安排走访党员事宜。桂委员问道："咱们村一共多少个党员？"楚善本想了想说："三十多个吧！"桂委员自言自语地说："不可能做到每个党员都满意，就怕有些党员借此机会发泄自己的私愤，说些不该说的话！"会计主任郭子敬："咱们得事先去说一声，免得出麻烦！"桂委员问道："村里党员中教师有几个？"楚善本说："有那么四五个吧！"桂委员说："那你就找两个可靠的老师吧！老师素质高一些，相信他们也不会乱说。"郭子敬说："行！那我现在就去安排！"桂委员又仔细想了想，觉得一切都安排妥当了，就对我和樊国超说："你们俩现在去赵坡吧！不知道赵坡那边怎样，看来检查组很可能下午才去赵坡！"

出了故城村，樊国超问我："你看出点儿什么了没有？"我不知道他指的是什么，就反问道："怎么了？有什么问题？"樊国超气愤地说："你看那个郭土林眉飞色舞的样子，好像就他能，什么事情都是他干的，根本不把镇里放在眼里！当着组织部领导的面，你看他都说了些什么！"我想了想当时的场景，觉得当时桂委员好像确实不太高兴，就说："我觉得桂委员好像有些生气，赵书记倒是没什么。"樊国超不以为然地说："赵书记那是有涵养，不跟他计较太多。再说组织部的领导还在那里坐着呢！我看这个郭土林早晚得倒台！"我说："郭土林不是有亲戚在市委当领导吗？我看一时半会儿也倒不了。"樊国超说："郭土林就是不明智，太自以为是了，说重了就是愚蠢！他那个亲戚也有下台或者调走的那一天! 到时候, 看他咋收场! "

到了赵坡村, 小童和吴秋娜正在和村干部玩纸牌。他们见我俩来了, 就问道: "故城村还没检查完吗? 我们等得有些不耐烦了。早点检查完咱们好早点回去。"樊国超说: "早呢, 光故城村就得一个上午, 来咱这里恐怕得到下午了。"吴秋娜说: "那正好, 咱们一起打牌吧! "樊国超说: "你们先玩吧! 我还得再看看准备得怎么样。"吴秋娜把大拇指竖了起来, 说道: "看我们的樊干事多么负责! 过两年你当了领导, 我就跟着你当兵! "樊国超说: "吴秋娜你什么时候学会贫嘴了? 不过也好, 说得人心里倒是挺舒服的。"

中午我们就在赵坡村吃了饭, 果然直到下午检查组才来, 还是听汇报、检查资料, 找两个党员座谈, 不过与故城村相比, 检查得粗略多了, 四点来钟就离开赵坡村, 直接要回县城。临别时, 赵清明书记说: "感谢韩部长亲自带队来检查工作, 给我们做了不少指示。下一步我们将按照韩部长的指示, 认真查找工作中的不足, 使镇里各项工作取得更大的成绩! "韩副部长说: "哪里哪里, 我说的也不一定都对。多谢赵书记今天陪同, 给你们添麻烦了! "说完, 两只大手紧紧地握在了一起。赵书记亲自为韩副部长拉开车门, 韩副部长上车坐好后, 两只大手又握在了一起。车启动了, 韩副部长把车窗玻璃摇下来, 向外挥手告别, 赵书记连忙挥动双手致意。车子很快消失得无影无踪, 只留下路两边的树木和枯草在寒风中颤动。见车子走远了, 赵清明轻轻地舒了一口气, 回头说道: "走吧, 咱们也回去, 回镇里! "

晚上镇政府大院冷冷清清的, 和白天的喧闹形成了鲜明的对比。尤其是"三级联创"检查结束后, 除值班人员外, 领导和机关干部大都回家了。领导干部的家大都在县城, 检查一结束, 包括赵清明书记在内的大多数领导都乘车走了。我和小童到宿舍拿了碗, 来到后面的食堂吃饭。打饭的大师傅姓赵, 五十多岁的样子, 个头不高, 家是赵坡的。见到我和小童, 便说: "你们俩可是食堂的常客, 要不然食堂就不用开了，你看看来这里吃饭的才几个人？"我说："你得感谢我们俩，要不然你们就该失业回家了！"赵师傅笑了起来，拿起勺子给我和小童盛了饭，又去打菜。我看到我碗里的饭菜明显比小童的多，便说："太多了，吃不完！"赵师傅说："年轻人嘛，正长身体的，多吃点儿！"其实粗茶淡饭也挺不错的，自自然然的，感觉比中午在赵坡吃得要好。吃完饭各自去结账，每人一元八角。我掏出两元钱交给赵师傅，他找给了我五角钱，我觉得有些纳闷，正想说什么，他冲我使了使眼色，好像在说："别啰唆，赶快走！"

回到宿舍后，我和小童开始下棋。今天我状态特别好，连续几盘都把小童杀得大败。后来小童说别下了，要说会儿话，我们才收了棋盘。小童说："今天怎么回事？你的饭和菜都比我多，就连食堂的师傅也会看人下菜碟？"我说："我也不知道，可能他今天看我顺眼吧！说不定明天看你顺眼也会给你多打些"。小童摇摇头说："不可能。我上班这么长时间了也没遇到过。你不知道那两个老头可吝啬了，每次打饭一点儿都不会多给！"我说："算了，咱们不去说他了，我也不知道为啥，管他呢！"

接下来的几天里，每次去食堂吃饭只要是赵师傅盛饭，都多给一些，而且少收钱。我也不好多问，只是心里觉得疑惑不解。难道我和赵师傅是远房亲戚？也不对啊，从来就没听父亲说过。唯一的可能就是当年我的曾祖父在这里做过生意，也许是他朋友的后代？

十三

这天下午办公室很清闲，半天也没有一个电话来。小童在办公室看闲书，致清叔便招呼我到他的宿舍看看。

致清叔的宿舍也在三楼，不过距我的宿舍比较远，在三楼的东边。致清叔拿出钥匙开了门，招呼我坐下。我看到他的宿舍东墙上挂着一幅字，上面写着："淡泊明志，宁静致远。"我指着字对他说：

"这是你自己写的吗？"他笑着点点头。我说："写得不错，我还以为是哪个名家的作品呢！"致清叔笑着说："自己瞎写的，没事的时候算是一种消遣吧！"我又看到桌子上摆着不少名人的字帖，翻了几本，看到有柳公权、米芾、颜真卿等人的，还有一些钢笔字帖，就好奇地说："想不到你对书法这么有研究啊！"致清叔认真地说："字是一个人的门面，把字写好也是一种本领。拿给领导的材料如果字写得好，领导就有一种好印象。不过我可不是为了这个，我这个人是没有前途了，我自己心里很清楚，我写这个纯粹是为了娱乐。可是晨辉你就不同了，你是上面下派的干部，本身就很有前途，如果再把字练好，可就是锦上添花了，对你以后成长很有好处。再说艺不压身嘛！怎么样？以后抽时间把字好好练练，我先借给你几本钢笔字帖。"说着，他找出几本字帖交给我。我接过字帖，翻看了几页，然后收起来："那就多谢了，我上学的时候就是没学过书法课，说实在话，我的字实在拿不出手，除了工整一些，没有什么特色。"

又简单谈了一些镇里的事情，致清叔把话题一转，问道："晨辉你找对象了吗？"我有些不好意思地笑了笑："还没找好呢！才参加工作，也不着急。"致清叔摇摇头说："工作和找对象根本就是两回事，干好工作就不能找对象了？谁规定的这个道理？找好了对象才能更安心地干好工作。"

我暗自想，致清叔怎么突然问起这个问题了？难道他想给我介绍对象？果然，致清叔接着说："咱们镇政府大院有人托我想把女儿介绍给你，她就在故城小学教书，今年刚好二十岁。怎么样，约个时间见一见？"我问道："是谁啊？能告诉我吗？"致清叔说："这个我得先保密，人家不让说。你先见见，行了我再告诉你是谁。如果不行，你就不用知道是谁了，都是经常见面的，免得尴尬。"

致清叔越是这么神秘，我越是想知道是谁，就说："致清叔，咱们都是自己人，我这个人是个急性子，你要是不告诉我，恐怕这几天我心里都不会踏实。"经不住我的软磨硬泡，致清叔终于让了步。他

选调生

想了想说："也行。看你急成这个样子,告诉你了也跑不了话。你知道食堂大师傅老赵吗?是他托我把女儿介绍给你的。"

我一听心里就凉了许多。致清叔大概看出了点什么,说道:"晨辉,你在想什么,难道你不愿意吗?"我说:"说实在话,我有些接受不了,干脆这件事就算了吧!"致清叔笑了,显然他看出了我的心思:"你是嫌人家老赵是个伙夫吧!"我不作声了。致清叔说:"其实老赵的这个姑娘我见过两次,挺不错的,看上去聪明伶俐,嘴巴也很能说,这方面比你强。再说了,你是找老赵的女儿,又不是找老赵,不妨先见见再说。……"不管致清叔怎么说,我还是觉得心里挺别扭的,就一直没松口。最后致清叔轻轻地叹了一口气:"你要是真不愿意就算了,回头我告诉老赵一声。"我觉得心里挺对不住致清叔的,就说:"致清叔,我辜负了你的这番好意,你可千万别介意。不过真的太谢谢你了,让你为我操心。"致清叔摇摇头说:"说的哪里话,咱们俩谁跟谁啊!别看我比你大二十多岁,可咱俩投缘,算是忘年交吧!"我说:"你给我编个理由吧,就说我已经有女朋友了,要不然老赵的脸没法搁。"致清叔笑了:"晨辉,你考虑事挺周到的。不过你放心吧,我知道话该怎么说!"我这才长嘘了一口气。

过了两天,我和小童再去后边的食堂打饭,老赵见了我冷冰冰的,一句多余的话都没有,给我的饭菜一点儿也不多,当然付的钱一分也不可能少了。我就知道致清叔已经把结果告诉他了,心里觉得好笑,又有几分不快,觉得老赵变化得也太快了吧,这边刚说不要他的女儿,回头他就变成了这样,连个缓冲的时间都没有。但又仔细想想,觉得可以理解:这世界上没有无缘无故的爱,也没有无缘无故的恨,凡事都有一定的原因。如果一个人突然对你态度变好,大多是有所求,这时候也不要太高兴,要多想想为什么,才能不会得意忘形。也许这就是世态炎凉吧,人生很多时候就是如此……

"三级联创"检查结果出来了,故城镇在全县二十六个乡镇办中被评为优秀,优秀名额只有八个。赵清明书记在上午点名后的全体大会上说："这次'三级联创'检查咱们镇被评为优秀很不容易，大家辛苦了，特别是参与检查准备工作的一些同志，我向大家表示感谢！"说着，赵书记站起来，向大家鞠了一躬，台下立刻响起热烈的掌声。我的心里感到美滋滋的，因为我知道，赵书记说的"特别是参与检查准备工作的一些同志"就包括我啊，虽然前段时间忙些，但是能得到领导的肯定，劳累立刻一扫而光。

大会结束后，桂委员把我们叫到他的办公室，满脸堆笑地说："'三级联创'工作能被评为优秀，而且赵书记在大会上对咱们提出表扬，真是很不容易。为了表示对大家的感谢，今天中午我请客，大家好好祝贺一下，有事都推一推，谁也不能缺席！"大家笑起来，我知道最高兴的就是桂委员，他是组织委员，是这块工作的主管领导，功劳应该主要属于他的。仔细想想，其实不光"三级联创"这件事，很多事情都是这样，有了功劳，领导能够表扬下属几句，慰劳一下，那么这个领导就是很聪明的领导，就能称得上是一位好领导。

中午，大家都聚在镇政府斜对面的群英饭店，来的人有组织委员桂宝华、组织干事樊国超，以及吴秋娜、小童和我，另外还邀请了党委秘书陈俊昌、政府秘书王志伟和通信员许长杰。几番推让后，桂委员坐了正座，左边是陈秘书，右边是王志伟。领导坐定后，下面的人就不再谦让了，不约而同地找到自己的位置，依次是樊国超、许长杰、吴秋娜，我和小童则坐在最下面的位置。

宴席开始了。桂委员首先提议大家共同举杯祝贺，他说："感谢这段时间大家给我捧场，大家辛苦了！我还要特别感谢陈秘书和王秘书，我的人手不够，两位秘书一下子就给了我们两个人，晨辉和振兴都表现不错！还有秋娜，工作也很卖力，你们文化站长今天有事，要不然他也得来！"陈秘书说："桂委员的指示我什么时候怠慢过？什么时候都是老兄你指到哪里，我就打到哪里！"王秘书也说："桂委员你是抓组织的，一切服从组织安排嘛！"桂委员笑起来："二位老弟太客气了，没有你们俩的大力支持，能有现在的成绩吗？以后兄弟们有什么事需要我帮忙，一定不要客气！来，大家共同干一杯！"大家都站了起来，相互碰杯，一饮而尽。我也喝完了第一杯酒。接着桂委员拿起酒壶，挨个敬酒两杯，取个吉利，叫作好事成双。陈秘书和王秘书也都敬了酒。樊国超也要敬酒，桂委员说："国超你们就别敬酒了，敬来敬去没有意思。咱们玩纸牌游戏吧！服务员，拿纸牌来……"

一直到将近三点钟，宴席才结束。樊国超和许长杰都喝多了，一边歪歪扭扭地向镇政府大院走去，一边胡乱说着什么，我和小童也感到头重脚轻，身子轻飘飘的。陈秘书脸喝得通红，但还算比较清醒，对我和小童说："你们俩下午不用去办公室了，各自回屋好好睡一觉，我让致清哥守好电话！"

十四

元旦前夕哥哥结了婚，组建了新的家庭，开始了新的生活。早已习惯了我和父母、哥哥一家四口人的生活，虽然早已经知道这一天终会到来，可是一切真的到来的时候，除了感到高兴之外，我还有一丝淡淡的惆怅。也许当习惯将要改变的时候，总会有这样的情绪吧！

哥哥办婚礼的时候，姑父问我："你哥要结婚了，你呢？什么时候喝你的喜酒？"我笑着说："我也不知道什么时候？现在连对象在哪儿都不知道！"姑父也笑起来，说："回头我给你介绍一个，怎么样？"我说："介绍的对象能行吗？谁也不认识谁！"这时候姑母在一旁插话："见了不就认识了？你姑父经常在外跑，给人算卦、看风水，见的世面多。他介绍的，你就放心吧，保准漂亮，还得温柔！"姑父笑着说："你姑说得不错。给你介绍的这个妮儿我给她看过相，是王母娘娘身边的童女，大福大贵，是旺夫命。你俩要是成了，将来你的成就还得依靠她呢！"我笑了起来。姑母说："你姑父是在胡吹，一会儿就不着边了！不过那个妮儿我见过，长得好还很温柔，我叫你姑父给那边说说，找个时间你们见见面！"我未置可否地笑着，心想，姑父说话没个准儿，说不定一会儿就忘了。

元旦一大早起来，外面积了一层薄薄的雪。空气清冷而清新，一切和往日没有多大区别。我不禁思绪万千：小时候总是觉得一年很长，可是随着年龄的增长，一年的时间过得越来越快，不经意间小时候的"将来"已经成了"现在"！日历上"19××"年已经成了习惯，如果变成"20××"年，怎么看怎么不顺眼。再者，算算自己上班已经快两个月了，渐渐地对乡镇生活有些习惯了。学生时代越来越远，那种单纯与青涩日趋消退，取而代之的则是所谓的成熟与世故，这到底是好事抑或是悲哀？失去一些什么，再得到一些什么，似乎这就是生活的本质吧！

我在家休息了三天。过了元旦假期，刚上班，就接到姑父的电话："晨辉，我给女方那边说过了，人家同意见见你，安排明天中午在她家见面，就离你们单位十几里路。你先准备一下，换件干净的衣服，把你的头发好好理一理！"我大吃一惊，心想，这么快啊，姑父说话向来没准儿，这次竟然一反常态。我刚想拒绝，姑父打断我说："我都给人家说过了，日子也定好了，成不成你先见见再说。明天上午我和你姑来找你！"说实在的，我对于相亲这件事有些不能接受，感觉恋爱应该是自由的，应该是很浪漫的，觉得相亲不可能在自己身上发生。但同时，心里也有一种好奇，和一位陌生的姑娘抱着相同的目的去见面，会是怎样的一番情景呢？我最终答应去见面了。

第二天快中午的时候，姑父和姑母来到镇政府。我简单收拾了一下，向陈秘书请了假后，就和姑父、姑母走出了镇政府大院。在镇政府对面的商店买了几样东西，我刚要掏钱，姑父一把按住了我的手："让我给吧！你刚上班，能有几个钱！"姑母也说："让你姑父给吧，好歹现在还比你强些！"付完钱后，我们雇了辆三轮车，出发了。严冬时节寒风呼啸，不时有冷风钻进车中，我感到身体有些颤抖，我觉得更重要的原因是心里有些紧张，见到女方和她的父母我说些什么呢？十几里的路程并不远，大约半个小时，就看到路边的一个村庄。姑父说就是这里。我们下了车，左拐右拐了好久，在一扇红色的大门前停了下来。女方的父母连忙迎出来，他们一边和姑父、姑母说着话，一边用特殊的眼神在我身上扫来扫去。

我们一进去，就被让到饭桌旁，原来他们早准备好了午餐。女方的父亲陪着姑父说话，母亲开始在厨房忙碌。我听到女方的母亲说："小红，快来端菜！"这时我才注意到一个十八九岁的女孩走了进来，女孩中等个头，皮肤不算太白，说话时对着我们略显羞涩地微笑着，然后飞快地瞥了我一眼，出去了。莫非就是她了？饭桌上，姑父他们兴高采烈地谈论着，我几乎没怎么说话，后来女方父母开始问我一些话，无非是家有几口人，父母好吗，工作都干些什么等。女孩也在旁边，偶尔看我几下，碰到我的目光时，像触电般地迅速把目光移到别的地方。姑父让我给他们倒酒，他们也想给我倒酒，姑父说："这孩子刚毕业，还不会喝酒，就别让他喝了吧！"又说："这孩子刚走上社会，一些礼节可能不太懂，你们要多包涵些啊！""没啥没啥，以后慢慢锻炼就行了！"女方的父亲说。

在饭后喝茶的时候，女方的母亲说："让他们单独说说话吧！"我正有些犹豫，姑母说："去吧，只管去吧！"于是我被领到另外一个房间，女孩也进去了，门随之"啪"的一下关上了。独自面对女孩的时候，我的心"怦怦"跳个不停，女孩只是低着头坐在床边，两只手抓着衣角搓来搓去。我这才开始打量她，她长得比较漂亮，脸上泛着红晕，洋溢着那种少女的羞涩。就这样沉默了好几分钟。我飞快地想着该对她说些什么。"你毕业几年了？都干些什么？"我终于打破了沉默。她抬起头看看我，说："初中毕业三年多了，在附近的水泥厂里当会计。"又是一阵沉默。"你兄妹几个？"我问道。"还有个弟弟，在上初中。"她说。"你过星期天吗？"她忽然抬起头看了我一眼，问道。"只要没有特别的事，一般都休息。""是这样啊，那就好，星期天你就来找我，我一般也休息。我感觉现在的日子很枯燥。"我点点头。她看着我，脸上绽放出了笑容。

要走了。他们留姑父和姑母多坐一会儿，让女孩送我到村口。我骑车带着她，一路上我们都没有说话。寒风还在呼啸着，无情地吹打着光秃秃的树枝。她紧紧地挨着我，我感到后背一阵温暖。到了公路上，我上了公共汽车，说："天冷，你快回去吧，我走了！"她扶着自行车，大声对我说："记住一定来找我啊……"一阵狂风把她的声音淹没了。车启动了，我向后望去，她扶着自行车站在那里向我这边凝望，一直到消失在我的视线里……

下午我在宿舍里睡了两个多小时，感觉精神好了许多。晚上我和小童正在宿舍下棋的时候，许长杰忽然跑进来："晨辉，快去办公室接电话，找你的！"我慌忙下了楼，来到办公室。是姑父打来的电话，他说："晨辉，我和你姑想问你一下，那个妮儿你看着怎么样？"我觉得不大好回答，拿不定主意，就说："还可以吧！不知道人家对我啥看法……"姑父说："人家对你没意见，你是男的，要主动些，过几天你给人家打电话吧！"说完，姑父挂断了电话。

我又想了半天，还是拿不定主意。算了，还是征求一下父母的意见吧。于是我拨通了家里的电话，接电话的是母亲，听完我的介绍后，母亲说："晨辉，你仔细想想，她在水泥厂上班，没有正式工作。光长得漂亮能顶饭吃？你是大学生，就愿意找个没有工作的初中生吗？你姑父也是，给你介绍对象也不提前给我说说，随随便便就介绍。你要是着急，我看秋华倒是挺不错的，人家也是大学生，有正式工作，你们还是老同学，别光看外表！"一席话说得我无言以对，心想，母亲说得不错。相比而言，秋华虽然没有这个女孩漂亮，但是不管学历还是工作，和我还算是挺般配的。我的头脑渐渐冷静下来……

选调生

十五

　　元旦过后，进入了腊月，新年的气息渐渐浓郁起来，不时有爆竹声响起，还有多少天就要过年成了人们见面寒暄的话题。镇里的工作也比平时清闲了许多，点完名后不久，院子里便显得冷冷清清的。这天上午我正在办公室和致清叔以及小童闲聊，电话突然响起，我拿起电话，里面有人说："请找一下丁晨辉接电话。"声音有些陌生，于是我说："我就是，你是哪里的？"电话那端说："我是县委组织部干部科的，我姓李。""哦，您是李科长啊，不好意思我没听出来！"我连忙说。"没关系。有个会议需要你参加一下，是莲城市委组织部召开的选调生座谈会，明天上午九点你直接去市委组织部三楼会议室，记着早点儿去，别迟到了！"

　　我来到陈秘书办公室，告诉他我明天上午参加选调生座谈会的事情。陈秘书不住地点头："好事，好事！有组织部的关怀，对你的前途很有好处。看看会上说些什么，也许会把你抽到县里，甚至市里，不管哪里都比乡镇强！"我的心里顿时亮堂了许多。回到办公室，我又给吴俊峰打了电话，吴俊峰说："我也是刚接到李科长的通知，明天咱们一块儿去吧，在县城集合！"于是我俩约定好了明天早上七点半在县城的汽车站见面。

　　第二天我起了个大早，等来到县城的时候，见吴俊峰已经在那里等候了。上了车坐下后吴俊峰说："咱们一别有两个多月了吧！"我点点头："是啊，咱们两个乡镇离得太远了，一个在县城西南，一个在东北，算一算七八十里路哪！自从那次办完手续就没有见过面。你现在在党政办忙吗？"吴俊峰摇摇头，叹了口气说："我已经不在党政办了，一个月前又到了镇敬老院。"我笑着说："敬老院挺自由的，不像党政办那样死板，也不是什么坏事！"吴俊峰说："自由倒是挺自由的，简直就是世外桃源，可我哪有那份闲散的心情。党政办死板些，但毕竟离领导近，还能体会到一点儿上班的味道。现在感觉太边缘了，有种上不着天下不着地的感觉！"我说："估计只是让你去敬老院锻炼一下，不会让你在那里待太长时间的。"吴俊峰苦笑了一声："希望快点儿给我换个环境，要不然快要把人憋闷死了！"我也笑起来。顿了一会儿，我问道："你猜今天的座谈会会说些什么？"吴俊峰想了想："不好说，可能就是谈谈各自的体会和打算吧！"我说："会不会和咱们前途有关，给咱们换个地方？"吴俊峰望了望我，疑惑地问道："能有这样的好事？"我说："我只是猜测，反正这不是坏事，至少说明组织部还想到咱们，不是放在那里就不管了。"吴俊峰若有所思地说："要是这样的话就好了。"

大约八点半的时候，公共汽车来到莲城市。等到市委组织部三楼会议室时，已经快九点了。不少人已经在那里等候，大多是陌生的面孔，有的虽然看着有些面熟，却叫不上名字。我和吴俊峰先签了到，然后找个位置坐下。众人正在窃窃私语的时候，从会议室外边走来三个人，最前边是个中年男人，大约五十岁，身材微胖，看起来挺富态的；紧跟着是一个四十来岁的女人，穿着打扮都很讲究，显得优雅大方；最后边是一个二十多岁的年轻人，手里拿着一个黑色的公文包。三个人各自找好自己的位置，中年男人坐在主席台的中间，年轻人把公文包放在中年男人的前边。会议室顿时安静下来。

那个四十来岁的女人把麦克风往自己身边挪了挪，然后说道："同志们，大家好！今天我们开这个选调生座谈会，主要是想了解一下咱们这几届选调生在下面的工作情况、存在的问题和打算。今天来参加这个座谈会的主要是一九九五、一九九八和一九九九年的选调生。可能有部分同志特别是今年新考录的选调生还不知道我是谁，我先自我介绍一下。我叫冯若云，是咱们市委组织部青干科的科长。今天，咱们市委组织部的张部长……"冯科长指了指中年男人，接着说，"也在百忙之中来参加咱们的选调生座谈会，这足以表明咱们组织部门对选调生工作的重视。"张部长冲着大家点点头，微笑着。大家立刻鼓起掌来。冯科长又指了指那个年轻人，说："这是咱们青干科的小穆，是九八年的

选调生

选调生，由于表现优秀，前段时间从乡镇直接调到组织部工作。"小穆立刻站起来，向大家鞠了个躬，众人鼓掌致意。冯科长把头往张部长那边凑了凑，小声地说："张部长，你看咱们现在可以开始吗？"张部长点点头："开始吧！"冯科长对大家说："咱们开始吧，既然是座谈会，希望大家畅所欲言，把自己的真实想法和感受都说出来！"

停顿了大约一分钟，没有人说话。冯科长有些尴尬地说："看来大家都比较谦虚，这样吧，吕乡长，你是九五年的选调生，你就先开个头吧！"我看到一个戴着眼镜的年轻人站起来，三十来岁的样子。冯科长示意他坐下。吕乡长重新坐下后，清了清嗓子，说："说起选调生，可能我是在座选调生中的老大哥了。我叫吕江，参加工作四年多来，我的感受还是很深的。我刚开始也是在乡镇工作，就是郊区的半河乡。一到乡镇就觉得心里落差太大了，理想与现实距离太远，也曾经消沉过。后来仔细想想，既来之则安之，再怎么想也没有用，还不如踏踏实实地干些事情，有点儿困难也可能就是对我的考验吧！所以我就扑下身子，和同事们一起走村串户，走近群众。我包的村是全乡的难村、乱村，群众矛盾很多，经常有上访的，后来在领导的带领下，我深入调查研究，认真听取群众心声，向领导提出了不少意见和建议，许多问题得到了解决。一年多后，所包的村上访的人数明显减少了，村里几乎所有的群众都认识了我，大家都愿意把困难和问题给我说。能为群众做些力所能及的事情，我心里甭提多高兴了。虽然有时候不免被群众误解，但是我想只要抱着为人民服务、为群众办事的态度，最终群众会相信自己的。"

"吕江同志说得好！"张部长带头鼓起掌来，会议室里顿时掌声雷动。

张部长示意吕乡长继续往下说。能得到张部长的肯定，吕乡长更有自信了，喝了一口水，继续说："后来年终评优秀共产党员，乡里把我报到了区里，区里又把我报到了市里，我被评为了市级优秀共产党员。我想我只不过是做了一点点力所能及的事情，就得到了这么大的荣誉，实在有些不敢当。不过荣誉也给了我更大的动力，使我在以后的工作中，更加踏实进取，不敢有丝毫懈怠。不久，我被提拔为共青团莲花区委副书记，后来又当上了共青团区委书记。今年初，区委组织部找我谈话，想让我担任大营乡乡长职务，当时我就想，自己还不到三十岁，能担当起一个乡的重任吗？组织部的领导看我有畏难情绪，就鼓励我说：'现在干部知识化、年轻化是发展趋势，对于你的工作能力和精神，组织上是经过认真考虑的，对你是充分信任的，你只管放手去干吧，有什么困难向组织汇报！'我这才有了信心和勇气。总之，通过这几年选调生的经历，我认识到，无论做什么事情，敬业永远是第一位的，不要怨天尤人，命运是由你自己掌握的。只要我们能全身心投入工作中去，锐意进取，克难攻坚，就一定能干出一番事业来！我的发言完了，不当之处，请大家多多批评指正。谢谢大家！"说完，吕乡长站起来，向大家深深地鞠了一躬。会议室再次响起热烈的掌声。

　　冯科长很满意，笑着说："吕乡长刚才谈了自己的经历和感受，讲得非常好，对在座的其他选调生特别是刚参加工作的选调生来说，很有启发。下面谁接着谈谈？"话音刚落，一个二十七八岁的女干部站起来，说："张部长，冯科长，我谈一谈自己的体会吧！"张部长说："好啊，你尽管说，大家都可以说，畅所欲言嘛！"女干部这才坐下来，滔滔不绝地讲了起来。原来这名女干部叫刘红，和吕江一样也是九五年的选调生，毕业后分到了莲城县七女寨乡，在乡党政办公室工作过，后来也包过村，当过乡宣传干事。她文笔不错，所写的一篇关于促进农民增收的调研报告引起了市领导的重视，后来被提拔为莲城县东郭乡副乡长。刘红最后说："选调生最重要的是要放下架子，虚心学习，不要以为自己是大学生就有优越感。其实走向社会以后，需要学习的东西太多了，很多东西都是书本上学不到的。在基层工作的干部，他们工作经验比我们要丰富得多，处理问题的办法也比我们灵活，我们只有多看，多问，多请教，才能不断取得进步！"刘红讲完后，会议室里又一次响起了热烈的掌声。

接下来气氛越来越热烈，大家都争先恐后地发言，冯科长让一个一个地说。又有三四个人发言了，都是九八级的选调生。这时候旁边的吴俊峰站了起来，说："我是今年刚毕业的选调生，我叫吴俊峰，冯科长能不能也给新上班的选调生一次机会？"冯科长笑了笑说："你只管说，谁都可以说！"吴俊峰坐下来说："我上班还不到三个月，就已经待过两个地方了。先是在镇党政办公室，一个月前分到了镇敬老院……"不少人笑了起来。吴俊峰接着说："在党政办虽然忙些，但是感觉还可以。不过到了敬老院以后，感觉太冷清了，有院长和副院长在，所以我每天几乎无所事事。我想选调生到基层一方面是为了工作，另一方面也是为了培养锻炼的。可是在敬老院我实在不知道能锻炼什么，可能我的认识还不够吧！"这时候冯科长收敛了笑容，人们开始窃窃私语起来。张部长插话说："你在哪个乡镇？"吴俊峰说："我在颍川县云山镇。"张部长点点头，拿起笔在笔记本上记了下来。冯科长说："小吴你继续讲。"吴俊峰接着说："我没什么太多的想法，就是想换个地方，别让我太闲了，包村也行，搞宣传也行！"张部长说："小吴说得也很好，能把自己的真实想法说出来很不错，这也需要勇气！"说完，张部长带头鼓起掌来。

话题就这样由谈体会转到了谈意见和建议上，这时候发言的多是九八和九九年的选调生，主要反映的问题是得不到当地领导的重视、环境不够好、没有用武之地、无出头之日等。我也把工作两个多月来所遇到的困惑和工作中存在的形式主义等问题说了出来。大家七嘴八舌议论的时候，不知不觉中已经十一点半了。冯科长说："今天大家发言都很踊跃，气氛很热烈，看得出大家都有不少的感受，也提了不少意见和建议。时间关系，我们今天的座谈会只能开到这里。下面，请张部长为我们作总结讲话。大家欢迎！"于是大家不约而同地鼓起掌来。

张部长伸出右手轻轻向下按了按，示意大家安静下来，然后说：

"同志们！刚才大家都作了很好的发言，谈了自己的感受，部分同志还提出了不少意见和建议，这说明大家都能够做到畅所欲言。对于意见和建议，下一步我们将认真研究，制定有针对性的措施，尽最大努力为大家营造一个良好环境，这也是我们组织部门的职责所在。下面我想讲几点意见：首先，大家已经走上了选调生这条道路，不管所遇到的环境是好还是坏，都应该坚定信心，相信组织部门，千万不要有畏难和退缩情绪。困难只是暂时的，相信我们一定能够克服。其次，一定要树立全心全意为人民服务的理念。你们都处于基层，是和老百姓直接打交道的，你们的一言一行不仅关乎个人的形象，而且也代表着整个选调生队伍的形象。你们应该在自己能力范围内，尽最大努力为群众多做些实事；超出自己能力范围的，也应该多向领导和上级部门反映。再就是要有开拓进取精神。我知道，乡镇干部中，有一部分是混日子的，得过且过。处于那样的环境中，如果没有一点进取精神，是很容易随波逐流的。我希望大家还要拿出学生时代的那种拼搏精神来，争取在平凡的岗位上干出一番事业。你们的表现如何，组织部门是看在眼里、记在心上的。有付出才会有回报，对于表现优秀的选调生，组织部门会考虑在适当时候提拔重用的。最后，希望大家多向组织部门汇报思想，组织部就是咱们选调生的家，大家可以到青干科找冯科长，也可以直接来找我，我们会尽最大努力帮助大家！最后，祝大家工作顺利！谢谢大家！"说完，张部长站起身来，向大家鞠躬致意。会议室响起了热烈而持久的掌声。

中午组织部安排有工作餐。冯科长说："张部长和我都有事，就不陪大家了，让咱们青干科的小穆陪大家吃饭。不过没有安排酒，喜欢喝酒的同志就委屈一下吧！"于是大家欢欢喜喜地跟随小穆去了机关餐厅的二楼。一共安排了三桌，在会议室的时候大家都很严肃，现在没有了领导，气氛轻松多了，大家海阔天空地聊天。我们这一桌大都是九九级的选调生，除了吴俊峰外，我看到了只有一面之缘的周磊、王江涛、陈红雨、贾耀辉、孔丽丽等。那时候大家是竞争对手，现在却成了一条船上的战友了，所以显得格外亲切。

我左边坐的是吴俊峰，右边坐着贾耀辉。贾耀辉看起来一副文弱书生的样子，他对我说："你知道我在大学的时候学的什么专业吗？"我说："我猜可能是中文或者历史。"贾耀辉摇摇头，笑着说："你想都想不到，我学的是中医药专业。现在我在乡里当通信员，每天给领导端茶倒水，你说我学的专业现在能用上吗？领导如果病了，让我给他配一服中药还行！"我也笑了，说："其实很多人毕业后学的专业都用不上，要的不过就是大学生的基本素质。不过对你来说，确实太离谱了！"吴俊峰也转过脸说："我学的是采矿，晨辉学的是金融，没有一个人学的是行政管理。都是学非所用啊！"大家都笑起来。过了一会儿，不知道谁突然提起了那个体检的时候被刷掉的人，不知道他现在怎么样了。贾耀辉说："你们说的是那个叫梅润启的人吧，那是我一个同学的老乡，听我同学说他后来去了南方一家外企，待遇还不错，一个月将近两千吧！"大家都赞叹不已："比我们的工资高出七八倍啊！"贾耀辉说："所以说有时候坏事可能变成好事，好事也可能变成坏事。我们都被录取为选调生，未必是好事；我们现在工作环境不好，也未必就是坏事哦！"吴俊峰说："看你说得一套一套的，快把我说糊涂了。不过我要特别感谢那个叫梅润启的人，否则，我就递补不上来，也就没机会和大家有今天的缘分，可能就在中学教书了。"贾耀辉说："你去教书也不错啊，每年都有两个假期，多好！不像现在，连个像样的假期都没有。"大家又说笑了半天，一直到快两点钟才结束。临别时，大家都留下了自己的联系方式，然后各奔东西。

在回县城的路上，又谈到了个人问题。吴俊峰说："我找的对象基本确定了，就是我给你说过的那个乡镇卫生院的护士。和她处了几个月，感觉挺不错的，没有那种压力感。在她面前，我反而有些优越感呢！怎么说我们也是大学生，也是国家正式公务员嘛！"我说："那就好，看来你挺顺利的。什么时候结婚？"吴俊峰说："不好说，可能快订婚了。她来过我家，我也去过她家，双方父母都很满意。"我说："那我要向你祝贺了，到结婚的时候别忘了让我去喝喜酒。"吴俊峰说："一定一定，少了谁也不能少了你！"吴俊峰又问起我，我就把秋华的事和相亲的事都告诉了他。吴俊峰说："我看你还是选择秋华为好，老同学有感情基础。我的那个高中同桌要是愿意，我早就选她了！"

第二天上午点完名后，陈秘书把我叫到一边，问了我昨天座谈会的情况，我告诉了他。他说："你赶快找赵清明书记汇报一下工作。"我不明白用意，心想我个人参加的选调生座谈会，有必要向赵书记汇报吗？正迟疑的时候，陈秘书催促道："快去，你还愣着干什么？一会儿赵书记就要到县城开会了。"我赶忙上了二楼，来到赵清明的办公室，刚要敲门，见赵书记拎着公文包从里面走出来。见了我，赵书记说："哦，是晨辉啊，听说你昨天去市里开会了，怎么样？"我连忙说："我正要向您汇报呢！"于是我就简要汇报了一下情况。赵书记问道："组织部领导谁参加了？"我说："是张部长，名字我不知道。"赵清明笑了："原来是张建青部长，很好，他能参加这个座谈会，说明组织部对选调生确实很重视。晨辉，好好干，将来一定会有前途的！"这时候许长杰走过来，从赵清明手中接过公文包，说："赵书记，该去开会了。"于是两个人一前一后向楼下走去。

十六

全镇补选县人大代表工作开始了。春节前后，一般是各级人大、政协开会的时候。这天上午，在点完名后的全体会议上，镇党委书记赵清明要求全体干部要高度重视这次县人大代表选举工作，一定要组织好，严格程序，确保把符合条件的优秀的人大代表选出来。镇长李书田宣读了镇人大选举筹备委员会组成人员，委员会主任由镇党委书记赵清明担任，副主任由镇人大主席白五臣和镇党委副书记崔大壮担任，组织委员桂宝华、党委秘书陈俊昌都进入了筹备委员会。在委员会下设的办公室名单里，我听到了樊国超、童振兴、许长杰、吴秋娜、张致清以及我的名字。

散了会，我问道："选举两个县人大代表需要这么多人参与吗？"致清叔说："名单这么多，其实具体干活的就是下设的办公室的几个人，不少委员会的人只是挂个名。你就别管那么多了，领导让干啥你就干啥，别问那么多！"小童笑着说："致清叔，你对这些可是再熟悉不过了，每次选举人大代表这样的事都离不开你，写宣传标语、横幅什么的，除了你还能有谁？谁让你字写得好呢？"致清叔也笑了："原本练练书法只是为了自娱自乐，没想到现在竟成了负担！"我说："怎么会是负担？表现一下自己也不错嘛！这些活儿我想干还干不了呢！"致清叔摇摇头："有时间我还想多歇会儿呢！我和你们不一样，我又没有什么前途了，每天只是上我的班，领我的工资。再过十来年我就该退休了，那时候可能正是你们风光的时候！"

镇里正式补选县人大代表的时间定在三天后。在选举前的那天晚上，陈秘书让樊国超、小童、吴秋娜等布置会场，我和致清叔写选票。我看到样票上写着三个候选人的名字：李书田、赵清明、樊国超。票上注明是按照姓氏笔画排序，在同意的名字后面画圈，反对的名字后边打叉。陈秘书特别交代，名字一定不能写错，名字的顺序也不能写错。陈秘书走后，我和致清叔坐在办公桌旁飞快地写着，耳边只听到"沙沙"的钢笔与纸的摩擦声。

一百多张选票，每个字都认认真真地写，不一会儿我的手就有些酸了。"李书田""赵清明""樊国超"，当这几个人的名字N次在我面前出现的时候，我感到了一种厌烦。再看致清叔，他依然聚精会神地一个字一个字地写着，一副怡然自得的样子。

我问致清叔："为什么是这三个人，而不是其他人？"致清叔抬起头看看我说："赵书记和李镇长来故城镇已经半年了，他们还不是县人大代表，你说这合适吗？"我这才恍然大悟，又问："前边两个候选人我能理解，就是那个樊国超怎么也成候选人了？"致清叔停下笔，伸了个懒腰，反问我："你知道为什么选票是按照这样的顺序？为什么刚才陈秘书再三强调名字的顺序不能乱？"我说："上面不是明明写着按照姓氏笔画排序嘛！"致清叔不以为然地笑了笑，然后意味深长地说："你说得也不错。不过你想想，要是让你和书记、镇长的名字在一起按照姓氏笔画排序，会是个什么样子？"我想了想说："那我的名字就应该排在最前面，顺序应该是丁晨辉、李书田、赵清明。"致清叔笑着说："这就对了。你想一想，这次选举是差额选举，也就是说从这三个人中只能选出两个人，要淘汰掉一个人的。要是你填写选票，除了你的个人倾向，你怎么填写会更顺手更省事？"我说："那就直接填前两个吧！"致清叔说："要是这样的话是不是对最后一个人的选票多少有些影响？我是说排除掉个人倾向这个前提。"我点点头。

致清叔接着说："这次选举意图很明显，就是要让赵书记和李镇长选上，另外一个其实就是陪榜的。如果把赵书记或者李镇长排在最后一个，虽然也可能不会影响选举结果，但是他们的赞成票数势必会受到影响，如果赵书记或者李镇长出现了好几张反对票，那他们脸上怎么过得去？同样，如果陪榜的那个人多出好几张赞成票，那他心里也会觉得不踏实的。"我恍然大悟地说："你是说在候选人排序上要想办法把赵书记和李镇长排在前边。"致清叔点点头："你这话算是说到点子上了。候选人一般都是按照姓氏笔画来排序的，你查一下你自己的姓氏有几画？樊国超的樊字有几画？"我说："是啊，我的姓才两画，樊国超的樊字一共十五画呢！要是这样的话，樊国超永远都能当陪榜，我永远都没有当陪榜的资格！"致清叔开玩笑说："话也不能说绝对了，如果有姓'一'的领导在，那你就有希望陪榜了！"我哈哈大笑起来："可惜百家姓里面没有姓'一'的。"顿了一会儿，致清叔说："你别看樊国超当了陪榜，可是他心里才不是滋味呢！明知道不会是自己，还要装模作样地像没事人似的。陪榜可不

92　　　　　　　　　　　　　　　　　　　　　　　　　　　　　选调生

是什么好差事！"

　　一直忙到半夜，所有的准备工作才做好，大家各自睡去。第二天一大早，致清叔就来喊我一起吃饭。我出去一看，镇政府大院里已经聚集了不少人，大家说笑着向后面食堂走去。致清叔说："今天要多吃一点儿，食堂对所有镇人大代表和工作人员免费。"来到食堂，见不少人已经蹲在食堂前面的空地上吃饭，三个一群、五个一伙的。有的认识致清叔，就和他打招呼。早餐是胡辣汤和油条，我和致清叔每人盛了一大碗，拿了几根油条，也找个地方蹲了下来。致清叔说："在这里蹲着吃饭的主要是各村的代表，其他代表大多都是在家吃过早饭才来的。"我问道："镇里为什么还管早饭？"致清叔说："不但是管早饭，每个代表还发毛巾、香皂。尤其是村里的代表，要是不给他们点儿好处，他们不会来得这么积极，有点儿时间他们还想法子挣钱呢！"

　　正吃饭的时候，小童过来喊我们去桂委员那里开会。又匆匆吃了几口饭，我和致清叔就来到桂委员的办公室。一会儿人齐了，桂委员说："八点半会议正式开始。现在七点多，有几个事情再说一下！"接着，桂委员分了一下工：监票人是他自己和陈秘书，另外还有两名村代表；计票人是许长杰和致清叔；樊国超和吴秋娜负责给各位代表发代表证以及会后发毛巾和香皂。陈秘书说："这样的安排是经过赵书记点头同意的，你们要认真做好各自的工作，千万不能出现差错！"接着大家又考虑了一些细节问题，还差鸣炮奏乐这个环节。陈秘书说："鞭炮就交给晨辉和小童吧，你们要注意听主持人说到鸣炮奏乐时，赶快燃放鞭炮；奏乐交给广播站吧，等会儿我给他们说一下。下面大家各自熟悉一下情况！"

　　从桂委员办公室出来的时候，不少代表已经吃完了饭，在会议室前边的院子里聊天；有的代表正在陆续赶来。樊国超和吴秋娜抬了两张桌子摆在会议室门前，招呼各位代表签到和发放代表证。我看到会议室门口围着不少人在看什么，就走上前去看个究竟，原来

选调生

是候选人的基本情况不知什么时候贴出来了。不时有人从围观人群中退出，来到樊国超面前，打趣地说："哟，樊干事，没想到啊，你还成了候选人！怎么样，准备请客吧，我们投你一票！"樊国超涨红了脸："去去去，别乱打岔，你这是取笑我，还嫌我不够烦啊！"

我和小童暂时没什么事，就站在院子里看代表们聊天。这时候我听到有人叫我的名字，循声音望去，见一个身材微胖、皮肤黝黑的中年人走了过来，说道："你还认得我吗？"我看到那人有些面熟，却不知道在哪里见过。见我疑惑，那人便提示道："你仔细想想，前段时间？'三级联创'？魏庄？""哦，你是毛支书！"我立刻想起来了，才一个多月时间，我竟然有些忘记了。我连忙上前和他握手，说："我这个人眼笨，有的人见过几次面还记不住。"毛支书笑着说："没事没事，以后你要是下去包村说不定还正好到我们村呢！咱们以后打交道的时候多着呢！"又说，"上次你到我们那里检查'三级联创'工作，我看你这人办事挺认真的，一看就是个实在人，和别人不一样，我对你印象很深。"毛支书又和小童握了手，说："振兴你在办公室待的时间可不短了，有机会还是下去包个村好些，这样不用总守着办公室。我这人最怕守摊了，两三天就会把我憋死！"就这样和毛支书说了一会儿话，已经快八点半了。毛支书看了看手表，说："我去领代表证，以后有时间我还得多找你们俩说话。"毛支书走后，我和小童把鞭炮挂在会议室门前不远的柳树上，鞭炮很长，绕了好几个树枝才挂好，又试试打火机。

八点半，会议正式开始，由赵清明书记主持。我和小童站在柳树旁，等赵书记宣布鸣炮奏乐的时候，我点燃了鞭炮。随着一阵"噼噼啪啪"的响声，会议室门口顿时充满了蓝色的轻烟和浓郁的有些呛人的硝烟味。

程序一项一项进行着。我和小童不敢远去，就搬了凳子坐下来和樊国超、吴秋娜小声地聊天。我看到桌子旁边有个大纸箱，就问道："这里面是香皂和毛巾吧！"樊国超点点头。我说："反正都是个发，为什么刚才代表们签到的时候不发，非要等到会后？"樊国超笑着说："看来你还是不了解这些代表，对他们来说，毛巾和香皂都能看在眼里。你想，要是先发了这些东西，说不定就会有人不等到会议开始就开溜了，那样还怎么保证代表人数？"我笑着点点头。吴秋娜忽然想到了什么，问道："那咱们也有毛巾和香皂吗？"樊国超摇摇头说："没有。"见她有些失望，又说："没有这些东西，不等于什么都没有啊。"吴秋娜使劲捅了一下樊国超："你这个人怎么总绕弯子？有什么就直说吧！"樊国超揉了揉胳膊，说："你别急嘛！我听桂委员说参与这次会议的工作人员，每人发一个被罩。"吴秋娜这才满意地说："这还差不多，我说嘛，怎么着也不能白忙活！"

十点钟左右，选举结果出来了，镇人大主席白五臣大声宣布："这次全镇人大代表会议应到代表112人，实到代表96人，符合法定人数。下面，我宣布这次故城镇补选县人大代表的正式结果：赵清明，赞成92票，反对2票，弃权2票；李书田，赞成90票，反对1票，弃权5票；樊国超，赞成3票，反对87票，弃权6票……"白主席宣读到这里的时候，会议室发出一阵笑声。我看到旁边的樊国超脸色顿时红了起来，右手使劲地捶了一下桌子，嘴里小声地嘟囔着什么。笑声渐渐平息后，白主席接着说："下面，我宣布，赵清明和李书田同志当选县人大代表！让我们以热烈的掌声向他们表示祝贺！"会议室顿时发出雷鸣般的掌声……

会议结束了，各位代表领了毛巾和香皂，纷纷散去，领导们也各自忙去了。吴秋娜说："这次领导也不说请我们吃饭了？"樊国超说："待会儿找桂委员领被罩去，不比吃顿饭实惠？"许长杰凑过来，嬉皮笑脸地对吴秋娜说："要不，我请你吃饭？"吴秋娜打量了一下许长杰，说："好啊，你这是发财了吧？我要吃大虾，还有鲍鱼。走吧！"说着，拉出要走的架势。樊国超说："许长杰你可不对啊，重色轻友！要请大家都得去，你没看见站着这么多人？晨辉、振兴、致清叔，你们说呢？"小童说："对，这次不能安排在群英了，咱们去县城的大饭店。"许长杰说："各位饶了我吧，要是我真的发了大财，别说县城，省城的饭店也没问题，还是等我发了大财再说吧！"樊国超说："不行，刚才你说过请客了，说话一定要算数！对不对啊，秋娜？"吴秋娜指着许长杰说："你看大家都这么说了，这顿饭你能跑得了？"许长杰无奈地说："好好好，就请大家吃烩面吧，每人一大碗，管够！"吴秋娜说："不行，最起码也得再弄八个菜！"樊国超说："好了好了，这次烩面也行，咱们先给他记着，这次算便宜你小子了！"大家都笑了起来。

　　一起吃过午饭后，我回到宿舍，靠在床上看书，一阵困意袭来，不知不觉进入了梦乡……恍惚中，我看到一个女孩向我走来，个头不高，穿着粉红色的羽绒服，围着白色的围巾，这不是秋华吗？我说："秋华，你怎么来了？"她说："怎么了，不欢迎我？我是特地来你单位看看你！"我想到自己睡眼惺忪的样子，头发乱七八糟的，就说："你先坐下等着，我洗洗脸，梳梳头！"她笑了："你是怕在我面前丢了形象？不过这样也好，说明你还是挺在意我的。"我连忙洗了脸，梳了头，再去看她时，见她身旁多了一个人，是个男人，坐得离她很近，而且把手伸出来，揽在她的腰上。我立刻觉得有一种莫名的怒气涌上心头，问道："他是谁？"秋华笑起来："是我男朋友啊！"我气愤地说："你什么时候有了男朋友？"她说："就是前不久啊，我不是告诉过你我要相亲了吗？"我说："你这么着急找男朋友干吗？再说，你觉得他合适吗？"她说："我看挺合适的。你看着我不合适，有人看着我合适哦！"我说："那你们走吧，不想再看到你们！"她站了起来，回头望了望我，眼神里带着一种哀怨，说："我走了，你可想好，别后悔！"说完，两人相拥着渐渐地消失了……

　　我猛地坐起来，出了一身汗，揉揉眼，仔细地回想着梦境。有一段时间没和秋华联系了，不知道她现在过得怎么样，难道真的有男朋友了吗？正胡思乱想的时候，忽然有人在拍我的门："晨辉，快点儿，办公室有你的电话！"我赶快穿上外衣，蹬上鞋，跑到了办公室。是一个女孩的声音："晨辉，你在干什么？"我说："我在睡午觉呢！"女孩说："近段时间很忙吗？"我说："嗯，有些忙。"我一时没听出女孩是谁，觉得很像是秋华，又不好意思问她是谁，就问道："你们学校忙吗？快要放假了吧！"女孩愣了一下，说："什么学校不学校的？我早就毕业了，我是小红啊。"我一下子想起来了，原来不是秋华，是前段时间相亲的那个女孩，我都有些忘记了。我说："哦，不好意思，我没听出来。你现在忙吗？"小红说："快到年关了，厂里效益不好，就提前放假。我没什么事，你能来找我吗？"我犹豫了一下，说："这样吧，这几天忙过去，我就去找你！""好的，我等你！"小红高兴地说。

挂了电话，我觉得有些悲哀，实在不忍心就这样直接拒绝一个单纯女孩的邀请，就编了一个善意的谎言。爱情是浪漫的，可是，很多时候还得屈从于现实。如果这个女孩有一定的学历和工作，我想父母及周边的朋友一定会支持的，虽然对我来说可能这些都算不了什么障碍。唉，我辜负了这个女孩的一片情意！

我又想到了秋华。我拿起电话打了过去，那边的人说她正在上课。我又问学校什么时候放寒假，那边的人说估计一周左右。放下电话，我想，等放寒假了一定要去找她！

十七

还有不到一周时间就是腊月二十三，也就是所谓的"小年"。对于农村来说，过了腊月二十三，就正式进入春节状态了。乡镇工作一般来说到了这个时候该忙的基本都忙完了，开始轮流值班，其他不值班的人员就可以回家过年了，所以这段时间镇里就是围绕春节事宜而忙碌。这天下午我负责在办公室接电话，有个县委办的人通知说明天八点半在县委招待所三楼会议室召开有关安排春节事宜的会议，要求各乡镇办党委书记参加。我拿起电话记录本去找陈秘书，正好政府秘书王志伟也在陈秘书办公室。陈秘书看过后，把电话记录简单抄了一份，说："我知道了。我和王秘书说点儿事，你先回办公室吧！"

　　第二天早上点名的时候，我看到赵清明书记仍然在主席台上就座，就有些纳闷：县委不是通知让赵书记开会吗，怎么他还没去？于是我就悄悄从后排走到前排陈秘书面前，小声地说："陈秘书，县委通知赵书记今天上午开会，他怎么没去？"陈秘书身子一怔，一边咂嘴一边说："坏了坏了，你不说这件事我都给忘了，这个王秘书，他是怎么回事！"于是他站起来，正准备走上主席台，这时候赵书记的手机响了。对于全镇干部来说，只有书记、镇长等少数几个领导才有手机。赵清明拿起手机："是啊，我是赵清明。……什么？会议？八点半？……昨天下午？我不知道啊？……哦，哦，好的，好的，我马上去！"接完电话，赵书记立刻站起来说："县委八点半有个会，现在已经八点二十了，我得马上赶过去！这个会议昨天下午都通知了，不知怎么回事办公室没通知我！"说完，赵书记匆匆走了，陈秘书和许长杰立刻跟了出去。

　　点完名后，我和小童刚回到办公室，就见陈秘书气冲冲地走了进来，说："致清哥，你通知办公室全体人员马上开会！"致清叔出去了。一会儿，见王志伟和许长杰走了进来。陈秘书劈头就是一句："王秘书，你是怎么搞的，昨天你没通知赵书记开会？"王志伟一愣："怎么了？不是书记的会你来通知，镇长的会才是我通知吗？"陈秘书愤怒地说："王秘书，这可就是你的不对了，昨天下午你在我办公室说完事后，你说你正好要见赵书记顺便告诉他，不用我通知了。这话是你说的不是？"王秘书也变了脸："陈秘书你不能这样啊，明明是你的失职，怎么能怪到我头上？我是说过要去见赵书记，可是后来我在你办公室还接了个电话，有急事，不能去见赵书记了，你没听见吗？"陈秘书用手使劲地拍着桌子："强词夺理！你要是有急事不去见赵书记了，是不是该和我说一声？"王秘书也不甘示弱："可笑！我是在你办公室接的电话，又不是在别的地方，那么大声音，难道你没听见吗?"就这样,两个人你来我往地吵了起来,都闹得满脸通红。

我从来没见过两个人这样当众吵架,想劝几句,却不知道该怎么说。小童和许长杰也待在那里一动不动。还是致清叔走过去说:"两位领导别吵了,你们要怪的话就怪我吧,都怪我没提醒到。你们先坐下,喝点水消消气!"说着,他一把把陈秘书拉到了沙发上,王秘书也顺势坐了下来。许长杰赶快去倒茶。干坐了两三分钟,没有人说话。陈秘书气得胸口一起一伏的,喝了一口茶,然后说:"下午我要去见赵书记,当众给他解释明白这件事,谁的责任就是谁的责任!"王秘书站了起来:"好啊,我也正想找赵书记解释解释呢!"说完,王秘书摔门而去。望着王秘书的背影,陈秘书咬牙切齿地说:"这个王志伟,没想到是这样的人!"

陈秘书在办公室稍坐了会儿,怒气消了一些,回自己办公室去了。许长杰也出去了。我说:"致清叔,他们以前吵过架吗?我很难理解他们都当领导了还吵架!"致清叔说:"以前好像没有吵过吧!不过领导也是人,也是感性动物,也知道趋利避害,推脱责任!怎么不会吵架?"我又问:"致清叔,你说这次该怨谁呢?"致清叔笑了笑,说:"怎么说呢?谁都怨,也谁都不怨。"我正疑惑的时候,见致清叔向我使了个眼色,我向外看去,见许长杰从门口一闪而过。

下午的时候我又接了个电话,是找陈秘书的。我把电话放在一边,赶快到陈秘书办公室,说:"有个电话找你!"陈秘书问道:"是谁找我?"我说:"那个人说他叫向东。"陈秘书眉头一皱:"什么向东向西的,他姓什么?是哪里的?"我有些慌,说道:"这个我没问。"陈秘书发怒了:"接个电话你都不会?没问清楚你跑来干什么?"我的脸立刻变得火辣辣的,像被谁打了一巴掌似的。我回到办公室,问那个人具体姓名。那个人不耐烦地说:"我是残联基地的牛向东,这回够清楚了吧!"我也没好气地说:"为了给你找人,我挨了一顿训。我还没说你呢,你还不耐烦了?"那个人愣了一下,随即笑了起来:"你别生气,回头我批评你们陈秘书,替你出气,好吗?"我又来到陈秘书办公室，把牛向东的事情说了一遍。陈秘书缓和了一下口气说："以后你接电话要问清楚。有的电话能接，有的电话是不能接的。不能接的电话你就说我下村了就行了！"说完，他很不情愿地去办公室接电话了。

我想，陈秘书平时不这样的，今天怎么回事，脾气这么大？陈秘书的几句抢白让我心里很窝火，晚饭后见致清叔宿舍灯亮着，知道他今天晚上值班，就敲开了他的门。致清叔正在写字，见了我就停下笔来，说："晨辉，看起来你情绪有点儿不对啊！"我没好气地说："接个电话我都不会，我还能干什么？"他笑了："快坐下。怎么了，谁批评你了？"我就把下午的事情说了一遍。他想了想说："下午的事情和上午发生的事情有关。我听说下午陈秘书去找赵书记解释上午的事情，没讨着什么便宜，倒是让王志伟占了上风。你说他心里能不烦吗？陈秘书正烦着的时候，正好让你赶上。"我说："他心里有气可以理解，但也不能到处乱撒气啊！"致清叔说："其实我上午就说过，人是感性动物，平时看起来很理性，到了气头上什么都不顾了。所以你也不必往心里去。"

我点点头说："你说上午的事情到底怪谁？"致清叔说："上午你问我的时候在办公室不方便说，我虽然不知道内情，但是依据我对两个人的判断，陈秘书说的是实话，王志伟其实耍了个小阴谋。""小阴谋？怎么说是个阴谋？他为什么要这样？"我不解地问。致清叔不紧不慢地喝了一口茶，然后把茶杯盖好，说："你想，办公室要是出了事情，谁的责任最大？"我说："那当然是陈秘书了。"致清叔说："这就对了。王志伟其实是希望办公室出些事情的，他好看笑话。这次王志伟的小阴谋很隐蔽，他的解释看起来合理，其实仔细分析是站不住脚的。陈秘书如果出了事情，受益最大的就是王秘书，他们两个其实是貌合神离的。"我惊讶地问："咱们党政办公室就五六个人，怎么这么复杂？"致清叔说："五六个人也是一个小社会。别说咱们党政办公室，就是镇里赵书记和李镇长也会有矛盾，只不过是表面上看不出来而已。以后你还得多看多学，长点儿眼色，别往枪口上撞！"我若

选调生

有所思地点了点头。

镇里开始准备放假了，排班从腊月二十三起一直到正月初七，每天由一名班子成员带领三名工作人员值班。值班表在会议室门口贴出来后，我没有看到自己的名字，心想可能是陈秘书考虑到我离家太远的缘故，对我特别照顾，一种感激之情油然而生，也把前几天他对我的批评抛到了一边。年终补发了两个月工资，再加上下乡补助、取暖费、奖金等杂项，还有在县里发表了五篇信息的奖励，一共七百多块钱。一下子发了这么多钱，我心里美滋滋的，不管怎么说，自己终于能挣钱了。另外，镇里还每人发了一袋大米和一大壶葵花油，陈秘书安排我和小童负责发放这两样东西。

我和小童从陈秘书手里接过仓库的钥匙，正准备下楼的时候，忽然听到一阵骂声从楼下传来。刚开始以为是有村民上访，仔细一看，原来是镇人大主席白五臣在破口大骂："陈瞎子，你以为我快退休了，就这样欺负我！告诉你，老子现在还没退休！老子在镇里干了三十年了，那时候你还不知道在哪里呢！"原来是骂陈秘书呢！陈秘书终日戴着一副近视眼镜，一些恨他的人暗地里叫他"四眼瞎"或者"陈瞎子"，这在镇里已经是公开的秘密，只是不知道陈秘书自己是否知道这个称呼。

我和小童不由自主地向陈秘书那边望去，只见他的脸色霎时变得通红，又透着几分铁青。他快步走到二楼栏杆前，对下面的白五臣大声说："白主席，你把话说清楚，我怎么欺负你了？"白五臣仍然骂骂咧咧地说："陈瞎子，你说你怎么欺负我了，你自己心里最清楚，还来问我？"陈秘书强压怒火说："这样吧，白主席，有什么问题咱们当面说，别这样骂骂咧咧的，这么多人看着，咱们谁的脸上都不好看！"白五臣说："想当面说那咱们就说说，你也嫌丢人了？"说着，白五臣上了楼梯，直奔陈秘书走来。陈秘书见他气哼哼地走过来，连忙拉着他的衣服，一边往办公室走一边小声说："白主席，你干吗发这么大的火？我是晚辈，按说我得叫你一声叔，我哪点做得不对，你直接对我说就行了。来，咱们进屋慢慢说！"说着，两个人进了办公室。我很想知道是怎么回事，就想多看一会儿，小童说："有什么可看的？咱们去看陈秘书的笑话？白主席这次有些倚老卖老了，不管谁对谁错，都不应该骂人，还算什么正科级干部？陈秘书算是挺有涵养了，换成我，早和他吵起来了！"

　　傍晚的时候，大米和葵花油差不多都领完了，我和小童轻松了许多。这时候致清叔推着自行车走了过来，说："把我的那份也领了吧！干了一年，也算是给你婶子一个交代。"我和小童把大米抬出来，放在自行车后座上，我又从仓库里找来绳子帮致清叔把大米捆好。看致清叔没有马上就走的意思，我连忙搬出凳子让他坐下。致清叔说："你们不知道，上午办公室乱得不像样子，白主席一直在向陈秘书发难。"我想起来上午的情景，就问道："上午我见白主席大骂陈秘书，到底为什么？"致清叔说："我在办公室听了个大概，可能是值班问题。办公室把白主席排到了大年三十，他不愿意了，认为是欺负他快退休了，所以大闹起来。后来陈秘书在办公室给他解释了半天，他还不罢休。其实陈秘书自己是大年初一值班，陈秘书提出给他调换，他也不愿意。再后来赵清明书记经过办公室，听到吵闹声，了解情况后，提出给他调换，这才算是解了围。"我说："还没见过有人这么和陈秘书闹的。"致清叔回头看看四周没人，小声说："其实值班问题只是个借口，白主席早就看陈秘书不对眼，早想找碴儿办他难看。白主席资格老，又是快退休的人了，所以陈秘书也拿他没办法。"我有些气不忿儿："这个白主席也太不像话了，越是资格老越应该注意影响。"致清叔说："我以前对你说过，镇里人员的素质是参差不齐的，以后你见得多了就习惯了。"

　　致清叔走后，小童说："咱们见一下陈秘书，也准备走吧！"来到陈秘书办公室，见他脸色有些不好看，一边喝茶，一边在想着什么。我们就把发东西的情况告诉了他。他点点头说："你们俩辛苦了，也早点儿回家过年吧！等会儿你们把自己的东西领走，把仓库钥匙交

102

给我就可以回家了。"又对我说："晨辉你等一下,我还有点儿事对你说。"小童退了出去。

陈秘书给我倒了一杯茶,说："前几天我心情不好,对你发火,你心里挺恨我的吧!"我连忙摇摇头说："哪能呢,主要是怪我工作没做好。"陈秘书脸上露出一些笑容,说："不生气就好。近期有些事情你也看到了,乱糟糟的。镇政府别看不大,复杂着呢!有的人处处想找我的事,或者鼓动别人找我的事,我不想搞得那么复杂,可是'树欲静而风不止'啊。"我静静地听着,点着头。陈秘书接着说："咱们办公室也不太平。我知道你、小童还有致清哥都是老实可靠的人,工作也踏实,这一点我很放心。尤其是你,将来肯定会有前途的,我不是指你是选调生,而是指你平时的表现。可是对于王志伟和许长杰这两个人,就很难说了。所以关键时候你要多支持我,干好办公室的工作。我这里先谢谢你了!"我有些受宠若惊,连忙说："陈秘书你太客气了,干好办公室工作是我应尽的职责。这两个多月,多亏你的帮助,我感觉进步很大,跟着你学了不少东西!"陈秘书笑了:"其实你刚上班的时候我就说过,你把我当作你的哥哥看待就行,有什么事情就直接对我说,不要有什么顾虑!"

离开陈秘书办公室,我去宿舍收拾好东西,锁好门,然后到楼下推出自行车,来到仓库门前,见小童正在那里等着我呢!小童已经把自己的那份东西捆好,又帮我把东西捆好,说："你等我一下,我把仓库门锁好,把钥匙交给陈秘书,咱们俩一块走!"

十八

农村的空气中酝酿着浓浓的年味。家家户户都在办理年货,乡村道路上来来往往的人们脸上都流露着笑容。长年在外打工的人也都回来了,村里渐渐变得热闹起来了。

在家待了两三天,想到秋华可能也放假了,于是我就拿起电话,先打到学校。幸好,秋华就在那里,一位老师把电话交给了她。我问道:"秋华,你在干吗?"秋华说:"正在给学生填写成绩单呢!你放假了吗?"我回答说:"是啊,现在在家呢!你们也该放假了吧,今天都腊月二十五了!"秋华说:"也就这一两天吧,学生领完成绩单就没事了。"我说:"上次你的伞还在我家,我得还给你!"秋华笑了:"好啊,那你来吧,我等你!"我问道:"那你看我什么时候去找你?"秋华想了想说:"忘了告诉你一件事,咱们高中同学后天要聚会,正好学生都放假,就在咱们原来的班级。要不你后天来吧,正好还能参加同学聚会!"

两天后,我准时来到了学校。寒假中的校园没有了往日的喧嚣,显得冷冷清清,偶尔走过几个学生,手里拎着热水瓶,蜷缩着,哈着热气,向宿舍走去。绕过熟悉的报栏,穿过月亮门,那个熟悉的教学楼就展现在眼前。上了二楼,还没到原来的高三(2)班,就听到里面有大声的说话声。等来到教室一看,已经三个一群、五个一伙聚集了二十多个人。女生来了有七八个人,聚集在一起,七嘴八舌地谈论着。看到我来了,秋华从女生堆里站起来说:"快来看,咱们班的大才子来了!"随着她的一句话,所有的人都把目光投到了我身上。我一时不知道该怎么回答为好,就不好意思地说:"秋华你别乱说,我算什么才子呢!"一个女同学说:"想不到晨辉四年后还是这么腼腆,以后看你怎么找对象!"大家都笑起来。另一个女同学说:"这个你就别操心了,说不定人家早就找好了!"说完,朝着秋华做了个鬼脸。秋华也假装若无其事地说:"是啊,这么好的才子能找不着对象?"

和女同学打过招呼后,我来到后边的男同学面前。班长韩俊涛握着我的手说:"晨辉,你来了,我真高兴。还记得高三那时候咱们在一起对诗吗?"我说:"怎么能不记得?高中那时候你能背诵的古诗最多,赵老师经常夸你呢!"我又和旁边的几个男同学打了招呼。大家共同回忆着高中时候的点点滴滴,又相互诉说着各自的现状。韩

选调生

俊涛对我说："听秋华说你现在到乡镇了？"我点点头，又问他："你呢，现在在什么地方？"韩俊涛叹息道："你呀，真是英雄无用武之地，有些可惜了！我被分到县公疗医院工作，高中时候才情满腹，一心想当个作家，可惜选错了行，考大学时父母帮我选个医学专业，想想真有些后悔没报中文专业。"我摇摇头说："你就别给自己找理由了，现在去实现作家理想也不算晚哦！鲁迅以前不也是学医的吗？"韩俊涛拍了拍我的肩膀说："也是这个道理。还别说，你这句话还真说到了点子上，那我以后试试。"

又陆续来了十多个同学。忽然，一个久违的身影兴冲冲地走进来，这不正是赵老师吗？"起立！"随着韩俊涛的一声口令，大家齐刷刷地站了起来。赵老师显然没想到大家还像高中时候那样，就赶快走上讲台，向大家深深地鞠了一躬，说："谢谢大家，都请坐吧！不过我有个要求，请大家还按照高三时候那样，各自坐到原来的位置上，我看一下！"于是大家各自找到了自己的座位。我的同桌就是韩俊涛，秋华在我的前边，可惜我的课桌已经不是原来的那张了。等大家安静下来的时候，赵老师环视着大家说："我很高兴能参加今天的同学聚会，自从毕业以后，班上的很多同学我再也没见过。一晃四年多过去了，今天来了将近四十个人，已经很不错了，还有二十多个人由于种种原因没来。其实那时候我就说过，一旦毕业，咱们再次一个不少地相聚，恐怕就是一种梦想了。所以说，聚散皆是缘，希望大家珍惜难得的同学情谊，并永远保持下去。大家现在看起来比过去成熟多了，不少同学的情况我都知道，不管现在的工作岗位是否理想，我想只要大家努力去干好本职工作，就一定能像学生时代那样取得好成绩……"赵老师的话被一阵热烈的掌声淹没了。有同学问："赵老师，您的话怎么总是让人精神振奋？"赵老师笑着说："你们还记得《师说》这一课吗？里边提到'师者，所以传道授业解惑也'，把传道放在了第一位。所以，我不仅要教你们书本知识，更重要的是传授做人的道理。这下，你们明白了吧！"大家又鼓起掌来。

赵老师走下讲台和大家一一握手，大家把赵老师围了起来。教室里洋溢着欢乐的气氛。韩俊涛从提包里拿出照相机，说："赵老师，我给大家照张相吧！"赵老师说："好！"于是赵老师拿出粉笔在黑板上写下了"天道酬勤"四个大字，然后大家摆好凳子，赵老师居中而坐，十几个女生蹲在前排。韩俊涛调好镜头，说："大家做好准备！三、二、一……"说着，韩俊涛把照相机放好，迅速地在同学中找了个位置。随着"咔嚓"的响声，照相机给这次聚会留下了永恒的回忆。

　　中午吃饭在学校附近的饭店安排了四大桌。韩俊涛说："现在咱们每个人都不是大款，所以还是AA制吧，每人交三十元！"宴席上，赵老师喝了几杯酒，显得很兴奋。他说："不客气地说，我应该算是桃李满天下了。我教过的比你们早几届的同学，有的当上了大学老师，有的当上了局长，有的已经成了企业负责人……我希望你们以后也都能够有所作为！"韩俊涛端起酒杯说："赵老师，谢谢您一直以来对我们的教诲，很多道理是我们受用终身的。我是班长，今天让我代表全班同学敬您一杯酒，祝您永远健康快乐！"有同学说："一杯酒怎么行？最起码得三杯酒。我记得赵老师好像很能喝的！"赵老师摆摆手说："岁月不饶人呢！我都五十多了，不比前几年，酒量也不行了，就喝一杯吧！"赵老师喝完后，秋华也端起酒杯站起来说："赵老师，我代表女同学敬您一杯酒吧，祝您永远幸福，好人一生平安！"赵老师说："刚才俊涛说他已经代表全班同学敬过酒了，这杯就不喝了吧！"秋华回过头对韩俊涛说："你刚才说代表全班同学，我们女生可没同意哦！你最多只能代表你们男生。"韩俊涛笑着说："好！"秋华对赵老师说："刚才俊涛说他只代表男生，现在这杯酒你不能推辞了吧！"赵老师接过酒杯说："秋华什么时候变得这么厉害了，以前你只知道埋头学习，现在不简单喽！好，我喝！"

　　聚会一直持续到将近三点才散去，赵老师喝得有点多，由韩俊涛负责把他搀回家去，其他同学也都各奔东西。秋华对几个女生说："下

　　　　　　　　　　　　　　　　　　　　　　　　选调生

午还有点儿事，我得先回宿舍了！"说着，她悄悄地冲我使了个眼色，转身离去。于是我便说："我离家有点儿远，也该回家了！"和同学们告别后，我来到学校的报栏边看了一会儿报纸，确信身边没有熟人了，就悄悄地绕过体育场，来到秋华的宿舍。

敲开门后，秋华开玩笑说："感觉咱们俩像地下工作者似的。"我也笑了，说："本来是正大光明的事，可是就怕有些人不把它当作正大光明的事来看，所以就弄得神神秘秘的。"秋华一边招呼我坐下，一边说："我才不怕呢！谁爱说什么就让他说去！"我从提包里拿出雨伞，交给她说："谢谢你的伞，要不然上次我就被大雪淋坏了。"秋华把伞接过来，又看了看我说："怎么光知道谢伞，就不知道谢我？"我连忙说："谢谢你的伞，更谢谢你的人！"秋华笑着说："这还差不多！"说着，她给我倒了茶，又把电暖器打开，屋里顿时温暖了许多。我把手伸到电暖器前取暖，问道："什么时候买的，上次好像还没有啊？"秋华说："天这么冷，我一个人，没有人给我温暖，不买个电暖器，怎么过呢？"说完，她盯着我，目光再也不移开了。

我被她看得有些不自然，一时不知道该说什么才好。忽然，我想起了前段时间做的那个梦，就问她："上次我见你的时候，你说家里给你介绍对象的事，怎么样了？"秋华笑着说："嗯，挺不错的，那个男的好像个子比你高，模样也比你帅。"我有些不高兴地说："他真的比我强吗？"秋华认真地点点头："我对比了一下，你除了真诚以外，别的地方真的没什么优势。"我说："怪不得前段时间我梦到你和一个男的在一起，当时真的把我气坏了！"于是我就把梦里的情形告诉了秋华。她听完后咯咯地笑了："你真的梦到我了？"我说："是啊。你快告诉我，到底是不是真的？"秋华收敛了笑容，认认真真地说："确实是真的，我和他已经好上了。"我急得站了起来，说："你这么着急干什么？真怕找不着对象了吗？"秋华看了看我，仿佛不认识我似的，然后终于忍不住大笑起来："看把你紧张的？你真的这么在意我吗？刚才我是在和你开玩笑！"我不解地问道："开玩笑？"

她好半天才收住了笑，说："其实给我介绍的对象我根本就没见，放着合适的我不找，还要什么介绍的？"我说："那你说的合适的是谁？"秋华又忍不住笑了："你真是个呆子！"然后扭过头不说话了。

等了一会儿，她转过身来说："你觉得我这个人怎么样？"我说："挺好的。"她说："什么叫挺好的？到底什么地方好？"我说："反正我觉得你挺好的。"她羞红了脸问道："那你喜欢我吗？"我认真地说："挺喜欢的。"她又问："你说的喜欢是爱吗？"我立刻觉得脸上火辣辣的，喉咙里像塞了棉花，什么也说不出来，只是机械地点了点头。她用兴奋的眼神看着我说："那你把它说出来，我等你！"我的心里突突直跳，实在不敢看她的目光，就转过脸去看窗外。屋内静得掉根针都能听见。过了一两分钟，秋华说："算了，不难为你了，我还不知道你吗？只要你心里有我就行了。"

临别时，秋华从布衣柜中拿出一双灰色的手套，递给我说："这是我抽时间给你织的，你试一下。"我接过手套试了试，正好。刚要脱下来，秋华说："你就直接戴着回家吧，路上冷。"

回到家里的时候天已经快黑了。吃过晚饭，我早早就钻进了被窝看书。北方的冬季实在太冷了，尤其是隆冬时节。还好，早早开了电热毯，等睡觉的时候，被窝已经比较暖和了。听着外面呼呼的风声，更觉得床上温暖。看了一会儿书，感觉有些困倦，就脱了衣服熄灯睡觉。但是躺下了半天，总是睡不着。白天的一幕幕尤其是秋华的音容笑貌又浮现在眼前，我不由自主地把思维定格在秋华身上。秋华，我的同学，将会是我的女朋友？这是真的吗？想到女朋友这三个字，曾经觉得是那么遥远，而现在却又是近在眼前，心里不由自主地涌起一种甜丝丝的幸福感。毋庸置疑，我已经长大了，将走向人生的成熟季节。爱情是我渴望的，也是我追求的；爱情在我心目中是那样的纯洁，那样的神圣。她终于来临了，但是不是韩颖，而是秋华，一切发生得那样自然。秋华，那个在高中时代坐在我前边的少女，那个经常扭过头和我讨论数学题的同学，那个我无论如何也不会想到几年后会成为我女朋友的人。但是，我又有些不安，这就是所谓的爱情吗？来得又实在太容易了些，在我似乎还完全没有心理准备的时候……我又打开灯，拿出她给我织的手套，一针一线，那么整齐，那么均匀，看起来她是下了功夫的。我把手套凑到鼻孔前闻了闻，一种淡淡的毛线的味道，还透着些淡淡的清香。我把手套放在枕边，不知道什么时候进入了梦乡。

大年初一早上吃过饭后，我和几个小时候的伙伴一起到村外闲游。村南的小河还在，结了冰，冰下的水仍在哗哗地流淌，小河承载了我们年少时的许多乐趣。路两边是大片的枯草，有的地方已经被火烧去，但是仔细看去，新的草已经发芽，已经有了点点绿意，昭示着春天正向我们走来。

接下来的两三天都是串亲戚。这天中午，天空晴朗，太阳照耀着大地，显得比往日温暖了许多。老朋友张志举打来电话，约我去学校打乒乓球。自从暑假一别后，我再也没有见过他，中间我上班后曾给他的大学宿舍打过电话告诉他我上班的事情，不知道他现在怎么样。

我来到学校后，他已经在那里等候了，见了我就说："半年多不见，我可体会到你那时候找工作的烦恼了。"于是他就把这学期发生的事情给我讲了一遍。原来他已经决定不考研究生了，想早点儿工作，好早点儿为家庭减轻经济负担。春节前他就去参加了学校组织的几次招聘会，大多是企业单位，有的他没看上，有两三家外企，待遇不错，可是他又没有应聘上。在仅有的几个事业单位中，由于他平时和辅导员老师联络不多，自己又没有背景，结果让几个有关系的人给提前占去了，所以他显得有些沮丧。

我安慰他说："其实你不用着急的，还有下学期一个学期的时间呢！我那时候也是到了四五月份才找到工作。另外，我觉得你要有自己的主见，不要受父母传统思想的制约，事业单位确实稳定，可是给人施展才能的机会并不多，待遇比较好的大型企业或者外企也是不错的选择。"于是我也把参加工作以后遇到的种种困惑给他讲了一遍。他显然觉得有些不可思议："是吗？工作难道就是这样做的吗？那又有什么意义呢？我没看出你作为大学生到基层发挥了多少作用。"我也叹了口气说："其实我也想出去闯一闯，待在那个偏僻的小镇真的快要把我憋死了。可是我又有点儿舍不得，毕竟是国家正式干部，唉，鸡肋，真是鸡肋啊！"他说："你这么一说，我觉得自己有种豁然开朗的感觉，那我春节后再参加招聘会就把目标锁定在大型企业或者外企上吧！"然后他又鼓励我说："你现在毕业的时间并不长嘛！如果你有出去闯一闯的想法，何不早点实施呢？再等下去，我觉得你的锐气就要慢慢消退了。"我想了想说："你说得很对，也许过了春节后的某个时间我可能就出去闯一闯，见一见世面。不过我现在还没有最终确定，毕竟我还要考虑父母的意愿。"他说："是啊，我能理解你。我现在不也是这样吗？人哪，无论什么时候都会受到各种各样的制约，真正的自由太少了！"又说："这样吧，如果你确定想出去闯一闯，我觉得可以到省城去，如果在六月底之前，我还没有毕业，可以先去找我，没地方住，就暂时住在我的宿舍，咱们有事也可以相互照应。"我点点头："行！等我决定了，就先给你打电话！"

我们打了一个下午的乒乓球，等到傍晚的时候，才大汗淋漓地各自回家。

十九

春节的日子总是过得那么快，还没从欢庆的气氛中走出来，转眼就到了正月初八。这天早上我早早地起床上班，到单位后先把东西拿到三楼宿舍，然后到办公室报到。办公室里小童和致清叔早来了，正在擦桌子和拖地。见了我，致清叔停下抹布，冲我一笑："晨辉来了。怎么样，年过得好吗？"我笑着说："彼此彼此，大家都过得好吧！"小童说："还是过年好，就是过得太快，不过还有正月十五在等着呢!"致清叔顺着他的话说:"过了正月十五也没关系,还有二月二呢!"大家都笑起来。我想从致清叔手中接过抹布,他摆摆手说:"马上就完,你刚来,歇会儿吧,等一会儿就该点名了。"这时候陈、王两位秘书和许长杰也先后来到办公室,大家彼此打过招呼,互致新年的问候。

一楼的电铃响了,人们从各个角落向会议室走去。点完名后,赵清明书记说:"今天是春节后的第一次全体会议,希望大家尽快从过年的气氛中走出来。过完年了,下一步就是干好今年的工作,希望大家在新的一年干出新的成绩,也希望咱们故城镇取得新的发展。下面请李镇长把近期的工作安排一下!"李书田冲着大家点点头,说:"刚过完春节,近期镇里不算太忙,希望各自都好好想想自己今年的工作,想想怎样把它干好,古人说过,'凡事豫则立,不豫则废',要多动动脑筋。具体工作上,要做好春季植树造林准备工作,包村的同志要下村看看地里旱不旱,如果旱了,要和村干部配合好,解决好群众浇水问题。另外,各条线、各个面上的工作都要迅速进入状态。等县里经济工作会开完,咱们再按照县里的安排,开好镇里的经济工作会,安排今年的经济工作。当然,咱们乡镇工作和城里还是不一样的,还是要讲点儿入乡随俗,不过完正月十五不算春节过完,我知道春节后庙会多,大家在不影响工作的前提下,该串的亲戚还是要串的,统筹兼顾嘛!"大家热烈地鼓起掌来。

随后的几天果然比较清闲,致清叔隔三岔五就不来了,他说:"我和你们不一样,亲戚还没串完呢!再亲的亲戚,三年不上门也就远了!"机关大院里往往上午十点以后就没了人,看来大家还沉浸在春节的气氛中。

元宵节过后的那天上午点完名后,镇里开了党委会,陈秘书是党委秘书,当然要参加。等到快中午的时候,他把我叫到他的办公室,叹了口气说:"真是可惜,没有帮上你的忙!"我有些好奇,问道:"出什么事了?"陈秘书说:"事倒是没出,不过对你来说错过了一个好机会。"说着，他打开笔记本："你还记得我对你说过的推荐你当宣传干事的事吗？"我想了半天，终于想起来刚参加工作不久有一次陈秘书对我说过的话，就说："哦，我想起来了，你不说我都给忘了。"他接着说："上午开了党委会，讨论人事问题，我向赵书记推荐你当宣传干事，可是赵书记说你参加工作才几个月，不符合条件，再说宣传干事是个正股级职位，要是让你直接就当宣传干事，镇里其他同志会怎么想，肯定会不服气的。我就对赵书记说，小丁是省选调生，再说表现又不错，来了没多长时间，就在县里信息刊物上发表了五篇信息，文笔很不错，当宣传干事还是能够胜任的，希望能够破格考虑。但是赵书记还是坚持让你再锻炼锻炼，最后决定让镇团委副书记程晓广当宣传干事。你是知道的，我只是个党委秘书，人微言轻，最终还是要赵书记来拍板的，希望你能谅解。"

我的心里霎时凉了许多，脸上变得热辣辣的，低着头不说话。其实如果陈秘书不提宣传干事这件事，我对此倒不是特别关心，本来自己没来多久，也没有太多的期望，爱谁当谁就当去；但是陈秘书既然在会上推荐自己了，没有被通过，这性质就不一样了，无论怎么说都有一种不被领导肯定的感觉。再说这个程晓广我是知道的，年龄比我大好几岁，但是去年一共才发了两篇信息，虽然他比我资格老，但是论文笔我是怎么也不会服气的。陈秘书看出我不高兴，安慰我说："晨辉你千万不要灰心，只要好好干，以后机会多的是！是金子什么时候都会发光的。再说你才上班几个月，那个程晓广都上班六七年了。"我抬头看着陈秘书说："不管怎么样，还要多谢你为我费心了。"陈秘书说："别客气，我说过你不要太外气，只管把我当作你的大哥哥就行。只是你千万不要有什么思想包袱，一定要好好干！"我点点头，然后默默地离开了陈秘书的办公室。

下午没人的时候小童对我说："镇里有人事变动，你知道吗？"我漫不经心地说："管他什么变动，与我无关。"小童仔细打量打量我，说："晨辉你怎么了，这样无精打采的。"我觉得自己有些失态，连忙掩饰说："哦，可能吧，昨天晚上没睡好觉。你说吧，什么人事变动？"小童这才说："程晓广当宣传干事，樊国超保留组织干事。这都没什么，最可气的是许长杰这小子竟然也被提拔为镇团委副书记了！"我也觉得可气，就说："人家离领导近呗，你看他整天上蹿下跳的！"小童不屑地说："是啊，这家伙就是个投机分子，怪不得这两天他眉飞色舞的，原来是为这好事！"

晚上的时候我一个人在宿舍里发呆，白天的一幕幕又浮现在眼前，参加工作后我第一次尝到了失败的滋味。我倒了一杯热水放在桌子上，脱了鞋，靠在床上，拿起鲁迅的散文集来看。可是看了半天竟然没有看进去一个字，我知道我的心思不在书本上。时间在一分一秒地流逝，不知过了多久，我拿起杯子喝水，才觉察到水早就凉了。于是我又下床把凉水倒掉，换成热水。许久，我从抽屉中拿出日记本，写下了一段文字：由宣传干事失败所想到的——要认识到什么是自己的优点，什么是自己的缺点；失败了，不灰心，总结教训；成功了，不骄傲，总结经验；充分把握青春年华，路在自己脚下，一切向前看；自己并非最不幸的人。写完后，感觉心里平衡了不少：这点挫折算得了什么？让宣传干事见鬼去吧！我把被子铺好，脱了衣服，不知什么时候进入了梦乡。

自从和秋华有了那层关系后，我和她的联系多了，有了心里话也总想和她说说。春节期间我给她打过一回电话，她说大年初一那天班长韩俊涛和几个同学来找她一起爬山。我问她："怎么样？玩得开心吗？"她说："也开心也不开心。你离我家太远，要是你能来一起爬山我就更开心了。"我说："那等春暖花开了，我们约同学们再一起爬山。"她说："到那时候我只想和你一个人爬山。"第二天我找机会给秋华打电话，她已经到学校了，我就把提拔宣传干事失败的事情对她说了，她听完后一副轻描淡写的样子："我当什么了不起的大事呢，这么大惊小怪的！"我有些不高兴："这还不算大事吗？失去一次争取前途的机会了。"她听出了我的不高兴，就说："能理解你。你干的就是这一行，前途对你来说是至关重要的。不过你别灰心，只要认真准备，机会还会有的，我相信你！"我说："虽然我也知道这个道理，可是心里还是感到有些郁闷。"她说："等过一段你不忙了，来找我吧！工作并不是生活的全部，生活中还有其他美好的东西。"

过了几天，我的心情慢慢好起来。风也不那么刺骨了，甚至有了几分暖意；仔细看看柳树，已经萌芽了。春天终于要来了。这天陈秘书对我说："晨辉，我觉得你还是要发挥自己的特长，除了干好办公室工作外，要多写一些信息，咱们镇能写的年轻人不多。"于是我又在《颍川通讯》上发表了两篇"豆腐块"。

可是接下来的几件事又让我的心里起了波澜。那天，镇里要开班子会，陈秘书对我说："许长杰父亲病了，他请了几天假。以前班子会上端水倒茶这些服务是他来做的，今天他不在，你替他负责这一块工作吧，同时也能更好地了解镇里工作的一些决策，你写信息也有了素材。"我心里虽然有些不高兴，但还是答应了。

会前我把茶杯洗好、摆好，会议一开始，我就一个一个地倒茶。赵清明和蔼地和我打招呼："是小丁啊，你要多辛苦了。"赵书记的话让我心里感到几分安慰。班子会开始了，由赵清明主持，主要是研究故城村的两户信访问题。赵书记让负责这个工作区的班子成员介绍基本情况，然后大家开始讨论解决办法。陈秘书让我去他的办公室拿几盒烟发给大家，于是会议室里充满了香烟味。我平时是讨厌吸烟的，无奈之下只好硬挺着，心想这下不知道又要被动地吸多少烟。会议继续往下开，大家纷纷发言，主要是两种意见，有的说要由一名班子成员带队直接到上访户家中了解真实情况，听取他们的意见，帮助解决问题，不要村干部在场；有的则坚持认为应当信任故城村干部，尤其是村党支部书记郭土林是个老支部书记，绕过他不合适，对上访户的无理要求应当坚决予以抵制，建议由镇信访办会同故城村干部一起做好解释工作，同时由故城村干部对上访户严格看管。

两种意见争论不休，我正听得津津有味的时候，陈秘书冲我使了个眼色，指了指赵书记的茶杯，我这才意识到该倒茶了，于是拿起茶瓶挨个续了水。等给陈秘书续水的时候，他小声对我说："晨辉你要知道你的任务是什么，不是听他们讨论，这些与你无关，你主要是负责倒茶。这样吧，你就只负责盯住赵书记和李镇长的茶杯，感觉到水下了一半就要赶快续上。"我点点头，心里感到有些窝火。接下来怎么讨论的我似乎没听进去，只是感觉有人不停地在说话。

　　班子会一直开到快中午才结束，其间我续了五六次水。研究的其他问题我都没记住，只记得对于故城村的信访问题，赵书记最后说："我觉得还是派人下去调查研究为好，不能光听村干部的汇报，郭土林是个好支书不错，但也不代表他没有失误。没有调查就没有发言权嘛！我相信除了极个别人外，没有人闲着没事愿意上访的。这样吧，桂委员，你带队负责调查和解决此事，不能让他们再上访了！"会后致清叔问我班子会上都说些什么，我说："基本没听清，净看领导的茶杯了！"致清叔笑了："你这才干了一次就这样，那人家许长杰这两年怎么过来了？"我说："人和人就是不一样，我觉得自己不适合做这样的工作。"致清叔说："这也是接近领导的好机会。"我说："致清叔，其实我想实实在在地做一些具体的事情，类似这样掂茶倒水的活儿，还是分配给别人为好！"过了几天，许长杰假期结束来上班了，我心里的一块石头才落了地，不再为掂茶倒水的事而烦恼。

　　还有一次，陈秘书来到办公室对我和小童说："县武装部这几天要来咱们镇检查工作，咱们镇武装部的黄部长刚才找到我说要找人帮武装部办公室打扫一下，黄部长开了口，我能说不行吗？你们俩就辛苦一趟吧！一会儿你们去找黄部长，听他安排。咱们办公室让致清哥守着就行。"在去黄部长办公室的路上，小童埋怨道："陈秘书这个人不会办事，就说办公室很忙抽不出人，不就把黄部长打发了？这些根本就不是咱办公室的活儿！"我说："不就是打扫个办公室嘛,最多半小时搞定!"小童摇摇头:"你是没去过那个办公室,三间房子,基本上整年都没人进,里面的灰尘都能有两指厚!"

说话的时候,就来到黄部长的办公室。黄部长穿上了军队的绿制服——平时是不这样穿的。他见了我和小童显得很客气:"今天要多辛苦你们两个年轻人了,要好好打扫,不能有一点儿灰尘,至少要用拖把拖三遍。回头我请你们俩客!"我笑了:"请客就不用了,我们一定认真打扫就是!"小童说:"黄部长你说话要算数,这顿饭我是记下了!"黄部长把我们领到武装部办公室。说起这间办公室,其实平时没人来办公,里面摆着并在一起的两大张桌子,围着桌子的是一大圈椅子,四面墙上挂着各种各样的宣传版面。靠墙角有一个大铁皮柜,估计里面是各种资料。一进办公室我就感到嗓子有些不舒服,用手摸摸桌子,上面积了厚厚的一层灰尘,我不禁皱了皱眉头。黄部长大概看出了我俩不高兴,说:"我知道这个活儿不好干,拜托你们俩了,先表示感谢!"黄部长走后,我和小童先打来两桶水,刚向地上一洒水,灰尘就荡了起来,我和小童忍不住咳嗽起来。小童说:"咱们快点儿洒水,憋着气,然后出去呼吸,等灰尘稍落落再接着打扫。"出来透气时,才感觉到外面的空气是那样的清新。我们又进去拖地和擦桌子,来来回回进行了三遍,自己感觉已经很满意了。

黄部长从他的办公室里过来查看,一边点头一边说:"你们这两个小伙子真能干,地板和桌子打扫得都很好,不过墙上的版面也要擦干净,你们俩再辛苦辛苦?"说着,他用征询的目光看着我们俩。于是我们接着干活儿,宣传板太高,我和小童搬来凳子,站在上面一块一块地擦,前前后后擦了三次。又把角落里的柜子也擦得一尘不染,这才向黄部长交令。黄部长看完后不住地称赞:"干得好,我在部队的时候打扫卫生是家常便饭。你们俩辛苦了!"

等从武装部办公室出来的时候,我们俩累得满头大汗,一看表已经快中午了。外面的风呼呼地刮着,虽说已到春季,但那种春寒料峭的感觉还是让人不寒而栗。一会儿,汗下了,我感到鼻子有些不舒服；再看小童，他也不住地咳嗽。中午我和小童简单吃了几口饭就各自回宿舍休息了。到了晚上，我开始不住地流鼻涕。去看小童，他也一样。我知道是感冒了，就和小童出了镇政府大院，到外面的诊所包了两天的药。

过了几天，镇里召开经济工作会议，办公室负责会议的筹备，会议室的布置、会议通知、签到、颁奖主要是我、小童和致清叔做的，陈秘书负责赵清明书记的讲话稿。会议结束后，陈秘书让我根据镇经济工作会议情况编个信息报到县里，我趁晚上的时间完成了这项任务。交稿时，陈秘书说："晨辉近段表现不错，黄部长前几天还向我表扬了你和小童，勤快点儿没有亏吃，以后班子成员谁喊你干什么事都要跑得快点儿！"我默默地点着头，退出了陈秘书的办公室。

这一年的早春风很大，尤其是阴天，呼啸的北风让人的心情也变得沉闷和压抑，丝毫感受不到春天的明媚。虽说一年之计在于春，可是我却有种莫名的落寞，仿佛这并不是春天，而是肃杀的深秋。

一个人时候，我在自己的小屋内静静地思索：这些日子我都干了些什么？除了写信息，就是接电话、掂茶倒水、打扫卫生、安排会议，不知不觉中成了任人摆布的人。白天在办公室，任何一个班子成员甚至中层喊我做一些不相干的事情，我都要动一动，用陈秘书的话讲就是要勤快些。可是我做的这些究竟有多少意义，没有人去问，没有人去思考。做了也就做了，能讨得几句表扬的虚名就很不错了，大多事情做过后都是落地无声。选调生培训会和座谈会上领导的话犹如在耳边："你们大学毕业后到了乡镇要多学习，书本上的知识和实践是有相当大的差距的。要积极进取，脚踏实地，争取干出一番成绩来！""你们应该在自己能力范围内，尽最大努力为群众多做些实事。"可是我现在做的这些烦琐而无意义的事情实在是距离"为群众做些实事"太远，更谈不到"干出一番成绩来"，所处这样的环境、做的这样的事情实在有违选调生初衷。我是选派到基层做些实事的啊！我又想起春节同学聚会上韩俊涛的叹息："你呀，真是英雄无用武之地,有些可惜了!"虽然当时自己心里有些不高兴,但是现在仔细想想,他说的一点儿都不错。参加工作四个多月了,不能这样空耗时日下去了,我该怎么办? 我该怎么办? ……想得有些头痛,那种前途无望的落寞让我有些昏昏然,提不起精神来。算算来乡镇已经有四个多月了,可是除了"三级联创"检查那几天外,基本上没有下过村,也没有直接和老百姓打过交道,自己不是一直希望能做些具体的事情吗? 应该争取离开办公室,换个环境,与群众多接触接触,才有实现自己理想的机会。很多机会是自己争取来的,事在人为嘛,领导并不一定知道你的想法。想着想着,我的思路渐渐清晰起来:对,要争取离开办公室,当一名包村干部! 想到这里,我的热血似乎又沸腾起来!

第二天下午,我趁办公室没人的机会给秋华打了个电话,简单说了自己的想法。她说:"我支持你。能抽时间来找我吗? 我这几天不忙,有些想你了。"

二十

星期六到了。忙了一周,终于可以睡个懒觉了,我躺在暖烘烘的被窝里不想起床。昨天下午我和秋华打电话说今天要去见她,她说:"你好好休息吧,这几天把你累坏了吧!"我说:"也许见到你我就不累了!"秋华笑了:"晨辉你不是这样的人,怎么学会油嘴滑舌了!"我也笑了:"怎么,你不喜欢吗?"她说:"喜欢是喜欢,可就是觉得有些不大像你。"我说:"那什么样子才像我呢?"她想了想说:"说不好,就是那种呆呆的、傻傻的样子才最真实。"我假装叹了口气:"悲哀啊,难道我在你心目中总是那种呆呆的样子吗?"她说:"你一变得幽默,我就觉得有些不真实。就像是一个不会说谎的人,一旦说起谎来,眼神就会四处飘移,本身就变得不真实起来。"顿了一下,她说:"那你明天来吧,天有些冷,不用起得太早,赶不上上午,下午来也行。"

　　快中午的时候我来到学校。周末的校园静悄悄的,我来到秋华的宿舍时她正在聚精会神地批改作业。我轻轻地掀开门帘来到她的面前时,她竟然没有察觉。我小声地说了句:"有小偷来了!"她的身子一震,笔在本子上画了一道红线。"哎哟,吓死我了!是你啊,你什么时候来的?"她抬起头看到是我,嗔怪着。我笑着说:"你呀,怎么这么入迷,要是真有小偷来把你偷走了你也不知道!"她把笔放下,说:"你不知道,改作业真的需要全身心投入,以前咱们上学的时候不理解,现在终于知道老师的难处了。"说着,她站起来给我倒水。我摆摆手说:"你吃饭了吗?""是早饭还是午饭?"她问道。我说:"这么说你还没吃早饭?"她笑着说:"起得晚,干脆和午饭一块吃了,既能省钱、省时间还能减肥,一举三得嘛!"我看了看表:"现在都十一点多了,先去吃饭吧!"她点点头:"我请你吃馄饨吧,学校门口的那家小吃店挺不错的。"

　　吃过午饭后,天气暖和了许多。我说:"咱们到校园里走走吧,毕业后我还没有在校园里仔细看看,好怀念咱们的高中生活。"秋华说:"好啊,和你一起到校园里熟悉的地方,我也好像又回到了高中时代。"

　　午后的阳光懒洋洋地照耀着校园,我们来到校园的报栏前,四年多过去了,报栏依然还是往日的光彩,只是人已经不是那时候的人了。我说:"那时候我是三点一线的生活,只有吃过午饭后的短暂时间能到报栏边看看报纸,算是一种休息吧!其他时间就是到教室看书,做各类习题。"她笑着说:"我没有看报纸的习惯,有的时候能在宿舍看会儿小说就不错了。"我问道:"你都看些什么小说?"她说:"多了,像什么琼瑶、张爱玲的小说,我们女生宿舍很多人在读呢!"我笑着说:"多半是爱情小说吧!"她点点头:"其实我们女生比你们男生更加早熟,只是那时候看爱情小说还得偷偷地看,生怕被别人发现。"我问道:"那你们宿舍有早恋的吗?"她说:"有啊,有好几个呢,有的只是暗恋。"我来了兴趣，追问道："都是谁啊，让我也知道知道。"秋华做了个鬼脸，说："你怎么这么爱打听别人的隐私啊，这个我可不能告诉你！"我笑了："好好好，我不问了。那我问你，你暗恋过谁吗？"她看了看我说："我先问你，你那时候想过爱情吗？"我反问道："你觉得呢？"她说："你那时候在我心目中是个呆子，到现在还没多大变化。但是暗恋总还是有过吧！"我想了想说："还真有一个。有一次，也是在午后，教室里没几个人，有个女生从家里带来了炒豆，分给她旁边的几个女生。我正在做题，猛一抬头，见不知什么时候这个女生已经来到了我面前，将一把炒豆放在我的书桌上，冲着我微笑了一下，就走。当时我觉得太幸福了，而且感觉从来都没有吃过这么好吃的炒豆。后来，再见到那个女生，我就不好意思看她，现在想想，是暗恋上她了。""那她是谁啊，现在怎么样了？"秋华迫不及待地问。"这个我也要保密哦！"我打趣道，"只是这个女生高二下学期就辍学了，从此以后我再也没有见过她。"秋华感叹道："真的好遗憾。不过暗恋的感觉也是很美好的。"我问道："你现在该告诉我你暗恋过的人是谁了吧？"秋华看了看我，忍不住笑起来："你还问？真是个榆木疙瘩！"

走了一会儿，感觉浑身暖烘烘的，我们停了下来。秋华问道："你最近工作怎么样？怎么想到要离开办公室？"我就把近段时间遇到的事情对她说了。听完后，她笑了："有句话说得好，叫作人才高消费。我看你这就叫人才高消费！"我自嘲地说："咱只是个本科生，说不定以后研究生也得做像端茶倒水、打扫卫生这类事情。仔细想想，也能理解，一个单位，资历很重要，我刚到单位不久，我不做这些，还能让那些资格老的人做吗？"秋华点点头说："其实哪个单位都差不多，都要讲资历。学校评职称，很多时候也要考虑资历。以后来了新人，你就不用做这些了。"我说："理解是理解，就是感觉有些不大服气，也觉得做这些事情很无聊。我是真想在基层做些有意义的事情。"秋华说："我知道你的性格，也很支持你离开办公室。

只是这件事情好办吗？要是领导不同意怎么办？"我说："我这几天就去找领导说说我的想法，我想只要我好好去说，领导不会不同意的。"秋华说："那我预祝你一切顺利！"我拿出上次秋华给我的手套，说："还要谢谢你给我织了手套，很暖和。"秋华看了看手套说："你父母没问你手套的来历？"我说："我母亲问了，我说是你给我织的。""那你母亲怎么说的？"秋华追问道。我说："我母亲说你挺好的，对我很体贴。"秋华羞红了脸说："那你母亲对咱俩的事是什么想法？"我说："肯定是同意了，看都能看出来！"秋华这才长嘘了一口气。

过了几天，看镇里工作不是太忙，我找个机会来到赵清明书记的办公室。他正在和组织委员桂宝华说话，见我进来，笑容可掬地说："是晨辉啊，来来来，快坐！"我坐下来，见桂委员在，觉得有些拘束，不知道该怎么说。赵清明接着说："晨辉你可是稀客，这是第一次来我办公室吧！你肯定有事，说吧，要我帮什么忙？"我支支吾吾地说："没事……没事……就是想过来看看。"这时候桂宝华从沙发上站起来说："赵书记，那件事就先这样定了，回头我再向你汇报。晨辉大概找你有事，我就不打扰了。"说完，桂委员走了出去。我心里觉得有些对不住桂委员的，我一进来就等于把他赶走了。

赵书记笑眯眯地要给我倒茶，我连忙站起来，说："赵书记，您快坐下，我自己来！"我倒完茶坐下后，赵书记问道："怎么样？你上班后感觉如何？"我说："挺不错的，感觉学到了不少书本上没有的东西。"赵书记从抽屉中拿出烟来，想让一支给我，我连忙摆摆手。"不吸烟好啊！"赵书记说着，自己点了烟，吸了一口，吐出烟圈来："陈秘书对你怎么样？"我说："挺好的。陈秘书还教我写信息，我觉得文字水平也提高了不少。"赵书记点点头："我看到你发表的信息了，不错，镇里文笔好的没几个人。好好坚持！"听赵书记这样说，我有些不好意思说出要离开办公室这件事了，但是心里又觉得不甘。

赵书记大概看出来我的心事了，说："晨辉，有什么事你就直说吧！别光拣好的说，心里怎么想的就怎么说，不要有什么顾虑，我喜欢直率的人！"我于是放开胆子说："赵书记，我想离开办公室，想下去做些具体的事情，比如包村什么的都可以。"这显然有些出乎赵书记的意料，他又吸了一口烟，说："为什么有这个想法？能具体说说吗？"我站起来说："赵书记，其实我当初来到镇里的时候，就是想着能做一些具体的事情，苦点儿累点儿都没什么，只要能实现自己的价值就行。在办公室虽然能学到很多东西，也很锻炼人，可就是觉得有些不大符合自己的想法。我真的不喜欢待在机关，想下去看看！"赵书记示意我坐下，说："晨辉你能说出自己的想法很好。当初我把你安排在办公室主要是考虑到你是本科生，素质又高，先把文笔锻炼好，以后会更有前途。不过你提出要下去做一些具体的事，这个想法也不错，理论毕竟要服务于实践嘛！你说要下去为老百姓做一些具体的实事，我支持你！希望以后你真的能发挥自己的才能，做一名基层的好干部！"我激动地说："请赵书记放心，我一定会努力工作，不辜负您的期望！"赵书记笑了："不要这么拘谨，以后有什么想法只管对我说就是！这个事情你先等一段时间，找合适的机会我在班子会上提一提。在你没离开办公室之前，还是要干好本职工作，不要有什么其他的想法！"我站起来说："我一定会干好本职工作的，谢谢赵书记的支持。其他也没什么事，那我就不打扰您了！"赵书记也站了起来，说："别忙着走，再随便谈谈嘛！"我说："赵书记您太忙了，改天我再来向您汇报工作！"赵清明笑起来："晨辉还是有些拘谨，好，那你先去吧！记着有什么事情可以直接来找我！"

离开赵书记办公室，我的心里甭提多舒服了，不由自主地哼起了小曲儿。致清叔见了我说："晨辉今天有什么好事这么高兴？是不是有女朋友了？"我就顺着他的话说："嗯，快了，有点儿眉目了！"致清叔笑着说："那我什么时候喝你的喜酒？我早就等着这一天呢！"我说："这个现在还不好说，八字才刚有那么一撇！"

清明节到了，我回到家中和父亲、哥哥一起祭祖。节后再回到

选调生

镇政府后，情况发生了变化。这天上午镇里召开班子会，结束后陈秘书匆匆把我叫到他的办公室："晨辉你是不是找过赵书记了？"我点点头说："前段时间找过他一次。"陈秘书皱起了眉头："你想离开办公室怎么不事先和我说一下？今天上午的班子会对部分人员进行了调整，你被分到财税组了。""财税组都干些什么工作？"我问道。"就是协助地税所收税。"陈秘书一边说，一边摇头叹息："怎么说你啊，晨辉！其实待在办公室进步很快的，你看你来之前办公室的几个人，都是干了没几年就提了副股甚至正股。下面的工作很难做，你是大学生不错，可是基层有些事情处理起来与学历没多大关系，更重要的是经验。前几天赵书记找我说让办公室出去一个人锻炼锻炼，我推荐的是小童。可是今天的班子会赵书记点了你的名，让我感到非常意外。"我说："陈秘书，谢谢你对我的关心，可是我真的想下去锻炼锻炼，做一些具体事情。老待在机关里，我觉得很沉闷，也不符合我当初来乡镇的目的。陈秘书，请你一定要理解我！"陈秘书态度缓和了一些，无可奈何地说："现在说什么也没有用了。不过仔细想想你说的也有一定道理，你到下面锻炼锻炼、了解了解情况也是好事。以后我不再分管你了，不过如果你信任我，有什么事情还可以找我！"我问道："这次调整的人员多吗？"陈秘书摇摇头："不多，就是成立了财税组，镇里近期财政困难，应地税所要求，镇里要派人加强这方面工作，桂委员主抓财税组。"又说："你到下面也行，就是有一点，你的文笔千万不能丢，这是你一个很重要的优势，以后你就知道了！"我觉得有些对不住陈秘书，就连忙站起来说："陈秘书你就放心吧，以后我虽然不在办公室了，你有什么吩咐，我还会像过去一样尽力的。"陈秘书说："有你这句话就行了，以后你还可以抽时间写一点儿信息，我来帮你改。"

到下午的时候，致清叔和小童都知道我要离开办公室了。致清叔说："晨辉你离开办公室锻炼锻炼也是好事，不过就是千万不能随波逐流。你来到镇里以后我就一直看好你，咱们也算是忘年交了。不管在什么地方，好好干没有亏吃。"小童有些沮丧地说："你总算自由了，我不知道还要等多长时间。"这时候政府秘书王志伟和许长杰也来了，我和他们一一告别。王志伟说："以后你就归桂委员管，明天你就可以不用来办公室了。"要离开了，虽然很高兴，可是仍然有些依依不舍，毕竟在这里待了好几个月。在这里虽然不尽如人意，可是与陈秘书、致清叔、小童这些人的友情，却是一笔巨大的财富。我最后说："感谢大家一直以来对我的照顾，虽然以后我不在办公室了，但是在办公室的这段时光我永生难忘！以后我还会经常到办公室的。"致清叔说："天下没有不散的筵席，预祝你在新的岗位一切顺利！"

第二天点完名后，我喊小童一起回办公室，小童笑着说："你忘记了吧！今天该去桂委员办公室报到了！"我这才想起来，说："习惯成自然了，看来改变一个习惯确实需要一个过程。"

来到桂委员办公室，桂委员看到我笑着说："晨辉咱们也算是有缘分，'三级联创'检查的时候咱们就在一起工作过。"我也笑了："以后桂委员多指点！"说话的时候，又来了几个人，我一看原来是樊国超、吴秋娜，还有两个穿蓝色制服的人。桂委员招呼他们坐下，一边发烟一边说："这下人来得差不多了，财税组一共七个人，还有个信访办的老周今天没来，咱们不等他了。"樊国超看了看周围的人说："基本还是原班人马，你看晨辉、秋娜还有我，都是'三级联创'那时候的人，就吴所长和小郑是新加入的。"吴秋娜笑着说："谁让我们桂委员有号召力呢！"桂委员也笑了起来："秋娜你就别捧我了，以后还得依靠大家多多出力呢！"说着桂委员向我介绍了吴所长和小郑。吴所长是镇地税所所长，今年四十来岁，干地税所长有好几年了；小郑二十岁出头，分到地税所有一年多了。我和他们分别握了手。

桂委员说："老吴，你先介绍介绍情况吧！"吴所长点上一支烟，吸了一口，说："其实本不想麻烦镇里，可是近期税收确实有些困难，我们所里就七八个人，人手不够，李书田镇长又说镇里财政困难，税收这一块工作要加强，所以才麻烦大家。"桂委员说："吴所长就不要客气了，你们加强税收工作也是为了镇里嘛！"吴所长接着说："咱们财税组主要工作是加强所得税征收，重点区域是赵坡村。赵坡村里有很多家庭作坊，主要是把一些废旧金属加工成瓶盖卖给附近的厂里，很多村民就是依靠这个发了财。过去咱们对这一块睁一只眼闭一只眼，没怎么管，现在要加强税收工作，就要把这一块的'芝麻'捡起来，'芝麻'多了，也会变成'西瓜'的！"桂委员说："税收工作我没有经验，老吴你干这个多年了，现在就全权委托你拿方案，你具体说怎么办吧，我们都听你的！"吴所长连忙说："桂委员你太谦虚了，方案我来拿可以，但是最后还得你来决定！"两人推让了一番，最后吴所长说："既然桂委员委托我了，那我就越权一回吧。今天大家见个面，就不开展具体工作了，明天起咱们到地税所集合。桂委员，明天早上点完名后你带弟兄们到地税所会议室，怎么样？"桂委员点点头："好，就按照吴所长说的办！"

二十一

地税所在故城村的主街道上，离镇政府大约三里地。桂委员带领我们来到地税所会议室时，吴所长和地税所的小郑已经在那里等候了。吴所长让桂委员坐在会议室的主位，自己在桂委员旁边坐下，我们则依次坐下。桂委员问吴所长该怎么办，吴所长说："咱们现在先把底子摸清，也就是说先把赵坡村里从事废旧金属加工的个体户的情况摸清楚，每户该交多少税，先列个单子，然后照单去收钱。但是有个问题就是个体户一般没有账目，我们不好核定税款。我昨天晚上想了大半夜，总算想出了个办法，不知道行不行？"桂委员说："老吴，你只管说说看。"吴所长接着说："我早上和电管所联系好了，让他们提供每户每个月用电的底册。废旧金属加工横竖是要用电的，而且用的电比一般用户多很多，把每户每个月的用电量扣除掉一百度作为生活用电量，剩下的用电量就可以认为是用于废旧金属加工的用电量了。我考虑了一下，每户按照每度电五分钱计税比较合理。"说着，吴所长用征询的目光看了看桂委员："桂委员，你看这样合理吗？"桂委员笑着拍拍吴所长的肩膀说："真有你的，老吴！能想出这样的办法。不错，我看可行！"吴所长也笑了："没办法，镇里压给我的死任务，我只有想办法去完成。这也是没有办法的办法！"大家都笑了起来。桂委员又问："这样计税有依据吗？"吴所长说："有。我是参照国家有关个人所得税的标准，结合废旧金属加工行业的利润制定出来的，应该大差不差。"桂委员说："那就好。主要是怕有些人不服，知道了依据，我们好给他们解释。"吴所长对小郑说："小郑，现在你就和镇里的几位领导一块先把底子列出来！"

桂宝华和吴所长离开了会议室，气氛立刻变得活跃起来。小郑把一大摞表册抱了出来，说："咱们开始吧！"吴秋娜小声嘟囔着："领导都去喝茶了，他们怎么不干活，光让咱们干！"樊国超笑着说："秋娜你就少说两句吧，等你哪天当了领导，你就可以指挥别人来干活了！"吴秋娜自嘲地说："咱就是干活的命，从来也没指望哪天能当领导！"

中午的时候，底册总算整理好了。桂委员和吴所长出来招呼我们吃饭。吴秋娜抱怨道："上午把我累死了，口干舌燥的。你们当领导的真好，只管坐在办公室里喝茶，怪不得那么多人愿意当领导呢！"桂委员笑着说："秋娜，你这叫只知其一不知其二，你不知道当领导的难处。你们一般人员是抱着不哭的孩儿，出了事不用你们负责。当领导的看起来风光，可是完不成任务挨批评的时候你们没看见吧！另外，就像咱们今天中午吃饭，你们吃完饭抹嘴就走，领导还得去掏钱！"吴秋娜说："桂委员，既然你说当领导这么难，那咱们俩换换怎么样？"桂委员说："换换就换换，这有什么！"吴秋娜笑着说："桂委员，你这是嘴硬，其实心里呢，早就生气了！哈哈！"吴所长说："秋娜这个丫头真是不简单，嘴皮子厉害着呢！看以后谁敢给你介绍对象！"樊国超说："吴所长这个你就不用担心了，我们秋娜要模样有模样，要口才有口才，屁股后边肯定有一大堆男的在追呢！"说着，大家

选调生

都笑了起来……

　　回到镇里后，我见致清叔还在他的宿舍里，就过去和他说话。离开了办公室几天，感觉确实自由了不少，但是想到今天的一幕幕，又觉得有些无聊。致清叔问我："离开办公室，感觉怎么样？"我就把今天的事情对他说了，他听完后笑了："晨辉，其实有意义的事情能有多少？按照你的观点，很多事情都是无聊的。关键是心态问题，干什么事情都不能期望值太高，否则失望就越大。"我点点头："是啊，想着下去做些事情，没想到抄了一个上午的电表，还不如在办公室弄个信息呢！"致清叔说："既来之，则安之。现在什么也别说了，领导分派到哪里，你就干到哪里。这些事情看起来琐碎或者说是无聊，其实也是体验基层、锻炼自己的一种途径。关键是抱着一种积极的心态去工作，如果什么事情都看不惯，那就有些危险了。"我低下头，认真品味致清叔的每一句话。致清叔又说："陈秘书很为你惋惜，还是希望你能留在办公室，今天还在办公室对我和小童说你是一块难得的材料。"我问道："办公室这几天还好吗？"致清叔说："还是老样子，人少了，当然忙一些。估计过一段时间再分来新的毕业生就会给办公室添人。"和致清叔又说了一会儿话，我去找小童，办公室没有，见一楼走廊下他的自行车不在，猜想他已经回家去了。

　　过了几天，财税组又召开会议。原来吴所长建议桂宝华趁现在芒种时节还没到，抓紧时间，赶快行动，下村去收税。这次信访办主任周振川也来了。周振川五十岁出头，头发有些斑白，黝黑的皮肤，"吧嗒吧嗒"地不停抽烟，是个闲不住的人。用他的话说："不怕苦不怕累，就怕没事干。和大家在一起，觉得活着有意思。如果哪天我真的没事干了，死期就不远了。"到了村里，大家开始准备按照名单挨家挨户去收税。我见一共七个人，就说："咱们这么多人，不如分成两组，这样收税快一些。"吴所长马上接过话说："晨辉，基层有些情况你可能还不了解，收税是要人多势众的，人少了弄不好还要挨打。我看咱们七个人在一起还不算多，怎么能分开呢？"桂委员解释说："晨辉是刚毕业的大学生，以前在咱们镇的党政办公室，综合素质没的说，不过下去收税还是大姑娘上轿——头一遭。"地税所的小郑接过话题说："说起收税，去年我和几个人到别村收税，去了一家小饭馆。去了几次，好说歹说，交了大概一多半税款。剩下的税款我们又去催，催得急了，没想到那个老板'呼'的一声从厨房拿起把菜刀来，摆出一副拼命的架势，说谁再进来问他要钱，他就砍死谁。我们想了想，为了这几个钱，闹出人命来不值得，所以剩下的几百块钱我们一直就没要。"吴秋娜用肩膀扛了扛小郑："小郑你就别说了，说得人提心吊胆的，说得我这会儿都没信心了。"吴所长笑笑说："秋娜你别害怕，有我们大家呢！再说那只是个别现象，一般也不会遇到。"桂委员也笑着说："事情没有那么严重，不过大家要有面对困难的心理准备。"

我们先来到会计主任家里，想让他跟着指认一下名单上人的住址，会计主任头摇得像拨浪鼓似的，说："你们就饶了我吧，让我跟着指认，村民不骂死我才怪呢！这些年当村干部，我就得罪了不少人，你们还想我把村里的人都得罪完呢！你们收完税一走了之，我往哪儿走？我还得在村里生活！"吴所长说："这样吧老赵，我们不白让你跟着，每天给你补三十块钱，怎么样？"会计主任说："给我三百块钱我也不干！我不是图那个钱的。"这时候桂委员的脸色显得有些不好看了，说："老赵，你不能这样啊，为了保全你自己，就来看我们的笑话。我知道你有困难，可也不能看着我们不管呢！"会计主任哭丧着脸想了半天，才说："桂委员你看这样行不行，我有个侄子今年才十六岁，初中毕业后一直在家闲着，让他带着你们去，他是个小孩，脸儿生。你们每天能给他点补贴就行了！"桂委员点点头说："这还差不多，补贴不是问题。你现在就找你侄子来。"会计主任答应着去了。一会儿，带来一个少年。少年个头挺高的，就是太瘦了，像个麻秆似的。会计主任对少年说："这是个好差事，每天能挣三十块钱，比你出去打工强多了！我是你叔，有了好事当然想着你了，别人想揽这个

　　　　　　　　　　　　　　　选调生

活儿我还不给呢！"说完，又向少年介绍了我们几个人。

开始行动了。我们首先来到一个叫赵留春的人家，少年远远地指了指一个黑油漆大门，就赶快找地方躲了起来。我们走上前去，见大门的瓷片上贴着"家和万事兴"几个红字，院子里传出"咔嚓咔嚓"的机器声。敲了半天门，出来个四十多岁的中年人，穿着深蓝色的上衣，头发乱蓬蓬的，脸上蒙着一层灰尘。见我们来了这么多人，他有些吃惊地问："你们找谁？"吴所长问："你是赵留春吗？"那人说是。吴所长把证件掏出来亮了亮，然后说："我们是地税所的，是来征收今年的个人所得税的。"那人听完后二话没说就要关大门，吴所长一只脚已经踏进了院子，我们也顺势跟着进了院子。吴所长说："先别急着撵我们，这是国家的税收，任何人抗税都是违法的！"那人说："你们收你们的税，和我有什么关系？"吴所长说："当然和你有关系了，你看看你院子里满地堆的都是废旧金属，机器也在不停地转，生意一定不错吧！"那人不屑地说："生意好坏与你们有什么关系？"吴所长顿时变了脸色："你是生意人，我看就别装了吧！你要是配合的话，税款好商量，可以给你一定优惠。如果这样对抗的话，恐怕对谁都没好处。"桂委员也说："国家的政策好，让你们挣了钱，你们也应该为国家想一想，给国家做点贡献！"那人这才缓和了口气："你们先进屋，咱们坐下说。"我们便跟着他向堂屋走去。我看到院子的西墙放着几台机器，有五六个雇工正在忙碌。

进了屋，他拿了茶瓶要给我们倒水，吴所长摆摆手说："谢谢，不用了。我看你也挺忙的，我们也忙，咱们就直接说正事吧！"那人搬了把椅子在我们对面坐下，说："怎么以前没人问我要税，今年怎么想起来了？"吴所长说："以前没要，并不见得你不应该交。只要你的机器在转，就要交税。以前的就不说了，我们现在只收今年以来的税款。"那人问道："那我该交多少？"吴所长把花名册拿出来，看了看说："你的一共六百五十块钱，看你还算配合，就交六百块吧！"那人咧咧嘴说："这么多啊，我今年才挣了几个钱？"桂委员冷笑了一声："你就别哭穷了，你的生意要是不好，你早就不干这一行了！"
那人的脸上露出几丝狡猾的神色，眼珠转了转说："那这样吧，过几
天我把税款给你们送去。"吴所长不屑地说："你别来这一套，我干
了这么多年的税收，你这点小伎俩还瞒得了我？等你来送税款，猴
子都会笑了。干脆痛快点儿现在交吧！"那人显出无可奈何的表情，
说："你们真是难为我了，我家里现在一共才五百块钱。你们要是觉
得行，我就交；要是不行，那你们只好等了。"吴所长想了想，假装叹
了口气说："算了算了，便宜你了，五百就五百！你快点去拿！"那人听
完后脸上露出了笑容："好，你们等着，我现在就去拿钱。"说着，那
人进了里屋，掏出五张一百元，交给了吴所长。吴所长点了点，然后
让小郑开了票据。

离开赵留春家，桂委员笑着说："老吴有你的啊，连哄带吓就把
税给收了。"吴所长摇摇头，笑着说："难啊。你不知道收个税有多
难，他们变着法子不想交税，要是没有两把刷子，怎么能行？不管怎
样，收上来钱才算硬道理。"

接着又去一个叫赵爱国的家，依然是少年远远地指给我们。吴
所长说："这次我不打头阵了，你们也锻炼锻炼，我在后面跟着。"桂
委员想了想，又看看周振川，笑着说："老周，这回该你打头阵了。俗
话说，老将出马，一个顶俩。你过的桥比我们走的路都多，这点儿小
事不算什么吧！"周振川满不在乎地说："我来是干什么的，能白吃
闲饭吗？"于是周振川走在前边，径直去敲门。

门开了，一个五十来岁的男人走出来，周振川说明了来意。这个
叫赵爱国的还算配合，把我们让进屋后，小郑拿出底册让他看。赵
爱国说："四百六十块，太多了吧！能不能少交点？"周振川说："亏
你的名字还叫爱国呢，我看一点儿都不爱国。给国家交税还讨价还
价？"赵爱国挠挠头说："你说得也是。就是我现在没钱，缓几天行
不？"周振川说："别浪费时间了，到时候我们还得来，你还得再给
我倒茶，咱们都费事。"赵爱国说："我现在确实没钱。昨天进了一些

料，钱都占着了。"周振川想了想说："那你先向左邻右舍或者好朋友借借，我们在你家等你。"赵爱国无奈地说："那你们等吧，我出去借钱！"说完，便走了出去。

这时候吴所长说："晨辉，秋娜，你们两个跟着他，小心他要滑。他走到哪里，你们就跟到哪里！"于是我和吴秋娜跟着他出了大门。见我们俩跟着出来，赵爱国回过头说："你们俩跟着我干啥？还怕我跑了？"吴秋娜笑着说："我们怕什么！反正你跑了和尚跑不了庙的。"赵爱国左拐右拐，好像并没有确定的目标去借钱。我顿时就明白了，顺势说："税款谁也逃不掉的，我看你也是爽快的人，咱们就都别浪费时间了。"赵爱国摸了摸有些鼓囊囊的上衣口袋，说："实话给你说吧，我是做生意的，口袋里能不装钱吗？只是想着不能这么简单就给你们了。"我笑着说："说来说去还是你的面子问题。这样吧，你现在跟我们回去，就说借到了钱，我们两个替你保密，行吗？"吴秋娜也说："好了，好了，你看我们两个嘴皮子都快磨破了。"赵爱国这才不说话，跟着我们回了他的家。又经过一番讨价还价后，赵爱国最后交了四百块钱了事。

又去了三四户，都是周振川打头阵。不管怎样，总算把钱收上来了。桂委员称赞道："老周你真行，果然是老将，身手不凡，比我们强多了。"周振川摆摆手说："桂委员你这话是还想让我上啊。下一户我可要歇歇了，你们谁打头阵都行。老将虽然还行，但是也不能只凭老将上啊，把老将累出个好歹你们谁负得了责任？"一席话，大家都笑起来。桂委员说："哪能呢，把你累坏了，那就赔大了！你先歇会儿，下一户我来。"

说话间又来到一户门前。从外观看去，院墙矮矮的，有些破旧。院子里很静，与之前喧闹的几家形成了鲜明的对比。敲门后好半天才出来一个中年妇女，饱经风霜的脸愁容满面。当了解到我们是来收税的时候，妇女的情绪立刻变得激动起来，语无伦次地说："你们都是当领导的，来，都先到这边看看，随后我就给你们钱。"

我们随那妇女向院子西部走去,那里用石棉瓦搭了一个天棚,棚子下面放着两台机器,机器旁边堆积着不少废旧金属。妇女指着那两台机器气呼呼地说:"都是这些破机器造的孽,要不是它们,小孩的爸也不会出去躲债!"我们听得一头雾水,不知道发生了什么事。桂委员问道:"这位大嫂,你慢慢说,到底怎么回事?"妇女就把事情的经过原原本本地说了一遍。原来这两年他们看瓶盖加工生意好,就在去年初多方筹集资金买了两台机器,建起了家庭作坊。开始的时候生意还可以,到了年底,成本已经收回快一半了。夫妻俩暗自高兴,心想照这样下去,到了今年年底成本或许就能收回来了。可是天有不测风云,今年开工了两个多月,把加工好的瓶盖卖给了收购厂,可是厂方迟迟不给货款,因为是老客户,开始还没在意,可是前不久听说厂长携款逃跑了,结果造成今年以来的所有货款包括去年的一部分货款都打了水漂。刚买机器的时候他们就借的有钱,雇了两个人,结果债主一看要破产,就三番五次找上门来要钱,雇的那两个人工资也没有结清,也经常上门来要钱。男人一气之下离家出走了,留下一封信,说自己出去一是为了躲债,另一方面也是为了打听厂长的下落。现在家里的日常生活都成了问题,孩子也跟着受苦。说到这里,妇女忍不住大哭起来,坐在地上一边捶地一边用手抹眼泪:"这样的日子何时是个头啊,我们娘儿俩以后的日子可咋过?你们还来要钱,这不是要把人逼死吗?"

　　参加工作以来我第一次见到这样的场面,看到妇女一把鼻涕一把眼泪的样子,我的心里一阵发酸,眼睛也有些湿润了。桂委员让吴秋娜把妇女拉起来,说:"大嫂,你先别着急,事情总会慢慢解决的,俗话不是说'天无绝人之路'嘛!"吴所长也说:"如果真是这样的话,税款的事可以缓一缓。"我从内心里很可怜那个妇女,听了吴所长的话,心想,这个时候了,你还提税款的事?于是我把吴所长叫到一边,小声说:"吴所长,我看她家的税就别收了吧,你看她家多可怜!"吴所长不以为然地说:"小丁你的心太善良了,或者说太天真了。我当所长这么多年，什么阵势没见过？她说的话谁知道是真是假？要是谁哭一哭闹一闹就可以不用交税，那我还问谁收税去？慈不掌兵啊，你没听过这句话？"我的心里也来了气，就说："那也得具体问题具体分析，你看那女的哭的那样子，我看不像是装的。你就给她免了吧！"吴所长显出一副不耐烦的样子："小丁你就别说了，我会掌握分寸的。你先要明白我们今天这么多人来是干什么的！"这时候桂委员走过来附在吴所长耳边嘀咕了几句，吴所长点点头。桂委员就对妇女说："大嫂你的困难我们已经知道了，携款潜逃的事情我们会督促派出所尽快处理的，希望能尽早解决。但是税款是国家的税款，我们还得收，一码归一码，考虑到你的具体情况，可以缓一缓。过一阵子我们再来！"

下午我们又串了三四户，等离开赵坡村回到镇政府大院的时候，天已经快黑了，于是各自散去。

二十二

连续收了一个多星期的税，我越来越感到心不在焉了，刚出办公室的那股热情也渐渐消退殆尽。有时候夜里翻来覆去睡不着觉，就想自己能做的难道不是打扫卫生、掂茶倒水，就是下去要钱要款、与人争执吗？离开办公室那会儿心情确实舒畅了不少，以为可以干一番事业了，可是想不到等来的却是这样一番情景。刚刚好了的心情没多久就再次跌入了深谷。秋华说得好，人才高消费，这样的事情也许中专生甚至初中生都能做，那么自己来到乡镇到底能做什么呢？实现自己的价值？笑话。如果自己的价值所在就是这些的话，我宁可不要。尤其是想到那个妇女无助的表情和满脸的泪痕，心里就特别难受。我越来越怀疑自己当初选择选调生这条路是否正确。如果不正确的话，还有退路吗？越想越睡不着觉，心里渐渐产生了一种想法：不如另谋出路，想办法离开乡镇。俗话说，"树挪死，人挪

选调生　　　　　　　　　　　　　　　　　　　　　　　　　133

活"，也许自己离开了乡镇，还会有更好的前途呢！可是又马上觉得这种想法太冒险了，离开了乡镇，难道就一定能找到比这更好、更适合自己的工作吗？选调生可是自己通过笔试、面试、体检、考核等几道关才考上的啊，可以说是"过五关斩六将"，又怎能轻易放弃呢？就算是自己有这个勇气，周边的人会怎么想，父母能同意吗？秋华能同意吗？在乡镇虽然无聊，可总算是一份安稳的工作，比起在外拼搏的人来说，压力小了许多。真把自己放在社会中，就得适应激烈的竞争压力，自己能行吗？想来想去，还是理不出个头绪。唉，做人难啊，抉择更难，尤其是对事关自己一生的抉择。我到底该怎么办呢？

　　快到"五一"的时候，赵坡村的税收工作暂时告一段落，绝大多数该收的税都收上来了。对于几户所谓的"钉子户"，吴所长建议等等再说，不能因为这几户把精力都牵扯进去，影响全年的税收进度，下一步要把重点放在镇西部山区的石料厂上。桂委员说大家这段时间几乎天天下村收税，太累了，先休息一段时间，过完"五一"假期再去石料厂收税。我很关心那个妇女的事情，就去问桂委员她的情况。桂委员说："我已经给派出所说过了，他们也向县公安局反映了，正在追查，估计得等一段时间。她家的税款我们这次就没收，缓缓再说。还有我已经给村干部说过了，如果她家临时有困难，可以向镇民政所反映，也可以直接给我说。"我这才放了心。

　　今年的"五一"加上调休一共七天假期，也是全国第一个"五一黄金周"。能连续休息七天，我太高兴了，也想借此机会好好休息一下，同时调整一下自己的心情。回到家里，父母自然很高兴，忙着给我改善生活。问及我的工作，我就把自己的困惑说了，父亲说："这很正常，刚开始都这样，谁不是从小兵干起的？"母亲特意问起了秋华的事情，我说："一切正常嘛！"母亲这才满意地笑了。

　　假期的第二天，老朋友张志举来了。前几天我在镇里就接到了他的电话，我问他的情况，他叹了口气说："唉，一言难尽。'五一'假期期间我要回趟老家，到时候咱们再详细说说。"张志举来后，我们俩就一起到田野里边走边谈，这样有什么想法就可以无所顾忌地放开说。我问他的工作是否找好。他说："有些眉目了。节前参加了一次招聘会，相中了省城一家外贸进出口公司，也算和我的专业对口吧。我把简历递上去，第二天他们就通知我参加面试。面试过后，他们也很满意，通知我节后就去签订劳动合同。"我问道："这家公司待遇怎么样？"他说："还可以吧，没具体说，大概一个月一千块吧！""这么多啊！"我吃惊地说，"我现在每月才二百多块钱。"他笑着说："我这算是一般般的，我们寝室有的同学找好了外企，每个月大概一千五呢！不过你们工资虽少，怎么说也是国家公务员嘛！工作稳定，社会地位又高。"我摇摇头说："你不知道我近期都干了些什么事。"他笑着说："不就是接接电话，打扫卫生嘛！我知道你不喜欢这些琐碎的事情。"我说："不只是这些，还有呢。给领导掂茶倒水，谁动动嘴我就要跑跑腿。好容易离开了办公室，想换个环境，可是等来的却是走街串巷，要钱要款。你说这样的活儿干着有意思吗？咱们都是大学生，能发挥咱们的作用吗？"他沉默了片刻，说："那你怎么打算，就这样一直下去吗？"我说："我想离开乡镇，出去闯一闯，可是还没有十分的勇气。现在还犹豫不决，想听听你的意见。"他想了想说："其实我早就想劝你出去闯一闯，就是怕你将来怪罪我，毕竟你是国家正式人员，是铁饭碗。"我看了看他，说："这么说，你也觉得我应该出去闯一闯？"他点点头："是啊，如果你真不喜欢现在的工作，还不如趁着年轻，还有些锐气，出去试试。等过两年，你没了锐气，适应了环境，再想闯也没有激情了。"我问道："我要是决定出去，该去哪里好？"他说："春节的时候我就给你说过，你就去省城，大城市机会多，你到那里可以先在我那里落脚，我到六月底才毕业，然后才正式上班，我也可以帮你找找。"我心里顿时有了一种豁然开朗的感觉，说："那咱们一言为定，我过完节就辞职去找你。"他说："你最好和你父母说一下，这样的大事最好慎重。"

打定了主意，当天晚上我就和父母谈到了这件事。还没等我说完父亲就皱起了眉头："太冒险了！你知道你有这份工作是多么不容易吗？这可是铁饭碗啊，你自己把铁饭碗丢了，再找可就找不回来了。"我说："实在没意思，我真的不想干。一个月才二百多块钱，能干什么？就这还经常拖欠。你知道人家志举一个月多少钱吗？实习期就是一千，快赶上我半年的工资了。"父亲不说话了。我接着说："我也想多挣些钱为家里减轻些负担，这些年你供我和哥哥上大学太辛苦了，家里经济条件一直都不好。你看看咱们村里很多打工的都比我挣得多。"父亲想了想："那你出去有把握吗？在家千日好，出门万事难啊。"我看父亲有些松口了，就说："我和志举都是大学生，人家都能找到这么好的工作，我就比他差吗？我有这个信心。"父亲说："你要是坚持出去，我也同意。就是有一样你得听我的，你不能马上辞职，得为自己留一条后路，先找领导请个长假吧！"我有些犹豫。父亲接着说："我过的桥比你走的路都多，你如果辞职，万一找不到好的工作，或者找的工作还不适合你，怎么办？到时候后路也没了，哭都没地方找去。"我觉得父亲说的话很有道理，就点头同意了。

又过了两天，表弟大伟来下帖，原来是他媳妇生了个男孩已经满月了，定于明天中午举办宴席，要我们早点儿过去，然后他急匆匆地跨上摩托车走了。于是第二天快中午的时候，我们全家连同堂兄弟一起去赴宴。姑母家的院子里人来人往，姑父忙着接待宾客，和我们打过招呼后就忙其他的去了；姑母则一边忙碌一边抽空坐下来和亲戚们说说话；大伟一会儿出去一趟干些跑腿的杂活；还有一些不认识的人也在忙碌着。一直等到凉菜上完，等待上热菜的时候他们才有了喘息之机。姑父、大伟走过来和我们说话，大伟问我的工作情况，由于是平辈，自然是无话不谈，我就把自己打算出去看看的想法给他说了。他灵机一动："我有个表姐在省城一家证券公司，你学的是金融，不知道她能不能帮上你的忙……"我的眼前一亮，追问道："你的表姐多大了？去省城有几年了？"大伟说："有个二十四五岁吧，去省城也有五六年了。你不知道，我表姐能耐可大了。"父亲在一旁插话说："你说的是张春丽吧！我知道这个人。前几年你爸还领着她找我办事呢！"大伟笑着说："二舅您的记性真好，就是她。我上次见到她，她还提起二舅您呢！"见我有些一头雾水，大伟解释说："二哥你一直在外上学，看来家里的情况是一点儿都不知道。"说着，他就简单介绍了张春丽的情况。原来她初中毕业后，没考上高中，就通过姑父找到父亲联系上了县城的体校。可是体校也没上完，觉得没有前途，就自己一个人去省城闯荡了。用大伟的话说，她不是一个安分的人，野心很大。去省城后，她给人做过保姆，后来通过雇主在银行找了一份临时工，再后来行长很器重她，也很喜欢她，经过一番周折，给她安排了证券公司职员的工作，一下子就成了白领。大伟兴奋地说："你不知道，我春丽姐现在也是本科文凭了。她春节时候开着车回村里，风光得很！"父亲对大伟说："你二哥想去省城闯闯，你能不能联系一下春丽，让她关照一下你二哥？"大伟说："我现在就给她联系。"过了一会儿，大伟从里屋出来了，笑着对父亲说："二舅，我刚才给春丽姐联系过了，她很愿意帮忙，她让我把她的手机号给我二哥，让我二哥到省城后给她联系。"说着，他把一张字条交给了我……

出去闯荡是大事，应该和秋华说一下。这段时间我找过秋华两次，我们一起去了趟公园，然后一起去了趟她父母家。我把离开办公室的事情告诉了她，她很高兴地说："离开办公室，你就自由了，我们就有更多机会在一起了。"可是真出了办公室，才知道根本不是想象中的那样。这些日子太忙了，几乎天天下村，一直在为收税的事忙碌。"五一"前我想趁节日找她把自己的想法说一说，顺便把她带到家里让我的父母见见，可是正值她单位组织旅游，她说："要不我不去了，留下来陪你。"我劝阻说："咱们俩什么时候都可以见面，可是你单位组织旅游恐怕一年才有这么一次，你就放心去吧！"她这才起身。我想，等她旅游回来再告诉她吧！

七天的假期转眼即逝。临上班的前夜，父亲问我："你打算怎么请假？"我说："当然不能说是去省城了，我就随便编个理由吧！"父亲想了想说："你就说'五一'期间检查身体，发现了些问题，医生建议你休养一个月。乡镇的一般人员相对比较松散，缺你一个无所谓。再说，自古官还不差病人呢！"我点头答应，然后早早睡下了。

上班后一切还都是原样，各干各的事，桂委员没有召集人下村。我见陈秘书不算太忙，就悄悄地进了他的办公室。自从离开党政办公室后，我很少找陈秘书了。首先是因为忙，再者总觉得欠着陈秘书什么东西似的。但是从内心讲，离开了办公室，陈秘书不再是我的直接领导，在他面前反倒没有了上下级的那种压力。说实在话，上班后陈秘书对我是挺不错的，虽然也批评过我，但是仔细想想，也是为了我好。从心理距离上讲，离陈秘书要比桂委员更近一些，而且他确实很希望我有什么想法能直接对他说。上次我想离开办公室的事情跨过他直接找了赵书记，他就有些挑理了。我想这次先找他，把自己的真实想法说一说，也算是对上次的一种补偿吧！

陈秘书见了我，立刻站起来："是晨辉啊，你怎么变成稀客了，这么长时间也不来找我？"我有些不好意思地说："工作忙啊，这段时间几乎天天下村。"于是我就把近段时间的情况简单说了说。陈秘书不住地点头："看来你下去也有好处，确实开阔了眼界，锻炼了能力！"又问："晨辉你找我是不是有事？"我诚恳地说："有点儿事想和你说说。"陈秘书笑了："晨辉我是知道你的，虽然你才来几个月时间。没有事你一般不会找我，说吧，到底什么事情？"我就把自己的想法原原本本地说了一遍。陈秘书认真地听着，渐渐收敛了笑容。等我说完后，陈秘书先是叹了一口气，然后说："晨辉啊，我首先谢谢你对我的信任，能把真实想法告诉我。不过除了我之外，千万别对镇里第二个人说，事关重大啊！"他说得这样严肃，让我的心里有些不安起来："陈秘书，这里有什么问题吗？"陈秘书盯着我说："晨辉你想好了吗？有些事情错过了可没有后悔药啊！"我认真地说："早想好了，绝不是我的一时冲动。而且我父母也同意了，我今天来就是找

选调生

赵书记请假的!"陈秘书说:"晨辉你既然这样决定了,我也不好说什么。你父亲让你先请假很对,做什么事都要给自己留一条后路。有些道理也许过几年你更成熟了才会明白。"沉默了片刻,陈秘书拿出稿纸和钢笔说:"晨辉,你先写个请假条吧,我去看看赵书记下村了没有。"陈秘书出去了,我很快写好了请假条。陈秘书再回来时说:"晨辉,我带你去找赵书记,咱们快点儿,他马上就要下村了。"

我们两个一起来到赵书记办公室,见许长杰也在。许长杰笑着对我说:"晨辉也来找赵书记?"这话问得不热不凉,让人感到有些不大舒服。我也笑着说:"是啊是啊。"见没有太多的话,许长杰就拿起赵清明的公文包,说:"赵书记,我先走了,在楼下等您。"许长杰出去后,陈秘书对赵清明说:"赵书记,晨辉他身体有些不舒服,想请一个月的假。"赵清明看了看我,关切地问:"晨辉怎么了?"我连忙说:"是这样的,赵书记,前段时间我就觉得晚上睡不好觉,趁着'五一'假期一检查,医生说是神经衰弱,需要休养一段时间,所以……"我话还没说完,赵清明就打断说:"有病就好好看病嘛!听医生的话,你先休息一段时间。一个月够吗?不行了可以再长一些。身体是革命的本钱,工作先放在一边。记住,什么时候都是身体第一、工作第二的。没有了身体,一切都是白扯!"陈秘书在一旁笑起来,对我说:"晨辉,咱们赵书记是很开明的领导,尤其对你特别关心,特别照顾,还不谢谢赵书记?"我连忙向赵书记道了谢,一边把请假条递到赵书记面前。赵清明拿起笔来,飞快地写下"同意"两个字,然后递给我说:"好好养病,早晚没事了再来!"

又回到陈秘书办公室。我向陈秘书道了谢,说:"陈秘书,那我就不多停了,我去给桂委员说一下,然后就回家去。"陈秘书问道:"你打算什么时候去省城?"我说:"回家收拾一下,这一两天就出发。"陈秘书握着我的手说:"祝你一路顺风!还是那句话,有什么事情只管对我说。不管你将来怎么样,咱们永远都是好朋友。"

离开陈秘书办公室,我去找桂委员说了情况,同时拿出了请假条。桂委员说:"晨辉你去吧,前段时间你也很辛苦,就借此机会好好休息一段时间吧!"我又去见了致清叔和小童,说了我请病假的事,并向他们告别。一切完毕后,我回到自己的宿舍,把常用的东西简单收拾了一下,然后下了楼,骑上车,一溜烟向家奔去。

二十三

回家后的那天下午我给秋华打了电话,问她什么时候回来的,她笑着说:"一直到假期最后一天晚上,这一周玩得真开心!"我提出想明天去见她,她有些诧异地说:"明天又不是双休日,你不忙吗?再说我还要上课。"我笑着说:"不是想你了吗?这些日子都没见你。"她想了想说:"要不明天下午吧,我下午没课。"

第二天快中午的时候我赶到学校,和她一起吃过午饭后,她说:"要不咱们去县城北边的河边走走吧,在校园里有些不大方便。"

县城北边的小河曲曲弯弯地自西北向东南流去,和我们家乡附近的小河同属一脉。晚春的小河一派勃勃生机,两岸的柳树婀娜多姿,淡绿色的枝条垂下来,好像要抚摸那潺潺的流水。岸边的草地上点缀着许多不知名的小花,有不少蜜蜂在上面飞来飞去忙个不停。树上的小鸟叽叽喳喳地叫着,一会儿掠过水面,向远方飞去。空气中弥漫着花草的清香和淡淡的泥土味。在河边的一个石凳上,我们坐下来。她给我讲起了这次去苏州、杭州等地旅游的故事,她说:"以后有时间真的要好好出去看看,这次我真的见了世面,见到了西湖,走上了断桥,这些都是我学生时代的梦想,这次终于实现了。"我羡慕地说:"你这么一说,让我也觉得心里直痒痒,什么时候我也去看看。"她笑着说:"江南美景看一次是不够的,像杭州西湖。如果能生活在西湖边,那该多好。我希望能和你一起再去,一起走上断桥,看看雷峰塔。"我说:"我也等待这一天,要不咱们下半

选调生

年或者明年一起去？"她点点头，望着我说："那咱们一言为定！"然后她又叹了口气，有些哀怨地说："可惜这些爱情故事都是悲剧的，也许正是因为悲剧才让千百年来的人们所铭记和感慨吧！"说完，她陷入了沉思。我知道她已经完全沉浸在故事里面了。我用胳膊碰了碰她说："没想到你对这些故事那么痴迷啊。"她好像忽然醒过来似的说："这些都是传说，太多浪漫色彩了。说点儿现实的，我希望我爱的是一个可以依靠、值得信赖、能够终日厮守在一起的人，你能做到吗？"我默默地点点头。也许此时无声胜有声吧！

　　过了一会儿，她忽然问道："你这次为什么要急着见我？是不是还有别的事？"我笑着说："当然是想你了，还有就是和你说一件大事。"她迫不及待地问："什么大事？"我尽量平静地说："我已经请好假了，准备去省城闯一闯。"她有些不相信自己的耳朵："你是说你不想在乡镇待了？"我点点头，就把这段时间以来的情况和她说了，然后叹了口气说："唉，你不知道这些日子我都干些什么事情，我实在觉得无聊和苦闷，觉得这里不适合我。"她的脸色变得有些阴暗："这么大的事情，为什么不早点儿和我说？"我说："本来'五一'时想告诉你的，可你又去旅游了，所以才想等你一回来就告诉你。"她摇着头说："太冒险了，就是出去又能怎么样，谁能保证找到的工作比现在好呢？现在不管怎么说，你工作稳定，过几年也许还有发展，你的前途是看得见的，为什么要舍近求远呢？"我问她："那你的意思是不希望我出去？"她说："无论在什么地方，只要你努力，就一定能有所收获的。你没听说过'是金子总会发光'的道理吗？"我无奈地说："这个道理是不错，可是想要发光也得有个好的环境啊，这个地方我实在待不下去了！"她说："事在人为，以前你不是说在基层要有所作为吗？怎么现在要放弃了？这也不是你的性格。"我说："秋华，我记得上次你不是说我现在是'人才高消费'吗？我离开办公室的时候你很支持的嘛！"她摇摇头说："我支持你离开办公室并不代表支持你离开乡镇。'人才高消费'不错，关键在于面对困难你怎样处理，是迎难而上还是选择退缩，不能因为一时的挫折而选择放弃。"

我实在有些耐不住性子了，站起来没好气地说："秋华你这是强词夺理，正反都是你的道理。你是不是存心不想让我出去？"她拉我的衣服让我坐下，说："你先别着急。我这样说一方面是给你讲道理，另一方面也是有我的想法。"我问道："那你到底是怎么想的？"她缓和了一下气氛，耐心地说："晨辉你还记得我以前对你说过的话吗？你去年夏天到我家找我的时候，我就告诉过你，我是女孩子，不敢期望太多，我只想过稳定的生活。你在乡镇怎么着都行，可是要离开乡镇去省城，你想过我了吗？我可不想跟随你去省城过那种颠沛流离的生活。还是那句话，我只想过稳定的生活。"我尽量控制着自己说："秋华，我觉得你有些变了。以前上学的时候你也是雄心壮志的，怎么现在就成了这个样子？我现在趁年轻还能出去闯闯，等过了几年，锐气没了，想出去也没这个勇气。再说，我出去也不影响你，我要是在省城站住了脚，你再过去也不迟啊！"她摇摇头说："此一时，彼一时，我觉得现在的生活就挺不错的，挺知足的，我不想那么多。"

见她仍然这样固执，我实在忍不住再次站了起来："秋华你太自私了，就因为贪图稳定的生活，就这样不思进取。我原以为你能支持我，现在看来就你反对得最坚决。"她也忍不住站了起来，说："晨辉你说话要负责，我什么时候自私了？不让你出去，就是我自私了？说过的话是要负责的。"我愤怒地说："我认准的事情谁也别想改变，我已经给领导请过假了，这两天就走！"她的眼圈立刻发红了，眼泪簌簌地掉下来："你走，你走，最好走得远远的，永远别回来！其实我算什么，我能管得了你吗？你愿意走你就走，以后你的任何事情都别和我说，和我没有任何关系！"

我见她真的哭了，有些不知所措，心也软了下来，就说："秋华你别这样，算我刚才说错了，我现在给你道歉！"她一边擦眼泪一边说："你这是打人一巴掌给个甜枣，你要是真有诚意给我道歉，我问你，你还出去不出去？"我低下头，心里矛盾得很，站在那里一句话也说不出来。见我这样，她冷笑着说："我就知道你心里没有我，在你看来，你的前途更重要，比我重要得多。"我委屈地说："不是这样的，你错怪我了。我敢发誓，我的心里绝对有你！"她盯着我，缓和了口气说："晨辉，我现在只问你，你是选择我还是选择出去？你不是心里有我吗？现在就给我个答案。"我摇摇头说："秋华，这根本就是两码事，你非得难为我吗？"她冷笑了一声："好，我不为难你。以后你走你的阳关道，我过我的独木桥。你想去哪里就去哪里，祝你一路顺风！我走了，再见！"我一把拉住她的衣服，说："秋华，你别这样……"她用力地挣脱我的手说："你放手！"然后头也不回地跑起来，很快消失在远方……

我呆呆地站在那里，良久。忽然觉得脸上有些凉，抬头一看，不知什么时候天空飘起了小雨。再看河里，泛起了阵阵涟漪，一起坐过的石凳很快就被点点的雨滴打湿了。刚才还是有说有笑，怎么也不会想到转眼间竟成了这样一个结局。我体会到了冰火两重天的感觉，心里像打翻了五味瓶，说不出是什么滋味，难过，失落，还夹杂着些许愤怒和委屈……

决定了的事情还是要坚持下来。如果因为秋华一时的误解而打退堂鼓的话，无论如何我的心里是不甘的。前方的路虽然很迷茫，但是不管是非成败，也要试一试。成功了自然最好，失败了自己也会无怨无悔。就这样我想了许久，最终决定还是要出去，一时的误解在所难免，等我在省城安定住了再找秋华好好解释吧。

为了避免自己再有所犹豫，第二天一大早我就背起行囊出发了。天色灰蒙蒙的，不时有小雨落下来，母亲非要坚持把我送到路口。等上了公共汽车告别家乡的那一刻，我的鼻子有些发酸，二十二岁了，还要去踏上新的征程，而这个征程充满着荆棘。别了，我的家乡！别了，我的亲人！

到县城后又转乘去省城的汽车，雨变得大起来。透过车窗向田野望去，村庄、树木、麦田都沉浸在茫茫的雨雾中。本来就是湿漉漉的心情，再配上雨天，一切变得更加悲凉起来。离开了家乡，离开了乡镇，离开了朋友，我感觉自己正是一个流浪者，无依无靠，身边连个说话的人都没有。我又有些后悔了，乡镇生活虽然有些无聊，但是身边还有致清叔，还有小童；生活中还有父母，还有秋华。一切事物都是这样，往往真正失去的时候，才会发现它美好的一面。

将近中午的时候到了省城，省城没有下雨，只是天色依然阴沉。我立刻往大学校园赶。头天晚上我已经和志举打了电话，他让我到省城后先到他那里落脚。沿着金水河畔往里走，两三里路就到了文科院。金水河边的草坪上坐着不少男男女女，有的在看书，有的在聊天，还有的恋人在卿卿我我。太熟悉的场景了，分别了将近一年，再次回到熟悉的校园，有种久别重逢的感觉。四年的大学生活，这条路我不知道量过多少次，只是物是人非，不变的是校园，变化的是流水一样的男男女女。

走过文科院的报栏，经过篮球场时，我看到学生三三两两地向食堂走去。忽然，我看到一个熟悉的身影：高挑的身材，淡绿色的外衣，清丽的脸庞，自信的微笑，扎着马尾辫，连走路的姿势都是一样的。是她，一定是她！我再也压抑不住内心的激动，一下子冲到她面前，埋藏在心底的那个名字脱口而出："韩颖！"那个女生先是吃了一惊，然后仔细看看我，笑了笑说："不好意思，你认错人了！"然后友好地点点头，走了。我这才感到自己的失态，那个女生远远看起来像韩颖，但走近了看，还是和韩颖有不少差别的。仔细想想也觉得好笑，韩颖怎么可能在这里出现呢？她和我同时毕业，最终花落何处，我虽然不知道，但是也明白她绝不会在这个时刻出现。在乡镇的时候，随着岁月的流逝和环境的改变，我以为能慢慢地淡忘她。可是一旦走进校园，走到了熟悉的环境中，那埋藏在心底的情感一下子又那样强烈地涌了出来。也许有些事情永远都无法忘记，比如初恋。

"人生若只如初见"该多好!

志举的宿舍楼在我原来的宿舍楼后边,我却不由自主地向我原来的宿舍楼走去。上了二楼,向右拐第二个宿舍就是211宿舍。我敲了敲门,门开了,我向里面自己睡过的上铺看去,床单换成了淡蓝色的,被子放在枕头边。开门的那个人见我只往里看,就不高兴地说:"你看什么看?找谁啊?"我连忙赔笑说:"对不起,我找错地方了!"那人什么也没说,"砰"的一声关上了门。下了宿舍楼,我这才向志举的宿舍楼走去。总算见到了志举,他一边接过我的行囊一边说:"一路上累了吧,先歇会儿,咱们去吃饭。"说完,给我倒了一杯水。他坐下来和我说话的工夫,我把水喝了个精光。志举笑起来,说:"走,咱们赶快去吃饭!"

熟悉的四号食堂,依旧是人头攒动。我们俩一人要了一份大米,志举又要了两个菜。的确饿了,我狼吞虎咽地吃起来。看着周围来来往往的学生,我觉得自己仿佛又回到了那个青涩的年代,只是多了一点点成熟,知道了这个世界除了鲜花以外,还有毒草。吃过饭后,志举又陪我在校园转了一圈,商学院、八角楼、眉湖、理科区、体育场、图书馆,一切都还是那样的熟悉。志举感叹地说:"再过一个多月我就该离校了,这些地方我还真的有些留恋呢!"我笑着说:"我是过来人了,早就在感慨呢!你现在才知道?"志举说:"我们班上不少人在卖书,把自己以前学过的书卖掉,太可惜了。学过的书,看过的书,对自己来说都是一种记忆。能卖几个钱?真不知道他们是怎么想的!"我说:"每个人的想法不一样,我的书是一本都没卖,都在老家书柜里呢!"我们又谈了校园的不少逸闻趣事,最后话题转到了找工作上,志举说:"我们寝室现在就剩四个人了,另外的四个人有的回家找工作了,有的连影子都见不着,不知道他们都忙些什么。反正我是不着急,到了七月份我就该上班了。"他又问我:"你这次来省城有目标吗?"我摇摇头:"没什么目标。看情况吧,能找到一家待遇好的企业最好。"志举想了想说:"明天上午校园里正好有一场招聘会,咱们一起去看看!"我问道:"招聘会上的单位怎么样?"志举说："不好说，有好的单位，也有差一点儿的单位，总体还行吧！我的工作也是在招聘会上找到的。你可以试试，成不成，试一下才知道嘛！"我点点头说："好吧，那明天就碰碰运气！"

当大晚上我住在志举的宿舍，睡在志举的床上，志举则睡在另一个同学的床上。夜深人静的宿舍，传来了轻轻的鼾声，不知道是哪位同学发出的；半夜里走廊里不时传来熟悉的来回走动的声音，我知道那是有人在上卫生间。在乡镇自己的单身宿舍里独处惯了，忽然换了群居的环境，还真的有些不适应。半夜的时候，我才沉沉入睡。

第二天上午起来得不算太早，和志举一起吃过饭后，我们来到理科区，招聘会设在一个礼堂前边的空地上，已经有不少桌子摆放在那里，桌子后边坐的不用说就是招聘方了，三三两两的人在桌子前边围坐，然后走开，然后又有新的人坐下来，不久后又离去。当然，有的单位前边围得水泄不通，有的单位甚至无人问津。我们先总体看了一下，觉得招聘的单位大多是企业，少数是事业单位。在企业单位中，私营企业居多，也有少数国有企业，但是外企好像很少。在仅有的一两个外企的招聘桌前，围着不少人。

我和志举好容易才挤了进去，看到宣传彩页才知道这是经营电子类产品的企业。招聘方是个女的，大约四十岁，个子不高，胖胖的身体，一口流利的普通话，还不时夹杂着一些外语。我把自荐材料递上去，那个女的匆忙翻了几页，当看到我的英语水平是六级的时候，她表现出了浓厚的兴趣："六级水平，不错的！你能现场给我翻译一段文字吗？"我说："先试试看吧！"那女的就拿来多半页纸，让我坐下来现场翻译。当看到要翻译的文字时，我顿时傻了眼，这是一段电子产品的说明书。

说实在话，我的英语是六级水平不错，当时在商学院全年级通过六级考试的人也不多，可那毕竟是过去，这一年来我几乎没看过一眼英语，在家等待工作的时候没有心思，在乡镇的时候没有用武之地——能去对同事尤其是农民说英语吗？所以说一年来我的英语水平下降了不少，再加上翻译电子类说明书属于专业英语，很少接触，所以我心里有些发虚。当我好不容易把翻译好的材料交给那个女的时，她一边看一边皱眉："英语六级水平不至于这样吧！"我的脸霎时变得火辣辣的，解释说："是六级不错，可是一年都没碰英语了。"那女的露出惊讶的表情："一年都没碰英语？"这时候一旁的志举帮我解释说："他是去年毕业的，已经参加了工作，现在对原来的单位不满意，想跳槽的。"那个女的笑了，摆摆手说："要是这样的话，我们就更不能要了，我们只招聘应届毕业生。"志举说："往届毕业生怎么了？他才毕业一年，而且往届毕业生更有工作经验嘛！"那女的又笑了："你说得也不错，但是道理从另一方面来讲，就不是这样了。参加工作还不到一年就想跳槽，说明适应能力差，稍不如意，就想跳槽，说明意志不够坚强。要是来到我们单位，没过多长时间也想跳槽，怎么办？我们希望找到能吃苦耐劳、能干得长久一些的大学生！"志举还想再解释什么，我的脸早就涨得通红，一把把他拉了出来。

匆匆离开那家外企的招聘摊位后，志举看出了我的窘态，安慰我说："你不要听她的胡言乱语就丧失了信心，要相信自己，去年你是怎么考上选调生的？那竞争也是很激烈的，你能考上，就说明你行！她不愿意聘用咱，咱还不想去她那里呢！"志举的几句话果然让我恢复了不少信心，"一言兴邦，一言丧邦"嘛！我们又转了好几个企业，不是待遇不合适就是专业不对口，眼见着快中午了，人也渐渐散去了，还是没遇到合适的企业。志举说："走吧，咱们先回去，招聘会以后还会有，等下次吧！"

二十四

在大学校园里待了几天，志举陪我在校园里四处走走看看，我们又去了两次附近的人才市场，都没有适合自己的职位。志举一边安慰我，一边继续通过各种途径帮我联系工作。我心里很感激志举,他却说:"晨辉其实你很优秀的,只是暂时没有找到自己的位置。我帮你也是应该的,谁让咱们是好朋友呢!"

这天晚上,志举宿舍电话响了,原来是他所签约的那家外贸进出口公司,公司通知他如果没有什么事,可以提前去上班,按实习期算,不必等到七月份毕业。挂完电话,志举说:"本来想多轻松一段时间,没想到现在就通知我上班。不过也好,总算自己能挣钱了!"第二天我还在睡梦中,志举就起床了,洗了头,对着镜子用啫喱水把头发喷了又喷。等他自己满意后,对我说:"晨辉你只管休息,现在还早。公司离学校很远,第一天上班我得早些,不能迟到。"说着,又把饭卡交给我说:"你自己去吃饭吧,等我晚上回来咱们再说话。"说完急匆匆地走了。

志举走后,我再也睡不着了,起床洗漱完毕吃过早饭后,独自一人来到金水河边,找个地方坐下。望着对岸来来往往的大学生,我突然感到了寂寞和无助。志举陪我的这几天,这种感觉还没有那么强烈,现在志举走了,只剩下我一个人,这种感觉又从心底浮现出来。大学还是那所大学,只是物是人非,没有了昔日的同学相伴,猛然间觉得自己已经不再属于这个校园了。这几天应聘没有成功让我有些焦虑,那些招聘人员横挑鼻子竖挑眼的样子着实可恶,自己仿佛成了一块无人问津的废铁。自己虽然不是金子,但是也不至于落到这步田地啊!我越想越觉得恼火,本来想着来到省城会很轻松地找到一份工作的,没想到却是这样一个局面。我想起了父母,来到省城的当天我就给家打了电话,父亲没说什么,只是让我尽力而为,量力而行,不行就回来。我想起了致清叔、小童他们,不知道他们现在在忙些什么。还有财税组收税的事情,不知道进展如何。我又想到了和秋华别离时那让人心碎的场面,秋华现在还生气吗?不知道她现在在干什么。有心想给她打个电话,可是转念一想,我现在连个着落都没有,给她打电话不是让她笑话吗?等找好工作再说吧!我翻出电话本胡乱看着,最后一页的一个名字映入眼帘:张春丽。我忽然眼前一亮，怎么把她给忘了？"五一"的时候在表弟大伟家，大伟反复对我说到省城要和她联系，也许她能帮上大忙呢！这些日子由于心情不太好，这几天又有些烦躁，只顾和志举在一起来往于招聘会，竟然把这个重要线索给忘记了。听大伟介绍说她神通广大，很多不好办的事情，她都能解决。既然她有这么大的能耐，我的事情对她来说也算不得什么，何况她已经答应帮我的忙呢！对，明天就去找她！

晚上志举回来后我就把春丽姐的事情告诉了他，他说："不错！听你这么说，她肯定能帮上你的忙。证券公司是好单位，收入比我所在的公司都好。再说你是学金融的，这下专业也对上口。有人帮忙就比直接参加招聘强得多，胜算也更大！"我又问他今天上班的情况，志举叹了口气："真叫一个忙！我想头一天上班，哪有那么多事？可是去了才知道，公司管理很严，每个人都像机器一样转个不停。我去后先到了人事部，然后被分到公司的行政办公室，见了主任后，他让我先熟悉情况，然后说以后我主要的工作就是协助主任负责办公室对内对外发函、申请、通知等文件的起草，还有一些报表的审核。你不知道，为尽快进入角色，今天我看了三十多份材料和报表。工作环境也很紧张，办公室一共有八个人，每个人用隔板隔开，工作的地方才两三平方米。实在是不舒服，比起大学生活差多了，比你在乡镇的生活也差了许多！"听完志举的介绍后，我的心里稍稍平衡了一些，原来公司也并不似自己想象的那么让人向往，在乡镇不管怎么说还有自己的宿舍，办公室也是宽敞明亮的。于是我感慨地说："看来干哪行都不容易啊！"志举点着头说："晨辉你说得不错，我今天上了班才有了真正的体会。你说国家领导人好不？那他每天还要接见外宾，还要开会，国家出了大事还得操心。学生时代是好，可是还有考试，还有成绩，考试不合格你就拿不到学位证。农民好不？每天没人喊你上班，想睡到什么时候就睡到什么时候，可是一年能挣几个钱？看来的确各行都有各行的难处。仔细想一想你在乡镇也未必都是坏处。"我笑着说："那我还是回去的好哦。"志举也笑了："话也不能这么说，反正你来了就不能再回去，既来之则安之嘛！"

　　我拿出电话本，找到张春丽的手机号，然后用宿舍的电话打了过去。铃响了好几下，里面传出来一个很温柔甚至有些嗲的声音："喂——"我连忙说出了自己和表弟大伟的姓名。她态度立刻变得亲切起来："是晨辉啊，前些日子听大伟说你要来，我就一直等你的电话呢！你什么时候来的？"我就把近期的情况简单说了一下，然后说："春丽姐，你看我明天去找你，行吗？"电话那端迟疑了一下："那好吧，不过你要来最好是下午再来，上午太忙了！"她又告诉了我证券公司的具体地址。挂完电话，志举说："期待明天你的好消息！"

　　第二天吃过午饭我就往证券公司赶，费了几番周折终于来到证券交易部。交易大厅里人头攒动，不少人坐在大厅红色的椅子上，眼睛直盯着屏幕上不断跳动的红红绿绿的数字，有些人则在一起窃窃私语。大厅周围的角落里有不少自助交易柜台，三三两两的人不时围拢过去，同时有人从柜台边离开。我看到有个柜台上面摆着咨询台的牌子，就上前问春丽姐的情况。一个穿玫红色制服的服务小姐指了指楼上："你到二楼办理开户的地方问问。"我顺着步梯上了二楼，果然见对着楼梯口的柜台前围拢着不少人，柜台上并排摆着"开户""存款""业务咨询"等字样的牌子，柜台后边有十来个二三十岁的女子在不停地忙碌着。

　　我走上前问道："请问张春丽在吗？"在最左边"业务咨询"牌子后边有一个女人抬起头来，盯着我看了看，然后嫣然一笑："你是晨辉吧！"我连忙说："你是春丽姐吧！"她点点头。我这才仔细打量春丽姐，见她中等个头，穿着玫红色工作服，黑色的短裙；微微弯曲的有些发黄的头发，显然是烫过的；脸看上去很白净，嘴上涂着重重的口红，眉毛描得又细又长。她长得虽不算十分漂亮，但是看上去很有职业女性的那种成熟和气质。春丽姐对旁边的一个女子轻声交代了几句，然后从柜台后走出来，指着一排椅子说："晨辉，你先坐下。"说着她也坐了下来，说："以前我见过你，只是你那时候还小。

我到你家找你爸的时候，你正读初中呢！可能你对我不太注意。"她又简单问了我一些情况，然后说："我们三点半下班，现在才两点，你先到下面的大厅等着我，等结束了我们再说话。大厅里有饮水机，你渴了可以喝水。"我感激地说："谢谢你，春丽姐，我来到这里还得多依靠你呢！"她站起来，一边摆手一边冲我微笑："晨辉不用太客气，咱们都是亲戚！"

我再次来到交易大厅，找了个位置坐下来，看着花花绿绿跳动的数字，觉得一切都是那样新奇。座位旁边几个老头在议论着股市行情。一个老头不停地叹息："唉，你看那个辽房天一直在涨，从十几块涨起，两三个月就涨到现在的三十多了，今天又是一个涨停板！十几块的时候我就想进去，你那老嫂子就是不让，说风险大，还说买些低价的绩优股稳妥，可是你看现在那些绩优股，这半年多就趴在三四块一动也不动，要是我那时候狠心买了辽房天，现在早赚三四万了！"另一个老头说："你没挣到钱，可是也没赔钱。我可比你惨多了，听股评的话买了个中科创业，买进后是涨了一些，可是没有几天就开始接连下跌，股评一直说是震仓。我想再忍忍吧，涨的时候我还没卖呢，何况下跌！可是后来跌得更凶了，不但以前挣的全部搭进去，而且现在还亏了两三万。我那口子每天在我耳边唠叨，说我太贪心，真是烦死我了！"两个老头诉说着自己烦恼的时候，我感到好笑。以前在大学开证券课的时候，老师说过，股票是个高风险的游戏，多少人为了股票而发疯甚至跳楼，可是还有许多人乐此不疲。人的贪欲就是这样无止境，明知是个陷阱，可是还会往里边跳，就为了从庄家的虎口里分得一杯羹……想着想着，我的眼前似乎模糊起来，一个个晃动的身影仿佛变成了一张张饥饿的嘴巴，在股市中赌着自己的命运。

下午三点钟的时候，人们陆续走出交易大厅，有的高兴，有的沮丧，有的抱怨，有的咒骂。很快，大厅变得空空荡荡了。一会儿，春丽姐也下来了，她走过来笑着说："晨辉，你再稍等我一下。"我看到春丽姐和几个女子拿了扫把，开始打扫交易大厅。我有些纳闷：老家人都说春丽姐神通广大，既然这样，她怎么还干扫地这样的活儿？打扫完卫生后，春丽姐找到我说："晨辉，你等着急了吧！"我连忙摇头："没有没有，姐你只管忙！"春丽姐说："现在忙完了。走吧，跟我到办公室坐会儿！"

我和她上了二楼，她拿出钥匙打开办公室的门。办公室很小，里面隔成四个工作区，每个工作区的桌子上放着一台电脑。她给我倒了茶，招呼我坐下后说："晨辉这几天在省城感觉如何？"我摇摇头说："总感觉外面的世界好大，可是我自己却很渺小，越来越没有自信了！"她笑了："你不愧是大学生，说起话来也文绉绉的。在外混肯定不容易了，要不然谁都能从农村走出来！"说着，她脸上露出得意的神色。我说："来之前我也想到了，可我还是想闯一闯。"她看着我说："晨辉有句话我一直想问你，你放着这么好的工作不珍惜，为什么要来省城打工呢？"我有些吃惊，问道："你认为乡镇工作很好？你是不知道每天都干些什么活儿，掂茶倒水，擦桌子扫地，下村收款，尽是些无聊的事！"我就把自己的一些遭遇简单说了一遍。她认真地听着，等我说完后，她说："你说的这一点我理解，可是你想过没有，现在不管怎么说你是正式工作，是国家正式干部，是公务员，很多人想你的职位还想不来呢！"我说："正式工作又怎么了？干着没什么意思，工资又低，我现在每个月才二百多块钱！"她说："你说这个倒是事实，可是公务员到老了有保障啊，另外还有社会地位，将来有前途，走到哪里人们都看得起。说实在话，要说挣钱，我比你强得太多了，我现在不到半年就能挣到一万块钱。可是如果你愿意的话，我很想和你换一换，我去当乡镇干部，你来当证券公司职员。""真的？"我说。她笑着说："真的，就怕你不愿意换。"我站起来说："那一言为定，咱们就换换！"

她一把把我拉回座位上，轻轻地叹口气："晨辉，说是说笑是笑，你当公司职员倒有可能。我去当乡镇干部？这辈子恐怕都没这

选调生

个资格了。"又说，"其实我这个人野心很大，可我是个女的，在省城又没有人帮我，我能怎么样呢？省城可不比老家，社会关系复杂得很，有些事情是人在江湖身不由己的，该拉拢的关系一定要拉拢，这样你才能更容易成功，光靠自己打拼很难的。别看我回老家的时候挺风光，可是我背后的辛苦和委屈谁知道？"说着，她眼睛有些发潮。我说："春丽姐，你能走到这一步，很多人都羡慕你呢！"她微笑着点点头，然后说："其实你才是很多人羡慕的对象，其中就包括我。"我笑着说："谢谢姐对我的鼓励，让我把失去的自信又找回来许多。"她也笑起来。我说："不过这次我来省城不太顺利，看来姐你还得多帮我的忙啊。"她说："晨辉你不用总这么客气，几年前你爸爸还帮过我的忙呢！就是有一点，你真的想好了要在省城找工作吗？"我说："早就想好了，没想好我怎么会来？"她说："我不是这个意思，我是说刚才我说的那些话一点儿都没打动你？"我摇摇头。她说："人们都说婚姻是围城，看来职业也是围城。好了，我不劝你了，要不然你就会想我是不是不想帮你的忙了。"我笑着说："哪能啊。"她问道："晨辉，你心里是怎么想的？想找哪方面的工作？"我说："我已经想好了，我看证券公司就不错，我学的又是金融专业，如果能和你一样在证券公司就行。"她想了想说："这个事情我不敢说有多大把握，你也看到了，我在证券公司只是一般职员。"见我有些失望，她又说："不过希望也是很大的，我和公司经理私交也不错，我这几天就找他说说你的事。"我这才稍稍放了心。

春丽姐要带我去她买的新房子看一看。坐公交车过了十几站才下车，我看到小区内有好几幢高可入云的大楼，楼与楼之间距离并不太远。小区的绿化还可以，草坪上停着不少私家车。她说："这套房子是我去年花了八万块钱买的，几乎把我所有的积蓄都用上了。""八万？"我睁大了眼睛说，"这么多啊！对我来说就是天文数字，我什么时候能存下一万块钱就很不错了。"她平静地说："这算得了什么？我的同事有的买房都花了几十万呢！你在乡镇，见的世面少，我们这里有钱人多的是。你姐比起他们算是贫困户了！"

　　说话间就来到了楼下，她用手机拨了一个电话号码，矫情地说："老公——你在干什么？——噢，在想我？口是心非吧！想我怎么不给我打电话？——什么？下午忙？我就不信忙得连打电话的时间都没有。——算了算了，不听你解释了，有件正事对你说，我表弟来了，今晚在咱家吃饭。——噢，噢，好的，老公，拜拜！"我在旁边感到有些不好意思。她挂完电话后我问道："姐，你什么时候结婚了？怎么没听大伟说过？"她笑了："还没结婚呢！那是我男朋友，我们现在只是同居。"我的心里立刻有种说不出的滋味，勉强笑了笑。她大概看出了些什么，说："晨辉你是不是觉得有些接受不了？其实这在大城市算不了什么，以后你在大城市待久了，也就习惯了！"我笑笑说："可能吧，不过我觉得我的思想还不够开放，越来越赶不上形势了！"

　　电梯在十八楼停了下来，春丽姐拿出钥匙打开门让我进去。客厅很小，摆上沙发和茶几就所剩无几了。她把沙发对面的电视机打开，又拿出纸杯子到饮水机旁接了水递给我。我坐下后问道："姐，你这个男朋友是做什么的？他老家在什么地方？"她说："在银行工作，他家就是省城的。"我说："真不错，银行也是收入很高的行业，那你们以后的日子会过得很好的。"她摇摇头说："说实在的，对他我并不是很满意，只是他老爱烦着我，我看他还挺实诚的，才勉强同意。以后是不是他还不一定呢！"她又笑着说："你姐我虽然不算漂亮，可是身边的追求者还是很多的，一般人我还真的看不上！"我也笑了，说："姐你很漂亮的，不光漂亮，更有气质！""真的吗？你没恭维我吧！"她看着我认真地说。我说："真的，你有很多追求者就说明你真的很好。"她满意地笑了，然后站起来进了厨房，一会儿端出一碟切好的水果说："来，晨辉，吃水果！"后来我想，其实人都是喜欢赞美的，只要你赞美得不要太夸张，无论是谁，都会很高兴的。也许这就是人性的一个弱点吧！

　　我从春丽姐那里出来回到学校的时候已经九点多了。初夏的晚

　　　　　　　　　　　　　　　　　　　　　　　选调生

上，凉风习习，清爽宜人。文科院的路灯下有一簇一簇的人影在晃动，随着路灯角度的变换而拉长或者缩短。篮球场上寂静无人，黑乎乎的大一片。我感到浑身轻飘飘的，走得很快，一边哼着小曲，我知道那是心情高兴的缘故。到了宿舍，志举正准备刷牙，见了我立刻问道："晨辉，怎么样？今天收获如何？"我在他床边坐下后，说："还行吧，总算有了点儿眉目。"志举说："这么说你有可能到证券公司了？"我说："现在还不能确定，只能说有希望。"于是我就把今天的经历对志举说了一遍。他听完拍拍我的肩说："那我该提前祝贺你了。证券公司职员的收入可比我们进出口公司要强得多。你算是遇到贵人帮忙了！"说完，他端起洗脸盆，拿起刷牙杯子，出去了。

二十五

过了四五天，没有任何动静。我有些沉不住气了，忍不住给春丽姐打电话。她说："晨辉你先别着急，这几天公司经理不在，你的事电话说又不方便，我等他回来后当面给他说说。"我有些失望，但又无可奈何，求别人办事，就得听从别人的安排。志举看出了我的失望，安慰我说："要我说你别一棵树上吊死，你不能老等，万一证券公司那边不成——我只是说万一——那你这些日子不就是白等了吗？何况你请假的时间才一个月，不能白白浪费时间。我看报纸上也有不少招聘信息，你不如试一试。"说着，他拿出几张报纸说："这是我为你准备的一些招聘信息，你看看哪些适合你？"我接过报纸看了看，密密麻麻地印着很多招聘信息，初步扫了一眼，都是一些比较低层次的职位，要求也大都是大专以上，个别职位只要求中专水平。志举说："我知道很多职位你都看不上，不过我已经替你看好了一个。"说着，他找出一张报纸，在招聘信息栏中指着一个画了钩的信息说："你看这个怎么样？"我仔细看了看，原来是省城一所私立学校要招聘教师，条件是本科学历、英语六级以上等。志举说："我看挺适合你的，待遇也可以，每月工资在两千元左右，差不多是我的一倍。"我想了想说："我还是希望能找到一家适合自己的企业，证券公司就不错。"志举摇摇头说："我觉得你现在首先是要找到一个待遇比较好的工作岗位，绝对适合自己的并不大好找。再说，你先在省城站住脚，等视野开阔了，再辞职也不迟嘛！"我仔细琢磨了半天，觉得志举的话很有道理，就说："那我明天去看看。"志举笑着说："不要灰心，还是那句话，好事多磨！"

　　第二天志举去上班，我便按照地址去找那家私立学校。初夏的五月，天气逐渐热起来了。公交车上永远都是拥挤的人群，一个个搂着拉手，在公交车的颠簸中左右晃动。空气中散发着种种气味：时而一阵浓郁的香水味飘来，我知道那是妩媚可爱的少女；时而一阵啫喱水的味道扑来，我知道那是风度翩翩的帅哥；时而一阵刺鼻的烟草味传来，我想那也许是农村进城的老汉。每个人都在忙碌，我不知道他们在忙碌什么，然而我又知道他们在忙碌什么：都是在为生活而忙碌。生活是艰辛的，又是无情的，尤其是在像省城这样的大城市中，生存压力就更大。我又想起了我所在乡镇的那份和谐与自然。在这个熙熙攘攘的省城中，会有我的一席之地吗？仿佛间，我又感到了自己的渺小和这个城市的严酷。

　　公交车过了一站又一站，车上不知什么时候不那么拥挤了。窗外的高楼大厦变得稀少起来，路也不似先前那样干净了。我下了车，感觉已经进入了郊区。按照报纸上的地址，我又找人问了路，拐过好几个小巷，才在一处挂着"世纪星私立学校"的白底黑字的牌子前停下来。刚要进去，看门的老头就嚷嚷："你干什么的，有事吗？"我向传达室看了一眼说："我是来应聘的，你们不是在报纸上发了招聘广告吗？"老头说："那你先来登记一下！"我简单在本子上写下了自己的姓名和身份证号，老头又看了我的身份证，才说："那你进去吧，在后边的那座楼的二楼人事科。"

　　进了院子，才觉得里面很大，高大的树木遮挡着阳光，洒下不少阴凉。靠墙停着几辆黑色的轿车,长长的花池里开着不少红色、黄色、紫色的花。学校里几乎看不到学生,可能都在上课吧,对面时而过来几个人边说话边向大门走去。

　　来到后楼的人事科,接待我的是一个三十多岁的白白净净的男人。他看了我的材料,然后翻翻我发表作品的复印件,说:"这些都是你写的?"我点点头:"以前的'小豆腐块',有感而发,随便写的。"他没说话,又看了我的英语六级证书,说:"六级水平不容易,我们也很需要这方面的人才,不知道你英语口语怎么样?"我顿时心里没了底,说:"口语练得少,再说都毕业一年了,可能说不好。""哦哦。"他不置可否地点点头。随后他把我的简历收好,交给我,又随便问了我现在的情况,我便把乡镇的情况简单地告诉了他。他笑着说:"看来你还是挺优秀的嘛!有过工作经历很好,这样就有了一定的社会经验,不至于太书生气。"然后他在稿纸上写了个电话号码交给我,说:"这是我家的电话,有什么想法随时给我打电话,我的家离这里也不远。"我有些纳闷,不知道他给我留下家里的电话是什么意思,但还是礼貌性地双手接过稿纸,认真折好,放进口袋里。我最关心的还是能否被录用的问题,就说:"你看我应聘的事情……"他马上接过话说:"我这里没问题,就是最后还得校长定。不过你放心,我会替你说话的,我的话我们校长还是听的!"临别时,我留下志举宿舍的电话,并叮嘱他一有消息马上给我打电话。他一边和我握手一边说:"你放心吧,也就这几天的事,一有消息我马上告诉你!"

　　出了私立学校,已经快中午了,我回到学校吃了饭,心想又是等待,不知道证券公司情况怎样,也不知道私立学校能否有眉目。等待总是令人焦虑的,可是等待的感觉从某些方面来说也很美好,因为有了等待,也就有了希望。人生很多时候就是在等待中度过的。

　　晚上志举回来的时候我就把去私立学校的事情说了,他听完后说:"看来那个人事科长对你印象挺不错的,你应该有戏。"我说:"希望能有戏，就是有一点我感觉不可思议——我没问他，他怎么主动把他家的电话号码告诉我，还说家就在附近。"志举想了想，试探着说："是不是想让你到他家去一趟？""你是说给他送礼？"我问道。他笑笑说："我想是这个意思，要不然没道理啊！"我又仔细想想上午的一幕幕，总觉得他说这些话的时候脸上带着神秘，便说："你这么一说，我也有这样的感觉，估计他就是这个意思。他还说我有一定社会经验，不至于太书生气。"志举说："那你准备怎么办？"我摸摸口袋，心想自己出来的时候并没带多少钱，一心只想凭借自己的本事闯一闯，根本没想到会这么复杂。志举大概看出来我的窘迫，说："要不，我先借给你一些？"我有些犹豫，心想这些日子够麻烦志举了，他也不宽裕，第一个月的工资还没领到，怎么能借他的钱呢？于是说："没事，我的钱够用。"志举说："你千万别太客气了，要是不够，尽管对我说，我要是不够，还可以借同学或者同事的嘛！只是你要尽快行动，别耽误了！"

半夜我又失眠了。去还是不去找人事科长？去吧，心里实在不情愿，甚至有些厌烦，凭借自己本事的事情反而有了走后门的嫌疑。再说，自己带的钱确实有些紧张，虽然志举信誓旦旦地表示可以借他的，但是自己总觉得不好意思开口。要是不去，万一因为这个错过机会怎么办？去年上班前的种种经历依然历历在目，有些人情不得不走动啊！想了半天，还是没有一个抉择。后来我又想到考选调生的时候，自己没找人没花钱不也成功了吗？看来还是自己的实力最重要。那个人事科长看起来文质彬彬的，不像那种很贪婪的人，也许是自己误解人家了，上午的谈话自我感觉很成功，可能是他平易近人才主动说出了自己家的电话，不可以小人之心度君子之腹啊！也许这几天他就会主动给我打电话了。对，就这样办，先等几天再说。

接下来的几天我仿佛只剩下等待。天气一天比一天热起来，白天的时候我就到附近的证券公司交易大厅里找个椅子坐下，空调吹出的凉风让人感到惬意。我一边感受着跳动的红红绿绿的数字，一边看着闲书,听着股民的阵阵感慨。两天的时间,我就认识了不少股票,什么东方电子、飞亚达、深发展等。我看见一只东方电子股票,两天的时间就涨了三块多,心想这样挣钱也太容易了,以后有了时间和金钱也一定要杀入股市拼搏一番。股市闭市的时候,我就在校园里找个阴凉的地方纳凉。

这天晚上我和志举正在宿舍下棋,电话响了,一个同学接过电话,然后递给我说:"找你的。"我心里顿时激动起来,好事,肯定是工作有眉目了,不知道是证券公司还是私立学校?等我接过电话的时候,里面传出一个久违的声音:"是八弟吗?我是郑凯啊,我先打到你家里,一问才知道你在学校。你怎么又回来了?"我有些失望,但随即精神又振奋起来,"他乡遇故知"的感觉也是很美好的。我就把自己的情况简单地说了一遍,又问他的情况。他说:"我先告诉你一件事,咱们宿舍老二要结婚了,就在后天,我想咱们宿舍的人能去的都去祝贺一下,你能去吗?""能去!还有谁啊?"我问道。他说:"这样吧,明天我先到省城,咱们先见面,然后一起去,有什么话见面再说吧!"

按照约定,第二天下午我们在大学校园文科区的八角楼前集合。我本来就在校园,等到两三点的时候缓步来到八角楼前,郑凯已经远远向我招手:"八弟,在这里呢!"我快步走过去,郑凯拍着我的肩说:"八弟,分别快一年了,我很想念咱们宿舍的弟兄们!""我也一样。"我说,"好几次做梦都回到咱们的211宿舍呢!"这时候老大谷克强、老三张晴天也过来了。我问他们什么时候来的,谷克强说:"来了一会儿了,昨天接到郑凯电话,今天一早我就往这边赶。"我问郑凯:"人都到齐了吗?咱们宿舍其他人还来吗?"郑凯说:"唉,有的离得太远我就没有通知,有的联系不上。像老六、老七都在外省,就不必打扰他们了。另外还有几个咱们班的同学,一会儿就到。"

我们便互相询问彼此的情况。原来郑凯回到县城在银行后开始还感到挺新鲜的,也挺有成就感。可是过了几个月他就开始厌烦起来，整天的任务就是和领导一起催办呆账、坏账，他说："真没想到理想与现实差距这么大，现在我已经准备考研究生了，不能让日子就这么一天天荒废下去。"谷克强在家乡的一家企业工作，还不错，已经当上一个部门的经理了，看样子挺知足的。张晴天原本是去企业的，后来通过关系留在了省城的邮政局，这可是很多人梦寐以求的好单位啊，他说："为了这个邮政局的工作，我父亲不知道找了多少人，虽然最终成功了，可是我总觉得不是靠自己的本事争取到的，现在在单位的办公室工作，也就是搞一些文字材料什么的，没有激情。当初我就和父母的想法不一样，可是最终还是依从了父母。"我感慨地说："没想到这快一年的时间，彼此变化都这么大，好在大家的模样还都没有变。"郑凯接过话说："那是现在，你再等五年或者十年看看，到那时候想不到的事情会更多。"

正说话的时候，又来了三个同学。有一对情侣，大学的时候就在谈恋爱，虽然还没有结婚，也算是终成眷属了吧。还有一个女的使我大吃一惊：苗条的身材，淡绿色的外衣，扎着马尾辫，这不是韩颖吗！真没想到，毕业后还能见面！我的心里一阵紧张，脸上热辣辣的，不知道该说些什么。看我这副样子，郑凯拉了我一下，神秘地笑了笑，随即过去和她们打招呼。韩颖也看到我了，大大方方地走过来说："晨辉也来了，快一年了，你过得好吗？"我慌忙点点头："嗯，还好吧！你呢，现在分到什么地方了？"韩颖嫣然一笑："去了省电视台。"我羡慕地说："你的工作真好，起点高，既稳定又体面！"韩颖微笑着说："起点高和低并不重要，关键是要有自信心，要靠自己努力。你虽然起点低些，我相信只要努力，将来你也一定能成功的！"一席话，说得我心里充满了力量，在她面前的那种尴尬也渐渐消散了。这时候郑凯看着大家说："人都到齐了，有什么话路上慢慢说，咱们出发吧！"

老二名字叫乔华宇，老家在驻阳市下属的一个县城。驻阳市在莲城市的南部，离莲城有一百多公里。老二的女朋友叫李兰，也是我

　　　　　　　　　　　　　　　　　　　　　　　　选调生

们班的同学。老二和李兰在大三的时候就确定了恋爱关系，俩人毕业后双双去了一家制药公司，没想到毕业还不到一年，俩人就要结婚了。这不仅在我们宿舍甚至在我们班上都是第一对，真令人感慨！列车在余晖中飞驰着，两边的麦田簌簌地向后倒去，麦子已经有些变黄，预示着麦收季节快要来到。一路上我们有说有笑，一边打着扑克，一边海阔天空地闲聊。夜幕降临的时候，我们在一个县城的小站下了车。

乔华宇早已恭候多时了，见了我们笑着说："谢谢大家千里迢迢来为我捧场，一路上辛苦了，赶快上车！"郑凯说："哪有千里啊，老二你太夸张了，也就二三百里，值得那么客气吗？再说你是咱寝室第一个结婚的，我们都来沾沾喜气！"大家都笑起来。

这个县城不算太繁华，有的地方甚至没有路灯。七拐八拐，我都有些迷路了，才在一个院落前下了车。乔华宇的父母迎出来，寒暄几句后，开始吃饭。韩颖说："乔华宇真有你的，李兰是我最好的姐妹，没想到被你小子追到手了，你真是艳福不浅哦！"郑凯笑着说："李兰找到我们老二也算是美人配英雄，你看我们老二，长得又帅，为人又豪爽，还特重情意。我要是女的，也会看上老二的。"韩颖说："那下辈子咱们换换，我要是男的就好了！"大家说笑了一阵。吃过饭，乔华宇说："你们晚上委屈些，在我朋友那里凑合一晚上吧。只有楼上的三间房！"郑凯说："没关系，以前咱们八个人一间房都住了，人多了热闹！"乔华宇出去忙了，他还要安排明天的车辆、司仪、招待等琐事。我们又和他父母说了会儿话，就准备去住处休息。

来到住处，大家先把份子钱凑在一起，郑凯说："都刚毕业，没有多少钱，每人出一百吧！"于是各自拿出钱来，把名字写好，由郑凯收好。众人又围在一起打牌，那快乐的场景使我找到了一些大学时候的感觉。玩了一会儿，我有些累，打算出去透透气，于是把牌交给张晴天。

下了楼，院子里静悄悄的，月光洒了一地。忽然，有个人迎面走过来，原来是韩颖。见了我，她先是一笑，然后解释说："房间里有点儿热，我出来散散步。"我感慨地说："真没想到毕业后还能见到你，我以为这辈子再也见不着你了！"她笑了："我也没想到，不过没你想的那么悲观。这次要不是乔华宇结婚，咱们肯定见不着。"我诚恳地说："这次你刚见到我时说的那番话，对我触动很大！""是吗？"她眨了眨眼睛说，"我都说什么了？"我笑着说："你怎么贵人多忘事啊？你说一个人起点高和低并不重要，关键是要有自信心。你还说，相信将来我一定能成功！"她想了想说："哦，是这句话啊，那是我有感而发随口说的。"停了片刻，她又说："晨辉，其实大学的时候你总是有点儿缺乏自信，干什么事情都放不开，谨小慎微的，没有魄力，总怕失败，这一点我不喜欢。其实你应该胆子更大一些，失败算得了什么，大不了从头再来！要是你那时候拿出点儿男子汉的气概来，说不定会让我感动的……"说到这里，她不吭声了。我的眼前一亮，心里的那团火又燃烧起来："那我从现在做起，改正过去的错误，你看你能不能……"她马上摇摇头，打断了我的话："晨辉，你要说的我都知道，可惜你明白得太晚了。一个人对另一个人的印象和看法是很难改变的，尤其是情感方面。虽然我对你的将来仍然充满信心，但是已经找不到那种感觉了。你明白我的意思吗？"我低下头，沮丧地说："太可惜了，要是咱们俩能早些进行今天的这次谈话就好了！"她安慰我说："晨辉，虽然是这样，但我还是感谢你对我的那份情感。我相信它是纯洁无瑕的，我会将它深深地埋在心底。以后如果可能的话，我希望我们能做好朋友……"

　　深夜十二点多的时候大家才准备睡觉。我和谷克强、郑凯睡一个房间。我对他俩说："想想在大学的时候咱们天天在一个宿舍，现在毕业了，能睡在一起的机会很少了。这次以后，不知道还有没有下次！"郑凯说："听你这么说我有种想哭的感觉，毕业后我最爱听的歌曲就是《睡在我上铺的兄弟》，听到动情的地方我就想哭。人常说男儿有泪不轻弹，只是没到伤心处。大学同学的这种情谊我永远都不会忘怀，可是一切都过去了。现在见到你们，我真的好高兴！"

第二天天刚亮，有人来接我们去吃饭。我看到到处已经布置得井井有条：大门上挂着红色的条幅，从大门口一直到新房铺着崭新的红地毯；院子里正当中是一张桌子，上面摆着筐箩，用红布盖着，估计里面放着桂圆、枣和花生；喜联早就贴好了，一派喜气洋洋的气氛。听乔华宇介绍说，婚车夜里三点就出发了，因为新娘李兰的家离这儿有一百多公里呢！

吃过早饭，又等了一会儿，八点多的时候，婚车终于来了。众人迎上去，不一会儿，新娘子李兰从车上缓缓走下来，她穿着洁白的婚纱，手里捧着一束玫瑰花。见到我们，她挥挥手笑着说："没想到你们都来了。"韩颖惊叫着过去和李兰拥抱在一起，一边拍着李兰的肩膀一边说："兰兰，想死我了！今天是你大喜的日子，我们能不来吗？今天是你最幸福的日子！"众人簇拥着乔华宇和李兰进了院子，早有人撒了喜花。一番琐碎的程序过后，我们跟着他们进了新房。韩颖拿了线穿的苹果让他们俩一起咬，这边郑凯从后边推搡着乔华宇去咬苹果。苹果在韩颖手里晃来晃去，却总不让他们够着。几个回合下来，苹果没有咬着，新郎和新娘倒是亲了几次嘴儿，大家哈哈大笑起来。

午宴开始了，左一盘右一盘的，大家边吃边谈。一会儿，乔华宇和李兰来敬酒，郑凯对大家说："这是他们两个人的喜酒，不要说不会喝酒，今天这两杯酒谁都得喝！"说完，接过酒杯，一饮而尽，众人鼓起掌来。他们俩又给我们一一敬了酒。不知不觉中已经下午三点多了，郑凯站起来说："时间也不早了，鸡蛋汤也上来了，咱们该走了！"于是众人离席去找老二和李兰告别。老二执意要挽留我们再住一个晚上，韩颖说："乔华宇你说的是真心话还是假话？要不我们真留下了！"李兰说："太好了，你们要是留下，咱们姐妹还能多说说话！"韩颖笑起来："好妹妹，今晚姐姐就不陪你了，有什么话留着和乔华宇说去吧！我们要是留下，岂不耽误了你们的美事？以后你们因为这个恼我了，我可承受不起！"一句话说得大家又哄堂大笑起来。他们俩要送我们到火车站，郑凯死活没让，说："今天你们是主角，很多客人需要你们迎来送往，免了免了！"

晚上八点多的时候，列车到了省城。郑凯还要继续坐火车回老家，所以提前告别了。剩下的几个人，都在省城下了车。谷克强要去省城的亲戚家。临别时，我紧紧握着谷克强和张晴天的手，又转身对韩颖她们说："我们都还年轻，以后还会再见面。祝福我们以后的生活一帆风顺！"谷克强挥挥手说："后会有期！八弟一路保重！再见！"韩颖冲着我嫣然一笑："晨辉，记住要有信心，我相信你一定能够成功！"

我大踏步向前走去，快离开站前广场的时候，我不禁回头看看刚才分别的地方，他们已经消失在了茫茫人海中……

二十六

一切繁华最终都归于落寞。短短的两天时间，我仿佛又回到了大学时代，暂时忘记了烦恼，什么都可以不想，什么都可以不顾；可是当各奔东西后，身处异乡的那份孤寂和忧愁又慢慢涌上心头。"聚散皆是缘，离合总关情"，感慨归于感慨，现实还是要面对的。每个人都在走自己的路，无论坎坷还是坦途。回到校园已是深夜，见到志举，他问了我这两天的情况。我说："总的感觉是感慨，没想到毕业还不到一年变化就这么大。"志举笑着说："我还没出校园就已经有这样的感慨了。"我最关心的还是工作问题，问他是否有电话找我。他摇摇头说："没有。我和宿舍的同学也说了，让他们帮着注意你的电话，不过都没有消息。"我叹了口气："看来那个学校的事没戏了，好几天都过去了。"我又想起了春丽姐，有心打电话过去，一看表已经十点多了，只好作罢。

第二天上午九点多的时候，估计股市已经开盘，春丽姐应该正在上班，我就忍不住打了她的手机。好半天也没人接，我想可能人太多，她没听到吧，不如直接去找她。我来到证券交易部二楼办理开户的地方，瞅了半天，也没发现春丽姐，只好向别人打听。一个二十来岁的姑娘指了指楼上说："六楼经理室，你去找找看，一上班经理就把她叫走了！"于是我顺着步梯上了六楼，找了半天，才在最东边找到了经理室。先侧耳听了听，里面好像有男女说话的声音，还夹杂着笑声，不过声音很小，听不清楚；那笑声仿佛也不正常，有种说不出的味道。我刚想敲门进去，但转念一想，这样做太不礼貌了，不如等春丽姐出来再说吧！我找了个不起眼的地方，远远地观察着经理室的动静。过了好半天，经理室的门终于开了，走出来一男一女。男的大概四十来岁，穿一身西装，打着蓝色的领带；女的穿着枚红色的工作服，黑色的短裙。这女的不正是春丽姐吗？我正要过去和她打招呼，猛然间见那个男的拍了拍春丽姐的肩，又趁机在她的屁股上捏了一把，说："好了，你放心吧，去总部培训的事就定你们三个人了。"说着，嘴巴向她的脸上凑去……

　　我的脑海中一片空白，一种说不出的滋味涌上心头。刚才还迫不及待地想见到她，问问我的事进展得怎样，现在却丝毫没了兴致。等我再向那边看去的时候，春丽姐已经上了电梯，下楼去了。我缓缓地沿着步梯下了楼，一直来到一楼的交易大厅，穿过熙熙攘攘的人群，走出了证券交易部。

　　屈指算算，请的一个月假已经过去二十多天了，还有不到一周时间，而工作还是遥遥无期。这些日子我不住地想，世界上的道理应该都是一样的，人生不如意事十之八九。在乡镇很多事情不如意，而来到这个城市遇到的这一切，有几件是如意的呢？也许这里并不适合我？也许我毕业后的第一站注定就在乡镇？假期快结束了，我是再续假还是就此回去？我不禁陷入了思索……

　　晚饭后我和志举到金水河畔散步，话题不由自主地又落到我的工作上，我便对他说出了我的困惑。他反问我："你是怎么想的？"我想了想说："看来我在这里是没戏了，时间也不允许，要不我先回去再说吧！"志举拍拍我的肩说："其实我这几天也在想你的事，我也同意你先回去。"说着，他笑了起来，"就是我不能先说出来，怕你误会，以为我急着赶你走呢！"我也笑起来："哪能呢！咱俩谁跟谁！"气氛就这样不可思议地变得欢快起来，有了如释重负的感觉。

志举接着说："有句话叫作'退一步海阔天空'，理想和现实总是差距很大的。我上班的时间也就短短半个多月，但体会却很深。比如我上班后做的事情，也就是整理一些枯燥无味的数字，写个报告，送送文件，跑跑腿什么的，想想也没多大意思。仔细想想，可能这就是现实生活吧，不同于上学时候的理想。小时候大家写作文谈理想时常说自己将来成为这个家那个家的，但是能变成现实的有几个？理想总是美好的，现实总是残酷的，很多事情都充满了无奈。所以还是既来之则安之，认认真真干好自己的事吧！"我点点头说："这些日子我也在想，可能是我有些好高骛远了吧！"他打断我的话说："也不能说是好高骛远，目标高一点儿好，不过要量力而行。还有，得不到的永远是最好的，我们宿舍有几个人还很羡慕你呢！他们说像你这样虽然收入低一些，可是工作稳定、体面，将来还有前途，比起给别人打工、看别人的脸色强多了！有的还正在准备考公务员呢，哪怕是最基层的都行！"我笑着说："看来我这个乡干部还有人羡慕？"他说："那当然了，他们想考还不一定能考上呢！"我又开玩笑地问："那当初可是你鼓励我来这里的呢！"他也开玩笑地说："哦，你找不着工作倒怪起我来了，不够意思！"又说："其实道理也很简单，此一时彼一时嘛！那时候我还没上班，看问题还有些理想化，现在上了班，看问题就现实多了。环境变了，人的思想就会有变化。"我拍拍他的肩膀，笑着说："你这可是正反都是理啊，怎么说都有你的道理。"他也笑了起来。

打定主意后，我就有了归心似箭的感觉，离开家乡漂泊了快一个月，亲人、朋友，好想念他们啊！我打算第二天就回去，志举说："你再等一天吧！后天是星期天，我们单位休息，我送送你！"看志举一番诚意，我只好答应了。

第二天，我给春丽姐打电话辞行。不管怎么样，为我的事她还是挺热心的。好半天传来了那熟悉的有些发嗲的声音，不过电话那头挺热闹的，看来旁边人很多，她挺忙的。她找了个安静的地方，听我说完后，她有些吃惊地说："晨辉你这么着急回去干吗，证券公司这边我正在帮你联系呢！昨天我们经理出差回来，我找到他的办公室，汇报了工作，顺便也提了你的事。经理也没说什么，只是说要等机会。要不晨辉你再等等，过几天我再去找他！"我解释说："主要是我请的假快到期了，没有时间了，超期了不好。"又说，"这次来到省城虽然没有找到工作，但是我觉得还是有所收获的。这一个月时间，我觉得自己成熟了许多。""是吗？"她笑起来，"你既然这样想，那我就不用再安慰你。不过证券公司这边也不是说没有希望，只是要等一等，你的假期又太短。要不这样，你先回去，我这边还只管给你联系，说好了我就给你打电话。"说实在话，这时候我对证券公司已经没有什么热情了，但看到她还在想着我的事，就感激地说："谢谢你，春丽姐！这段时间我的事让你操心了！"她连忙说："哪里的话，只是我这个当姐的办事能力还不行，没能帮上你的忙。不过晨辉你记着，不管在什么职位上工作，一定要会来事，不要太死板，一定要灵活，我看你还是有股子书生气。以后能利用的关系一定要利用，不要讲究什么手段，这样你成功的机会就更大。一个人的能力是有限的，借助别人的力量才更容易成功！"我虽然不以为然，但还是感激地说："谢谢春丽姐的教导，我记下了！"她有些得意地说："不要说这么多的感谢，我只是社会阅历比你多一些！"最后她又叮嘱我说："等我的电话，一有消息我马上给你打电话！"

终于要离开这座城市了。车窗外志举在向我挥手："晨辉，祝你一路顺风！有时间回家乡我和你联系！"汽车缓缓驶出车站，离开了省城，然后头也不回地向前奔去。天色阴沉沉的，一会儿乌云压了上来，看样子要下雨了；一会儿又云开雾散，天空恢复了平静。窗外是金黄的麦田，收割机在田间忙碌着，正是麦收季节。我想起了一个月前来省城的时候麦子还是一片绿油油的呢！快到县城的时候，一切都变得熟悉起来，感觉是那样的亲切！无论何时何地，看到故乡，心中总是暖暖的、甜甜的。我又想起了秋华，不知道她现在干什么。好在很快就要见着她了！

回到家中才觉得一切还是家里好，在外无论如何都有漂泊的感觉。我对父母说了此番去省城的经历，父亲时而皱起眉头，时而脸上露出笑容，最后他说："可能这也是天意吧，没有找到工作也未必就是坏事。其实当初我并不同意你去省城，只是看你一心想去，知道劝你也没用。你从小就是这样，脾气太倔。不经历磨炼，你也不会服气。以后不要想太多了，好好工作，总会有出头之日的。你先在家休息几天，然后就去上班吧！"

在家好好休息了一个晚上，这段时间的疲惫一扫而光。第二天我给秋华打电话。原以为她会很惊喜，总算回到她身边，也算是符合了她的心意，总该高兴一点儿的吧！没想到她却平静得让人感到有些吃惊："哦，我知道了。你回来就好，找我有什么事吗？"我想她可能还在生气，就装出一副嬉皮笑脸的样子说："别这样秋华，我回来了，你应该感到高兴，是不是啊？还在生气吗？"她认真地说："没有生气啊，真的没有。你回来不回来对我来说已经无所谓了。"我的心头一凉，心想你说话的口气都这样了，还说不生气？不管怎样，还是要向她当面解释一下，消除误会。于是我说："明天我去找你吧，算是我错了，向你道歉。"她冷笑着说："晨辉你不是这样的人，你什么时候肯放下架子向别人道歉？不用来了，我明天还有课。"我的脸上有些挂不住了，带着几分气说："秋华你怎么能这样，不管谁对谁错，我回来了，想找你好好解释解释，你不至于连个面都不见吧！"她想了想说："你要真想来你就来吧，不过我真不知道还有什么好解释的。"不欢而散地挂了电话，我的心里七上八下的，总有种怅然若失的感觉……

还是县城北边的那条小河，景色依旧，天还是阴沉沉的，只是柳树更绿了，河水更大了，天空中多了布谷鸟的声音。我和秋华来到小河边。一个月不见，秋华性格似乎变了许多，不再像以前那样爱说爱笑了，眼神里多了几分忧郁。在来河边的路上我问一句她回答一句，她一句也没问我在省城的情况。后来我也感到了尴尬，于是不再说话，默默地走着。

忽然，她的眼里充满了泪水，颤抖着说："晨辉，咱们……咱们还是分手吧！"我立刻感到全身像触电一样，一把拉住她的胳膊说："你在说什么？要和我分手？"她用力挣脱我的手说："是的，咱们真的不合适。"我的情绪立刻激动起来："秋华，至于吗？不就是前段时间的那点儿小别扭，至于到分手的地步吗？你究竟是怎么想的？"秋华擦了擦眼泪，用手拢了拢秀发，平息了一下情绪，说："晨辉，我是经过认真考虑的。你走的这段时间，我一直在想这个问题，咱们俩到底合适不合适。要是因为一点儿小别扭，我不会和你分手的，我也不是那种小家子气的人……""那到底是为什么？"我打断她说。"我先给你讲个故事吧。"她说，"有一位教授准备在一个重要会议上发表演讲，这个会议规格很高，规模很大，全家人都为教授的这次露脸而激动。为此，妻子专门为他选购了一套西装。晚饭时，妻子问，'西装合身不？'教授说，'上身很好，裤腿长了两厘米，倒是能穿！'晚上教授早早就睡了。妈妈却睡不着，想着儿子这么隆重的演讲，西裤长了怎么能行，就翻身下床，把西装的裤腿剪掉两厘米，缝好烫平，然后安心地入睡了。早上五点半，妻子睡醒了，想起丈夫西裤的事，心想时间还来得及，便拿来西裤又剪掉两厘米，缝好烫平，惬意地去做早餐了。一会儿，女儿也起床了，看妈妈的早餐还没有做好，就想起爸爸西裤的事情，想着自己也能为爸爸做点事情了，便拿来西裤，再剪短两厘米。结果……"说到这里，秋华叹了口气，看了看我说，"晨辉，你听明白了吗？"

　　我有些茫然，一时真没理解这个故事的意思。见我没有作声，秋华接着说："晨辉，以后总有一天你会明白的。你不在的这段日子里，老同学韩俊涛找过我两次，他谈了个朋友，刚分手，心情比较烦闷，找我诉说烦恼，以前上学的时候我们关系都不错，我安慰了他几句。他又邀我一起吃饭，我没去。其实这段时间我更烦恼，怎么会有心情出去吃饭呢？你在外倒是过得挺好吧！"我摇摇头说："一切都不顺利，可以说是一无所获吧！"秋华说："晨辉，你的志向很远大，我曾经很佩服，可是通过这件事我看到了我们之间的差距。我喜欢稳定的生活，我的父母和社会关系都在县城，不想再颠沛流离了，也不喜欢将来成为你的附庸，那样不管从心理上还是实际生活上我都会感到很累的。与其说将来再痛苦地分手，不如早一点儿分手的好。"我说："不管怎么说，省城我不是也没去成吗？"她摇摇头说："这次你没成功，不代表以后你就不会再去别的城市。"我有些气愤地说："秋华你变了，我感觉你不是以前的你，刚毕业的时候也不是这样的啊。人还是应该有些进取心的，不能碌碌无为！"秋华点点头说："你说得对，我也觉得我的思想有了变化。刚毕业时，我也想过将来怎么样，可是现在想想人还是要现实一些，我的亲人、老师、朋友，这一切才是最现实的。此一时彼一时吧！人有进取心是对的，可是不能脱离实际，或者说不能有野心……"她还没说完，我就打断她说："什么叫野心？我这就叫野心吗？难道你喜欢那种平平淡淡、碌碌无为的生活吗？"她笑了，是那种不屑一顾的笑："平平淡淡就是碌碌无为吗？你反过来想想，平平淡淡才是真。""强词夺理！简直就是强词夺理！"我愤怒地说。她低下头，不作声。

　　沉默了几分钟，她抬起头来，看着我说："晨辉，我们不要再争论了好吗？没有任何意义。看来我们的价值观差别太大，再不似从前了。我也不知道为什么这段时间会这样想，但是我觉得我这样想是正确的。我们还是分手吧！本来我不想再见你了，免得分手时伤感，

选调生

可是再想想，还是和你说清楚得好，免得以后你恨我。"我盯着她的眼睛说："秋华，我再最后问你一句，你真的要和我分手吗？"她点点头："这件事我考虑了很久才对你说的，是真的。"我舒了一口气，思索了片刻，然后镇定地说："那好吧，既然你已经打定了主意，那就分手吧！"她的眼泪又忍不住涌了出来："其实我内心并不想和你分手，可是长痛不如短痛，希望你能理解我。"我摆摆手说："秋华你不用说了，说什么也没用了，好聚好散吧！"然后又说："你送我的手套用不用我还给你？""你在说什么？"她激动地说，"看来你是恨我了，你要是不稀罕，那就找机会还我吧！"我不作声了，仔细想想，不管怎么说，恋人做不成，同学关系永远是不能改变的，总不能反目成仇吧！于是就说："那好吧，就留个纪念。"她望着我，不说话了。

　　我抬头望望天，又看了看远方：不知什么时候天阴沉得更厉害了，刮起了风，虽说马上就要六月了，可是还是有些冰凉的感觉。在凉风中，秋华的衣裙随风簌簌起舞，头发也变得凌乱起来，瘦小的身体显得更加孱弱。该走了，我再次深情地看了看秋华，说："秋华，我走了，以后你要保重。"秋华嘴唇动了动，想要说什么，却欲言又止，只是向我挥了挥手。为了避免过多的伤感，我转身头也不回地飞快离去……

　　晚上，我躺在床上，感觉心在痛。我找出秋华送的手套，摩挲了许久，把它藏在柜子里面的一个角落里。唉，秋华，我的同学，我曾经的恋人，就这样结束了。而我始终不明白到底是为什么而结束的，难道仅仅是因为所谓的价值观不同吗？真是想不明白。

　　也许感情这东西就是"剪不断，理还乱"的。算了，不去想它了。我又想起毕业后自己所经历的是是非非，感觉人生就是一场梦，或者说是一场戏，每个人都在上演着不同的剧目。不到一年的时间，我从一个大学生变成了一名基层公务员，所经历的一切，让我慢慢变得成熟起来。现在该怎么办？志举说得也对，得不到的永远是最好的，乡镇干部虽然低微，可是毕竟是一份正式的工作，收入稳定，工作环境和谐，连春丽姐也说过愿意和我换换，不管她说的是真是假，总算是对我的一种肯定，看来还是要好好珍惜的。但是总不能这样随波逐流吧，我实在不想空耗时光，做些毫无意义的事情。唉！人生真的好难，想成功真的好难。我又想起了选调生座谈会，领导教导我们要脚踏实地做好每一件事，从几个人的发言来看，他们的经历也是很平凡的，可是他们在平凡的岗位上做出了相对不平凡的业绩。看来，脚踏实地是最重要的，也许以前自己太好高骛远了。既然没有别的出路，那么自己首先要把自己的本职工作做好，至少应该对得起自己每月二百多块钱的工资。我又想起了春丽姐，这次省城之行虽然她没有帮上我的忙，可是应该说她尽力了，也许她并不像人们传说的那样神通广大。她最后对我说的话虽然我并不完全赞同，不过也许有一些道理，"不管在什么职位上工作，一定要会来事，不要太死板，一定要灵活"。我想，下一步，我应该好好反思一下自己，脚踏实地，做好每一件事。

二十七

　　早晨的乡村道路上，太阳在朝霞的衬托中冉冉升起，空气很清新。两边的麦子很多已经收割了，只留下整齐的麦茬。早起的鸟儿叽叽喳喳地叫着，布谷鸟时而"咕咕"地叫着飞向了远方。从家乡到乡镇的三十多里路太熟悉了，我从这里走过不知道多少次。

　　我先去了自己的小屋，桌上和床上薄薄地蒙上了一层尘土。我把屋子简单收拾了一下，看还没到点名的时间，于是就来到党政办公室见致清叔和小童，他们见到我感到很惊奇："晨辉，你的身体好了吗？这段时间休息得怎么样？"我高兴地说："没问题了，全好了。"致清叔说："你离得太远，要不是这样，我和振兴早就去看你了。"我心想，幸亏我离得远，才能撒谎，否则就露馅了，嘴上却说："谢谢你们的关心。近段办公室工作忙吗？""还是老样子。"致清叔说，"你

　　　　　　　　　　　　　　　　　　　　　　　选调生

在办公室待过，不就是那点儿事嘛！"小童说："晨辉，你终于回来了，你走的这段时间我有些无聊，连个人玩的都没有。"我拍拍他的肩说："那这几天抽时间咱们打乒乓球去。"又和他们闲聊了几句，我就去找陈秘书，不巧许长杰也在他的办公室里。陈秘书见了我，说："晨辉回来了，身体好些了吗？"我煞有介事地说："好多了，谢谢陈秘书的关心。"许长杰也过来问候。陈秘书看看我说："以后就静下心来，好好干工作！"我心里知道陈秘书说的"静下心来"是什么意思，许长杰在旁边，他不便明说。

告别了陈秘书，我又来到桂委员办公室销假，寒暄几句后，他笑着说："我正准备带财税组伙计们去看你，没想到你回来了。"这时候电铃响了，该点名了，我就快步走到大会议室的后排坐下。点名的时候没有点到我的名字，负责点名的政府秘书王志伟还不知道我回来了呢！会上赵清明书记谈了近期的工作，主要是"三夏"工作，强调要确保三夏期间安全，特别是要做好防火安全；要提前组织好夏粮收购工作，不能给农民打白条。李书田宣读了县委县政府关于防汛工作的文件，对故城镇防汛工作提了几点要求。最后，赵清明说："鉴于近期大家主要工作就是下村，今后不再天天点名，以后每周一、三、五点名，不点名的时候就直接下村。"大家交头接耳起来，我身边的小童说："这个政策好，有些人周二、周四没事就不用上班了。"

点完名，照例到桂委员办公室里集合，我和财税组的其他人员一一打了招呼。桂委员说："前段时间咱们去了西部的石料厂收税，成绩不错，现在可以说是告一段落了。我向赵书记和李镇长汇报了工作，他们非常高兴，决定拿出一部分钱来奖励大家，每个人发二百六十元！""好！"大家鼓起掌来。吴秋娜说："桂委员，还是你英明，大家总算没跟着你白干！"桂宝华笑着说："不是我英明，是赵书记和李镇长英明，体谅大家辛苦呢！"吴秋娜说："我不领他们的情，只领你桂委员的情！"樊国超接过话说："秋娜你应该说感谢赵书记和李镇长,但更感谢桂委员!"大家都笑起来。

樊国超把分好的钱发给大家,也要给我发钱,我便对桂宝华说:"桂委员,这个钱我不能要,这一个月我请假了,没有跟着去,不能无功受禄啊!"桂宝华笑着说:"晨辉你就不要谦虚了,这一个月你没去是有客观原因的嘛!再说了,在赵坡的时候你跟着去了,表现得不错嘛!这个钱你应该收下。"我还想推辞,樊国超向我使个眼色:"晨辉你就收下吧,发出去的钱就绝对不能收回,你收下来,谁也不会说什么。你要是不要,我们几个人怎么要?"想想桂委员和樊国超说的话也有道理,我就收好了钱。心想,好家伙,超过我一个月的工资了!接着桂委员宣布散会。我有些纳闷,怎么不安排今天的工作?又不好意思问太多,见吴秋娜往楼后走去,就追上去问她情况。她笑着说:"晨辉,这段时间的情况你不了解,收税主要是去赵坡和石料厂,都基本收完了,估计再次集中行动就到秋天了,这两三个月应该都不会有什么事!"

我回到自己屋内,烧了开水,又站在楼栏杆前向下看,院子里空空荡荡的,下村的下村了,回家的回家了。我该干些什么呢?致清叔和小童都在办公室守着,是没有时间陪我说话的。我立刻又感到一种孤独和寂寞,如果是休息几天还行,但是想到吴秋娜说的今后至少两三个月都没事,又觉得心里空落落的。怎么忽然间又成了边缘人?没事干的日子也是一种痛苦。仔细想想,工作着是幸福的。

我和秋华分手的事母亲后来终于知道了,她问我怎么不和秋华联系,我撒了几次谎,母亲就猜了个八九不离十。她说:"我虽然没见过你的那个女同学,可是感觉她应该是不错的。你是怎么把人家得罪了?"我支支吾吾地敷衍了几句。母亲说:"算了,要是真的不行了也不勉强。我再找人给你说媒吧!"

没过几天,我的姑母来了,又要给我介绍对象,女方是她们村的,是个小学教师。商定好见面时间后,母亲又和她聊了一些闲话。姑母提到了大伟,长吁短叹地说:"这孩子近期有些不着调,自从他媳妇生完孩子满月后，他就在外瞎混。有时候晚上也不回家，不知道在干什么。孩子大了，我也管不了。在外跑跑没啥，就是怕他学坏。"母亲问道："他爹知道吗？你让他爹好好管管他。"姑母说："他爹经常在外给人看风水、算卦，他说没什么大惊小怪的，男人嘛，哪能总待在家里！可我还是觉得心里不踏实，回头你让我哥抽时间过去说说他。"母亲点点头。又聊了一会儿，姑母走了。母亲便让我准备好西服，把皮鞋擦好，做好见面准备。

见面的那天我不算太紧张，毕竟已经不是第一次相亲了。女孩个头和长相都一般，戴着一副眼镜，看上去挺温柔的。谈得还可以，临走的时候互相留了电话，我要了她两张照片，想让我父母也看看。没想到第二天晚上她就打来电话，问我到底同意不同意。我想，终身大事才见了一次面怎么就能确定同意不同意，太操之过急了吧！即使同意也只能是同意继续交往。我有些迟疑，她在电话里听出来了，就说："要是你不愿意就把我的那两张照片还给我吧！"本来我心里就有些不舒服，于是就顺着她的话说："行，我这两天就把照片给你送过去……"话还没有说完，电话那端已经成了忙音。后来我就让姑母把照片退给了她。

没过半月，又有人给我介绍对象，是哥哥的同事介绍的，女方是个职业中专的教师，长得还算不错，性格也活泼，温柔又大方，从谈话中能看出她有一定的知识水平。我和她不知不觉中就谈了一个多小时，女孩看起来也很高兴。最后女孩问到我的年龄，我说："今年二十二岁。"女孩立刻表现出惊异的神情："才二十二岁！你小小年纪就敢谈恋爱！"我一愣，笑着问她："你可真会开玩笑。你多大了，咱们不是差不多吗？"女孩神秘地说："我嘛，具体年龄保密，不过至少比你大五岁！"我又笑了："你最好说比我大十岁才好！"女孩认真地说："是真的，一点儿也不骗你。媒人说你今年二十五了，我想大你两岁还可以，大五岁真的让我接受不了。"气氛一时变得有些尴尬了。女孩最后说："唉，太可惜了，你哪方面都很好，就是年龄比我小太多。要不是年龄，我就愿意了。"临分手时，女孩一直把我送到楼下，然后有些依依不舍地挥手告别……

就这样，不到一个月时间我就相了两次亲，感觉像是在做梦。母亲说："什么年龄就该干什么年龄的事。你到了这个年龄，工作也有了，就该早点儿成家立业。以前你上学的时候我怎么没给你张罗相亲的事？"我一笑了之，心想，是啊，什么年龄就该干什么年龄的事，刚毕业一年就经历了这么多的事，这是学生时代无论如何都想不到的。相亲，我的爱情能在相亲中实现吗？

二十八

夏天的晚上很热，后半夜才逐渐有了些凉意。这天我在老家的北院睡觉，早上不到五点钟就醒了，窗户外面还是黑乎乎一片。我一骨碌爬起来，穿好衣服，走到院子里一看，月亮已经偏西，启明星还没有落。心想再睡也睡不着了，不如趁现在凉快些，起个大早去上班。于是我洗了脸，锁好门，骑上自行车上路了。周围很静，村庄还在沉睡中。跨过主干公路后，上了乡村公路，天开始有些发白，终于快要亮了。经过一个叫岳庄的村庄时，我照例从一条小路绕行，可以节省一些时间。这段路很窄，平时走的人不多，大清早更是看不到人影。小路两边都是玉米地，玉米有一人多高，不少玉米都长出了红色的缨子。四周没有一个人，我心里有些发虚，不由得使劲蹬自行车，想尽快从这段路走过去。

突然，一个低沉的声音传来："站住，不许动！"与此同时，从玉米地里跳出来三个人，拦住了我的去路。

面前的三个人都用白布遮着脸，看起来年龄都不大。我大吃一惊，出了一身冷汗，慌忙从自行车上跳下来。心想，一定是遇到劫路的了，以前在电视剧中看到过的场景，万没想到会在自己身上发生。这时候天蒙蒙亮，四周偏僻无人，这可怎么办呢？正在这时候，戏剧

　　　　　　　　　　　　　　　　　　　选调生

性的一幕发生了。最后边的一个"劫匪"喊了一声："二哥，怎么会是你？"说着，他把白布摘下来，对那两个人说："都是自己人，放他过去吧！"我定睛一看，原来正是大伟。

我又好气又好笑："大伟，你怎么会在这里？你们这是干什么？"大伟笑嘻嘻地说："没事，二哥，你这是去哪里？"我说："能去哪里，当然是去上班了！"见他没有回答我的问题，就追问道："大伟，你们这是干什么？"大伟把我拉到一边，小声地说："二哥，你别问太多了。实话对你说吧，口袋里缺钱，想弄几个子儿花花，没想到刚开张，第一宗买卖就遇到你了！"见他嬉皮笑脸的样子，我不禁来了气："怪不得我姑说这段时间你有些不着调呢，原来你是和不三不四的人在一起学坏，你知道抢劫是犯罪吗？"大伟依然是笑嘻嘻的样子："没事，二哥，我们小心些，弄俩钱就不做了。"我更加生气了："大伟，你想出去挣钱是好事，可是不能走歪门邪道，你这样下去迟早要出事的！我这几天就去告诉我姑和姑父！"见我要去和他父母说，大伟慌了神，连忙求饶说："二哥，我以后不做了还不行吗？你可千万别告诉他们。看在以前的面子上，千万替我保密。去年你去找你的女同学，是我骑摩托车送你的；还有，你前段时间去省城，是我帮你联系的春丽姐呢！二哥，你行行好，算我求你了！"

看着他那可怜巴巴的样子，又想想他以前对我的好，我的心有些软了，就松了口气说："大伟，你以后要是走正路，我就替你保密。现在赶快回家去，赶快把你的那个白布扔了！"大伟回过头对那两个人说："走，咱们都走，赶快回家。"说着，那两个人也把白布摘下来，装进了口袋。大伟对我说："二哥，那你赶快上班去吧！"我再三叮嘱他说："大伟，你可一定要记住，再不能干这样的事了！"大伟冲我笑笑说："二哥，你就放心吧，再见！"他向我挥了挥手。

我重新骑上自行车，继续向前赶路。骑了一两分钟，我还是不放心，扭头朝刚才的出事地点看了看，他们早已经消失得无影无踪……仔细想想，我也有些后怕：这是遇到大伟他们了，要是遇到其他坏人呢？看来以后自己还是要小心点，太早或者太晚了就不能走这条偏僻小路，哪怕路程远一点儿。

早上点名的时候，赵清明书记说："这段时间大家都在忙收粮的事，都辛苦了，现在收粮已经告一段落。就是有一点，近期的纪律有所松懈，不点名的时候，有些人都没上班，这些其实我都知道，只是我没有说。本不想管得太严，但是太放松了也不行，以后还恢复每天早上点名吧！"

白天依旧无事可做，我往党政办公室看了看，致清叔和小童都在，说了一会儿话，见太阳已经升得老高了，我就上楼到自己宿舍看书。屋内很热，开了电扇好像没有多大效果，吹出来的是热风。我走到栏杆前，在三楼伸手正好可以触及楼下大杨树的枝条。我摘了几片大叶子，穿起来挂在宿舍的墙上，屋内有了几丝绿意，看着感觉也有了几丝凉爽。到了下午，太阳炙烤着大地，仿佛要把大地上的水分吸食得干干净净才肯罢休。待在屋内，一会儿就汗流浃背。想要出去，外面却没有一丝风，也是一样的热。

晚饭我是和小童一起吃的，他晚上值班。吃过饭后，我正想和他下棋，他却说："屋内太热了，我找许长杰说说，让他把会议室的门开开，会议室里有空调，咱们去那里玩。"一会儿许长杰拿着钥匙开了门，打开灯，开了空调，凉风吹得人神清气爽。我和小童站在空调前，先是下了下汗，然后摆开了棋子。下着下着，来了几个人，都是晚上值班的，没地方去，要来观战。有人拿了扑克，招呼着打扑克玩。吴秋娜来了，一进门就说："我说看不到人了呢，原来都躲到这里了！"于是大伙儿围成两桌开始打牌。吹着空调，打着扑克，海阔天空地聊天，感觉也挺不错的。打了几盘扑克，许长杰陪着陈秘书也来了，吴秋娜赶快站起来，笑着说："哟，陈秘书也亲自来视察了。"然后伸出右手，做出一副让人的姿势说："请领导入座。"陈秘书摆摆手说："你们玩，我只是来看看！"吴秋娜笑着说："领导来了，怎么能只看看，要与民同乐嘛！"推让了几番，陈秘书坐下来，接替了吴秋娜。许长杰和吴秋娜一前一后地走出了会议室。

会议室里依旧欢声笑语。陈秘书说:"大家上班的时候要把工作干好,但是该玩的时候也要玩好。我其实也是挺喜欢玩的。"有人问:"陈秘书,你每天那么忙,还有很多材料,能有心情玩吗?"陈秘书打了个哈欠,摘了眼镜,用手揉揉眼,然后又把眼镜重新戴好,笑着说:"谁说没心情?谁愿意整天写那些枯燥的材料?没有办法啊!还是放松放松好!"又玩了一会儿,小童对陈秘书说:"你们先等我一会儿,我要去方便一下。"我也站起来,和他一起去。经过机关大院的篮球场旁边时,我不经意间往那边看了看,见两个黑影在那里说话,仔细一看,原来是许长杰和吴秋娜,看起来很亲密的样子。在回来的路上,我悄悄地对小童说:"刚才我看到许长杰和吴秋娜他们两个在篮球场那边说话。"小童不屑一顾地说:"他们早就谈着呢!你不知道吧?""谈什么?"我问道。"你说谈什么?"小童像不认识我了似的看着我说,"还用问吗?当然是谈恋爱呗!"见我有些发呆,小童接着说:"他们的事瞒不住我,刚才在会议室,吴秋娜为什么急着要把牌让给陈秘书,是许长杰一直在给她使眼色呢!别人看不出来,我看得清清楚楚!"说话间就上了楼,进了会议室,继续打牌。直到晚上十一点多,大家才逐渐散去。

后半夜的时候忽然下起了暴雨,我迷迷糊糊地听到外面好像千军万马在打仗。一道道刺眼的闪电不时从宿舍中划过,伴随着隆隆的雷声。不一会儿,我听到屋内有"啪嗒""啪嗒"的声音,打开灯一看,原来是屋子的西北角有水滴了下来。不好,房子漏雨了!我刚上班的时候就看到过宿舍西北角的墙上和房顶有斑斑水渍,当时没有在意,没想到下雨的时候居然能漏雨,好在床和桌子离得远些,没有被水淋湿。我急忙把脸盆放在下面接水,这下"啪嗒""啪嗒"的雨滴落在脸盆里,声音更大了,每滴一下,我的心里就一颤,回到床上后再也睡不踏实了。我又下床打开门,立刻有一股凉风吹了进来,屋内发出"哗啦""哗啦"的响声,我知道这是桌子上的报纸和书被风刮到了地上。走廊已经被雨水打湿,树叶被风吹雨打得来回摇摆,有几个大的枝条已经折断,无奈地低垂着,任凭雨水的洗礼……

天刚亮,一阵急促的铃声突然响起,紧急集合!一定是出什么大事了!我急忙穿好衣服来到一楼的会议室,见稀稀落落地来了几个人,陈秘书急匆匆走进来,说:"出事了,魏庄被淹了!咱们赶快去抢险!我已经给赵书记和李镇长汇报过,他们一会儿就到!"

机关大院里停着两辆面包车,十几个人迅速挤上车往出事现场赶去。这十多个人大多是昨晚值班的人,有几个是机关大院的常住户,也就是没有钱在县城买房子而又不愿住在老家的人。机关大院只留下致清叔一个人负责值班和联络。

暴雨还在"哗哗"地下着,似乎没有减弱的势头。出事地点是隶属于魏庄村的一个叫乔寺的小自然村,村子很小,地势低洼,还有两三个鱼塘。我们到村边的时候,见乔寺一片汪洋,房子似乎在水中漂浮着。面包车进不去,只好停在路边。陈秘书撑起伞,带头下了车,挽起裤腿,蹚着几乎要没膝的水向前走去,我们也都下了车,跟在陈秘书的后面。

一会儿,村支书毛金豹从对面蹚着水迎过来,浑身湿淋淋的,衣服贴在身上。陈秘书连忙问:"毛支书,现在情况怎么样?"毛金豹喘着气说:"村干部和队长正在组织群众往村小学那边转移,学校地势高,没有积水!""现在有什么困难吗?"陈秘书问道。"大的困难没有,就是有个别老人这也丢不下,那也丢不下,转移速度很慢。我怕再这样磨蹭时间,会出人命的!"毛金豹说。陈秘书斩钉截铁地说:"不能这样下去了,我们马上赶过去!"

到了村里,见副支书兼治保主任乔天庆正带领部分村民蹚着水往外走。这些村民老老少少,扶老携幼,打着伞,抱着东西,骂骂咧咧地向外走。小孩的哭声、老人的呻吟声夹杂在暴雨声中,一派乱七八糟的场面。老乔头边走边骂:"这老天爷!昨天能把人热死,没想到后半夜下这么大的雨。正睡着，觉得不对劲，一看，水都漫到屋里了，老天爷真能折腾人！"毛金豹问道："老乔，现在还有几户没动？"老乔头说："东头那个五保户乔梅林，这家伙说死也不肯挪窝！还有乔仁义老两口、乔遂义一家子！其他的都在动！"陈秘书说："老乔，你先领着这些人往学校去。这几户的工作我们去做！"老乔头走后，我们和村干部分头行动。

　　我和陈秘书、毛金豹等几个人来到乔梅林家中。这是个破破烂烂的家，低矮的两间土房，看样子大概有好几十年了，屋脊上的瓦都掉完了。进了屋，见一个老头大约七十岁，斜靠在床上。外面的水已经漫进了屋子，一名村干部正在劝他赶快离开。见我们过来，那名村干部说："你们可来了，我说了他半个钟头，嘴皮子都磨破了，他还是不肯动，老顽固啊！"陈秘书走上前去，说："大伯，咱们赶快离开这，你看这雨下的，再这样下去，很危险的！"老头瞅了瞅陈秘书，摇摇头说："我哪儿也不去，这雨没事，淹不住我。我活了这么大，也没被雨淹死过。"陈秘书耐心地说："大叔，你看你这房子，还能禁得住雨吗，万一塌了咋办？"老头忽然坐起来，瞪着眼说："胡说！我这房子老祖宗说过，一百年也没事的！"陈秘书尽量忍了忍火气，说："大叔，你别误会，我不是那个意思。就是让你先暂时离开你的家，又不是不回来。等水下了再回来，既安全了，又不碍着你什么事，咋样？"老头摇摇头说："不行，我走了，我这个家怎么办？破家值万贯！"陈秘书真有些着急了："那我问你，是你的命重要，还是你的家重要？"老头笑了："你算说着了，我还能活几天？我的家比我的命重要。"

　　正劝解的时候，外面突然又闯进来两个人，衣服都淋湿了。我定睛一看，原来是赵清明书记，后边跟着一名村干部。我们连忙站起来和他们打招呼。赵清明问道："情况怎么样？"陈秘书说："赵书记，劝了半天，一点儿用也没有。"赵清明皱起了眉头，又看看外面的暴雨，自言自语地说："不能再等了。"然后走上前对老头说："我是故城镇党委书记赵清明，现在请你赶快跟我们离开，要不然就真的来不及了！"老头面无表情地说："今天说什么我也不走，就是神仙老子来了我也不走！"赵清明再也忍不住了，怒吼道："来人，快把他架走！"陈秘书有些犹豫："赵书记，这……合适吗？""怎么不合适？人命关天，出了事由我赵清明负责！"赵清明吼道。于是我们几个人冲上前去，七手八脚地抬起他就往外走，老头手脚乱蹬，骂道："你们就是土匪！放开我，放开我……"赵清明冷笑着说："要真是土匪，还会这样关心你的死活吗？"到了院子里，村干部撑起伞打在赵清明头上，赵清明把伞一推："别管我，你给老头打着伞，别让他淋着！"我们抬着他，刚出了院子，就听到"轰隆"一声，回头一看，老头的两间土房垮了下来……

　　小学校园里一片热闹的景象，几个教室里挤满了人。赵清明和李书田分别过去慰问。赵清明大声说："乡亲们，我是故城镇党委书记赵清明。这场暴雨下得太大，是近些年少有的大暴雨。镇里工作做得不到位，让大家受苦了！不过大家不要担心，有党和政府在，就一定能帮助大家渡过难关！"毛金豹带头鼓掌，村民们也跟着鼓起掌来。人群中有人问："赵书记，那我们的损失怎么办？"赵清明说："这个问题问得好，请大家放心，我们镇里会尽我们所能帮助大家的，另外，我们还可以向上级民政部门反映情况，争取上级的帮助。毛支书，这两天你赶快把村民的受灾情况报上来！"毛金豹连忙说："请赵书记放心，雨一退，我就马上安排！"赵书记接着说："村里乔梅林老人的房屋塌了，下一步，镇里筹钱给他盖房！房子没盖好前，毛支书，你给他安排个合适的地方！"毛金豹说："行！暂时住学校也行，要不就先住我家吧！"这时候人群中传来了哭声，是老头乔梅林。他哭着说："我不是人，我白活了七十多年，我误会了大家的一片好心！要不是大家，我可能早就见阎王爷了……"

　　上午快九点的时候雨势小了许多，等到十点钟的时候雨完全停下来。路上到处都是雨水在"哗哗"地流淌，积水也慢慢地变浅了，

选调生

太阳不知不觉中也露出了笑脸。村民们开始打算回家，赵书记让乡村两级干部护送村民回了家，又嘱咐陈秘书和毛金豹抓紧处理善后事宜，这才和李书田带领部分镇干部返回镇政府。

第二天受灾情况陆续报了上来，赵清明在大会上说："这次抗洪抢险，同志们所表现出的那种不怕牺牲、冲锋在前的精神让我感到敬佩，说明大家是一支经得住考验的队伍，我向大家表示感谢！"然后又说："但是也应该看到，我们在工作中还存在一些问题。魏庄的乔梅林老人，属于鳏寡孤独性质，他的房屋早就该修了，可是我们为什么没有排查到？这次暴雨中，差点儿酿成人命，这说明我们民政部门的工作还不够细致。有些工作应该做到前边，未雨绸缪！同志们，大家要好好想一想啊……"会议室里一片沉默。

经历了这场暴雨，我想我还是做了一些有意义的事情的。乡镇干部，虽然平时有忙有闲，但是关键时候还是有战斗力的。乡镇工作直接和老百姓打交道，有时候不免遭到误解甚至抵制，但是只要出发点是好的，老百姓迟早是会支持的。

二十九

夏天将要过去的时候突然来了不少新人，大多是分到乡镇的毕业生。一次来了二十多个人，对故城镇来说是近年来少有的。这些刚毕业的学生朝气蓬勃，我不知道他们的心态怎样，但是肯定会经历一个从不适应到适应的过程，我不禁想起了我刚上班的那天下午，是多么的失落和寂寞！正好这时候上级安排部署人口普查工作，这些人大多就暂时分到了人口普查办公室，归宣传干事程晓广领导。我和他们不熟悉，工作也不同，所以接触也很少，只是见他们跟随程晓广来来往往，不知道在忙碌什么。

一天早上点名之前，我看到挨着我的是一个陌生的面孔，个头不高，身体微胖，脸色有些发黄，有点儿大病初愈的样子。猜测他是新分来的，我就搭讪道："你是刚来的吧！"那人点点头说："上班快半个月了。"我又问他分到了哪个部门，他说："财税组。"于是我笑着说："那以后咱们就是一条战线的了！"他也笑了："这么说你也是财税组的？那咱们以后可要经常打交道了。"又说了一会儿话，我才知道他叫楚天舒，莲城市财税学校毕业的，毕业后在家歇了一年多才上班。我想，我上班的时候等了将近半年就快要发疯了，真不知道他是怎么熬过来的。

没几天，楚天舒就和我混熟了，没事的时候经常到我的宿舍聊天。他说上班这半个月来感觉无所事事，很想当一名包村干部。这和我的想法一样，我说："咱们俩真是英雄所见略同啊！"他说："那咱们抽时间找赵书记说说咱们的想法？"我高兴地说："我正想找个人和我一道去找领导说呢！"他激动地站起来说："那咱们这几天就去找领导！"我示意他坐下，说："这几天恐怕不行，据我所知，乡镇工作每年年初可能会调整，现在才下半年，不是时候，估计找他也没用，不如咱们先在财税组慢慢干，等快年底了再找领导也不迟。"

没事的时候我和楚天舒也经常下棋，他的棋艺比小童要高一些。有一次我们正在我宿舍下棋的时候，我看到门口站着一个人向里边张望，他高高的个头，瘦瘦的身材，留着短发，略微发红的脸，透露着真诚和善良。看他想进来又觉得不好意思的样子，我就笑着说："过来玩会儿吧！"他也有些腼腆地笑了笑，走了进来。一局棋下完后，和他聊起天来。原来这个人叫杨高远，年长我一岁，原来的人事关系在县广电局，前不久刚来到故城镇广播站工作。他的宿舍在三楼的西部，距离我的宿舍很近。没过几天，我就觉得和他有了种相见恨晚的感觉，也许是"物以类聚，人以群分"吧，相近的性格和志趣，使我们似乎有说不完的话。楚天舒和杨高远老家都很远，所以他们经常住在镇政府的单身宿舍，成了机关大院的常住户。我又向他们介绍了小童，他们之间也很谈得来。有了年龄相仿的人陪伴，我和小童也就不经常回家了，也快成"常住户"了。工作之余，我们在一起聊天，或者到大自然中去畅游，有时候也下棋，玩扑克，有了几个知己，我也就不觉得身处他乡的落寞和空虚了。

传呼机不知从什么时候起多了起来。在镇政府，除了主要领导有手机外，其他领导和一般人员不少人有了传呼机，别在腰上，有人呼叫的时候发出"嘀嘀"的响声，然后迅速去找固定电话回电。拿出传呼机看信息的感觉特好，特有优越感，传呼机一时间竟成了身份和地位的象征。也有人买了传呼机半天都不响一下，就自己给自己打个传呼，然后迅速到人群里去，听自己传呼机响的声音，人为地制造优越感。有一次哥哥对我说："晨辉你也得学着赶时髦，别打扮得太土气。你看很多人都有传呼机了，你也买一个吧！"我仔细看看哥哥腰间的传呼机，心想，这玩意是挺不错的，能让别人随时找到你，中文的传呼机已经降到四百多块钱一个了，紧紧手，干脆也买个吧！

买完传呼机没几天，便得到母亲的电话，说又给我介绍了个对象，是和姑母一个村的，比我小三岁，在县防疫站工作。说实在话，对于爱情，我似乎有些迷茫了，经历了这么多的风风雨雨，我渴望的爱情到底是什么样子？连我自己也说不清楚。树欲静而风不止，连续的几次相亲，使我对此已经习以为常了。

见面的时间是星期六的上午，地点在媒人的家里。女孩叫陈艳芬，长得还算可以，个头不高不低，扎着马尾辫子，刘海儿整齐地贴在前额上。媒人离开房间后，女孩抿着嘴对着我笑："其实我早就听说过你的名字。"我有些吃惊，但是心里美滋滋的，看来我的知名度还挺高的嘛！她接着说："咱们俩是一个初中的，只是你比我高了好几届，等我上初中的时候你已经毕业了。"我问道："那你怎么知道我的名字？"她笑着说："你的知名度很高哦！那时候在全校的大会上，校长提了几个学习好的学生名字，其中就有你，说你们几个那时候学习多么多么好，将来准能考上大学，让我们向你们几个学习。那时候我就记住了你的名字，真没想到会遇到你！"我也笑起来："我也没想到毕业了好几年校长还记得我。"艳芬接着说："前两天听我妈说媒人要给我介绍对象，我一听就火了，我还不到二十呢，这么着急把我打发出去干什么。后来听到你的名字我才答应先见见再说。"说着，她有些羞涩地低下头，脸上泛出了红霞。我笑着说："看来我还是挺幸运的，要是换成别人一开始就没戏了。"她也笑起来，然后认真地说："我总觉得咱们之间有差距，现在见到你，我还是不大相信这是事实，有点儿像做梦一样。你是大学生，我只是卫校毕业，咱们俩能成吗？"我想了想说："我不认为这些是差距，关键在于是不是合适，相处得是不是默契，这才是最重要的。"又说了一会儿话，感觉气氛很好。等艳芬提出告辞时，我把事先准备好的二百块钱塞给她，说："这是给你的见面礼钱，请你收下。"她一把将我的胳膊推开，说："你这是干什么，第一次见面我怎么能要你的钱呢？"见她推辞得很坚决，我只好把钱收回，心里觉得很失落，难道她没看上我？应该不会啊？自我感觉我们的谈话挺投机的。来之前母亲把二百块钱交给我说："和媒人说好了，见面后你要是看着合适，就把钱给她。她要是接了，说明她也愿意；要是你看着不行，就不用给她钱。"现在她没接我的钱，看来是没戏了。

　　她走后媒人马上走进来说："你看着这妮儿咋样？"我有些沮丧地说："我看着还行，就是她不太愿意。"媒人吃了一惊："你怎么知道她不愿意？"我把钱拿出来说："刚才我给她钱，她坚决不要。"媒人一拍大腿，叫道："哎呀，差点儿误事，我忘了给她那边说了。快把钱给我！你先在这里等一会儿！"说着，媒人抓起钱追了出去。等了七八分钟，走进来三个人，除了媒人和陈艳芬外，还有个五十来岁的男人。媒人当着我的面把钱给了陈艳芬："这是规矩，你就接着吧！"她这才把钱收好，装进了口袋。媒人指着那个男人说："这是艳芬她爸。"我冲着他点点头。他端详了我半天，说："你们俩先相处相处再说吧！婚姻大事，你们俩一定要好好考虑考虑。"临分手时，我记下了她单位的电话，同时把我的传呼号码告诉了她。

　　回到家中，我把经过告诉了母亲，她很高兴，说："你知道陈艳芬她爸是干什么的吗？"我摇摇头说："管他干什么的呢！我是和他女儿谈恋爱，又不是和他。"母亲笑着说："她爸是做生意的，手里很有钱。以后你的日子会好过些。"我不以为然地说："女的家里条件好些坏些都无所谓，只要人好就行。"母亲说："你说得也对，不过条件好些总比条件差的强吧！"过了一会儿，母亲又说："我听说艳芬的表舅是咱们县卫生局的局长，她的工作就是她舅安排的，说不定以后对你还有好处呢！"

　　第二天上午我的传呼机就响了，一看留言是陈艳芬。我赶快用家里的电话打过去，心想这也太快了吧，昨天上午刚见过面，今天上午就和我联系。她说："晨辉你在家里吧？"我问她在哪里，她说："我在县城呢！你今天能赶到城里吗？我想和你见见面。"我笑着说："没问题！我哥在县城也有房子，我有时候就在他那里住呢！"她一听，很高兴地说："那太好了，以后你就多在你哥那里住，咱们见面也方便。"又说："那咱们今天晚上见面吧！晚上六点半，县城中心广场东边的那个电话亭，我等你，不见不散！"

　　快中午的时候我赶到了县城。哥哥的住处离广场不远，晚上六点刚一出头，我就往广场赶。广场上人来人往，叫卖的小商贩不时来往穿梭。穿着花花绿绿的年轻人三三两两地在漫步，也有不少情侣在享受着浪漫的约会。电话亭在广场的东边，几个人在排队打电话。我看了看手表，还差十分钟呢！于是打算先找个石凳坐下等着。正寻找时，就听到有人在叫我的名字。我回头一看，正是陈艳芬，正向我微笑着招手呢！她穿着粉红色的衬衣、深蓝色的牛仔裤，头发梳得整整齐齐，看样子是经过精心打扮的。我快步走过去说："你什么时候来的？还不到时间呢！"她笑着说："是啊，现在还不到六点半，你不是也提前来了吗？"我也笑着说："我这个人不希望让别人等我，最好是让等人的痛苦由我自己来承担。"她一边笑一边啧啧称赞："看来你的品德挺高尚的嘛！怪不得老师一直表扬你呢！"我自豪地说：
"那当然了。"说了一会儿话，我提议先去找地方吃饭。她说："附近
有快餐店，随便吃点儿就行。"我笑着说："咱们第一次在一起吃饭，
太随便了怎么能行？"我想起了来之前哥哥反复叮嘱我的话：一定不
能表现得太小气，尤其第一次和女朋友在一起吃饭。

　　来到一家饭馆，我要了一荤一素两个菜，又要了两份面。艳芬
说："咱俩能吃完这么多吗？"我装出满不在乎的样子说："吃多少
算多少吧！"她笑着说："那可不行，多浪费啊！"我说："没关系，
你别管了。"吃完饭后，两个菜果然没动多少。艳芬说："要不拿个袋
子装起来带走？"我摇摇头说："算了，咱们走吧！"

　　出了饭馆，夜幕已经降临了。艳芬说："晨辉，我知道你是为了撑
面子。咱们第一次在一起吃饭，我理解你，以后可不许这样了！"我
嘴上答应着，心里想，这个女孩真是善解人意。

　　又一起走了一会儿，艳芬说："我看你这么瘦，是不是有点儿贫
血？"我点点头说："那是以前的事了，高中时曾经有过贫血。"她关
切地说："那可不能大意。走，跟我到单位，我给你检查一下！"说着
拉起我的胳膊就走。

　　到了她的办公室，开了灯，我看到几张桌子上摆着不少玻璃仪
器。她让我坐下，然后从抽屉中拿出了针和棉球。她让我伸出右手中
指，用棉球擦了几下。我感到一阵发凉，心里有些紧张，就说："你可
要轻些，我平时最怕打针了。"她没说话，拿出针准备扎，我不由自主
地把手往回缩。她忍不住笑起来："你看你都二十出头的人了，像个
小孩似的。"忽然又向门口看了一眼说："门口那是谁，在偷听我们说
话！"我扭头一看，什么也没有，却感到手指头猛地疼了一下，再看血
已经冒了出来，不禁嗔怪道："好啊，竟敢骗我！"她笑得眼泪都快出
来了："你太紧张了，我没法扎，只好这样了。"然后又轻声地问："疼
吗？"我假装满不在乎地说："没事，男子汉大丈夫，这点儿痛算什
么？"她一边笑一边用细玻璃管取了样本，然后进了办公室的里间。

在等待化验结果的时候，我感到阵阵温暖。被人关心，被人疼爱的感觉真好。以前上学的时候体检过几次，很多时候护士凶巴巴的样子让我记忆犹新。这个女孩，虽说是通过相亲认识的，但是她善解人意，温柔大方，让我确实有了几分感动。我一定要好好珍惜！一会儿，她拿着报告单从里间走出来，说："还行，稍有一点儿贫血，以后注意加强营养，慢慢就好了。"

出了她的单位，时间已经有些晚了。我打算把她送回住处。路上，她红着脸问："你到底觉得我怎么样？"我不假思索地说："不错！你是个好女孩。"她摇摇头说："我不是问你这个，我想问你喜欢我吗？"我认真地说："艳芬，你是个好女孩，我很喜欢你，对你一见钟情。不知道你对我啥看法？"她没有回答我的问题，反问我："你说的话我不信。对我一见钟情？你了解我吗？"我说："慢慢就了解了。"她说："那说明现在你还不十分了解我，既然不了解我，怎么就说很喜欢我呢？也许以后你了解我了，就可能不喜欢我了。"我被她问得哑口无言，只好说："反正我很喜欢你。"她没说话，默默地从口袋里拿出一封信交给我说："这封信是我写给你的，现在不许看，等回到家再看。我要你看完信后立刻给我写回信，明天早上七点我还在广场的电话亭边等你给我的回信。一定要记着哦！"

回到哥哥我自己的房间后，我迫不及待地打开信，那娟秀的字迹立刻映入眼帘：

晨辉：

　　你好！是缘分让我们相识，这种幸福来得太突然了，我简直不敢相信。这两天我一直在想，这就是我朝思暮想、梦寐以求的爱情吗？你是大学生，我只是个中专生，咱们之间还是有不少差距的，我有时候对自己没有信心。但想到见面那天我们谈得也很开心，就有了几分勇气来试一试。晨辉，你最终能接受我吗？参加工作以后，我的日子在枯燥中度过，日复一日重复的工作让我感到厌倦，我的青春也在这日复一日中慢慢消失。我多么想找一个能和我同甘共苦、相濡以沫的人在一起啊，也好给我这枯燥无味的生活增添一些乐趣！对于爱情，我没有过多的期望，只是想找个对我好、关心我的人。晨辉，你能做到吗？我真心希望你工作不忙的时候能多找找我，多陪陪我，相互倾诉生活中的烦恼，相互鼓励对方，一起走向幸福的彼岸。晨辉，让我们共同努力，好吗？

芬
2000年9月10日

反复读了好几遍信，我仿佛看到了少女那颗火热而真诚的芳心，晚上约会时的一幕幕又浮现在眼前，着实让我感动。这个女孩温柔又可爱，正是自己所喜欢的。于是，我提笔在手，迅速地写下了回信：

艳芬：

你好！看了你的信，让我非常感动。你的温柔大方、善解人意都是我所喜欢的。对于爱情，我也没有太多的要求，只是希望能得到一份纯洁、高尚、浪漫的爱情。自从遇到你后，我感觉我遇到了真正的爱情，我会好好珍惜的。在路上我对你说的一见钟情，也是我的心里话，请你一定要相信。你说的学历差距问题，我想，只要彼此真诚喜欢对方，学历差距又算得了什么？说实在话，我是一个很笨的人，存在很多缺点，有时候我也很自卑的。真的，仔细想想，我除了是个大学生，除了真诚以外，真找不出有太多值得骄傲的地方。相比之下，你在很多方面都比我强，我内心也是很羡慕你的。在以后的生活中，我会尽我所能经常来找你的，我也希望我的生活充满浪漫和激情。让我们共同努力吧，幸福就在前方！

晨辉
9月10日夜

第二天是星期一，我早早起床上班。按照约定先来到广场的电话亭边，她已经在那里等候了。见了她我笑着说："你起床好早啊！"她冲着我嫣然一笑，然后问道："信你写好了吗？"我把信从口袋中取出来交给她："给你。现在先别看，等我走了你再看。""我明白。"她接过信，装进口袋，然后对我说："晨辉你骑自行车上班？"我点点头。她催促我说："二十多里路呢，你快点儿走吧，要不然就迟到了。"我问她："那你上班怎么去？"她一笑："我的单位近，就算步行也就二十多分钟。别管我，你快点儿走吧！再见！"说着，她向我挥挥手。我只好也向她挥挥手说："再见！"然后骑上车，向故城镇奔去。

三十

财税组又开始行动了。这次的工作重点仍然是赵坡村，除了收取近几个月的税款外，还要集中清理少数没有缴纳税款的"钉子户"。财税组原班人马又多出了个楚天舒，更加热闹了。连续一个星期下来，大家忙忙碌碌，有说有笑，成果还是不错的。楚天舒感慨地说："我上班后的第一件事就是问老百姓要钱，以前想也想不到的。"樊国超马上说："话不能这么说，我们收税都是有依据的，又不是乱收费，这是我们的职责。就像公路收费站的人一样，那是他们的正当工作。"

晚上，我和楚天舒、杨高远、小童一起在镇政府大院附近的山西牛肉饺子馆吃饭，要了四个凉菜。小童提议来几瓶啤酒，于是我们几个人要了十瓶啤酒，一边划拳行令，一边畅谈工作和生活中的逸闻趣事。

杨高远说："我虽说是分到了镇广播站，但是广播站本身没什么事，近期的工作主要是跟随程晓广搞人口普查。别看就是普查个人口，事情可多了，村里报上来的数字和派出所的数据存在不少差距，必要的时候我们进村入户直接去普查。这些天，我就去过好几个村！"楚天舒喝了几杯啤酒，脸有些发红，他用手抹抹嘴说："说起下村，近期我和晨辉也是天天下村收税，说实在话，真不想去！可有什么办法啊？我倒是想去包村，领导却非把我分到财税组。一天到晚，真像鬼子进村一样。"一席话说得大家都笑起来。楚天舒又看看我说："晨辉，你说我说得对吗？"我笑了笑，然后摇摇头说："有点儿偏激，不过可以理解。比作鬼子进村，太过了！我们收税是有依据的。"楚天舒不服气地说："晨辉，你说咱们整天干的是什么事！当然，收税没错，就是这活儿我实在不喜欢！要不是你拦着，我这几天就想去找领导说说！"我想他可能是趁着几杯酒的劲儿，嘴上说说罢了，未必会真的找，就顺势说："行，你要找领导明天就找，别光嘴上说。"小童在一旁笑着说："要找算上我一个，我也想早点儿离开办公室！"楚天舒端起酒杯一边要跟我和小童碰杯，一边说："那咱们一言为定！"杨高远也端起酒杯凑过来："算上我一个。你们都想去当包村干部，也不能忘了我啊！"大家举起酒杯一饮而尽。

喝完这杯啤酒，小童感慨地说："俗话说，物以类聚，人以群分，一点儿都不错。以前上班我总觉得无聊，觉得枯燥无味，现在想想，不是因为工作，真正的原因是没有知己。自从晨辉来了之后，我才觉得有了点儿意思。现在你俩又来了，我觉得上班有意思多了。以前机关里并不是没有年轻人，比如许长杰，可我就是和他不对脾气，你说怪不怪？"楚天舒说："咱们四个以后就成为铁哥们，叫作四人组合！"杨高远笑着说："我看就叫四人帮！"大家又哄笑起来。楚天舒说："四人帮就四人帮，又不是那个'四人帮'！"

四个人的小聚很是尽兴，也许是"酒逢知己千杯少"吧，一直到快十一点，我们才醉醺醺地散去。楚天舒有些醉了，一边晃晃悠悠地走着，一边语无伦次地说："晨辉，咱们再……再碰一杯！""振兴，你给我倒……倒上酒！"我们先把他送到办公楼后边的宿舍，然后才各自回各自的房间。我也倒在床上沉沉睡去……

后半夜的时候我突然感到肚子一阵疼痛，黑暗中伸手摸到手表一看，快五点了。我急忙穿好衣服起床，蹬上鞋就往外跑。卫生间在

选调生

办公楼的右前方。夜幕中的机关大院静悄悄的，只有不知名的秋虫在鸣叫。过了好一会儿，我才从卫生间里慢慢走出来，心想，准是昨天晚上喝酒的缘故，那家小饭馆的菜可能不卫生。

这时候东方已经露出鱼肚白，我正往回走的时候，突然见吴秋娜急匆匆地从楼上下来，头发有些凌乱。见了我，她身子猛地一震，显出很惊恐的样子："吓死我了，原来是晨辉啊，你这么早就起床了？"我不好意思地笑了笑，指了指肚子说："昨天晚上吃坏了肚子，所以……"她恍然大悟地笑了笑："哦，我明白了。"吴秋娜的宿舍在办公楼的后边，我很纳闷她为什么这个时候会在这里，忍不住问道："秋娜，你这是干什么去？"她有些慌张，然后支支吾吾地说："哦，昨天晚上……昨天晚上，我……我和于小芳住一个屋了。"于小芳是一名包村干部，她的宿舍也在三楼。我笑着说："还是自己的宿舍住着习惯吧！"她点点头，然后嘘了一口气，说："是啊，换个地方我就睡不着。这不，早早就醒了，回自己宿舍再睡会儿去！"说着，她快步向楼后走去。望着她匆匆而去的背影，我心里充满了疑惑：于小芳昨天晚上并没有值班啊，她怎么说和于小芳住一个屋？还有，她说话的时候怪怪的，总感觉在刻意隐藏着什么……

这天上午，我正和财税组的人一起下村收税，传呼机忽然唱起了《康定情歌》，让我觉得很有面子。桂委员看看我腰间的传呼机，问道："晨辉什么时候也买了传呼机？"旁边的樊国超接过话说："不用问，一定是谈了女朋友。"吴秋娜说："我看也像，我发现晨辉这段时间也开始注意个人形象了！"我不置可否地笑了笑，然后打开传呼机一看，上面显示一行字：陈艳芬女士请你速回电话！看看身旁没有固定电话，心想等一会儿找到电话再说吧。不料过了几分钟后，传呼机又响了，显示几行字：陈艳芬女士请你三分钟内速回电话，否则后果自负！我感到又好气又好笑，就想赶快找找附近有没有小卖部，好用那里的公用电话给她回过去。这时候桂委员拿出自己的手机交给我说："用我的手机回电话吧，看来你女朋友一定有急事！"我感到心里热乎乎的，向桂委员道了谢，然后接过手机打了过去。电话那端传出了埋怨的声音："晨辉，你在干什么？怎么这么长时间才给我回电话？"我连忙离开人群，小声地解释："我正在下村，身边没有电话。这不，用领导的手机给你回呢！"艳芬说："那我得长话短说了。你晚上有时间吗？能回城陪陪我吗？"我想了想说："应该没问题吧！"艳芬高兴地说："那好吧，晚上六点半，还是老地方见！"

　　下午我请了假，早早地回了县城。晚上见面的时候她说："你这段时间很忙吗？怎么连个电话都不给我打？"我暗自想，不过就一星期没见面嘛！嘴上却说："我正想这一两天就打电话找你呢，你就给我打传呼了。"她盯着我的眼睛看了半天，半信半疑地说："是吗？真有那么巧？"我顺势说："是啊，咱们俩是心有灵犀。"她笑起来："希望是这样吧！"然后话题一转："晨辉，你是不是在我之前相过亲？"我一愣，心想她忽然问这个问题干什么，一时不知道该怎么回答才好，就含糊地说："那都是过去的事情了，提它干什么？"她笑着说："其实相过亲也没什么，很正常的。就是有点儿太巧了，觉得挺有意思的，想给你说说。"我很好奇，就问是什么事。她说："我先问你，你是不是和我们村的一个小学教师也见过面？"我大吃一惊，心想她怎么知道的？应该没人告诉她呀？看着我吃惊的样子，她忍不住捂着嘴偷笑起来："看把你吓的！世界上的事情就是那么巧，你知道那个小学教师和我是什么关系吗？"我摇摇头。她止住了笑，接着说："她和我正好是邻居。咱们俩见面的事传得很快，这几天她妈见我妈的时候有些爱理不理的，刚开始我妈还不知道是怎么回事，后来是别人告诉她的。你说这件事巧不巧？"我也笑起来："看来还是你们村子太小了，怎么刚好你们俩是邻居？"她把头一仰，骄傲地说："你呀，找到我就对了，看来你还是有些眼光的。"我轻轻地在她身上拍一下："你是在夸我，还是在夸你自己？""是在夸奖我们俩哦！"说着，她幸福地笑了起来。

　　该吃晚饭了，她坚持随便吃点儿米线之类的快餐，还说上次我

194　　　　　　　　　　　　　　　　　　　　　　　选调生

太浪费了，没必要这么讲排场，我只好由着她了。吃过晚饭后，我们俩开始在街上闲逛。秋天的夜晚，天气已经不那么炎热了，阵阵凉风吹来，让人感到神清气爽。橘黄色的路灯下，不时走过一对对的红男绿女。我和她一边说话一边想，恋爱的感觉真好，人生不仅有工作和学习，更重要的是有了男欢女爱，生活才有了激情。自己确实长大了，想想前几年父母一直告诫自己千万不能早恋，怕影响学业，而现在却三番五次地安排我相亲，真是一百八十度的大转弯啊。

走了一会儿，有些累了，就重新回到广场上，找了个偏僻的长条石凳休息。我打开果汁递给她，她接过果汁，一边喝一边抬头静静地望着夜空。我挨着她坐下，借着昏黄的路灯端详着她：弯弯的细眉，白里透红的脸庞，整齐的秀发，略显丰满的身材，身上散发着少女的体香，让我有些沉醉。顿时，我有种想揽她入怀的冲动。但是仅仅是一闪念，理智马上战胜了冲动，暗暗告诫自己：晨辉啊晨辉，你一定要控制住自己，你不是一向崇尚纯洁的爱情吗？在别人眼里你可是个正人君子，如果被她拒绝了你的脸面往哪儿搁？万一她反感了怎么办？要是她骂你是流氓怎么办？我正想着的时候，她回过头看着我说："晨辉，你怎么了？"我连忙说："没什么，没什么！"她笑着说："你这么看我，让我都有些不自然了。"

夜深了，我送她回去。正走着的时候，迎面走来一对手挽着手的情侣，女的低着头不知道在想什么。忽然，那个男的喊了一声："晨辉！你怎么在这里！"我仔细一看，这不是高中时候的班长韩俊涛吗？自从春节同学聚会见到他后，这大半年都没有联系过他。我惊异地说："俊涛，怎么是你！"我正想和他开玩笑问他什么时候谈了女朋友的时候，眼前的一幕让我如坠深渊：他身旁那个穿着粉红色连衣裙的个头不高的女孩抬起头来，这不正是秋华吗？我脸上的笑容顿时凝固了，立刻没有了开玩笑的兴致。这时候韩俊涛走过来握着我的手说："真没想到在这里能碰上你！"又看看我身边的艳芬，笑着说："这是你女朋友吧！"我木然地点点头。艳芬倒是很大方地和韩俊涛一边握手一边说:"我和晨辉也是刚认识没多长时间,算是他的女朋友吧!"韩俊涛又回过头对秋华说:"你怎么不说话,秋华?"秋华看看我和艳芬,脸上勉强挤出了一丝笑容,只是冲着我们点了点头。我心里像是打翻了五味瓶似的,不知道是什么滋味。我对韩俊涛说:"天太晚了,我们先走了!"然后带着艳芬匆匆离去,艳芬一边走一边疑惑地向后看。

临分别时,艳芬半正经半开玩笑地说:"晨辉,我看你遇到你的那个同学后有些反常,她是不是你的初恋情人啊?"我笑了:"你可真会想。天太晚了,以后我有机会再慢慢告诉你吧!"她站着不动:"我这个人心里存不住事,你要是现在不告诉我,晚上我就睡不着觉。"我只好简要地把和秋华的交往说了一遍。听完后,她笑着点点头:"看来女人的直觉很多时候都是对的。"然后又盯着我的眼睛说:"她现在有了男朋友,你是不是有些吃醋了?"我强装无所谓似的说:"哪能呢,都是过去的事了。我现在不是有你吗?"她松了一口气:"算了,不刺激你了。"然后向我挥挥手说:"再见!晚安!"

回到住处后我躺在床上很久都睡不着觉,心里乱七八糟的。仔细想想今晚的一幕幕,觉得人生真的就像一场戏,每个人都是戏中的一个角色。世界上的事情有时候真的就这么巧,很多事情往往想不到就发生了。怎么这么巧和艳芬在一起的时候就遇到了秋华和韩俊涛?秋华怎么会和韩俊涛好上了?什么时候开始好上的?一连串的疑问使我在脑海中仔细地回忆着和秋华交往的每个细节。秋华不经意间说过她和韩俊涛等几个同学一起爬过山,当时看来再平常不过了,又不是单独和他在一起。还有,从省城回来后最后一次见秋华的时候她只是说韩俊涛找过她两次,因为他谈了个女朋友,刚分手,心情比较烦闷,所以找她来诉说烦恼。当时自己也没太在意,那时候他们俩应该还属于男女正常交往。现在把这些情节串起来仔细想想,也许这些就是前兆吧!大风起于青蘋之末,在一定条件下很小的事情都能酿成大错,自己当时怎么就没注意呢?我越想越觉得心里难受,越想越觉得心里不甘,怎么会是这个结局?好在现在有了陈艳芬,我和她最终能成吗?……

三十一

吴俊峰打来电话,邀我一起去市委组织部青干科。自从春节前选调生座谈会后,我一直在为自己的种种不如意而挣扎,所以有好几个月没和他联系过了,不知道他现在怎么样。

见面后,他第一句话就是:"晨辉,你有些瘦了!"我一惊,心想自己没感觉到瘦啊。再看看白白胖胖、脸色白里透红的他,就说:"可能吧,我这一阵子没测过体重。看你的气色不错,想必一切都挺顺利的吧!"他笑了笑,然后说:"顺利不顺利先放在一边,先告诉你一件事,我已经结婚了——你没想到吧!"我大吃一惊:"这么快?和谁结婚?是乡镇卫生院的那个护士吗?"他点点头:"是的,春节后订了婚,五月份就结了婚。"我用手拍了一下他的后背,埋怨道:"俊峰你真不够意思,结婚这么大的事连我也不告诉?"他有些不好意思地说:"晨辉,其实我是告诉过你的,打你单位的电话,他们说你请病假了,所以我就没好意思打扰你。"我这才恍然大悟,那时候我正在省城为工作的事情奔波呢!怪不得人家吴俊峰了。于是我就从口袋中摸出一百块钱递给他说:"俊峰,这算是我的一份晚到的祝福吧!"吴俊峰连忙推开我的手说:"不行不行,都过去好几个月了!再说,咱们一个月工资才几个钱?"我执意把钱塞进他的口袋,说:"结婚没赶上,但心意一定要表达到。你再推辞我可要生气了。"他只好收下,向我表达了谢意。

他又问我的情况,我就把秋华的事情简单说了一遍,又提到了艳芬。他摇头叹息道:"有些可惜,你和秋华没有成,真没想到!"我自我解嘲地说:"没成未必就是坏事,我只是个乡镇干部,也许她应该找个更好的。"吴俊峰又问我:"那你对现在的女朋友感觉怎样？"我想了想说："还可以吧，目前还算顺利，以后怎么样不敢说。"他说："那你好好和她相处吧，我希望能早点儿喝上你的喜酒。"然后他话题一转，问道："晨辉你刚才说去省城一段时间，不是请病假了吗？"我叹了口气："一言难尽。"就把自己的想法和今年以来的经历说了一遍。他认真地听着，不住地点头，最后他说："晨辉，其实我是很佩服你的，有了自己的想法，不管结果怎样，你敢于尝试，就这一点就比我强。我很多时候还是认认真真地听父母的安排，不管是工作还是婚姻。什么时候我也能像你那样就好了。"我一笑："俊峰，你就别安慰我了。我是敢于尝试，可是结果呢？事业和爱情连连受挫，没有一点儿起色，比起你来差多了！不管怎样，你有了自己的家，事业和爱情，至少已经有了一个。"

话题很快又落到了工作上。吴俊峰说："我现在不在敬老院了，已经成了一名包村干部。"他说了一些包村的情况，然后说："你知道我为什么叫你一起去市委组织部吗？"我说："汇报思想呗！"他笑着说："也对也不对。"见我有些发愣，他继续说："说汇报思想也不错，但是更重要的是争取机会。我听说别的地方已经有选调生调回城里或者提拔重用了。我想，咱们是不是也可以争取一下？机遇很多时候是靠自己争取来的！"我仔细品味他说的每一句话，觉得很有道理，就问道："俊峰你行啊，怎么会有这样的想法？"他微笑着说："我看了不少书，有的书讲的道理很浅显，也很现实，我受到了启发。我想，即使没有什么机会，能给组织上多汇报思想，听听他们的指导，多长长见识，对提高个人素质和能力也是很有帮助的。"我不住地点头，最后说："那以后咱们至少每年去两次组织部！"他握着我的手说："一言为定！"

市委组织部在莲城市委大院里面。这是我和吴俊峰第二次来，记得上次来是元旦过后参加选调生座谈会。市委大院大门口有门卫值班，他们拉了张桌子坐在后面，虎视眈眈地观察者来来往往的人。走过大门口的时候我出于好奇往门卫那边看了看，立刻就有一个门卫喊道："你是干什么的？找谁？"我连忙解释说："我是颖川县故城镇……"话还没有说完，就被那个门卫打断了，用命令的口气说："过来登记！"吴俊峰看了我一眼，埋怨道："你要是不往那边看，就没这么多麻烦了！"我脸上有些发烫，赶快和吴俊峰去门卫那边登记。门卫责备我们说："你们俩怎么回事？连规矩都不知道，就直接往里闯？没看到我在这里吗？"我解释说："上次我们去市委组织部直接就进来了。"门卫不屑地说："上次是上次，现在我们加强管理，任何外来人员都要登记！你们俩快把身份证拿出来。"好在我和吴俊峰都带着身份证，就只好老老实实地填写了表格。门卫仔细看了看我们的身份证，又看了看登记本，最后说："你们进去吧，以后再来要记着先登记！"

离开门卫后，吴俊峰小声说："我觉得主要是咱们底气不足，下次再来的时候就大摇大摆地直接走，像这样——"说着，他把头一昂，迈着大步向前走，做出旁若无人的姿态，然后说，"这样就没人拦你了，还以为你是哪级领导呢！"看着他滑稽的样子我又忍不住笑起来。

说话间就来到三楼的市委组织部。青干科在三楼最西边，敲门进去后，见一男一女分坐在办公桌的两侧。女的四十来岁，穿着打扮都很讲究，显得气质高雅，落落大方；男的是个二十多岁的年轻人，正在写什么材料。我和吴俊峰一眼就认出来了，正是冯若云科长和小穆。冯科长见了我们有些迟疑地问道："你们俩是……？"看来她对我俩印象不是很深。我连忙上前解释说："冯科长，我们是九九年的选调生，我叫丁晨辉，他叫吴俊峰，都分到颖川县了。上次选调生座谈会我们见过。"冯科长恍然大悟地说："哦——我记得了。我就说看你们俩有些面熟，就是叫不上名字。快坐下，快坐下！"她一边和我们握手一边说。这时候小穆也过来和我们握手。冯科长拿起纸杯子走到饮水机边要给我们倒茶，我们赶快站起来拦阻。冯科长摆摆手说："你们先坐。远道而来，你们就是客人，喝点儿茶吧！"

两杯热气腾腾的茶水摆在我们面前。我们道过谢后，冯科长微笑着说："怎么样？这段时间工作顺利吗？"于是我就简要地把今年以来的工作介绍了一遍。冯科长拿出本子，一边记一边不时地插话。当然，请假去省城的事我没说，只是说了今年不在办公室工作，去了财税组。最后我说："总的感觉是来到乡镇快一年了收获不小，财税组直接和老百姓打交道，也见了世面。"冯科长笑了，然后说："晨辉，你想说的不只是这些吧，有什么困难没有？"见冯科长开门见山地问，我也就大胆地说："困难当然有，总的来说就是有'英雄无用武之地'的感觉，现在在财税组，主要是向老百姓收税。看到他们可怜的样子，我就于心不忍。我可能不适合做这些工作，想下去包村，以前也给领导提过，就是没有批准。现在感觉有些迷茫，不知道干什么好。"冯科长一边记一边不住地点头。

然后她又看看吴俊峰说："俊峰你呢？也说说。刚才晨辉说了自己的真实想法，说得很好。俊峰我记得你好像是在敬老院。"这时候旁边正在写材料的小穆忍不住笑起来。吴俊峰说："我年初已经离开敬老院，下去包村了。"于是他也把自己的经历简单说了一遍。最后他说："我现在感觉还可以，就是觉得自己能做的事太少了。比如说，有农民对我讲了困难，我也很想为他们办一些事情，但是很多时候无能为力。向领导汇报，很多都不了了之，所以有时候也很苦恼。"

冯科长静静地听着，最后说："你们俩说的这些问题，说明了我们选调生工作还有很多不足，概括起来就是重选轻用的问题。当初你们都是经过笔试、面试、体检、考核等好几道程序，层层把关，才脱颖而出的。但是到了下面，不可避免地出现了这样那样的问题，甚至违背了选调生的初衷。我们青干科的力量也是有限的，但是只要我们能做到的，就会尽力帮助你们；做不到的，我们会积极向上级领导反映，争取解决这些问题。"我们俩不约而同地站起来说："谢谢冯科长的关心。"冯科长摆摆手说："不用谢，这是我们的职责所在。不过，我想告诉你们，不管遇到什么样的困难，你们都要认准一条，不能随波逐流，要在自己能力范围内发挥自己的最大力量。付出的多，收获自然也多，机遇往往垂青那些有准备的人，希望等到机会真正来的时候你们俩都能把握住。你们俩现在的困难和想法，我会以适当方式给你们县委组织部说一下，让他们帮你们解决。"

临分别时，冯科长说："欢迎你们以后经常来这里交流，其实我是非常喜欢和你们谈话的，能多了解一些基层的情况。以后有紧急的事情也可以直接给我打电话。"

回到乡镇后我的心里激动了好几天，心想，走动走动，还是能收获不少东西的。这次莲城之行虽然没有什么实质的收获，但是得到了不少鼓励，看得出领导对选调生还是很关心的，至少对我们的态度让人感觉有一种家的温暖感，比起毕业后办手续时人事局的一些官僚强多了。还有，冯科长也说了，有什么困难可以直接和她打电话，我心里就有了底，说不定以后真的会遇到什么紧急情况呢！

一天晚上，和艳芬约会时，我就对她说了去莲城市的情况，也说了自己的想法。她听完后高兴地说："我就知道你很有志向，要不然老师也不会多次在学校的大会上提到你。"说着又竖起了大拇指，"我喜欢有志气的人！"我心里美滋滋的，嘴上却说："有志气又能怎么样？可惜没有施展的地方。唉，英雄无用武之地，当然，我还称不上是英雄。"她想了想说："晨辉，你不是很能写吗？过一阵我让我爸找找我舅，让他帮忙把你调到卫生局算了，这样我们都在县城，见面也更容易。你看好不好？"我有些不大相信自己的耳朵，忙问道："真的吗？"她马上认真地说："真的。我早就有这个想法，这一阵我舅太忙，等忙过这一阵了，我就找我爸说。"我高兴地说："那我就太谢谢你了。"她把头一歪，调皮地说："打算怎么谢我？"我说："请你喝咖啡！"

喝完咖啡，天有些晚了，我把她送回住处。临分手时，她忽然说："有没有兴趣上来看看我的房间？"我一愣，然后笑着说："我早就想上去看看，就是怕你不愿意。"她一笑："有什么怕不怕的？你还能吃了我？"

她租住的地方在二楼，是个单间，门上挂着竹帘。我看到屋内有灯光，就好奇地问："你出去也不关灯？"她不说话，拿出钥匙打开房门。我走进去才发现屋内有个十二三岁的小男孩正趴在书桌上写作业。正疑惑之时，那个小男孩扭头看了看艳芬说："姐，你回来了。"然后又看看我，脸上露出惊恐的表情。艳芬指着我说："这是你晨辉哥。"又对我说："这是我的弟弟志华。"小男孩冲着我笑了笑，然后扭过头继续写作业。我简单问了他几句话，知道他正上初二，不便过多打搅他写作业，便回过头问艳芬："你弟弟怎么来城里上学？"她一边给我倒水一边说："农村条件差，我爸希望他将来能考上大学，就托人给他在县城联系了个好学校。现在我们俩住在一起，我晚上还能给他辅导功课。"说话的时候，我仔细打量着她的房间。最里面靠着角落的是两张床，左边床上贴着一些明星的照片，上面还吊着一串绿色的风铃；右边床上贴着课程表，还有毛笔写的"拼搏"两个大字。挨着床并排的是两张桌子，上面摆放着书籍和一些日用品。门口一侧摆着锅碗瓢盆等炊具，看来平时姐弟俩是在一起做饭的；另一侧放着自行车和米面油等物品。又坐了一会儿，艳芬说："晨辉，天太晚了，你也早点儿回去休息吧！"我便起身告辞。

艳芬把我送到楼下，说："现在你知道我住的地方了，以后可以随时来找我，直接到这里就行。"我嘴里答应着，心里却觉得还是在外一起逛街的感觉好些，到了她的房间内总觉得有些不自在。

三十二

乡镇工作对我来说这一阵就是隔三岔五地随着小分队下村收税，工作不紧不慢，日子过得简单而平凡。因为多了好几个同事加好朋友，所以并不感觉寂寞。小童、杨高远、楚天舒，我们几个年龄相

选调生

仿，很是谈得来。还有一个忘年交致清叔，自从我离开办公室后，和他的接触相对少了许多，毕竟还是有年龄差距的，再加上他有老婆孩子，不可能像我们几个单身汉那样自由。

这天晚上我值班的时候去找致清叔，他正在屋内练习毛笔字。桌子上铺着宣纸，旁边的大椅了上晾着写好的作品，屋内充满着淡淡的墨香。见了我，他把手中的毛笔停下来，放在盛墨水的碗里，然后把宣纸收好，招呼我坐下，说："晨辉这一阵怎么很少见你了？"我坐下后说："待在机关的时候少了。要不就是下去收税，要不就是回家。"他笑着说："还有忙着找女朋友吧！"我笑了笑，没说话。他关切地问："现在进展得怎么样？女朋友是干什么的？"我说："还可以吧，在县防疫站上班。"于是我就把艳芬的事情简要对他说了一遍。他一边听一边不住地点头："不错，你要抽时间多陪陪人家。对你来说，工作固然重要，但是个人问题也很重要嘛！"我又问起他这段时间的情况，他轻轻地叹了口气："还那样呗，整天就是接个电话什么的，忙些杂活儿。我和你们不一样，我是个背运的人，走错了一步，毁了一辈子。"我想安慰他几句，又觉得安慰的话太苍白无力，只好作罢。他大概看出了我的心思，自我解嘲地说："不过我现在也很知足，比起那些土里刨食的农民来说，还是强很多的。人不知足不行，知足常乐嘛！"我这才松了一口气。

聊了一会儿，致清叔站起来，走到门口掀开帘子向外看了看，然后又坐下来，小声地说："这段时间办公室内部矛盾很厉害，陈秘书是个好人，可是好人并不代表他的领导能力就强。王秘书、许长杰他们俩是一伙的，处处和他对着干，陈秘书日子不好过啊！我经常对小童说，不要蹚这个浑水，干好自己的工作。说实在话，要是没有我和小童在中间调和着，不知道要闹出什么乱子呢！"我很同情陈秘书，就说："那个王秘书和许长杰也太不像话了，处处和陈秘书作对！"致清叔说："晨辉你现在还年轻，有些道理只有经的事多了才能明白。许长杰只是跟在王秘书后边跑，或者说是让王秘书当枪使，真正和陈秘书作对的是王秘书,他有他自己的想法。"我问道:"他有什么想法?"致清叔说:"晨辉你想想,把陈秘书搞臭了,甚至搞掉了,谁受益最大,当然是他自己了。"我若有所悟地说:"没想到一个小小的办公室这么复杂,世态炎凉啊!"致清叔笑起来:"这算什么?世态炎凉的还在后边呢!我倒要看看这个斗争怎么收场?"

在接下来的谈话中,致清叔坦诚地指出了我近期有些懒散,鼓励我要充分发挥自己的特长,多做一些有意义的事情,不要随波逐流、虚度年华。我惭愧地低下了头。不知不觉已是深夜,致清叔打起了哈欠,我知道自己该走了,就对他说:"致清叔,今晚听你一席话,胜读十年书!我真的受益匪浅。"致清叔摆摆手说:"晨辉客气了,我只是把你当作好朋友、忘年交,才说这番话的,也不一定都对。"然后又调侃道:"将来你有了前途可不能忘记你这个没用的叔哦!""哪能啊!不管什么时候,我都忘不了你!"说完,我离开了他的宿舍。

回到自己的宿舍,我认真回忆起了这段日子,觉得不经意间自己在虚度年华。态度决定一切,这段时间总的来说我在工作上有些消极,自从省城之行没有成功后,对前途一直感到迷茫,仿佛是一艘没有航向的轮船,在大海中随波逐流,在曲折中徘徊前进。致清叔说过的每一句话又在耳边响起,使我震撼,使我惊醒。是啊,不能虚度年华,要想办法发挥好自己青春的每一分光和热,要想一想自己能做哪些有意义的事情。何况自己还是一名选调生!冯科长也说过,不管遇到什么样的困难,都要认准一条,不能随波逐流。我一定要振作起来!

第二天上午点完名后我去找陈秘书,他正伏在案头在稿纸上飞快地写着什么。见了我,他立刻停下笔亲切地说:"晨辉来了,快坐!这段时间你怎么成了稀客?我现在不分管你了,就把我忘了?"我连忙解释说:"哪能啊,你什么时候都是我的领导。"陈秘书说:"晨辉比过去成熟一些了,至少比刚来的时候会说话了。"

　　　　　　　　　　　　　　　　　　　选调生

陈秘书问了我这段时间的情况，又问道："晨辉找我有事情吧！"我说："有点儿想法，想向你汇报一下。自从离开办公室后，感觉练笔的机会少了，再想写一点儿东西就有些生疏，另外也提不起精神，有些懒散。"陈秘书笑眯眯地看着我说："我知道你迟早会来找我的。我从来都没把你当作外人，所以我相信你也一定会信任我的。说实在话，你离开办公室后，我感到很惋惜。不过后来想想，你的想法也有一定道理，我劝你太多，反而会适得其反。"说着，他把厚厚的眼镜摘下放在桌上，又用手轻轻按摩着双眼，打了个哈欠说："写材料很累，不过也容易脱颖而出，尤其是对年轻人来说。付出的多，收获的自然也多嘛！"我问道："那我还抽时间写一点儿信息？"他点点头，然后重新戴上眼镜说："镇里近期准备成立通讯组，虽然你不在办公室，也不是组织干事或者宣传干事，我还是打算把你列为通讯组成员之一，你要做好心理准备。"我感激地说："太谢谢你了。"陈秘书说："你也别高兴太早了，通讯组是个苦差事，很多人是不愿意干的。"我郑重地说："没关系，这个苦我还是能吃的！"

三十三

国庆节到了。天空一改往日的秋高气爽，下起了绵绵细雨，一切都变得湿漉漉的。一个星期的假期，可以好好休息一下。虽说乡镇工作也不算太忙，可是毕竟还要收税，不可能全身心地放松。田野里的玉米已经收尽，只剩下瘦弱的玉米秆孤零零地站在那里接受着雨水的洗礼。

这天张志举突然来了。我感到很意外，事先他也没有给我打电话。自从五月份从省城回来后，中间我只给他打过一次电话，后来就再无音信。对他来说，可能是工作太忙；对我来说，省城之行的失败给我触动很大，我也不愿意与那里有太多的瓜葛。见了我，他先解释说:"想着你国庆节一定放假,所以没打电话就直接来了。"我把他让进屋内坐下,倒上茶说:"怎么样?这几个月还好吧!"他摇摇头,苦笑了一声说:"不好。"我这才注意到他的精神并不怎么好,几个月没见,脸上多了一些成熟和沉稳。

"我要去南方了。"他接着说,"我有个同学在广东中山的一家电子厂,效益还不错,一个月能拿到两千多块钱。所以我已经辞职了,打算过两天就走。"我不解地问:"你在省城不是干得好好的吗?怎么突然想到辞职?"他喝了一口茶,感慨地说:"晨辉,我算知道了,有些事情只有走向社会才能真正理解。毕业才几个月,我的同学不少去了南方,很多都混得不错,拿两千多块钱的大有人在。而我一个月满打满算才一千块出一点儿头。其实我早就想去南方发展,只是缺乏勇气,迟迟下不了决心。现在我想通了,大丈夫志在四方,趁着年轻,还是到南方闯一闯为好。"我不住地点头,称赞道:"还是你有魄力,这点比我强很多。"他摇摇头说:"晨辉你不要谦虚。其实你也是很有魄力的。上次你去省城没有成功,我觉得问题主要在于你还没有完全将自己置之死地而后生,也就是说你从心里还留恋着公务员这个岗位,犹犹豫豫,再加上时间也太紧,这不是你的能力问题。"又说:"其实我选择辞职不仅是待遇问题,还有其他方面的原因使我不得不辞职。"我聚精会神地听着,示意他接着说下去。他说:"我在公司得罪了我的顶头上司,也就是我的主任。那个主任其他方面还可以,就是有些好色,见了女人就想占些便宜。一个多月前,公司行政办公室又来了一个女大学毕业生,挺漂亮的,和我坐对面。那个主任有事没事就找她说话,还借故动手动脚的。女孩刚毕业,社会经验不多,再加上有些胆小,就一直忍气吞声的。谁知道越是这样,那个主任就越放肆,有一次下班后,女孩有些工作没干完,留下加班,那个主任就借机过去纠缠,说是要和她谈恋爱,还想强行拥抱她。我那天有个东西忘到了办公室,返回去拿的时候,正好撞见。晨辉你是知道的,我最见不得这种事情,气得冲上前就给了那个主任一拳，主任气哼哼地走了。后来的情况你可以想象得到，主任处处给我穿小鞋，我干的工作不是这里不行就是那里有错，一气之下，我就辞职了。"

我竖起大拇指说："你真行。现实版的英雄救美！"他笑着说："其实也没什么，换成你也会这样做。晨辉你不知道当时打了那个主任后我多解气，后来冷静下来我也有些后悔，估计可能饭碗没了，果然不出我所料。"我又问道："那个女孩呢，后来怎样？"他说："我辞职的当天，她也辞职了。后来去了哪里，我就不清楚了。"我突然灵机一动，说："你应该找到她，说不定这是个缘分呢！"他摆摆手说："晨辉，你扯远了。"

志举走后，我的心里好久不能平静，无论哪个地方，都有鲜花和毒草，都不是浪漫的伊甸园。这个世界，正义和邪恶永远都是并存的。

大伟忽然出事了，这是姑父、姑母来我家时带来的坏消息。那天，他们来我家的时候，我正和父母一起剥玉米。姑父的脸色铁青，姑母的眼睛红红的，显然是刚哭过。坐下后，姑父对父亲说："二哥，大伟被公安局抓了……"姑父的话还没说完，姑母又开始抽泣起来。父亲忙问怎么回事，姑父就把事情的来龙去脉讲了一遍。

原来一个星期前的凌晨，大伟和几个人趁着路上没有行人的时候抢劫了一个骑摩托车的人，可是那人身上只有五十块钱，大伟他们几个就把那人痛打一顿，抢了他的五十块钱后扬长而去。那人后来报了警，警察随即就立案侦查，没几天就破了案，把大伟他们几个人都抓了起来。警察去抓大伟的时候，他正在家里吃午饭，姑父、姑母听到动静的时候，大伟已经被带上警车。警察只是简单地解释了几句，警车就呼啸着开走了。后来，姑父、姑母去探望时，警察说案情重大，已经送到县公安局的看守所了。

姑父叹了口气："都怪我，这几年在外给人看风水、算卦，大伟我没怎么管过！"姑母泣不成声地说："我不知道上辈子作的什么孽啊，这辈子遇见了这么个败家子……这可怎么办呢……呜呜……"父亲皱着眉头，看了看姑父说："你不是会算卦吗？怎么没算到有这一劫？"姑父的脸更难看了，原来是铁青的脸，现在已经变成了紫色："二哥，算卦也不是什么都能算到的。这个孩儿该有这个劫难吧！"这时候姑母忽然吼道："胡说！你说他该有这个劫难，你怎么没有！要不是你整天对他不管不问，他怎么会学坏？前些日子我给你说他整天不着家的时候，你还没当回事，都怨你！"姑父把头深深地埋在胸前，一句话也不说。母亲连忙解劝。父亲问道："那现在警察说怎么处理了没有？"姑父抬起头来，说："人家认定他是主犯，可能要判刑。二哥，你能不能找人给他说说情？"父亲皱起了眉头："这不是别的事，触犯了法律，谁说了也没用，这里面说情的余地不大。"见姑父有些失望，父亲想了想说："我可以先托人问问，能起多少作用，我不敢说。你们最好能找个律师。"

姑父、姑母走后，我的心里有些内疚，不禁想起了自己遭遇"抢劫"的那个早上，那时候就曾经想到大伟会有这一天，可是碍于面子，碍于大伟以前对自己的好，就没有告诉父母和姑父、姑母，也没有对大伟进行严厉批评。后来工作一忙，我就把这件事给忘了。如果那时候自己能坚决制止大伟，或者把这件事事先告诉姑父、姑母，也许就不是今天的这个局面了。自己是一番好意，可就是自己的"好意"、自己的纵容害了大伟！看来，有些原则的事情该坚持就一定要坚持，否则就会"好心"办坏事，就会酿成更大的事端。

国庆假期最后一天的早上，又下起了中雨，还刮起了风。我站在屋门前，望着院子里的竹子和樱桃树被风吹雨打得东倒西歪的样子，心里挺不是滋味的。秋风秋雨愁煞人，这种湿漉漉的感觉让人觉得好悲凉。这时候我的传呼机突然响了，拿起来一看，是陈艳芬打来的，要我回电话。我就回了过去，她说："晨辉你在家干吗呢？"我说："也没什么事，帮家里干点儿活儿吧！"她咻咻地笑了起来："那些活儿留着以后再说，你先过来！"我一愣，问道："你要我去哪里？"她说：

"你来县城吧，现在就出发。我的同伴和她的男朋友也在这儿，咱们四个一起去林场玩！"我望着门外哗哗的秋雨，有些不高兴地说："外面下着雨呢，怎么去林场？"她说："没关系，我的朋友有车。再说了，雨中游林场才浪漫呢！"我想，下着大雨，路上不好拦车；即便现在动身，到了县城，再找到她们，基本上一个上午的时间就没有了。于是便说："你们去吧，这次我就不去了。"她显然有些失望，不高兴地说："你要是真不想去就算了，我们三个去。再见！"然后就挂了电话。我感到有些不妥，但又一想，她应该提前通知我的，临时抓人，而且叫人马上就走，怎么说对人也是不够尊重的。

国庆假期结束后上班的第一天，赵清明书记就宣读了镇里成立通讯组的文件，陈秘书是组长，我和组织干事樊国超、宣传干事程晓广还有致清叔等都名列其中。然后又宣布，通讯组根据发稿量的多少给予适当奖励；以后如有必要，通讯组可以列席班子会和党委会。致清叔会后抱怨说："我都这把年纪了，怎么把我也列入其中？"我称赞他说："不列你列谁？以前不少通讯稿不都是你写的嘛！"致清叔笑了："我以前只是负责送，也就是跑跑腿，偶尔来了兴致才写一两篇。"这时候陈秘书走过来说："把你们俩列入通讯组是赵书记亲自点名的，说明领导对你们很重视，你们俩可不能辜负领导的期望！"致清叔摇摇头："还是让晨辉好好干吧，有前途。我老了，跟着瞎混就行！"陈秘书笑了笑，走了。

这天晚上我回县城直接来到艳芬的住处，想给她解释一下没去林场的事情。她见我事先没打电话就过来，先是一愣，然后高兴地说："晨辉你终于主动来了，我一直在等你呢！"我提到林场的事情，她说："没事的，怪我没事先给你说。那天我们三个一起去，林场可好玩了，不过回来的时候衣服都湿了！"我笑着说："过一段时间我们再去！"她点点头。我看到她的弟弟在写作业，就过去询问。她的弟弟仰起脸看着我说："晨辉哥，我听说你是大学生，大学好考吗？"我鼓励他说："只要你好好学习，就一定能考上。"他说："我爸妈让我一定要考上大学，可我觉得每天好累。来到县城上初中，很少有时间和村里的好伙伴玩了。"我立刻感到一种悲哀，想起了自己的经历。我的童年是无忧无虑的，少年时代尤其是上高中的时候，告别了家乡，告别了伙伴，来到这个县城，那时候自己的心理和现在的这个小男孩是多么的相似啊！于是我就安慰他说："我上学的时候和你一样，不过你知道'梅花香自苦寒来'这句诗吗？"他点点头。我接着说："没有苦，就没有甜。要想考上大学，就得付出比别人多几倍的努力，要不然每个人都是大学生了！"他若有所悟地点着头，又继续写作业了。

我想叫她们姐弟一起出去吃饭，她想了想说："还是自己做饭吧，也不差你一个人。"她做饭的时候我就随意找了本书看。一会儿，饭菜好了。是鸡蛋丝面汤，外加炒鸡蛋和土豆丝两个菜，馒头是提前买的。我调侃道："真不错，有了你，看来我以后就等着享福了！"她剜了我一眼，然后嗔怪道："想得倒美，这次你是客人，什么都不用做，以后可不能便宜你！"

吃过饭后，我陪她姐弟俩打了一会扑克，又一起玩猜谜语，屋内充满了欢乐的气氛。见和艳芬的关系和好如初，我心里的一块石头才算落了地……

这段日子我在乡镇住的机会比较多。杨高远和楚天舒家都离得很远，他们晚上基本上都在乡镇住，小童晚上也经常在。这天晚上我们四个人在外吃了饭，又打了会儿扑克，各自散去。楚天舒又非要拉我去下几盘棋再睡觉，我只好随他来到后楼他的宿舍。一转眼三四盘下完了，我竟然没有赢一盘。我觉得有些窝火，就要接着下，楚天舒看了看手表，得意地说："都十一点多了，快些睡吧！你要是不服气，明天再来找我也不迟嘛！"看着他那眉飞色舞的样子，我心里就更加恼火："下！接着下！不赢你一盘，晚上我就不睡觉了。"他哈哈大笑起来："晨辉，别恼火，我刚才是逗你玩的。"又下了两三盘，我才勉强赢了一盘。楚天舒把棋子一推："好了，都快一点了。再不睡觉，就真的熬通宵了！"我这才离开他的宿舍。

来到前边的主楼，我沿着楼梯向三楼自己的宿舍走去。等走到二楼时，我看到陈秘书竟然还没有睡，他搬了把椅子坐在他的办公室兼宿舍门口，向楼梯口张望。我正有些纳闷的时候，陈秘书向我打招呼："晨辉还没睡啊？"我不好意思说是下棋，就扯了个谎："我和楚天舒聊天了。"他笑了笑："看来你们俩是知己呀。"我问道："陈秘书你怎么还不休息？"他打了个哈欠："唉，晚上失眠，睡不着觉，起来坐坐。"又向我挥挥手说："你睡去吧，等会儿我也睡！"上了三楼，几乎所有房间的灯都熄灭了，有两三个房间还发出或轻或重的鼾声。抬头看看挂在中天的月亮，是那样的皎洁！我打开自己的房门，简单收拾了一番，倒头睡下……

三十四

无论如何我也想不到陈秘书竟然出事了。和楚天舒下棋到半夜后的第三天上午，在镇机关的全体大会上，赵清明书记点名批评了陈秘书。那天的大会先是传达了县里的几个文件，安排了镇里近期的工作，最后赵清明话锋一转，变得一脸严肃的样子："下面请陈俊昌同志就这两天镇机关发生的事情给大家做个解释。"陈秘书在第一排坐，只见他站起身来，回过头对着大家，脸涨得通红，低声地说："同志们，我向大家做个检讨……"话还没说完，赵书记就打断了他："陈秘书你要检讨就得像个检讨的样子，上台来！"说着，他用手指了指主席台上的一把椅子。陈秘书尴尬地转过身去，慢慢地走上主席台，站在那把椅子前，用低沉的声音说："同志们，事情可能不少人都知道了。由于我的行为不当，在机关大院里产生了不好的影响，也给吴秋娜同志的名誉造成了损害。在此，我向机关全体同志做出深刻检讨，也向吴秋娜同志表示深深的歉意……"说着，陈秘书对着台下深深地鞠了一躬。这时候赵清明在一旁严肃地说："机关大院出现这样的事情，不是一名领导干部应该做的！这样处理问题，制造矛盾，明摆着不对嘛！"

李书田镇长缓和了一下气氛说："俊昌同志已经认识到了错误，他的检讨也是深刻的，我看——"说着，他用征询的目光看了一下赵清明："是不是就让他回到座位上？"赵清明没有说话，只是微微点了点头。李书田趁势说："陈秘书，赵书记已经同意了，你快回到座位上吧！"陈秘书低着头走下主席台，回到第一排的座位上。屁股刚挨着椅子，赵清明又说话了："俊昌先不要坐下，再站一会儿！"陈秘书像触电一样立刻又站了起来。我能感觉到他的难堪，我想此时此刻他的脸一定是通红通红的。赵清明又讲了几个具体的事，然后准备宣布散会。

这时候一直在座位前站着的陈秘书突然说话了："赵书记，我有几句话还想说说，可以吗？"赵清明一愣，看了一眼陈秘书："你还想说什么就说吧！要快点儿，大家都还有事。"陈秘书点了一下头："请赵书记放心，占用不了大家太多时间。"然后他转过身对大家说："这两天发生的事是我的不对，刚才我向大家解释过了，也道过歉了。但是我必须说明一点，这与我陈俊昌的人格没有必然联系，我的出发点是好的，我决不允许在我管辖的党政办公室出现这样那样的问题，尤其是作风问题。我这个人喜欢光明正大，不喜欢偷偷摸摸，也不喜欢别人在领导面前打小报告，但这并不说明别人不在领导面前说我的坏话，打我的小报告。在机关大院里，我可能得罪了一些人，但是即使得罪了这些人，也是为了工作，没有我任何的私心，这一点我问心无愧。我还想说的是……"

"陈俊昌——"陈秘书还要说下去，被一旁怒不可遏的赵清明打断了，"你这是检讨还是表功？有这样检讨的吗？你说你问心无愧，难道是我问心有愧？你说你没有任何私心，难道是我有什么私心吗？本来我想让你口头做个检讨就行了，现在看来，你必须向全体机关干部提交一份正式的检讨！"陈秘书再也按捺不住心头的怒火

　　　　　　　　　　　　　　　　　　选调生

了:"赵书记,这个检讨我是绝对不会写的!这对我不公平,我觉得作为机关的一把手不应该偏听偏信,被身边的小人所蒙蔽,这样做不管是对机关还是对你个人,迟早都会出事的!"赵清明狠命地拍着桌子说:"陈俊昌,你胆子也太大了,你这是公开对抗组织,你就不怕组织上处分你吗?"

他们俩越吵声音越大,这时候镇长李书田打圆场说:"不要吵了,都消消气。陈秘书,你怎么能这样对赵书记说话?你刚才的检讨还是很诚恳的,怎么现在变成这样?"副书记崔大状也说:"陈秘书,有什么话私下里咱们可以再谈,不要当着大家的面这样吵!"其他班子成员也纷纷劝解。这时候陈秘书稍稍平息了一下情绪,他郑重地说:"赵书记,刚才我的情绪不好,请你谅解。鉴于现在的情况,党委秘书我是没法继续干下去了——现在我正式向党委会提出,辞去故城镇党委秘书职务!"赵清明吃了一惊,他无论如何没想到陈俊昌会提出辞职。稍稍顿了一下,他严肃地说:"陈秘书,你不要一时冲动,提出辞职的问题。另外,你辞不辞职,还需要党委会研究,还要报县委组织部批准。好了,今天的会就到这里,散会!"大家面面相觑,交头接耳地议论着离开了会场。

我被弄得一头雾水,心想陈秘书可是镇里的副科级领导干部啊,怎么会弄得这么狼狈,以后在机关大院可怎么抬头?还怎样去指挥别人?这件事到底是怎么回事?

会后我立刻找到致清叔,询问事情的缘由。他把我拉到他的宿舍,小声地说:"我也是知道个大概,具体细节也说不清楚。你一点儿都不知道吗?"我摇摇头说:"一点儿都不知道。这些日子我很少来办公室,今天上午的事情太意外了,我简直不敢相信!"

致清叔说:"我根据几个人的议论和办公室里的动静,了解了个大概。晨辉,不知道你注意到许长杰和吴秋娜的关系没有?"我忽然想起夏天的那天晚上他们俩单独在机关大院的僻静处说话的场景以及后来小童对我说过的话,就说:"好像他们俩在谈恋爱。""对!"致清叔端起茶杯喝了一口水说,"事情就是谈恋爱引起的。许长杰和陈秘书一直不对脾气,这你是知道的。吴秋娜这个女孩平时大大咧咧的,性格活泼,思想也比较开放。她和许长杰谈恋爱的时候,就有些不太注意尺度和影响。尤其是近段时间以来,她经常晚上到许长杰的屋里说话,听别人说有时候她很晚才回去,甚至还有人说有时候她根本就不回去。不过只是听说,我也没遇到过。偏偏陈秘书就是看不惯这些,再加上他是党政办公室的领导,所以就委婉地提醒过许长杰几次。哪知道许长杰一点儿都没听进去,说他和吴秋娜是正常交往,还暗自埋怨陈秘书多管闲事。吴秋娜是女孩子,又不是自己的直接下属,陈秘书也不便找她谈话。又过了几天,陈秘书见这样下去早晚要出事的,就想找个机会对吴秋娜说说。有一次他对我说,'有人说吴秋娜晚上很晚才回去,甚至彻夜不归。我倒要看看她什么时候回去,耳听为虚,眼见为实嘛!'这不,没过几天,陈秘书值夜班,晚上九点多,他见吴秋娜又到许长杰屋里了,就搬了把椅子坐在自己办公室门口,一边假装看书,一边监视许长杰屋里的动静。一直到后半夜快两点的时候,吴秋娜才出来。等走到楼梯口的时候,陈秘书就拦住了她,提醒她要注意影响。据说吴秋娜当时就捂着脸哭着跑了。可能是昨天吧,吴秋娜找了个机会就哭着到赵书记那里告了陈秘书一状,怎么说的我不知道,反正赵书记很生气,当时就让人把陈秘书叫到他的办公室,狠狠地批评了一顿。陈秘书也很不服气,当时就顶撞了赵书记几句。两人正在争执不下的时候,镇长李书田和党委副书记崔大壮赶到了。经过调解,陈秘书最终还是屈服了,违心地承认了错误。赵书记还不依不饶,要求陈秘书在机关大会上公开澄清此事。这才有了今天早上你看到的情形……"

听完致清叔的介绍后,我这才恍然大悟,不由想起了前天深夜的一幕,当时我就有些纳闷为什么陈秘书到了半夜还坐在自己办公室门口不睡觉呢!又想起了前些日子的那个凌晨撞见吴秋娜时她那慌乱的神态,现在终于明白是怎么回事了。平心而论,我是挺同情陈秘书的,觉得他的出发点没有什么不好的,机关大院嘛,就应该注意影响,尤其是作风问题。只是具体行为上在某些人看来有些过。不管怎么说,他不应该受到这样的对待。

于是我就对致清叔说:"我觉得陈秘书挺冤枉的,就算是做得有些过分,也不应该在大会上做检讨,真不知道赵书记是怎么想的。"致清叔叹了口气说:"我何尝不是这样想的,我也很同情陈秘书。不过有句话叫作兼听则明,偏听则暗。赵书记也是人,是人就有弱点。咱们撇下其他的事不说,但就这件事来论,他处理得就不够好,还不如李镇长呢!吴秋娜去找赵书记告状,这很多人都知道,不过我想背后肯定有人指使——"我吃了一惊:"有人指使?会是谁啊?"致清叔信心十足地说:"跑不了许长杰和王志伟。其实最主要的是王志伟,听说他不止一次在赵书记面前说陈秘书的坏话。这次发生这样的事,王志伟能不大做文章?肯定是王志伟和许长杰合谋,鼓动吴秋娜主动出击,去赵书记那里添油加醋地告状,一方面洗清她和许长杰之间的关系,另一方面狠狠治一下陈秘书,为自己报报仇。其实从深里面说,许长杰和吴秋娜都是给王志伟当枪使的,现在心里最高兴的应该是王志伟!可悲的是赵书记竟然受了蒙蔽!晨辉,你说我分析得对吗?"我不住地点头,心里暗自埋怨赵书记,于是说:"赵书记作为一个乡镇的一把手,这样不分青红皂白地处理事情,以后的矛盾会很多的。"致清叔说:"赵书记这个人总的来说还是不错的,就是有时候处理事情太草率,不太注意方式,恐怕以后会吃这方面的亏。"我站起来说:"陈秘书这会儿心里肯定很难受,我想过去找找他。"致清叔一把拉住我说:"晨辉你先别着急,过几天等风声稍微过了一些你再去找他!"

过了两三天,趁着下午不太忙的时候,我去找陈秘书。先是听听屋里没有人说话,然后才敲开了门。陈秘书斜靠在床上正在看书,看到我立刻坐了起来,招呼我坐下。我见陈秘书的神态和往常没什么区别,才稍稍放心。但是有吴秋娜这个事情在挡着,我一时觉得不知道先说什么。倒是陈秘书开门见山地说:"晨辉,我知道你找我是为了什么事,我谢谢你来安慰我。"见陈秘书把话挑开了,我就替他打抱不平地说:"我真没想到会是这样一个结果……"我刚开了个头,就被陈秘书打断了:"晨辉,你不用说了。没事,这两天我已经想开了,世界上的事没有绝对的公平合理,关键是要有个好的心态,一个人要是能做到宠辱不惊,那才是最高的境界。我想谁是谁非时间长了大家自有公论。"我说:"可是赵书记这样处理有些过分了。"陈秘书微笑着摇摇头说:"也许他有他的考虑,我也不想去怪罪他太多。晨辉,你还年轻,以后遇到的事情会很多,人有时候不得不说些违心的话做些违心的事,以后你慢慢就会明白的。"我若有所悟地点点头。

停了片刻,我问道:"陈秘书你以后有什么打算吗?"陈秘书想了想说:"我已经正式提出了辞职,但是党委会还没有研究我的辞职报告。不过通过这件事,我是下定决心要离开办公室了,最好是包个工作区,换个工作环境,也许对我会有好处。'树挪死,人挪活'嘛!当然,在免去职务之前,我还是要干好本职工作,在其位要谋其政……"正说话的时候,门响了,许长杰挑开门帘走进来:"陈秘书,赵书记找你有事商量。""好!"陈秘书一边答应着,一边拿了本子,然后对我说,"晨辉,改天咱们再聊吧!"我站起来,向陈秘书和许长杰告辞,然后去找杨高远和楚天舒了。

三十五

天渐渐变凉了,田野里一片空旷。和杨高远、楚天舒以及小童等几个人出去散心的时候,看到玉米秆早已被处理干净,有的直接被轧到地里,这叫秸秆还田;有的玉米秆被砍倒后堆放在地头。抬头看看天,瓦蓝瓦蓝的,偶尔飘过几片白云。田间不少农民在犁地,有

选调生

的是用拖拉机，有的是用牲口。远处偶尔升起一阵烟雾，或隐或现地还可以看到一些火堆，我知道那是农民在焚烧玉米秸秆，所以有的地方空气中还夹杂着有些刺鼻的味道。花生和大豆还没有收，但已经有些泛黄，预示着不久以后的成熟。走在田间小路上，到处都可以听到蟋蟀"唧唧"的叫声，还有蝈蝈发出的"吱吱"的声音。蝈蝈大多隐藏在豆地里，我们进了豆地，好不容易才捉了三只蝈蝈。小童又从家里拿来一个高粱秆做成的蝈蝈笼，把蝈蝈装在里面，挂在了杨高远的窗前。

　　这段时间我在乡镇的日子虽然过得平凡，但有几个好朋友在，生活也并不觉得乏味。有一天，陈艳芬打电话要我去找她玩。她抱怨说："晨辉，你怎么总是这么忙啊？为什么不多创造些机会让咱们在一起？"我心里有些不高兴，就说："现在我大概一星期找你一次，还算可以吧！再说，我们单位工作也确实有些忙……"她缓和了口气说："晨辉，我不勉强你，来不来你看着办吧！"挂了电话后，我仔细回想了一下这段时间和艳芬的交往，感觉她老是让我去找她，恨不得天天去才好呢！这样一来，我就感觉到有一种无形的压力，自己还不想过早地把生活局限在这样一个小圈子里。照这样的速度下去，也许过几个月自己就可以谈婚论嫁了，而从内心讲我不想这样快就结束单身生活，自己还有事业，还不想就这样一天天地混下去。另外，这段时间我渐渐感受到，和艳芬的话题越来越少，刚开始还有一些新鲜感，可以谈谈彼此的过去，单位的情况，以后的打算什么的，可是后来就没有什么新的话题了，不知不觉中就容易陷入沉默。好在还有她的弟弟在，能避免一些尴尬。越是这样，我就越不想去找她那么频繁，渐渐地和她约会就似乎变成了一种负担。

　　晚上的时候我回到县城，在她的住处找到了她，约她出去逛街。她说："咱们就别出去了，也没什么好玩的，就在屋里待着吧。你不是学习很好吗，正好可以帮助我弟弟补补课！"于是我就开始帮着他弟弟补习功课。初中的数学题还是难不倒我的，不一会儿她弟弟就对我佩服得五体投地："晨辉哥，你真行，比我老师都好！"这时候我的心里美滋滋的，感觉好有成就感。可是补习完功课后，和艳芬就没什么可说的了。要是在外边逛街，还比较自由些，能随时发挥；可是在房间里，有她的弟弟在，我说话就有些放不开。我说了几句话，见艳芬不是很感兴趣，只是冷冷地敷衍着，就干脆不说了，索性拿起一本闲书看起来。艳芬拿起针线，开始给她弟弟织毛衣。屋里一片沉默，只有闹钟的秒针走动时发出的"嘀嗒"声。我看看手表，晚上九点出头了，就赶快提出告辞。艳芬把我送出屋门，原以为她会送下楼，可是我还没下楼梯，她就把门关上了。走到大街上，我的心立刻轻松起来，像是完成了一件艰巨的任务。

回到哥哥的家里，见只是他一个人，就问道："嫂子没回来吗？"哥哥说："她学校近期有些忙，晚上就不回来了。"刷完牙准备睡觉时，哥哥突然问道："这段时间你和艳芬谈得怎么样？"我说："还可以吧！就是感觉有时候没有太多的话说。"哥哥在我的床边坐下来，说："你们平时是怎么约会的？"我一愣："还能是怎么约会的，还不就是一起吃吃饭、说说话什么的。"哥哥不屑地笑起来，接着试探着问："那你有没有……有没有那个啥的？"见哥哥欲言又止的样子，我有些着急："你想说什么就直说吧！"哥哥想了想，然后下定了决心，说："我是当哥的，有些话可能不该我问，但是为了你好，我还是想问问——你和她有没有亲近过，比如说拉拉手、拥抱什么的？"我的脸立刻变得热辣辣的，说："没有，从来没有过。要是那样，我不就成了不正经的人了？再说，她也不会愿意的，万一骂我几句，我会受不了的！"哥哥笑起来："怎么会呢？谈恋爱，搂搂抱抱很正常嘛！我是过来人，这一点比你懂。"我摇摇头说："不行，怎么能这样呢！无论如何我是做不出来的。"哥哥收敛了笑容，认真地说："其实谈恋爱搂搂抱抱很正常，是正常的感情交流，只有这样，你们的感情才能加深，才会更加默契。你刚才不是说和她在一起没话说吗？其实哪有那么多的话，谈恋爱不是光靠吃吃饭、说说话就行的，还需要其他的交流。感情发展到一定程度，就不需要说太多的话，'此时无声胜有声' 嘛！" 我也认真地说："爱情应该是纯洁无瑕的，应该是高尚的，不能有任何的不健康成分！" 哥哥摇头叹息说："这一点你错了。如果你还是这样一本正经的，离人家八丈远，给人的感觉就是不食人间烟火，这样下去是很危险的！" 我不服气地说："我相信这个世界上有真正的纯洁的爱情。我这个人就是这样，要不我还是我吗？" 哥哥说："你不是经常读鲁迅的书吗？不是很崇拜鲁迅吗？鲁迅也说过，比如英雄，也吃饭，也睡觉，也战斗，自然也那个啥的……男人太一本正经了不好，没有女人会喜欢的。男人不坏，女人不爱嘛！" 我还是不服气地说："反正我要做一个好人，你就别管我了！" 哥哥站起来，摇着头说："有时间你好好想想我说的话吧！我知道，现在我说什么你都不服气。好了，时间不早了，早点儿睡觉吧！" 说完，他走出了我的房间。

夜里我好半天睡不着觉。想想自己从大学以来就一直追求纯真的爱情，一直希望在别人眼里自己是一个正人君子。而现在，自认为是个正人君子了，可结果呢？从韩颖到秋华，再到现在的艳芬。不管什么原因，爱情经历了太多的失败，难道是自己的爱情观真的出了问题？也许哥哥是对的，可是自己要想改变自己还真有些难度。现在的这个陈艳芬是自己理想中的爱情归宿吗？她太主动了，而且希望那种如胶似漆的爱情，有时候让我有些喘不过气来，这些我肯定会让她失望的，因为，在我的生活里，不仅需要爱情，更需要事业和生活……

深秋时节终于到来了。呼啸的秋风刮了一整天，地上便满是枯黄的落叶。自古以来 "春女思，秋士悲，而知物化矣"，看着满眼的萧瑟，心里便惆怅起来，我觉得生活似乎很是无聊，一切都提不起精神来。人有时候太多愁善感了不好，情绪容易发生波动。但是对于自然界的变化太无动于衷了，又觉得没有真正品味生活。

这天机关点名的时候，赵书记突然宣布吴秋娜去计生办工作。计生办和镇政府不在一个院子,在镇政府的西部,大约有半里多地。计生办工作人员虽然也归镇政府管,但是可以不参加镇政府的点名,因此镇政府的人员和他们的来往相对少一些。另外,一般来说,镇政府的人员变动大都在春节过后,而现在的突然变动便显得有些不正常起来。对于这一点,机关干部大都心照不宣,都知道与前段时间的风波有关,私下里怎么议论的都有。致清叔告诉我,可能是赵书记后来觉得那件事处理得有些不妥,纵容许长杰和吴秋娜也不好,万一出什么事怎么办?所以就干脆把吴秋娜调开,这样少一些是非,也算是给了陈秘书一个台阶。听完致清叔的介绍后,我心里才舒服了许多。

晚上我又去找陈艳芬——一个星期的时间过得很快。在她的住处吃了饭,她提议我俩出去走走,然后对她弟弟说:"你接着做作业,我和你晨辉哥出去有点儿事。"我拍拍她弟弟的肩说:"好好做作业,等会儿我要检查你的作业哦!"

来到大街上,我们俩并排默默地走着。她阴沉着脸,一句话也不说。一阵寒冷的秋风刮过,树叶簌簌地落在她红色的外衣上。我觉得有些尴尬,就没话找话说:"天气变化真快,你觉得冷吗?"她冷笑了一声:"你还知道问我冷不冷。我冷了又怎么样?你能脱下你的外衣给我披上吗?"我说:"怎么不能?"说着做出要脱掉外衣的架势。她摇摇头说:"晨辉,你别勉强自己了。"然后站住不走了,我也停下来。昏黄的路灯下,我看到她的眼里充满泪水,恬静的脸上没有了往日的笑容。

她看着我的眼睛说:"晨辉,你说句实话,你到底喜欢我吗?"她突然问这个问题,让我有些不知所措,慌忙点点头说:"喜欢啊。你怎么突然想到问这个?"她的泪水还是忍不住流起来,胸口一起一伏的,说:"你在骗我,你根本就不喜欢我。这段时间,我根本就感受不到你对我的喜欢,甚至感受不到你的存在。你一直在敷衍我,我嘴里不说,心里觉得太委屈了……"我解释说:"这段时间我找你的机会也不少啊,一星期找你一次。"她摇摇头说:"你是在应付我,

　　　　　　　　　　　　　　　　　选调生

我能感觉不到？女人的直觉是很敏感的。我其实是在名义上和你谈恋爱。"我也觉得有些委屈，就没好气地说："随你怎么说吧，反正我不这样想！"她低下头，像是在想着什么。忽然她从口袋里拿出了什么东西交给我："给，这个还给你！"我仔细一看，是二百块钱，便推开她的手说："艳芬，你这是什么意思？"她坚定地说："咱们分手吧，真的没有缘分，我实在不想做你名义上的女朋友！"我推让了几次，看到她的态度如此坚决，突然感到自尊心受到了莫大的伤害，于是接过钱说："那好吧，要分手，我同意！你好自为之吧！"说完，头也不回地向前走去。

我感到背后有一双眼睛在盯着我，也感受到了两颗脆弱的心灵在哭泣……

三十六

一个多星期后的一个周末，我回到家中。母亲见了我就问："你和艳芬是怎么回事？"我有些吃惊，心想母亲怎么知道了这件事？但还是表现出漫不经心的样子："没什么，吹了。"母亲埋怨我："你呀，连谈恋爱都不会，你跟你哥好好学学！"我问道："我俩的事谁给你说的？"母亲说："那还有谁？媒人呗！"于是母亲就把几天前媒人来我家的情况说了一遍。原来我和艳芬分手后，艳芬的母亲很快就找到媒人说了我的"罪状"。艳芬母亲的原话是"这个孩儿是个好孩儿，是个老实孩儿，就是老实得有些过头了"。又说我和艳芬约会时只知道拿本书看，丝毫不顾及艳芬的感受，完全不像是谈恋爱的样子，等等。母亲最后叹息道："你呀，再这样下去，恐怕连媳妇都娶不上。原先我为你哥着急，现在看来你还不如你哥。你上学我一点儿都不操心，谈恋爱却真让我发愁！你看看咱们后边邻居那个孩儿，学习不行，可是谈对象没多长时间，女孩就住在他家不走。你要是有那本事就好了！"我自嘲地说："看来我是没那本事了。人和人就是不一样，我学也学不会！"母亲又用失望的目光看着我说："媒人临走时说，其实艳芬她们家对你也没什么成见，一点儿小误会，话说开了就好了。如果你能改一改，媒人愿意再跟那边说说，让你们俩重归于好。"我摇摇头说："算了，既然已经吹了，就不用再来回折腾。再说我的性格也不是那么快就能改的。"母亲见我坚持己见，也就不好再说什么，只是说遇到合适的再给我介绍。

这件事过后，我对自己的爱情有些迷茫了。难道我真的错了吗？

和杨高远、楚天舒、小童我们四个人在一起的时候，我对他们说起了我的这个困惑，又问了他们几个的情况。杨高远想了想说："我和你的观点差不多，我想还是缘分不到吧。缘分要是到了，跑也跑不掉的。有句话叫作'有缘千里来相会，无缘对面手难牵'。你再等等，说不定，缘分就在前边呢！"楚天舒笑着说："你也别着急，这和上山差不多，好景都在后边呢！"然后楚天舒又讲起了前段时间他的一次相亲经历："我说了你们别笑话，我见面的那天正好财税组收税，等我赶到媒人家见面的时候，那个女的已经到了。见我满头大汗的样子，女的就有些不高兴。我解释说：'我工作很忙的，是请了假才过来见面的。'我本意是想和她解释一下来晚的原因，可那个女的却说：'你既然很忙，那还来干什么？你干脆走吧！'你们不知道当时我有多生气，我二话没说，直接就甩袖子走人了！"大家都笑起来。小童拍拍楚天舒的后背说："有个性！你创造了时间最短的相亲纪录，可以申请吉尼斯世界纪录了！"大家又笑起来。杨高远说："天舒你这样做我不赞成，男的就应该让着女的，你这样，让媒人也很难堪，以后谁还敢给你介绍对象？"楚天舒不服气地说："我就是打光棍也不要说话这么难听的女人！"小童说："你们俩也别争了，这种事每个人都有每个人的处理方式。不管怎样，现在咱们都没有女朋友，谁先有女朋友谁才有发言权。"

初冬时节来临了，冷风一吹，枯黄的叶子便从枝头落下，在空中

选调生

漫天飞舞。天冷起来，人们都穿上了厚衣服，据说未来几天可能就会下雪。屈指一算，我上班已经整整一年了。回想起一年以来所经历的风风雨雨，我不禁感慨万千。"纸上得来终觉浅，绝知此事要躬行"，很多事情，理论必须和实践相结合。而实践中得到的知识往往要比书本上的更实用，更让人印象深刻。这一年来，我在不知不觉中由一个稚气未脱的学生初步成长为一个社会人。学生时代渐渐远去，而未来的道路又会怎么样呢？我刚毕业时就发出过这样的疑问，这一年多来所经历的事情在当时看来无论如何都是想不到的。

小童告诉我工作满一年可以定级，这样工资会涨不少。经小童的指点，我找到镇财政所的会计申大姐。她翻了半天，把当初上班时人事局给我开的介绍信找出来，让我自己去找人事局的工资股。我有些纳闷，不是说这些事情是会计来办的吗？怎么还要我自己去？我把这件事告诉了小童，他有些生气地说："这是她的本职工作，看来她是有些懒，自己不想去。"然后又毛遂自荐地说："我陪你去，你看怎样？"我当然是求之不得了，于是就和小童一起去了人事局。

事情还算顺利，经办人员看了看我的派令，又从柜子中找出一个花名册，翻了几页，就开始填写印好的手续，最后盖上蓝色和红色的公章，递给了我。我接过手续一看，各项工资补贴加在一起，一共285.6元，比现在的实习期工资205元高了一大截。小童对我说："不错，我现在工资才246元，你主要是靠本科学历沾着光了。"回到镇政府后，我和小童又叫出杨高远和楚天舒，由我请客，在门口的群英饭店小聚了一下。

冬季镇里的工作相对少了许多，反正对我来说是这样的，只是看到赵书记他们这些领导进进出出忙个不停。农田水利建设结束后不久，天上就飘起了雪花。我们财税组冒雪又行动了几次，总算把今年的工作了结了，桂委员说今年就到此为止，明年春暖花开再接着行动。于是点完名后，我基本上就没有其他事情了，除了偶尔在通讯组开个会，写几条信息。

不少时候，尤其是晚上，如果没有人来找，我就躲在屋中看书，写日记，偶尔也练一练书法。杨高远有时候也来到我的宿舍，拿走我的书看。有几次他对我说："受你的影响，我也喜欢看书了，感觉自己这一阵也增添了不少知识。"我笑着说："我看过一段话，很受启发：时间是无情的，也是公平的；当你蹉跎岁月的时候，几年后，你将一无所获；当你抓住时间的时候，同样是几年后，你将会得到很多。都是一样的时间，与其蹉跎岁月，何如抓住时间呢？"他不住地点头："说得很有道理。我已经想好了，准备报函授大专班，先拿个大专文凭再说。"

谈得多了，就觉得和他的关系又近了一层。提到他的个人问题，他告诉我，上高中的时候有个女孩子对他很好，毕业后他想过几次向她表白，但一直没有勇气，直到有一次听说那个女孩已经有了男朋友。他很后悔，也很失落，对那个女孩念念不忘，别人介绍的女朋友他也不想见。我鼓励他说那个女孩并没有结婚，你现在向她表白也不算太迟。他苦笑了一声说自己还是知道和她的差距的，就算是表白了也没有用处，反而会破坏了原有的那种友谊，自己虽然心里很痛苦，也只好把她埋在心底，随着时间流逝把她慢慢忘记吧。他又问了我的情况，我就把韩颖、秋华，还有后来的艳芬的事都说了，最后说："其实我知道很多时候是怪我的，和你一样，我还是忘记不了韩颖，那是初恋；对后来的，总是不能全身心投入。也许时间是最好的良药吧！"

冬季的时光寒冷，漫长，孤独而又和谐。转眼元旦就来到了，放了三天假，我照例回了老家。等再来上班的时候，陈秘书的职务发生了变化，改任副镇长，他的办公室也挪到了一楼；原来的政府秘书王志伟如愿以偿地取代了陈秘书，提拔为党委秘书；宣传干事程晓广接任政府秘书。

说起王志伟的职务变化，机关大院里议论纷纷。说他是"如愿以偿"，一点儿也不过分，这一年多来，他处心积虑地和陈俊昌作对，不就是为了这一天吗？说他是"提拔"，因为按照职务级别设定，政

　　　　　　　　　　　　　　选调生

府秘书是正股级，党委秘书是副科级，党委秘书要比政府秘书高半级呢！元旦前夕，县委组织部对王志伟进行了提拔前的考核，大家就感到有些意外，因为对于一个乡镇干部来说，副科级就是领导层面，提拔为副科级是很多人挤破头都要争取的目标，有些乡镇干部一辈子也提拔不了副科级！大家纷纷猜测王志伟的后台是谁，找了哪些关键人物。后来致清叔悄悄告诉我说："我听到比较可靠的消息是，王志伟与残联基地的牛向东关系要好，通过他找到故城村的支书郭土林，托郭土林找市委书记孙百川给下面打招呼，这才提拔了王志伟。要不是因为这层关系，八竿子也打不着他王志伟！你看他那眉飞色舞的样子，典型的小人得志！"我吃了一惊："提拔个小小的副科级，就惊动了市委书记！"致清叔轻蔑地一笑："何止是市委书记，找省领导的都有！当然我说的不一定是咱们镇里的干部！"我忽然想起了刚上班不久和王志伟、许长杰一起去残联基地调研，中午吃饭的时候牛向东对王志伟小声提到的找孙书记办什么事，莫非就是王志伟提拔这件事？当时是一头雾水，现在终于明白了……

　　不管王志伟的事了，我最关心的是还是陈俊昌。来到陈俊昌的办公室，他笑呵呵地说："总算不用写太多的材料了，这些年把我累坏了。"我问他现在分管什么，他摇摇头："还没说呢，现在是过渡期，过完春节再调整分工，估计分管农业的多些，可能会分管一个工作区。"我很高兴，说："我早就想包村，能不能春节后调整分工的时候把我分到你手底下？"他高兴地说："好啊，你这个想法很好，我是举双手欢迎。不过你最好是先直接找赵书记把你的想法和他谈一谈，毕竟你现在还是财税组的。当然，在班子会上我也会替你说话的。"我说："我这几天就去找赵书记。"然后又试探着问："另外……另外能不能把杨高远和楚天舒也分到你的工作区？我和他们关系很好，在一起工作配合也会很好的。"他笑着说："好啊，他们几个我也很欢迎。我看得出你们几个关系很好，他们都是实在人，我也很喜欢。"我兴奋地说："那太谢谢你了，陈秘书——哦，不，应该叫陈镇长了。"他笑着摆摆手说："叫什么都行！"

我找到他们几个，把找陈俊昌的事情说了一遍，杨高远和楚天舒很高兴。小童却不高兴地说："晨辉你不够意思，怎么把我给忘了？我也早想离开办公室了！"我连忙说："小童你这一阵没提过，我以为你没这个想法了呢！不过没关系，咱们现在分头去找赵书记和陈镇长说说。"

几天后，我找了个机会去办公室找到赵清明。办公室里烟雾缭绕，有些呛人。他正一边吸烟一边打电话，我进去的时候他用手示意我先坐下，然后继续打电话："……我们一共二十五个行政村的，哦……哦……全镇将近五万人……还要什么数据？……好，好，张局长麻烦你给他们说一下，快点儿把资金拨下来……好的，谢谢你，回头咱们一定要碰两杯啊……就这样定！好的，好的，再见！"

放下电话，赵书记把烟在烟灰缸里磕了磕，然后又吸了一口烟，吐出烟圈来，笑眯眯地说："晨辉这段时间工作怎么样？"我连忙说："还行吧！"他点点头，然后又问道："你找我是有什么想法吧！"我把身子向前探了探说："赵书记，我想下去包村。这一年多来，我在办公室干过，到财税组也半年多了，但我还是想包村。以前我也向您提过这件事，你看能不能春节过后再调整工作的时候考虑我一下？"赵书记想了想说："晨辉，我问你，你为什么总想包村呢？"我恳切地说："赵书记，我主要想做一些具体的事，尽我所能为群众办一些实事，也想多了解一些农村的真实情况。作为一名选调生，我觉得只有包村，只有走近群众，才能实现我的价值……"赵书记一边不停地吸烟，一边静静地听我说话。我讲完后，他把烟掐灭，说："那好吧，既然你这么想包村，我就答应你的要求，过完年的班子会上你的事情我会提的。"然后又轻轻地叹口气："晨辉，其实我对你期望是很大的，原来想让你待在办公室，觉得这样更有利于你的成长进步。现在看来我的想法也不一定正确。不过，不管你在哪里，只要好好干，总是不会吃亏的。这一年多来你的工作总体是不错的，我看在眼里的有，也听别人说过一些。以后

选调生

你还要继续干好工作,千万别和那些混日子的人一样,懂吗?"我站起来,郑重地说:"谢谢赵书记的鼓励,我记下了。"赵书记也从座位上站起来,拍拍我的肩膀说:"好好干!去吧!"

离开赵书记的办公室,我心里感到无比的轻松,脚步也越来越轻,连冬日的寒冷也暂时抛到了九霄云外⋯⋯

三十七

一年一度的班子年终考核快要开始了。按照惯例,县委组织部要派来考核组,镇领导班子要有一个年度工作报告。当然,这些事情离我似乎有些遥远。但是那天新任的党委秘书王志伟找到我,说了考核的事情。我很纳闷,心想他对我说这些是什么意思?我正在胡思乱想的时候,他试探着说:"晨辉啊,你在办公室工作过几个月,我知道你的文笔不错,写材料很好。镇里能写的没有几个,年轻人嘛,勤奋一点好,将来肯定大有前途。你说对吗?"我暗自想,不好!肯定有事,莫非要我帮他写什么材料?于是我摇摇头说:"王秘书你过奖了,我写材料其实很一般的。"他笑起来:"晨辉不要谦虚,你的表现我是记在心里的。有点事想拜托你——我这些天很忙,一直没有时间,你看班子的年度工作报告你能不能帮我写写?"我有些不高兴,心想,这些都是你自己的事,即使你没时间,也应该让政府秘书程晓广或者办公室其他人来写,怎么着也轮不到我啊?我没吱声,也不拿正眼看他。王志伟大概看出了我的心思,笑着说:"晨辉你不愿意?"我摇摇头说:"班子年度的工作我并不清楚,让我来写,恐怕不太合适。巧妇难为无米之炊啊!"孙秘书从抽屉中拿出记录本,说:"晨辉你别着急,我这里有个初步的提纲,你可以做个参考。"说着,他对我讲起了报告的基本结构。我本来想拒绝的,可是见他这样说,又想到他毕竟是领导,就觉得不好意思拒绝了,便说:"那我试试吧!"他高兴地说:"好的,那就多谢你了!不过时间要抓紧,给你三天时间。"

离开王志伟的办公室我就有些后悔，班子的年度工作报告，自己能完成吗？万一写不好，耽误了考核怎么办？我越想越觉得心里没底，连晚饭也没有心思吃了。小童见我有心事，就问道："怎么了晨辉？有什么为难的事？"我便说了报告的事。小童听完后也觉得很为难："唉，这件事有些难办。你已经答应了王志伟，再去推掉也不合适。"后来他灵机一动："刚才我看陈镇长屋里灯亮着，他晚上正好值班，不妨对他说说，看他有什么好主意！"我想也只好这样了，便和小童一起找到陈副镇长。

　　陈副镇长屋里不知什么时候添了一台小电视，他正在津津有味地看乒乓球比赛，我们俩也跟着看了一会儿。然后我便抽机会说了工作报告的事情。陈副镇长听完后生气地说："这个王志伟，以前一直在算计我，现在又想打你的主意。他以为党委秘书是好干的？光当官不干事！再说了，就是他想分派任务也不该给你啊，程晓广干啥去了，怎么不交给他？"我连忙说："就是嘛，当时我也这样想，可是他毕竟是领导，不大好拒绝啊！"陈副镇长摇摇头说："晨辉你想错了，有些事情该拒绝的一定要学会拒绝，这并不说明你懒惰或者圆滑。在其位而谋其政，总不能占着位置还总把任务交给别人，这样还有天理吗？甘蔗不能两头甜，他既然在这个位置上，就应该做自己应该做的事。"见陈副镇长这样说，我心里也有了底，就问道："那陈镇长你看我该怎么办才能推掉这个任务呢？要我直接找王志伟说，我有点儿说不出口。"陈秘书想了半天，终于想出了个主意，最后连他自己都憋不住笑起来："我这个主意也不算太好，不过他既然不仁，也别怪你不义，对付这样的人就应该用这样的办法！"

　　第二天上午点完名后，见赵清明书记刚回到自己的办公室，我就尾随了进去。赵清明有点儿吃惊，问道："晨辉，你有事吗？"我拿出笔和本子说："赵书记，我想向您了解一些情况。""了解情况？"他有些不可思议地看着我，"有什么情况可了解的？到底有什么事？"我就把王志伟交代的班子工作报告的事情简要说了一遍，最后说："赵

　　　　　　　　　　　　　　　　　　　　　　　选调生

书记，班子年终工作报告的事情王秘书只是给了我一个提纲，可我还是觉得不知道该怎么写，时间又紧，我感到压力很大。所以我想向你再了解一些今年镇里的工作情况，以便赶快把报告写完……"我的话还没有说完，赵书记的脸就拉了下来，气呼呼地说："这个王志伟，要是干不了就辞职！我再三交代，要他抓紧时间亲自把报告弄好。他倒好，自己偷懒，把任务转给了你。晨辉，你给他说，就说我说了，报告他要是不想弄，有人弄！"我有些无所适从，站在那里动也不是，不动也不是：我怎么能对王志伟说这样的话呢？见我有些尴尬，赵书记似乎也觉察出了刚才说的话有些过，就稍缓和了一下口气说："晨辉，你让办公室通知王志伟，叫他来我办公室一下！"

离开赵书记办公室后，我的心里"扑通扑通"直跳，这下可有王志伟的好看了。但是转念一想，陈副镇长说得好，既然他能厚着脸皮找到我，我也就能厚着脸皮想办法给他顶回去。走到党政办公室，见小童正和致清叔说话，我就对小童说："刚才赵书记说让王秘书去他办公室一趟。"小童看了我一眼，心领神会地说："我去叫他。"我便待在办公室里和致清叔说话。

不一会儿，小童回来了，透过窗户，我看王志伟急匆匆地向赵书记办公室走去。小童冲着我神秘地一笑："好了，晨辉，没你的事了！"在一旁的致清叔一头雾水，看着我俩，有些丈二和尚摸不着头脑。又过了好一会儿，我看到王志伟从赵书记房间那边走过来，满脸通红的样子。小童连忙示意我躲到办公室的里间。我刚进入里间，就听到王志伟的声音："小童，你看到晨辉了吗？"小童说："没看到他啊，点名的时候还在。"王志伟说："那你去找找晨辉，看他在不在三楼，让他去我办公室一下。"王志伟走后，小童立刻走进里间对我说："等几分钟你再去王秘书房间，我这就去找陈镇长！"我心里有些紧张，看来王志伟这一关还是不好过，他肯定得说我几句！

我硬着头皮进了王志伟的房间。见了我，他劈头就是一句："晨辉，你是怎么搞的？怎么赵书记过问起工作报告的事了？"我努力使自己镇定下来，心想，没什么可怕的，他这是咎由自取！于是便平静地说："我是想赶快把报告给你写好，就找赵书记了解一些情况，好按照你的提纲去写。这有什么问题吗？"王志伟皱着眉头说："唉，你把事情弄坏了，害得我挨了赵书记一顿批评……"

正在这时候，门突然响了，陈副镇长走进来，王志伟赶快和他打招呼。陈副镇长看到我，假装很吃惊的样子说："晨辉，你怎么会在这里？你什么时候重新回到办公室工作了？"我也假装若无其事的样子说："没有啊，我还在财税组。这不，王秘书让我整个材料，所以我就来了。"陈副镇长回过头问王志伟："你让他整的是什么材料？"王志伟说："能有什么材料？还不是那个班子年终工作报告！"陈副镇长半开玩笑地说："你呀，王秘书！不是我说你，工作报告怎么着也轮不到人家晨辉去写啊！他又不归你管，又不是班子成员，像班子年终工作报告这样的大材料他怎么能写？你这不是难为他吗？"王志伟有些尴尬："陈镇长，你不知道，近段我太忙了，没有时间写这个报告，就想让晨辉帮帮忙。"陈副镇长说："晨辉文笔是不错，可是也分什么事，这样的事最好还是你自己动手吧！以前这样的报告不都是我自己写的？"王志伟自我解嘲地说："陈镇长，我哪有你那样的本领啊？要不然你帮帮我？我请你客。"陈副镇长摆摆手说："在其位，谋其政。我现在不是党委秘书了，怎么说也轮不到我，还是你自己动手吧！你请的客，饭不是那么好吃的，我看还是免了吧！"王志伟只好陪着干笑了几声。又说了几句话，陈副镇长说还有事，要离开，我便也趁势离开了王志伟的办公室。

通过这件事，我认识到，人有的时候要学会拒绝，学会拒绝也是一种本领。如果一味地没有原则地逆来顺受，那么对于有些人来说就是一种纵容。陈副镇长说得很对，他毕竟比我大许多，比我有更多的社会阅历。这件事他不仅帮了我的忙，替我解了围，更重要的是让我明白了一些书本上学不到的道理。

几天后，班子年终考核开始了。由李书田镇长主持，先是组织部

选调生

的领导同志讲话,然后是赵清明代表班子进行述职,也就是把年度工作报告在大会上念了念。这个报告到底是谁写的,我就不知道了。之后就开始发放测评表,上面印着十几个副科级以上领导班子成员的姓名,后面分德、能、勤、绩和综合评价四部分进行测评,测评的等级分为好、较好、一般和差四个档次。拿到测评表后,我开始对照每个人的名字认真看起来,考虑给他们打什么样的等级。大会议室里安静下来,发出"沙沙"的钢笔的声音。再看旁边的小童,他什么也不看,钢笔在纸上飞快地跳跃着。我偷偷瞟了一眼,见他在测评表上所有人所有的栏目里都打了"好",就用胳膊肘碰了他一下,悄悄地说:"你怎么填得那么快?每个人都是'好',这样合适吗?"小童一愣,盯着我说:"去年你没参加过测评吗?"我摇摇头说:"没有,一点儿印象都没有。"小童恍然大悟地说:"怪不得呢!我说你会问这样低级的问题。"见我有些疑惑,小童不屑地说:"这个测评表基本上没有用,是走走形式,没有人会看的。你什么也别管,见到'好'的栏目就打钩,就一定不会错!"这时候台上的镇长李书田问道:"都填完了没有?填完了赶快把表交了!"于是台上靠两边的座位上走下来考核组的两个年轻人收表。我来不及仔细考虑,赶快按照小童说的那样在每个人的每个栏目都给了"好"评,然后交了测评表。

事后我找机会问致清叔。他说:"有些事情不必太认真。像这个年终班子考核,本来就是一种形式主义,浪费人力物力财力,但是不搞又不行。测评表交上去,没人会看的。所以你太认真了,一方面浪费精力,另一方面还会有人笑你太迂腐。但是该认真的时候还是要认真的,比如干好工作,比如写好材料……"我点点头,然后又感慨了一阵,回到了自己的房间。

三十八

春节又要来临了。镇机关照例从腊月二十三开始放假,机关干部轮流值班。回到家里，先是轻松了好几天，每天早上起床的时候都八九点了。农村的冬季肃冷肃冷的，尤其是早上，如果没有要紧的事躺在暖烘烘的被窝里就不想起床。有时候我躺在被窝里想，这样的日子也很幸福，没有生活之忧虑，没有上学之压力，想睡到几点就睡到几点，多好啊！将来自己能怎样暂且不想，至少现在的自己是自由自在的，也许若干年后我还会怀念这样的生活呢！

这天我忽然想起了大伟的事，就问父亲。父亲轻轻地叹了口气："还没有最终定下判几年。前段时间一审判决下来，十四年半，人家把他当成了主犯。你姑听到判决后当时就哭了，这孩子不就算毁了吗？等出来就三十多岁了。后来你姑和你姑父又问我，我说让他们上诉，重新搜集证据，请好的律师，争取能少判几年。现在二审还没有开庭呢……"我心里一阵不是滋味，暗想，这个春节姑母和姑父可怎么过呢！

又过了两天，我从外边回来，母亲把我叫到屋中坐下，笑着对我说："给你介绍陈艳芬的那个媒人今天又来咱家找我，说以前都是误会，如果你还愿意的话，她可以再给那边说说，让你们俩重新和好。"我想了想，然后摇摇头说："还是算了吧！"母亲一愣："你对她到底有什么看法？她哪点不好？我看还是挺不错的。"我说："其他倒没什么，就是她对我要求太高，我不可能见她太频繁。距离才产生美，和她见面太频繁，有时候感觉没有话说，可能是没有共同语言吧！"母亲说："不是没有共同语言，是你不会谈恋爱。我真替你担心，大学都考上了，怎么谈恋爱就是不会！我看你真得学学了，你看村里的……"母亲还想说下去，我站起来说："算了，我现在不想找对象。等我学会谈恋爱再说！这件事你就给我推了吧！"母亲气呼呼地说："你就犟吧，再等等我看你非成大龄青年！"我头也不回地走了出去。

整个春节我都沉浸在浓郁的年味中，暂时忘记了工作中的烦恼和忧愁。可是春节过后，能否下去包村重新提上了日程：找了赵书记好几次，这次愿望能实现吗？身边的小童还有楚天舒、杨高远他们也在焦急地等待，可是世界上的事情大概都是这样，越是希望它来的时候它却往往姗姗来迟。按照往年的惯例，过了元宵节一般都要对机关每个人的工作进行重新明确。这是一次很重要的调整，几乎决定了这一年每个人将要从事的具体工作。眼看就要出正月了，还是没有一点儿要调整的迹象。我不禁暗自焦急起来，找了好几次陈俊昌副镇长打探消息，他却总是淡淡一笑："别着急，总会调整的，好事多磨嘛！"

好在这段时间几乎没有什么事情，晚上我就经常回老家或者县城。过了农历二月二节日后的一个傍晚，我刚推出自行车要走，迎面正碰到陈副镇长。他问道："晨辉，怎么你要回家去？"我点头称是。他表情有些神秘地说："今晚你最好别走！"我有些诧异，但是心里迅速猜到可能要有什么大事发生。于是就随口问道："是不是晚上要开班子会研究干部？"他微微一笑："你明白我就不说了。""那我的事有希望吗？"我急切地问道。"估计差不多。你就心平气和地等结果吧！"说完，他急匆匆地向楼上走去。顿时，我的心情变得紧张而兴奋起来：总算有盼头了！我飞快地跑上楼，找到三楼的杨高远和童振兴，他们也很高兴。三个人又到后楼去找楚天舒，他不在宿舍，看看他的自行车也不在，就知道他已经回家了。

三个人在门口的山西牛肉饺子馆简单吃过饭后，天已经黑了。回到镇政府大院，见不少房间都亮着灯，尤其是二楼的党政办公室和临近的会议室以及走廊里灯火通明，人影晃动，和以往的冷冷清清形成了鲜明对比。许长杰来来回回地奔走于各位领导的房间，成了一个大忙人。将近八点钟的时候，我看到副镇长陈俊昌、组织委员桂宝华、党委秘书王志伟、人大主席白五臣、党委副书记崔大壮、镇武装部黄部长等人手里各自拿着记录本，有说有笑地向会议室走去。不一会儿，机关大院又恢复了平静。党政办公室只有致清叔在值班，我和杨高远、小童就来到办公室，一边看电视、和致清叔聊天，一边等待班子会的结束。电视剧演的什么情节我几乎没记住，致清叔他们在谈什么我似乎也没听清，只是"嗯""啊"地敷衍着。致清叔笑了，拍拍我的肩："晨辉，要沉住气，慢慢得学会有大将风度。这点儿小事你都紧张成这样？"

将近十点钟的时候，我听到会议室里桌椅的响动，连忙探出头看，见班子成员正陆陆续续地走出来。又过了片刻，赵清明书记和李书田镇长也走了出来，下了楼，两辆桑塔纳轿车早已在楼下等候。党委秘书王志伟、政府秘书程晓广以及许长杰招呼着领导上了车，还有几位班子成员也跟着上了车。几声汽笛之后，轿车出了政府大院，消失在夜幕中。

我和杨高远、小童赶快下了楼，来到陈副镇长的房间。他满脸笑容，说："这回你们几个都遂心愿了，先看看这个吧！"说着，他把记录本交给我们。我们三个人赶快围拢上去。

班子会的研究结果确实遂了我们几个人的心愿。在职务上，我被提拔为镇团委副书记；杨高远和楚天舒被分到物价所；小童被分到民政所。面上的工作，我们四个人都被分到中工作区，中工作区区长为陈副镇长，副区长是不久前新当选为镇人大副主席的刘金霞。看完结果后我们三个高兴地拍起手来，小童握紧着拳头晃了晃，不由自主地连声说："太好了，太好了！"

等我们的欢呼劲头消退了一些的时候，陈副镇长说："我要先恭喜你们几个，特别是晨辉，赵书记亲自点名提拔你为团委副书记。"说着，他看着我说："这可是领导对你的器重，也是对你工作的肯定。"我高兴地说："陈镇长，我可要多谢谢你啊，没有你的指点，我也不会有今天的结果。"陈副镇长笑着说："晨辉太客气了，这是你自己努力的结果。我早就说过，你工作干得好坏，领导心里有杆秤。以后再接再厉！"

从陈副镇长房间里出来回到自己的宿舍，已经十一点多了，我躺在床上激动万分，百感交集：镇团委副书记，虽然不算什么，还是一

选调生

般人员，但总算有职务了，这也算是我政治生命的第一步吧！更重要的是，实现了包村的愿望，以后就可以实实在在地做一些事情了，自己也真正有了用武之地，有了实现抱负的舞台！听别人说，农村问题多、矛盾多，工作不好做，与农民打交道也很难，但是不经历风雨，怎么能见到彩虹？作为一名下派到基层的省委组织部选调生，就应当在最艰苦的环境中磨炼自己、提高自己，就应当发挥自己的最大作用，切切实实为群众解决一些实际问题，这样才能不负选调生的初衷！

不知什么时候我迷迷糊糊地进入了梦乡。夜里我做了个梦，梦到我拿起弯弯的镰刀，在金黄的田野里，收获着丰收的希望；在我的脚下，是儿时陪伴我的黄狗，它摇着尾巴，奔向广袤的大地……

三十九

乍暖还寒的早春时节，风已经变得柔和多了。机关大院里的柳树已经发出新芽，几只小鸟叽叽喳喳地叫着，忽而扑腾着翅膀飞向了远方。太阳已经升起老高，发出不太耀眼的光芒。人们谈笑着从一楼的会议室里涌出来，在机关大院里短暂停留后，便各自寻找各自的去处。我和杨高远、楚天舒、小童不约而同地向陈副镇长房间走去，这是今年工作区调整后的第一次会议。故城镇一共有四个工作区，分别是中工作区、东工作区、西北工作区和西南工作区。

陈副镇长戴着厚厚的眼镜，一边看着报纸，一边等待着工作区人员的到来。除去我们几个，还有几个以前打交道不多的人：镇人大副主席刘金霞，是个女同志，以前是镇里的妇联主席，瘦高的个头，留着短发，一看就很精明强干；还有一位，以前没见过，长得五大三粗的，三十多岁的样子，已经谢顶了。大家在七嘴八舌地说着话。不一会儿，樊国超和许长杰也来了，房间里显得拥挤起来。

陈副镇长放下报纸，环视了一下房间里的人，小声问刘金霞："人来得差不多了？"刘金霞看看陈俊昌说："要不咱们就开始吧！"陈副镇长点点头，然后示意大家安静。他郑重而又不失幽默地说："今年是咱们工作区人最多的一年，主要是镇里进人太快，到现在有的人我还不认识呢！人多了好干活，希望大家多捧场，共同努力，把中工作区的各项工作做好。受表扬了，大家脸上都光彩；当然，挨批评了，大家谁也跑不了！"大家都笑起来。陈副镇长看着那个有些谢顶的三十多岁的人说："你，好像我从来没见过，新上班的？你叫李学武吧！"那人回答说："是的，我叫李学武，部队刚转业不久，这不，今天是第一天上班。"陈镇长点点头："不错，转业军人，工作上肯定雷厉风行！"

接着，刘金霞宣布了工作区的分工：我和杨高远负责魏庄，陈副镇长和楚天舒负责故城，刘金霞和王雪萍负责赵坡，小童和田俊秀负责陈庄，樊国超和周振川负责张屯，许长杰和李学武负责马楼。其实，许长杰也就是挂个名，他的主要工作还在党政办公室，还担任镇里的通信员。

陈副镇长补充说："王雪萍和田俊秀这两个人我也不认识，听赵书记说，是新毕业分配的学生，可能这一两天就要来上班。"这时候，镇信访办主任周振川吸完了一支烟，把烟蒂扔在地上用脚踩灭，说："陈镇长，我提点意见，好吗？"陈副镇长吃了一惊："老周，有话你尽管说！"周振川说："我看分配得有些不合理。咱们工作区这几个村的情况，我不敢说了如指掌但也差不多。别的不说，光这个魏庄就不好弄，村里矛盾太多，你让这两个年轻人去，怎么能行？他们两个以前都没包过村，我看只有你或者刘主席亲自去才行。"陈副镇长点点头说："老周，你说得很对，这件事我和刘主席也商量了好久。不过，我想两个年轻人也有他们的优势，初生牛犊，敢于碰硬，有朝气，有想法。晨辉是大学毕业生，又是省委组织部的选调生；高远人实在，工作踏实。他们两个去了不见得工作就做不好。再说了，工作区的事情是统筹协调，他们解决不了的事情，我们大家都去帮助解决,不就行了吗?"

周振川又抽出一支烟来,叼在嘴里,拿出打火机,把烟点着,使劲吸了一口,然后说:"陈镇长说得也有道理,反正我总觉得心里不踏实。既然这样决定了,那我就不多说了。"陈副镇长笑了:"老周,你是好意,我很感谢你,就让他们试试吧!你看,我包的故城,压力也很大哦。倒不是说工作不好做,主要是人不好打交道,郭土林这个家伙你是知道的,傲慢、霸道,除了书记、镇长,他能把谁放在眼里?就是我亲自包这个村,他也未必买账,别说一般的工作人员了!老周,你在故城村吃过饭吗?"周振川摇摇头:"吃饭?不能说没吃过,十几年前吃过。自从他郭土林上台后,就没见他管过饭。"刘金霞也忍不住笑起来:"看来都有同感。不是说吃一顿饭的问题,我们还在乎一顿饭吗?主要是对人尊重问题。恐怕只有赵书记和李镇长他才往眼里放。"陈副镇长说:"他不管饭不要紧,只要工作上不拖后腿就行。"又对我和杨高远说:"你们两个有什么意见吗?"我毫不犹豫地说:"没什么意见,全力干好工作!"

离开陈副镇长的办公室,周振川拍着我的肩膀说:"年轻人哪,唉,真不知道水深浅,以后有你们作难的时候!"说完,头也不回地走了。杨高远说:"咱们干什么?"我说:"没听陈镇长安排什么具体工作,可能是没事。咱们先回楼上吧!"

来到三楼,我不由自主地向致清叔房间走去。他正在看杂志,见我和杨高远进去,连忙站起来打招呼。我便把包村分工的问题说了一遍,他认真地听着。等我说完了,他一本正经地说:"双刃剑!有好处也有坏处。周振川说的话也有他的道理,我相信他是为你好,不过他的看法有些保守;陈镇长说得也对,不过以后你们的工作肯定很困难,你们要做好思想准备。年轻人,遇到些困难也不是什么坏处,挺锻炼人的!"我们又向他请教一些注意事项。他笑着说:"我没有包过村,也没什么好的经验。不过,我觉得要谦虚谨慎,以诚待人,只要踏踏实实办事,总会有回报的。还有,遇到解决不了的问题，只要是出于公心，可以多向领导汇报，有时候可以直接找赵书记，我想领导会支持的。"我和杨高远不住地点头。

第二天点完名后工作区没有集中开会，会议室前边的空地上三个一群、五个一伙的人在聊天。渐渐地人散去了，只有自来水管旁边的柳树下有个二十来岁的女孩站在那里不知所措。她长得还算清秀，只是眼睛略小了一些，乌黑的长发披在后背上，脸上有些稚嫩，很显然是刚毕业不久的学生。我暗想，肯定是第一天上班不知道要做些什么。我不禁想起了自己第一天上班的情形，一转眼已经过去一年多了。那女孩的神情和自己当初的神情多么相像啊！

我正想着，楚天舒走近几步对她说："现在已经没事了，你可以回家了。"那女孩看了楚天舒一眼，没吭声。楚天舒又指了指我说："这是丁晨辉，咱们镇里的大学生。要不你先跟我们到三楼晨辉的房间里坐会儿？"女孩摇摇头，仍然没吭声。我感到有些局促不安，就拉了楚天舒一把，心想楚天舒也太胆大了，人家一个女孩子，又不认识你，凭什么到三楼我的房间？楚天舒见状也只好作罢，跟着我上了三楼，回头对女孩打了声招呼："那我们走了。"

到了我的房间里，我正想问，楚天舒却主动说了："晨辉，你不知道，那个女孩我早就认识，她叫王雪萍。我和她姐姐是初中同学，也是很要好的朋友。"我这才恍然大悟："原来是这样，我想着你也不会这么大胆啊。"楚天舒说："你别看我比她大几岁，和她却是校友，还是同一年毕业。她初中毕业考上了莲城商业学校，我高中毕业没考上大学，也考上了那所商业学校。不过她是初中考上的，是小中专，学制是三年；我是大中专，学制是两年。我去年秋天上班，她却一直拖到现在才上班。"我一边听一边点头，看得出他对王雪萍很感兴趣，对她的身世也颇为了解。

"她很高傲，一般人看不上。"楚天舒忽然说。

"一般人看不上？指什么？"我追问道。

楚天舒神秘地一笑："我和她姐还有几个同学关系不错，所以

选调生

早就知道她，也一直把她当作小妹妹看待。她心地善良、性格直率，就是个性太强、脾气太倔，一般人受不了她的。可我就是喜欢上她这一点，当初曾经托她姐向她提了提我的意思，没想到她把我骂了一顿，从此就不理我了。"

"那后来呢？"我很感兴趣地问。

"后来……后来又能怎样？其实我早知道她不会看上我的，但还是忍不住向她表白了，主要是我'贼心不死'，还抱着一点儿希望。"

"你挺不错的，她要是真不愿意，那你就重新找女朋友嘛！"

"你说得也是，以后慢慢遇吧！"过了一会儿，他忽然灵机一动，"晨辉，要不我把她给你介绍介绍吧！她真的很不错，要是将来找了别人，太可惜了！咱们俩是最好的朋友，所以我才会想到把她介绍给你。我是配不上她了，你是大学生，素质又高，又有前途，她肯定会愿意的。"我不住地摇头："不行不行，那是你喜欢的人，怎么能介绍给我呢？正因为咱们是最好的朋友，我才不能答应呢。"楚天舒有些着急，站起来说："晨辉，我是诚心诚意给你介绍的，你怎么能这样？她找到一个好的归宿，我也就放心了。"见楚天舒真的着急了，我示意他坐下，说："她那么挑剔，我又没有什么特别的地方，恐怕你说了也没用，她也不会看上我的。"楚天舒这才松了口气说："那我就说说试试，她要是不愿意，那就算我白说，行了吧！"我不置可否地笑了笑。

植树造林开始了。按照工作区的安排，包村干部要下村督促各村派车去镇林站拉树苗。我和杨高远推出自行车，刚准备走，迎面正碰上信访办的周振川。我问道："振川叔，你怎么不下村？"他笑了笑说："我包的村不用去，打个电话就行了。怎么，你们要下村去？"杨高远说："是啊，还从来没有去过魏庄呢！"周振川想了想说："以前我包魏庄，和毛金豹挺熟的。这样，反正今儿个我也没事，陪你们俩一块去，算是做个交接，顺便也带你们熟悉一下情况！"说完，他让我们俩等着，然后快步向党政办公室走去。

一会儿，他走下楼说："好了，我和金豹打过电话了，让他召集村干部在家里等着。咱们走吧！"我暗自佩服周振川，不愧是老同志，办事真老练，想问题也周全。如果不提前打个电话，说不定到了村里，一个人都找不着呢！

魏庄在镇政府南边，大约八里路，"三级联创"检查的时候我去过。三个人骑车走在乡村小路上，边走边聊。早春的天气依然有些寒冷，路两边的小麦已经开始返青，在微风中瑟瑟发抖。我的心情很激动——这可是作为包村干部以来第一次下村开展工作啊！周振川给我们讲了魏庄村的一些情况：支书毛金豹人很爽快，工作能力也不错，就是爱揽权，什么事情都想抓。村主任魏振山不够大气，工作积极性不够，爱发牢骚。最有意思的就是那个副支书兼治保主任乔天庆，六十多岁的人了，干事情就像个二三十岁的小伙子，最爱吃奉承；你要想让他办一些事情，得先拍他的马屁，然后他就屁颠屁颠地去办了。接着，他还讲了这个老头的几个故事，惹得我们俩哈哈大笑。

到了村里，直接找到毛金豹的家。魏庄村包含三个自然村，分别是魏庄、毛堂和乔寺。魏庄在东边，毛堂在西边，乔寺最小，在北边。三个自然村距离很近，相隔不超过一里地。毛金豹的家在毛堂村，院子很大，低矮的院墙，没有大门，正房是五间预制板平房；院子里种着几棵大桐树，靠西南角种着菜和月季。我们把自行车在院子里放好，就直接向堂屋走去。

堂屋里几个人正在说事。见我们三个人进来，里面的人马上站起来。毛金豹握着周振川的手说："你们来得真快啊！"周振川说："又来给你们添麻烦了！"两个人寒暄着，乔天庆搬来几把椅子让我们坐下。我和杨高远也和村干部一一握了手。周振川说："老毛，先给你介绍两个年轻人——"他指了指我说："这是省委组织部下派锻炼的干部丁晨辉，正牌的大学毕业生，前途无量啊。"毛金豹冲着我点点头："老周，我们早就认识，打过几次交道，小伙子挺不错的。"周振川又介绍了杨高远。最后他说:"老毛,我是来向你告别的。今年我去包张屯了,由这两个年轻人接替我。"毛金豹吃了一惊:"怎么,老周你要走吗?以前咱可都配合得不错!"周振川说:"服从组织分配吧。我年龄大了,思路也不够灵活,还是让年轻人来这里合适。"这时候半天没插上话的乔天庆说话了:"老周,你可真够滑头的。看村里的矛盾多了,不好弄,你就把皮球踢给这两个年轻人。他们俩不知道这里面的水深浅,你这不是坑人家嘛!"周振川笑着说:"老乔你这话可冤枉我了,这是组织上安排的。再说人家年轻人也愿意到艰苦的地方来。"两个人正开玩笑的时候,毛金豹摆摆手说:"年轻人不错。老周你别不爱听,我最喜欢和年轻人打交道,有朝气嘛!"周振川说:"你喜欢就好。两个人年轻,以后可别为难他们!"又看了看我和杨高远:"你们俩也说几句吧!"我站起来说:"我们俩参加工作时间短,工作经验少,以后咱们要配合好,共同把村里的工作做好!"杨高远也站起来说:"希望你们以后多支持,多配合。"

又闲扯了一会儿,周振川说:"我们今天来还有个正事,这不,镇里又开始组织植树造林了,按照镇里的安排,你们这两天要赶快派车到镇林站把树苗拉回来,同时找人挖树坑,这几天就要把树栽好,上级很快要来检查工作。"毛金豹说:"没问题,前几天陈镇长给我打过电话了。我们这几天就在准备。振山、天庆叔,下午吃过饭你们两个就带车去镇里拉树;我安排人挖坑……"事情安排完毕,毛金豹看看手表说:"十一点了,咱们中午在村口饭店弄几个菜,喝两杯!"周振川马上站起来,拉出要走的架势:"不了,今天还有事,我还得赶回镇里!"毛金豹拍了周振川一下:"你能有什么事?再说今天是两个年轻人第一次来,好歹我也要接接风啊?"周振川说:"今天真的有事,我们得赶回去!"我和杨高远也坚持要回镇政府。推让了几番,毛金豹说:"那好吧,你们要真有事,我就不勉强了,下次一定补上!"

离开魏庄村,周振川说:"今天算正式接上头,以后魏庄就交给你们俩了。要大胆工作，这一点我相信你们；不过提醒一点，办事要灵活，不能太较真，有些事情睁一只眼闭一只眼就行，不然以后工作麻烦会很多。"我们俩嘴上答应着，说着感谢的话，心里却不以为然。

下午两点多的时候，我和杨高远看到陆陆续续有车辆来到镇政府大院，林站的两个人在负责分发树苗。一会儿，就看到满载树苗的拖拉机驶出镇政府大院，树苗太长，拖拉机后门开着，树苗的梢部就伸出车外，随着拖拉机的颠簸，一颤一颤的。又等了一会儿，还不见魏庄的车来，我们就有些着急；去党政办公室打毛金豹家的电话，没有人接。正想去村里看看，这时候魏庄的拖拉机终于来了，一共两辆，车上跳下四五个人，为首的正是村主任魏振山和副支书乔天庆。魏振山个子比较高，五十岁左右的样子，只是头发有些发白，显得比实际年龄要大一些。乔天庆看到我们笑着说："等着急了吧！找拖拉机耽误时间了。在村里找了几家，都是狮子大开口，村里没钱，得省着点儿花。好容易才找了两家老实人，愿意义务为村里办事。"魏振山也说："你不知道，有些人真是刁民，你给他们办事，他们还故意为难你！"

后面的几个人是村民小组的组长，人多好干活，我和杨高远也过去帮忙往车上抬树。乔天庆冲着我们嚷道："你们俩一边儿歇着，别碰着你们，你们哪是干活的料！看我的！"说着，他抱起一捆树苗就往车上放，看起来丝毫不像奔七十的人。魏振山笑着说："这个老乔头，别看六十多了，干活超你们两个！"

树苗装完了，在林站登了记，开始往村里赶。我和杨高远也想到村里看看，乔天庆说："你们俩放心吧，有我们在，不用你们俩跟着！"我和杨高远执意要去，就随着他们爬上车坐在树苗上。魏振山说："你们俩可要扶好，路上颠得厉害，别掉下去！"

我和魏振山一辆车，以前和他接触不多。路上，他对我讲了一些村里的情况，看来他对毛金豹颇为不满："以后你就是我们村的包村干部了，有些话我得先给你说说。我现在这个村主任其实是有名无实，一点儿权力都没有。毛金豹一手遮天，什么事情都得听他的，大大小小什么事情都要管，我其实就是个跟班。你知道村里给我送了个什么外号吗？"我摇摇头。他接着说："村里都叫我'骡子村长'，骡子你知道是什么意思吗？就是说我一点儿用都没有。我也很想干点儿事的，就是没有权力，人家不让干，你说，我有什么办法？"我问道："以前也是这样吗？"他说："是啊，以前我也给周振川说过，没用！说实在的，我现在一点儿积极性都没有。我给你说说，也就是出出心里这口气，我知道可能也没有用。"我安慰他说："抽时间我找毛支书说说，不行的话我再找陈镇长说说。"他这才满意："你要说就尽快。"

树苗先拉到村部，把树苗卸下来后，两辆拖拉机又返回镇里继续拉树苗。我和杨高远提出到现场看看，于是留下魏振山带领我们去村子西部的地里。之所以在这个地方植树，主要是因为这里挨着去县城的公路。颍川县为了搞生态景观带，打造生态绿色通道，要求公路两边都要栽种六排白杨树。我们赶到的时候，看到植树的地块都事先用白灰划好了。被划定的地块正长着绿油油的麦苗，部分地方种着油菜。我想，沿路都种六排树，怎么种？现在地里正长着麦子，难道要把麦田毁掉吗？有些可惜。于是就把这个疑问告诉了魏振山，他无动于衷地说："那有什么办法，上级这样要求的，就这样办呗！至于毁坏的麦田，赔一点儿青苗费就行了。"正说着，远远地毛金豹带着几个人走过来，打过招呼后，毛金豹说："这不，我找好人了，现在就开始挖坑，争取明天先把坑挖好。"我很高兴，心想，毛金豹这个人工作态度和能力都挺不错嘛！要是这样的话，以后工作会好开展一些。

大家开始干活。一会儿身上就见了汗，看来我好久没有干体力活了。我和杨高远挖了半天，才挖好一个，再看看附近的几个村民，早已经挖好几个了。毛金豹走过来说："你们俩先歇会儿，不着急，有他们呢！"我的心里热乎乎的，心想，都说这个村是个乱村，我看村干部都挺好的，看来传言有时候并不可信。

四十

天快黑的时候，我们正准备收工，忽然一声怒吼打破了一个下午的和谐。

"谁让你们挖我家的地？都给我滚！"

我大吃一惊，抬头望去，见两个四十来岁的中年人正快步冲过来。走在前面的人中等身材，戴着墨镜，凶神恶煞的，看上去让人畏惧三分；后面的那个人是个大个子，可能腿有些不方便，走路一瘸一拐的。

两个人过来就要夺村民的铁锹。这时候毛金豹把自己手里的锹往土里一插，指着前边戴墨镜的人说："毛晓龙，你想干什么！有啥事不能好好说！"

"干什么？毛金豹，你说我想干什么！你们没打招呼就挖我家的地，这不是明着欺负人吗？"戴墨镜的人怒气冲冲地说。

"谁欺负你了？"毛金豹也很生气，"种树是上级的政策，谁敢违抗？再说了，我们怎么没打招呼？我和天庆叔找到你家，你老婆说你出去了。我们给你老婆说了，毁你家的地，赔偿你们青苗费，你老婆也愿意。怎么现在你还想闹事？"

"我老婆同意，我可没有同意。反正现在你们就得停下来！再不停下来，就别怪我不客气了！"说着，他的身子直往前倾，做出一副要打人的样子。毛金豹也不示弱，身子也往前倾，两人几乎要身体挨着身体。

魏振山站在旁边一动也不动，像是这件事与他无关似的，嘴角似乎还有一丝轻蔑的笑意。我不禁有些生气，心想你是村主任，难道就无动于衷吗？我拉了杨高远一下，两个人不约而同地来到"墨镜"面前。我尽量心平气和地说："先不要闹，有什么事情好好说。"

杨高远也说："闹也不是解决问题的办法，有事慢慢说嘛！"

"墨镜"转过脸来看看我，一副瞧不起的样子："你算哪根葱？我的问题你能解决得了？"这时候后边的大个子走过来小声对"墨镜"说："他好像是镇里的干部。""墨镜"一把抓住我的胳膊："镇里的干部！好，今天我的问题解决不了，你就别想回去！"

我心里有些害怕，真怕他不分青红皂白给我几拳头，以前也听说过有乡干部挨打的事情。再说，他到底想干什么，我能不能给他解决，心里没有底。

杨高远大声斥责："有事说事，拉拉扯扯干什么？快松手！"

毛金豹过来掰"墨镜"的手："你干什么！有事冲我说！我解决不了再找镇里。"后面的大个子也围拢过来："怎么？要打架吗？我们来了就不怕！"说着，他也拉住了毛金豹的胳膊。

气氛霎时紧张起来。我的心"怦怦"直跳，以前以为下村挺有成就感的，也知道村里的工作不好做，没想到会遇到这样的局面。忽然，大个子往地上一躺，扯着嗓子嚷起来："镇干部打人了！村干部打人了！"

我和杨高远肺都快气炸了："谁打你了？你说话是要负责任的！"那个大个子也不答话，还是躺在地上大喊大叫，惹得附近干活和走路的村民纷纷过来看热闹。

正在这危急时刻，远处慌慌张张跑来一个老头，边跑边喊："都别动，有事好好说！"老头跑得很快，我仔细一看，心里高兴了许多，来人正是乔天庆。老乔头气喘吁吁来到我们面前，问道："到底是怎么回事？"又看看地上躺着的大个子，气就不打一处来，飞起来就是一脚，正踢在大个子的屁股上。一边踢一边骂道："兔崽子，你还挺能装的，快给老子起来！"

那个大个子一看是乔天庆，一骨碌身就爬了起来："三叔，你怎么来了！"老乔头余怒未消，接着骂道："兔崽子，你就不给你三叔长一点儿脸，什么事你都敢掺和！还不快滚！"那个大个子二话没说，拍了拍身上的土，一瘸一拐地跑了。

"墨镜"气坏了，冲着大个子喊道："回来！看你那熊样子！"见大个子没有回头，就气冲冲地对乔天庆说："老乔头，你这个年纪，早该回家抱孙了了，还整天跟在毛金豹屁股后瞎跑个啥！"乔天庆指着"墨镜"骂道："我抱不抱孙子是我的事，现在我还是副支书兼治保主任，一天不下台该管的事我就要管。你也不是什么好东西！我侄子都被你整坏了。有点儿精力搞什么不行，非得没事找事！"

"谁说我没事找事了？他们没打招呼就挖我们家的地，我能不生气吗？"

这时候毛金豹尽量压了压怒火，说："晓龙，按照村里的辈分你该叫我叔。这个先不说，人总要讲道理吧。刚才我说过，植树是上级的政策，事先我也给你老婆打过招呼。你不在家，能怪谁？再说了，占了你的地，以后我从村里的机动地里给你补，占多少给你补多少。毁坏的麦苗，赔给你的有青苗费。别人都不说什么，就你有意见？"

"青苗费？就那几个钱，能哄住谁？"

"青苗费的标准是上级定的，都一样。是多是少我管不了。"

"反正我不管，就那几个钱我不稀罕。""墨镜"扶了扶他的眼镜，转过身去，临走时撂下一句话，"我要去告，镇里解决不了我去县里告。"

"你随便告。"毛金豹底气十足地说，"你就是告到天边儿我也不怕！"

见"墨镜"走远了，众人才长舒一口气。乔天庆指着他的背影冷笑着骂道："就他那个熊样，还充人物呢！戴个墨镜算什么，还想充黑社会老大，也没想想自己是什么！"又看看魏振山，有些生气地说："振山，你是怎么回事？不见你说一句话，光在旁边看笑话？你是村主任，有什么事应该往前站！"

魏振山表情有些不自然，支支吾吾地说："我这两天身体有些不舒服，刚才挖树坑都是勉强坚持的。"

"振山身体不舒服就回家好好休息。"毛金豹一边安慰他,一边夸奖乔天庆,"还是老乔有两把刷子,老将出马,一个顶俩! 今天要不是你赶来得巧,恐怕就要出乱子了。"乔天庆摆摆手说:"我嘛,也就是比你们多吃了二斤盐。"我有些好奇地问:"那个大个子是你侄儿?"乔天庆点头说:"嗯,是本家的一个侄儿,人不坏,就是没主心骨,人家让他干啥他就干啥! 他叫乔振华,名字起得不错,就是从小得了小儿麻痹,到现在还是一瘸一拐的,这辈子是没希望振华了!"大家都笑起来。

深夜躺在床上我想起了白天的一幕幕,尤其是傍晚时的那场惊险的冲突。看来农村工作比想象的还要难许多,这仅仅是个开始,前方的路是黑的,不知道还有多少困难在等着我。但我想,无论如何,只能前进,不能后退。经历的困难越多,受到的锻炼也就越强,温室的花朵是经不起风吹雨打的。翻来覆去就是睡不着觉,我穿好衣服走出来,走廊上一片月色。机关大院里静悄悄的,大多数房间的灯已经熄灭,我知道已经半夜了。不由自主地走到杨高远的窗前,想看看他怎么样,里面却传出了微弱的鼾声……

第二天又到村里继续挖树坑,到下午的时候已经全部挖好了。又用了一天的时间把树栽上。一切还算顺利,没有遇到新的麻烦。虽然这几天有些累,但是看着一排排整齐的小树,还是挺有成就感的,这毕竟是自己包村后干的第一件事啊!

植树期间,趁魏振山不在的时候,我悄悄对毛金豹说:"毛支书,我刚来村里不久,有些情况还不太了解,但有件事我觉得还是对你说一下为好。"毛金豹一愣:"晨辉,有什么话直说吧,我喜欢爽快的人!"我试探着说:"我觉得你和魏主任之间好像不太团结。"毛金豹看着我,微微一笑:"晨辉,你接着说,我先听听是不是有道理。"于是我就把前几天魏振山对他的看法说了一遍,最后我说:"他说的也不一定客观,肯定也有他自身的原因。但是如果他没有一点儿积极性,对村里工作,包括对你本人也没有好处。所以,是不是以后多给他点事做？……"我的话还没说完，毛金豹的脸色就晴转阴了。他情绪有些激动，打断我说："晨辉，本来我不想说这些，大面上过得去就算了。想不到他却先告了我一状。那现在我就说说他为啥叫'骡子村长'？说实在话，他这个人能力确实很一般。其实能力不行了，你就老老实实跟着干也行，可他却还要小心眼：有名有利的事，他争着要干；得罪人的事、不好弹弄的事，他躲得远远的。退一步说，有名有利的事他干好了吗？没有，好事他都没能干好！像给村民发个补贴这样的好事，他都弄得乱七八糟的，硬是制造了不少矛盾。你说，我能信任他吗？自己不老老实实地干，整天发牢骚，你说谁喜欢这样的人？你再看看人家老乔，说叫干啥就干啥，奔七十岁的人了，干起工作来嗷嗷叫。前几天植树时候那两个家伙闹事，你看看老乔是啥表现，魏振山是啥表现？……"一席话说得我也不住地点头。见我不作声了，他话锋一转："当然，有些事可能我做得也不好。这次既然他提出来了，以后我注意就是了。不管怎样，晨辉，我还是要谢谢你，我知道你是为村里好。"

植完树的那天晚上，我和杨高远就把魏庄的情况向陈副镇长做了汇报。他感觉有些意外，随即拍着我和杨高远的肩膀，高兴地说："很好，你们俩干得不错，中工作区第一个完成植树任务的！"随后，陈副镇长又让我们俩帮助赵坡村植树，他鼓励我们说："工作区是一个整体，虽然各有分工，但关键时候还是要集体行动。只有工作区的任务全部完成了，咱们才能喘口气！"

按照陈镇长的指示，再下村的时候，我们就去赵坡村，在村部见到了王雪萍。问到村里的情况，她把头发往后甩了甩，很不满意地说："那个刘主席很少下村，她家里不是这事就是那事，村里基本上就是我盯着，她只是打个电话，最多过来交代几句就走了。和领导一块儿包村真没意思，好羡慕你们，还能一起说说话！"又谈到植树，王雪萍介绍说，树苗已经拉回来了，只是村干部行动太慢，催促了几次，才开始挖坑，快挖完了。

选调生

正说话的时候，楚天舒骑车也进了村部，还没等我们说话，他就先主动解释：原来是陈副镇长让他来帮助植树的。我问道："你们那边怎么样？完成了吗？"楚天舒一副轻松的样子，说："没事，有陈镇长顶着，我就不用操那么多心了。其实陈镇长也不用太操心，故城村的情况你也不是不知道，那个郭土林一句话，谁敢不听？陈镇长让我下村看看，我对郭土林说了植树的事，他让我不用管；又等了两三天，还是没有行动，我就又催了郭土林一次，谁知道他竟然不耐烦了，说，'急什么，不就是个植树的事儿嘛，这也能叫事儿！你没看看我这几天忙？'你们听听，还把咱们包村干部放在眼里吗？把我气得二话没说转身就走，回去就给陈镇长说了。陈镇长也就是安慰我了几句，他能有什么办法？最后陈镇长让我先别管故城村，派我来这里了。"我们都笑起来。我说："别说你，恐怕他连陈镇长也不放在眼里。听别人说只有赵书记和李镇长他才可能往眼里夹。"王雪萍不屑地说："他一个村支书，有什么了不起！你们就是太窝囊，换成我，才不吃他那一套呢！"杨高远打趣地说："那你就和楚天舒换换？"王雪萍说："换换就换换。"楚天舒笑着说："还是别换了吧，我脸皮厚，还能受得了。"大家说笑了一阵，又往现场看了看，树坑基本已经挖完，下午就可以栽树了。

中午的时候我们要回镇里，王雪萍说："都别走，赵支书有安排，中午咱们只管去村口的饭店吃饭。"见王雪萍执意要留我们，我们就答应了。我们四个人来到饭店的时候已经十二点半了。吃饭的人不多，稀稀拉拉的几个人。我们拣靠窗的一张桌子坐下，王雪萍先去对老板交代了几句，然后拿起菜单，要了两个素菜，给每人要了一碗烩面。素菜现成的，很快就端上来。大家一边吃一边谈论村里的事。眼看着盘子里的菜都见底了，烩面还没有上来。足足等了半个多小时，我催了两三次，仍然不见动静。只听见柜台后边的老板一边喝茶，一边有意无意地唠叨："整天就知道吃，吃完一拍屁股就走人，欠我的钱什么时候给？……这帮龟孙子！"然后又拿报纸往柜台上摔："我让你吃! 光吃不给钱! ……"四周吃饭的人都走了。我觉得这话有些刺耳,说谁呢? 正犹豫的时候,王雪萍忽然站了起来:"老板,你这是说谁呢? 我们要的面怎么还不上来? "那个老板马上变成了笑脸:"你们吃,你们吃! 有人吃饭不给我结账,我说他们呢! "然后又扭头大声问道:"烩面怎么还没上来? "王雪萍愤愤地说:"我们是来吃饭的,不是听你唠叨的,你说这话太刺耳了。"老板这才不作声。

烩面终于端上来。我尝了几口,味道确实不怎么样。但为了照顾王雪萍的情绪,还是假装吃得津津有味。王雪萍也低头吃了几口,就把筷子放下,招呼服务员:"再点两个菜。"我和杨高远赶快阻拦:"够了,再点就浪费了。"王雪萍也不理我们,只管低头看菜单,又要了糖醋里脊和烧腐竹两个热菜,最后对服务员说:"给你们老板说,我们吃饭是给钱的,要快一些! "服务员答应着下去安排了。烩面虽说不好吃,也能将就着吃饱。再看王雪萍的碗,几乎就没动多少。

又等了一会儿,两个热菜也上来了。刚端上来,王雪萍就站起来对老板说:"我们几个吃饭的钱先记在赵支书的账上。"说着拿起提包,对我们三个说:"我们走! "服务员惊讶地说:"热菜你们不吃了? "王雪萍没理服务员,径直对老板说:"老板,你记住,我们是来吃饭的,不是来受气的! "说完,气冲冲地走出了饭店,我们三个只好跟着她也走出了饭店。

走在回村的路上,我想,这个女孩真有个性,敢作敢为,天不怕地不怕,真是不简单,就是做事太直率、太鲁莽了。说实在话,有些话,有些事,是我无论如何都说不出来和做不出来的,也许这就是每个人的性格差异吧。这时候楚天舒说:"王雪萍,你怎么还是那样的脾气? "王雪萍冷冷地说:"最见不得那种狗眼看人低的人,村里欠你钱,你管村里要,干什么在我们面前摔摔打打? 我们是来吃饭的,不是来受气的。不过这会儿我的心里舒服多了。"杨高远赞赏地说:"王雪萍,你干得好,我支持你! 真解气! ……"

第二天临下村的时候工作区开了个碰头会。陈副镇长说:"这几天咱们的工作进展得不错，大家也都很辛苦。就是有些同志到村里大吃大喝，这一点不好。"说着，他有意无意地撇了王雪萍一眼，又继续说："我们是镇干部，要时刻注意自己的形象！"大家有些不解地窃窃私语着，只有我们三个人知道内情。看来一定是饭店老板给赵支书说了，赵支书又把情况告诉了陈镇长。我偷偷看了王雪萍一眼，见她脸色一点儿都没变，也不拿正眼看陈副镇长，只是若无其事地看着报纸，仿佛这件事跟她无关似的。心想，这个女孩真沉得住气，要是我，早就脸红了。

　　下村的时候，陈副镇长也去了赵坡，上午村里组织人植树，陈副镇长我们几个也跟着忙了一个上午。到了中午，赵支书召集我们吃饭，还准备去村口的那家饭店。没等陈副镇长说话，王雪萍抢先把话接了过来："赵支书，你们去吧，我肚子痛，就不去了。"陈副镇长忙问怎么回事。王雪萍说："我是说赵坡的饭不好吃，光气就能把人气饱了。我怕去到那里气得肚子痛就划不来了。还有，我不去，省得有人说我大吃大喝！"一席话，说得陈副镇长和赵支书都笑起来，我们也笑了起来。赵支书指着王雪萍对陈镇长说："这个丫头片子，嘴巴厉害着呢！"又陪着笑对王雪萍说："都怪我工作不到位，我向你赔礼道歉。到了饭店我一定好好说说那个老板！"

　　到了饭店，那个老板见赵支书带人去了，连忙站起来迎接，满脸堆笑，跑前跑后。见了王雪萍，觍着脸笑着说："昨天我心情不好，多有慢待，多有慢待！哈哈哈哈……"王雪萍也不答话，依然阴沉着脸。午饭简单要了几个菜，主食还是烩面，只是那烩面的味道比昨天中午好多了。

四十一

　　中工作区的植树工作终于结束了，在全镇四个工作区中我们第一个全部完成任务。我很好奇故城村的任务是怎么完成的，就找到楚天舒。他淡淡地说："没事的，领导说不让我管，我就没管。虽说我是故城村的包村干部，可是这几天净忙赵坡的事了。故城村的植树工作，后来陈副镇长给赵清明书记汇报了情况，赵书记亲自给郭土林打了电话，结果两天内连挖坑带植树就全部完成了，效率真高！"我反问道："要是赵书记没给郭土林打电话呢？"楚天舒摇摇头："那恐怕到现在也不会有动静。"我说："看来以后什么工作都得赵书记亲自出面了。我真想不明白这个家伙为什么架子这么大，整天端着架子有意思吗？他到底想干什么？"楚天舒不屑地说："看吧，他这样，早晚会有人收拾他的！"

不管怎么说，还是要小聚一下。晚上陈副镇长把工作区的所有人都召集到镇政府大门口旁边的群英饭店聚餐，刘主席和樊国超、许长杰有事没有去。男同志都喝了几杯白酒，女同志像王雪萍、田俊秀也喝了几杯啤酒。喝完酒大家都很兴奋，又回到宿舍打牌。到了深夜，将要结束的时候，王雪萍忽然大叫一声："哎呀，糟了！我的手表不见了！"田俊秀说："别着急，你再仔细想想。"于是大家帮忙把宿舍找了个遍，也没发现一点蛛丝马迹。王雪萍镇定下来，仔细想了想，说："我想起来了，可能是晚上聚餐的时候忘在饭店了。我记得吃饭的时候我把手表去掉放在桌子上，走的时候就忘了。唉，以后再也不能喝酒了，啤酒也不行。我现在就去饭店问问。"楚天舒劝阻说："别去了，没用。饭店会承认吗？他们要是不承认，咱们也没有办法。"王雪萍说："不管怎样，我也要去问问。"田俊秀站起来说："你要去也行，我陪你去。"王雪萍把田俊秀按到座位上："你们接着玩，我自己去。"说着，站起来就往外走。我有些担心，觉得都十一点了，一个女孩子出去不大方便。想陪她一起去，又觉得这样太明显了，其他同事会不会有风言风语？正犹豫的时候，她已经出了宿舍，我又有些后悔，怪自己不够当机立断。这时候杨高远说："都十一点了，咱们散了吧？早点休息。"于是各自回宿舍。

我躺在床上好半天睡不着觉，主要是想着王雪萍的事。她能要

选调生

回自己的手表吗？再说了，都深夜十一点了，自己应该帮她一下的。我又恨自己的优柔寡断，看来以后做事情该当机立断的时候一定要当机立断，决不能拖泥带水、瞻前顾后。考虑得太多，有时候不是一件好事……

这一夜睡得不好，总做噩梦。好容易熬到天亮，吃过早饭，点完名，工作区例会的时候，我特意看了看王雪萍，总觉得像少了什么似的。仔细想了想，哦，原来她的头发不知道什么时候短了许多。这是怎么回事？

由于暂时没有什么具体的事，例会很快就结束了。我想找王雪萍问问昨晚的情况，见她已经飞快地骑上自行车，大概是回家去了。于是我来到宿舍找到田俊秀问昨晚的情况，她和王雪萍一个宿舍。田俊秀望着我，神秘地笑着："你怎么那么关心她？"我笑了笑，没有回答她的问题："你快告诉我她的手表找到了吗？"田俊秀说："没有找到。昨天晚上她去了那家饭店，问了老板和服务员手表的事情，人家都不承认。她气坏了，和他们吵了几句，然后就气呼呼地回了宿舍。我劝她，一块手表也值不了几个钱，再买一块就是了。她眼里含着泪说，'你不知道，那是我外婆留给我的纪念，没想到就这样丢了……'昨晚她都没睡好觉，来回翻身。今天一大早，她拿了大剪刀，'咔嚓'一声就把自己的头发给剪了。把我吓了一大跳，以为她出了什么事。她说，'我就是要给自己一个警告，让自己长住记性，以后干什么事都不能粗心大意！'她又让我帮她修了修头发。你今天早上没看到她变成短发了吗？"我点点头说："看到了，我还正纳闷呢！王雪萍和别人真不一样，我还从来没见过这么有个性的人。再怎么着也不能把自己的头发给剪了啊！"

这件事后，我就有意无意开始注意起王雪萍来。她很注意自己的穿着，经常换衣服，几乎不重样，穿过一次后，几乎就看不到她穿第二次。我想她家里一定很有钱，要不然也不会有这么多的衣服。她的步伐很快，每天早上经过我的宿舍门前时，发出"噔噔噔"的声音，像一阵风似的，以至于我不用抬头，从步伐中就可以判断出她的到来。

就这样过了一段时间，我渐渐地适应了包村干部的生活：总的来说比较自由，点完名安排完工作，需要下村的时候就下村办事，如果不是特别急的事情，第二天汇报工作也不耽误；如果不需要下村，就可以做自己喜欢做的事情，只要不总在主要领导眼皮底下晃荡就行。春季村里的事情并不算太多，经历了植树这件事后，我对几名主要的村干部有了初步的了解。总的来说每个人都有自身的长处，当然也存在自身的缺点。村干部之间表面上是团结的，但是我隐隐约约感觉到里面存在着潜在的不安定因素，也许这刚刚是个开始吧！除了植树以外，再就是送送文件、下下通知、填填表格什么的琐事，也没有太多的成就感。没事的时候，几个好友杨高远、楚天舒、小童、致清叔等聚在一起打牌、下棋、聊天，倒也快乐，可我总是觉得少了点什么。有时候打牌、下棋到深夜，我不由自主地产生了负罪感，自责起来，觉得不应该浑浑噩噩、虚度光阴，应该找到正确的人生定位。

无聊的时候我又翻起了自己以前的日记和大学时候所写的文章，细细研读，觉得还有些味道。我在很多方面不如别人，如果说自己有什么优势的话，写作算是一个优势吧。一个人最重要的是要有自知之明，要明白自己的短处与长处，要善于扬长避短，才有可能有所作为。看来，是时候把自己写作的优势发扬光大了。不知道从什么地方了解到鲁迅文学院在招收函授班学员，于是我抱着试一试的心态报了名，并寄去了报名费。两周后收到了回函和有关学习资料，我很高兴，夜深人静的时候就认真学习，细细品读上面的文章，不断陶冶自己的情操，增强自己的写作水平。后来我又按照要求寄送了自己的稿件，受到了相关专家的点评。我想，事在人为吧，如果没有目标，随波逐流的话，两三年后，还是原地不动；如果充分利用这两三年，做一些有意义的事情，可能得到意想不到的收获。时间对于每个人

选调生

来说都是公平的，关键是怎样把握。

天渐渐变得暖和了，骑车回家也轻松舒适起来。父亲告诉我，表弟大伟的官司有了新的进展：经过重新聘请律师和调查取证，大伟的刑罚从一审十四年半改判为八年。虽然还是那么漫长，但是减去了将近一半，还是令人欣慰的，等八年后大伟出狱的时候已经二十八岁了，还算是能抓住青春的尾巴。我又提到包村的事情，说了这段时间的经历。父亲笑了："还不错。你要尽自己最大的努力为群众办些好事，同时要和村干部搞好关系，要依靠村干部的智慧和力量。就拿我以前包过的一个村来说吧，村班子原本分成了两派，互不相让，钩心斗角。我去了以后，从中调和，使他们缓和了关系，村里的工作自然也就好做了。我还和村里的群众处得很好，见面主动和人家打招呼，人家就会觉得你没架子，才会更支持你。所以说你包村要多动脑筋，事事处处谦虚谨慎，工作才能干好……"父亲说这话的时候，我不住地点头。这是他几十年工作的经验之谈啊！

母亲对我包村的事情好像没有多大的兴趣，她的关注点还是在找对象的问题上，又张罗着给我介绍对象。说实在话，谈恋爱对我来说渐渐成了一种负担，因为有时候我实在不知道要说些什么、做些什么。就拿陈艳芬来说吧，我刚开始还算可以，可是后来就不行了，而她却希望我天天去找她。压力太大的话，渐渐就会成为负担，越是这样，就越难尽如人意。也许这就是我和她分手的原因吧！后来我又把心里的困惑告诉了哥哥，他不完全赞同我的观点："看来她还不是让你心动的人。还有就是什么都是要学的，你能考上大学，并不代表你其他方面也优秀。谈恋爱这方面也是要学的，建议你买一些这方面的书看看。什么事情都有它的规律和技巧，找对象也是这样。你好好想想吧！"

是啊，我是应该好好想想。在家里的时候我还这样想，可是一旦回到镇政府，换了一种氛围，我就又懒惰起来了，心想自己的心态还不行，等等再说吧！又想到魏庄，虽然还不知道里面的深浅，但是已经感觉到了矛盾和问题。作为包村干部，应该为村里做些什么呢？当然，领导安排什么，自己做什么，也是一种工作方法。但是我不想这样做，总想着应该想想办法做出一点成绩来：从大的方面讲，是为群众办一些实事；从小的方面讲，也是为了实现自己的价值。于是我就找到杨高远，对他说了我的想法。他想了想说："我这段时间也在想魏庄的事情。我觉得他们班子不和，这终究是个问题。要想做一些事情，离不开村干部的支持。他们要是不配合，很难做出什么成绩来。"我说："村干部问题是个问题，但现在还说得过去，至少表面上是这样。眼下更重要的是为村里想点办法，帮助老百姓想点致富门路。魏庄是个穷村，还有不少人说是个乱村，要是有了门路，把他们的精力吸引到致富上去，矛盾就会少很多。当然，矛盾和问题，我们也要慢慢解决。"杨高远不住地点头："那怎么帮他们想办法呢？咱们俩社会阅历也不多。"一句话把我问住了。思路有了，关键是怎样去实施，想点门路，说说容易，做起来太难了。我想了半天也没想出个所以然来，说："那咱俩都好好想想吧！有了门路再商量。"

这天上午点完名，还没等到陈副镇长屋里说事，就看到镇政府大门口闯进来两辆农用三轮车，上面坐满了人，男的女的老的少的都有。车开到镇政府大院中间的花坛旁边后，车上的人纷纷跳下来。我正不明白是怎么回事的时候，小童捅了我一下说："要坏事，不知道哪个村里的人来上访了！"话音刚落，就听到人群中有人嚷道："赵书记，青天大老爷，你快点出来，快来管管我们村吧！"随即有人附和道："快些出来，你们整天就知道喝茶看报纸，就不想着为群众办点好事？"有人起哄道："别喊了，干脆咱们到县里去算了。镇里不管，还有县里；县里不管，还有市里，还有省里，还有中央！"有人骂道："这些当官的，都他妈的是贪污犯！"

我听着觉得太刺耳了，心想这些村民有事说事，干吗骂骂咧咧的！不管怎么说，镇里还是做了一些实事的。信访办的周振川迎了上

　　　　　　　　　　　　　　　选调生

去，这是他分内的事。信访办的办公场所在一楼，正对着大门，这样也是为了方便工作。老周冲着人群大声喊道："大家都静一静，有什么事情好好说。你们这样的话，怎么能反映问题？派几个代表进屋慢慢说！"

"还说个啥？都反映过好几次了，你们就是不管！你不是周振川吗？去年还包我们村，你比谁都知道情况！"人群中走出一个四十多岁的中年人。

"你们是魏庄的？"老周顿时底气就不足了。

"是啊，我们就是魏庄的。你去年在我们村包了一年，你不认识我们，我们可认识你！"那个中年人回答道。

这时候，人群中又有人嚷道："别和他们废话了，他们这群王八羔子，光吃饭不办事，咱们把镇政府给砸了！"我定睛一看，说这话的是个戴墨镜的男子，正是那天在魏庄植树的时候闹事的那个人。人群中立即有人附和："对！把镇政府给他们砸了！"但是他们也就是起哄，没有人敢真砸。

忽然围观的镇干部里面有一个人怒吼一声冲到"墨镜"面前："你给我砸一个试试！你砸啊，你敢砸，我就敢把你送到派出所，你信不信？"我一看，说话的正是工作区五大三粗的转业军人李学武。

"墨镜"的嚣张气焰顿时收敛了不少："我没说现在就砸，要是你们把事情解决了，我们也不愿意找事儿。"

李学武瞪着"墨镜"，好半天才缓和了语气："这还像句人话！"

"墨镜"不敢吭声了。气氛朝着有利于镇干部的方向发展。那个挑头的中年人想了想说："那好，我们现在就派代表。"说着，他叫了四五个人一块儿进了信访办，"墨镜"也是代表之一。

因为是魏庄的事情，陈副镇长、刘主席、我和杨高远也都进了信访办。在时而争吵时而缓和的气氛中，我大致了解了事情的来龙去脉：原来魏庄前年修路，是上级拨款和镇村两级配套资金。修路进行了几个月，路是修好了，可是矛盾也留下了。修路期间，村干部大吃大喝，还有人中饱私囊，对此村民意见很大，要求公布村里配套资金的使用情况，对一些村干部进行处分。去年他们就开始反映，可是反映了几次，因为前任支书已经下台等多种原因，问题迟迟没有解决。于是就发生了今天上午的事情。最后那个中年人说："你们不公布账，不处理人，我们就一直上访。说实在话，村里怎么样，与我没有多大关系，我是做生意的，可我就看不惯这些贪污腐败！"

陈副镇长问："你叫什么名字？做什么生意？"

中年人满不在乎地说："说了我也不怕。我叫魏正仁，他们让我挑这个头儿，我也就认了。我平时在外跑运输的。"

陈副镇长又问了魏正仁的电话，自己拿本子记着，又让我和杨高远也记着，最后说："正仁，你先带人回去，这件事我们会调查处理的，涉及谁一定会处分谁。"

魏正仁摇摇头说："你这样说我不能带人走。以前你们也说要处理，到后来总是没有回信儿。得给我个时间，比如说一个月之内，这样我好对群众说。要不然，光群众这边我都没法交代。"

陈副镇长想了想，又和刘主席小声嘀咕了几句，说："那好吧，一个月就一个月。一个月解决不了，你们再上访。"

"那好，一言为定。你们这次可不能再骗我们了。"说完，魏正仁招呼那四五个人一块离开了信访办。他们又招呼群众上了农用车。于是，两辆农用车发出巨大的"突突"声出了镇政府大院。

一场风波暂时平息了。那些人走后，陈副镇长立即把刘主席、周振川、我和杨高远叫到他的办公室。陈副镇长问："老周，你最了解情况，以前他们也反映过，为什么总压着不解决？"周振川点着一支烟，先抽了一口，然后才慢慢说："也不能说一点都没解决，上一任支书不是被免掉了嘛，然后上来了现在的毛金豹。应该说是没有彻底解决。"陈副镇长追问："那又是为什么呢？""为什么？"周振川冷笑了一声，"这牵涉到咱们镇里的人大主席白五臣，他可

　　　　　　　　　　　　　　　　选调生

能也没少吃人家少喝人家的。修路的时候，他是分管这块工作的领导。现在他是人大主席，资格又老，你说谁去得罪他？所以这件事不能深入去查。"一听说牵涉到白五臣，陈副镇长刚才的激情顿时消退了许多，他端起茶杯，慢慢地喝了一口水，自言自语地说："看来还真有些难办。"周振川说："所以说嘛，还得往后拖。咱们也不说不办，早晚拖得他们没有耐心了，也就不了了之了。"陈副镇长看了看周振川："我已经答应他们一个月之内解决。一个月后，怎么办？"周振川悠然地吐出一缕淡蓝色的烟，说："没关系，趁这个时间，咱们去做那几个挑头的工作，他们不挑这个头，这件事不就解决了吗？"陈副镇长皱起了眉头："我总觉得这样办不妥。"

　　我一直在默默听着，心想，难道以前处理事情都是这样的吗？能糊弄就糊弄，这样的话基层的矛盾会越来越多。看到周振川想这样就把事情摆平，我实在忍不住："陈镇长，我说几句行吗？"陈副镇长转过脸看着我："晨辉，你是现任的包村干部，你当然可以说了。"我激动地说："我觉得不能这样处理。关键要看他们反映的问题是不是合理。修路中有腐败问题，就派人去查嘛。牵涉到谁就处理谁，很简单的事情为什么就复杂化了呢？这样拖下去，怎样给群众一个交代？政府怎么会有威信？"周振川脸上顿时就有些不好看了，他沉着脸对我说："晨辉，你说得也不错，就是你太年轻。事情要是像你说的那么简单，早就解决了。考虑事情要全面，不能意气用事！"我有些不服气地说："我这不是意气用事。我承认我年轻，工作经验少。但我知道一点，就是群众反映合理的问题，就一定要解决。有时候瞻前顾后，反而什么事情也办不成。"周振川有些生气了，把烟往地上一扔，说："行行行，你是大学生，思想觉悟高，我比不了！反正你是现在的包村干部，你去解决吧，我不管了！"说着站起来要走，被陈副镇长拦住了："老周，你急什么，事情总可以商量嘛！"周振川气哼哼地说："陈镇长，反正该说的我都说了，你看着办吧！"陈副镇长想了想说："这样吧，你们说得都有道理，让我再仔细想想。"

出了陈副镇长的办公室，我对杨高远说："今天的事情你都看到了吧，本来很简单的事情，到了他们那里就畏首畏尾，群众怎么会没有意见？如果这样的话，以后咱们的工作怎么开展？"杨高远说："晨辉，你在会上说得很对，本来我也想说，你说过了，我就不说了。俗话说，'人老奸，马老滑'，周振川是越老越滑头了。"我笑着说："这个世界上的道理真有意思，有时候正反都是理。你看，还有一种说法是'老将出马，一个顶俩'，老当益壮。人老了到底是好还是坏？"杨高远也笑了。过了一会儿我说："看来我们还要再找找陈镇长。"

过了两天，我和杨高远又找机会见到了陈副镇长。陈副镇长很客气："你们两个工作积极性很高，想法也很好，值得肯定。关于魏庄的事情，我想找时间向赵清明书记汇报一下，怎么处理，也得听听他的意见。你们先回去吧！"

四十二

这些日子，我和杨高远一直在思索魏庄村的致富门路。下村工作安排完后，我们两个就围绕着村子随便转着看，希望能发现一点点思路。有一次，我们俩不经意间来到乔寺自然村北边的一个大坑边。坑不算太大，有十几亩地的样子，也不算太深，下面是水泥块和丛生的杂草，不时有白色的、黄色的蝴蝶飞来飞去，就像一个天然的昆虫乐园。我不禁想起去年夏天的那场暴雨和抢险的一幕幕，听村干部说乔寺自然村有两三个鱼塘，后来没有人养鱼了。莫非这里就是废弃的鱼塘？要是这样的话就太可惜了。他们去年还在养鱼，今年为什么不养了？

带着这个疑问，我们找到毛金豹。他听完后漫不经心地说："原来有三个鱼塘，不知道为啥今年都停了。听说去年秋天他们就把鱼都给处理了。"我让他带着我们找到那个承包鱼塘的农民。那人大概四十岁的样子，听完我们的来意，他憨厚地笑了笑，然后摇摇头说:"难啊,现在挣钱真难。说实在话,前年开始养鱼,还算有个好收成。去年就不行了,先是鱼不知道得了什么病,成批地死掉,可把我心疼死了;夏天又遇上大暴雨,雨水漫过了鱼塘,不少鱼都被冲走了。算了算,去年损失了大半。一狠心,我就把鱼全部处理掉。今年就是出去给人家打个短工什么的。"我问道:"那你为什么不把鱼塘好好收拾收拾,再请些技术人员过来帮你看看?"那人说:"不是我不想,就是没钱啊!你说的这些我也想过,少说也得个十几万的,我哪来这么多钱?"我说:"那你为什么不去想想办法找人借借?或者去找银行贷点款?"那人说:"谁肯借给我?这不是千儿八百的,好说。上万的钱,没人敢借给我。去银行贷款,人家要抵押的,我又没有太值钱的东西能抵押。"是啊,十几万的资金,让这个老实巴交的农民从哪里去弄?我一时也没了主意,看了看毛金豹。他也直摇头,拍拍我的肩膀说:"晨辉你的想法很好,就是你不知道这里面难度有多大。要是那么容易的话,魏庄早就富了。"杨高远插话说:"正因为难度大,我们才要好好想想办法。"毛金豹反问道:"那你有什么办法?你能帮他找来贷款?反正我是什么门路也没有。"杨高远不说话了。沉默了一两分钟,我觉得这个想法既然是我想到的,无论如何也要尽最大努力。于是我问那个农民:"要是有了钱,你还敢承包鱼塘吗?"那人的眼里猛然有了亮光,自信地说:"只要有了钱,我就敢接着干!承包鱼塘还是比打短工挣钱多得多。"我说:"只要你愿意干,钱的问题我帮你想想办法。要是我也想不来办法,你就接着打你的工。"

离开农民家后,毛金豹埋怨我说:"晨辉,不是我说你,你有些太冒失了。你能有什么办法?"我反驳他说:"办法总要想才会有,你说是吧?"他这才不说话了。

下一步怎么办?回到镇里后我和杨高远在我的房间里商量对策。两个人梳理了自己所能想到的办法和关系,结果都无能为力。杨高远说:"实在没有办法,咱们就另想思路吧!"我说:"要不咱们找找领导?"杨高远想了想,然后点点头:"那也只好这样了。不过越快越好,不如咱们现在就去找陈镇长。"说着,他站起来,要拉我出门。我示意他坐下。"怎么,你又不想去了?"杨高远有些吃惊。我笑了笑说:"我话还没有说完。咱们不找陈镇长,直接找赵清明,你敢不敢去?""啊?直接找赵书记?把陈镇长越过去,有些不合适吧?"杨高远说。"你到底敢不敢去吧?"我将了他一军。他略微停顿了一下,然后挺直了身子说:"这有什么不敢的?只要你敢去,我舍命陪君子。""太好了!"我紧紧握住了杨高远的手。

趁着有这个勇气,我们决定现在就去找赵书记。来到赵书记的办公室门前,刚要掀开帘子进去,见许长杰冲着我们摆了摆手,他走过来小声说:"陈镇长在里面呢。"我们正迟疑着,见帘子一挑,陈副镇长从里面出来了。我们顿时有些尴尬。陈副镇长问道:"你们要找赵书记?"我点点头。他说:"去吧,现在没人。"

进了赵书记的办公室,立刻就闻到了呛人的烟味。一看是我们俩,赵书记笑容可掬地说:"晨辉有一段时间没来了,高远也来了。你们俩快坐!"说着,他用手示意我们坐下。"怎么样?你们俩在村里干得还好吗?晨辉找过我几次说要下村,现在总该心满意足了吧?"我笑着说:"谢谢赵书记。我下村的这两个来月,感觉挺好的。"杨高远也说:"我也感觉很好。"赵书记在烟灰缸里把烟按灭,然后点头说:"感觉好就行。"他又把目光落在我身上,"说吧,你们俩找我有什么事?"见赵书记主动问起来,我就把魏庄鱼塘的问题说了一遍,杨高远在一旁补充。赵书记静静地听着,等我们俩说完后,他微微皱了皱眉头:"你们的想法很好,看来你们是真心实意想为村里做点事情。有这样的想法,很难得!你们俩反映的这个问题真是个问题,也有一定难度。这样吧,这件事我知道了,你们先找陈镇长说,让他解决,好吗?他要是解决不了,你再找我。"我有些失望,看了看赵书记说:"赵书记,我们直接找您,就是感觉这件事很难,只有您出面才行,所以最好还是您直接出面的好。"赵书记微笑着说:"晨辉啊,你

262

还是按我说的办，先去找陈镇长试试。不行的话再来找我。"见赵书记还是这样推托，我有些生气，拉了一把杨高远说："那赵书记我们先走了。"

回到自己的房间，我气呼呼地一屁股坐在床上，对杨高远说："赵书记怎么也变圆滑了，也学会推托了？以前不是这样的。"杨高远安慰我说："别想太多，可能赵书记有他的原因。咱们不妨找找陈镇长。"我无可奈何地说："现在只好这样了。我本来想着直接找赵书记力度会大些，速度会快些。你看看，现在春季都快过去了，再晚鱼塘就来不及了。"

我们又去找陈副镇长，说了鱼塘的事。他听完后皱起了眉头："这个思路很好，就是协调贷款的事，我觉得我的力度不够，毕竟要承担很多风险的。要是赵书记出面就好了。"我忍不住说："我们刚才找过赵书记了，他让我们找你说。"他听完后先是吃了一惊，然后看了看我，淡淡地说："那我明白了。你们先别着急，我这一两天找信用社说说，看怎么样。有什么消息，我再给你们俩说。"

等了四五天，陈副镇长这边也没有消息。我就有些着急了，和杨高远一商量，还得去找赵清明书记。既然他给的有话，这回找他他应该没什么理由推辞了吧。这次赵书记仍然很客气，他笑呵呵地说："晨辉，你是不是有点不高兴？"我没正面回答他："主要是对这件事有些着急。"他抽出一支香烟，拿出打火机点好，慢悠悠地说："晨辉啊，你的心情我可以理解，但是有些事情还是要讲个程序为好，这样对工作大局、对你个人都有好处。你想想，如果你直接找我汇报魏庄的情况，陈镇长会怎么想？他可能会以为你是背地里告他的状，虽然你的出发点是好的，但是不可避免地会影响到他对你的看法，你懂吗？现在好了，你已经向陈镇长汇报过了，再来向我汇报，程序上就没什么问题。现在我们就来说说魏庄的问题。"我若有所悟地点着头，心想赵书记说得确实有一定道理，看来自己还是工作经验不足。

我又把魏庄鱼塘的事情简单说了一遍，他听完后拿起电话，拨了一个号码，过了半天好像是没人接听。他把电话放下说："这样吧，你们俩先回去等消息吧!"我不放心地问："不会等太长时间吧?"赵书记笑着拍着我的肩膀说："你就放心吧，我是故城镇的书记，我也很关心这件事的。"又说，"晨辉你这个包村干部很认真负责，要是所有的包村干部都这样就好了。"

几天后，陈副镇长找到我和杨高远，兴冲冲地说："魏庄鱼塘的事情有眉目了。"陈副镇长就把情况简单说了一遍：原来赵书记亲自给信用社领导打电话协调贷款的事，几经努力，信用社最终同意贷款十万元，但是需要承包鱼塘的农户找两个经济条件比较好的农户做担保;同时，赵书记还联系了县水利局，让他们派技术人员来具体指导。最后陈副镇长说："现在也不能高兴得太早了，虽然有了点眉目，但关键是那个农户能不能再找到两个担保人，这是至关重要的。你们俩去和那个农户说吧!"我和杨高远听完后激动地说："谢谢赵书记! 谢谢陈镇长! 我们现在就去!"

我们俩立刻下村找到那个农户。等把情况说完后，农户十分高兴，底气十足地说："我觉得有门儿，我有个亲戚家里条件还行，我还有个铁哥们儿，我找找他们。"

接下来的事情进展得十分顺利，信用社对两个担保人进行了评估，很快就发放了贷款。陈副镇长带领镇干部和技术人员到魏庄村进行了实地查看。没几天，鱼塘改造工程就正式开工了。按照计划，将对鱼塘底部重新进行硬化，重新购置网箱和围网，尽快修复被洪水冲毁的堤坝，重新购置增氧机和大功率的水泵等。此外，根据技术人员的指导，对鱼苗和鱼食的选购、消毒设施等也进行了合理安排。那个承包鱼塘的农户激动得不知道说什么好，只是紧紧握着我和杨高远的手，一个劲地说："太感谢你们了，谢谢，谢谢!"

看着鱼塘热火朝天的施工场面，我和杨高远都从心底里有一种无限的成就感。尽自己最大努力办点好事，不仅仅是对别人，就是对于自己来说，何尝不是一件快乐的事呢?另外，面对困难时，只要想方设法尽最大努力，总会有解决办法的。我抬头看看远处，晚春季节，绿油油的麦子随风起舞，掀起阵阵麦浪，让人心旷神怡……

正当我和杨高远沉浸在这种成就感中的时候，魏庄村又出事了，还是上次上访的事情。原本承诺的一个月期限，转眼就要到了。其实，这中间陈副镇长也没闲着，但是有些犹豫。中间我问过陈副镇长两次，他说正在考虑，也向赵书记汇报过了，赵书记迟迟没有明确指示。就是在这犹犹豫豫、拖拖拉拉中，矛盾集中爆发了。这天上午刚点完名，还没有宣布散会的时候，我透过会议室的窗户就看到黑压压的人群。显然，赵书记也意识到事情的不妙，他正在安排近期全镇的工作，忽然停止了讲话："现在散会！信访办看看是怎么回事！"周振川和两个年轻人迅速跑了出去。

镇干部纷纷出了会议室。我看到上访的人群打出白底黑字的横幅："坚决查处魏庄的腐败问题！"陈副镇长、杨高远和中工作区的其他人也看到了，大家不约而同地迎上去。这时候周振川和信访群众已经开始对话了。周振川把黑脸一拉，吼道："你们这是干什么？还懂不懂国法？有话好好说，为什么要闹事？谁是挑头的？"人群中有人站出来，和上次一样，还是魏正仁。他好像一点也不在乎，理直气壮地说："周振川，收起你那套吧。我问你，上次你们答应得好好的，一个月内解决问题。现在时间到了，你们是怎么解决的？"人群中有人呼应："就是啊，我们也不是好欺骗的！""墨镜"站出来说："大家都别闹了，在这里讲理没有用，咱们去县里吧！""就是，咱们现在去县里！"说着，打着横幅的人开始掉头往回走，人群也跟着向镇政府大门走去。

"先等等，乡亲们都别走！"有人大声地喊道。我循声看去，见会议室里走来一个人，正是赵清明书记。他快步走到现场，大声地说："乡亲们，我是故城镇党委书记赵清明。你们不是要说事吗？直接对我说吧！"

魏正仁把手一挥，示意群众先别动。他缓和了口气说："赵书记,你总算露面了。说实在的,跟他们我都懒得说了,每次都是放空炮。现在我就再给你个面子,先不去县里。你这次要是也欺骗我们,我就直接领他们去县里了。"赵书记点点头说:"你叫什么名字?"魏正仁说:"说了我也不怕,我是叫魏正仁。怎么?将来还要报复我吗?"赵清明冷笑着说:"我是一个镇的党委书记,只要你反映的情况合理,我怎么会报复你呢?"魏正仁说:"说实在的,我挑了这个头,就不怕报复。再说了,只要我在理,我还不相信你们能把我怎么样?"赵清明笑着说:"说得好,这里就是让人说理的。你来吧,咱们到办公室说说。"

于是魏正仁仍然招呼上次的那四五人和他一起随着赵书记进了信访办。这边陈副镇长、刘主席和周振川跟了进去。我和杨高远也要进去,陈副镇长一摆手:"信访办没那么大地方,你们俩就不用进去了,在外边招呼着群众,别让他们闹事。"这时候许长杰拎着茶瓶和纸杯也进了信访办,看样子是给他们倒茶。

我和杨高远就留在了外边。我看到上访的人群收了横幅,站着的、坐着的都有,指指点点地说着什么。有几个四五十岁的妇女拿出鞋底,趁着这个时间纳了起来。

时间一分一秒地过去。等了足足有一个小时,信访办的门帘被人挑开了,赵书记和魏正仁他们走了出来。魏正仁脸上有了几分喜悦,他握着赵书记的手说:"赵书记,这次可不能再让我们失望了。"赵清明摇晃着他的手说:"请你们放心,我一定会处理好的。"说完,魏正仁带着那四五个人招呼群众上了农用三轮车,很快出了镇政府。许长杰拎着赵清明的茶杯,陪着赵清明上了楼。

见陈副镇长也回了自己的办公室,我和杨高远就跟了过去。到了他的办公室,陈副镇长说:"这次应该会动真格的了。赵书记承诺三天内成立调查组,十天内处理到位。"然后又好像自言自语地说:"这下白五臣也保不住了。"

果然,第二天镇里就成立了调查组,由陈副镇长担任组长,刘

　　　　　　　　　　　　　　　　选调生

金霞和一名纪委副书记担任副组长，信访办主任、交管站站长、农经站站长、财政所所长以及我和杨高远为成员。一星期后，调查结果就报给了赵清明书记。紧接着赵书记召开班子会，研究了处理意见：决定开除魏庄村原支部书记的党籍，责令其退赔所贪污的修路款三万元，同时呈报县反贪局，按照经济犯罪处理；决定免去魏庄村会计主任魏仕强的职务；决定呈报县纪检监察部门，给予镇人大主席白五臣党内警告处分；对其他相关人员也给予了相应的处理。

这件事处理后没几天，镇政府大院里又来了不少群众。周振川正担心又是哪个村来上访的时候，见为首的魏正仁手里托着一件东西站了出来。周振川有些吃惊："你这是干什么？你们村的事情不是已经处理完了吗？还来上访？"魏正仁笑着说："老周，我们这次不是来上访的，是来感谢的。感谢镇党委、政府圆满处理了魏庄村的腐败问题，为咱老百姓做了主。"周振川这才松了一口气，笑着说："老魏，不用谢。为老百姓办事是镇党委、政府应尽的职责。"魏正仁说："赵书记今天在吗？"周振川说："今天赵书记一早就去县里开会了。"魏正仁有些失望："要不这样吧。回头你向赵书记转达我们的感谢。"说着把手里托着的东西展开，原来是一面锦旗。魏正仁说："周主任，你就代赵书记收下这面锦旗吧，这是魏庄老百姓的一点心意。"周振川说："好！那我就代赵书记收下！"说着，他和魏正仁共同展示了锦旗，只见上面写着"为民服务、廉洁清正"八个金黄色的大字。这时候后面的群众和在场的镇干部都鼓起掌来，我和杨高远也不由自主地鼓起掌来。

群众离开镇政府后不久，我和杨高远正准备上楼，就听到大院里有人大骂："他妈的，敢拿老子开刀，树他自己的威信！他赵清明就没有问题吗？我看他赵清明最后落个什么下场！"我扭头一看，见白五臣不知道什么时候站在院子里。周振川见此情形，赶快进了信访办，"啪"的一下把门关上了。见没人理他，白五臣又骂道："还有那个陈瞎子，早晚也不得好死！"

陈副镇长挑开门帘，从办公室走出来说："白主席，你好歹也是正科级干部，怎么能这样？让机关人员看笑话！"白五臣把两手往腰上一叉，挺直了腰骂道："笑话？我什么也不怕，还怕人家笑话！老子过两年就要退休了，干了三十多年革命，临退了，给个处分，不就是吃点喝点吗？这算得了什么！你们谁敢说自己是干净的？现在竟敢拿老子开刀？"陈副镇长尽量压着怒火，心平气和地说："谁做的什么事谁自己心里最清楚，什么事情都越不过一个'理'字。你自己好好想想吧！"说完，又回到了自己的办公室。

白五臣骂了一阵，见再没有人吭声了，觉得没有意思，就自己给自己找个台阶说："哼，等着瞧吧，得罪我的人没有好下场！"说完，气哼哼地走了。

听陈副镇长说有人把这件事告诉了赵清明，赵清明只是淡淡一笑："他是老资格，骂几句就骂几句吧。怨气发泄出来了，会慢慢想通的。"陈副镇长对我说："晨辉，你看现在办点事有多难，得罪人的事谁都不愿意干。说实在话，魏庄的事情也有些怪我，刚开始我也犹犹豫豫的，就是怕得罪人。后来赵书记下了决心，我才敢彻底去查。这件事对我触动也很大，看来以后干工作还是要果断，不能瞻前顾后！……"

四十三

魏庄的信访问题总算结束了，我也松了一口气。对于一个村来讲，富裕和稳定就是包村干部所面临的两大任务。之所以说魏庄村是后进村、乱村，还不是因为经济落后、矛盾重重吗？这段时间集中爆发的信访问题虽然解决了，但这绝不是唯一的问题。有些矛盾和问题应该及早解决，而不是一拖再拖，推诿扯皮；处理得越早，工作就越主动。我忽然闪过一个念头，村里应该建立一个能够让村民反

　　　　　　　　　　　　　　　　　选调生

映意见和建议的窗口，能够尽早发现矛盾。我把这个想法对杨高远讲了，他也表示赞同。于是在不久后村里召开的一次党员大会上，我提出了设立村干部接待日的想法。毛金豹听完后想了想说："晨辉，你这个想法不错。就是村民的素质高低不一样。如果设立了这个接待日，怕一些人借机找事，到那时候好事就变成了坏事。我觉得暂时不设为好。你不就是想让村民有个说事的地方吗？我把村班子的电话公布一下，群众随时可以电话反映问题嘛！"我想了想说："还是设立接待日吧，毕竟村里不是所有人都有电话。再说了，有些事还是当面锣对面鼓说得清楚。"见我坚持己见，毛金豹说："那好吧，你是镇里干部，就听你的，先暂时设立一下试试。"于是毛金豹当众宣布了这个决定，每周一为村干部接待日，集中解决群众反映的问题。不少老党员都鼓起掌来，我的心里也美滋滋的。

正在大家讨论村干部怎样轮流值班的时候，一个不太和谐的声音传了进来。"你们不是要设立什么接待日？不用设了，我现在就有问题向你们反映！"我抬头一看，推门进来两个人，一个戴着墨镜，一个腿一瘸一拐的，正是植树那天闹事的那两个人。

毛金豹站起来："我们正在开党员会，你们俩来干什么？""墨镜"皮笑肉不笑地说："你说干什么？来反映问题的。"毛金豹压了压怒火说："那你说吧，都有什么问题？""墨镜"说："毛金豹，我问你，我家的房子下雨漏水，你管不管？我整天在家闲着，没活干，你管不管？还有，我家的羊前段时间丢了，到现在还没找着，你帮忙找找吧？还有，我家的鸡这两天也死了好几只，你给赔吧……"

毛金豹气得脸色铁青："这里是党员会，不是让你们来无理取闹的！你们给我出去！""墨镜"一动也不动，拉把椅子坐下来："谁无理取闹了？你是村干部，就是要帮我解决问题。要不然，还要你们这些干部干啥？"这时候副支书兼治保主任乔天庆站起来，使劲拍了拍桌子："你们俩给我滚！""瘸子"有些害怕了，一瘸一拐地走了出去，"墨镜"一副满不在乎的样子："乔天庆，你吓唬谁啊，我就不滚，你能怎么着？""你个杂种！"乔天庆气得浑身发抖，四处看了看，然后从门后抄起一条木棍就要去打，被一旁的魏正仁拦了下来。

魏正仁前段时间曾带头去镇政府上访，问题解决后，他再也没有闹过事。他是党员，所以今天的党员大会他也参加了。魏正仁说："老乔，你先别急。"然后又对"墨镜"说："干什么事情都不能越过一个'理'字。前些日子，咱们去镇里反映问题，那是占着理的，所以我挑了这个头。今天你这可是无理取闹。你要是再这样闹，甭说别人，我都不会答应的。"这时候其他党员也都纷纷指责"墨镜"。眼看就要犯了众怒，"墨镜"态度有些软了，他慌忙站起来，一边往外走，一边给自己找台阶："好，仁哥，今天这个面子我给你了。我还有事，改天再说！"

两个闹事的人走后，好半天，毛金豹和乔天庆才平息了怒火。毛金豹对党员们说："看来村干部接待日还是暂时不设为好，防止被一些爱闹事的人利用。有一点请大家相信，我毛金豹还是会尽我的全力为群众办事的！"

会议就这样不欢而散。我觉得毛金豹说得也有一定道理，他在村里多年，就基层工作经验来说，比我要强。有些事情出发点是好的，但要立足实际，否则就会事与愿违。大多数农民是纯朴善良的，但是不可否认，也有少数农民的素质比较低，唯恐天下不乱，总希望找点事来达到个人的某种目的。所以说，上边的一些政策措施，如果照抄照搬放在基层，未必都完全适合。

但我又有些纳闷：从植树到信访，再到今天的党员会，为什么每次跳出来闹事的人都是"墨镜"和"瘸子"？尤其是今天的党员会，他们俩怎么知道今天开会？难道是巧合吗？这中间难道有什么别的原因？……想了半天，我还是理不出头绪来。

村干部接待日虽然没有设立，但是毛金豹他们几个工作起来比以前明显主动多了，经常抽时间到村里了解情况，村里的宅基地问题、邻里纠纷问题，甚至婆媳关系、赡养老人这样的小事也都逐步得到了化解。至于村里解决不了的问题，我和杨高远也都向陈副镇长做了汇报。我深切感受到，自己正在逐渐融入魏庄，生活也变得充实起来。

天渐渐热起来。每次下村都经过乡村小路，看到四周的麦田从长高到出穗，再到渐渐变黄，布谷鸟不知什么时候叫了起来，又快到"三夏"麦忙天了。空气里充满着麦田的气息，有时候半夜里还传来几声鸟叫。借着这个感触，我写下了《五月夜思》这篇散文作为作业，寄给了鲁迅文学院，也寄出了自己的一份希望。

天亮得越来越早了。吃过早饭，在等待点名的这段时间，我会把椅子放在我房间的门前，一边喝茶，一边看着经过我门前的来来往往的同事。王雪萍是其中比较特殊的一个，每次都是匆匆而过。初夏的天气早晨就有些热，她和别的女同事一样穿着鲜艳的裙子，与众不同的是她总是戴着遮阳帽，有时还戴着太阳镜，显得有些"酷"。她每次从我门前匆匆走过，总是留下淡淡的清香和那种与众不同的吸引力，以至于如果哪天她没从我门前经过，我会觉得少了些什么似的。有一次，我对杨高远说："你注意到那个王雪萍了吗？"他一愣："她怎么了？"我笑着说："那很像古装剧中的侠女。"他摇摇头说："没感觉。不过她有些与众不同倒是真的。"还有一次，杨高远正在我房间，王雪萍又从我门前经过，我赶快拍了拍他，指着王雪萍的背影小声说："快看，像不像侠女？"可能声音有些大了，王雪萍扭头看了我们俩一眼，又继续向前走了。等她走过去，杨高远这才笑着说："像，真有些像。以后我们俩私下里就叫她'侠女'好了。"

这天楚天舒来房间找到我："晨辉，还记得前些日子我给你提过的那件事吗？"我问道："什么事？"楚天舒说："就是王雪萍你俩的事啊。"我一惊，忽然想起了春节后楚天舒曾说要把王雪萍介绍给我，我当时以为也就是那么一说，没有当真的。两个多月过去了，我都把这件事给忘了。我说："想起来了。"他笑着说："我通过她姐把话已经转给她了。"我心头猛地紧张起来，慌忙问道："她怎么说？"

楚天舒一本正经地说:"王雪萍说,对你不怎么了解。最后又说,随缘吧!"我问楚天舒:"她这话是什么意思?愿意还是不愿意?"楚天舒想了想说:"我也不太懂,但至少是对你印象并不坏,可能是要观察观察你才好下结论。女孩子嘛,说话都是留有余地的。"楚天舒最后说:"我可把线给牵到了,成与不成就看你了。"

楚天舒走后,我仔细想了想王雪萍的事。说实在话,自己是有点喜欢她了,胆大、泼辣、正直,这些都是自己很欣赏的。不过,她个性未免有些太强,有些行为很难让人接受。那次在赵坡村吃饭的事情还历历在目,要是我,是绝对不会那样做的。还有,要是她的眼睛能再大一些就好了……想了半天,我也拿不定主意。后来一想,干脆就像她说的那样,一切随缘吧!不刻意去追求,一切顺其自然。

四十四

"三夏"到来了。每年的这个时候,我就想起上小学和初中的假期。那时候农村的学校一年有四个假期:寒假、麦假、暑假、秋假。主要是因为那时候农业机械化程度不高,很多农活都需要人工去做。以"三夏"为例,时间集中,农活繁多,还要抢抓农时,所以有农谚说,"要想忙,四月黄,大人小孩都使上"。小学和初中的教师大多不脱产,他们还要回家收麦子,所以学校干脆放假半个月,学生也好借此机会帮助大人干些活。后来上了高中以后,就没有了麦假和秋假,但我却非常怀念这样的假期。麦假的时候空气中弥漫着浓郁的麦田的味道,田野里到处都是人,麦场里轰隆的打麦机昼夜响个不停。小孩子除了做一些力所能及的事情外,就是玩耍,可以在麦场中捉迷藏、玩四角(一种纸做的正方形的东西)等。农村的小孩子是多么盼望假期啊,所以我对此印象特别深刻,也特别向往。因此每到"三夏"麦忙天,我都有一种特殊的情结,今年自然也不例外。

镇里开过了"三夏"生产动员会,和每个村签订了"三夏"生产责任书。其实动员会也就是例行公事，即使没开这个动员会，群众该收麦子还是要收的，在这一点上，群众比干部更着急。与往年不同的是，今年还同时签订了"禁烧责任书"。近些年由于联合收割机的普及，人们基本上很少用镰刀割麦了，大都是随着联合收割机的下地，刚才还是金黄色的麦田，一转眼就是一袋一袋的麦子了。但是伴随而来的问题就是麦茬太高，收割后麦秸留在地里，给播种玉米造成了很大困难。不少农民为了省事，就一把火把麦秸和麦茬烧掉了。因此，这几年，每到收麦季节，田野里处处冒烟，有种"烽火连天"的感觉。秸秆烧完后，虽然播种玉米方便多了，但是污染了环境，有时候呛得人喘不过气来；另外，焚烧秸秆破坏了土壤的有机质，对于秋作物的生长也是不利的。因此，今年上级下达了命令，禁止农民焚烧秸秆，作为"上边千条线，底下一根针"的乡镇，自然承担了禁烧的第一责任。

这天上午点完名后，工作区安排包村干部下村，主要是督促村里做好"三夏"生产和秸秆禁烧的宣传工作。我和杨高远下村后，见到了毛金豹，他正在召集村组干部开会。我们说了来意，并把宣传单的样本拿了出来。毛金豹一边看一边小声地念着，"焚烧秸秆可耻，利用秸秆光荣""禁烧秸秆，利国利民""三夏生产，安全第一"……当念到"谁烧罚谁、烧谁罚谁"的口号时，他摇了摇头："说谁烧罚谁可以理解，要是说烧谁罚谁就不像话了。我家的地被人烧了，我本来就损失不小，还要再罚我，还讲不讲道理了？"一句话说得大家都笑起来。我也觉得毛金豹说得很有道理，就说："要不然就不用这条标语吧！"毛金豹点点头，吩咐旁边的魏正仁说："你到小学找几个老师，让他们帮助写写标语，写完后你负责每个组都多贴几份。"魏正仁出去准备了。前段时间魏庄村上访问题解决后，免去了魏仕强会计主任的职务。会计主任的职务空缺了一段时间后，镇里经过研究，决定任命魏正仁接任会计主任。这样，魏正仁从一名上访的"挑头分子"成了村里的领导班子成员。

我们又问了一些村里"三夏"生产的进展情况。毛金豹说："你们俩就放心吧，收麦你不用说他们就知道什么时候收。禁烧的事情除了标语，我还准备让各组组长在大喇叭上吆喝吆喝，让每个人都知道这回事。"我和杨高远这才放了心。

　　村里一时也没有什么事，我们俩就回镇政府了。见楚天舒也刚从村里回来，我问他："你那边情况咋样？"他笑笑说："没事，不用我操心。有郭土林这样的支书，工作能有干不好的？我刚一见到郭土林，他就说你哪儿凉快就到哪儿去吧，'三夏'的事情我已经安排下去了。我就往回走，看到已经有人开始收麦子了，我就站在附近看了一会儿，和路边的一个老头闲扯了几句。老头说那是郭土林家的地，他还说，按照往年的惯例，都是村组干部先帮着收郭土林家的麦子，收完后其他的农民才开始收。这些年都成了规矩……"我忍不住插话说："这个郭土林不成了村霸了吗？"楚天舒无奈地说："是啊，大家都知道他是村霸。不光是收麦，浇地的时候也是先浇他家的地，然后才轮到别人家。但是支部换届选举的时候群众还是都选他——谁敢不选他？"杨高远愤愤地说："这样的村支书真是少见。村里的群众也就是贱，明明知道他是村霸，还去选他？就没有一个人敢得罪他？"我也不服气地说："我就不相信没人能搬得动他，我倒要看看他得个什么下场！"

　　两三天后，全镇的麦收全面拉开了序幕，伴随而来的焚烧秸秆的问题不断发生。据致清叔讲，办公室这几天一共收到十多起焚烧秸秆的报告，个别地块的麦子还没有收就被人有意无意地烧掉了，群众对此意见很大，要来镇里讨个说法，幸好村干部及时阻止，并向派出所报了案。致清叔最后说："农民啊，就是这样。很多时候只看到眼前的那么一点点，长远的事情他们是不会考虑的。你去给他们说焚烧秸秆污染环境、破坏土壤，他们才不管呢！他们只管种秋怎么方便怎么做。"

　　下午的时候，各村焚烧秸秆的情况越来越严重，空气中弥漫着呛人的味道，在房间里只好把门窗关好。傍晚的时候，镇里召开紧急会议，要求全面加强禁烧工作，包村干部要给村里下死命令，问题严重的村要对村干部进行处分；今晚所有干部都要住在镇里，明天起白天包村干部要在村里盯着，晚上就住在村里，帮助村里做好禁烧工作；镇里的三辆面包车随时待命，一有情况马上组织人员赶到现场处理火情；镇里连夜联系定做红袖标，每个参与禁烧的干部下去督察都要戴上。气氛顿时紧张起来。我给毛金豹打电话，说了镇里加强禁烧工作的意见，让他务必组织村组干部加强巡逻。

吃过晚饭后，一阵急促的铃声响起，这是紧急集合的信号。我赶快下了楼，来到楼前的空地上。再看，杨高远、楚天舒、小童等人也急匆匆地赶来。随着铃声的持续响起，不到五分钟时间，机关大院就站了不少人，崔大壮副书记、陈俊昌副镇长、桂宝华委员等也来了。这时候赵清明书记从楼上走下来，后边紧跟着许长杰。人群顿时安静下来。赵书记严肃地说："根据办公室所反映的情况，现在着火的地方很多，我们得立即前去救火。如果现场发现点火的人，马上抓回来。好了，大家上车吧！"说着，他带头上了一辆小面包车，崔大壮、陈俊昌、桂宝华等也上了车。剩余的机关干部往后边的两辆大面包车上挤。就这样，大家浩浩荡荡地出了机关大院。

离开镇政府向东走不远，就看到了麦田。远远望去，一条长长的火龙正在熊熊燃烧，在漆黑的夜幕中格外显眼，更远的地方好像还有星星点点的火苗。于是面包车向出事的地点驶去，拐过好几个弯，终于到了出事地点。根据判断，出事的地点应该是故城村。

下了车，毕毕剥剥的火苗声马上传入耳内，烈火夹杂着浓烟让人几乎喘不过气来。赵书记一边让许长杰给故城村的支书郭土林联系，一边从车上拿了一把铁锨，带头向火龙冲去。车上带的铁锨很快被人抢光了，没有抢到的只好从旁边折了树枝作为扑火工具。我和杨高远一人手里拿了一根树枝加入扑火队伍中去。开始扑打火苗的时候，觉得有些烤得慌，只好重新折了长一点的树枝，这样才敢接近火苗。

赵书记身先士卒，拿着铁锨狠命地扑打着火苗。火苗的生命力很旺盛，刚扑打灭，一转身的工夫，重新燃烧起来。过了一会儿，许长杰要去接赵书记的铁锨，被他拒绝了。我用力地扑打着火苗，一会儿树枝上的叶子就掉光了，树枝也在不断变短，我就去重新寻找树枝。看看身边的人，除了杨高远、楚天舒、小童外，还有刘金霞、王雪萍、田俊秀等几个女同志，不知道她们什么时候上的车。王雪萍抢到了一把铁锨，她抢起铁锨不停地拍打着火苗，一会儿就累得气喘吁吁。我抢过她的铁锨说："你先歇一会儿吧，让我来！"她犹豫了一下，松了手。铁锨的扑火效果确实比树枝要好许多，不过也沉许多。不一会儿我就出了汗，再看看手上，已经磨出了泡。看来，自己平时干活还是少啊！后来杨高远又接过了我的铁锨。

长长的火龙终于被消灭了，但是远处还有火苗。我们正要往那边去，见郭土林带着几个村干部来了。赵书记见到他，严肃地说："郭支书，你们禁烧工作没有做好。你看看，这么大一片地都被烧了，你们没看到吗？"郭土林没说话，回头对手下的几个人说："这是几组的地？你们是怎么搞的？白养活你们吃饭啦？"这几个人连声说着道歉的话。赵书记摆了摆手说："算了算了，你们以后要注意，一定要把禁烧当回事！"又指着远处的火苗说："快去吧，那边还有火！"郭土林笑着说："赵书记，那不是故城村的，也不是其他村的，是胡坡镇的，不归咱们镇管。"赵书记稍微松了一口气说："那就算了。"说着，自己拉开车门上了车。其他镇干部也都纷纷上了车。郭土林还想说什么，见面包车的门迅速地关上，车一掉头启动了。

扑火还在继续，又相继扑灭了五六处火点，夜已经很深了。我看了看传呼机上的时间，已经十点多了。有几个女同志支撑不住，在车经过镇政府的时候下了车，毕竟夜深了，女同志多有不便。

我们又沿着通往县城的公路向南巡逻。不一会儿，就远远地看到有好几处着火点。见火势不算特别大，赵书记说："不用都去，

　　　　　　　　　　　　　　　　　　　　选调生

下去几个人把火弄灭就行。"一声令下，几个人迅速向远处的火苗冲去，我也拿了铁锨跑过去。夜幕中我有些迷路，不知道到了哪里，就问身边的杨高远。他四周看了看："好像是毛堂的地，我也不确定，看着有些熟悉。"正扑打的时候，我不经意间发现王雪萍也在身边，感觉很奇怪，心想刚才女同志不是都下了车了吗？怎么她还没回去？就问道："你怎么还没走，快回车上吧！用不上那么多人。"王雪萍没有回答我的话，指了指前边，小声地说："你注意到那边没有？好像有人在说话，可能火是他们放的。"我顺着她指的方向看去，隐隐约约好像有人影在晃动。我拉了一把旁边的杨高远，把情况告诉了他。于是我们俩不动声色，悄悄地向前走去。

接近人影的时候，我俩仔细观察他们的动向，原来他们正拿着打火机，点着一个地块后迅速转移，去点另一个地块。顿时，我们俩气得肺都快要炸了，猛地冲上前去，大声地喊道："我们是镇政府的，你们竟敢随便放火，跟我们到镇政府去！"那两个人大吃一惊，扔下打火机就要跑。我们俩上前就去抓他们。没想到我抓的那个人胳膊很粗壮，他迅速用力一甩，挣脱了我，还差点把我摔倒。再看杨高远，他已经抓着了另外那个人，那个人也在拼力挣脱，把杨高远甩得左右摇摆。为防止他再逃脱，我就过去帮忙。这时候那个人忽然停止了挣扎，盛气凌人地说："闹了半天是你们俩！快把我放了，你们也不看看我是谁？"我们俩也吃了一惊，端详这个人，在摇曳的火光中，一张熟悉的面孔映入眼帘：这不是那个毛晓龙吗？只是这次他没有戴着他的墨镜。联想到近期他动不动就跳出来找事，又想到为了禁烧，镇干部到这时候还在忙碌，怒火立刻涌上心头，我大声斥责道："又是你！到了半夜竟然还在干坏事！想让我们放人，没门儿！"杨高远也怒不可遏地说："放人？你怎么想得那么简单啊！快跟我们走！"见我们不买账，毛晓龙发狠地点着头，威胁道："好，我算记着你们俩了。这个仇咱们是结定了！走着瞧！"说着，又开始拼命挣扎起来。我大声地对远处的镇干部喊："你们再过来几个人，快过来抓人!"杨高远也喊道:"天舒、振兴,你们快来!"我们正喊着的时候,毛晓龙趁我们不注意,用尽平生力气挣脱了我们。"快追,不能让他跑了!"我对杨高远说。于是我们俩随后就追,毛晓龙腿脚很灵便,加上熟悉地形,我们俩追了半天也没追上。眼看着毛晓龙翻过一道沟,消失在了夜幕中……

我们俩垂头丧气地往回走,迎面碰到赶来增援的楚天舒和小童。他们问:"怎么样?"杨高远气呼呼地说:"喊了你们好几声,你们怎么才来?来晚了,人都跑了。"我把情况简单地说了一遍。小童说:"你别怪我们。我们正在扑火,没听到啊,是王雪萍喊我们,我们才知道的。"

来到刚才扑火的地点,火已经被扑灭。王雪萍问我:"怎么,你们没抓着人吗?"我叹了一口气,沮丧地说:"抓着了,可惜又让他跑了。"于是就把刚才的事情又说了一遍。王雪萍一听就火了,对着那些扑火的人说:"你们都聋了?刚才我喊了半天让你们去帮忙抓人,你们谁也不动,是怕挨打还是怎么着?我要是男的,早就去了!"人群中的樊国超有些挂不住了,就反驳道:"我们这边扑火,手都磨出泡了,你怎么不说?人跑了就跑了,有什么大不了的?"王雪萍气得二话没说,扭头就走了。

接下来的气氛有些沉闷。大家谁也没说话,默默地向面包车走去。等回到镇政府,已经十二点多了。我感觉太累了,简单洗漱完毕后,躺在床上就进入了梦乡。

四十五

第二天点名的时候,赵书记对昨天晚上的扑火情况进行了点评。他说:"同志们,现在的禁烧形势非常严峻,可能过几天上面的领导也要来督察禁烧工作,所以大家一点也不能松懈。昨晚的情况很多人都知道了,参与扑火的镇干部表现都很好,大家表现出了团结一致、不怕吃苦的可贵精神,今后要继续发扬这种精神。女同志也是巾帼不让须眉,我发现有个刚上班不久的女同志表现特别突出,昨晚一直跟着大家扑火,一直坚持到最后。天太晚我没看清是谁,也就没法点名表扬了。看来咱们新上班的年轻人觉悟还是很高的……"赵书记说这话的时候,我往女同志堆里看了看王雪萍,心想,赵书记准是在表扬她呢! 王雪萍倒是一副若无其事的样子,只是静静地听着,偶尔和旁边的女同事窃窃私语几句。

赵书记又对禁烧工作提出了新的要求,重申包村干部要有一个人住在村里,帮助村里做好禁烧工作;白天没有特殊情况谁也不准请假,随时待命;为了女干部的安全,今后晚上如有紧急情况,女同志不必参与行动。

会后镇里发了印有"禁烧督察"的红袖标,人手一个。我和杨高远商定,轮流在村里值班,今天由杨高远先下村,到明天上午我去替换他。于是杨高远骑上车匆匆下村去了,我则回到自己的屋中。刚看了一会儿鲁迅文学院寄来的学习资料,一楼紧急集合的铃声就响了,我赶快跑下去。原来是崔大壮副书记召集人前往西南工作区扑火,我虽然不是西南工作区的人,但是禁烧是全镇的工作,每个人都有责任。十几个人挤上一辆大面包车,飞快向出事地点奔去。等扑灭几处火点回到镇政府后,已经快中午了。中午吃过饭后,我正恹恹欲睡的时候,又听到了紧急集合的铃声。原来是桂宝华负责的东工作区发现火情,于是我又随着桂委员前往扑火,忙了大半晌,累得筋疲力尽才回到镇政府。

等到傍晚的时候,正准备吃晚饭,又开始紧急集合。我累得实在不想动,但还是强忍着下了楼,见楼下聚集了三四个人,听说这回是中工作区出了火情。陈副镇长已经在楼下等着了,一副焦急的样子。他见了我,忙问道:"拉了半天铃,怎么才下来这几个人? 你上三楼挨个门敲,凡是在的都叫下来!"我刚领命,见小童正匆匆跑下来。我笑着说:"走吧! 再跑一趟。"于是我们上了三楼,敲了半天门，好容易又叫下来三四个人。他们一副不情愿的样子，一边下楼一边嘟囔着："又是扑火，还让不让人活？这样下去非把人折腾死不可！"

总算凑了十多个人，除了我和小童外，还有楚天舒、李学武、樊国超等，其他工作区的人也有。大家上了车，前往出事地点。扑灭了两处火点，这时候太阳已经落了山，绝大多数麦子已经收割了，田野里显得空旷了许多，远处天地相接的地方不时有浓烟升腾，伴随着隐隐约约的火光。往回走快到故城村的时候，忽然看到有人正在地里点麦茬。

"快下去人，把那个点火的抓来！"陈副镇长怒气冲冲地说。

我和楚天舒、李学武、小童等人迅速下了车，我和小童冲在最前边。那人仍在专心致志地点麦茬，点了好几处地方，生怕火烧不起来，对我们几个要抓他的情况好像一无所知。离他有三四步远的时候，他猛一抬头，看到了眼前的一切，正准备站起来拔腿想跑，被我和小童一人扭住了一条胳膊。我大声说："我们是镇政府的，你跟我们到镇里走一趟！"那人不说话，猛地一下想甩开我们。我吸取了昨晚的教训，早有了防备，死死地扭住他的胳膊。这时候五大三粗的李学武及时赶到，单手就控制住了他。那人开始哀求："求你们放了我吧，我就点了我们家的地。麦茬太高，我也是没有办法啊！"李学武瞪着他说："镇里三令五申不让点，你们就是不听！你们图省事，可把我们忙坏了。我这两天都没睡好觉！"

于是我们押着那个人往面包车那边走，远处忽然跑来七八个人，一边跑一边叫骂，看样子是那人的亲属或者同族。被押着的那个人似乎看到了一丝希望，往地上一坐，再也不起来了，任凭李学武怎样拉他。这些人很快围了上来，为首的是一名中年妇女，骂骂咧咧的："你们简直就是国民党，只有国民党才随便抓人！"有人撺掇："骂他们有什么用？先把人抢下来！"几个强壮的农民上前就要抢人。

选调生

正在这危机时刻，陈副镇长大踏步走过来，大家不约而同地往后退了退。陈副镇长严肃地说："乡亲们先别动，我是故城镇人民政府副镇长陈俊昌。先说一点，我们是共产党，我们不会随便抓人的。你们违反了故城镇人民政府禁止焚烧秸秆的政府令，按照规定，我们要强行给肇事者办禁烧政策学习班。请乡亲们放心，我们不会为难他的，到镇里学习完后很快就放他回去。如果你们强行抢人，就是对抗政府，造成的后果由你们来承担！"有人说："谁知道你们把他抓去会怎样？还是把人乖乖给我们放了吧！"陈副镇长从口袋中拿出工作证晃了晃："乡亲们，这是我的工作证。你们要是不放心，可以过来看看。我是一个镇的副镇长，能骗你们吗？"这时候为首的中年妇女态度有些软了，她央求着说："陈镇长，我相信你。跟你去也行，你们可要快些放了他啊。这麦忙天，离不开孩子他爸！"陈副镇长一边安慰那个妇女一边让我们赶快把那人拉上车，然后迅速关好车门。我们都长出了一口气，李学武和那个人坐在后排。车启动了，往镇政府方向走。这时候天已经擦黑，车窗外一切都变得模糊起来。

回镇政府必须经过故城村，刚走到村中心的小学附近，迎面看到昏暗的灯光映衬下，有十几个人在乘凉，老老少少都有。我们的车只好放慢速度，希望人群能够让开道路。忽然，车里面抓到的那个人冷不防打开车窗，拼命地往外喊道："老少爷儿们，我是郭永根，快来救救我！"李学武气坏了，狠命地把车窗重新关好，吼道："你老实点！别指望有人救你！"可是为时已晚。人群中出来一个老头，颤颤巍巍的，挂着一条拐杖，拦住了去路。车只好停下来。

陈副镇长坐在副驾驶座上，他打开车窗，尽量客气地说道："老先生，请让一让路，我们好过去。"老头一动也不动，说："我咋听到好像是永根在车里？我是他大伯，他咋了？"陈副镇长解释道："是这样，老先生，我们是镇里的禁烧督察组。他违反规定焚烧秸秆，我们要把他带到镇里进行禁烧专题培训。请您让一让吧！"老头说："那可不行，我侄子被你们抓走，这事我可要管。我不知道这位领导你是谁，我跟你商量商量，孩子又没有犯大错，不就是点了几根麦秸秆吗？你们把他给放了！"陈副镇长笑着说："老先生，我姓陈，是故城镇的副镇长。有些事情可能你不太懂，禁烧是上级的规定，不是你说把人给放了就能放的，再说我也没有这个权力放人。"

这时候人越聚越多，都想看看出了什么事，光在车前边拦路的人就有七八个，再看车的左右也都被围了起来。老头的胆子更壮了："不行，我不管你们的什么政策。今天要是不放人，我就不让你们走！"李学武在车内小声对陈副镇长说："干脆叫两个人把老头架开，咱们过去算了。"陈副镇长摇摇头说："不行！他是个老头，要是往地上一躺，出了什么事，这个责任我们担不起。"然后，他尽量压了压火，又对前边的老头说："老先生，我劝你还是把路让开吧。我们是按政策办事，谁也不能搞特殊……"

陈副镇长的话还没有说完，人群中就有人叫嚣："别和他们废话了，要是不放人，就把车给他们砸了！"

"对，把他们的车砸了！"许多声音附和着。

气氛顿时紧张起来。陈副镇长脸色有些发白，用低沉的声音说："大家做好车被砸的准备。今天就是车被砸了，也不能放人！"我的心也怦怦直跳，忽然我灵机一动："陈镇长，这里是故城村。要不给他们支书郭土林打个电话，让他过来把这些人劝走？"陈副镇长略微思索了一下，拿起了手机："喂……是郭支书吗？我是陈俊昌……哦，好，好……我们的禁烧车被围在故城村的小学前边，你赶快来一下……好的，快一点！"

打完电话，陈副镇长继续对窗外大声地喊话："乡亲们不要冲动，请大家凭良心说说，焚烧秸秆有什么好处？污染了环境，破坏了地力。我们开展禁烧工作完全是为了乡亲们的利益，请大家理解。"有人说："说得怪好听，是为了我们。麦茬子留得那么高，我们怎么种玉米？你们不种地，不知道种地的难处。我们要不把麦茬子烧掉，还有什么好的办法？"还有人说："该管的事你们不管，有人贪污腐

选调生

败你们不管，点了几根麦秸秆，你们倒看见了？"这时候有人开始起哄："跟这帮腐败分子说个什么劲？赶快把车给他们砸了！"有人开始要去捡砖头。

正在这千钧一发的时候，远处有人慌慌张张地跑来，一边喘着气一边大声地喊道："乡亲们先别动！千万不要动！"人们循着声音看去，只见有三个人，为首的正是故城村的支书郭土林。见郭土林赶到，陈副镇长嘘了一口气，说："郭支书，这是怎么回事？车到你们村就走不了了？"郭土林回头对后边的那个老头说："还不把路让开！你都七十多岁的人了，连这点道理都不懂？你这叫对抗政府，明白吗？"老头顿时没了精神，什么也没说，拐棍一拄一拄地让开了路。其他围观的群众也不约而同地往后退。郭土林转过身看着陈副镇长，得意地说："怎么样？陈镇长！这些人我都打发走了，现在你们可以回镇里了。"陈副镇长笑了笑说："郭书记，那我就多谢了！"郭土林摆摆手，皮笑肉不笑地说："小事一桩！不过有一点，人我可以让你们带走，就是不能为难他，这个郭永根也是我本家的一个侄子。最好明天上午就能把他放回来，要不以后再遇到这样的事我也就没办法了。"陈副镇长说："好吧，我尽量让他早点回来。"郭土林显出一副咄咄逼人的样子："不是尽量，是一定要明天上午放回来！"陈副镇长脸色有些难看了，没好气地说："那就按照你郭支书说的办好了！"

一场虚惊过去了，回到镇里的时候已经将近九点。我们在外边简单吃了饭，各自回房间休息。我一边看书，一边想白天的一幕幕，尤其是傍晚时候在故城村遭遇的惊险。看来农村工作真的不会是一帆风顺，有时候各方面的关系错综复杂；工作不能光靠意气，更多的时候还是依靠经验，要随机应变；有时候出发点是好的，但是往往事与愿违；农民群众本质上是好的，大多数是善良的，可是有时候这种善良会被一些别有用心的人利用；还有，农民的小农意识、狭隘思想还是普遍存在的，很多时候往往只看到眼前的利益，看来提高他们的整体素质是十分迫切的，但也是一个漫长的过程。

我合上书，伸了伸懒腰，感到有些腰酸背痛，今天实在太累了，应该早一点睡觉。正在这时候，一阵急促的铃声又响了起来，我感觉有些厌烦。又要紧急集合，哪里又有火情了？一看表已经十点半，自己真的不想动了，心想，机关里有不少人在，也不差我一个人，这次我就不去了，偶尔偷一次懒，也可以理解的。为了防止别人来敲门，于是我在铃声不断响起的时候，赶快熄灭了灯。

虽然躺下了，可是我并没有马上睡着，听到楼下桂宝华嚷道："继续拉铃，我就不相信没人下来。"一会儿又狠命地说："不下来就一直拉铃，让他们也睡不成觉。"这时候有人挨个来敲门，由远及近，经过我的房间，我正担心的时候，竟然莫名其妙地隔过去了，没有敲我的门。又过了一会儿，铃声停止了，楼下也渐渐停止了喧哗。随着几声汽笛声，机关大院又恢复了平静。

赵清明书记在第二天点名的时候点评了前一天的禁烧工作，对大家的辛苦努力给予了充分肯定，并表示禁烧结束后要给大家适当发放补贴。最后他笑着说："当然禁烧中也有不少小插曲，让人哭笑不得。就拿昨晚十点多的那次紧急集合来说吧，拉了半天铃，竟然才下来两三个人。大家累了一天我能理解，可是遇到了事情，大家还是要坚持一下的。再说了，不是十分紧急的情况，也不会那时候还不让大家休息。大家表现确实很不错，要是再有一点连续作战的精神就更好了。更可笑的是，我在楼下明明看到有的房间灯亮着，可是等铃声响起的时候，灯又突然间熄灭了，可能是怕别人以为他在吧！这就有些耍小聪明了……不过也没关系，我能理解。好了，不说了，大家今天要再接再厉！"我的脸有些发烫，这不是明明在说我吗？我又看看左右，好在没人注意我，心里才踏实了一点。

会后小童问我："晨辉你昨晚睡得好吗？"我点点头："还行，就是早上起来腰酸腿痛的。"小童说："我也一样。"然后又神秘地说，"其实我昨晚快一点钟才睡。"我问道："你是不是参加了十点半组织的扑火了？"小童点点头。我说："我太累了，所以就没去。"然后

选调生

又小声说，"领导今天有些怪罪的意思。"小童笑着说："也没什么，可以理解的。昨晚你不知道，赵书记竟然也来到了楼下，他想亲自看看都谁去了。我听到铃声就跑下楼，见只有赵书记、桂委员和许长杰在。铃响了好半天，也不见有人下来。桂委员很生气，说了些难听的话。还是赵书记把他劝住了，说同志们很辛苦可以理解，又让我上楼去敲门。我见你屋里灯灭了，想着你已经睡下，就没敲你的门……"我感激地说："那我谢谢你了。"小童说："哪里的话，咱们是弟兄。让我去喊人，我就有这点权力。领导又不知道谁在谁不在。"我有些脸红，说："说到这里，惭愧死我了。赵书记今天在会上说铃声响后有人熄灭灯的人就是我啊。就偷这一次懒，还让赵书记发现了，好在他没提名字。"小童笑了起来，拍拍我的肩膀说："没关系，真的不用担心。我在楼下也看到了，不光是你，还有好几个人和你一样呢! 赵书记几乎没有上过三楼，你住哪个房间，他怎么会知道? 所以说他根本就不知道会有你的。"听小童说得有道理，我忐忑不安的心才放下了。

四十六

按照我和杨高远商定的分工，该我下村驻守了。上午十点左右，杨高远回到镇里，我问了他村里的情况，他说一切正常，村干部还算靠得住，我心里这才踏实许多。于是我骑车来到魏庄，在毛金豹家吃了午饭。午饭后毛金豹说："晨辉，你嫂子的娘家有点事，我们全家要去一趟，等会儿就走，估计明天下午才能回来，我不能陪你。你晚上就住在我自己的那间房间吧，昨晚高远就住在那里。你现在先去午休。"我有些不好意思，心想他们一家人都不在，我一个人多有不便。毛金豹好像看出了我的心思，满不在乎地说："晨辉，咱们接触也不是一天两天了，我对你还不放心?"说着，把钥匙给了我。

毛金豹的那间房间在堂屋的西部，他有时候中午在这里午休，村干部找他说事或者开个小会也在这里，所以我并不陌生。屋里很简陋，墙角放着一张床，床上有枕头和毛巾被。挨着床有一张三斗桌，桌子上乱七八糟地摆着一些文件、报纸和杂志。房间里有些热，我把吊扇开开，靠在床上打了个盹。等醒来的时候，已经三点钟了。外边静悄悄的，只有蝉在有气无力地叫着，想必毛金豹一家已经出发了。我走到院子里，在井台边舀了半盆水，洗了一把脸，感觉清醒了许多。又稍坐了一会儿，喝了点水，然后推出自行车，锁好门，来到村外的田野。

这时候一天的炎热还没有消退，田野里一派忙碌的景象，不少麦田已经收获，人们在种玉米，远处还有几台联合收割机在来往穿梭。走过几条田间小路，来到一所机井房边，我看到有人在用机器抽水。汩汩的井水从机井里抽上来，然后顺着渠哗哗地流向远方。我把自行车停好，到渠上弯腰摸了一把水，好凉好凉，于是把袖子挽起来，把两条胳膊都伸进水里，好舒服！只有体会过夏日的炎热的人才会知道什么叫凉爽。玩了一会儿水，我骑上车继续往前走。大约走了半里地，在往颍川县的公路上，已经接近故城镇的时候，我猛然听到不远处传来毕毕剥剥的声音，随即看到有缕缕的青烟升腾。不好，有人在放火！

我加快速度赶到出事地点，见一个六十岁左右的老汉正在烧麦茬。我把自行车停好，三步并作两步来到老汉面前，怒斥道："你是怎么回事？上级三令五申禁烧，你怎么还敢烧麦茬？"老汉吓得身体一哆嗦，回头看看我，一眼看到了我佩戴的红袖标。他慌忙解释说："你看，就这么一点点麦茬，种玉米太碍事了，我就想点了算了。这不，刚烧了一点，就叫你看见了。"见他一副诚恳的样子，我的火气消了一些，说："你现在赶快把火弄灭！"

"好！"老汉像是被赦免了似的，感激地看着我，然后拿起铁锨，狠命地朝火苗拍去。我也过去帮着他把火弄灭。一边扑火，我一边对他说："你说说，烧麦茬有什么好处？种玉米是方便一些，但是总的来

　　　　　　　　　　　　　　　　选调生

说是弊大于利。你看，烧了麦茬来年虫害会增多，还破坏了土壤的肥力，对产量也是有影响的……"老汉不住地点头："这个道理我懂，怪我一时糊涂。以后坚决不再点了。"说完，老汉又埋怨道："就是麦茬留得太高，农民种玉米太难了。这位同志你能不能往镇里反映一下，让收割机把麦茬留低一些。"我点头说："你说的也是实际情况，我会向领导反映的。"老汉说："那敢情好，谢谢你了。"火很快扑灭了，好在没烧太多。老汉又用铁锨去挑麦秸来盖烧过的黑印。

这时候忽然从远处快步走来一个人，戴着墨镜，正是那个毛晓龙。见身边连个帮手都没有，我心里不禁有些紧张。"墨镜"走到老汉面前说："怎么不烧了？"老汉指着我说："人家镇里的干部来了，不让咱们烧。""墨镜"看了看我，冷笑着点点头，好像在说：冤家路窄，又让我遇到你了！然后转脸对老汉说："他镇干部算老几？咱烧咱的，又没烧别人家的地。"老汉赶快拉了拉他的衣服说："你别找事，人家没处罚咱就不错了，咱们快点把烧过的地方盖好。""墨镜"一甩袖子："爹，你怎么越来越胆小！怕他们干啥，我就要点！"我实在忍无可忍了，大声说："毛晓龙，我告诉你，禁烧是上级的命令！你非要烧的话，镇里会处罚你的！""墨镜"不屑地说："镇里？别拿镇里吓唬我，我根本就不在乎！还有，咱俩的账还没算呢！那天夜里你们抓我的时候没忘吧，没想到你也有今天吧！"说着，他晃着拳头向我逼来。

正在这危急关头，远处有人大声地喊道："毛晓龙，你想干啥？赶快住手！"我回头一看，一个五十来岁的中年人飞快地跑过来。这人个头比较高，只是有些消瘦。我认出来了，正是四组组长毛国安。

说起毛国安，因为他只是一个组长，所以和他打交道并不多。听村干部和一些群众讲，他在群众中威信很高。前两年村里集资修路时，就他的四组工作先进，第一个完成任务。群众很快就把钱交给了他，甚至连五组的部分群众也把钱交给他才放心。用群众的话说，毛国安这个人正派、厚道，他从来不会把钱装在自己的腰包里。

而五组组长乔大槐爱耍小聪明，手又黑，油锅里的钱都敢拿。所以说在组干部里面，我对毛国安印象还是比较深的。

毛国安横在了我和"墨镜"中间，严厉斥责他："毛晓龙，你什么事都要跳出来闹闹，是不是就你能？""墨镜"看看毛国安，冷笑着说："哦，我当是谁啊，原来是安叔。这事你别管，与你无关！我烧我的地，碍着别人什么事？"说着他转过身，掏出打火机，又去点麦茬。火苗很快又起来了。毛国安气坏了，骂道："你个杂种，我叫你点！"说着就去抢"墨镜"的打火机。两个人撕扯起来。我想去把两人拉开，一时又插不上手。老汉在一旁急得团团转，却又无可奈何，只是不停地说："晓龙啊，你就作吧，看你有什么好下场！"

正在这时候，从通往县城的公路上驶下来一辆面包车，在地头停了下来，从车上迅速下来七八个人。我一看，心里踏实了许多，原来是镇里的禁烧巡回车。"墨镜"一看，丢开毛国安，像兔子似的一溜烟跑了。副驾驶座上下来一个人，瘦高个，戴着一副眼镜，正是镇长李书田。我有些不安，觉得我是魏庄包村干部，现在出了事，又正好让二把手李镇长发现了，恐怕受批评不可避免。没想到李镇长看了看现场，又看了看我，平静地说："晨辉辛苦了，赶快把火弄灭，把现场收拾干净。市里的督导组马上就要来，千万不能让他们看到！"说完又伸出手来，与我和毛国安分别握了手，又对老汉说："老先生，千万不能再点了，要不然镇里的荣誉就没了。"一旁有人介绍说："这是镇里的李镇长。"老汉激动地说："李镇长你就放心吧，我再也不会点了。"

李镇长和面包车走了，他们还要到别的地方去巡查。我和毛国安以及那个老汉一起扑灭了火，又用麦秸把烧过的地方盖住了，不仔细看，还真看不出有烧过的痕迹，这才擦了擦汗，长出了一口气。

毛国安说："金豹专门打电话要我来关照你，晚上让你到我家吃饭。"我感激地说："太谢谢你了，今天的事要不是你，恐怕我就危险了。"毛国安摇摇头说："怪我们的工作没做好。那个毛晓龙就是个刺

　　　　　　　　　　　　　　　　　　　　　　选调生

儿头，我们四组本来是最稳定的，群众觉悟也最高，出了个他，搅得上下不安。他爹人还是不错的，是个老实头。我忽然灵机一动："听说你在群众中威信不错，你想没想过在村里任职？"他笑了："我都五十来岁的人了，哪有那想法？能干好组长就不错了。"我一本正经地说："我说的是真的，明年上半年村两委就要换届选举了，凭你在群众中的威信，我想选上应该没问题。你要是当上村干部，镇里和群众都会放心的。我也会在镇里和领导提一提你。"毛国安淡淡一笑："顺其自然吧！"

晚上在毛国安家吃完饭后，他又陪我在村里巡逻到十一点，我才回到毛金豹的房间里睡觉。

第二天上午我回到镇政府，找到杨高远，问他情况。他说："唉，到处冒火，不得安宁，昨天随着镇里的大车出去了好几趟。"我笑着说："我也一样，村里也差点出事。"简单介绍了情况后，杨高远匆匆下村了。我就去找陈镇长反映禁烧问题，不巧的是他不在办公室，想必是下去督察禁烧了。我又去找赵清明书记，见他正要从他的办公室出去，许长杰拿着他的公文包在走廊里等着。见我走过来，赵清明问道："晨辉有事吗？"我说："赵书记，有个情况我想向您反映一下。"赵书记看看手表，迟疑了一下说："好，要快，我还得赶快到县城开会。"说着，他拿出钥匙，重新开了办公室的门。走廊里的许长杰显出不情愿的样子说："晨辉，你没看到赵书记马上要开会吗？有什么事情以后再说。"我没搭理他，跟着赵书记进了办公室。

坐下后，我开门见山地说："赵书记，我想向您反映一下有关禁烧方面的事情。"赵清明微微一笑："哦？禁烧方面有什么事情吗？"我说："为什么这几天天天都有好多处焚烧秸秆的现象，您想过吗？"赵清明点点头："晨辉，你接着说。"我说："通过这几天的了解，我觉得主要是收割机留下的麦茬太高了。我也实地看过，如果按照这样的留茬高度，农民点播玉米太难了，所以他们才想一烧了之。"赵清明不住地点头："晨辉，你说得很好，这几天我也收到了类似的反映。不过作为一名普通的干部，能直接找我说这件事，在镇里你是第一个。我谢谢你了。"我接着说："赵书记，镇里能否出台一些措施，对联合收割机的留茬高度做一些约束？这样的话，我觉得禁烧效果会好很多。"赵清明说："我会想办法的，晨辉。今天我到县城顺便去趟农机局，和他们也沟通一下。"说着，他看了看手表。我知道他很着急走，于是就赶快告辞离开了。

下午和晚上又集体行动了几次。到了夜里十点钟，估计不会再有集中行动了，我就想早一点睡觉。脱掉上衣，拿到鼻子前闻了闻，一股秸秆燃烧后的味道。再闻闻裤子，也是一样的味道。我赶快换了衣服，端起脸盆，来到机关大院的自来水管处，洗了洗衣服。然后回到屋内，搭在后窗户附近的绳子上。这几天可真累，整日奔波于秸秆禁烧现场，连换衣服的时间都没有了。第二天赵书记在全体大会上宣布了禁烧的新规定。他说和农机局沟通过了，农机局下了紧急通知，对联合收割机的留茬高度做了明确规定。从今天起，要把新规定宣传到家家户户和每台收割机；同时，镇、村两级要加强监管，对于高于留茬高度的收割机，农民可以拒绝付款。

上午交接班的时候，我向杨高远说了这件事。他很高兴："我也听到不少群众这样的反映。现在总算解决了！"我下了村，见到毛金豹，让他立刻召集村组干部传达这一新规定，并让他们马上传达到每台收割机。同时，立刻在村里的大喇叭上宣读，做到家喻户晓。

当天我骑车在魏庄巡逻的时候，没有再发现焚烧秸秆的现象。偶尔听到几个老人在议论："这下还差不多。收割机以前光知道挣钱，他们知道麦茬留得越高，越省劲，可苦了咱老百姓。现在总算有人治治他们了。"第二天我回到镇里，问杨高远情况，他高兴地说："少多了！昨天晚上就行动了一次。算是睡了个好觉。"

接下来的几天，禁烧形势明显好转，无论是白天还是晚上，出去行动的次数少了许多，偶尔出去一次，还都是些零星的火苗。事后我想，遇到问题并不可怕，关键是要善于观察，善于调查研究，认真倾听群众的意见和建议，从而找出解决问题的关键。只有这样，才能找到正确的解决办法，才能达到事半功倍的效果……

不知不觉中，玉米露出了尖尖的小芽，又过了几天，抽出了两三片叶子。一般来说，玉米只要发了芽，禁烧工作基本就结束了。如果再焚烧秸秆，就有可能损害到刚发芽的幼苗，农民比其他人更关心自己的庄稼。随着禁烧工作的结束，另一项工作——夏粮收购，就成了全镇的中心工作。

夏粮收购其实就是征收农业税、乡统筹和村提留，对于农民来说，他们往往不愿意缴纳现金，而是按照当年的小麦价格折算成一定数量的粮食，通过缴纳手中的余粮来抵所承担的税费。夏粮收购对于乡镇来说是一年中重要的大事之一。按照惯例，镇里开了夏粮收购动员会，与各村签订了目标责任书。紧接着镇里的农经站就开始忙碌起来，他们得加班加点，和村里的会计配合，把摊派在每户农民身上的税费以及折算后的粮食数量算清楚，然后写成条子，发放到每户农民手中。这张条子，俗称"粮条"。

镇政府和粮所沟通后，决定实行集中收购和分散收购相结合的办法：先由粮所技术人员分成八个小组分赴四个工作区，在镇政府的配合下进行集中收购；对于没有按时交粮的农民，由他们随后自行往粮所交粮。中工作区分成了两个组，排定了各村的顺序，每村集中收购一天。首先开始的是魏庄村和赵坡村，陈副镇长带领我和杨高远、楚天舒、李学武、王雪萍去魏庄村，其余人员由刘金霞副主席带队前往赵坡。

村里对夏粮收购工作也十分重视，毛金豹早早就召开了村干部会议，让各组组长尽快把"粮条"发到各家各户。同时，在村里的大喇叭上反复宣传集中收购的时间和地点。因此，当那天上午我们来到魏庄村小学校园的操场上时，已经有几辆装了粮食的架子车在等候了。魏庄村收粮的地点之所以选择在小学校园，主要是考虑到校园里宽敞，交通又方便，而且学生正放暑假，不影响他们的日常学习。

粮所的工作人员摆好了两台磅,每台磅都有看磅员和验质员。粮所派还来了两辆大卡车,以便运送粮食。镇里的人员也做了分工,因为是魏庄村,所以我和杨高远负责给农民开收据;楚天舒和王雪萍负责来往押送运粮车到粮所;陈副镇长和李学武负责维持秩序;村干部们则负责组织农民前来交粮。一切准备就绪后,毛金豹首先把自家的麦子拉了过来。陈副镇长竖起了大拇指:"毛支书真是好样的,带了个好头!"毛金豹笑笑说:"其他方面咱带不了头,交粮这样的头还是能带的!"验质员拿了条细铁锥往装麦子的口袋上扎了一下,然后又迅速抽回,带出一些麦子来。每个口袋都扎完后,验质员对看磅的人点了点头。于是开始过磅,过完磅后,看磅的人向我报了重量。我从上衣口袋里取出圆珠笔,垫好复写纸,工工整整地开出了第一张收据,开完后交给毛金豹。他看了看我,开玩笑地说:"怎么?还要给我开收据?"我也半开玩笑地说:"公事公办嘛!没有了收据,要是有人说你没交粮,怎么办?"大家都笑了起来。第二个交粮的是村主任魏振山,他老婆在一旁等得有些着急:"你们能不能快一点,照这样下去,一天也收不了几户啊?"杨高远说:"婶儿你别急,我这就给你开收据。"接下来,乔天庆、魏正仁以及毛国安等组干部也都交了粮。

　　在村干部的带领下,不少农民也纷纷开始交粮。一会儿,太阳升起老高了,阳光开始变得毒辣起来,我身上也开始出汗。两台磅和开票的桌子不得不挪到树荫底下。一卡车很快装满,王雪萍跳上卡车,押着第一车粮食走了,我的心里感觉轻松了许多。这时候轮到一个老头交粮了,他狠命地说:"咱是老实人,从来都没有抗拒过皇粮国税。我今年一共就收了这四口袋麦子,全交给你们也不够。我就这么多,你们看着办吧!"我仔细一看,感觉有些面熟,问旁边的毛金豹。毛金豹说:"这老头叫乔梅林,是个五保户。人很老实,就是脾气有些古怪。"我立刻想起去年夏天魏庄下暴雨的时候那个固执的老头,好多人劝他转移他都不愿意,最后还是赵清明书记叫人强行把他抬走,才避免了一场大难。不过老头最后还是明白了过来,感动得泪流满面。今天，这老头也来交粮了，不过听他的口气，好像带着满腹怨气。我问乔梅林怎么回事，他显得有些激动说："怪我地里打粮食太少，怪不了谁！不知道今年咋回事，麦子咋这么便宜，往年交两口袋多就够了！我不抗粮，就是我不吃不喝也得把粮给交了。"毛金豹劝道："梅林叔你别着急，政府不会让你不吃不喝。要不你先交两袋麦子，剩余的先拉回去，以后慢慢说！"老头涨红了脸，语无伦次地说："那怎么好！不知道的还想着我抗粮了！"毛金豹说："没人说你抗粮，你先回去吧！"老头一边嘟囔着一边卸下两袋粮食，把剩余的两袋粮食拉走了。

乔梅林走后，毛金豹无奈地说："都怪今年麦子的市场价太低了，才三毛八一斤，往年都是五毛多。今年普遍要比往年多交不少麦子。这个乔梅林，一个人过，种地也买不起化肥，产量当然低了。怪不得他抱怨！"我觉得他挺可怜的，就说："要不剩余的麦子就别要了，总不能把人逼死吧！"毛金豹点点头说："我刚才就是这个意思，不过当着其他群众的面不好说。这个亏空随后从村提留里面出，我想其他人也不会说什么的。"

中午的时候，仍然有群众源源不断地来交粮。我们就轮流啃了点火烧，喝了点热水，不间断工作。到下午的时候，已经拉走了七八车麦子，楚天舒和王雪萍来往于魏庄村和粮所之间。王雪萍穿着素白色的上衣，戴着那顶淡绿色的遮阳帽，显得与众不同。我问王雪萍："怎么样？挺累的吧！以前怎么也不会想到上班会干这些事，是吧？"她淡淡地笑了笑，把遮阳帽脱下来，扇了扇流着汗水的脸颊说："还行，能坚持。我不是那种娇贵的人。"说话间，一辆卡车又装满了，王雪萍冲着我挥挥手，跳上了车。

四十七

一切似乎都很顺利，可是该出的事还是要出的。到下午三四点的时候，交粮的农民渐渐少起来。一个老汉推着架子车过来了，我一看老汉有些面熟，好像在哪里见过，一时又想不起来。架子车停好后，验质员开始拿着细铁锥往口袋上扎。老汉连声抱怨着："你们别扎了，行不？好好的口袋都被你们扎烂了！"验质员有些无所适从："不扎口袋验质，我们怎么知道你的麦子好坏？"正在这时候，后面像炸雷似的一声大喝传来："我说不能扎就不能扎！你给我扎一个试试？"这一声喊叫把众人的目光都吸引了过来。我循着声音望去，一张熟悉的面孔展现在眼前，最明显的标记就是墨镜。验质员站在那里怔住了，不知所措。毛金豹的脸色霎时变得铁青，厉声说道："毛晓龙，你这是干什么？人家都是这样验质的，你们家的口袋怎么就不能扎？""墨镜"冷冷地说："好啊，你们扎吧。我们家的口袋一百块钱一个，扎烂了你们赔！"毛金豹气呼呼地说："你这是没事找事……"眼看两个人就要发生冲突，这时候验质员赶紧过来调解："要不这样吧，你们把口袋解开，我一袋一袋地看看，这样就不用扎你的口袋，好了吧？""墨镜"这才有些得意地说："这还差不多！"然后转身对老汉说："爹，你把口袋打开让他们看。"老汉也怕事惹大了，赶快去解口袋。验质员把手伸进口袋里摸出一把麦子，仔细看了看，又用嘴吹了吹，然后点点头说："还行！"老汉如释重负地说："我老头从来都是一是一、二是二的，这点你们请放心。"说着又去打开另一袋。

　　所有的麦子都合格。过完磅，看磅的人说："你这好像不够，比你粮条上的少。""墨镜"接过话去："谁说不够？你再看看。"看磅的人又仔细看了看底册，说："真的不够。""墨镜"冷笑了一声说："你把农业税和乡统筹加一块，看对不对？"看磅的人说："还有你们的村提留呢！你大概忘了吧？""墨镜"像是没听明白似的说："你说啥？村提留？我不知道什么是村提留，也从来没交过村提留。"毛金豹忍无可忍了，提高嗓门说："毛晓龙，你装什么蒜？你不想交就明说！""墨镜"也提高了嗓门："毛金豹，我倒想问问你，这些年你们把村提留都花到哪儿去了？是不是都装到你们自己的腰包里了？"毛金豹气坏了，用手敲着记账的桌子说:"毛晓龙,你说话要凭良心,要负责任!"

在一旁观看了半天的陈副镇长说话了:"你们俩都别吵!"然后又看着"墨镜"说:"这位老弟,我给你讲一讲政策,'三提五统'国家都有明文规定的,这也是党的农村税费政策的一部分。这不是乱收费,所以每个人都必须交……"

"什么'三提五统',我不知道!我只知道我不交村提留,不想把粮食都喂了狗……"陈副镇长的话还没说完就被"墨镜"打断了。

陈副镇长的脸立刻涨得通红,他激动得甚至有些口吃:"你……你简直就是胡搅蛮缠……"

陈副镇长虽然很生气,但看得出,他显得无可奈何。俗话说,"秀才遇到兵,有理讲不清",陈副镇长素有儒雅之风,但是遇到这个场面仅凭"儒雅"是不够的。再说,乡村干部被群众骂几句很正常,犯不了什么国法,你又不好和他对着骂。有一些群众就摸着了这一点,越发显得肆无忌惮起来。

"我就胡搅蛮缠了,你能把我怎么样?你们谁敢把我怎么样?""墨镜"把头一昂,显得更加嚣张了。

正在这时候,从陈副镇长后面冲过来一个人,用手指着"墨镜"说:"你再给我骂一句试试?"大家立刻把目光集中到这个人身上,原来是转业军人李学武。李学武长得五大三粗的,据他说在部队还学过一些擒拿格斗的本领,他往人前一站就让人望而生畏,几次关键时刻他都挺身而出。

"墨镜"显然没有太多的思想准备,他绝对没想到有人敢和他叫板。看着李学武人高马大的身材和咄咄逼人的气势,他不由得往后退了退。李学武盯着他说:"你整天戴个破墨镜就以为是黑社会老大了,有本事你把墨镜给我去了,咱们到那边较量较量!"说着,他往操场旁边的空地走去。"墨镜"站在那里没动,嘴上仍然挺硬:"好,你厉害!有本事你打我一下试试!"

人群中发出了笑声，有围观的群众，还有部分村干部。李学武说："打你？打你怕脏了我的手。""墨镜"自我解嘲地说："谅你也不敢打我。今天先这样，反正村提留我是不会交的。"说着，他转身离开了人群，头也不回地向校园外走去。

望着"墨镜"远去的背影，陈副镇长满意地点点头："学武好样的，今天的表现很好！"李学武说："像他这种人，就是软的捏，硬的怯。你给他来点硬的，他也没什么大不了的！"

傍晚的时候，余辉照耀在装满粮食的大卡车上，也映红了每个人的脸。我们都跳上车，虽然劳累了一天，但是看着堆积起来的粮食，心里还是觉得美滋滋的。天也不是那么热了，大卡车启动后，带来了一阵阵凉爽的风，薄薄的衣服随风颤抖，惬意极了……

按照计划，第二天我们要去故城村收粮。按照楚天舒事先和他们沟通的情况，他们村的收粮地点也安排在村小学操场。我们赶到时，见现场冷冷清清的，摆着两张桌子，除去粮所的几个人外，只有村主任楚善本在那里招呼着。陈副镇长就皱起了眉头，问道："村里怎么就你一个人在这里？郭支书呢？"楚善本抱歉地笑了笑："老郭让我先来，他随后就到。"陈副镇长从腰间拿出手机，拨通了郭土林的电话。他们在电话里说什么，我没有听清楚。只是放下电话后，陈副镇长很恼火地说："这个郭土林，都不知道哪轻哪重！又说这里有事那里有事，好像天底下就他忙似的！"楚善本连忙解释说："陈镇长，老郭就是那脾气，你还不清楚吗？"

不一会儿，有两三个村民拉着粮食来了，于是大家开始忙碌。收完十几户后，就没有人排队了，好半天才来一两户。陈副镇长有些着急，他对楚善本说："你们村是怎么组织的，才来这么几个人，要是这样，一星期也收不完！"楚善本苦笑了一声说："陈镇长，说实在话，村里的事，我的号召力不行啊。还是老郭来才行，他要是一声令下，谁敢不来交粮？"陈副镇长挠挠头说："老郭在电话里说恐怕他上午不能来。这可怎么办？"楚善本低下头，不说话。好半天，他好像是下定了决心似的,抬起头对陈镇长说:"要不,你打电话让赵书记来,问题就解决了。"陈副镇长吃了一惊:"老楚,收个粮至于惊动赵书记来吗?赵书记很忙的。"楚善本意味深长地笑了笑说:"陈镇长,这些话其实我本不该说。可我看着你着急的样子,又有些看不上去。你知道今天的事情根儿在哪儿吗?"陈副镇长摇摇头:"你说说看。"楚善本接着说:"我和老郭共事多年,我知道船在哪儿歪,他是在摆架子。说句话我也不怕你不爱听,镇里的领导他能看上几个?除了赵书记和李镇长外,其他人他还真的没放在眼里。像收粮这样的事情,在他眼里就是大事,赵书记要是不来,恐怕很难顺利开展。"一听这话,陈副镇长果然生气了,用手狠命地拍着桌子说:"太过分了!他郭土林再牛,也是个村支书。好歹我也是个副镇长,镇里就管不住他了?"楚善本连忙劝慰:"陈镇长你消消气,反正老郭这人就这样,谁也拿他没办法。我刚才的话都是实情,听不听你自己看着办吧!"好半天,陈副镇长才恢复了平静,却只得无可奈何地拿起手机给赵清明打电话。

大约十点钟的时候,赵书记的车停在了村小学,先下来的是许长杰。陈副镇长我们赶快迎上去,赵书记一边往里走一边说:"你们几个辛苦了。"陈副镇长又简要汇报了一下收粮情况。赵书记让许长杰给郭土林打电话,自己找了个凳子坐下,说:"我就坐在这里等着郭支书。"仅仅过了不到十分钟,郭土林就带着五六个人赶来了。他一看到赵书记,连忙快走几步上前,说:"赵书记,你怎么亲自来视察工作了?"说着,伸出了右手。赵书记站起来握了握他肥厚的手说:"老郭啊,故城村可是全镇最大的村,要是粮食收不上来,全镇的工作就会落后。我不放心啊!"郭土林笑着说:"请赵书记放心,故城的事,只要我郭土林发话,看谁敢不交粮!"赵书记点点头说:"那就好。"

郭土林从口袋里掏出烟来,递给赵书记一支。又要给陈副镇长发烟,陈副镇长摆摆手说:"今儿个我就不抽烟了,着急上火,嗓子不舒服。"郭土林并不答话,又看看我们几个,笑着说:"你们几个我就不发烟了,你们现在还不够资格。"楚天舒笑着说:"我们都不抽烟。"李学武握了握拳头,没说话。王雪萍却按捺不住火气,讽刺地说:"发个烟也要分个三六九等,还要讲什么资格,你这人也有些太势利了吧!不嫌累?"郭土林脸上的笑顿时凝固了,刚要发怒,见说话的只是个二十来岁的小姑娘,又自我解嘲似的笑了:"哎呀呀,这个小丫头嘴巴好厉害!行行行,就看你的面子,也给他们发烟。"他一边说一边给我们递烟,我和杨高远、楚天舒平时都不抽烟,我知道李学武是抽烟的,可是他却没有接。郭土林转身对赵清明说:"赵书记,你们镇里还有这么泼辣的女干部,我喜欢。什么时候让她来故城包村吧!"赵清明也笑了:"这叫巾帼不让须眉,工作泼辣点好!"

郭土林吩咐手下的人迅速召集村民来交粮。不一会儿,黑压压的人群就出现了,校园里顿时热闹起来。郭土林得意地对赵清明说:"赵书记,你看怎么样?今天擦点黑也要把粮收齐!"赵清明满意地点点头:"不错!还是你郭支书组织能力强。"又看了一会儿,见没什么问题了,赵清明要回镇里——他很忙,还要处理其他事情,当然不能在故城村待太长时间。见赵清明走了,郭土林也悄悄离开了,只留下村主任楚善本和会计主任郭子敬维持现场秩序。

因为故城村从来就没有留镇干部(可能主要领导除外)吃饭的习惯,所以我们中午分两拨在外边吃了饭。下午又坚持到傍晚的时候,来交粮的人依然很多。陈副镇长问楚善本情况,楚善本说:"收了有一半多一点。"陈副镇长想了想说:"这样吧,我和粮所联系一下,明天多在这里集中收购一天。"就这样,等第二天下午的时候,交粮的人才渐渐少起来。看全村的进度,已经收了将近九成。陈副镇长这才长出了一口气。

又过了几天,集中收购结束了。在全镇的大会上,赵书记开始让各村的包村干部汇报工作进度。还好,中工作区整体进度排名第一,魏庄村完成得不是太好,还有近三分之一的群众没有交粮。赵书记

选调生

要求各村加大宣传督导力度，督促群众赶快到粮所自行交粮。在粮所又忙了十来天，来粮所交粮的人也变得寥寥无几了。陈副镇长说，看来剩下没有交粮的群众是不准备交了，必须采取点措施了……

父亲打来电话，说我已经两个月没回家看看了，家里的人都很想念我。可不是吗？自从"三夏"工作开展以来，禁烧、收粮，忙得不可开交，镇里双休日一直都没有休息，我连回家看看的时间都没有了。于是我抽了个双休日，和陈镇副长请了假，骑车一溜烟向家乡奔去。

父亲问了我在镇里的工作情况，他说："乡镇的工作都是阶段性的，忙过这一阵就好了。"母亲在一旁静静地听着，插不上话。过了一会儿，见工作上的事情说得差不多了，她才笑着说："晨辉，你这一段时间忙得连谈朋友的时间都没有了吧？"我笑了笑，没有吱声。想想母亲说得没错，去年年底以来我就没有再相过亲，一心一意地把精力都投入工作上了。母亲接着说："还记得去年和你处过的那个陈艳芬吗？"我吃了一惊，心想母亲怎么突然又提起她了？于是说："不是早吹了吗？怎么了？"母亲说："你姑妈前几天找到我，说艳芬的妈找她说了，说你是个老实孩儿，以前两个人都小，闹些别扭，其实艳芬从内心里还是挺喜欢你的，希望你们两个能重新和好。"母亲又说："我觉得还行，你们俩可以重新相处相处，你应该主动些，脸皮别太薄。"

晚上我仔细考虑了今年以来的经历，自己已经二十三了，不算大也不算小。要说自己对异性一点也不渴望，那是在欺骗自己。说实在话，艳芬人还算不错，去年相处的几个月，除了感觉她太过于热情，让自己有些压力外，其他也没什么大的问题。可能是自己不懂谈恋爱，对她有些冷落吧！不如就和她再相处相处试试？刚有了这样的想法，我忽然又想起了王雪萍。自从楚天舒向我介绍了王雪萍后，我就特别注意她。她人直爽、大方，也算得上漂亮，就是有一点，个性太强。总觉得她和别人不一样，她的性格与自己合适吗？自从楚天舒传达了她"随缘"的回答后，除了同事关系，我还没看到她对我有什么特别的地方。也许人家根本就没有同意，没有明确拒绝是给我面子。我对她好像也是这样，最多只是好奇，还没有达到那种爱慕的感觉。也许我们俩只适合做同事吧！想来想去，还是觉得应该答应和陈艳芬相处。于是第二天我就把自己的想法告诉了母亲。她很高兴，吃过早饭就匆匆赶往姑妈家。快中午的时候，她回来了，说和艳芬已经说好了，她现在在县城，你晚上就可以约她。

傍晚的时候我赶到县城，打了她的传呼。一年没见，等再次见到她的时候，她显得更加成熟和漂亮了，头发显然是刚洗过的，柔软地披在肩上，随风飘逸，脸色有些红润，带着浅浅的微笑。她大方地和我打招呼，问我这段时间的情况，去年的不愉快好像没有发生似的，我却有些不好意思。一起吃过晚饭后，她邀请我去她的住处看看。

还是原来的地方，一切都是那么熟悉，但又有些陌生。房间里的陈设没有大的改动，只是原来靠里边的两张床变成了一张，空出的地方被一个粉红色的布柜子占领了。我记得以前她和她的弟弟在一起住，就问道："你弟弟呢？"她抿嘴笑笑："他搬到学校寝室住了，这样都方便些。"我点点头，又问了她弟弟的学习情况。她说："还行，城里的学校比农村要强很多，他的成绩也说得过去。"说着，她把门关好，然后给我冲了橘子汁，自己也冲了一杯。

"你没想问问我的情况吗？"她有些羞涩地嗔怪着，脸色变得更加红润了。气氛顿时变得暧昧起来。我有些紧张，于是就问道："这段时间你过得怎么样？"她说："不怎么样，感觉生活枯燥无味。想找个人说说心里话都没有机会。"我默默地点着头。她忽然问道："你知道我为什么又想到和你好吗？"我想了想说："可能是你觉得我这个人还算个好人吧！"她笑着说："难道只是仅仅因为你是个好人吗？这世界上好人太多了，这个理由不充分。"我也笑了："除此之外，我还真看不出自己还有什么优点。"她说："晨辉你这是谦虚还是幽默啊？应该是谦虚，因为你好像不大会幽默的。"我说："我说的是事实。我这个人很笨的，你应该知道。"她把头发向后甩了一下，然后说："我从别人那里了解到这一年来你好像没有再谈朋友，把精力全部用在了事业上。我觉得你这个人还是挺可靠的，不是那种朝三暮四的人。所以，我觉得应该和你重新和好。"我自嘲地说："谢谢你的夸奖，我这个人缺点很多，以前可能有很多地方让你失望了。"她摆摆手说："都是过去的事情了，提它干什么？只要你以后对我好，多来陪陪我就好了。"

说着，她站起来给我续了橘子汁，然后说："晨辉，你过来，我看看你的手相。"我有些惊奇："你还会看手相吗？"她说："以前跟人学过一点。"我伸出左手，她托起我的手仔细地看着，我感到全身有股触电的感觉，同时觉得她的手软绵绵的，热乎乎的。她一边看一边说："这是事业线。这是感情线——你的感情线真长，看来我没猜错，你是特别重感情的人。"我一本正经地说："我一直在寻找属于自己的真正的纯洁的爱情，如果找到了，我会矢志不渝的。"她不说话了，盯着我的眼睛看。我看到她的双眸中含着某种渴望，于是我情不自禁地拥抱了她。她羞红了脸，一边轻轻地推我一边嗔怪着："快放开，快放开……"霎时间，我像突然醒过来似的，赶快松了手，觉得自己有些失态，好像犯了很大的错误。她看着我紧张的样子，忍不住笑起来："晨辉，你真是个实在的人。"然后又看看手表，站起来说："时间不早了，你该回去了……"

四十八

收粮还在继续。听有经验的包村干部说，每年最难做的工作就是清理尾欠了。看了看报表，魏庄村还有四分之一的农民没有按时交粮，整个中工作区也只完成了百分之八十多的工作任务。工作区里边，故城村完成得最好，大概还有十来户没有交，多是些整年在外打工的人。郭土林表示，不用镇干部管，剩余的这十几户他会想办法,保证半个月内完成。陈副镇长当然是求之不得了,所以在清理尾欠的时候,陈副镇长就没有把故城村列入清理范围。陈副镇长召集工作区人员开了会,下一步就是集中力量一个村一个村地清理尾欠。还是分成两个组,由陈俊昌副镇长和刘金霞副主席分别带领。陈副镇长决定带领我和杨高远、楚天舒、李学武、王雪萍等先去魏庄村。用他的话说,先拣硬骨头啃,啃掉了硬骨头,其他的事情就迎刃而解了。

时间已经到了8月初,正是一年中的中伏天。太阳一出来,地上就似下了火。这天上午我们和村干部一起跑了七八户,有几户农民没说什么,按照"粮条"上的数目交了粮。魏庄四组有个人愿意自己出钱买农户的粮食,价格和国家规定的一模一样,所以他也跟着我们,有农民交了粮食后,他就把粮食拉回自己的家,然后把钱交给我们。还有几户不愿意交,一提起收粮,他们的气就不打一处来,说要先给他们解决问题,然后才能交。陈副镇长给他们解释,交粮和解决问题是两码事,粮是一定要交的,反映的问题也一定会帮助解决的。农民不屑地说:"你们这些当官的什么时候说话算数过?"最后毛金豹把眼一瞪:"给你们说了多少遍,你们怎么就不通情理?交不交你们自己看着办。要是不交,后果你们自负!"哪知农民一点都不在乎:"随你们的便,我就不相信你们还能把我抓起来啊!"

快中午的时候,我感觉有些饿了。不知道谁家在炸油馍,飘来的香气让我不禁要流出口水,肚子也咕咕地叫起来。这一上午的奔波,不知道跑了多少路,浪费了多少口舌。毛金豹领着我们到了村南的一家农户。大门虚掩着,门口有个丝瓜架,几个又细又长的小丝瓜低垂着,底端开败的小黄花还没有落。我们推门走进院子,毛金豹喊道:"谁在家?有人没有?"有个七十来岁的老太太从堂屋走出来,一眼就看到了毛金豹,有些不高兴地说:"豹,你带着这么多人来干啥?"

毛金豹连忙笑着说:"婶儿啊,他们都是镇里的干部,你们家的粮还没有交，我们来催粮了。""催啥粮？我们家老的老、小的小，难成这个样子。你们政府不说救济我们，还问我们要粮？"老太太一边说，一边回到厨房，开始择菜，准备午饭。厨房不大，毛金豹紧跟着老太太站在厨房的门口，手扶着门框继续说："姊儿啊，这是两回事。交粮是国家的政策，你们要是困难需要救济，可以申请嘛！不能因为家里困难就不交粮。再说了，困难不困难国家有一定的标准，不是你说困难就困难的！要是每个人都说家里困难，那国家的粮还交不交？"老太太说："别人我不管，反正我们家就是困难！"

正在纠缠的时候，一个人从外面走进来，是个大个子，走路一瘸一拐的。我一眼就认了出来，他正是前段时间屡次跟随"墨镜"闹事的那个瘸子。一看到院子里站了这么多人，他一下子就明白是怎么回事了，从墙角拿起一根木棍，吼道："你们都给我滚！"老太太听到声音，连忙从厨房走出来，抓住瘸子的棍子，边哭边骂："兔崽子，快放下棍子，你还嫌给咱家找的事少啊！"瘸子委屈地说："娘，你这是怎么了？我想把他们都撑出去。"这时候毛金豹怒气冲冲地说："瘸子，这可是有王法的地方，你敢拿棍子随便打人，就有人敢抓你！我们只是来收粮，你们交了粮，我们扭头就走，一分钟也不会在你家多停！"瘸子的手慢慢地垂下来，扔了木棍。

突然，老太太冲过来用头往毛金豹身上撞，一边撞一边骂道："毛金豹，你们都给我滚。再不滚，我给你们拼了！"毛金豹顿时有些不知所措，只好扶着老太太，免得她倒下，自己却被老太太的拳头用力地捶着。见毛金豹不敢还手，瘸子和他老婆的胆子又壮了起来，一起推搡着我们往外走。堂屋里还冲出来一个十三四岁的小女孩和一个十一二岁的小男孩，一并往外推我们。

陈副镇长示意我们千万不要还手，只能用手招架，免得被动挨打。撕扯中，瘸子不知道怎么回事就摔倒在地上，等他站起来时膝盖已经流了血。瘸子顿时像占住了理似的，大声呼喊："快来看啊，镇里的干部打人了！"李学武厉声驳斥他："谁打你了？是你自己摔倒的，还赖我们！"

门口不知什么时候已经围观了十几个村民，男女老少都有。有个老头说："当干部的还敢打人，我看跟那时候的土匪差不多！"

一时间场面有些混乱，陈副镇长让我们先离开再说。直到我们走出好远，那个瘸子还有他娘还站在他家门口大声嚷嚷着。

大家回到了村部，毛金豹气喘吁吁地说："这家就是刁民！真是刁民！"我看到毛金豹上衣的扣子不知什么时候被扯掉了两颗。等大家稍稍平静下来后，陈副镇长问："他们一直在说家里困难，到底困难吗？"毛金豹说："在魏庄村来说，他们经济条件一般，最多算是中下等，还够不上政府救济线。只是瘸子是个残疾，他们就以此为理由，处处和我们作对！"陈副镇长想了想，问道："那个瘸子有残疾证吗？"毛金豹说："好像没有，没听说他办过。"陈副镇长说："这几天你们和他沟通一下，帮助他写个申请报到镇里的民政所。我和民政所打个招呼，尽快报到县里给他办个残疾证。办了残疾证，他能够享受到一定的政策优惠。"毛金豹点点头说："好，我这一两天就办这件事。"我忽然灵机一动，问毛金豹："这个瘸子平时都干点啥？"毛金豹略微想了一下，说："没见他干啥正事，整天瞎转。再说，他是个残疾人，能干点啥？"我转过脸对陈副镇长说："陈镇长，残联基地的牛向东，你和他熟吗？"陈副镇长一愣："算是认识吧，一般关系。你问这干什么？"我试探着说："我有个想法，不知道陈镇长能否支持？"陈副镇长说："晨辉你说说看。"于是我说："这段时间村里的事我也想了很多，为什么这个毛晓龙和瘸子总是闹事？当然有些时候他们闹是合理的，但更多时候是无理取闹。这里面到底是什么原因？难道是有人指使吗？当然我没有证据。但是我想，对于这个瘸子来说，整天瞎转，难免就要生事，要是再受人指使，不闹事才怪呢！得给他找点正事，让他把精力转移到正事上，所以我就想到了残联基地。陈镇长，如果你能给牛向东打个招呼，安排他到残联基地去工作，不但咱们少了很多麻烦，也能给他带来一定的收入。我觉得这是一举两得的事,不知道行不行?"陈副镇长笑了,拍拍我的肩,称赞道:"好主意! 晨辉你的思路真不错。"我也笑了:"我这是受你的启发,你刚才不是说给他办残疾证吗?"陈副镇长立刻拿起手机给牛向东打了电话。

这几天毛金豹的老婆不在家,人家便去村主任魏振山家里吃饭。魏振山的老婆表面上看起来很热情,但看得出心里不高兴。她指挥着魏振山干这干那,还不时地摔打东西。魏振山有些恼火:"镇里的干部来了,我在这儿陪他们说说话,你干吗呢?"他老婆在厨房里说:"家里一下子多了这么多人,我一个人忙得过来吗?"陈副镇长笑着说:"老魏,你看看村里小卖部有方便面没有,买些方便面下,又好吃又省事!"说着,从口袋里拿出一百块钱。毛金豹连忙拦住陈镇长,自己掏出一百元给魏振山。魏振山有些脸红,但还是接了钱,出去买方便面了。

午饭后,到了一天中最热的时候。知了在树枝上拼命地叫着,毒辣的太阳炙烤着大地,人们都变得恹恹欲睡。毛金豹让我们到村小学去,他打开学校的办公室,于是我们就东倒西歪地睡了起来,不休息的人就开始打牌。

下午四点钟左右,我们又开始工作了。这次又转了五六户,都是四组的,还算顺利。傍晚的时候,我们来到一个老汉家,我仔细一看,原来正是"墨镜"他爹。其实他是交了粮的,只是没有交够,按照"墨镜"的说法是只知道农业税和乡统筹,所以村提留的部分就没有交。我的心里隐约有些不安,不知道这次"墨镜"还会闹出什么事端来。好在院子里只有老汉一个人。见了我们,他有些吃惊,但随即明白了我们的来意。他搬出凳子让我们坐下,然后面露难色地说:"我本来是想交够的,就是我做不了主啊。我要是偷着把粮交了,他非骂我不可。"陈副镇长不以为然地说:"你是他爹,他是你儿子。他敢骂你? 天下有儿子骂老子的道理?"老汉苦笑着说:"我儿子不争气啊,处处让我不省心。俗话说儿大不由爷,我也拿他没办法。"毛金豹往前拉了拉凳子，冲着老汉说："老哥，你就别让陈镇长为难了。你看大热天的，还要挨家挨户跑，多不容易！你快点把粮交了，大家都省劲！"看着陈副镇长汗流浃背的样子，老汉想了半天，最后才下定决心说："好吧，我交！"说着，他站起来，往堂屋去。大家七手八脚地帮他抬麦子。过了磅，把麦子装上了车。我们这才长出了一口气。毛金豹回过头对老汉说："老哥，还是你明事理，我谢谢你了。"老汉不知道该说什么好，只是一个劲地向我们摆手。

　　离开老汉家的时候，陈副镇长他们走在前边，我和杨高远、楚天舒落在了后边。走出没多远，我听到后边传来一阵骂声："你这个老不死的，吃里爬外，谁让你把粮食都喂这些狗了？"我们不约而同地扭头看了看，原来是"墨镜"回来了，在他的家门口责骂那个老汉，也就是他的亲爹。老汉显得有些害怕，一个劲解释："皇粮国税，早晚都得交。早点交，咱们早点安心！""墨镜"更生气了，接着骂道："就你积极，就你知道是皇粮国税！养活你，还不如养活一条狗！"

　　见他骂得太难听，而且是对他的亲爹，我们三个都不禁义愤填膺。杨高远实在忍不住，就自言自语地说了句："天底下竟有这样的儿子，这还算是人吗？"这一句声音可能有些大，被不远处的"墨镜"听到了。他丢下老汉，径直朝我们走来，一边走一边挑衅似的说："你说什么？你把刚才的话再给我说一遍！"杨高远也不示弱，迎着他的目光说："怎么，我说得不对吗？你连你自己的亲爹都敢骂！""墨镜"恶狠狠地盯着杨高远，大约两三秒后，忽然，他扬起巴掌朝杨高远的脸上打去："我叫你骂我！"杨高远下意识地往旁边一躲，还是没完全躲开，脸被"墨镜"重重地捆了一下。杨高远一下子就蒙了，捂着脸不知所措。

　　见自己的好友被打，我实在忍不住了，就冲过去一把抓住"墨镜"的胳膊。哪知道"墨镜"把粗粗的胳膊使劲一甩，我就差点摔倒。与此同时，楚天舒大声地朝前边的陈副镇长他们呼喊："快过来，打人了！"陈副镇长离我们并不远，听到声音，他急忙跑过来，

选调生

一边跑一边朝"墨镜"吼着："你干什么,干什么!"李学武、王雪萍以及毛金豹等也都快步跑了过来。"墨镜"一看势头不对,拔腿就跑。我们刚要追,陈副镇长镇定地说："都别动,镇干部不准打人。他打了我们的人,我现在就给派出所报案!"说完,他拿起手机,拨通了派出所的电话："喂,是苗所长吗?我是故城镇政府副镇长陈俊昌。……现在我们在魏庄四组收粮,有人打了我们的人,你赶快派人过来看看!……嗯,好的好的,要快点!……魏庄四组!"

挂了电话,陈副镇长连忙过来安慰杨高远。杨高远的脸上有些发红,还留着淡淡的手印,见了陈副镇长,他委屈地说："陈镇长,咱们镇干部不许打人,我没有还手!"说完,忍不住流下眼泪。我的眼睛也湿润润的,杨高远是自己最好的朋友啊!俗话说男儿有泪不轻弹,只是没到伤心处。陈副镇长安慰他说："高远,你受委屈了。咱们镇干部不准打人,但也不能挨打。你放心,派出所会处理他的。"这时候一旁的王雪萍愤愤地说："不知道谁制定的这个破规定,镇干部不准打人。镇干部也是人,为什么就不能还手?要是换了我,早就和他拼个你死我活!"

十几分钟后,白色的警车开了过来。陈副镇长和苗所长打过招呼后,苗所长带着三四个人去抓"墨镜"了。这时候天就要黑了,我们只好先回镇政府。

夜里我来到杨高远的屋里,他正在看武侠小说。见了我,他笑了:"我就知道你得来找我。其实那巴掌打得不重,幸亏我躲了,只是没躲利索。"我也笑了:"看来你还得多看武侠小说,多学几招防身术!"杨高远说:"只是当时我没忍住,让别人看到我哭了。其实一巴掌能有多疼,主要是我觉得当时太委屈,当个镇干部太不容易了,不被老百姓理解,弄不好还要挨打。王雪萍当时说得很好,我们镇干部也是人,不能成为弱势群体!"我不住地点头:"是啊,现在都说维护老百姓的利益,可是我们镇干部也是老百姓啊,谁来维护我们的利益?就拿今天的事来说吧,动不动就有人喊镇干部打人了。

我们打他们了吗? 真正挨打的是我们。看来现在干群关系还是很紧张, 还需要很长时间来改善。"我俩又谈了一些收粮的话题, 最终还是离不开镇干部挨打的事。杨高远问: "要是以后再有这样的事情该怎么办? 不能还手, 一还手就没理了。可是又不能被动挨打, 你说该怎么办? "是啊, 本来就是个矛盾, 该怎么办? 忽然, 我灵机一动, 想到了武侠小说, 就说: "看来我们得学个一招两式的, 不为打人, 只为不挨打, 或者说是防身。前些日子我在县城新华书店看到有卖防身之类的书, 可以买来学一学。""好主意! "杨高远拍拍我的肩膀说, "等买来了书, 咱们就一起学。"

第二天点完名, 陈副镇长当着我们的面打电话问派出所情况。苗所长给的答复是"墨镜"已经潜逃了, 不敢回家, 派出所将继续密切监控他。

虽然镇干部挨打了, 但是粮还得接着收。又接连收了四五天, 能想的办法都想了, 还剩下二十来户没有交。这些人是油盐不进了, 有的说是先解决了问题再交粮, 有的干脆没有道理就是不交粮。最后镇里研究的意见是和法院沟通一下, 建议通过法院起诉的方式来解决。

这天致清叔找到我, 说是有一封给我的信。我有些吃惊, 心想上大学的时候是自己书信往来最多的时候, 自从到故城镇上班后, 几乎再没有和人书信来往。信封上没有落款, 我心里怦怦直跳, 迫不及待地拆开信封看, 一共两页纸, 字迹很娟秀, 见上面写着:

晨辉:

你好! 真没想到, 我真的提起笔给你写信了。想一想距离你上一次来不过七八天的时间, 而我居然连你的模样都记不清。你恐怕也记不清我的模样了吧? 甚至忘了我住在哪儿了吧? 更甚者, 忘了我们科室的电话号码了吧?

我们到底是什么关系啊? 在你每天为工作努力的时候, 你可曾

选调生

想到这世界上还有我这样一个在名义上与你谈朋友的人呢？我每天都重复着同样的痛苦，不断地问我自己，我究竟是为了什么又一次和你走在了一起？你也问过你自己这样一个问题吧？那么是为什么呢？我是知道我自己的追求的，很简单：我不想放弃每一个能让我走向幸福的机会。你也许会担负起这样的使命，可是自从我们去年认识到现在又一次的相逢，除了那天谈得比较多、比较快乐以外，你可曾让我真正地快乐过、幸福过？没有，从来没有。你可曾真正理解我这样一颗敏感、执着的心？我真不知道你心中的爱情是什么样子。

　　晨辉，我并不要求你每天都来找我，日日厮守。我只希望你隔两三天能与我见上一面，或者打个电话。也许你会说，没什么事打什么电话呀？难道我们不能用电话来适时地问候一下彼此，交流一下感情，感受到对方的存在与忠诚吗？

　　在这七八天里，发生了许多事情，没有一天是让我清清静静、轻松快乐地度过的。我心里烦恼极了，真想找个人倾诉一下，可是你连个电话也不打，更别说来找我了。直到今天，我根本感觉不到你的存在！难道你连打个电话的时间也没有吗？

　　我多么不想写这样一封让我们彼此都痛苦，甚至让你震撼的信啊！可是我根本不知道我该怎么办，心里整天又痛苦又烦恼。不过，你大概快活得很吧！如果你看到了这封信，请你仔细地想一想你要的是什么，你又该怎样对待我。跨过这一步，无论结果如何，定是一番美景。

艳芬

2001年8月5日

　　原来是艳芬写来的。看完信后我的心里很不是滋味，艳芬在县城的防疫站，距离故城镇不到三十里，按道理说我们之间是没必要用写信的方式交流的，可她居然选择了写信，字里行间流露着对我的不满，很明显是嫌我冷落了她。想想这一周多来，我每天都是下村、收粮，甚至和别人吵架、打架，就连双休日都没有休息。基层工作有多么艰难，恐怕她是不知道的，而她还这样怪罪我，以为我过得很快活……唉，真让人委屈死了！好半天，我的情绪才恢复了平静。转念一想，也不能全怪她，我这一周多都没和她联系了，至少应该打个电话。于是我拿起办公室的电话，拨通了她科室的电话，里面传来一个女孩的声音，好像不是艳芬。我说明了自己的意思后，那个女孩调皮地问道："你是谁啊？是艳芬的什么人？"我提高了声音说："我是艳芬的男朋友！"女孩笑了，连忙说："艳芬，你男朋友找你！"片刻之后，艳芬接过电话，她似乎很平静："晨辉，我现在正上班，你找我干什么？"我说："上班了就不能给你打电话吗？"她笑了："没说不让你打啊，只是我很意外，记得好像你从来没有在上班时间给我打过电话。"这话带着少许讽刺，我没有接她的话，直接说："后天是星期五，晚上我去找你，你有时间吗？""有啊。"她爽快地说，"关键是你，只要你有时间，我随时都可以。"

　　说实在的，和艳芬在一起，总的还可以，就是有一点不好，她总嫌我找她的次数少。我是不喜欢整日厮守在一起的，如果两三天见一次面，我实在做不到：一方面是因为乡镇的工作性质，再一个就是我喜欢自己有一个相对宽松的环境。生活中固然不全是工作，但也不全是恋爱，还有其他的东西，比如我的朋友，我的文学，我的书籍，等等。于是我就有了这样的一种心理，一方面渴望恋爱，一方面又有些恐惧恋爱。每次和艳芬见完面后，就像是完成了一次任务，心里反倒有一种如释重负的感觉；一星期后，又开始有些焦虑，考虑下次见面了。其实，恋爱本是件十分美好的事情，但是如果两人见面不是出于感情需要而是有些迫不得已的话，就或多或少地成了一种负担。在艳芬面前，我时不时有这样的心理。有时候我在想，怎么会是这样？难道是我的心理真有什么问题吗？……

四十九

　　星期五终于到了。赵清明书记在大会上说镇干部近期都很辛苦，这一段都没有过双休日了，他宣布这个双休日镇里休息，大家立刻鼓起掌来。我想，要是还不休息的话，无论如何我都得请一天假，要不然我可能就失掉爱情了。下午稍稍午休了一会儿，我就骑自行车回县城。天气很热，而且有一段时间没下雨了，估计通往县城的公路上飞尘会很多，所以我就沿着乡村小路回县城，反正时间挺充足的。

　　乡村道路上很静，两边的桐树在路上投下斑斑阴凉，知了在卖力地叫着，让人有"蝉噪林逾静，鸟鸣山更幽"的感觉。慢悠悠地骑了一会儿，就经过了赵坡村，这是刘金霞和王雪萍包的村。村南有一座小桥，桥下面是一条小河沟，有浅浅的水在流动。刚到桥边，猛然间看到前边有个熟悉的身影骑着自行车向我这边赶：浅蓝色的遮阳帽，黑色的墨镜，淡绿色的裙子随风飘逸，这不是王雪萍吗？真没想到在这里竟然能碰到她。我赶快下了车，她也下了车。平常人多在一起工作的时候觉得没什么，可是单独遇到一起，我还是有些激动。我忙问她："你这是干什么了？这么热的天。"她微微一笑，反问道："大热天你不是也出去了，你准备去干什么？"我说："去趟县城，找个朋友。"她笑着说："我刚从县城回来，去书店买了本书，真没想到这么巧能遇到你。""买的什么书？"我问道。她从前边的车筐里把书拿出来晃了晃说："《穆斯林的葬礼》，你看过吗？"我摇摇头："没看过，以前倒是听说过。要不你看完了让我看看吧？"她调皮地说："好啊，不过天下没有免费的晚餐，你有什么好书也让我看看？"我想了想说："我有鲁迅的散文，你看吗？"她摇摇头说："太深奥了，我不感兴趣，你还是留着自己看吧！"说完，她跨上自行车，向我说了声再见，就过了桥，转眼间就消失在远方，只留下一股淡淡的清香……

晚上我见到陈艳芬，没有提写信的事，只是问了她这一周多的情况。她眼圈有些发红，说："我和我弟弟闹矛盾了。他以前可听我的话了，可是今年以来，他变得越来越叛逆。我说什么，他就和我顶嘴。前几天我去看他，给他带了很多好吃的东西，问了他一些学习上的事情，他就很不耐烦，说不用我管。你说，父母都在农村，在这个县城里，就我和他最近，我不管他行吗？于是我就说了他几句，他一生气就再也不理我了，把我气得真想哭。对他，我是又气又心疼。他今年刚上初三，正是最关键的时候。你说，我该怎么办？"我想了想，安慰她说："其实你弟弟学习很好的，这一点你放心。他现在十四岁，正是叛逆期，所以你要多理解他。至于吵架，也算不了什么大事，你当姐的就别和他治气了，要不然咱们俩明天一块儿去见见他？"她的眼睛一亮，激动地说："你真的愿意和我一块去看我弟弟？"我立刻说："是啊，你弟弟就是我弟弟，我当哥哥的能不去吗？"她转忧为喜了，说："晨辉，关键时候还是你能帮我。这才像我的男朋友！"她又说起了她们科室的情况，什么评职称啦，同事之间的钩心斗角啦，病人难伺候啦，等等。我能安慰的就安慰她，没法安慰的时候就静静地听着。等她的事情说得差不多了，她又问了我的情况，我就把收粮的困难简单和她说了，不过关于镇干部挨打的事情没有告诉她，免得她担心。果然她着急地问："要是他们不肯交粮怎么办？你们难免和他们发生冲突。晨辉你一定要小心，千万保护好自己。"我装出满不在乎的样子："没关系，我机灵着呢！一般情况下还不至于挨打。"她这才放了心。

第二天上午我和艳芬去看望她弟弟。初三的学生星期六也不休息，课间的时候才见到她弟弟。他见了我倒是挺尊重的，有个中间人在场，他和艳芬很快就和好了。从学校出来，艳芬提议一起去林场玩。我想起去年国庆节时候她曾提过，当时下着雨我没有去。到了那里才知道，林场比想象中的要大、要漂亮，各种各样的花木，还有很多娱乐设施。来林场玩的人很多，大多是年轻人。我们一起赏花，玩

　　　　　　　　　　　　　　　　　　选调生

走迷宫，又在里面的小湖里划船，度过了愉快的一天。

星期日的时候艳芬上班，我去新华书店闲逛。当见到防身之类的书籍时，我立刻想到在魏庄收粮发生的冲突，就毫不犹豫地买了一本《徒手抗暴术》，又买了两本杂志。中午在哥嫂家吃了饭，下午就骑车回了镇政府。

机关大院静悄悄的，小童和楚天舒都不在，致清叔的门也锁着。过了一会儿，才看到楼下杨高远骑车回来。我冲他挥挥手，喊了他的名字。他赶快把车放好，"噔噔噔"上了楼梯。两天没见，格外亲切。在我的房间里，我拿出新买的书，他简单翻了几页，说："不错，还有图例，好像武侠剧中的武林秘籍。"我说："要不今晚咱们就开始锻炼？"他点点头："好，我看镇政府东边的野地里不错，没有人经过，正适合锻炼。"

吃过晚饭后，月亮出来了。我们俩一起往镇政府东边的野地里走，在一片相对开阔的地方停下来。这时候的玉米已经长得很高了，郁郁葱葱的，在银色的月光下，显得有些阴森。两块玉米地之间开阔的地方长着许多不知名的野草，有虫儿在时断时续地叫。不远处残联基地的荷塘里时而传来几声青蛙的叫声。我们俩按照书上的招式，开始锻炼起来，时而模拟对打。练习了大概一个多小时，身上见了汗，就停下来休息。我想，这样练习虽然不见得有多么好的效果，但是至少强身健体了，比起找地方打麻将、玩扑克要有意义的多。休息了一会儿，一看表十点多了，就赶快回了镇政府。

工作区开始向没交粮的农户发放起诉书了，让他们限期交粮，否则就提请法院强制执行。发放起诉书的时候，自然免不了争吵，但是肢体冲突倒是没有。前段时间发生的殴打镇干部的事情在魏庄村传播开来，"墨镜"至今还不敢回家。由于这个原因，那些"钉子户"也不敢太放肆，只是嘴上说着"不怕起诉书，随你们的便"之类的话，但也只是嘴上说说，或者是骂几句，以求得精神上的发泄。过了起诉书规定的期限，效果甚微，只有一两户在期限内交了粮，其余的仍然无动于衷。陈副镇长很生气，他准备向赵清明书记汇报提请法院强制执行。

　　这天后半夜忽然下起了暴雨，我被哗哗的雨声惊醒，推开后窗一看，外面一片水的世界。关上窗户，关掉电扇，外面雷声大作，又是一阵大雨，像千军万马在奔腾。早上五六点钟，听到不远处杨高远喊广播站长，原来是机房连电了。我赶快起来看个究竟，不一会见广播站长匆匆赶来，去修理机房。很快机房修好了，大家都长出了一口气。可是雨还是下个不停，似乎越来越大了。

　　上午点名的时候，雨小了很多，赵书记让包村干部询问一下各村的情况，能下村的最好下村，看是否有灾情发生。自从去年夏天那场暴雨引发魏庄的乔寺村部分被淹后，每逢下暴雨，我的心里就忐忑不安。点完名后，我打毛金豹家里的电话，没有人接，又打他的手机（毛金豹不久前买了手机），里面传来嘈杂的说话声。我问他在哪里，他说："在村里。"我问道："村里情况怎么样？下了暴雨，有受灾的群众吗？"他说："正在叫各组组长统计，现在基本没有受灾的。就是乔寺的那个鱼塘决口了，跑了不少鱼……"我心里一怔，怎么，鱼塘决口了？那个鱼塘可包含着我和杨高远的不少心血啊！我马上说："你现在继续了解灾情，我先把鱼塘决口的消息向领导汇报！"

　　挂了电话，我和杨高远急匆匆地去找陈副镇长。陈副镇长听完后急得直跺脚："这可怎么办？魏庄的鱼塘可是咱们树立的一面旗帜，如果鱼塘垮了，那以后谁还敢养鱼啊？他们思想本来就落后，以后再让他们干点什么就很难了！"我试探着说："要不请示一下赵书记？毕竟当初鱼塘贷款是赵书记出面协调的。"陈副镇长马上采纳了我的建议，带领我和杨高远一块去见赵书记。赵书记正在一边抽烟一边打电话，好容易电话打完了，陈副镇长就简要地把鱼塘的事说了一遍。赵书记也是大吃一惊，他连忙把没有吸完的烟放在烟灰缸里，略微思索了一下说："这样——陈镇长你马上和县水利局联系一下，说明情况，让他们赶快派技术人员来！晨辉和高远你们两个现在就下村，进一步了解情况，安慰一下那个鱼塘主。我把手头的事情处理一下，随后赶到。"

离开赵书记办公室后，陈副镇长让我们先等他一下，等他和水利局联系后一块下村。不一会儿陈副镇长从办公室里走出来，说："和水利局联系好了，他们很重视，现在就派人往这边赶！咱们现在就下村！"陈副镇长联系了房管所的面包车，让他们把我们送到魏庄村。

到了村里，见到毛金豹，陈副镇长让他赶快带我们去鱼塘。到了乔寺北边的鱼塘，见有两台抽水机正在狠命地抽水，有部分村民正在附近的地里捡被冲出的鱼。那个承包鱼塘的农户哭丧着脸，和他老婆在忙前忙后。见我们来了，鱼塘主再也忍不住了，蹲在地上大哭起来："陈镇长，我可怎么办呢？跑了这么多鱼，还有银行贷款，我拿什么来还啊……"他老婆也跟着哭起来。陈副镇长拉着他的手，安慰说："你放心，鱼塘冲垮了，还有镇党委、政府做你的后盾，咱们一起想办法解决！"这时候鱼塘周围的村民仍然在捡跑出的鱼，有的拿口袋装，有的拿塑料桶装。陈副镇长再也忍不住了，怒不可遏地吼道："你们这些人还有良心吗？人家鱼塘的鱼跑了，心里难受得都哭了，你们还有脸往自己家捡？你们吃了捡到的鱼，不觉得亏心吗？"人群中一片寂静。过了片刻，有人说："这位镇里的领导，你说话也别这么难听，别人我管不了，反正我自己捡了鱼是会还回去的，你误会了！"我循着声音望去，见说话的是一个七十来岁的老头，这不是那个五保户乔梅林吗？乔梅林走过来，把一口袋鱼交给了鱼塘主。鱼塘主有些吃惊，望着乔梅林说："大伯你这是……"乔梅林说："你受了灾，我老头子也于心不忍，能帮你捡回几条鱼，心里也舒服点。"鱼塘主顿时又流下了热泪，说："谢谢，谢谢！"在乔梅林的带动下，一些本来想把捡来的鱼拿回家的人思想上也转过弯来，纷纷过来还鱼。就这样，除了极少数依然麻木不仁地把鱼拎走外，大多数村民都还了鱼。鱼塘主激动得不知道说什么好，只是一个劲地说："我谢谢老少爷儿们了！"由于不再下雨，加上两台大功率水泵不停地抽水，还有几个工人在修堵冲垮的地方，鱼塘险情暂时得到了缓解。村民还来的鱼，大多数还活着，在大家的帮助下，这些鱼很快被重新放入了鱼塘。

正在这时候，从远处又来了十几个人，领头的正是赵清明书记。后面的人也有些面熟，经过赵书记介绍，我才知道原来是县水利局的技术人员。赵书记紧紧握着鱼塘主的手说："请你放心，你受了灾，镇里不会不管的。请你相信，困难是一定能够克服的。"鱼塘主连忙说："谢谢政府，谢谢赵书记！"

县里的技术人员认真查看了鱼塘周围的情况，特别是被冲垮的地方，然后拿出了解决方案——在被冲垮的地方重新用水泥混凝土加高加固，对鱼塘的排水设施进行改造提升，同时提醒鱼塘主，夏季的时候要注意暴雨，及时调低水位，以防水灾。通过这次暴雨，初步统计鱼塘损失了大概有两万多元。至于这些费用，赵书记表示会再协调镇里的信用社追加部分贷款，贷款产生的利息由镇政府来承担。县里的技术人员建议鱼塘主参加农业保险，万一再次发生灾害，不至于损失太大。

鱼塘的事情暂时得到了解决，清理夏粮尾欠的事情重新提上了议事日程。陈副镇长曾说过去找赵清明书记汇报提请法院强制执行，可是好几天过去了，也没有听到什么消息。这天再次来到魏庄村的时候，陈副镇长对毛金豹说："金豹啊，跟你商量个事。"毛金豹一笑："陈镇长有什么指示，尽管说，还商量什么？"陈副镇长犹豫了一下，最后还是开了口："你看，咱们从开始收粮到现在已经有一个多月了，现在就魏庄村拖了工作区的后腿，赵书记有些不满意了。我想能不能把村提留部分先堵上农业税和乡统筹的缺口，先把镇里的任务完成，然后咱们再集中精力清理尾欠。这样镇里就不会天天点名批评魏庄了。金豹，你看怎么样？"毛金豹好半天没说话，一副很难为情的样子。陈副镇长看出来毛金豹有些不愿意，解释说："这样做主要是先把上边的任务完成，随后咱们再集中精力清理尾欠，一定不会让你毛金豹为难。就算你帮我的忙了，好吗？"毛金豹哑了半天嘴，最后才碍于情面勉强点了头："那好吧，只是陈镇长，要是先抵了上面的任务，村里部分你可不能不管啊！"陈副镇长拍拍毛金豹的肩膀说："那是自然，请你尽管放心。"

就这样魏庄村的收粮任务总算"完成"了。赵书记很满意，在会上表扬了中工作区和魏庄村。我心里却有一些隐隐的不安。我问杨高远："你说，魏庄剩余的尾欠能清理完吗？"他摇摇头说："我看可能性不大，咱们又没有强制手段。"

陈副镇长没有食言，接下来还是组织人员到魏庄村去清理尾欠，可是丝毫没有进展。于是这项工作就变得越来越懒散了，隔三岔五象征性地去村里走走看看。这天毛金豹终于忍不住发火了，他把脸一黑，对陈副镇长说："陈镇长，我觉得你们是在看我的笑话。现在我有些后悔了，当初不该先抵了镇里的任务。你看看和前段时间相比，这还叫收粮吗？简直就是开玩笑！"陈副镇长脸上有些挂不住："谁看你的笑话？这几天我不是还和以前一样领着镇干部帮你收粮吗？"毛金豹的脸更黑了："帮我收粮？这个要说清楚，不是帮我毛金豹收粮，而是帮着镇、村两级收粮！"

两个人越说火越大，我和杨高远、楚天舒、李学武、王雪萍，以及村干部魏振山、乔天庆、魏正仁纷纷上前解劝。好容易两个人都不说话了，可是场面却十分尴尬，没有人再多说一句话。最后陈副镇长压了压心头的怒火，尽量克制着自己说："金豹，我今天脾气不好，请你谅解。村里的尾欠收不上来，我也很焦急，这一点请你相信。今天的事情，都不要往心里去，咱们先回去，都好好想想解决办法！"见陈镇长把话拉回来，毛金豹也缓和了口气，向陈副镇长道歉："陈镇长，今天的事都怪我，说话太重。咱们打交道这么长时间，我这个人就是驴脾气，陈镇长你不会怪罪我吧？"见两个人都退了一步，李学武笑着说："好了好了，都是为了工作，相信谁也不会往心里去。都先回去吧！"

晚上我和杨高远仍然到老地方锻炼。休息的时候我问杨高远："你对今天陈镇长和毛金豹的争吵有什么看法？"他说："我觉得毛金豹发火也不是没有道理。这段时间不光陈镇长，我们每个人都有些松懈，甚至有些得过且过。以前压力最大的是陈镇长，现在变成毛金豹了。眼看着日子一天天过去，清理尾欠还是没有成效，他能不着急吗？"我点点说："我也是这样想的。不过现在不能说怪谁的问题，关键是怎样解决问题，怎样把尾欠收上来。"杨高远说："其实我想了很长时间，关键在于村里的一些矛盾还是没有解决。咱们收粮的时候，那些'钉子户'也不说不交粮，就是反映有这样那样的问题，如果问题解决了，我相信绝大多数农民是愿意交粮的。"我不住地点头。说实在话，杨高远的话说到了我的心坎里。魏庄村积累的一些矛盾，我早就想尽快解决。今年春季的时候，随着魏庄村上访问题的解决，村里干群关系缓和了许多；再加上后来毛金豹等村干部经常到村里了解情况，化解问题，魏庄村的情况一度出现好转。可是后来这些好的做法没有得到坚持，再加上"三夏"来临，禁烧、收粮等阶段性工作让人忙得不可开交，所以无论毛金豹等村干部还是我和杨高远都忽略了这一点。春季时候下定决心解决问题，作用是很明显的，单就今年的收粮来说，虽然还有尾欠，但是比往年少了很多。所以说解决问题的根本途径还是在于解决农民所反映的实际问题。于是我说："那咱们赶快把这个建议和陈镇长说一说。"

第二天我们就找陈副镇长说了我们的想法。陈副镇长想了想说："不能说以前我们没有帮村里解决问题，那样我们还是干部吗？只是现在暂停清理尾欠来集中解决问题，毛金豹又要嫌咱们不尽力收粮了。再说，不是所有问题咱们都能解决的。"见陈副镇长还有些犹豫，我进一步说："咱们这段时间一直在清理尾欠，不是一点成效都没有吗？如果不换一下思路，恐怕以后也不会有进展的。"最后陈副镇长说："那就按你说的办吧，清理尾欠的事从长计议。"到了村里，陈副镇长把想法和毛金豹说了，没想到毛金豹非常赞同。他说："今年春季就解决了不少问题，现在剩下的大多是难缠的事。只要镇里做主，我巴不得早点把这些问题都解决了呢！"

我们就先从"钉子户"开始找突破口，挨个走访这二十来户，不提收粮的事情，只说解决他们反映的问题。于是村务公开不及时问题、债务问题、优抚问题、土地问题等都浮出了水面，不少问题时隔多年，牵涉面很广，解决起来十分棘手。有的问题还牵涉到了毛金豹和魏振山。比如有村民反映去年冬季给树木涂白的钱，毛金豹打过白条，可是迟迟没有兑现。毛金豹看了白条后，当即从口袋中拿出钱交给那户村民。还有人反映村主任魏振山家里的猪圈侵占村里公共道路，迫于压力，魏振山随即对猪圈进行了修改。总之，对于一些能够很快解决的问题，大都按照村民的要求进行了解决。但有些问题解决起来真有困难，如有村民反映的优抚问题，还要县级以上民政部门的调查确认。

十多天过后，先后有十九户"钉子户"交了粮，剩余的三户无论如何也不肯交粮。陈副镇长和毛金豹很生气，陈副镇长决定再次向镇里建议提请法院强制执行。毛金豹气愤地说："这三户咱们也算仁至义尽了，要是不采取强制措施，显得基层政权太软弱了，以后谁还拿咱们当回事！"

不管怎么说，清理尾欠的事情算是告一段落了。我建议走访活动还要继续搞下去，前段时间重点是那二十多户"钉子户"，现在应该逐步扩大范围。陈副镇长和毛金豹接受了我的建议。这段时间为村民解决了一些具体问题，虽然很累，压力很大，但心里还是挺痛快的，挺有成就感的。我想，农村的一些问题为什么不好解决？为什么很多事情阻力重重？除了极个别人兴风作浪外，关键就是农民的气儿不顺，反映的一些问题没有引起重视，或者说是镇、村两级干部的"懒政思维"在作怪。如果能够经常主动深入群众，解决他们的问题，还有什么工作难做呢？

五十

伴随着夏粮收购工作的全面结束，炎热的夏天也终于过完了。

到了9月，天高云淡，风清气爽。接到上级文件，要组织开展地方志编写工作，具体到故城镇就是编写《故城镇志》。文件刚开始下发的时候，并没有引起镇里的重视。后来县地方志办公室打来电话，要求国庆节前必须完成，对行动迟缓的单位要进行通报。党委秘书王志伟才慌了神，急忙把我叫到他的办公室通报情况，让我看了文件，并让我牵头组织《故城镇志》的编写工作。接到任务后，我先给县地方志打电话，让他们先不要通报故城镇，然后又拿出了工作方案，成立《故城镇志》编写工作领导小组。我在领导小组下设的办公室担任主任，成员有张致清、童振兴、杨高远、楚天舒。致清叔是镇里的档案保管员，所以他必须是成员；至于小童他们三个，是我建议的，因为要开展好一项工作，密切配合是很重要的。镇里随即批准了我的工作方案，下发了文件。于是整个9月份，除了日常的工作外，我们几个就把重点放在《故城镇志》的编写上，先是在镇档案室查阅档案，然后到镇直各单位收集资料，到各村了解历史古迹，忙得不可开交。

这天吴俊峰忽然打来电话，约我第二天一起去市委组织部。仔细想想，我已经一年没去市委组织部了，就连和吴俊峰的电话联系也很少。第二天早上我早早醒来，在外边匆匆吃过早饭就往县城赶。见到了吴俊峰，他气色很好，看起来一切挺顺利的。他是去年下半年开始包村的，我今年初才包村，于是各自谈了包村的一些情况。吴俊峰乐呵呵地说："可以说经历了很多，长了见识，见了形形色色的人，遇到了形形色色的事。虽然困难很多，但是确实学到了很多东西。"我也感慨道："别的不说，就今年秸秆禁烧和夏粮收购，让我真正了解了基层，感觉能力上也提高了不少。"谈了一会儿，吴俊峰忽然感叹道："时间过得真快，咱们在乡镇工作已经近两年了，不知道何时才有出头之日？据我了解有些人已经回县城了。"我不以为然地说："我感觉包村还是挺不错的，乡镇生活也挺自由，不像大机关里那样死板。说实在话，对于回县城我还没有认真想过。"吴俊峰说："以前我也没有这个想法。可是认识的人有的回了县城，让我心里有些不平衡，好像咱们表现没他们好似的。更重要的是，我感觉很多事情咱们都是心有余而力不足。本来想在村里干一些大事，可是咱们只是一名普通的乡镇干部，手中的权力太小，最多也就是提个建议什么的。要是领导采纳你的建议还好，领导不采纳，你也没有办法！"吴俊峰说这些话的时候，我回想起今年以来在村里的所作所为，颇有同感。于是我问道："那你说，我们下一步该怎么办？"吴俊峰想了想说："我觉得咱们的舞台不能仅限于农村，大丈夫志在四方，人应该积极进取。"说着，他看看我，笑了："我可不是官迷啊，但努力去争取是对的。别人能回城，为什么咱们就不能回城？别人能提拔副科级，为什么咱们就不能提拔副科级？事在人为嘛！再说咱们又不比他们差很多！"

　　大约十点钟的时候，我们来到了市委组织部青干科。来过几次了，办公室的环境都很熟悉。办公室里依然是冯若云科长和小穆两个人。这次不用介绍冯科长就认出了我们："是丁晨辉和吴俊峰啊，快坐！"小穆倒了茶。寒暄了几句，冯科长问起我们在乡镇的工作情况，于是我们又把包村的情况简要地说了一遍。冯科长一边点头一边记录，还不时称赞道："好！干得不错！你们辛苦了，没有辜负上级的期望！"当问到有什么困难没有的时候，吴俊峰喝了一口水，然后把纸杯子放下，认真地说："冯科长，我想问一问，我们这批选调生在基层锻炼有没有个大致期限？"冯若云摇摇头说："现在没有这方面的规定说干够几年就可以回机关。"又笑着说，"怎么？你在乡镇待烦了？"吴俊峰抓了抓脑袋，不好意思地笑了："也不是这个意思，就是想问一下，心里好有个底。"冯若云又问我："你呢，晨辉，是不是也有这个想法？"我点点头说："我和吴俊峰想法一样，当然不是说在乡镇就待烦了。我在想，如果有合适的机会，我们还是想争取一下的。"

　　冯若云微笑着望着我们，把本子合上说："你们尽管直说，不必遮遮掩掩。你们想争取机会，很好嘛，我大力支持！不想当将军的士兵不是好士兵。只要你们好好工作，干出成绩，我会在适当的时候推荐你们的。"听了冯科长的话，我们感到精神一振，感激地看着她，连声说着："谢谢冯科长的关心。"冯若云冲着我们摆摆手："你们别感谢我，关键还是靠你们自己努力。你们干出了成绩，组织上会看得见的！还有，现在有的地方在搞公开选拔领导干部考试，你们只要符合条件，都可以试试嘛！你们俩都是大学生，考选调生的时候成绩就很好，所以你们还是挺有优势的。"

回去的路上，我们俩认真回忆了冯科长说过的话，归纳了两点：一是干好工作，组织上会考虑的。干好工作这一点不用领导提醒，它是我们来到乡镇的初衷；组织上会考虑，未免有些官话、套话，考虑不考虑，那是组织上的事情，涉及的因素也绝不仅仅是干好工作这一条。二是要积极参与公开选拔领导干部考试。冯科长的这个提醒很重要，当初我们就是通过考试进入选调生队伍的，所以对于考试我们还是很有信心的。思来想去，干好工作是基础，有机会参加公开选拔领导干部考试才是比较可行的途径。

国庆节快要到了。这天我吃过午饭后正在水龙头边洗碗，见王雪萍从旁边经过，便和她打了声招呼。没想到她停下来，看着我莞尔一笑："晨辉，给你说件事。"我一愣，随即问道："什么事？"她有些不好意思，涨红着脸说："国庆节田俊秀我们几个准备去附近的龙虎山爬山，许长杰他们几个听说后也要去，你有时间去吗？"我心里瞬间掠过一丝幸福的感觉，兴奋地说："那太好了！你们定好具体时间了吗？"见我答应去爬山，她很高兴："10月5日上午，就在政府院里集合。你可记好时间哦！"我点点头："一言为定！"她转身离去，走出好几步，又回头望着我说："你可以叫上你的好朋友杨高远他们一起去！"

下午的时候，我就把这个消息告诉了杨高远、楚天舒和小童，他们都很高兴。小童说："龙虎山在故城镇西北部，大概三十里地吧！离我家也不远，以前我去过好几次呢！"杨高远问："山上怎么样？"

小童说："还行，半山腰有块很大的石头，很像一只卧着的老虎，可以去看看。山上还有古墓呢，景色也不错……"楚天舒对这些好像是没多大兴趣，他问我："你刚才说是王雪萍邀请你去的？"我点点头。他冲我使了个眼色，神秘地笑了。

艳芬和我商量国庆节一起去她家见见她的父母。这段时间，我大概一星期去见她一次，一起吃个饭逛逛街什么的。虽然也很开心，但是我总觉得少了些什么。有时候我想，其实人生本来如此，平平淡淡才是真。艳芬对我也挺好的，也许我的爱情就是她了。艳芬的父亲我是见过的，那还是去年在媒人家和艳芬第一次见面的时候，可是那不算正式去见她的父母。所以当她提出这个要求的时候，我毫不犹豫地答应了。为了不和国庆节爬山相冲突，我把时间定在了10月2日。

到了10月2日，母亲为我准备好了礼品。上午我换上西装，骑着自行车从家出发了。艳芬家在岗地，距离我家有四五里路。路不太好走，一路上坡。好容易到了岗上，往下面一看，我家所在的村庄一览无遗，变小了好多。岗地里种的也有玉米，只是玉米已经收获，只剩下玉米秆还没有来得及砍掉，一株一株的可怜地站在那里。下了黄土岗，穿过一条小路就到了艳芬家所在的村庄。我光顾着看路两边的风景，没想到自行车驶入了一小段碎石路，我赶快刹车，可是已经晚了，连人带自行车摔在了地上。好在摔得并不疼，我赶快爬起来，把车扶好，又把礼品整理好，拍拍身上的尘土，继续赶路。

到了村里，按照事先艳芬告诉我的方位，我找到了大概位置，可是具体是哪一所宅院还弄不清楚。见小巷里有几个小孩在玩抓石子游戏，我就向他们打听路，一个小孩带我找到艳芬家。听到有动静，艳芬迎出来，见了我，很高兴，扭头对堂屋喊："爸、妈，晨辉来了！"然后她又打量着我，不知为什么，脸色忽然阴沉下来，噘着嘴回屋了。我有些不高兴，心想，艳芬应该帮我把礼品从车上拿下来才对。这时候她的父母已经走出来了，我赶快和他们打招呼，嘴里喊着"叔叔""婶婶"，一边把礼品从车上取下。她的父亲帮我把礼品拿到了堂屋。

艳芬给我倒上茶，又给她父母分别倒了一杯。她父亲便开始问这问那，无非是"你父母身体可好""工作忙吗"之类的话。她的母亲很少插言，只是目不转睛地看着我。说了会儿话，艳芬催促说："都快十二点了，咱们准备吃饭吧！"她母亲这才恍然大悟地说："光顾着说话了，晨辉都饿了吧！"我笑了笑。于是艳芬和她母亲去厨房端菜。她父亲开始收拾桌上的东西，我去厨房拿了抹布，把桌子擦了一遍。

开饭了，有十来个菜。我说："太多了，就咱们四个人，吃不完的。"她父亲笑着说："晨辉是第一次来，应该好好招待一下的。"一会儿，她母亲说去厨房煮汤圆，艳芬也帮着去了。屋里就剩下了我们两个人。她父亲说："你和艳芬如果没啥，来年就可以把事儿办了。等你们结婚后，我找找艳芬他舅，看能不能把你调到县卫生局。别待在乡镇了，风刮日晒的，与农民打交道，不容易！"我知道艳芬的父亲早些年也当过一段时间的村干部，对乡镇工作有一定的了解。也知道他这是好意，于是就说："那我多谢叔了，调动的事情以后叔还得多费心。"他一听，自豪地说："晨辉不用客气，这件事包在我身上。"说着又要去拿酒。我连忙摆手说："叔，我不会喝酒。"她父亲毫不理会，径直去里间拿出一瓶酒，说："咱爷儿俩喝几杯。男人在外，哪有不喝酒的？你要好好锻炼锻炼。"我只好随意喝了一点酒，他也不介意，自己倒是喝了满满好几杯。

汤圆煮好了，艳芬端了上来。看到她父亲正在喝酒，就埋怨道："爸，晨辉又不是外人，还喝什么酒？"她父亲满不在乎地说："今儿个晨辉来了，我高兴。再说了，你爸喝几杯酒还是没问题的。"一会儿，艳芬父亲的脸色变红了，话也更多了。他拍着自己的胸脯说："别人都说我有几个钱。不错，我是有几个钱！可我的钱是做生意挣的，一没偷二没抢。等你们结婚的时候，我拿钱在县城给你们买房！"艳

选调生

芬连忙劝她父亲说："爸，你喝多了，要不回里间休息会儿吧！"说着，就去搀她父亲。艳芬父亲挣脱了她的手："我没事，清醒着呢！晨辉父母虽说都有正式职业，可他们是死工资，一个月也没多少钱。我出钱给你们买房子也是应该的……"

喝完汤圆，又和艳芬的父亲说了会儿话。我想，应该回家了，也好让艳芬父亲休息一会儿。于是就提出告辞。艳芬全家把我送出大门外，艳芬也没有多送。于是我骑上车，趁着酒劲，耳边呼呼生风，不一会儿就下了黄石岗，回到了家。

五十一

在家待了两天，想到10月5日要一起爬山，我四号傍晚就骑车来到镇政府。除了极少数几个值班的外，机关大院里静悄悄的。我先回到自己房间，然后去看杨高远，他果然已经到了，楚天舒正在他房间里说话呢。

按照约定，上午九点钟出发。八点多，去爬山的人就陆陆续续到了。女的有王雪萍、田俊秀、于小芳、吴秋娜等七个人。吴秋娜去年年底因为和许长杰的绯闻，被调到镇计生办工作。计生办不在政府院内，所以她也很少来。这次去爬山，于小芳叫上了她。男的除了我和杨高远、楚天舒、小童四个人外，还有许长杰、樊国超、程晓广、李学武等六个人。这样一来，凑齐了十七个人的队伍。大家准备骑摩托车去，没有摩托车的就搭乘其他人的摩托车。小童家离镇政府很近，他把自家的摩托车骑来了，又借了一辆，让杨高远带着我，他自己带着楚天舒。于是大家高高兴兴地出发了。

初秋的阳光十分柔和，秋高气爽的天气让人沉醉。路两边的田野里有农民在劳作，树上的小鸟"叽叽喳喳"地叫着。一路上，大家有说有笑，心情格外舒畅。尤其是几个女同事，叽叽喳喳地说个不停。许长杰和樊国超骑着摩托车追上去，混在女同事堆里，和她们开着玩笑。出了镇政府沿着省道往北大约十五里地，就下了省道，顺着一条小路向西走。路开始崎岖起来，摩托车走在上面簌簌直响。穿过几个村庄后，山的轮廓就展现在眼前了。

杨高远是用借来的摩托车带着我，他的驾驶技术有些生疏，所以我们俩就渐渐地落到了队伍的后面。我有些着急，怕掉了队，我们俩又都对这里不熟，所以我催促他加快油门快点追上队伍。他也很着急，猛地一加油门，摩托车飞也似的向前冲去。我只觉得耳边呼呼生风，如腾云驾雾一般……正要穿过一个村落，忽然，杨高远猛然一个急刹车，由于摩托车速度太快，一下子倒在地上，我们俩也跟着摔倒了。车轮子在碎石路上打着转，由于惯性还在往前移动，我下意识地护住了脸，任由胳膊和手在碎石路上摩擦……

好半天，我们俩才醒过劲儿来，从摩托车下抽出腿，慢慢地站起来。我看到他的右胳膊上淌着血，再看看自己，右肘和手掌都蹭破了，也在往外渗血。又觉得右腿有些麻木，捋去裤子来一看，膝盖也蹭破了。杨高远勉强把摩托车扶起来，停好，然后满脸愧疚地对我说："晨辉，真对不起，把你摔着了吧！"我连忙摇摇头："没事！你怎么样？我看你摔得比我重。"又问，"到底是怎么回事？"杨高远无奈地说："咱们俩只顾追赶车队，速度太快，没想到这里是往右的急转弯，房子挡着，我也看不到。前边突然就没路了，是一堆大石头，我觉得无论如何也不能撞到大石头上，所以我就狠命刹车，幸好没有撞上大石头。"我有些后怕，感慨地说："好险好险，多亏你反应得快。"杨高远看了看前边的车队，只剩下一个很小的影子，说："咱们不要急着追赶他们，先把伤口包扎一下！"

这时候路边已经有几个村民围过来，我问了他们村卫生室的地点，正好就在不远处。我们俩就推着摩托车一瘸一拐地到村卫生室冲洗了伤口，抹了药，用纱布包扎了比较严重的伤口，又相互拍打了身上的尘土。刚才还觉得没事，上了药才感觉到钻心疼。我一咬牙，问杨高远："还能骑摩托车吗？"他点点头，挤出一丝微笑："还行。"

　　　　　　　　　　　　　　　　　　　　　　选调生

于是我说:"好,那咱们继续追上他们!"

追赶了大约五分钟,在一个大槐树下看到他们了。原来他们正在那里等我们呢!王雪萍不耐烦地说:"你们俩怎么回事?磨磨蹭蹭的!刚才还能看到你们,怎么一会儿就不见了?"我正想解释,王雪萍猛然间像发现了什么似的大声叫道:"哎呀,你们怎么弄的?怎么成伤号了?"于是杨高远就简要地把我们俩摔倒的情况说了一遍。王雪萍有些不好意思地说:"我性子急,刚才错怪你们了。"又轻轻地问道,"现在感觉怎么样?还能爬山吗?"说着,她的眼里充满了关切,盯着我看。顿时我感觉心里热乎乎的,暂时忘记了疼痛,假装毫不在乎地说:"没事,这点外伤,算不了什么!"杨高远也半开玩笑地说:"我们俩都是男子汉大丈夫,不怕摔!"许长杰接过话说:"男子汉大丈夫?就怕你们俩是男子汉大豆腐……"一句话说得众人都大笑起来。

我们把摩托车寄放在山脚下一位农民的家里,便开始爬山了。山路蜿蜒崎岖,不时有几棵杏树,还有酸枣树。野草到处都是,点缀着不知名的野花。远远地看见一只大老虎伏在半山腰。我们加快速度,终于来到老虎跟前,原来是一块巨石,不知什么年代落在了这里。走到老虎嘴底下,抬头竟然只能看到半边天,另一半被凸出的部分遮住了。顺着旁边的碎石块,我们小心翼翼地爬到老虎背上,坐在老虎背最高处略微休息了一下。山风吹过,身上的汗立刻下了许多,凉爽极了。

离开大老虎,继续往上爬。放眼望去,远处一片雾霭,在天地相接处隐约可以看到村庄和烟囱。山越来越陡了,这时候几个女的有些体力不支了。见王雪萍尽管有些气喘吁吁,但还是咬紧牙关坚持往上爬。这时候又遇到了一个陡坡,我想过去拉她一把,但立刻想到男女有别,如果被她拒绝,就太难堪了。正犹豫的时候,旁边的许长杰伸出手来对王雪萍说:"来,我帮你!"王雪萍笑了,挥挥手说:"不用不用,我自己能行。"许长杰一笑:"行什么啊,别逞能了!"说着，他拉起王雪萍的手就往上爬。王雪萍挣脱了几下，没能挣脱掉，就这样被许长杰拉上了陡坡。我不禁有些后悔了。楚天舒从后面追过来，看着我，眼神里充满了责备。

好容易爬上山，我们几乎都累得气喘吁吁了。只有李学武好像没什么事似的，他点上一支烟，悠然地吐着烟圈。我感叹道："当过兵的就是不一样！"他自豪地说："那是，我们那时候每天早上几十里，还有野营拉练。这个小山算得了什么？"大家分头坐在石头上休息。许长杰从提包里拿出苹果来，给女同事一人分了一个。十七个人，苹果不够分，他有些难为情。李学武说："我就不要了，你只要把女同志照顾好就行了。"许长杰又掏出水果刀，把刚才分给王雪萍的苹果快速削好，极其殷勤地递给了她："刚削好的，你吃吧。"王雪萍一把接过苹果："那我就不客气了。"说着，大口地吃起来。田俊秀在一旁不满意了："我说许长杰，你怎么只给她削苹果，我们的苹果你也得削。"许长杰连忙说："别着急嘛，我这就帮你们削！"

吃了一会儿水果，还有面包、火腿、方便面等，算是午餐了。大家又开始打牌。玩了一会儿，小童提议去古墓看看。他说："我以前也没有进去看过，听说里面挺可怕的，不过这次咱们人多。"即使这样，几个女同事还是有些担忧："要不咱们就别去了吧！"王雪萍摇摇头说："去！我从来就不相信什么鬼神！"

我们开始往下走，绕了半天，也没有发现古墓的影子。李学武怀疑地说："小童，你到底知道不知道古墓的位置？别把我们转迷了。"小童说："别着急，我只去过一次，还没有进去。让我慢慢回忆回忆。"又转了好一会儿，突然，他惊叫道："古墓！古墓就在这里！"我们立刻都围拢过去，果然看到了一个洞穴。小童说："就是这里！大家一起跟我进去！"李学武想了想说："这样吧，为了安全，女同志就别进去了，其他的人随意吧！"许长杰附和着说："就是就是，也不知道里面都有什么东西，太危险了。我是不进去了！"见小童有些尴尬，我说："没关系，我进去看看，我看没什么了不起的。万一我出不来了，你们赶快报警。"李学武笑了："晨辉想多了，不至于出不来的。"杨高远说："丁不离杨，杨不离丁。晨辉你要去，我当然要舍命陪君子了。"楚天舒也要去。最后决定由许长杰、樊国超和女同志留下，其余人进洞。正准备进去的时候，王雪萍忽然说："我也去，来一趟要是不进去看看，太遗憾了。"许长杰刚要劝阻，见李学武对王雪萍竖起了大拇指："好样的，有胆量！"

于是大家进了洞，里面越来越黑。走了一会儿，就什么也看不到了。李学武让大家跟好，别掉队。他拿出打火机，用微弱的光照亮前面的路。地上有未烧尽的玉米秆，看来以前有人进去过。我们把玉米秆点燃，当作火把，继续向前走。刚进洞的时候，还能看到有人在石壁上题"到此一游"的字样，越往里题字就越少，到后来就没有了。在火把的忽灭忽现中，里面阴森的气息越来越浓。再往里走，湿气重起来，地上有了水迹。我摸了摸墙壁，上面布满了水珠。再往前走，出现了一汪水，我们过不去了。大家都正遗憾没看到古墓的时候，李学武笑起来："这哪是什么古墓啊，分明是一个废弃了的防空洞。"在微弱的光亮下，大家顺着李学武手指的方向看去，见石壁上刻着一行小字："龙虎山防空洞，建于1970年"。

大家都笑起来。李学武开玩笑地说："小童，你可真会骗人，什么古墓啊？"小童不好意思地说："我也是听别人说的，不过今天总算弄清楚是怎么回事了。"王雪萍说："不虚此行！虽然不是古墓，但是惊险刺激！"大家说笑着往回走，出了防空洞。又看到了蓝天、白云，呼吸到了新鲜的空气，才体会到了生活的美好。回想起刚才的一幕幕，真好像处在了另一个世界……

回去的路上，大伙都轻松了许多，一路上说说笑笑。等回到镇政府的时候，已经下午四五点了。由于是国庆节假期，大家都分头散去，小童也回家了。我和杨高远、楚天舒家离得远，加上有些累，我跟杨高远又受了伤，于是就住在了镇政府。

一起吃过晚饭，闲聊了一会儿，杨高远说困得慌，先回去睡觉了。我和楚天舒又一起去下象棋。下了一会儿，楚天舒收起棋盘，郑重地说："晨辉，我和你说点事。"我一愣，见他有些异常，不禁心头一动，问道："怎么了？"他手里拨弄着棋子说："晨辉，你对王雪萍到底是什么想法？"我一时有些说不出话来，支支吾吾地说："她……她挺不错的。"楚天舒叹了口气："要是觉得不错，你就快点追啊，要不然就晚了！"我吃了一惊："怎么了？你具体说说。"楚天舒把棋子放下，看着我说："你没看出来吗？就是那个许长杰。你看他今天爬山的表现，分明是对王雪萍有想法。"我不以为然地说："许长杰他善于在女人堆里混，对女的都是那样子，没什么大惊小怪吧？"楚天舒说："但愿如此，他要是没那个想法最好。但是晨辉你一定要提防他，他在女人面前比我们会来事。他和吴秋娜谈了快一年，还闹出了点绯闻，后来还是把人家吴秋娜给甩了。王雪萍是个很不错的女孩，可惜她看不上我。咱俩是好朋友，你将来肯定会有前途的，所以我才把她介绍给你，我这也是为她好。可千万不能让许长杰占了先，要是那样的话，不管是对你、对我，还是对王雪萍都是坏事。"我郑重地说："天舒，谢谢你的提醒，我会注意的。"

回到自己的屋里，已经十一点多了。我躺在床上难以入眠。仔细想想，不知不觉中，我对王雪萍已经有了那种淡淡的情感。对于许长杰爬山的时候向王雪萍献殷勤，我嘴上没说什么，可心里总觉得有些酸溜溜的。看来我不能对楚天舒的提醒无动于衷。可是，还有陈艳芬，如果我和陈艳芬真的确定了关系，对于王雪萍我就什么也不想了，可以明确地给楚天舒回个话。可是，陈艳芬到底适合自己吗？如果适合，就尽快确定关系；如果不适合，就应该尽快了断，去追求王雪萍。看来是到了必须尽快做出选择的时候了。我该何去何从？我不住地问自己……

第二天上午我起得很晚，起床后觉得有些头疼，两只眼睛都不想睁，浑身疼痛，尤其是受伤的部位隐隐作痛。我想，这是昨天的奔波和晚上睡得很晚的缘故。去看看杨高远，房间门锁着，估计他已经

选调生

回老家去了。楚天舒也没了踪影。我觉得有些无聊，于是就骑上车，径直回老家去了。

国庆节过后，我主要的工作就是一边负责《故城镇志》的编修，一边参加镇里的"三秋"禁烧工作。"三夏"禁烧工作仿佛就在昨天，一转眼，就到了"三秋"季节。不过，相比"三夏"禁烧时的紧张，"三秋"禁烧工作显得和谐有序。一方面是因为经历了"三夏"禁烧的大力宣传和镇干部的强力督导，农民已经有了禁烧的意识；另一方面，相对于小麦秸秆来说，玉米秸秆对播种影响较小。但镇里还是不敢大意，派出许多镇干部蹲守田间地头。爬山时候受的伤很快就好了。去看杨高远，他也一样，一点儿也不在乎地说："咱年轻，年轻真好，受点伤恢复得也快。年轻就是资本！"

就这样过了四五天，算一算距离上次见艳芬已经有一星期多了，应该去看看她了。于是周末的傍晚，我回到县城，来到艳芬的住处。

她正坐在床边在织毛衣。对于我的到来，她好像没有明显的感觉，只是抬起头轻轻地说："你来了。"甚至连织毛衣的针线都没有放下。我有些诧异，以前她对我是挺热情的，怎么今天有些异常？我拉了把椅子坐在她的对面，笑着对她说："走吧，一起到外边吃饭？"她摇摇头说："我已经吃过了。"我有些失望，嗔怪她说："怎么吃饭这么早？"她把织毛衣的针线放下，盯着我说："你什么时候来，我又不知道，怎么能怪我？"见有些话不投机，我只好转换话题，问道："这几天还好吗？"

"不好。"她站起来，起身把门关好，然后又坐在床边，继续织毛衣，也不解释什么。

我有些恼火，径直问道："艳芬，你今天是怎么回事？对我有什么看法明说嘛！"

"看法？"她把针线放下，气呼呼地说，"我能有什么看法？你还是自己好好想想你自己吧！"我压着心头的怒火，说："艳芬你有话直说，别让我猜谜好吗？"她笑了，是那种冷冷地笑："好吧，我提示你一点,你去我家的时候,想想都做错了什么?"

哦,原来是因为国庆节期间我去她家的事情!我快速地回忆着那天去她家的情形,思来想去觉得没有什么大的错误,对她的父母也算是很礼貌的。于是就摇摇头说:"我觉得那天没有什么大问题。"她哼了一声,冷冷地说:"好吧,你想不起来,我就告诉你。你想想,你的西装是怎么回事?没打领带我就不说你了,最起码衣服得整洁吧,可你西装后面还沾着尘土。你可是第一次来我家啊,就这么不注意形象?让我好没面子!"

原来是这样!想想自己从家出发的时候衣服是整洁的,应该是后来在黄石岗摔了一下,站起来拍打身上尘土,没有收拾干净。于是就对她说了自己摔倒的事情。原指望她能安慰我几句,谁知道她更来气了:"你看现在谁还骑自行车啊?年轻人动不动就是摩托车。你对我说过连你哥都有摩托车了,你应该把摩托车从你哥那里要过来,或者你干脆也买辆新的算了。这样看起来才像样……"

我实在听不下去了,就打断她的话:"这样子你才高兴,你的虚荣心才得到满足,是吧?"她听出了我的讽刺,顺着我的话说:"是啊,我本来就是很虚荣的人。"我有些忍无可忍,激动地说:"摩托车我现在是买不起的。我是镇干部,每个月就那么二百多块钱。我的父母经济条件也不好,他们辛辛苦苦供应我上大学。我们家比不了你们家,你父亲是做生意的,比我们家有钱。这个是现实,没办法改变,至少现在我没有办法去改变……还有,看问题要从大处来看,不要过分注重细枝末节。我这个人可能不太注意自身形象,可是你连西装衣服上的一点尘土都那么关注,一直揪住不放。你的面子难道就是这些细枝末节吗?一个人的精力是有限的,如果他把精力过分注重在小的方面,那么他是成不了大事的……"

我的话还没有说完,就被她打断了:"我不关心你所说的什么大事,那是很遥远的事情,至少现在是看不到摸不着的,人还是现实一点的好。再说,注重细节也不影响你成大事啊?我提醒你也是为了

选调生

你好, 不仅仅是为了我的面子。你好好想想吧……"

屋内的气氛十分尴尬, 我知道今天晚上已经再无和好的可能。于是我愤然站起身, 摔门而去。走到楼下的时候, 她打开房门, 冲着我喊了一句: "晨辉, 你可要想好, 今天要是走了, 以后就永远别来!" 我头也不回地消失在夜幕中……

五十二

由我牵头组织的《故城镇志》编写工作从9月份开始, 到现在已经快结束了。为了这项工作, 致清叔帮我查阅了镇档案室的所有资料, 又和小童几个人到镇直的一些部门和村里进行了实地调研, 搜集了一些历史遗迹的由来、传说等, 还询问了一些上年纪的老人和知识渊博的老师。如故城镇又称为司马故城, 是当年三国时期的大将军司马懿曾经屯兵的地方, 还有点将台, 但点将台的具体遗址在什么地方, 几乎没有人知道。经过对一位八十多岁的退休教师的采访, 才了解到遗址原来在故城村北部的一条干枯的小河边。老人还向我们指认了一块模糊不清的古碑, 经过岁月的冲刷, 古碑的字迹已经模糊难辨, 但还是隐隐约约能看到 "魏大将军司马仲达" 字样。我们把这些资料都编入了《故城镇志》。

在《故城镇志》的尾页上, 要写上资料编写组成员的名字。除了编委会领导外, 在 "主任编辑" 一栏里, 我写上了自己的名字。但是后边几个人的排序, 我却有些为难, 致清叔、杨高远、楚天舒和小童他们几个出力都不小。尤其是致清叔, 他管着档案室, 向我提供了许多有用的信息, 还有, 他一大把年纪了, 还随着我们几个年轻人四处走访奔波, 让我有些感动。权衡再三, 我草拟了一个顺序: "编辑: 张致清、童振兴、杨高远、楚天舒。"

我把编好的《故城镇志》初稿工工整整地抄了一份, 交给党委秘书王志伟。他很高兴, 连声说 "晨辉辛苦了", 一边翻看着初稿。

对于《故城镇志》的内容，他没有仔细去看，只是大体地翻着。最后，他把目光落在《故城镇志》编委会成员和编辑部成员的名单上。名单上编委会主任是镇长李书田，副主任是党委副书记崔大壮和党委秘书王志伟，成员就是一大堆镇直部门负责人以及组织干事、宣传干事什么的，当然也包括我。这些都是根据当初开始编写《故城镇志》时的工作方案来定的。王志伟指着名单说："晨辉，你这个《故城镇志》写得很好，内容上我没什么意见。只是编委会主任要把赵清明书记也加上，还有编辑成员的排序有点问题，应该把张致清排在最后，毕竟他是工人身份嘛！"把赵书记加上，我没有什么异议，对这些也不感兴趣。但是把致清叔排在最后，我却有些不高兴，于是据理力争说："我觉得致清叔出力不小，不能排在最后。"王志伟笑了。"晨辉啊，张致清是我手下的人，他是头老黄牛，我能不知道吗？可是这个排序还是要按照惯例的，把他排在最后，也并不说明他的工作就不努力。你说是吗？"我无话可说了，默默地退出了他的办公室。

回到自己的房间，我还是有些不服气，心想在自己能力范围内能争取的还是要争取。致清叔跑前跑后，辛辛苦苦的，难道仅仅因为身份问题就把他的功劳抹杀掉吗？唉，又是身份问题，什么时候身份问题才不成为问题呢？思考再三，我忽然灵机一动，奋笔写下几行字："编辑（按姓氏笔画排序）：张致清、杨高远、童振兴、楚天舒……"

"三秋"禁烧工作快要结束的时候，故城村的党支部书记郭土林执意要请我们吃饭，这大大出乎了我们的意料。对于故城村的情况，镇干部几乎没有不清楚的。郭土林独断专行，目空一切，对于镇里的干部，除了书记、镇长他往眼里夹以外，其他人统统不在话下。闲聊的时候，偶尔镇干部会调侃道："你在故城村吃过饭吗？"对方立刻会摇摇头说："没有，现在还不够格，等够格了再去吧！"其实，镇干部在乎的不是那一顿饭，而是对镇干部的重视。有时候我也想，郭土林虽然架子大些，但是工作能力强，一般的镇干部不招待也未尝不是件好事。这样可以省去许多费用，从某种意义上讲这也是一种廉洁的体现，虽然我对于他的做法并不欣赏。

那天工作区领导陈副镇长和刘金霞带领杨高远、楚天舒、王雪萍、田俊秀、许长杰、周振川我们几个去故城村检查指导工作，郭土林和几个村干部陪同。快中午的时候，陈副镇长按照惯例准备带我们回镇政府。整天绷着脸的郭土林忽然一反常态变得客气起来。他笑着说："都中午了，还回去什么？今天中午就在村里吃饭了。"陈副镇长有些不大相信自己的耳朵，吃惊地看着郭土林，等确认他要留我们吃饭的时候，笑着摇摇头说："不用了，镇政府离这里又不太远，我们还是回去吃饭！"郭土林拉着陈副镇长的手，用一种不容推辞的口吻说："陈镇长不要客气，我已经安排好了，今天中午谁也不许回去！"陈副镇长用征询的目光看看刘金霞。刘金霞副主席微微点点头，好像在说："就听他的安排吧！"陈副镇长也知道再推托郭土林就会不高兴了，于是就顺水推舟地说："既然这样，那就给你们添麻烦了。"

吃饭的地点就在故城村的一家饭店，这里也是镇上最繁华的地方。大家入了席，很快凉菜就端上来。郭土林端起酒杯说："今天我郭土林做东，感谢陈镇长你们对故城村工作的支持！我先敬大家一杯！"陈副镇长谦虚地说："哪里哪里，这些都是镇里应该做的。老大哥你能力强，村里的工作还得依靠你多费心！"郭土林很高兴，得意地说："没说的，镇里安排的工作，我老郭拼了命也要全力完成。来，大家干一杯！"于是大家都端起酒杯，一边客气着，一边喝了酒，刘金霞等几个女同志喝了酸奶。

酒过三巡，郭土林开始挨个敬酒，并且和每个人碰杯。没多久，他那肥厚的黑脸就变成了黑红色，话也开始多起来。这边陈副镇长和刘金霞副主席尽量拣他爱听的话去说，郭土林也就渐渐飘飘然起来。他把筷子放下，用餐巾纸擦了擦嘴，说："陈镇长、刘主席，谢谢你们能体谅我。其实我老郭也真不容易，你看故城村是全镇第一大村，复杂得很，不是一般人能弄住的。别说你们两位领导，就是赵书记和李镇长也应该多体谅体谅我老郭。我这个人直来直去，不会花言巧语，可能也得罪了不少人，我知道有人没少在赵书记和李镇长面前说我的坏话……"陈副镇长连忙说："没有的事，你别听人乱说。我知道不少人说你工作有魄力，能力强。"郭土林笑了，他接着说："其实就是说了我也不在乎，我相信赵清明也不会因为有人说了我几句坏话就会免去我的职务。说句过头的话，陈镇长，就是他赵清明想免去我的职务也不一定能免得了。你们怕赵清明，我不怕。你们相信不相信？我还敢批评他呢。前段时间我还对赵清明说，'赵书记，你看看你来故城村后都干了什么事，以前全镇二十五个村只有一个乱村，现在看看，乱村已经发展到几个了？故城村要不是我在这里替你盯着，早乱了，你这个镇党委书记也就干到头了！'我说了这话，赵清明也没把我怎么样，还向我表示感谢，承认自己的错误。所以说，我郭土林什么都不怕，在故城镇没有我怕的人……"郭土林眉飞色舞地说着，吐沫星子乱飞。坐在他两边的陈副镇长和刘金霞皱了皱眉头，也不好说什么。

村主任楚善本站起来说："老郭性格直爽，今天又高兴，多喝了几杯，你看看，说话没一点遮拦。下面该我敬大家酒了！"说着，他拿起了酒杯。郭土林不以为然地说："老楚，你不用给我掩盖，我说的都是心里话！"楚善本有些难为情，端着酒杯，干巴巴地笑着。这时候陈副镇长打圆场说："今天我们大家高兴，有什么就说什么。刚才老郭说得很好，没把我们大家当外人。"郭土林说："就是嘛！我喜欢有什么说什么！"陈副镇长趁势说："老楚，你要倒酒赶快倒，后边还有很多人等着倒呢！"

又喝了几圈后，我感到有些晕晕乎乎的，醉眼蒙眬地看着周围的人在说说笑笑。身边的杨高远和楚天舒小声对我说："晨辉，下面的酒你就别喝了。"我点点头，又看看对面的王雪萍，她并不多说

选调生

话，一边吃菜一边慢慢地喝着茶。我无意间发现许长杰正坐在她旁边，不时地给她夹菜，和她说说笑笑。我的心里顿时很不是滋味，脑子里一片空白。这时候楚天舒半开玩笑地对许长杰说："长杰你要是夹菜别光给王雪萍夹啊，再这样田俊秀就有意见了。是不是啊，俊秀？"田俊秀抿着嘴笑了："是啊是啊，你这是什么意思？再说了，你就是夹菜也别用你自己的筷子啊，多不卫生！"许长杰有些尴尬地笑了笑，随即自我解嘲地说："俊秀批评得对，我今天又学到新东西了！"说完，他去要了双新筷子，给田俊秀也夹了菜。

陈副镇长也给大家敬酒。先从郭土林那里开始。郭土林在喝酒的时候说："陈镇长，我有个想法，你可一定要答应。"陈副镇长说："老郭你尽管直说，凡是我能办到的一定办。"郭土林说："楚天舒这孩子在我这里包村快一年了，表现也不错，工作很积极，不过有一点，工作魄力上还有些欠缺。我发现你们镇干部中王雪萍不错，别看是个女的，干起事来挺泼辣的，我就喜欢这样性格的人。你看，下一步能不能让她过来包我们村？"陈副镇长略微犹豫了一下，看了看王雪萍，试探着说："雪萍，怎么样？老郭点名要你呢！"王雪萍放下茶杯，看着郭土林说："要我过去也行，就是有一点，不能什么事情都得你说了算。要是那样，还要我这个包村干部有什么用？你要是答应了这一点，我就过去！"大家都笑起来。郭土林也忍不住笑了："你看看，这孩子性格和我差不多，直来直去！好好好，我答应你这个条件。"王雪萍这才满意地说："那还得看领导同意不同意呢！"郭土林说："陈镇长已经同意。你说是吗，陈镇长？"陈副镇长点点头："我是同意了，不过现在不行，要等到明年春节后镇干部重新分工的时候在班子会上提出来才行。"郭土林说："好！就再等几个月。"

中午的饭一直吃到下午两点多，大家才回到镇政府。楚天舒急匆匆地对我说："晨辉你要注意了，你看看今天许长杰的表现，太明显了。你要是再不行动，恐怕就晚了！"我低下头，沉思良久。见我这样，他又缓和了口气，安慰我一阵。

楚天舒走后，我越发感觉到形势的严峻。可是，还有陈艳芬，应该尽快有个抉择。仔细想想上次见到她时不愉快的场景，以及这段时间对她的感觉，觉得我和她在价值观上差别确实很大，最终是不合适的，应该尽快找到她把事情说清楚。唉！对一个女孩说分手的话，无论如何是难于启齿的，那样多伤她的自尊！何况这已经是我们第二次交往了。可转念一想，这件事再难说也得说，不能再拖了……

　　周末晚上，我下定决心找到陈艳芬。还是那个熟悉的房间，也许这是我最后一次来这里。她开门后，见了我，冷若冰霜，什么话也没说，扭头就进屋了，显然还在为上次的事情而生气。为了避免我再次犹豫不决，我开门见山就说："艳芬，我来是向你说……说一件事的，我想了很长时间……"她猛然转过身来，打断我的话说："晨辉你别说了，让我先说。我想咱们俩别谈了吧，根本就不适合，再谈下去也没意思，耽误彼此的时间。咱们分手吧！"我有些发蒙，没想到她竟然有这一招，抢在我前面说出了分手的话。不过这样也好，解决了我的难于启齿，也为她挽回了面子。我顿时觉得轻松了许多，平静地说："那好吧。我走了，再见！"我转身离去，走到门口的时候，听到身后传来轻轻的哭泣声，我的心里很不是滋味。

　　"晨辉……"她最后叫我了一声，带着哭腔，饱含着眷恋和无奈。我身子一震，心立刻软了下来，想转身再看看她。可是我知道如果我转过身去，也许想法就会改变。我把心一横，带上房门，快速下了楼，离开了这个我来过多次的地方，只留下一段难以忘怀的青春记忆……

　　自此以后我的情绪低落了好久，觉得感情这东西并不都是美好的，还有许多的痛苦和无奈。不要轻易谈爱，也不要轻易谈恨，爱与恨往往是交织在一起的。对于身边的人和事，我也提不起兴趣，只是每天干着应该干的工作。有一天组织委员桂宝华找到我说："晨辉，告诉你一个好消息，你的入党申请书镇党委已经研究过了，同意推荐你加入中国共产党。请你赶快准备材料，报送县委组织部！"我一听，立刻来了精神，这可是我多年的愿望啊！上大学的时候，我就递交了入党申请书，杳无音信。催问了几次，辅导员老师说："晨辉你别着急，只要你表现好，组织上会考虑的。"我就不再说什么了。直到我大学毕业，入党的事情也没有任何进展。大学毕业后，我的入党申请书就被退回了。后来，我来到故城镇上班，不久我就把入党申请书重新交给组织委员桂宝华。我想，别的什么都不考虑，实现自己的价值，多做一些力所能及的事情才是最重要的。我期盼的总算来了，虽然有些姗姗来迟。我找到组织干事樊国超，要了表格，又找到陈副镇长和桂委员当我的入党介绍人。一切准备就绪后，桂委员说："晨辉，你还得再等等，还有个程序问题，县委组织部得批一下，这样你才能成为预备党员。"我赶紧说："没关系，这么长时间我都等了，还在乎这几天？"

　　不管怎么说，组织问题基本解决了，这也算是镇党委对我工作和表现的一种肯定。我应该提起精神，再接再厉，进一步做好各项工作。杨高远找到我，除了向我表示祝贺外，谈到了他对魏庄村工作的一点想法。他说："晨辉，我这段时间看了不少报纸和资料，觉得中药材种植前景不错，比种小麦和玉米强多了。我也了解到颍川县的几个乡镇有连片种植的，都取得了成功。魏庄村现在有几户种植了药材，长势还可以，就是形不成规模，他们反映存在技术问题、资金问题、销路问题，我觉得这些都需要镇里的支持。如果解决好他们的问题，再发动更多的群众种植药材，那就会增加好多农民的收入，比鱼塘覆盖面要大。你看怎么样？"我想了想说："你这个想法是不错，不过我没仔细考虑过，咱们再下去看看吧！"

　　于是我们俩又下村去看那几户的药材。地块在魏庄村的南部，稀稀落落的有十来亩，绿油油的，被分割成好几个区域，不过长势还不错。据药农讲，现在种的药材是白术，初冬就可以收了。我又问了他们种药的情况和存在的问题，与杨高远说的差不多。我们找到毛金豹，说了种植药材的事情。他皱起了眉头："那几户种药有两三年了，他们有亲戚在做药材生意，所以不愁销路，还能挣些钱。要是发动更多的人种植药材，成功了还好，万一失败了，村民还不闹起来？他们可是挣起赔不起啊！"仔细想想，毛金豹说得也有道理，可是任何事情都要冒风险，风险与收益始终是成正比的。如果不冒一点风险，那就什么事情也做不成。于是我就劝毛金豹："你看这样行不行，趁现在有的地块还没有种上小麦，组织村干部到农民家里先搞个调查，看看他们是不是愿意种药材，咱们也好了解个基本情况。"毛金豹答应了。村里的很多工作需要村干部的理解和支持，今年以来毛金豹对我和杨高远的表现很满意，所以只要不是太为难的事情，一般他都支持我们的想法。

两天后调查结果出来了，愿意种植药材的人寥寥无几。据村干部讲，一听说种药材，不少村民有抵触情绪。有人说："要我们种药，谁敢保证只赚不赔？还是种小麦稳妥些。"还有人说："种药？怎么种？种了大半辈子玉米和小麦了。玉米和小麦卖不出去还能自己吃，药材卖不出去能吃吗？"这些话问得村干部张口结舌。是啊，谁能给农民这些承诺？

毛金豹的热情也渐渐消退了。他说："晨辉和高远你们的想法是好的，想给农民办一些实事。可你们不知道，基层工作太难了！好的想法不一定有好的结果。"一席话说得我们也沉默无语了。

回到镇政府后，我想了许久，大多数农民还都存在着小农意识，不求有功，但求无过，小富即安。也不能怪他们，千百年来都是这样。可是作为干部，应该积极引导，创造条件，多鼓励支持他们。我找到杨高远。他的情绪比较低落，毕竟这个想法是他首先提出来的。我说："高远，你也不要太失望。要不然咱们找找陈镇长或者赵书记，看他们支持不支持？"杨高远点点头。于是我们先找到陈副镇长。陈副镇长听完后很高兴："你们的想法很好。至于困难，我去找赵书记说说。"

这次陈副镇长很积极，他要自己单独去找赵书记。第二天上午

　　　　　　　　　　　　　　　　　　　　选调生

陈副镇长便召我们去他办公室，传达了赵书记的指示：要积极发动群众，同时尊重群众的意愿；所涉及的技术、资金、销路问题，镇里可以积极协调；要抓紧时间。最后陈副镇长笑呵呵地说："我向赵书记说了是你们俩的意思，赵书记很高兴，直夸你们工作胆子大、有思路。"我说："既然这样，那我们赶快下村把镇里的意思给群众讲一讲，再发动一次！"陈副镇长点点头说："好！我和你们俩一起去！"

陈副镇长我们三个人来到魏庄村，先召集村组干部开了个短会，传达了镇里的意思，要大家统一思想，尽量动员农民种植药材。我们三个还随着村干部走访了几户农民。到了第二天，初步的民意结果出来了，一共有五十五户农民愿意尝试种植药材，算一算至少有一百五十亩。他们本来是要种晚小麦的，听说镇里可以帮助解决一些后顾之忧，准备大胆一试。有的村民还说："我们知道镇里想让我们多挣些钱，很感谢政府。就是种药材赔了钱，我们也不会怪镇里的。哪有只挣不赔的道理？"这话说得我们很感动。绝大多数农民，只要动之以情、晓之以理，还是能够说服他们的。

我们又把情况向赵书记做了汇报，赵书记亲自给县农业局和药材办打了电话。县里很快派来技术人员，经过土质勘测，结合现在的农时和市场销路，县里建议种植白芷。因为白芷这种药材一般以秋播为主，次年夏天收获，现在种植正好不耽误时间。技术人员对这五十五户农民进行了简单的技术指导，留下了联系电话。如果遇到不懂的技术问题，可以随时与他们联系。

一星期后，这五十多户农民都种上了白芷，我们心里的一块石头才落了地。看着整整齐齐的田垄，我们的心里美滋滋的，很有成就感。我对杨高远说："大家都得感谢你啊，这次的主意是你首先提出来的。"杨高远满意地笑着说："咱俩还客气什么，要是没有你的大力支持，这事恐怕早就黄了。"过了一会儿，他又说："晨辉，我还是有些担心，你说这次种药能成功吗？要是出了问题，老百姓赔了钱，明年别说扩大面积，再让这些人种就难了。"我说："我想应该会成功的，事在人为嘛！"

我们俩沿着田间小路一边走，一边看，一边聊。忽然，眼前闪现出一大片的荷塘。哦，原来我们不知不觉来到了乔寺村北边的鱼塘边。现在已经是深秋季节，原来大片大片碧绿的荷花已经变成了枯黄色，无力地垂在水面上，看上去一片肃杀，却也别有一番意境。忽然听到有人向我们打招呼。我一看，好熟悉的面孔！正是那个鱼塘主。他热情地邀请我们到他在鱼塘边搭建的简易棚中坐坐。我们坐下后，问他今年鱼塘的情况。他脸上洋溢着笑容："多亏了你们俩，我今年鱼塘的收成还算不错！初步算了算，包括卖鱼的收入，还有莲藕和莲子的收入，大概净赚三万多块钱吧！要不是夏天下暴雨鱼塘被冲垮过，收入还得多很多！"我们也欣慰地笑了，问他明年的打算。他说："能有什么打算？接着干呗！我还打算把北边的另外一处大坑承包了，建成鱼塘，扩大规模嘛！"

临走的时候，鱼塘主非要送给我们几条大鱼和一些莲子。推托了半天，我们只接受了莲子，然后高高兴兴地回了镇政府。

五十三

一场大风过后，枯黄的树叶落了许多，第二天早上踏上去簌簌作响。田野里下了初霜，太阳出来后，照在凝结着霜的麦苗上，反射着皑皑的白光。初冬时节到来了。

镇里决定把镇政府西边的一条柏油路重新修一下。这条柏油路上来往的拉石料的货车很多，而且大多数超载，所以即使新修的路，没几年也会变得坑坑洼洼。组织施工的技术人员和装备来了，可是货车还是每天来往不断，影响了施工进度。镇里决定临时把路封起来，让来往的货车绕路行驶。于是就由镇武装部黄部长负责，组织了十几名镇干部日夜守候，劝阻过往司机。这十几名镇干部中，包括杨高远、童振兴和转业军人李学武。镇里承诺，对这些镇干部，每天补贴十元钱。魏庄村的工作就暂时主要由我来负责。杨高远他们每天急匆匆地赶往施工工地，有时候是白班，有时候是夜班，风刮日晒的，好辛苦。我们见面的机会也少了，偶尔见面，杨高远感慨地说："还是你的日子好过些，不用整天去工地盯着。这一星期把我累死了！"

这天晚上，我从村里回来的时候已经有些晚了。走到三楼楼梯口的时候，忽然看到了我最不愿意看到的一幕：楼梯口东侧的走廊上，一男一女正在小声地说话，这不正是王雪萍和许长杰吗？都已经晚上九点了，两个人还单独在一起……顿时，我感到身上发凉，浑身没有一点力气，心里充满了说不出的难受。我知道今天晚上要是不找个人说说，无论如何是睡不着觉的。我快步走到后楼，见楚天舒的屋里灯还亮着，就去敲他的门。楚天舒披着衣服给我开了门，然后迅速上床，重新坐在了被窝里。我有些不好意思："天舒打扰你了，你正准备睡觉吧？"楚天舒摇摇头说："没关系。还早着呢！晨辉你这时候找我一定有事吧？"

见到了楚天舒，我心里才稍稍得到了一些安慰，于是就把刚才看到的情景快速地说了一遍。楚天舒静静地听着，等我说完后，他问道："晨辉，我问你，你给我说实话，你现在对王雪萍到底是怎么想的？"我郑重地说："天舒，说实在话，当初你把王雪萍介绍给我的时候，我觉得她很一般，没觉出她有多好，只是从那以后就特别注意观察她。这半年多来，我越来越发现她的优点，泼辣、胆大、有正义感，这些都是我喜欢的。现在我发现自己不知不觉中已经喜欢上她了。可是——你是知道我的——在谈恋爱方面，我有些拘谨，不够大胆，没有什么经验，比不得许长杰他们能说会道，懂得讨女孩喜欢。你说，我现在该怎么办？"楚天舒叹了口气说："晨辉，你早干吗去了？我提醒过你几次要你赶快行动，可你就是没当回事，现在有危机感了吧？"我自知理亏，涨红了脸，无言以对。见我这副窘态，楚天舒想了半天，安慰我说："我和她姐是同学，也是好朋友。我先侧面打听打听王雪萍现在是怎么想的，然后再想下一步怎么办。"

我像是得到了救命稻草似的,感激地对楚天舒说:"天舒,那就多麻烦你了,一定要快!"楚天舒笑起来:"晨辉不用见外,咱俩谁跟谁啊。一开始我就想撮合你们俩,遇到麻烦了我当然要管的。"说着,他从抽屉中拿出棋盘,"你也别太往心里去,这也算不了什么。来,下棋!"我虽然还是有些不踏实,但比刚才强了许多,于是就陪他下起棋来。

两天后,楚天舒找到我说:"晨辉,王雪萍的姐姐已经给我回话了……"我迫不及待地问:"她怎么说的?"楚天舒微微一笑:"没有想象的那么坏,也没有想象的那么好。"我有些着急了:"天舒,你什么时候学会了卖关子,快告诉我!"他这才说:"她姐旁敲侧击地问了问王雪萍。王雪萍说她才参加工作,现在还不想谈恋爱。王雪萍还说镇里确实有人对她有些特别,她也能感受到,可她根本就没往那方面想,只是当作普通朋友对待。她姐最后特别提到王雪萍这个人个性太强,眼光也特别高,一般人看不上。还说你要是追她的话恐怕要费些周折,不过事在人为吧!"听完这楚天舒的话,我的心里平静下来,一颗悬着的心终于放下了。我说:"果然像你说的那样,是个不好不坏的结果。"楚天舒说:"话虽然这么说,可对于许长杰,你还是要提防些。现在可千万不能再等了,赶快想办法去追,成不成就看你自己了!"

晚上我把自己关在房间里,仔细回想着这几年的感情:韩颖,我懵懂的初恋,确切地说应该叫"暗恋",由于自己年少无知,所以一开始就注定了失败的结局;李秋华,原本应该和我有个完美结局,可是由于自己的一意孤行,竟然失之交臂;陈艳芬,这个通过相亲认识的女孩,对我热情主动,可是我总觉得缺少点什么,也许太容易得到的不懂得珍惜吧。和陈艳芬分手后的这段时间,我如释重负,轻松了许多,也冷静了许多,把所有的精力都投入了工作上。我感觉这样也挺好的,一个人无忧无虑,自由自在。在感情问题上我本来想多冷静一段时间,可是又出现了王雪萍。王雪萍的确与众不同,胆大,泼

　　　　　　　　　　　　　　选调生

辣，正直，善良，模样也不错。自己不知不觉中喜欢上了她。我想，除去王雪萍本身的优点外，一个更重要的原因是当初楚天舒的介绍。如果当初没有楚天舒的介绍，自己也不会这么关注她，也许现在不会对她有这样的情感。还有就是如果没有许长杰制造危机感，也许我还发现不了自己这么在意王雪萍。现在，事实就摆在了面前，我该何去何从？

其实，在一定程度上我是认识自己的，知道哪些是自己的长处，哪些是自己的短处。在爱情上，自己不够大胆，不会讨女孩喜欢，不会花言巧语。如果说自己有长处的话，那只有真诚和善良了。这些年在感情问题上，我犯过很多错误，失去了很多，而且这些错误都是不可挽回的错误。现在，面对王雪萍，我该怎么办？是重蹈覆辙，继续留下遗憾，还是主动作为，努力争取？既然自己已经喜欢上了王雪萍，就应该主动去追，不管最终结果如何，将来也不会留下遗憾。想着想着，我的思路明确了，信心也更加坚定了……

可是，等我把这个问题提上日程的时候，心里却没有底，不知道自己在王雪萍眼中到底是什么样子。我想到了国庆节爬山的时候，是她主动邀请的我。当然，这也不能说明什么问题，不过至少可以说明我在她的心目中还是不错的。那么，第一步应该采取什么样的行动呢？单独请她吃饭？——不行，太俗，不够浪漫，而且步子太大。我是一个比较严谨的人，如果贸然单独请她吃饭，谁都知道是什么意思。送给她一个小礼物？——想法是不错的，可是送什么好呢？自己平时与她接触得不多，她喜欢什么，自己一点都不知道，弄不好还会弄巧成拙。……思来想去也没有拿定主意。一看表，都十二点多了，明天再说吧！于是，我脱了衣服，钻进被窝，伴随着外面呼呼的风声，进入了梦乡……

不知过了多长时间，朦胧中我感觉自己处在通往魏庄的乡村小路上，四周静悄悄的，没有一个人，寂静得有些可怕。我拼命骑车，想挣脱这种可怕的氛围。经过赵坡村南的小桥上的时候，猛然间看到桥头上有个熟悉的身影：浅蓝色的遮阳帽，黑色的墨镜，淡绿色的裙子随风飘逸，这不正是王雪萍吗？我很惊奇，就问道："雪萍，你怎么会在这里？"她抬头看看我，没有作声。我又说："走吧，别在这里了。你看，四周没有一个人！"她还是没作声。我有些生气，就大声对她说："王雪萍，我和你说话呢！"王雪萍向我努努嘴，示意我往身后看。我扭头一看，不知什么时候许长杰骑着摩托车在我身后站着呢！我很恼火："许长杰，你来这里干什么？"许长杰得意地笑着，并不理我。他对王雪萍说："走吧，坐我的摩托车。"说着，不容分说拉起王雪萍就上了摩托车。然后一加油门，带着她飞快地驶向了远方。王雪萍冲着我喊："晨辉，快救我……"我赶快骑上车，可是任凭我怎么拼命地骑车，离摩托车还是越来越远……田野里只剩下了我孤零零的一个人，我感到可怕，压抑，却无论如何也挣脱不掉……

我在惊叫中醒来，出了一身冷汗。原来是一场梦，搭在被子上的衣服都被我蹬到地上了……

梦终归是梦，第二天太阳依然照常升起。煦暖的阳光照耀着大地，是初冬时节难得的暖和天气。上午去了趟村里，催办报刊征订的事情。下午无事可做，我打开收音机，随便地听着广播。先是几则相声，接下来是一段轻音乐，然后开始播放新闻。忽然，一则新闻引起了我的注意："本台消息，近几年来规模最大的狮子座流星雨将在11月18日夜集中爆发，届时每小时可达几百颗，广大天文爱好者可以一饱眼福。观测流星雨时一定要选择开阔的地区，尽量避开城镇灯光，观测以肉眼观看为宜……"我想起大学最后一学年的那场流星雨，校园里不少情侣出去观看，有的还跑到了郊外。事后听人说，场景非常壮观，气氛非常浪漫。

我忽然灵机一动：现在对我来说，这不正是绝好的时机吗？如果约王雪萍一起去看流星雨，借机向她表白心迹，那该是一件多么浪漫的事啊！打定了主意，我来到党政办公室，向致清叔要了这几天的报纸来看，果然找到了有关流星雨的具体介绍。具体时间是在

11月18号深夜,大概九点半以后就可以观看。可是那天晚上应该怎么实施呢?这可一定要策划好。我看了看日历,今天是周四,已经15号了。18号正是星期日,那天晚上机关大院除去值班的人外,应该没有其他人了,正适合约会。约会的地点选在哪儿呢?观测流星雨要选择视野开阔的地区,周边最好的地点——我马上想到离机关大院不远处的荷塘。夏天的时候我和杨高远经常去,那里环境优雅,视野开阔,挺适合观看流星雨的。

　　一切问题考虑妥当后,我很兴奋,也很激动。趁着这股兴奋劲,我鼓足勇气,敲开了王雪萍的房门。王雪萍和田俊秀住一个房间,她们的宿舍我很少进去,觉得有些不好意思。许长杰和一些新上班的年轻人倒是经常去,有时候和她们一起打牌。刚进房间,一股淡淡的清香就飘入鼻孔。王雪萍正坐在床上一边织毛衣,一边和对面的田俊秀说话。见了我,她站起来笑着说:"是晨辉啊,你可很少来我们这里。快坐!"说着,她拉了一把椅子过来。田俊秀也连声说:"稀客,稀客!我好像从来没见过晨辉来我们宿舍玩。"

　　见田俊秀也在房间里,我就有些拘谨,没办法说一起看流星雨的事,只好胡乱谈了一些镇里的工作。王雪萍说:"现在杨高远忙着修路,魏庄就剩你自己了。怎么样,还忙吗?"我点点头说:"还行,你不也是一个人吗?说起来你和刘主席一起在赵坡,其实平常主要就是你自己。我是最烦和领导包一个村的!"王雪萍笑了:"是啊,我也一样。可领导安排了,我刚上班,领导说什么就是什么。"我忽然想到那天故城村支书郭土林说过来年要让她去故城村的事,就问道:"听说过了年你就要去故城村包村,和楚天舒调换一下。"王雪萍有些生气地说:"那个郭土林,你看他盛气凌人的样子,看着我就生气。说心里话,我真不想去故城村,那天是看着陈镇长的面子,我才勉强答应的。我这是给陈镇长面子,而不是给他郭土林面子!"田俊秀一旁插话说:"就是嘛!要不是看着陈镇长的面子,不让陈镇长为难,依着我们雪萍的脾气,才不去呢!"我笑着说:"既来之则安之，王雪萍你倒是和郭土林有一拼的，都是很有个性的人，说不定你去了正好可以以毒攻毒，杀杀他的威风呢！"说完后，才觉得有些失言了。果然，王雪萍有些不高兴，嗔怪着说："去去去，什么叫以毒攻毒，狗嘴里吐不出象牙！"

又说了一会儿话，我有些着急，想着该怎么说流星雨的事。可是田俊秀一直待在房间里，我开不了口。后来我实在忍不住了，就说："雪萍，还有件事……"王雪萍愣了一下："有什么事？赶快说吧！"我看了田俊秀一眼，支支吾吾地说："就是……"田俊秀马上站起来说："你们先聊着，我下去掂桶水上来。"说着，她拿了水桶，掀开帘子，出去了。

房间里就剩下我和王雪萍两个人。她笑了："什么事这么神神秘秘的？"我说："11月18日，也就是这星期日的晚上九点多有流星雨，咱们一起看流星雨，好吗？""流星雨？"她一下子激动起来，"太好了！上学的时候听说过，就是没去看。没想到还能有机会看到！"见她这么开心，我很高兴："那就说好了啊，星期天晚上我约你！可一定要记好时间，错过就没机会了！""好的，一言为定！"她爽快地答应了。

五十四

带着那份抑制不住的喜悦，我度过了一个美好的双休日。星期日下午，我认真地洗了洗头，上了啫喱水，把头发梳得干干净净的，又换上新衣服，把皮鞋重新打了油。然后迫不及待地骑车来到镇政府，盼望着那个浪漫时刻的到来。因为是双休日，除了值班的，机关大院里冷冷清清的。我先回到自己的房间，简单休整后，我忍不住走出来向王雪萍的房间张望，可是她房间的门上挂着帘子，看不清里边有没有人。我只好假装去找杨高远，中途经过她的房间时，放慢了脚步，仔细听了听，没有任何动静。我又看看表，才四点多，还早呢，

　　　　　　　　　　　　　　　　　　　选调生

大概她还没有来。于是我就返回去，过了一会儿，觉得有些无聊，就向三楼东边致清叔房间走去。

　　天快黑了，我和致清叔一起下楼去食堂吃晚饭。刚到一楼的楼梯口，迎面见一个人急匆匆地正要往楼上跑，原来正是王雪萍。她见了我们，喘了口气，冲着我们点点头。致清叔说："雪萍，这么着急啊！吃过饭了吗？要不一起去吃？"王雪萍摇摇头说："我在家已经吃过饭。你们去吧！"我冲着王雪萍笑了笑，意味深长地说："那我们先去了啊，一会儿就回来！"她挥挥手："你们去吧！"说完，急匆匆地上了楼。

　　吃过晚饭后，致清叔邀我到二楼的党政办公室看电视，这样他可以一边看电视一边值班。电视剧开始了，是《大法官》，致清叔很快就沉浸在剧情中了。我看看表，快九点。于是我上了三楼，来到王雪萍的房间。

　　房间里只有王雪萍一个人，她斜靠在床边，认真地织着毛衣。她见了我，笑着说："你来了，坐吧！"我兴冲冲地说："雪萍，流星雨快开始了，咱们俩——现在就去看流星雨，好吗？"她身子猛地一震，手中织毛线的针掉在了床上。她把针捡起来，像是不认识似的盯着我说："你是说咱们俩——去看流星雨？只有咱们俩？""是啊，怎么了？"我有些疑惑地问道。

　　她愣了半天，忽然扭过头笑起来。我更加纳闷了，问道："怎么了，你？"她只是笑着。好半天，她才恢复了平静，认真地说："晨辉，我身体有些不舒服，你自己去看吧！"我顿时像被泼了一盆冷水，好凉好凉，和前几分钟抑制不住的激动相比，简直是一百八十度的大转弯。我急切地问："你哪里不舒服？"她摇摇头说："晨辉，你别问了，不舒服就是不舒服。我真的看不成了。"我心里很着急，有些生气，说："星期五你不是答应我一起去看流星雨了吗？还说过一言为定。怎么现在又不去了？"她微微皱起了眉头，脸上显出有些难受的样子说："实在不好意思。我本来是想去看流星雨的，可是在家就有些不舒服。想着不来镇里吧，你会觉得我是个不守信用的人，就坚持来了。我想着就是看不成流星雨也能当面给你解释一下。"我问道："你到底怎么了？要不我陪你去诊所看看。"她固执地摇摇头说："也没什么大事，休息休息就好了。晨辉你自己去看吧，我等会儿就要睡觉了。"

我垂头丧气地离开王雪萍的房间，来到二楼党政办公室。致清叔还在津津有味地看电视剧，见了我，他有些责怪地说："晨辉刚才去哪儿了？很有意思的一段你隔过去了。"我勉强笑了笑说："没事。回屋里喝了杯水。"于是我接着陪致清叔看电视，可是心里很不是滋味，老想着王雪萍。一种不祥的预感涌上心头，难道是我自作多情吗？自己苦心策划的浪漫的流星雨之约就这样付诸东流了吗？……

好容易电视剧演完了，我回到自己的房间，眼前一片茫然，一种坠入深谷的感觉涌上心头。这种感觉似曾相识，哦，对了，上次是大学时代，自己向韩颖表白之后遭到拒绝时的那种感觉。我呆呆地坐在床上，不想看书，不想喝茶，什么都不想，什么劲都没有。我只是发呆，好像自己的魂魄已经脱离了自己的身体，一切都是虚无缥缈的……我知道今夜注定是一个不眠之夜。看来人世间的事情很多时候令人难以理解，命运专爱和人开玩笑，想象得十分美好的事情，结果却是一团糟。

怎么办？是就此退缩，还是迎难而上？如果就此退缩的话，我实在有些不甘心。常听人说，女孩是需要追的，也许她不同意是在考验你，如果你这时候退缩，那么即使她心里同意嘴上不同意，也会变成真正不同意的。思来想去，依据自己的情况，觉得我还是要有自信心。再说了，如果退缩的话，那不是白白把机会让给许长杰了吗？像王雪萍这样挺不错的女孩，无论如何也不能让许长杰得逞的。所以，不管怎么说，也应该迎难而上、坚持追下去的。

我拿出稿纸铺在桌子上，然后拿出钢笔，趁着这股勇气，一气呵成地写好了一封情书：

王雪萍：

　　你好！

　　我很想告诉你一件事，那是属于我内心世界的一个秘密。一段时间以来，我一直没有这份勇气。今天，我终于决定抛开所谓的面子，向你表达我的爱。近年来，走出校门，走向社会，我深切体会到了理想与现实的差距，总以为自己没有什么作为，还没有资格去爱。但自从与你相识以后，不经意间被你的个性和气质所吸引，产生了强烈的震撼。我想，你就是我童话世界中所要寻觅的白雪公主。无论前方的道路多么坎坷，我始终都会愿意成为你的护花使者！

　　盼望你的回音。

丁晨辉

2001年11月18日

　　写完信后，我又认真看了两遍，感觉表达得还算恰如其分。我把信折好，装在信封里。我悄悄地来到她的房间门口，灯依然亮着，先听了听，没有任何动静。敲了敲门，没人应声，估计是她临时出去了。于是我又回到自己的房间，把房门打开，以便她回来的时候我能够看到。

　　时间一分一秒地过去，我的心突突直跳，既紧张又兴奋。一会儿，走廊里传来有节奏的高跟鞋的声音，是她！我立刻从房间里走出来，说："雪萍还没休息？"她没有提防，吓了一跳："哎呀，晨辉你猛一出来，吓死我了！"我连忙道歉："实在不好意思。"她笑着说："没事。你也该休息了。"说着，打算回自己的房间。我拦住她说："雪萍，还有一件事。"她一惊，问道："什么事，你快说！"我装出嬉皮笑脸的样子说："走吧！一起看流星雨，马上就开始了！"她做出无可奈何的样子说："晨辉，你饶了我吧！我身体真的有些不舒服。"说完，扭头就走。我心里燃起的一丝希望又破灭了。我从口袋中掏出那封信，交给她说："你不去看流星雨也行，这封信你看一下吧！"她愣了一下，随即接过信，说了一声"晚安"，回自己房间了。我心里的一块石头才算落了地。

再次回到自己的房间，我的心理平衡了许多。不管怎么说，情书总算送出去了，让她知道了自己喜欢她。下一步就是等她的回音了，我想象着第二天她给我回信，答应我的求爱……

躺在床上辗转反侧，不知道是激动还是不安，我实在睡不着觉。又听了很长时间音乐，还是无济于事。一看表，半夜十二点多了。想着流星雨应该还没有结束，机会难得，既然睡不着觉，还不如起来去看看流星雨呢！虽然没能和王雪萍一起看流星雨，但是能观看一下许多年才遇到一次的天文奇观，也是很不错的事情。

我重新穿好衣服，下了楼，来到机关大院的大花池前边。机关大院静悄悄的，远处传来轰隆的汽车声。透过昏暗的灯光望去，一片片枯叶在初冬的夜风中飞舞，落在地上，又被风刮起来，向前移动着。周围高大的树木只剩下光秃秃的树枝瑟缩在寒风中。我抬起头，仰望苍穹，黑色的夜幕中镶嵌着点点繁星，一闪一闪的，调皮地眨着眼睛，似乎在嘲弄着我这个孤零零的痴情人。

过了几分钟，我的脖子有些发酸了，还没有看到流星雨的迹象。难道流星雨已经过去了？我正在疑惑的时候，忽然，天空中从东向西划过一条白线，瞬间消失在了远方；紧接着，又有一条白线从头顶向南天划去，消失了；第三条，第四条……啊！这就是传说中的流星雨的奇观，多么美妙！停顿了大约五分钟，又有几颗流星划过天空，消失在了遥远的银河。就这样，大约每五到十分钟就会形成一个流星雨的小高潮，或亮或暗，转瞬即逝，令人难以捉摸，引起人的无限遐想。我拿出随身带的笔和纸，记下了流星雨出现的时间。

不知道过了多长时间，流星雨出现的间隔越来越长，初冬后夜的寒气让我有些瑟瑟发抖。我想可能是流星雨快要结束了。我看了看手表，已经后半夜两点半了。考虑到明天还要上班，于是我恋恋不舍地上了楼，回到房间，钻进了被窝。我感慨万千：11月18号夜晚，这个并不浪漫的流星雨之夜,我将终生难忘。流星雨,若干年后再见!……

第二天上午点完名后,工作区所有的人照例要到陈副镇长房间开会。我盼望着能见到王雪萍,看她是怎样的反应,可是又有点怕见到她,因为不知道结果是希望还是失望。终于看到了王雪萍,我的心突突直跳,不知道她看信了没有,如果看了信是怎样一个态度?和王雪萍对视的时候,我不由自主把目光移开,像是做了什么错事似的。她倒是大大咧咧的,像以前一样和我说话,好像什么事情都没有发生似的。她如此淡定让我有些捉摸不透,到底她是怎么想的呢?

上午下了村。下午没什么事,我躲在房间看书,可是心里还在为情书的事纠结。忽然,"嘀嘀嘀……"我的传呼机响了。我像是有什么预感似的,急切地把书本放下,拿起床上的传呼机,上面显示两行字:"让我们成为普通的朋友,不更好吗?王雪萍。"

霎时间我的脑海中一片空白,有些天旋地转,身体一下子垮了下来,传呼机也从手中脱落,掉在了床上。最害怕的结果还是来了,真是怕什么来什么!其实就在昨天晚上和今天白天,我心里就患得患失的,但还是拿出种种理由来不断安慰自己,可是现在……唉,怎么会是这样一个结果?我又把传呼机捡起来,仔细看看每个字,确认没有错。"成为普通的朋友",意思很明显,就是婉言拒绝了我。唉,我怎么这么不幸?运气怎么这么差?整个下午,我感觉心里好痛好痛,觉得整个世界是那样的黯淡和渺茫……

傍晚的时候,我去后楼找到楚天舒。他正在和另外一名同事下棋,我就强忍着观看了一会儿。后来,那名同事走了,楚天舒招呼我接着下。我没吱声,把棋盘收起来。楚天舒一愣:"怎么了晨辉?我看你好像不大高兴的样子。"我低下头,长叹一声:"完了。看来我算完了!"楚天舒急忙问道:"到底出了什么事?你快说。"我就把王雪萍的事情一五一十地告诉了他。最后我说:"到底是怎么搞的?我觉得前段时间还好好的,国庆节的时候爬山还是她主动邀请的我,感觉她对我挺有意思的，怎么现在成了这个样子？"楚天舒眉头也皱起来，他站起来，在房间里来回踱着步。好一会儿，他说："你先不用着急，我觉得她这是在试探你的诚意。女孩子都是比较矜持的，即使她心里同意，嘴上也不会马上说。你想想，如果她马上同意了，那不就显得她的分量太轻了？再说，王雪萍这个人个性很强，眼光又高，所以先拒绝你也很正常。晨辉，你不要灰心，继续追下去！我想功到自然成，只要你能坚持，她一定会同意的。"听楚天舒这么说，我的心里稍微有了一些安慰，苦笑着说："天舒，当初你怎么给我介绍这么一个人，害得我现在好苦！"楚天舒也无可奈何地笑了笑："晨辉，我当初对她也有过想法，也经历了很多痛苦，后来慢慢想开了。不过晨辉你和我不一样，你的条件好，是省委组织部的选调生，她最终会同意的。"我说："那下一步我该怎么办呢？"楚天舒想了想说："这几天我给她姐再打电话说说，让她姐再劝劝她。你呢，要想办法继续追下去，不能停。至于怎么追，你自己想办法，我在这方面也是外行。你可以学学许长杰，胆子大些，脸皮厚些，多动动脑筋。"

五十五

　　"三个代表"集中学习活动开始了。镇里召开了动员会，除去所有的镇干部外，二十五个村的党支部书记也参加了会议。主席台上除了镇主要领导外，还多了几个陌生的面孔。动员会由镇长李书田主持，赵清明书记亲自动员。赵清明书记严肃地说："同志们！今天我们召开的这次'三个代表'学习动员大会，是按照中央、省、市、县的统一部署召开的。目的是增强党员干部的群众意识、宗旨意识、为民意识，切切实实地把老百姓放在心上，真正为老百姓办实事、办好事……为确保动员会取得圆满成功，县里派来了督导组。下面，我介绍一下督导组的成员……"下面开始有人窃窃私语了。旁边的致清叔小声对我说："看到没，下一步又该忙材料的事了。不管搞什么样的活动或者运动，都离不了材料。"我说："集中学习活动，主要不是组织学习吗？要那么多材料干什么？"他说："你想，县里还派了督导组，他们要来检查工作。检查什么？肯定是学习方案、学习笔记、会议记录什么的，这些都要有的。所以不知又要有多少人忙材料呢！"

赵书记介绍完了督导组的成员，督导组领导也讲了话。接着镇党委副书记崔大壮对一些具体工作进行了安排，主要的工作有：镇里定期召开集中学习会议，机关干部要做好学习笔记，还要抽时间自学；全镇二十五个村要迅速召开动员大会，动员全村所有党员集中学习，每个村里要派出督导组，原则上所在村的包村干部就是这个村的督导组成员；会后机关干部和各村支部书记把学习资料领走，做到每个党员干部人手一册。

会议结束后，我见到了参加会议的魏庄村支部书记毛金豹。他长叹一声："又该忙了，瞎忙！经是好经，都叫下面的歪嘴和尚给念歪了！"我和他商定明天上午召开村里的动员大会。

第二天，陈副镇长召集工作区人员开会，主要是研究村级"三个代表"集中学习动员会问题。会后，我骑车下了村，直接来到魏庄村的祠堂。里面已经坐了不少人，大多数是上了年龄的人。这些人大多都抽烟，一时屋内烟雾缭绕，有些呛人。我问毛金豹："怎么都是些老人？年轻的党员没有吗？"他说："这些年发展得很少，镇里也卡得死，有些人想入党也很难。"

村里的动员会开得还算成功，毛金豹讲了话，我也简单说了几句。会后就先学习了一篇《为人民服务》，等再学习第二篇的时候，我看到不少人已经恹恹欲睡，毛金豹提醒了半天也无济于事。我忽然灵机一动，想起上大学时老师讲的中国周边局势，自己还记得不少。于是我临时决定，给他们讲一讲这方面的内容。这一招果然有效，不少人来了兴致，听得津津有味，还争着问这问那，屋内沉闷的气氛立刻有了改观。毛金豹拍拍我的肩膀说:"你懂得还真不少,不愧是大学生! 比念报纸强多了!"

两三天的忙碌结束后,工作恢复了常态。静下心来的时候,我想到了王雪萍,下一步该怎么办呢? 总的来说胆子要大,但也不能一味地蛮干。

这天上午我下村回来的时候,才十点多。回到房间后,心里惦记着王雪萍,忽然我灵机一动,何不中午请她一起出去吃饭? 于是我径直来到她的房间,事情不凑巧,田俊秀和另外两个女孩都在,围坐在电暖气旁边取暖。见我进来,王雪萍冷冷地说:"晨辉有事吗?"田俊秀碰了王雪萍一下:"雪萍你怎么说话的? 人家晨辉没事就不能来吗?"我脸一红,有些语无伦次地说:"没……没事。你们说吧,我走了!"田俊秀连忙劝阻我说:"来了就别走啊,坐下说会儿话。"于是我坐下和她们谈了一会儿,无非是工作上的事情。说了一会儿,话题就渐渐转到服饰、发卡上。我觉得插不上话,一看表十一点出头了,就有些着急。可是田俊秀她们还没有离开的意思,我实在等不及了,就站起来说:"雪萍,有点事我想对你说。"王雪萍一愣,脸有些发红,说:"有话你就直说吧!"我看了看旁边的田俊秀她们,欲言又止。田俊秀马上就明白了,冲着那两个女同事说:"走走走,咱们先出去一下。"那两个人还没有完全明白的时候,田俊秀就把她们拉了出去,还回头冲着王雪萍做了个鬼脸。见她们离开了房间,我笑着说:"雪萍,中午我想请你吃饭。"王雪萍问道:"是请我们几个,还是单独请我自己?"我说:"当然是请你了。"我的话音刚落,王雪萍就说:"要是这样的话,你免开尊口。我和你只是普通的同事,单独在一起吃饭你觉得合适吗? 我还有事,你走吧!"

正在这时候,听到有人敲门,原来是小童。小童有些吃惊:"咦,怎么只有你们两个?"王雪萍马上有了笑脸:"振兴啊,快坐下!"然后回头对我说:"你先走吧!"我讪讪地转身要离开。小童感觉有些异常,他半开玩笑地说:"雪萍你怎么回事? 晨辉是个老实人,你怎么欺负老实人？"又对我说："晨辉你也是，怎么那么听她的话，她让你走你就走？"我没说话，默默地离开了王雪萍的房间。

中午的时候，我和小童一起吃了饭。饭后小童来到我的房间，认真地说："晨辉，你说我们是不是好朋友？"我有些吃惊，心想小童怎么突然问起这样的话？于是毫不犹豫地说："那还用说？我上班的第一天遇到的就是你。"他点点头说："要是这样，晨辉你可不对，心里有什么事就说出来，弟兄们也可以给你出出主意。"我心里一惊，莫非他看出什么来了？于是就问道："振兴你想说什么？"他神秘地一笑："晨辉，上午的事情我看出了点门道。你是不是喜欢王雪萍？"见他一语道破，我就不便隐瞒了："是的。可是人家不喜欢我。"小童笑了，恍然大悟似的说："我说呢，上午有点怪怪的。王雪萍对你那么没礼貌，让你出去，你也不生气，就听她的出去了。要是正常的同事关系，能这样吗？"我拍了拍小童的肩膀说："你呀，真是个机灵鬼，什么事情都能看出来。"小童得意地说："怎么样？要我帮忙吗？"我当然求之不得了，说："你有什么好主意？"他想了想说："晨辉你先别怪我说话直。你工作上没说的，就是平时有些太严肃了，在女孩子面前说话就脸红，能行吗？你应该多和她们接触，时间长了，自然就有感情了。你看许长杰，在女孩面前左右逢源，这也是一种能力——当然，你是知道的，我和你一样不喜欢许长杰——但就这一点来说，你应该向他学习。"我仔细想了想小童的话，觉得很有道理。自己除了工作、看书、写作以外，平时的消遣就是和小童、杨高远、楚天舒、致清叔几个人在一起，和女孩在一起玩的时间太少了。于是我说："仔细想想，你说得还真有些道理。"听到我肯定了他的观点，他更来兴致了："那今晚咱们一起去和王雪萍她们打牌？"我犹豫了一下，总想着有些不好意思。可是转念一想，不这样也不行，不这样哪有接近她的机会啊？于是我点点头说："好！一言为定！"

晚饭后小童果然来找我，先说了一会儿话，然后去王雪萍的宿舍，还没进去就听到"哗啦哗啦"的麻将音。进去一看，房间里好几个人呢！其中四个人正围着桌子打麻将，仔细一看原来是田俊秀、吴秋娜、许长杰和樊国超。床头上还坐着两个人，是王雪萍和于小芳。见小童我们俩进来，几个人顿时一愣。吴秋娜一边起着麻将牌一边打招呼："小童来了？——啊？怎么晨辉也来了？真是稀客！"我一笑："怎么我就不能来了？"吴秋娜说："你在我们眼里可是大好人，是勤奋进取的人。你也来和我们玩，我觉得有些太不可思议了！"小童说："看你说的，勤奋进取和休闲娱乐并不矛盾。今晚是我叫晨辉一起来的！"吴秋娜说："那好，我热烈欢迎！以后你们俩特别是晨辉要多来玩！"又对我说："要不我让让，你来玩？"我连忙摆摆手说："你来你来，不怕你笑话，我还不会打麻将呢！我只是看看。"吴秋娜又让给小童，小童毫不客气地坐下了。于是我就坐在小童的身旁看他打麻将。王雪萍坐在床头，一边看书一边和对面的于小芳有一搭没一搭地说着话。我凑过去，看了看她的书说："你看的什么书？"她没说话，把书的封面向我展示了一下，原来是《穆斯林的葬礼》。我立刻想起夏天的时候在赵坡村南桥头见到她时的情景，惊叹道："这本书你买了很长时间了，怎么到现在还没看完？"王雪萍抬头看了我一眼，说："早看完了，太感人了，我这看的是第三遍！"说完，又接着看了起来。她看完一页翻书的时候，我猛然注意到她的右手有些发红，好像是肿了的样子。于是问道："你的手怎么了？"她也不看我，面无表情地说："没什么，冻疮。"我关切地说："那你怎么不抹点冻疮膏什么的？"她冷冷地说："谢谢你的关心，我抹的有药。"我还想说什么，见她始终不肯把目光从书本里移出来，觉得没趣，就继续看小童打麻将。

这时候田俊秀说："雪萍，你过来玩一会儿。"许长杰也说："就是嘛！别总看书，过来玩会儿。"我心里立刻变得酸溜溜的，那种感觉应该叫吃醋。王雪萍说："你们玩吧，我不喜欢打麻将。"听到这话，我心里有了些安慰。可是田俊秀又说："就顶替我玩一会儿，我去趟洗手间。"说着，过来拉她。王雪萍只好合上书本："那好吧，就一会儿。"王雪萍坐下后，许长杰脸上乐开了花。玩了三盘，有两盘都是王雪萍赢。不过很明显是许长杰有意让着她，有意往王雪萍手里出牌。王雪萍有些得意地说："看来我打麻将还行，对吗？"樊国超有些不高兴："许长杰你怎么回事？你到底是不是在打麻将？害得我跟着输了两次钱了！"许长杰连忙道歉："好好好，我注意，下次出牌一定小心！"这时候王雪萍也明白了怎么回事。她把赢的钱推了出去，然后用力把麻将往桌子上一摔，生气地说："还以为是我真赢了，原来是这样！我最讨厌不光明正大了！"说着，她愤然站起，准备走出房间。许长杰这下弄巧成拙了，他尴尬地说："不要生气嘛！主要是怕你不会玩才照顾照顾你。"王雪萍回头看看许长杰："谁稀罕你的照顾！"说完，走出了房间。小童冲我使个颜色，我立刻跟了出去。走到楼梯口的时候，我追上了她，安慰她说："雪萍，不要生气了，不就是玩玩麻将嘛，为这点小事生气不值得。"她气呼呼地说："生气不生气是我的事，值得不值得也不是你说了算。还有，你来凑什么热闹？还嫌不够乱？"说着，下了楼梯。我问道："你去哪里？"她头也不回地说："你别管！"我止住脚步，呆呆地看着她下了楼。

再回到那里的时候，玩麻将的人已经没了兴致，准备各自回去休息。小童对我说："走，到你屋说说！"我心领神会，和小童一起来到我的房间，关好门。小童说："你看到今晚的情况了吗？许长杰表现有些过了。我早知道他向王雪萍献殷勤，可是王雪萍根本就不买他的账。今晚的事，他弄巧成拙了。"听小童这么说，我心里美滋滋的。又问道："你觉得今晚有收获吗？"他笑着说："肯定有收获的，能多和她接触，她才能了解你——对了，你追出去和她说什么吗？"我摇摇头："没说什么，她正在气头上，见谁都想骂！"小童想了想说："我觉得你还得找机会多和她接触，最好能和她谈谈，让她多了解了解你。"我感激地说："谢谢你，振兴。我会动脑筋创造机会的！"

第二天上午我找到田俊秀，把她叫到我的房间。她有些纳闷，笑着问道："到底是什么事啊，这么神秘？"我吞吞吐吐地说："是这样——那个王雪萍,你知道吗?"田俊秀感觉有些好笑,说:"王雪萍我怎么不知道?她怎么了?"我说:"她没怎么。就是我和她——直说吧,我挺喜欢她的。"我终于说出了口。田俊秀忍不住笑起来,好半天她才说:"晨辉,其实你一叫我我就猜到是这件事。是不是想请我帮忙?"我点着头连声说:"是啊,不过可能你也知道 些情况,她好像不大愿意。"田俊秀说:"我也不知道是什么原因,反正以前她对你印象挺好的,还和我说起过你很有想法,和别人不一样。"我说:"是啊,我也很纳闷。以前感觉挺有希望的,没想到现在是这样的后果。"田俊秀想了想说:"我是这样想的,她可能是比较含蓄。女孩子嘛,都是这样。另外我觉得她可能对你有误解,什么误解我就不知道了,你们俩最好能找个机会好好谈谈,最好能恢复正常关系。现在这样,感觉别别扭扭的!"我觉得田俊秀的话有道理,于是就问:"她现在在宿舍吗?我这就去找她。"田俊秀摇摇头:"没有,她上午下村了,下午可能在!"

田俊秀走后,我想确实应该找她好好谈谈了。好容易等到下午,在她宿舍门口犹豫了几次,听到她宿舍内始终有人说话。几个女孩子打打闹闹的,不时发出欢乐的笑声。我觉得这时候进去不大方便,想着还是等她一个人的时候再说吧。于是就回到宿舍,把门打开,留意着她的动静。哪知道不一会儿,就听到门响的声音,很快有一个人挎着包快速地从我的门口经过。我下意识地抬起头看看,这不正是王雪萍吗?莫非她要回家?要是回家了我这一天岂不就白等了?我赶快锁好门,追了出去。

到镇政府大门口的时候,我低声喊了一句:"王雪萍!"她吓得一哆嗦,扭头一看是我,二话没说就加快了脚步。我三步并作两步地追上去:"雪萍,你等一下,我有几句话要对你说!"她停下脚步,冷冷地看着我,面无表情地说:"有什么可说的?你要说的我都知道,那件事根本就不可能!"我强装笑脸说:"你也别把话说绝了,世界上本来就没有绝对的事情!"她不再说话,继续往前走。我继续跟着

　　　　　　　　　　　　　　　　　　选调生

她，边走边说："我觉得咱们俩应该好好谈谈。"她冷笑了一声："你觉得有这个必要吗？"我立刻反驳说："怎么没这个必要？有些事情说清楚了就好了。"她显出一副认真的样子说："我再告诉你一次，我不想听！"我感觉有些挂不住，收敛了笑容说："你怎么这么说话？你有拒绝的权利，但是我也有追求的权利！"她又不说话了，继续往前走。

很快就来到公路边，这条公路是连接县城与省城的公路。王雪萍的家距离镇政府大约十五里路，她上下班很多时候骑自行车，遇到天气不好的时候就乘坐来往的公共汽车。这时候正好一辆公共汽车驶过来，她招了招手，汽车停下来。她看都没看我，立刻上了车。怎么办？我正犹豫的时候，卖票的不耐烦地说："你上来不上来？不上来关门了！"我也不知道哪里来的勇气，心一横也跟着上了车，心想今天就是追到天边也要和你谈谈。王雪萍找好座位后，刚要坐下，一扭头看到了我。她惊得张大了嘴巴，问道："你怎么也上来了？你想干什么？"看到她这副表情，我有些得意地说："没什么，就是想和你在一起。"汽车很快就离开了故城路口，向北驶去。她不说话，我就站在她旁边，也不说话。车内有些冷，车窗外的冷风不时地吹进来，让人不寒而栗。她把粉红色的羽绒服裹紧了一些，然后把手套脱下来，搓着有些红肿的手，还不时地对着手心吹气。一种怜悯之情顿时涌上心头，我关切地问："你的手好些了吗？"好半天她才回答："就那样！"我又说："要不我帮你看看有没有好的治冻疮的药膏？"她还是用冷冷的口气说："不用。"

十五里的路一会儿就到。她下了车，我也跟着下了车。她回头看看我说："我劝你还是回去吧！"我没说话，继续跟着她走。下了公路，远远地就看到一个村庄笼罩在薄薄的雾霭中，一条乡村小路展现在眼前。在小路口，她停下脚步，冷若冰霜地问我："你到底想干什么？"我也学着她的口气冷冷地说："我只是想和你谈谈。"她生气了，威胁地说："你要是再不走我就报警了！"我坚定地说："我是不会走的,你想报警就报吧!"正僵持的时候,我看到远远的几个村民正往这边走来。她有些着急,有几分哀求地对我说:"晨辉,你回去吧,有什么事情以后再慢慢说。你看,我们村的人快过来了,让他们看到了不好。"我的心立刻软下来,觉得她有些可怜,再这样逼她有些于心不忍。于是就缓和了口气说:"好吧,那我走了!"说完,转身往回走。走出了几步,觉得有些不甘心,又转过身来大声对她说:"雪萍,我对你是真心的……"她略微停顿了一下脚步,然而最终也没有回头,沿着乡村小路向前走去,很快她的身影就消失在小路的尽头。

　　我无精打采地走在回去的路上。回到镇政府的时候,天已经黑了。我刚到宿舍,还没来得及喘口气,就听到传呼机的声音,打开一看,上面显示着几个字:"请自重。"我的心更凉了,很快就转成了愤怒和委屈:为了追求王雪萍,自己煞费苦心,抛下脸皮不要,低三下四去讨好她,没想到却被她认为是不自重,太冤枉人了!她王雪萍有啥了不起的?……

　　我在宿舍再也待不住了,有种非要找人倾诉一下的强烈欲望。走到三楼的东头,看到清叔不在,小童也不在,又立刻下了楼,到后楼去找楚天舒。幸好,他的房间还亮着灯。敲门进去后,见他正坐在床上看书。我进去的时候,气还没有喘匀,一方面是累的,另一方面是气的。见我呼呼直喘的样子,楚天舒放下书,吃惊地说:"怎么了,晨辉?出了什么事?"我没好气地说:"天舒,瞧瞧当初你给我介绍的对象,真想把我气死!"楚天舒让我坐下,然后笑着说:"晨辉,你慢慢说,不要着急。是王雪萍的事吗?"我点点头,就把下午的事情原原本本地说了一遍。最后我激动地说:"你说,她怎么能这样?不同意也就罢了,最后还给我发个留言,提醒我自重。天舒,咱们俩也认识这么长时间了,你说,我什么时候不自重了。我这个人是不自重的人吗?"楚天舒一边听一边附和着说:"这个王雪萍,也真是的。怎么能这样?"我说完后,气也随即消了一半。楚天舒感慨地说:"她就是这个脾气,想当初也把我气得要死。唉,太有个性了!"随即,他又

选调生

转换了语气："不过人真是好人，冲着这一点我才把她介绍给你。我觉得是你追得太急了，心急吃不了热豆腐。慢慢来，好事多磨嘛！"我问他："我等不及，你有好的主意吗？"他想了想说："主意嘛，也没有什么好的。咱们俩都差不多，在这方面不擅长。不过据我对她了解，她是刀子嘴豆腐心，只要你对她好，多关心她，迟早会感动她的。晨辉，你换一种思路试试！"我默默地点着头，心里慢慢平静下来。

回到自己宿舍的时候已经夜里九点多了，对王雪萍的气早就抛到了九霄云外。是啊，既然自己喜欢她，爱她，就应该多关心她，让她体会到自己对她的一片真心。那么，我该怎样去关心她呢？我绞尽脑汁思索着……

五十六

工作之余我去了趟县城，找到最大的一家药店。药店里人很多，不少是中老年人，不时有女服务员推销自己的药品。看着琳琅满目的药品，我有些眼花缭乱。一个三十来岁的女服务员微笑着问我："先生，请问你需要什么药品？"我还了个微笑，说："请问有好的治疗冻疮的药品吗？要好的。"女服务员说："你跟我来吧！"穿过几个货架后，她指着一排药品说："治疗冻疮的药品都在这里。"然后，她打开一个盒子，抽出里面的药膏介绍说："这种蛇油膏，进口的，治疗冻疮效果最好，你可以试试。"我接过药膏，反复看了看说明，感觉效果应该是不错的。又把眼光落到货架的标签上，见上面明确标着118元每盒。我不由自主地摸了摸口袋里的钱，最后一狠心，拿起蛇油膏，到服务台结了账。

在回去的路上，我不时地把蛇油膏拿出来看，好像是在端详一个熟睡的婴儿，心里美滋滋的。可是怎么给她呢？有人的时候给她，她肯定不会接受，弄不好还弄得我下不来台；她的宿舍里总有人，我又总不能像做贼似的在她宿舍门前晃悠；趁她回家的时候尾随着交给她，又不免有"不自重"的嫌疑。看来这又成了一个棘手的问题。

第二天上午点完名后，陈副镇长召集工作区人员开会，要包村干部下村督导"三个代表"集中学习活动。解散后，我骑车很快就到了村里，说明了来意。毛金豹说："晨辉你就放心吧，其实不用督导，我们该怎么学就怎么学！"见他这么说，再加上我对他的了解，觉得应该没什么问题，于是就早早地回了镇政府。

我在走廊上遇到了田俊秀，她正端着满满一盆衣服准备下楼去洗。我说："俊秀，你今天没下村吗？"她冲我使了个眼色："晨辉你不会说话小声点？小童一个人去陈庄就行，没必要两个人都去。"我又小声地问："那个谁在宿舍吗？"她会意地笑了，摇摇头说："没有，她下村的时候说赵坡开展得不太好，得盯着些。我估计她可能下午才回来。"然后又神秘地说："下午吧，下午你再去找她。"说完，田俊秀端着盆下了楼。我忽然灵机一动：王雪萍下午回来，不如我下午早点在她回镇里的路上等着她，然后把蛇油膏送给她。这个机会不是很合适吗？对，就这么办！

下午的时候天变得阴沉沉的，渐渐地刮起了风。我早早地吃过午饭，然后骑车顺着乡村小路来到赵坡村南的小桥边，这是从赵坡村返回镇政府的必经之路。桥上风很大，我把自行车停好，然后坐在车的后座上静静地等待。我不由得想起几个月前在桥上偶然遇到王雪萍的情景，那时候我还没有明确向她表白，谈话还算投机，谁想到几个月后竟然成了这样一个局面？唉，我和她的关系将来到底能怎么样？我一边胡思乱想着，一边往赵坡村部的方向张望。在凛冽的寒风中，一个多小时过去了，还是没见到王雪萍的身影。我冻得有些发抖，只好从车上下来来回跺着步，心想，难道王雪萍已经回了镇政府？但转念一想，可能性不大，她要是回去肯定要从这条路上走。再等等看吧！

又等了将近一个小时，偶尔经过小桥的行人大都看看我。我想，

选调生

他们一定认为这个人神经不正常，大冷天一个人在桥上。可是现在我什么也不顾了。就在我将要绝望的时候，从赵坡那边好像有一个人骑车向我这边来。等近点的时候，我看到是一个穿粉红色羽绒服的人，我的心头一阵紧张：这不是自己苦苦等待的王雪萍吗？我立刻迎上去，笑着说："雪萍，我等你好半天了！"她大吃一惊，看到是我后，不但没有停下，反而越发用力地蹬车，想要甩掉我。我有些着急，一把抓住了她的自行车。她被迫从车上跳下来，怒气冲冲地说："晨辉，你想干什么？你越是这样，我越是瞧不起你！"我连忙说："雪萍，有件事我想对你说……"还没等我说完，她就打断我说："我不想听，咱们俩没什么可说的！"又厉声说，"你给我放开！"我下意识地松开手，她重新骑上了自行车。看样子想和她说几句话是不可能了，我急忙从口袋里掏出蛇油膏，追上去往她车篓里一扔，说："送给你的，蛇油膏！"

等我松了一口气的时候，王雪萍已经消失在远方。我无可奈何地摇了摇头，难道她是铁石心肠？一点缓和的余地都没有？能使我得到唯一安慰的就是蛇油膏总算送出去了，没被她扔出来已算是大幸。风依然呼啸着，天地间又剩下孤零零的一个人……

全县冬季"打黑除霸"工作开始了。按照镇里的安排，各村要先报一个打击对象的名单供公安部门参考。我找到毛金豹，说明了来意。他很高兴，一拍大腿，站起来说："早该这样。有些刁民，太可恶了！要不是他们，村里的工作还不会这么难做！"说着，他从桌子上拿出稿纸和笔，开始写名字。我凑近一看，第一个名字就是毛晓龙，也就是那个整天戴着墨镜充"人物"的人。几个月前他打过杨高远，后来跑出去避风，派出所抓了他好几次，都没有抓着。我想，这个人确实应该列入打击名单，村里干什么事情他都唱对台戏，唯恐天下不乱。另外根据老百姓的反映，他在村里一贯横行，欺软怕硬，确实属于"村霸"，还时常偷偷摸摸。毛金豹把他列入头号人物是应该。接下来，毛金豹又写下三个名字：一个是劳改释放犯，放出来后仍不思悔改、胡作非为；一个是偷鸡摸狗的小贼；还有一个是二流子。这些都没有什么异议。紧接着，他又写下三个人的名字。我一看，原来是夏天收粮的时候那三户无论如何都不愿交粮的"钉子户"。我立刻拦下来："毛支书，我看这三个人就不要列入了，他们也就是不愿意交粮，其他好像没有什么大的过错。群众对他们评价也不坏！"毛金豹有些不高兴了，他停下笔，皱着眉头说："晨辉，你不知道这三户给我们带来了多少麻烦？要不是他们带头抗粮，魏庄的粮早就收齐了。后来镇里说要起诉他们，也一直没有动静。要不借这个机会收拾一下他们，让他们尝尝政府的厉害，明年他们还会抗粮的，你知道吗？"是啊！毛金豹说得不是没有道理，夏天的时候我们在这三户身上不知道浪费了多少精力，可是他们油盐不进。按说，是应该治一下他们，可是一码归一码，把他们列入"村霸"未免有公报私仇的嫌疑。于是我说："毛支书，我是这样想的，咱们这次打击的是'村霸'，他们只是抗粮，不等于就是'村霸'。要是把他们列入了，将来村里不会服气的，反而制造出更多的矛盾。"毛金豹摇摇头："晨辉，你说得也有道理。可村里工作有它的特殊性，不采取点特殊的办法是不行的。有些事儿虽然不合法，但是合理！"意见不一致，我们俩闹了个半红脸。最后毛金豹缓和了口气说："这样吧晨辉，咱们先写上，最后陈镇长还要把关，让他最后决定算了。"我心里不乐意，但想到再争执下去，和毛金豹弄得太僵也不好，就违心地点了头。

接下来，又开始商量"三个代表"集中学习活动，其中的一个重要环节就是召开村班子的民主生活会。毛金豹说："开民主生活会，没什么问题，这一两天就能开，只是——"说着他停顿了一下，显出很为难的样子。我听出他话中有话，就问："有什么困难你直说嘛！"他笑了笑："只是我担心村主任魏振山，他一贯不太配合我的工作，恐怕在民主生活会上要说我的坏话。这也不算什么，就怕他再串通人，那就麻烦了。"我想了想说："也不用过分担心，仅仅是一次民主生活会嘛！看他提什么问题。要是对的，你可要听哦？"说着，我微笑

　　　　　　　　　　　　　　选调生

着看看毛金豹。他明白我的意思,笑着点点头:"没问题,只要是对的,我毛金豹也不是那种不讲道理的人!"

两天后,村里的民主生活会按时召开了。毛金豹主持会议,他一本正经地说:"按照'三个代表'集中学习活动的统一安排,我们今儿个召开民主生活会,希望大家认真开展批评和自我批评。为了确保会议的成功召开,镇里的督导组成员,也就是咱们的包村干部丁晨辉同志也列席咱们的民主生活会。晨辉,你讲几句吧!"我谦让了几句,然后说:"我就不说太多了,希望大家能够畅所欲言,实事求是!"毛金豹马上接过话说:"刚才晨辉说得很好,要畅所欲言,更要实事求是!"他特地把"实事求是"四个字拖得重重的。我明白他的用意,心里有些好笑。毛金豹首先进行了自我批评,无非是村里的整体工作开展得不太好,比如收粮什么的,没有带好班子,等等。然后开始批评魏振山,他说:"振山比我大两岁,在村里时间比我要长,是个老同志了。工作上能力不错,在群众中威信也不错,就是有些懒——"魏振山抬起头来看着毛金豹,脸色变得有些不自然了。毛金豹接着说:"比如说,工作上他有些消极,没有主动性,总是安排了就做,不安排就不做。很少主动给我出出主意、想想办法什么的,说句不好听的话就是个别时候爱看我的笑话……"毛金豹的话还没有说完,就听到"啪"的一声。大家循声看去,只见魏振山已经气呼呼地站起来,吼道:"毛金豹,你说话要凭良心,我什么时候看你的笑话了? 村里的事情不都是你说了算? 你安排的哪件事我没有做?说我不给你出主意,以前我给你出的主意你听过吗?"魏振山由于太激动,脸涨得通红。他接着说:"今天是民主生活会,其实我早就有一肚子话憋在心里,今天也正好说说。你们知道为什么村里人的都叫我'骡子村主任'吗? 就是因为毛金豹把权力看得太紧,一手遮天,我这个村主任才当得这么窝囊! 你毛金豹还有脸说我懒,没有主动性,不给你出主意,你还是好好想想你自己吧!"毛金豹的脸也变得又黑又红,他"呼"地站起来:"振山,你整天说我揽权,说自己没权力，你就没想想你自己？对你有利的事，你争着去做；捞不着油水的活儿，你躲得远远的，生怕得罪人。收粮的时候你干吗去了？躲在后面一言不发的，生怕别人骂你。你说我揽权，我看你还是想想你自己到底是为公还是为私吧！把这个问题想明白了才有资格说我！"

两个人吵得面红耳赤。我实在忍不住了，大声说："你们都别吵了！这是在开会吗？"魏正仁和乔天庆也纷纷解劝。乔天庆瞪着眼说："你们这是干什么？都是五十好几的人了，不怕别人笑话？豹，你是支书，你先坐下！"毛金豹把气压了压，坐了下来。魏振山也慢慢地坐下来。魏正仁说："刚才你们俩把话说透了，其实也是好事。有什么就说什么，把话都憋在心里不好，误会消除了，以后才能更好地搭伴。只是不要吵架，说得深一些浅一些，要担待。"我也劝解他们说："这是民主生活会，就是要开展批评和自我批评，有则改之，无则加勉嘛——下面接着开会！"

民主生活会继续开下去，虽然也有拌嘴，但是不像刚才那样的面红耳赤。最后毛金豹总结发言："今天的会基本开完了，对我提出的批评和建议大多数我都能接受。看来以前我是性子急了些，遇到事情和大家商量得少，以后注意就是了。总的来说，我毛金豹是想多为群众办点好事，这一点我问心无愧。以后，大家对我有什么看法，随时提出来，千万不要憋在心里。"魏振山也表态发言说："看来以前我做得不对的地方也不少，以后工作上要再积极主动一些。"其他人也都做了表态发言。

回镇政府的路上，我的思绪还停留在民主生活会中，看来毛金豹和魏振山的矛盾已经越来越公开化了。要说以前他们两人虽然心里有疙瘩，但至少表面上还过得去，而今天在某种程度上已经有了摊牌的意味。魏庄的班子不团结，作为包村干部，我该怎么办呢？是不是找机会对陈副镇长说说？正想着，耳边忽然传来刺耳的刹车声，我如梦方醒：哎呀，只顾想事，差点和对面骑车的人撞着！我立刻下了车。对面的人看起来很生气，刚要发火，忽然他惊叫了一声："你

选调生

是魏庄的包村干部吧，叫丁——丁晨辉，对吧！"我这才仔细一看，原来是很长时间没见了的老熟人——那个多次和我们作对的"瘸子"，名字叫乔振华。

"瘸子"自从夏粮收购时闹了一番后，经陈副镇长和我的帮助，顺利办理了残疾证，后来又被安排到残联扶贫基地。他们全家因此感激不尽，顺顺利利地交了粮。从那以后好几个月过去了，基本上没再见过他。这次竟然偶然遇到了！

"瘸子"下了车，把我拉到一边，显得十分亲切："丁干部，多谢你们的帮忙，要不是你们，残联哪儿能要我啊！"我谦虚了几句，然后问他："在那边干得怎么样？"瘸子兴奋地说："当然是好了，每月能挣二百块钱呢！"于是他简单说了一些在残联基地的情况。随后，他问我："丁干部，村里咋样？干得顺手吗？"我含糊地回答："还好吧。""瘸子"又试探着问："那个毛——毛晓龙咋样？听说派出所正在抓他，抓到了吗？"我摇摇头："还没呢！不知道躲到什么地方了，一直没回家。""瘸子"有些不好意思地说："你看，以前我给你们找了很多麻烦，真对不住你们！"我笑着说："都是过去的事了，咱们这也叫不打不相识！""瘸子"也开心地笑起来。

又说了几句话后，我准备骑上车走。忽然"瘸子"又叫住我，像是下了很大决心似的，吞吞吐吐地说："丁干部，有件事我想……想跟你说说。"我一愣："有什么事你只管说，只要我能办到。"他摇摇头："不是我自己的困难，是有件事憋在心里，不说出来对不住你们——你知道以前为啥我和毛晓龙总给你们捣乱吗？"我心里一惊：这也是我很早就在想的问题，一直百思不得其解。于是我摇摇头。他接着说："实话给你说吧，是魏振山叫我们这样干的，他答应给我们俩好处。他这样干是想看毛金豹的笑话，让毛金豹这个村支书干不成。他早就想把毛金豹弄掉，他好当支书哩！开始我跟着毛晓龙跟你们对着干过几次，后来我天庆叔骂过我几次，我有点不敢了……"

原来是这样！我这才恍然大悟：我曾经想过是否有人指使，但也只是在脑海中一闪念，现在果然应验了。而且背后指使的人竟然是魏振山！怪不到今天民主生活会上他跳出来，闹得这么凶呢！原来这一年来他都在暗自拆台，看我们的笑话。真是太可恶了！

　　我紧紧握着"瘸子"的手说："振华哥，多谢你的提醒，要不然我们都还蒙在鼓里呢！""瘸子"诚惶诚恐地说："丁干部，你知道就行了，千万别让旁人知道是我说的啊！要不然我在魏庄没法混了。"我点点头："你放心吧，这一点我知道。"说完，我骑上车飞快地向镇政府奔去。

　　当天晚上我见到了陈副镇长，就把民主生活会和偶然间遇到"瘸子"的事说了一遍。陈副镇长气得直拍桌子："这个魏振山，给我们工作带来了多少麻烦！他还算是一个党员吗？为了自己的一点利益，就处处拆台，真该立刻把他免职！"发了一通脾气后，陈副镇长渐渐冷静下来，他叮嘱我说："晨辉，这件事你和我知道就行，千万别告诉毛金豹和其他村干部，要不然村里马上就得乱起来。我这一两天就去找魏振山谈话，严肃批评他，同时规劝他悬崖勒马，以村里大局为重，和毛金豹搞好关系。咱们再做最后一次努力吧，他要是不听，我就向赵书记汇报，对他进行组织处理！"

　　这天上午杨高远来找我。这些日子他大都早出晚归，一直忙着工地上的事情。很多时候见到他，只是打声招呼，他就匆匆离开了。他看上去比以前瘦了一些，也变得有些黑，一副风刮日晒的样子。我问他近段时间的情况，他苦笑着说："晨辉，你不知道，真不是人干的活！我好羡慕你，我要是有你这样的文化，我才不去呢！"说着，他又讲起近期在工地上遇到的麻烦。我一边听，一边不时地插话。我问他："你们什么时候结束？"他脸上流露出了喜悦："快了，听说元旦左右就能结束。苦日子快熬到头了！"我又问："听说镇里给你们发补贴，发到手了吗？"他皱着眉头，气愤地说："一分钱都没见。领导说得挺好，可就是不兑现。我和李学武问过几次，他都说等等。不知道要等到猴年马月。"我安慰他说："既然镇里定了的事，那就没跑。你别着急，再等等看，又不是你一个人的事！"他舒了一口气说："晨辉，你说得也对，再等等吧！不过镇里这样不讲信用，我们也不会像前段时间那样实心实意给他干了。这不，我们一商量，工地上只要有人盯着就行，其他人轮流跑出来休息了。"我起身给他倒茶。他接过来，吹了吹茶杯上的热气，放在桌子上。"你近期怎么样？"他问道。我说："主要就是'三个代表'集中学习活动。"他笑了笑，然后话题一转："我听说兄弟你这段时间很猛啊，让我对你刮目相看！"我立刻猜到他可能知道了我和王雪萍的事，但还是假装惊讶地说："什么事啊，让你对我这么刮目相看？"他笑了："晨辉，你还装，非让我说出'侠女'来吗？"见他果然说这件事，我就解释说："本来早就想对你说了，只是这段时间你太忙，连和你说话的机会都没有。"他关切地问："怎么样？进展得顺利吗？"我叹了口气说："很不顺利，她一直不同意。我什么办法都想了，好像没有什么效果。"于是我就把近期的事情对他说了一遍。他有些吃惊："不会吧！以前我看她对你挺有意思的，怎么会这样？"我委屈地说："是啊，我也是这样想，谁知道会是这个样子？"他鼓励我说："晨辉你别灰心，有句话叫'精诚所至，金石为开'，可能她是在考验你。你还要多想想办法，不能放弃。"

是啊，还要多想想办法。可是我还能有什么办法？杨高远走后，我不停地考虑这个问题。这段时间，自己已经豁出脸了，做了连自己都不敢相信的事情，可还是没有什么改观。她对我的态度反而更冷淡了，每次我主动跟她说话，她都是用一个字来回答，什么"嗯""啊""好""行"等等，惜字如金，恐怕多和我说一个字。唉，我该怎么办呢？有时候想想，自己是不是有些贱，和李秋华、陈艳芬交往的时候，自己也不至于这么没有尊严。但现在，自己偏偏迷上了王雪萍，爱情往往就是这样，得不到的才是最好的。明明知道这个道理，可是还要一棵树上吊死。唉……

可是不管怎么说，办法还是要想的。我忽然想到那本《穆斯林的葬礼》，那是王雪萍很喜爱的小说。要是我去找她借书，然后还书的时候想办法表示感谢，岂不又找到和她交往的机会了吗？对，就是这个主意。下午的时候我又硬着头皮来到王雪萍的房间。和大多数时候一样，王雪萍和田俊秀两个人在房间里，她们围着电暖气，一边聊天，一边织毛衣。见我进来，王雪萍只是抬头看了看，没有说话。倒是田俊秀很热情，招呼我坐下。我试探着对王雪萍说："雪萍，有件事想请你帮忙。"她仍然打着毛衣，也不看我，冷冷地说："什么事？"我问她："你的那本《穆斯林的葬礼》我想借几天看看，好吗？""我还没看完呢！"她拒绝了。我心头一凉，心想你夏天的时候就买了这本书，几个月过去了，还没看完吗？分明是不想让我看。正在我有些尴尬的时候，田俊秀替我解了围。她二话没说，从抽屉里拿出那本书，递给我说："给，我做主了，你拿去看吧！雪萍没看完，让她等几天再接着看！"王雪萍白了田俊秀一眼，没有说话。我如获至宝似的把书抱在怀中，感激地望着田俊秀说："太谢谢你了，俊秀！"田俊秀笑了："别谢我，这是雪萍的书。要谢你谢她去吧！"说着，她冲我使了个眼色。我笑着对王雪萍说："谢谢你，雪萍！"她依然头也不抬，扔出一句话："三天啊，只限你看三天。"我兴冲冲地离开她们的房间，心里美滋滋的。

回到自己的房间，我把鼻子凑到书上，深深地闻了闻，一股淡淡的清香传来。我激动地翻开书，看起来。可是看了半天，也没看进去多少内容，感觉有些心猿意马，满脑子都是王雪萍的影子。

五十七

两天后，田俊秀忽然找到我，让我归还那本书。她抱歉地说："晨辉，非常不好意思，这是雪萍的意思。你还不知道她的脾气？那天你走后，她就对我说要我负责把书要回来，我好说歹说让你看几天。可是今天她非逼着我找你要书，我也没办法，再不找你要书她就真和我翻脸了。"我心里有些不高兴："她说得好好的，要我看三天，现在还不到时间呢！说话不算数！"田俊秀安慰我说："晨辉，一本书也算不了什么。这个办法不行，你可以再想想别的办法。相信你们俩的事会成的。"我想，人家田俊秀也是为了我，别让她太为难了。于是把书交给她，说了几句感谢的话。田俊秀临走的时候还叮嘱我说："晨辉，有什么需要我帮忙的尽管说！"

借书的计划又化为了泡影，看来还得另想办法。思来想去，我把目光落在那条新买不久的领带上。我对服饰向来是不讲究的，可是这段时间以来，为了王雪萍，我也开始注意自己的形象了。找到了不常穿的西服，又买了一条领带，但总感觉穿着西服不怎么舒服。我从抽屉中找出小剪刀，把领带下面的线给拆开了一些，又仔细看了看，感觉挺满意的。我心里很高兴，为自己这个创意而高兴，心想干什么事都怕逼，没有压力就没有动力，人的主观能动性是有很大潜力的。

第二天上午我拿着拆开的领带去找王雪萍，和往常一样，她对我爱搭不理的。这也在我的意料之中。我恳切地说："雪萍，我的领带开线了。你能不能帮个忙，给我缝一下？"说着，我把领带在她面前晃了晃。她看了一眼领带，冷冷地说："你自己缝吧，我现在没时间。"旁边的田俊秀帮腔说："雪萍，你就帮人家这个忙吧！人家是个男的，怎么会缝领带？"王雪萍白了田俊秀一眼，没好气地说："俊秀，你别插嘴好不好？要不，你帮他缝？"田俊秀笑了笑说："人家晨辉找的是你，又没找我，我何必自作多情？"我尴尬地站在那里，有些进退两难。我问道："那你什么时候有时间？"王雪萍想了想说："要不明天吧。"我心里总算得到了些安慰，连声说着"好"，离开了她的房间。

下午的时候田俊秀来找我。她先是感慨地说："世界上怎么会有这样的人？可你却偏偏迷上了她。"我见她话里有话，就问："怎么了，出什么事了？"她摇摇头说："事倒是没有什么大事。我为你感叹，你这么优秀，对她这么用心，她还是不为所动。直说吧，你别等她为你缝领带了,她是不会帮你忙的。"我有些吃惊,问她:"怎么见得呢?"她说:"你走后,她就对我说让你死了这份心,还说你越是这样骚扰她她越是反感。提到领带的事,她说爱等你就等,爱找谁你就找谁,无论如何她是不会帮你的。"我有些不以为然:"那她上午还说得好好的,答应明天帮我呢!"田俊秀笑了:"晨辉你怎么这么实心眼,她那是缓兵计,是想找借口打发你走。我刚才对你说的才是她的心里话……"我感觉受到了欺骗,又想到近期的事情,感觉十分恼火。我再也忍不住了,重重地拍了一下桌子:"欺人太甚!她王雪萍有什么了不起的!三番五次这样,还真以为我找不着对象啊!"田俊秀大吃一惊,瞪大眼睛看着我:"晨辉,很少见你发火啊,没想到你也会发火。"我稍稍平息了一下怒火,对她说:"对不起,我刚才太冲动了。可我感觉实在太恼火了!"田俊秀安慰我说:"晨辉,你也别着急,从长计议吧!先放一放,你晾一晾她,说不定她会主动找你呢!"我知道她是在安慰我,是一片好心,就顺着她的话说:"也许吧!但愿如此。"

　　整个下午我都处于焦虑不安之中。对于王雪萍,我真是又爱又恨。怨气平息之后,感觉还是喜欢她。爱情啊,可能就是这个样子,让人痴迷。傍晚的时候,我到后楼找楚天舒一起吃晚饭。吃过饭后,当然免不了说一会儿话,下几盘棋。楚天舒情绪不高,懒洋洋的,不时打着哈欠。我把棋子放下,问他怎么回事。他拨弄着棋子说:"上级这两三天就要来检查工作,你说检查什么?主要是看看资料,什么学习笔记、会议记录、谈心记录、民主生活会记录等。活动是真的开展了,可农村的事,哪里有什么笔记、记录的,不像上面的机关。学习'三个代表'是好的,就是到了下面就搞成形式主义了。唉,苦了我们这些一般人员。我补了两天,才算是基本补完,现在我的手腕还有些酸呢!"我同情地说:"故城村就是情况特殊,你包这个村真不容易!"楚天舒问我:"你呢,魏庄迎接检查准备好了吗?"我笑着说:"情况比你好一些,那个会计主任魏正仁有些文化,是个写手,

　　　　　　　　　　　　　　　选调生

就把补充资料的事交给他了。"楚天舒羡慕地说："包哪个村都比包故城村强——不过我的罪也快受到头了，过了年就有人接替我了。"我吃了一惊，问他："谁接替你？"他笑着用手点着我说："你怎么给忘了？王雪萍啊。几个月前在故城村吃饭的时候郭土林当着陈镇长的面要王雪萍，你不记得了？"我这才想起那次吃饭的场面，是啊，陈副镇长答应过了春节就把王雪萍调过去的。想到这里，我的心里有些不是滋味，问楚天舒："你说郭土林这么难对付，处处为难你，要是王雪萍这个小丫头过去，能行吗？你还不行，别说是个女的了。"楚天舒笑着说："看你，还没怎么着呢就开始替她担心了？不过你放心，我感觉王雪萍过去比我强。郭土林不好对付，王雪萍也不是省油的灯。一物降一物，说不定正好可以降住他呢！"我这才稍稍放了心："希望能这样。不过走走看看吧，她要是不行，我就去找领导说我过去替换她！"楚天舒忽然想起了什么似的问我："对了，晨辉，这段时间你和她进展得怎么样？"他这一问正问到了我的痛处，我沮丧地说："一切都是乱糟糟的，一点也不顺利。什么办法都想了，不但毫无进展，反倒现在她理都不想理我了。"于是我就把近期的事情详细地说了一遍，他一边听一边笑。最后我说："天舒，还有什么好办法吗？"楚天舒不停地咂嘴。看样子他也是无计可施了，我很失望。楚天舒最后说："晨辉，你再等等。这不快到春节了，到那时她姐学校放假，我找她姐当面说说，让她姐再劝劝她。"我又燃起了一丝希望，感激地说："那你可要好好说说啊！不过，唉，还得等一个多月。"楚天舒笑了："再等等，好事多磨！"又下了两盘棋，见楚天舒不住地打哈欠，看来他确实累了，我就离开了他的宿舍。

上了三楼，一看表才八点多。时间还早，我向楼梯东边的走廊走去，见致清叔的房间灯亮着，就打算过去找他说说话。他正在看字帖，见到我，忙把字帖放下，招呼我坐下。我问他这段时间忙什么。他说："能忙什么，都是些杂事，接电话，打扫卫生，跑腿，写字，什么都干。"我笑着说："这些活儿应该让年轻人干！"他无奈地笑了："许长杰指望不上，整天好像就他忙，在办公室坐不住。党委秘书和政府秘书虽然比我年轻，但都是领导，能让他们干吗？以前还有你和小童，现在你们都走了，办公室又没进新人，我不干谁干？"我说："你应该给领导反映，办公室再进些人。"他说："说过几次，领导说会考虑的，谁知道他们会考虑到什么时候？过了春节，办公室再不来人，我也不干了，找领导说去民政所！"他又问了我的情况，我就把近期村里的事简单说了一遍。致清叔面带笑容地听着，不住地点头。我说完后，他把手一挥："咱们不说这些了，说点正事。给你介绍个对象，你看怎样？"我立刻摇摇头说："算了，算了！"致清叔一愣："怎么会算了，我还没说是谁呢！"我笑着说："谢谢你的好意，现在我对介绍的对象不感兴趣。"致清叔得意地说："我要是说出这个人来，你肯定愿意。"我有些好奇，见他不慌不忙地从抽屉中拿出机关的电话本，翻了几页，指着其中的一个名字说："她！你愿意吗？"我仔细一看，原来是王雪萍。我吃了一惊，心想难道这是巧合，致清叔怎么会知道我的心思？我点着头说："要是她的话，我愿意！"致清叔笑起来，然后用手指着我说："晨辉，我就知道你会愿意，你近期的表现有些不同寻常哦！"听他的话音，好像他知道了什么似的。于是我问他："你怎么知道我会同意？"他说："这段时间机关里风言风语说你追求王雪萍，我开始不相信，觉得不大可能。后来我又问了小童，才知道是真的。你对我可真够保密的！"我有些不好意思了，挠挠头说："实在是惭愧，这段时间我脸都丢尽了。"致清叔摇摇头说："这算不了什么，男欢女爱，谁都是从那时候过来的，也不算丢人。听说好像王雪萍不大愿意，真不知道这丫头是怎么想的。"我连忙说："是啊，我也一直搞不清楚。"致清叔说："我和他父亲也算认识，干脆我这两天抽空去她家一趟，找她父亲直接提媒算了！"一听这话，我精神为之一振，高兴地说："那太好了，我求之不得。这件事要能成，我一辈子都忘不了你的！"致清叔哈哈大笑起来："君子成人之美，何况咱们俩又是忘年交。你等我的好消息吧！"

回到宿舍后，我的心里踏实了许多。心想致清叔见多识广，经验丰富，从来不说过头话。他要是出面帮忙，把握肯定比较大。我越想心里越高兴，躺在床上美美地睡着了。

　　过了几天，致清叔那边还是没有动静。我有些着急，上到三楼的时候不由自主地往楼梯东边的走廊看看。有几次我都想去找他，但又不好意思，心想自己要沉住气。终于在这一年最后一天的上午，致清叔把我叫到他的宿舍。他的表情有些不自然，我心里突突直跳，隐隐约约有些担忧。坐下后，他开门见山地说："晨辉，那件事我办了，但是——唉，直说吧，结果是不行。"我顿时像泄了气的皮球似的，瘫软在椅子上。等稍稍平静下来时候我问他："到底是为什么？是嫌我哪点不好？"致清叔摇摇头说："不是你的问题，而是她的问题——她已经有男朋友了！""是许长杰吗？"致清叔一愣："许长杰？这件事和他有什么关系？""致清叔，可能你不知道，许长杰好像也在追求王雪萍。我怕你说的王雪萍的男朋友是他。"致清叔不屑一顾地说："他？下雨也不可能淋到他头上。"于是致清叔就把前后的经过说了一遍。原来，在和我谈话后的第二天，致清叔就找到王雪萍的父亲，说了我的事情。她父亲很高兴，说："老弟你是个实在的人，你提的媒准行，从我这儿说没问题！只是我得问问孩子的意见。这样吧，问完后我给你回话。"过了两天，那边就回电话了。说已经问过王雪萍，她说她已经有男朋友了，是她的同学，现在在外地打工。她还说晨辉人不错，也很有上进心，只是已经晚了，实在对不起，请晨辉另外再找吧。"你看，这件事我没办好，对不住你啊！"致清叔有些不好意思。我连忙说："致清叔，你太客气了。你为我跑前跑后，我感谢都来不及，怎么能怪你呢？她有了男朋友，那就是我们俩没有缘分，这件事就到此为止吧！"致清叔还是过意不去："这样吧，我帮你留意着，遇到合适的我再帮你介绍！"

　　离开致清叔的宿舍后，我感到整个世界都是灰蒙蒙的。王雪萍，你怎么会有男朋友呢？为什么这个男朋友不是我？在爱情上，为什么我总是处处不顺利？说实话，自己真正喜欢的，真正进入自己内心世界的，除了大学时候的韩颖，就是现在的王雪萍了。为什么我爱的人都与我没有缘分，爱我的人我都不爱呢？

夜里，听着窗外呼呼的西北风，我静静地回忆着2001年的所作所为，总的来说收获不小，进步也不小。实现了包村的愿望，虽然在魏庄村遇到了不少坎坷，经历了植树、信访、禁烧、收粮等困难，遇到了形形色色的人，有时候甚至险象环生，但自己还是挺有成就感的。魏庄村已经由落后村逐渐好转起来，村民重修了鱼塘，种植了药材，力所能及地帮助村民解决了一些矛盾和问题。这些虽然微不足道，但至少是在做自己愿意做的事情，在一定程度上也算实现了自己的价值。在鲁迅文学院的函授学习，虽然很肤浅，但自己的文字能力也得到了一定的提高。身边有杨高远、楚天舒、小童、致清叔等，自己在异乡一点也不感到寂寞，反而越来越喜欢这个广阔的天地来。唯一感到遗憾和困惑的就是感情问题，不管是介绍的还是自由恋爱的，无论是我爱的和爱我的，为什么总是失败呢？难道自己缘分真的未到吗？想到这里我不禁叹了一口气。不由得又想起了明年，明天就是崭新的2002年，新的一年我将是怎样一个局面呢？我憧憬着，想象着。也许我能在农村干出更大的事业，也许我会走出乡镇；在感情问题上，也许我会找到自己的另一半。但不管结果怎样，最终的途径是努力，努力，再努力，进取，进取，再进取。我相信，天道酬勤，付出与回报总会是成正比的！……

"喔喔喔——"远远地传来了雄鸡的叫声。我睁眼一看，窗外已经发白，新的一年到来了！

元旦过后，我忽然病倒了，连续十来天的感冒。我知道原因是什么，就是因为前段时间为了王雪萍心力交瘁。"失恋"的滋味当然不好受，虽然自己找到了些平衡，但心里还是隐隐作痛。我感到头重脚轻，浑身软绵绵的没有一点力气。好在村里暂时也没什么大事，"三个代表"集中学习活动也告一段落了。我静静地靠在床上，喝着水，看着书，有时候听听音乐，特别是那种婉转悠扬又带着些忧伤的歌曲。这盒磁带是我一个多月前买的。这段时间的经历使我的心情起伏很大，心情不好的时候，我就喜欢听这些歌曲。特别是《小路》和《田野静悄悄》这种歌唱对纯洁爱情的忠贞、对心上人的爱慕的歌曲，带着淡淡的忧伤，让我共鸣，使我沉醉。《田野静悄悄》最后两句，"我是多不幸，痛苦又悲伤，黑眼睛的姑娘，她把我遗忘……"使我感到震撼，这不正是我当前心情的写照吗？每当唱到这里的时候，我就不由自主地想到了王雪萍，我的"黑眼睛的姑娘"啊，你为什么"把我遗忘"，为什么辜负我的一片痴情？

杨高远、楚天舒、小童和致清叔经常过来陪我说话，使在异乡大病中的我得到了很多温暖。我想，爱情虽然失去，但是真挚的友情长存，这也是一笔无价的财富！我要好好珍惜。

夜里那边经常会隐隐传来打麻将的声音，夹杂着男女的欢笑。我猜测是许长杰和一些年轻人在女同事的宿舍里打牌，尽管知道王雪萍已经有男朋友了，尽管知道女同事有好多，但我还是不希望许长杰去她那里，这是一种本能的对王雪萍的爱护。但是，我算什么？我成了局外人，又能怎么样呢？我把门窗关好，尽量去逃避它，可是那种嘈杂声还是不时地隐隐传来，让我心猿意马，连看书的兴趣也没了。当我无可奈何的时候，我感到了焦虑，觉得自己的生存环境太差了，应该远离这些喧嚣。可是我的宿舍和她们间隔太近了，除非换个宿舍，才能远离这个是非之地。我又想起致清叔的房间，在楼梯的东面，除了档案室和活动室外，没有其他人，很清静，适合修身养性，简直就是个世外桃源。好羡慕他啊！

楚天舒后来也知道了王雪萍有男朋友的事，他很吃惊，连声说："不大可能，以前怎么没听说呢？"我说："致清叔亲自问过的，这还有错？"楚天舒想了半天说："反正我没想出是谁。要是真有男朋友的话，晨辉你就放弃吧！以后再给你介绍好的。"我摇头说："以后再说吧，我现在还不想考虑再找女朋友的事情。"楚天舒说："先放放也好，多想想你的前途。只要有了前途，其他问题就迎刃而解了。"

五十八

元旦过后不久，一种让人惶恐不安的传言弥漫开来——机构改革。有人说乡镇机关人员要大幅减少，连班子成员也要减半；更有人说乡镇可能成为县里的一个派出机构……总之，人们议论纷纷，莫衷一是。其实早在一个多月前，电视和广播的新闻里就隐隐约约传来中央和省里关于机构改革的报道，看来是山雨欲来风满楼。不过那时候人们并没有太多在意，机构改革、精减干部等，以前上级又不是没提过，往往是一阵风就过去了，对于干部自身的利益并没有太大的影响。但是这次，种种迹象表明，可能要动真格的了。

县里在元旦过后就召开了机构改革动员会，《颍川通讯》报道了动员会的情况，大体分两步进行：先是精减临时人员和手续不全的人员，然后对精减后的人员重新定岗定编，对于机构的设置也要进行调整，整个机构改革工作要求在7月底全部完成。中央和省里报道机构改革的时候，人们还感觉有些遥远，可是县里开了动员会后，那种紧迫感立刻就展现在眼前。

一天晚上杨高远找到我，忧心忡忡地说："晨辉，机构改革的事你知道吗？"我点头说："闹得满城风雨的，还有谁不知道？管他呢，随便改去！"然后又看看他，"怎么？你对这件事挺关心？"杨高远不说话了，在房间里踱着步。我看出了他的异常，就着急地问："怎么了？出了什么事？"许久，他才低声地说："看来我和你们在一起的时间不多了……"我大吃一惊："你为什么这么说？"杨高远无可奈何地说："晨辉，你不知道，我的手续可能有些问题，估计会被当作临时人员减掉。"接着他就把自己当初如何进入镇政府上班的事情一五一十地说了一遍：

原来杨高远当初只是高中毕业，按照规定不属于安排对象。高

　　　　　　　　　　　　选调生

中毕业后,他就去了北京打工。后来杨高远的表兄在县里的某局当上了局长,就想法托关系给他找门路,人事档案上能蒙混过关的就蒙混过关。就这样费了很多周折,杨高远才被安排进了故城镇政府。

杨高远最后说:"晨辉,我给你说的这些情况,属于我的绝对隐私,除了你,镇里我没有给第二个人说过。我担心这次精减人员我很可能过不了关。"原来杨高远还有这样曲折的经历,以前从来没听他说过。看着他沮丧的样子,我心里也挺不是滋味的。毕竟在一起一年多了,在同事中他是我最好的知己,我们时时处处相互支持、相互配合,用他的话说就是"杨不离丁,丁不离杨"。万一杨高远真的离开了,我真不敢想象。

于是我安慰他说:"高远,我觉得你不必过分担心。首先,这次机构改革很可能就是一阵风,过去不是也搞过吗?也没见把谁精减掉!再说了,即使是动真格的,也不一定碰巧就减掉你。你能进来,说明你的手续还是经得起检验的,对吗?所以说你要把心放宽些,我想你应该没事的。"杨高远默默地点着头,但是我能看出来我的话对他并没有太大的说服力,他的心里依然很不安。他说:"希望像你说的那样吧,我真的不想走,不想离开你,还有天舒、小童、致清叔他们……"

几天后,镇里召开机构改革动员大会。镇党委书记赵清明首先传达了上级的文件,接着镇长李书田宣读了故城镇的机构改革方案和机构改革领导小组名单。最后赵清明说:"同志们,关于机构改革的事情,大家可能早就听说了,也不是什么新鲜事。可是这次是动真格的,无论涉及谁,大家都要有思想准备,都要正确看待。说实在话,和大家在一起这么长时间,无论把谁精减掉,我的心里都挺不是滋味,毕竟相处一场不容易嘛!但是,这次机构改革是上级的要求,上级下的决心也很大,只有精简了机构和精减了人员,财政负担减轻了,工资才能上得去。大家不是一直抱怨基层工资低吗?别的先不说,单从涨工资这方面来说,也必须进行机构改革。所以说,希望大家能够理解。到时候不管精减掉谁，可千万不要骂我啊……"说着，赵清明笑了起来。要是往常，大家也一定跟着笑起来，可是这次，却没有一个人笑。因为这是生死攸关的大事，不少人的心里都惴惴不安。

散会后，人们三个一群、五个一伙地窃窃私语着，焦点都是机构改革问题。信访办的周振川满不在乎地说："瞎折腾！我看能把谁减掉！还不是雷声大雨点小，一阵风就过去了！"有人开玩笑说："我看这次像真的，说不定把你老周给精减掉呢！"周振川把黑脸往下一拉："敢！精减谁也不能精减我。要是敢把我精减掉，我就去告他们，管他是书记还是镇长，到时候我六亲不认！"

杨高远默默地上了楼，见他情绪低落，我跟着他也上了楼。到了他的房间，没有了往日的欢笑。我想安慰他几句，可是真的拿不出使人信服的理由，两个人对坐无言……

有些事情虽然不希望它来，但它却不以人的意志为转移。该来的自然还要来，不会因为美好的愿望和祝福而改变。精减名单三天后就贴了出来，一共有十八个人：房管所的司机小程、民政所的老褚、经委的霍氏兄弟、计生办的老梁等。这些不在我关注之列，使我感到痛心的就是名单上有杨高远和张致清两个人，这两个人可是我最好的朋友啊！镇里还要求名单上的精减人员赶快到财务室结算工资，两天内离开镇政府。

不时有机关干部在名单前围观，有人指指点点小声说着什么，更多的人看完后默默地离去。小童看完后不住地叹息："唉！竟然有高远，我怎么也没想到的。他平常表现都不错，怎么就给精减了呢？还有致清叔，平时像老黄牛一样，工作最踏实……"我没好气地说："是啊，该减的没有减掉，不该减的反倒是减掉了。太可笑了！"后来过了很长时间，我才渐渐想通：制度大于人情。有些事情于情合理，但于法就不合理了。在当前的体制下，干部人事档案、编制什么的，还是最重要的。什么时候像国外那样实行公职人员聘用制，就不会出现这样的悲剧了。

　　　　　　　　　　　　　　　　　　　　选调生

在名单前围观的人中我没看到杨高远和致清叔,也许他们已经知道了结果,避免站在名单前尴尬。我和小童不约而同地找到杨高远。他正在默默地收拾东西,大都是些书籍之类的。见我们进来,他微笑着让我们坐下。我以为他现在会很沮丧,没想到他竟然表现得十分平静,仿佛精减掉的是别人,与他毫无关系。他主动说话了:"这也未必是坏事,我想开了。"我问他:"那你下一步打算怎么办?"他把手中的东西放下,坐下来说:"还没想好,先回家一段时间吧!如果没有好的门路,过完春节我打算还去北京打工。"小童说:"去北京也行。大城市,比在乡镇强多了!"

我们正在谈话的时候,外面传来一阵嘈杂声,好像有人在叫骂。我们三个出去扶着栏杆向下看,见楼下围着不少人,像是出了什么事。叫骂的人中,好像有致清叔的声音。杨高远说:"你们俩去看看是怎么回事,我就不去了,接着收拾东西。"

我和小童下了楼,见致清叔正在叫嚷:"我在机关工作几十年了,就这么让我走,没门!平常你们欺负老实人,我都忍了,这次我不能再忍了!"民政所的老褚也说:"我和致清情况都差不多,现在让我走,没这么容易!就是让我走,也要给个说法!"房管所的司机小程也跟着帮腔:"就是啊,我来镇政府的时候,给书记送了不少钱,现在要我走,先把钱给我退了!"还有几个被精减的人也跟着起哄。围观的人中没有被精减的只是围观,看笑话,一语不发。他们叫嚷的时候,党委秘书王志伟和政府秘书程晓广从楼上匆匆走下来劝解。他们哪能劝解得了?越劝事态越严重。民政所老褚说:"你们俩来没用,你们让赵书记来!"

正吵闹的时候,赵清明从二楼走下来。他先是环视了一下人群,然后把目光集中到闹事的几个人身上,镇定地说:"刚才你们说的话我都听到了。不过我要先说明一点,精简机构是上级的要求,不是我赵清明和你们过不去。每个人的人事档案资料我们和县人事局都认真核实过,如果不服咱们可以讲道理,不要这样大吵大闹嘛!还有,刚才有人说给书记送钱才进来的,我可没有收钱。谁收你的钱你问谁要去!"说着,他用目光扫了一下房管所的司机小程。小程不服气地说:"你没收我的钱不错,可是你的上任收了我的钱!"赵清明冷冷一笑:"那你就去找上任书记去!"小程涨红了脸,不说话了。民政所老褚换了口气,央求着说:"赵书记,你看我上有老下有小的,现在让我回家,今后我怎么生活啊?"赵清明说:"老褚,我很理解你,可你也要理解我啊!再说了,你现在才五十来岁,以后还可以干点别的,非得在机关里混,领这点少得可怜的死工资?"老褚嬉皮笑脸地说:"赵书记,你说得不错。可我除了上班,什么事都干不成啊!"赵书记没再搭理老褚,转身看着致清叔,用和蔼的口气说:"老张,你在办公室也多年了,工作都不错。有什么困难可以找我说啊,不要闹,让别人看起来多不好。"致清叔刚要说话,许长杰急匆匆跑下来说:"赵书记,县里通知有紧急会议,让你马上去!"赵清明点点头,对人群中说:"希望大家正确对待,千万不要闹,闹了也没用!当然了,大家有什么问题可以找我反映。我有事先走了,回头再说!"说完,赵清明转身上了楼。

人群渐渐散去,不少人垂头丧气地离开了。致清叔也回了自己的房间,我跟了上去。往日的他有种超脱世俗的感觉,清心寡欲,令人敬佩;而现在却是另外一番情形,我还没见过他这样发过火。致清叔稍稍平息了刚才的怒气,默默地整理着自己的东西。我倚在门口,看他忙碌着,想说几句话来安慰他,顺便问问刚才是怎么回事。还没等我开口,致清叔先说话了:"晨辉,今天的事儿你也看到了吧?人太老实了就被人欺负。以前很多事能忍我都忍了,可是现在有些太欺负人了。精减人员,上边的政策,谁也改变不了。你刚来的时候我就对你说过我的情况,我知道自己是临时人员,被精减掉也没什么可说的。可有些人就是太气人了,没有一点人情味!"我有些纳闷,心想说谁呢,谁没有人情味?就问道:"致清叔,你是说赵书记?"致清叔摇摇头:"不是赵书记。赵书记人还算不错,对我一直很尊重。"

选调生

我问："那是谁啊？"他用手指了指下边说："还会有谁？就领导身边的那两条狗！一个是王志伟，还有程晓广。特别是那个王志伟，狗眼看人低。本来我也不打算闹事，想着把自己家里的实际情况给他们俩说说，看看镇里能不能给点照顾。可王志伟冷嘲热讽地说，以前镇里对我就够照顾了，现在还要什么照顾？看着他那副幸灾乐祸的嘴脸，当时我就恼了，和他吵起来。后来，我越想越生气，正好遇上老褚他们几个，我们一商量，就在楼下闹起来。这不，刚才的情况你也都看到了……"我认真地听着，心想致清叔一贯高风亮节，不是被逼得没办法是不会做出这种事的。我说："我觉得你最好直接找赵书记说说，他肯定会替你想想办法的。再说刚才他还说有什么困难找他呢！"致清叔点点头说："我也想过去找他，不过他现在很忙。这一两天抽时间再说吧！"

杨高远决定明天一早就离开镇政府。他已经去财务室结算了工资，一共是四百四十元。除去该发的一个月二百四十元工资，镇里给被精减的人员每人多发了二百元补贴，算是讲些人情吧！我挽留他说："你不要急着走，又不是你一个，先观察观察再说。"他摇摇头："还观察什么？早晚都得走，与其让人撵着走，还不如自己主动走了体面。"我忽然想起前段时间他在工地上的事情，就问道："对了，你们在工地上的补贴还没发吗？"他头摇得像拨浪鼓似的："早就不抱希望了。领导只是随便那么一说，估计早忘得没影了。"我说："那不一样，你现在都是要走的人了，镇里承诺过的应该给你兑现。你应该再去找找黄部长或者直接找赵书记。"他说："算了，晨辉。你不知道，我们去找过黄部长几次，他都推托说尽快给赵书记说说。要给早就给了，现在我也不稀罕了，不就是三百多块钱嘛！"

晚上我和楚天舒、小童邀请杨高远一块到附近的群英饭店吃饭，算是给他饯行吧！小童还特意从家里拿来两瓶酒。没有了往日相聚时的兴高采烈和无拘无束，大家情绪都很低落，也不怎么说话。我打破僵局说："天下没有不散的筵席，没想到这么快高远就要离开我们了。说实在话，这几天我的心里一直很难受，咱们几个虽然相处的时间不长，可是一起工作，一起生活，这份情谊是我来到镇政府后最宝贵的财富。我真的不舍得高远走啊！"说到这里，我看到杨高远眼睛湿润了。他站起来端起酒杯说："什么也别说了，感谢弟兄们对我的关照！谢谢大家！咱们来日方长！"我们几个都端着酒杯站起来。我说："让我们共同祝愿高远在新的征途中一帆风顺！"大家碰了酒杯，一饮而尽……

晚餐在依依不舍的气氛中结束了。楚天舒喝多了，他涨红着脸，拉着杨高远的手不停地说："高远，晨辉，还有振兴，咱们几个是好哥们儿，好哥们儿……"他跌跌撞撞地往回走，我和杨高远、童振兴把他送到后楼的宿舍休息。小童喝得也不少，安顿好楚天舒后，他也回宿舍休息了。我把杨高远送到他的宿舍门口，他劝我说："晨辉，时间不早了，你也早点休息。"我问他："明天早上你几点走？"他说："我想早点走，趁着镇政府没人的时候，大概六点多吧！"我说："那我明天早上送你。"他劝阻我说："不用送，不用送。早上天冷，你还是多睡会儿觉吧！"我握着他的手说："我还是送送你吧！"然后又笑着说，"下次相见还不知道是何年何月！"他紧紧握着我的手，泪水夺眶而出……

夜里我躺在床上回想和杨高远相处的日子：一起聊天打牌；一起到田野里闲逛；一起爬龙虎山，骑摩托车摔倒在山脚下；一起在魏庄植树、禁烧、收粮；一起为群众出主意、想办法，帮助他们改造鱼塘、种植药材；一起谈论未来、谈论爱情……虽然才一年多，可是我已经把他当成了自己最要好的朋友。唉，这一切终究都要失去。不知道他离开镇政府到北京后的生活会怎样改变？又想到自己，不经意间到镇政府已经两年多了，自己的未来会是怎样？是一直待在乡镇，还是有新的改变？一切都是未知数。我辗转反侧了很长时间，才昏昏沉沉进入梦乡……

"嘀嘀……"一阵传呼机的声音把我惊醒，五点半了，我赶快穿好衣服，洗了一把脸，就去找杨高远。外边一片黑暗，月亮还没有落，四周一片寂静。他的宿舍里亮着灯，我直接推门走了进去。床上的被褥已经被打成了包袱，桌子上干干净净的，没有了往日堆放的书籍，整个房间里显得空荡荡的，有种人去楼空的感觉。见了我，他一笑，先是抱歉地说："晨辉，不好意思，让你起了个大早。"我看到他的眼眶有些发黑，很显然昨天晚上也没睡好觉。我说："咱俩还客气啥？你昨晚没睡好觉吧！"他叹了口气："要离开了，在这个宿舍的最后一个晚上，想想过去和你们在一起的日子，很留恋。到后半夜我才睡着。"我说："咱们俩都一样。"他看了看打点好的两个包袱和一个皮箱说："晨辉，咱们走吧！"说着，他把大一点的包袱扛在肩上。我帮他拎起皮箱，又要去拿那个小的包袱，他抢过去说："让我来吧，那个皮箱也很沉的。"临出门的时候，他又回头看了一眼住了一年多的房间，然后一狠心"啪"的一下锁上了房门。他把宿舍钥匙递给我说："这个你替我交给王秘书！"

虽然才六点多钟，天还没有亮，但是镇政府门口卖早餐的却早已经开门营业。为了生计，他们不得不在寒冷的冬夜，在别人还在暖烘烘的被窝中睡觉的时候早早起床。热气腾腾的胡辣汤、豆腐脑、水煎包等，散发出诱人的香味。有零零星星的早起的人在吃着早餐，然后匆匆离去。我和杨高远简单吃了早餐，然后就去公路边等车。

这时候天蒙蒙亮，小镇从睡梦中慵懒地醒来，四周模糊的景物逐渐清晰起来。杨高远忽然想起了什么似的说："'侠女'的事情，有些可惜。你再让天舒好好问问，不要轻易放弃。"我很感动，都这时候了，他还在惦记我的个人问题。我淡淡一笑："谢谢你的关心！"他说："还有就是你的前途问题，我相信你一定会有所作为的！到时候别忘了告诉我一声。"我郑重地说："一定的。你到了北京后，要记得给我打电话啊！"

正说话的时候，公共汽车来了。他上了车，我把皮箱递上去。他在靠窗户的位置坐下来，冲着我挥挥手说："再见了，晨辉！"我也拼命地挥着手说:"再见了,一路顺风!记着到北京后给我打电话……"他还在说着什么,我已经听不清了,车已经渐渐走远。一阵冷风袭来,吹乱我的头发,吹动我的衣衫,泪水模糊了我的双眼……

五十九

机构改革的事情暂时告一段落。杨高远走后,不少人也先后到财务室领取了自己的工资和补贴,然后纷纷离去。那几个闹事的人见大势已去,也开始动摇起来,磨蹭了几天后,迫不得已离开了镇政府。致清叔的事情也有了结果,他悄悄告诉我:赵清明书记把他叫到办公室,让他先回去避避风头,在家休息几个月,然后考虑安排他到敬老院工作,镇里还按原来的标准给他发工资;致清叔还说,赵书记怕他不放心,还以自己的人格作了担保。说话的时候,致清叔的脸上露出满意的表情。最后他问我:"赵书记的承诺应该没有问题吧?"我毫不犹豫地回答:"没有问题。他这个人还是很直爽的,不像有些领导那么圆滑。谁表现怎么样,他心里有杆秤!"致清叔这才放心地点点头。我接着说:"致清叔,主要是你平时工作踏实,人缘好。大家都说你是老黄牛,领导也看在眼里、记在心上。"致清叔感叹道:"还有一个重要的原因,就是遇到了好领导,要是遇到像底下的那两个人——"说着,他用手指了指下面,"你工作再卖力,也是一样白搭!狗眼看人低的货!"致清叔不禁骂起来。我很理解他,是啊,关键时候才能看出来一个人的品质怎么样。

致清叔也收拾好自己的东西,暂时回家了。这些人员清退后,机关大院松散了许多。点名的时候,大会议室后面空出了两排多的位置。赵书记在大会上说:"清退临时人员和手续不全的人员,只是机构改革的第一步,我们镇已经圆满完成。虽然遇到了些小的麻烦,但只是小风波,掀不起大浪。春节后可能要重新定编定岗,具体时间等县里安排吧。"

春节临近了。按照惯例，镇里在春节前后要对优秀村党支部进行表彰。为此，镇里开了班子会。今年元旦过后，按照赵清明书记的再三要求，我和组织干事樊国超也要列席班子会。以前赵书记也说过要我们列席会议，可是很少付诸实施。按照陈副镇长和致清叔的话说，这是领导器重的表现和提拔的先兆。其实，我对这样的会议并不太感兴趣，因为自己没有发言权，只能陪听，而且还要有眼色，无论哪个班子成员动动嘴你都要跑得快些。

　　那天的班子会是在下午开的。赵清明书记坐在小会议室的正中间，两边分别是镇长李书田、党委副书记崔大壮，其他班子成员按照职务分别围坐在椭圆形的会议桌边。我们列席的人员则正对着赵书记，在会议桌的后边临时加了椅子，靠墙坐下来。许长杰跑前跑后地忙个不停，一边招呼领导落座，一边拎起茶瓶给各位领导倒水。

　　赵清明点上一支烟，清了清嗓子说："今天召集大家来开会，主要就是一件事——评选去年的优秀村党支部。镇里一共二十五个村，咱们准备评出八个优秀村党支部，原则上每个工作区两个。大家根据去年每村的表现，都说说吧。"赵清明说完后，陈俊昌第一个发言，他是中工作区的负责人。他把茶杯放下，扶了扶眼镜说："赵书记，中工作区我觉得赵坡和魏庄去年表现不错，工作也上得去。尤其是魏庄，以前是后进村，但是去年进步很大，班子成员的觉悟提高了不少，也真正为村里办了不少好事。我看中工作区就定这两个村吧？"陈俊昌说话的时候，赵清明看着他不住地点头微笑。陈俊昌说完后，赵清明没有急于表态，他在烟灰缸上轻轻地磕掉了烟灰，然后环视一下四周说："俊昌推荐了中工作区的两个村，大家都说说，有什么意见吗？"会议室沉默了片刻，谁也不愿意轻易发言。班子成员们有的喝着茶，有的"吧嗒吧嗒"地抽着烟。赵清明有些着急地说："大家都说说啊，要是没什么意见，这两个村就这样定了！"

　　这时候党委秘书王志伟开口了，不过他有些欲言又止："赵书记，我有一点小小的意见，不一定正确，仅供参考。"赵清明说："不要绕弯子,你就直说吧!"王志伟接着说:"我不知道陈镇长是怎么想的,为什么不推荐故城村?以前表彰优秀村党支部,故城村是年年有的。大家都知道郭土林这个人缺点不少,傲了些,眼里没人。但是一码归一码,村里的工作他还是干得不错的。"陈俊昌接过话题说:"既然王秘书提出了这个问题,那我就解释一下。故城村整体工作是做得不错,可这是表面现象,你知道村里的群众暗地里都怎么说吗?他们对郭土林的霸道蛮横深恶痛绝,私下里说他是土皇帝,谁也管不了他,很多人都盼望着他下台的那一天。我想,评选优秀村党支部,不能光看表面的成绩,更重要的是群众的评价,群众是不是真正认可。反过来再说说魏庄村,虽然整体工作不如故城村,但是去年进步很大,群众对毛金豹的看法改变了不少,尤其是化解了很多历史矛盾,重修了鱼塘,引导村民种植药材,等等,大多数群众很满意。所以我推荐了魏庄而不是故城……"王志伟呵呵地笑着,看来陈副镇长的话在理由上是充分的。王志伟自我解嘲地说:"陈镇长说得可能有道理,他是中工作区的领导,比我更了解情况。我刚才只是谈了自己的一点看法,不一定正确。不过还有一点,我必须说。不知道大家想过没有,故城村以前年年优秀,如果今年不给他评为优秀,那郭土林会怎样想?虽然一个空头的荣誉算不了什么,可是对于郭土林来说,他会认为这是个信号,就是镇里不再把他放到眼里。那么今后的工作他就很难再好好配合。以前他傲也罢,眼里没人也罢,大面上还是过得去的。如果因为这个空头荣誉,他以后不配合镇里的工作,那这个村的事就会很多。要知道故城村可是个大村,里面潜在的矛盾很多,现在恐怕只有郭土林才能镇得住。这个村要是乱了,咱们的日子都不好过。所以,我的看法是,即使不考虑整体工作,也应该从大局考虑,给故城村优秀村党支部这个称号。我的话完了!"

王志伟的一席话犹如往平静的湖面上投入了一颗巨石,大家开始交头接耳起来。人大主席白五臣说话了,他提高了嗓门说:"王秘书说得很对,其实人家老郭干得还是不错的,不就是脾气大了些?

　　　　　　　　　　　　　选调生

镇里总有些人看他别扭——"说着，他瞟了一眼陈副镇长。然后继续说："人都有缺点，老郭也不例外。那么大的一个村，能稳定住，本身就很困难。评选优秀，不考虑故城村，天理难容！要是把老郭得罪了，故城村乱了，你们谁负得起责任？我看故城村除了老郭谁也没这两把刷子！……"白五臣一口一个"老郭"，慷慨激昂地说着，嘴巴上冒出了白沫。他丝毫没注意到赵清明的脸色逐渐变得阴沉起来，眉头渐渐凝成了疙瘩。当白五臣说到"故城村除了老郭谁也没这两把刷子"的时候，赵清明猛地用力拍了拍桌子："地球离开了谁都照样转！白主席你这话说得有些绝对了。没了他郭土林，故城村就一定会乱？我看未必！"白五臣说得正起劲，猛然被赵清明打断，他显得很尴尬，脸涨得通红，气呼呼地说："赵书记，你也别抬杠。利害我都说过了，你要是不同意，算我白说，将来出了乱子可别怪我没提醒你。"说完，续上一支烟，赌气似的狠命地抽着。

会议室顿时鸦雀无声。镇长李书田不自然地笑了笑："大家不要急，有分歧慢慢说嘛！"党委副书记崔大壮凑近赵清明的耳朵，小声说："赵书记，要不就增加一个名额，把故城村也加上？犯不上为这个事争来吵去的。"赵清明逐渐平息了怒火，他略微想了想，然后扭头去征求李书田的意见："李镇长，你觉得该怎么办？"李书田顺势说："我看崔书记提的这个办法还不错。"赵清明又环视四周："大家的意见呢？"没有人吭声。赵清明面无表情地说："那就这样吧！"

最终故城村有争议地被列入了优秀村党支部名单。不过大家都能看出来，赵清明从内心是不愿意的，他最终同意可能也是为了顾全大局。会后陈副镇长把我叫到他的办公室说："晨辉，今天的班子会你都看到了，争论比较激烈，看来今后故城村的工作更难做了。"我有些不解地问："为什么这样说？故城村最终不还是评上优秀村党支部了吗？"陈副镇长忧心忡忡地说："晨辉，你只知其一不知其二。故城村虽然评上了，但是很勉强，谁都知道赵书记心里是不同意的。郭土林手眼通天，咱们镇班子成员里就有他的人，开班子会争吵的情况他很快就会知道的。你想想，他会咽得下这口气吗？我看，今年他会给镇里找更多的麻烦。"说到这里，他又愤愤地说："郭土林这个人就是不聪明。我就不明白，整天端着个架子有什么意思？和镇里作对对他有什么好处？不就是想证明一下他的重要吗？我看镇里和他的矛盾迟早要爆发的！"我吃惊地点着头，感觉后背阵阵发凉，心想，能这样吗？……

　　老朋友张志举春节假期中来找我。我很吃惊，自从前年的国庆节他南下广东前找过我一次后，我们有一年多没有见面了。他头发梳得板板正正，穿着笔挺的西服，打着深蓝色的领带，皮鞋擦得很亮，一看就是从大城市回来的。我握着他的手激动地说："志举，你什么时候回来的？好久没有见面了。这一年多你过得怎样？"他笑了："咱们慢慢说吧！"说着，他坐下来，给我讲到广东后的经历。原来，他的一个同学毕业后就到了中山市，在一家电子厂当管理人员，在他同学的介绍下，志举也到了那家电子厂当营销人员。电子厂是合资企业，管理很严，工作节奏快，但是重视人才。志举到那里后，由于工作勤快，业绩突出，半年多的时间就被提拔为营销部副主任。志举得意地说："你不知道，在合资企业当个小头头，工资一下子涨了很多。连我自己都不敢想象！"我好奇地问："那你现在一个月的工资大概有多少？"虽然知道问别人收入是不礼貌的行为，但是志举是无话不谈的老朋友，想必他不会介意的。他伸出一个大巴掌。我试探着说："不会是五千块吧？"他点头说："还真叫你说对了。想不到吧？"我张大了嘴巴，惊叹道："真是想不到。你一个月的工资比我一年的都多！"他又问起我的情况，我就把包村的情况告诉他，又给他讲了几件村里发生的事，包括禁烧、收粮等等。他听得津津有味，还让我多给他讲一些。我笑着说："你怎么对这些事情感兴趣？"他说："你别忘了，我也是农村出来的。这些事情都离我很近，当然感兴趣了！再说了，世界上的事情虽然各行各业不一样，但是大道理都是一样的。我也想多学一些知识，说不定对我的工作还有启发呢！"我称赞说："你可真是一个有心的人。"

又谈了一些身边的人和事，我们俩都感慨很多。他说："前边的路是黑的，有些事情你根本就想不到。比如我去中山，刚毕业的时候无论如何是想不到的。"我说："是啊，和你一样，读大学的时候我也想不到将来能成为选调生。"我问他下一步怎么打算，他胸有成竹地说："我今年打算辞职。"我大吃一惊："干得好好的，待遇也这么高，你为什么要辞职？"他说："干得再好，也是给别人打工，也只能依附别人。我和几个朋友商量好了，准备春节过后就合伙投资开公司，自己当老板。"我羡慕地说："志举，你可真行！没想到这么快就要当老板了。"他笑着摆摆手说："八字还没那么一撇呢！也只是个思路，谁知道成败如何？"我鼓励他说："你是个很有想法的人，又很聪明，你们肯定能成功的。"他说："但愿一切顺利吧！"他又问我以后的打算，我自嘲地说："慢慢干吧，前途一片渺茫。机关单位真是温水煮青蛙，刚毕业时候的那些激情都快消磨完了！"他摇摇头说："我不这样想，我觉得不管在哪里，只要好好干，就一定能脱颖而出。也许现在正是黎明前的黑暗呢！你记住，是金子早晚会发光的！"一席话，说得我自信心大增，浑身充满了力量。我说："我会努力的。我相信自己也有成功的那一天！"

春节期间父母给我买了摩托车，他们说："很多年轻人都有摩托车，你也该换换了。你整天骑着自行车，让人瞧不起。"虽然我对此看得很淡，但这是父母的一片心意。虽然我很想自己拿钱买，不想花父母的钱，可是我工资太低了，实在拿不出这么一笔钱。此外，在哥哥的建议下，我又买了手机，这次是用我自己攒的钱买的。手机拿到手的感觉真是美妙极了。我把用了一年多的传呼机放进抽屉的角落，也许以后它就要永远静静地休息了。

春节过后上班的第一天，点完名后楚天舒就找到我。他兴冲冲地说："晨辉，给你说个好事。"我吃了一惊，自己会有什么好事？于是问他："什么好事？你快说。"楚天舒卖起了关子："你好好想想，你最希望得到什么？"我想了半天，忽然一个念头闪现在脑海里，和楚天舒有关的，还是我所希望的，还是好事，莫非是王雪萍的事情有了变化？经过一个多月的沉淀，我心里的伤痛慢慢地得到了一定程度的抚慰。对于王雪萍，自知没有任何的希望，也就想尽快把她淡忘了，回归正常的生活轨道。而现在，楚天舒对我卖起了关子，使我对王雪萍重新燃起了希望。我用期盼的眼神望着他，试探着说："不会是王雪萍的事儿吧？"说完，我心里七上八下的，希望他给我一个肯定的回答。楚天舒脸上毫无表情，异常地冷静。我的心里一凉：完了，肯定不是这件事！片刻之后，他忽然大笑起来，把我吓了一跳。他指着我说："你呀你呀，对她还是那么痴情。要是再吊你的胃口，我自己都觉得于心不忍了——实话对你说吧，你还有戏。这就是我要告诉你的好事！"我高兴得几乎要跳起来："天舒，这么说王雪萍她——她同意了？"楚天舒连忙把我按回椅子上："晨辉你先不要高兴太早，我的话还没说完呢！事情也没有你想象的那么好，只能说是有希望。"我急切地说："天舒你快给我说说是怎么回事。"楚天舒这才告诉了我事情的经过。

原来春节期间楚天舒见到了王雪萍的姐姐。楚天舒就把我和王雪萍的事情以及这段时间的情况告诉了王雪萍的姐姐。她姐姐说："我真不知道她是怎么想的，回头我问问她。"楚天舒又把王雪萍有男朋友的事情对她姐姐说了，她姐姐笑着说："那个叫丁晨辉的是榆木疙瘩，你也是榆木疙瘩啊？我妹妹说她有男朋友她就有啊？那是推辞的借口。我这几天就去问她，回头我给你电话！"春节过后没几天，王雪萍的姐姐就给楚天舒打了电话，说王雪萍眼光很高，一般人看不上，所以现在还不急于找对象。对于晨辉，原来印象还不错，也打算试着多接触接触。可是后来无意间听她的一个同学说晨辉在和县防疫站的一个女孩谈恋爱——她这个同学恰好在县卫生局工作，于是就对晨辉有些看法了。这就是王雪萍拒绝晨辉的真正原因。她姐姐最后说，雪萍这个人有些固执，对一个人有了看法就很难改变，所以晨辉要是想和雪萍好，就得慢慢来，最好做出点什么，让她刮目相看，到那时候她自然就回心转意了。

现在总算知道怎么回事了。我有些懊悔当初自己的犹豫不决和摇摆不定，如果没有和陈艳芬的那一段，也许事情就不是现在这个局面了。可我又觉得有些恼火，看来颍川县还是太小了，怎么就那么巧陈艳芬和王雪萍的那个同学认识？……

我把自己心里的想法告诉了楚天舒。他安慰我说："我觉得你并没有太多的过错，至多是有些犹豫不决，不够大胆。但是阴差阳错，成了现在这个样子。我还是那句话，好事多磨。过去的事情无论对错就不要再多想了，现在机会来了，你准备怎么办？"我毫不犹豫地说："那还用问，当然是继续努力了！"楚天舒笑了："晨辉，你说得太笼统。继续努力，具体怎么努力呢？"是啊，对于她，下一步我该如何是好呢？看来是得好好想想了，不能鲁莽重蹈去年的覆辙。我低下头，想了半天，也没想出个所以然来。楚天舒忽然想起了什么似的说："有件大事差点给忘了，再过十多天——正月二十就是她的生日。你是不是送她点礼物什么的？这是个很好的机会啊！"我正发愁不知道该怎么办，他这一提醒给我帮了大忙。于是我高兴地说："这确实是个很好的机会，多谢你的提醒！"楚天舒鼓励我说："这个机会你可要抓住，千万别错过了！相信这次她一定会回心转意的。"我使劲地点着头，瞬间觉得浑身充满了力量，热血澎湃，信心十足——这次，我一定会成功！

六十

一个星期后，按照惯例，镇里对包村干部进行了小幅调整。涉及中工作区的就是王雪萍和楚天舒进行了调换，王雪萍去了故城村，楚天舒则去了赵坡。其实这个变动早就在人们的意料之中，因为几个月前就已经决定了，只不过现在才正式公布。楚天舒的脸上露出了笑容,十分解气地说:"太好了,总算不受那个郭土林的气了!去年包了一年的村,受了一年的气。你说说,我当的是什么包村干部,憋气加窝火啊!去赵坡,就是工作再难做,至少我是个人,在故城村我就像条狗一样!"

植树造林又要开始了。上级要求沿干线公路两边建设生态绿化带,魏庄村临着公路,所以植树造林的任务特别重。杨高远走后,魏庄村就只剩下我一个人,我很想让陈副镇长从工作区抽个人临时过来帮几天忙。让谁过来呢?我忽然灵机一动,拿定了主意。于是我找到陈副镇长,说了自己的想法。他略微想了一下,就同意了:"晨辉,你说的这个情况也都是事实。你看让谁过去帮你的忙合适呢?"我试探着说:"陈镇长,要不让王雪萍过来吧?故城村不临公路,造林任务小……"我的话还没说完,陈副镇长就笑了,拍着我的肩说:"晨辉,我看你是醉翁之意不在酒吧?"我也笑了:"陈镇长,你都知道了?"他笑着说:"能不知道吗?镇里前段时间沸沸扬扬的。一开始我还不相信,以为你的性格不是这样,不可能这么大胆。到后来,好几个人都给我说,我才相信了。晨辉,看来以后我对你得刮目相看了……"我不好意思地说:"陈镇长,我都快丢死人了,唉!"陈副镇长不以为然地说:"这个很正常,算不得什么丢人的事。雪萍人挺不错的,我支持你们!"我连忙称谢。陈副镇长接着说:"别的忙我帮不上,这个忙在我的职权范围内,我一定要帮。这样吧,让王雪萍一个人过去用意太明显,我把田俊秀也给你——她们俩是形影不离的好朋友,你看好吗?"我激动得一把握住陈副镇长的手说:"太谢谢你了,你想得真周到!"

果然,陈副镇长第二天就在工作区的小会上说了植树造林分工的事。陈副镇长说完后,我偷眼看王雪萍,她的眼眉向上挑了挑,刚想说什么,身旁的田俊秀拉了她一把,于是她不作声了,脸上冷若冰霜。小会结束后,大家开始分头行动。我对她们俩说:"那咱们现在去魏庄吧?我骑摩托车带着你们俩。"田俊秀笑着说:"那太好了。

晨辉，你什么时候买了摩托车？"我说："春节刚买的。"王雪萍却没有一点高兴的样子，看着田俊秀说："要不你们俩一起先去，我自己骑自行车。"田俊秀愣了一下："雪萍你这是什么话？一起坐摩托车去多好啊。"王雪萍没好气地说："俊秀，你管得太多了。你怎么去我管不了，反正我是想骑自行车。"见田俊秀有些为难，我也知道她是为我好，怎忍心她们俩因为我闹得不愉快？于是我说："这样吧，我先去。你们俩一起骑车去吧。"

在村里挖坑准备植树的时候，田俊秀和毛金豹等村干部有说有笑的，显得很活泼。王雪萍话不多，偶尔也和村干部说上几句，但是始终和我保持着距离，不肯直接和我说一句话。我的心里挺不是滋味的，有些失望。田俊秀看出来了，她悄悄地把我拉到一旁没人的地方，安慰我说："晨辉，你别往心里去，她就是这样的人。再说了，要想她改变对你的态度，也不是马上就能改变的，你不要气馁。"我还能说什么呢？只好默默地点了点头。

再过一天就是王雪萍的生日了。到底该送她什么礼物呢？我又犯了难。一定要小心谨慎，送恰当得体而又不失浪漫的礼物。送她物品，恐怕她很难接受，以前的经验教训还少吗？我冥思苦想之际，忽然想起上大学时曾经学过折千纸鹤。那时候歌曲《千纸鹤》非常流行，班里很多同学都学会了折千纸鹤，用来送给自己心仪的人。对，就是这个主意！自己亲手折一个千纸鹤给她，既温馨又浪漫，还能表达自己的一片情意。我很快到镇里买了一包彩纸，在正式折千纸鹤之前，我先用普通的稿纸折了两个试试。毕竟大学毕业两年多了，折千纸鹤也很生疏。确认没问题后，我精心挑选了一张淡绿色的纸，然后小心翼翼地用心折着，一边折一边想象着她收到千纸鹤后的那份喜悦。千纸鹤终于折好了，小巧玲珑，托在手上，感觉它好像要飞起来似的。我在千纸鹤的背上写下一行小字："祝雪萍二十一岁生日快乐！"写完后，我左看右看，越看越喜欢，越看越高兴。可是怎样送给她呢？时间紧迫，必须明天送给她，还得挑没人的场合。真让人为难啊!

第二天上午我和王雪萍、田俊秀她们两个依然去魏庄植树。树坑总算挖完了,结束的时候才十点。毛金豹擦了擦汗说:"坑挖好了,等过两天树苗来了,咱们才能栽树。这几天你们几个辛苦了,回去好好休息一下。"于是大伙收了工。田俊秀对王雪萍说:"咱们也快点回镇里,我那个毛衣有几个地方不太会织,你帮我看看。"

回去的路上,天色变得阴沉下来。回到镇政府后,我哪儿也不去,就静静待在自己的房间里留意着王雪萍的动静。一会儿走廊里响起"嗵嗵嗵"的脚步声,伴随着欢笑。我知道是她们俩回来了。我的心怦怦直跳,把千纸鹤托在手中,随时准备着送给她。可是她们俩进宿舍后,就一直没出来。我很希望田俊秀中间能出来一下,好给我留个机会。快中午了,我在房间里焦急地踱着步,心想实在不行就干脆把田俊秀叫出来。忽然门响了,我连忙回到床边坐好,拿起一本书假装看着,眼睛却瞟着门口。王雪萍挎着手提包从我的房门口经过,看样子是准备回家。我连忙站起来,拿起千纸鹤,把门锁好后,悄悄地跟在她后边。

她从一楼楼梯下推出自行车,刚要去骑,我从后面叫她的名字:"雪萍,你等一下!"她吃了一惊,回头看看是我,平静地说:"晨辉,有事吗?"我把千纸鹤托在手中,对她说:"雪萍,今天是你的生日。祝你生日快乐!"她还没明白怎么回事的时候,我已经把千纸鹤放进了她的车篓里。根据以往的经验,我在等着她发怒。可是令我意想不到的事情发生了:她竟然笑了,笑得让人受宠若惊。片刻之后,她说:"太谢谢你了!"说完,骑上车,很快就出了镇政府大院。

我沉浸在快乐和幸福中,好半天才回过神来,有些不大相信刚才发生的事。她接受了我的礼物,而且几个月来第一次对我笑了!这说明,她已经接受了我!我哼着小曲直接去后楼楚天舒的宿舍。他正准备吃午饭,我连忙拦住他说:"你先等等,我有话说。"见我满面春风的样子,楚天舒很纳闷:"到底怎么了,晨辉?以前从来没见

　　　　　　　　　　　　　　　　　选调生

过你高兴成这个样子。"我也卖起了关子："天舒,你猜啊,你猜猜是什么事情?"楚天舒猜了半天也没猜出来。我提示他说："今天是阴历多少?"他略微想了一下说："正月二十,怎么了?"话刚出口,他就恍然大悟地说："我知道了,今天是王雪萍的生日。是不是她接受了你的礼物?"我使劲地点着头说："真让你猜对了。她不但接受了我的礼物,而且还对我笑了!你说,她是不是同意了?"楚天舒拍着我的肩膀说："晨辉,真不容易啊!好事多磨,你们俩的事总算有了进展。"我激动地说："太谢谢你了,多谢你的帮忙!"楚天舒说："咱俩还用这么客气吗?你们俩的事要是成了,我心里的一块石头也算落了地。不过现在只是刚刚开始,以后你还得处处小心!"我点着头说："是的,我会注意的。这样吧,晚上叫上小童,咱们三个一块出去吃饭,算是我请大家的!"

和楚天舒一起吃过午饭,下午在他的房间里,我们俩摆上棋盘,杀了个昏天黑地。我心里高兴,发挥得也特好,把楚天舒杀了个一败涂地。最后楚天舒说："晨辉,你饶了我吧!以前咱俩也经常下棋,大都是五五开。什么时候也不像今天这样一边倒啊!"我笑着说："人逢喜事精神爽,可能是今天我太高兴了!"

我们俩正说话的时候,忽然有人敲门。开门一看,原来是小童。我连忙拉他坐下说："来,振兴,你们俩下几盘!"小童摇摇头说："晨辉,崔书记让我找你,说是有急事。我都找你好半天了!"我这才想起,快中午的时候由于惦记着王雪萍的事,手机都忘宿舍了。我有些纳闷,就问道："崔书记?是崔大壮副书记吗?他又不分管咱工作区,找我能有什么事?"小童说："我也不知道,看样子挺着急的。"

离开楚天舒的宿舍,我才知道已经到了傍晚。下午的时候只顾下棋,都忘记了时间。不知什么时候刮起了大风,天色更加阴沉了,我感到身上阵阵发凉。崔大壮的办公室在二楼最东边,平时和他接触少,所以我几乎没去过他的办公室。敲开门后,崔大壮正在看报纸。他先招呼我坐下,然后把报纸放在桌子上。我看到他的脸色有些不好看，心里有些没底，不知道出了什么事。崔大壮缓和了刚才严肃的面孔，平静地问道："晨辉来镇里工作多长时间了？"我说："两年多一点。""哦。"他微微地点了点头，又问："感觉在镇里工作怎么样？"我有些莫名其妙，心想他无缘无故问这些干什么，于是就轻描淡写地说："还行吧！怎么了？""没事，我只是随便问问。"他接着说："晨辉，你是正规的大学本科生，还是省下派的选调生，没错吧？"我点点头。他感慨地说："不容易，大学生到乡镇工作，本身也需要勇气啊！"感慨过后，他身子向我这边靠了靠，做出亲近的样子说："晨辉，有几句话我想和你谈谈，是我个人的一点看法。我觉得你眼光应该放长远些，不要局限于乡镇。你比其他人有前途，所以你要好好珍惜，注意自己的形象，不要随波逐流。说句实在的吧，只要你好好工作，有了好的前途，一切都会有的，当然女朋友也自然不成问题。你明白我的意思吗？"我心里猛地一沉，心想他最后那句话是什么意思？莫非是在敲打我和王雪萍的事吗？于是我有些迫不及待地问："崔书记，到底出什么事了？我有些不懂，如果我有做得不对的地方还请您明说。"崔大壮叹了一口气说："晨辉，我看你也是个急性子，那我就直说了吧。刚才赵书记找我，说是王雪萍找到他，哭着反映你最近一直在骚扰她，特别是今天又骚扰了她。赵书记让我了解一下情况，如果情况属实，提醒你注意一下影响。"

我的脑袋"嗡"的一下大了许多，脑子里瞬间一片空白。等我明白是怎么回事的时候，一股怒火顿时涌上心头。王雪萍，她怎么敢这样对我！我"呼"的一下从沙发上站起来说："崔书记，这件事我要向你解释一下！不错，我是对她有那个意思，可是我从来就没有做过什么出格的事情。今天是她的生日，中午的时候，我送给她一个千纸鹤，当时她也没有拒绝。没想到下午她竟然找赵书记告我的状，太小题大做了！这件事我想请组织出面调查，如果我确实有出格的地方，我请求组织处分！……"我还想说什么，崔大壮连忙用手示意我坐下："晨辉，你先别激动。没有什么最好，我也不希望看到有什么出格的事情。赵书记也是好意，只是让我提醒你一下以前途为重，注意自己的形象。你本来一直表现都不错，千万不能因为这件事出了问题。"好半天我才稳定住自己的情绪，郑重地说："谢谢您和赵书记对我的提醒，以后我会注意的。请两位领导放心！"崔大壮满意地说："好，我相信你。这件事嘛，就到此为止，你千万别把它放在心上，好好工作。"我一边答应着，一边起身离开了崔大壮的办公室。

天快黑了，风更大了，我感到浑身冷飕飕的，心里更是冷到了极点。带着愤怒的情绪，我快步上了三楼，回到自己的宿舍。我用拳头重重地捶着桌子，发泄着自己的情绪。发泄完了，我坐在书桌前发呆，眼前浮现着过去的一幕幕。特别是今天的情形，简直是冰火两重天啊！中午和下午的时候简直就是天堂，而现在仿佛进了地狱。王雪萍，我对你付出了那么多，得到的又是什么呢？我对你简直是又爱又恨啊！

有人在敲门，打开门一看，原来是楚天舒和小童。小童笑着说："晨辉，你可真不够意思，找完崔书记，也不去和我们说一声。我们俩还等你今晚请客呢！"我坐在那里不吭声，心想我现在哪有那个心情？楚天舒看出我的情绪有些异常，他关切地问："晨辉，你怎么了？出了什么事？崔书记找你都说了些什么？"于是我就把刚才的事情说了一遍。楚天舒听完后情绪也激动起来："王雪萍怎么能这么绝情？明天我就给她姐打电话！"我连忙拦住他说："算了，天舒，你的好意我领了。这件事就到此为止，我和她的事以后再不要提了。"小童插话说："对！就应该这样。你要拿出男子汉气魄来，没有她，你还找不着对象？非得在她这棵树上吊死？"

两个人你一言我一语地安慰着我，我的心里温暖了许多。一起在外吃过晚饭后，两个人又陪我说了会儿话。看看手机已经九点多了，我说："你们俩也赶快休息吧！不用管我，我已经没事了。"他们俩这才各自回宿舍。

房间里安静下来。我脱了衣服，准备坐在被窝里稍微看一会儿书，然后睡觉。可是刚翻了几页，外面隐隐约约传来"哗啦哗啦"的麻将声，夹杂着男女的欢笑，搅得我心神不宁。我猜测肯定是王雪萍宿舍传来的，或许是许长杰、樊国超他们在和田俊秀、吴秋娜等女同事在打麻将。我不由自主地又想起王雪萍，想起了下午的一幕，感觉心里还在隐隐作痛。我看不进去书，开始认真思考着和王雪萍的关系：王雪萍人总体是不错的，善良，大方，有正义感，工作泼辣，可就是个性太强，有时候做事情欠考虑。自己对她，不可谓不用心，哪知道事与愿违，越对她用心，事情变得越糟糕。崔大壮的话仿佛又在耳边响起："我觉得你眼光应该放长远些，不要局限于乡镇。……只要你好好工作，有了好的前途，一切都会有的，当然女朋友也自然不成问题。"是啊，仔细回味一下，他说的话确实是金玉良言，自己也一直这样认为。可是这段时间自己到底怎么了？非得钻这个牛角尖？王雪萍把事情都弄到了这个地步，难道还值得去追求？再说了，如果再这样下去，事情会很危险的，说不定还会出什么事端。想到这里，我在心里暗骂自己：晨辉啊晨辉，你一点自尊心都没有了吗？你就不会有点骨气，以后坚决不要理她？如果连这个毅力都没有，以后还能干什么？如果在这个问题上纠缠不清，当初你来到乡镇时的豪言壮语怎么实现？千万不要忘记，你是一名选调生啊……

思来想去，我的思路渐渐明朗起来：以后一定要争口气，坚决断绝对王雪萍的邪念，不再理她，把精力投入工作和学习上去，干好自己的事情，争取今年能有所突破！

外面的麻将声和男女的欢笑声又一阵阵地传来。我觉得，自己该换个安静的环境。我想到了致清叔，自从被精减回家后，他的宿舍就一直空着。他那个地方，简直就是世外桃源，清静极了，不如暂时搬到他的宿舍：一则可以认真学习，做自己喜欢的事情而不被打扰；二则远离了王雪萍，对她不再有非分之想，眼不见心不烦；再就是借此搬家的机会，表明心志，彻底告别这段时间以来乱纷纷的生活。有此三利，何乐而不为呢？对，就这么办，明天上午就去找致清叔！

外面的麻将声和说笑声不知什么时候平息了，一切安静如水，留下的只有大自然的声音。已经半夜了，外面的风依然呼呼地刮着，像鬼哭狼嚎，后窗户的玻璃被风吹得直响。虽然已经到了春天，但是严寒还没有远去，依然笼罩着大地，看来又是一个寒冷的夜晚。打定了主意，明确了思路，伤痛也渐渐抚平，我的心里平静如水，又充满了自信，只等一步步走过严寒，去迎接那明媚的艳阳天……

六十一

昨夜一觉醒来，感觉神清气爽。起床后打开门一看，外面银装素裹，雪花纷纷扬扬地下着，不知道后半夜什么时候下雪了。由于下雪天冷，点名推迟了半个小时，赵书记简单讲了几句后就宣布散会。我走出会场在机关大院的雪地里站着，犹豫着下这么大的雪还去不去找致清叔要钥匙。可是忽然觉得有些不对劲，好像有许多双眼睛盯着自己。我往走廊上三三两两的人群看去，见有人正小声地说着什么，一边说一边偷偷地指着我。见我扭头看他们，那人立刻把手放下，身边的几个人也都不说话了。上楼的时候遇到许长杰拿着一份材料，好像是去找领导。见了我，他用一种异样的目光看着我，然后带着一种讽刺的意味笑着说："晨辉，你可让我们刮目相看啊！真没想到，没想到！"我立刻明白了他指的是什么，于是随口还击："是吗？可能以后没想到的事多着呢！"说完，他笑了，我也笑了，两个人心照不宣。其实世界就是这样，越是这样的事传播得越快，也许镇政府太缺乏新闻了。真不知道是谁先说出去的，昨天傍晚的事情，今天上午就满城风雨了。在楼上又遇到小童，他安慰我说："晨辉，你不要在意其他人的议论，随他们说去，又少不了什么。"又说："刚才有人给我说这件事，我马上就给他顶了回去。我对那人说，你管那么多干什么，那是人家的自由，又没有做什么见不得人的事，不像有些人那样闹出绯闻。"尽管小童这么说，可面对背后的指指点点，我的心里还是有些乱。这使我不再犹豫，决定即使下着雪也要去找致清叔要回钥匙，也能暂时逃离人们的视野。

致清叔家在镇政府的南边，离镇政府大约八里地，以前我去过几次。撑着一把小黑伞，独自一人踏着厚厚的雪，沿着乡村小路向前走。路上几乎没有人，到处都是静谧的白色的世界。伞不大，不时有调皮的雪花飘进来，落在身上；有时候忽然一股风，夹杂着雪花扑面而来，让人睁不开眼睛。虽说自己已经明确了下一步的思路，可是昨天下午的一幕幕和今天早上人们的指指点点还是让我心里隐隐作痛。

八里路，踏雪而行，用了大约一个小时的时间。等到致清叔家门口的时候，我感到身上热乎乎的，好像要出汗。门虚掩着，我径直走进去，在院子里我就大声喊："致清叔！""谁啊？"致清叔一边问一边走出屋门。见到是我，他大吃一惊："晨辉，你怎么来了？外面下这么大的雪，快进屋暖和暖和！"说着，他拉着我进了屋。屋内光线有些暗，生着火炉，显得很暖和。围着火炉坐下，我问他："我婶儿不在家？"他说："刚出去，下雪天没事，她找人说话去了。"他起身给我倒了茶。我问他："在家这段日子感觉怎么样？"他笑着说："挺清闲的。春节前后还行，过完春节就感觉无聊了。我又干不了重活，总不能整天待在家里吃闲饭吧。"我又问他："你去敬老院的事现在怎么样？有具体时间吗？"他说："春节期间我给赵书记打电话，他说让我再等等，过了五一再说。你说这段时间我干什么呢？"我笑着说："那你正好可以好好休息休息。以前在党政办的时候，整天忙。"他叹了口气说："休息几天可以，时间长了，还真不如上班的时候充实。"他又问我："你呢，这段时间忙吗？"我说："还是老样子。镇里什么时候干什么事，都是有规律的。这不，正忙着魏庄植树的事呢。"他忽然想起了什么："晨辉，我手头有个媒茬，这几天给你介绍介绍吧？"我摇摇头说："谢谢你。不过我现在暂时不想考虑女朋友的事。"他有些吃惊："怎么，还是因为王雪萍？她不是已经有对象了吗？"我笑了："致清叔，你只知其一，不知其二。她那是借口，根本没有的事。"于是我就把这些日子的事尤其是昨天下午的事说了一遍。他大吃一惊："怎么弄成这个样子？个人问题怎么就惊动赵书记了？唉，不该这样，不该这样啊！"我说："致清叔，其实今天来我还有一个目的，就是想暂时搬到你的那个房间里——清静！对她，我已经彻底没有什么想法了，就想找个清静的环境，静下心来好好地干自己的事情，眼不见心不烦。"致清叔马上从腰间把钥匙串取下，然后取下一把钥匙递给我："给，晨辉，你拿着！"我感激地说："太谢谢你了，致清叔！"他摆摆手说："晨辉不用客气。我那个地方还有一部分东西没搬走，所以钥匙我一直没交。要是别人找我要钥匙，我肯定不会给他的。谁让咱俩是忘年交呢？"说完，我俩都笑起来。致清叔又说："晨辉，我觉得有机会的话你应该尽快走出乡镇，这样对你个人成长才会有好处，乡镇起点毕竟太低了。你自身有这么好的条件，所以要多想想办法，机会来了一定要把握住。当然，干好本职工作是基础。有了前途，说句现实一点的话，什么都有了！"我不住地点头："致清叔你说得太对了！下一步我就按照这个思路去办。"然后又感慨地说："说实在话，我来到故城镇这两年多，多亏了你的教诲，我才慢慢成熟起来。想想刚上班时候，傻乎乎的，什么都不知道，书生气十足，真是好笑！"致清叔笑起来："晨辉，这两年多，我眼见着你成熟了许多，从心里感到很高兴。其实我见到你第一眼就感觉你这个人实诚，咱们俩投缘。其他的什么话都不用说了！"

我和他兴高采烈地谈着，不知不觉已经过了十一点。致清叔说："晨辉，中午别走了，就在我这儿吃饭。等一会你姉儿就回来！"我连忙摆摆手说："我还是赶快回去吧，趁着今天不下村，赶快把东西搬过去。改天我和小童、天舒一块儿来找你。"

外面的雪已经停了。回去的路上，我感到轻松了许多。手里拿着致清叔的钥匙，我的心里美滋滋的，脚步也轻盈了许多。回到镇政府的时候，正好赶上中午饭。

下午的时候，我先到致清叔的宿舍，把他的东西规整好，然后把自己的东西一样一样搬了过来。等全部整理完毕后，我倒上一杯茶，打开录音机，喝着水听着音乐，疲劳一扫而光。这可真是个世外桃源，四周安安静静的，再也没有了麻将声和男女的欢笑。远离了那个是非之地，我想，一定要耐得住寂寞，忘掉过去，积极进取，重新开始……

这一年春季乡镇的工作和去年大体相同，随着天气逐渐转暖，植树造林很快过去了。但是不同的是一项新的任务马上就要到来，那就是村委会换届选举。这些年，随着基层民主制度的不断完善，基层群众的参与意识也得到了明显提高。乡镇作为基层政权，最基本的职能就是经济发展和社会稳定。三年一届的村委会换届选举关乎基层群众的根本利益，关乎社会大局的稳定，因此镇里高度重视。按照惯例，镇里成立了由赵清明书记担任组长的故城镇换届选举领导小组，召开了动员会。会后，各工作区纷纷行动，积极开展前期的宣传工作。一时间红色、蓝色、黄色的标语贴满了村里各个显眼的地方，什么"珍惜民主权利，投好庄严一票""积极参加选举，行使当家作主权利""搞好村民委员会选举，推进农村基层民主建设"，等等。在魏庄张贴标语的时候，有人问我："我看又是走走形式。你说真能选出好的村干部吗？"我回答说："村干部干得怎么样，群众心里有杆秤。只要大家都认真去选，怎么会选不出好干部？"还有人说："经是好经，就怕下面的歪嘴和尚给念歪了！选来选去，不还是那几个人吗？有什么意思？"我立刻反驳他说："现在村委会的几个人干得好坏，你们说了算。如果你们觉得他们干得好，就可以继续选他们；他们干得不行，你们另选他人嘛！"一个中年妇女看着标语问我："我可想尝尝当村主任的滋味。你说我选我自己，行不行？"周围的人哄笑起来。我也笑着说："可以啊，票在你自己手里，只要有足够多的人选你，你就能当！"那个妇女立刻有些飘飘然了："有你这句话就行，看来我还得好好拉拉票！"这时候有个老汉不放心地说："我

选调生

就怕有人拉票,现在的群众啊,两盒烟就被收买了,你说还能选出好干部?"我向他解释说:"大叔请您放心,如果发现有贿选的问题,镇里一定会处理的。"老汉自言自语地说:"你说得倒是挺好,就怕到时候你不当家啊!"

一阵子大张旗鼓的宣传过后,开始了选民登记,这也就意味着选举正式拉开序幕。陈副镇长带领我们到各村实地查看,要求村里一定要做到张榜公开,按照规定的期限进行公示。在魏庄村,陈副镇长握着毛金豹的手说:"老毛,魏庄村以前是个乱村,好容易有了点起色。但潜在的矛盾还是很多,我怕选举的时候有人闹事,你的工作一定要做细,按照程序来,千万不能让人抓着把柄!"毛金豹胸有成竹地说:"陈镇长放心吧,肯定不会给你找麻烦!"又来到故城村,郭土林正在组织人写选民榜单,见陈副镇长我们去,从椅子上微微欠了欠屁股,说:"陈镇长你们来了,随便坐吧!"陈副镇长凑过去看看榜单说:"老郭,故城村的选举准备得怎么样?"郭土林漫不经心地说:"陈镇长,我们这里你根本就不用来,故城村什么时候出过事?"尽管如此,陈副镇长还是有些不放心,毕竟故城村是个大村。他叮嘱郭土林说:"我知道老郭你工作能力强,尽管这样,也不能大意,工作一定要做细,千万不能闹出上访的事!"郭土林不耐烦地说:"陈镇长,不是我说你,你怎么变得婆婆妈妈了?说没事就没事,你还信不过我?"说完,扭过头去看写榜单的人,不理睬陈副镇长了。陈副镇长有些尴尬,于是站起来说:"那好,算我啰唆,只要你能保证别出事!"说完,带着我们离开了故城村。

按照日程安排,接下来就要开始正式选举了。镇里的意思是有条件的要召开村民大会,当场选举;没有条件的,也要设立流动票箱,保证每个选民都能顺利投票。赵清明书记在大会上再三强调,一定要做到公开透明,按照程序办事。会后,工作区开了小会。陈副镇长首先发言:"根据咱们工作区的情况,故城村和赵坡村可以召开村民大会,其他村就按照第二种方案,设立流动票箱吧?"刘金霞副主席点点头说:"我赞成陈镇长的意见。"陈副镇长又看看大家说:"你们的意见呢? 都说说吧!"信访办的周振川一口接一口地抽着烟,见陈副镇长问,他吐了一口烟圈说:"陈镇长,依我的意思,不如都设流动票箱吧。开村民大会,你知道会跳出什么人来闹事? 到时候局面都不好收拾。以往类似的事情还少? 设流动票箱吧,既不违背政策,又减少了风险。"还没等陈副镇长表态,王雪萍立刻反驳他说:"老周叔,我的想法和你正好相反。我觉得每个村最好都开村民大会,这样选举的结果大家都能认可,也不会有人说什么暗箱操作……"我偷偷看了一眼王雪萍,只见她慷慨激昂地说着,丝毫没有顾及。自从那场风波过后,我暗自下决心,对于王雪萍一定要有定力,不和她说一句话,尽量减少和她在一起的机会,不向别人打听她的情况。周振川冷笑着说:"雪萍,你说得有没有道理? 我说有。但是有道理的不一定都是正确的,出发点是好的结果不一定就好。办什么事还是要实际些,出了乱子,谁能承担起这个责任?""我来承担!"王雪萍用一种不容置疑的口气说,"这也怕出乱子,那也怕出乱子,干脆别选了,什么乱子也没有——只要你一心为群众,就是出了乱子也不怕!"周振川的脸变得又黑又红,他用手拍着桌子说:"好好好,就你能,别的村我不管,反正我包的村不开村民大会——雪萍啊,我也不和你争了,有你吃亏的时候!"说完,点上一支烟,接着抽起来。陈副镇长打圆场说:"雪萍,你的精神可嘉,但是老周毕竟经验丰富,他说得也不是没有道理啊!"王雪萍不服气地说:"只要我还包故城村,就一定开村民大会!"陈副镇长无可奈何地笑起来,刘金霞也笑了。陈副镇长又看看四周说:"其他人呢? 大家都说说。"大多数人都表示采用流动票箱的办法稳妥些。我试探着说:"陈镇长,要不魏庄村也召开村民大会? 我觉得把握还是比较大的。"陈副镇长皱起眉头说:"晨辉,就是所有村都开村民大会,魏庄村也不能。你说把握比较大,根据是什么? 谁能有十成的把握? 我看你就不要多说了。"一时间我也没了更具说服力的话。

工作区最后决定，除故城村外，其他村都采取流动票箱的办法组织选举。我暗想，之所以故城村例外，除了王雪萍的坚持外，对郭土林的信任是主要原因。工作区还决定，分成两个小组，由陈副镇长和刘副主席分别带领，集中力量一个村一个村地选举，只要在规定的时间内完成选举任务就行。

陈副镇长带领我和楚天舒、小童、李学武等先去魏庄选举，用陈副镇长的话说是"先啃硬骨头"。正式选举那天上午，我们早早地来到小学校园，以毛金豹为首的村组干部已经在那里等候了。我看到校园的大桐树下，几个大小不一的纸箱用红纸包着，并排放在那里。这个应该是票箱了。陈副镇长问："一切都准备好了吗？"毛金豹说："应该没什么问题了。"陈副镇长又问："村民代表来了吗？"毛金豹说："马上就到，老乔去喊他们了。"正说话间，见乔天庆带着十来个人急匆匆地走进校园。老头虽然快七十岁了，但是腿脚很利索，看上去倍儿精神。

于是开始分工。魏庄村一共八个村民小组，陈副镇长决定将我们分成四个组分头入户选举，每组负责两个村民小组的选举任务。每组由一名镇干部、一名村干部、所在村民小组的组长和村民代表组成。陈副镇长和毛金豹在小学校园坐镇指挥。我与村干部魏振山负责第五和第六村民小组的选举。前些日子陈副镇长告诉我，对于魏振山，他已经找他谈过一次，除了狠狠地批评他之外，还告诫他以后要以村里的大局为重，如果还暗中搞小动作，相互拆台，就对他进行组织处理。魏振山当时也承认了错误，表示以后会老老实实配合好村里的工作。陈副镇长最后对我说，对于魏振山，先观察一段时间再说。

选举开始了。先是当着村民代表的面验看了票箱，然后我抱着票箱，魏振山拿着镇里统一印制好的选票，其他人在后面紧跟着开始进村入户。第一户只有一个老头在家，院子里破破烂烂的，一看家里就不富裕。我问道："大爷您家几口人啊？"老头笑着说："就我们老两口。两个儿子都分家另过了，小女儿前年也出嫁了。"魏振山问："老嫂子呢？没在家？"老头指了指外边说："这不，吃罢早饭就去地里薅草了。"我又问："村委会换届选举的事儿您知道吗？我们今天就是来选举的。"老头点着头说："知道知道，这几天村里的大喇叭每天都在宣传，怎么会不知道？"这时候魏振山拿出两张选票递给他说："这是你和老嫂子的选票，要选出一个村主任和两名村委员。你看你选谁就把选票填了。"老头看看魏振山，吃惊地说："振山啊，你怎么让我填选票？我不认识字，你还不知道？"魏振山拍了拍脑袋："看我这记性，怎么把这事给忘了？"回头又看看我说："要不让别人代笔？"我点点头，对跟随的村民代表说："这样吧，你帮他代笔。"又对老头说："大爷，您说吧，想选谁就选谁，让他帮您填选票。"老头想了想说："村主任就选振山吧，我觉得我们的振山干得还不错。"魏振山脸上立刻露出了笑容。村民代表把魏振山的名字写在了村主任候选人名单中。"那村委员呢？"我问道。"村委员？村委员你们看着办吧，选谁都行。"老头对此好像不很关心。我耐心地对老头说："您最好还是想想，选出的村委会要对全村负责的。"老头想了半天，最后对魏振山说："振山啊，要不你帮我选吧？"魏振山说："现在的村委员是乔庆庆和魏正仁，要不还选他俩？"老头点点头说："行！你帮我填上吧。"村民代表填好两张选票，又让我看了看，然后投入了票箱。

第二户是一对四十来岁的夫妇。男的看起来老实巴交的，女的倒是精明能干，一看就是这个家的当家人。简单说明来意后，魏振山把选票给了她。填选票的时候，魏振山不由自主地往那个女的身边凑，女的想回避他，又有些不好意思，犹豫了半天才把选票写好，然后一脸不情愿地把选票塞进票箱。在她塞选票的一瞬间，我看清了村主任候选人写的是魏振山。女人问我："你是镇里的干部？"我点点头。女的没好气地说："你们这么选还有什么意思？干脆原来是谁还选谁不就得了？怪费功夫的！"我有些纳闷，进门的时候还是好好的，现在怎么变成这样了？

又去了三四家，他们在村主任一栏里选的都是魏振山。渐渐地我发现了一个规律：大多数都是刚进门的时候挺热情的，填选票的时候就变了脸。这到底是怎么回事呢？我有些疑惑不解。

这时候魏振山要去厕所。趁着这个空隙，那个村民代表悄悄地把我拉到一边，附在我耳边说："这样选举可不行。你没发现选过的这几户都有些生气吗？"这句话正说到我的心里，我问他："我也正纳闷呢，到底是怎么回事？"村民代表说："你没发现选村主任的时候，魏振山一直往人家身边凑？这样人家还好意思选别人？人家违心地选了他，心里能高兴吗？"一句话点醒梦中人，我感激地说："谢谢你的提醒，你要是不说，我还不知道船在哪里歪呢！"

六十二

魏振山从厕所出来后，刚要陪我去下一家，我拦住他委婉地说："魏主任，陪我去了这么多家，你也挺累的。我看下面的选举你不用陪我了，让村民代表陪我就行。"魏振山一愣，随即满不在乎地说："不累不累，这才走了几家？我跟着，万一出了什么事，我好替你解围。"他不愿意离开。我知道他的心里是怎么想的，于是就对身后的第五村民小组的组长乔大槐说："你也别跟了，和魏主任你们两个找个地方歇会儿吧！"乔大槐也乐得顺水推舟，拉着魏振山说："走吧，老魏，咱们俩找个地方抽口烟！"说着，从口袋里掏出烟来。魏振山本来还打算跟着，见乔大槐拉着他往外走，不得不跟着他去了。但是脸色变得很难看，他一边走一边回过头对我说："晨辉，你怎么这么固执？你要是非让我们走，出了什么事可别怪我！"我冲着他挥挥手："魏主任，你就放心吧，出不了事！"

接下来的选举，只有那个村民代表跟着我。又走了几户，感觉村民放松多了，也满意多了。村民投票的时候，我偷眼看了一下村主任一栏，有不少人写了魏正仁的名字。看来，前几户选举村主任的时候，很难说是不是发自内心的。

又走了二三十户，总体还算顺利，但免不了有少数村民素质差些，一边说着歪嘴话，一边嘟嘟囔囔地写着选票。对于这些人，我耐心地讲解着政策，他们最终还是把选票投进了票箱。这时候已经上午十点多了，村民代表带领我走进一条小巷，青石板路，地上落着满地的柳花，幽静得很。我抱着票箱正往前走的时候，忽然听到前边有人在叫骂："这叫什么选举？什么都不公开，都是你们几个说了算。别以为老百姓好糊弄！"我大吃一惊，预感到事情有些不妙，抬头看去，见男女老少七八个人拦住了去路，为首的是个五十多岁的老汉。我正要说话，老汉已经快步走到我面前，伸手就去夺票箱，还一边骂骂咧咧地说："今天你要是不把问题给我说清楚，你们就别想选举！你们这些王八蛋……"本来我还想耐心解释几句，但看到他不分青红皂白就来夺我怀里的票箱，一股怒火顿时涌上心头。我大喝一声："你干什么？有事就说事，夺票箱干什么？"老汉哪肯听我的，仍然用力去掰我抱着票箱的手，一边说："你们不公开选举，我就要夺票箱，就要让你们选举不成！"我气坏了，心想无论如何也不能让他把票箱夺走，于是就死死地抱着票箱，不让他得逞，一边说："我们哪些地方没公开了？你说出来！"老汉根本就不听我解释，只是一心想把票箱夺过去。那个村民代表也过来劝解，可是老汉根本就不买账。不但如此，他还回头对身后的人说："你们还站在那里干什么？还不过来帮忙？"于是后面的六七个人也要过来帮他抢夺票箱。我想，这下完了，我一个人无论如何是争不过他们这些人的，弄不好还要挨打。我把心一横，今天就是挨打了也不能把票箱给他们。

正在这危机时刻，远处忽然传来一声怒吼："魏德旺，你这是干啥？还不给我住手！"这声吼犹如晴空的一声雷，在场的人都被吓了一跳，不约而同地松开了手。我趁势赶快把票箱牢牢地抱在了怀中。

没想到来的人是乔天庆。他不是跟着楚天舒在另外一组选举吗，

　　　　　　　　　　　　　选调生

怎么会到这里来？这时候乔天庆已经走过来了，冲着老汉骂道："魏德旺，你呀——叫我说就是老没出息！都奔六十的人了，干吗跟着起哄？还嫌村里不够乱？"老汉先是一惊，但是看到只有乔天庆一人，胆子又壮了起来："天庆叔，我这不是起哄。这个选举根本就不公开，就是走走形式。没人敢说话，我老了，我什么也不怕，我就要站出来说话！"乔天庆稍稍缓和了口气说："你说不公开，哪点不公开了你慢慢说，干吗要去夺票箱？有理就去说理，不要闹，闹了就是有理也变成没理了。"老汉也不示弱："说理就说理，我有理我怕什么。你说咱们去哪儿说理？"乔天庆看看老汉身后的六七个人，然后说："那走吧，你们跟我走。咱们到学校说理去，金豹在那儿，他是支书，陈镇长也在那儿，有什么话你们可以跟他们说。""走就走！"老汉一边说着，一边回头招呼后面的人。

看来选举只好暂停了。我抱着票箱，乔天庆和那个村民代表在我的左右陪着，后面就是那个叫魏德旺的老汉和他的那些人。往学校去的路上，有一些村民不知道发生了什么事情，也跟了过来。在村口的时候，正好碰上魏振山，他脸上有些不自然，问道："怎么了？出了什么事？"乔天庆一看到魏振山，不由得发起火来："你是怎么回事？让你陪着晨辉一起选举，你到处跑什么？出了事晨辉身边连个人都没有。要不是我正好赶上，不知道要闹成什么样？"魏振山没好气地说："天庆叔，这你可冤枉我了。你问问晨辉，是我自己不愿意跟着还是他不让我跟？"乔天庆回过头看看我："晨辉，是你不让他跟着吗？"我慌忙点点头，然后冲着乔天庆使了个眼色："天庆叔，回头我再给你解释吧。"乔天庆对魏振山说："那就算我冤枉你了。现在出了事，你也别乱跑，跟着去学校吧！"

到了小学校园，陈副镇长和毛金豹远远地就站起来。我快步跑到陈副镇长面前，向他简要说了事情的经过。这时候后面的人也跟了过来。陈副镇长冲着人群喊道："大家安静一些，有什么问题对我说吧！"老汉上前一步，指着陈副镇长说："你是陈镇长吗？"陈副镇长点头说："是啊，我就是陈俊昌。"老汉说："陈镇长，你说这次选举公平吗？"陈副镇长说："我不敢说百分之百的公平，但是一切都是按照程序走的，应该不会有大的问题。"老汉说："陈镇长，这可是你说的啊。那我问你，为啥我们组的选民名单没有公布？"陈副镇长一愣："没有公布？怎么可能有这回事？"说着，他回头看了看身边的毛金豹："毛支书，你说到底张榜公布了吗？"毛金豹胸有成竹地说："早就公布了，一切都是按照程序办的。"然后冲着老汉说："德旺，是你自己没看到，能怪村里没有公布吗？你没看到不等于没有公布！"

老汉爆发了，他上前一步抓住毛金豹的衣领，怒火中烧地说："毛金豹，人都是要讲良心的，你敢瞪着俩眼说瞎话？今天你要是不承认，我饶不了你！"毛金豹一边用手去抓老汉的手一边嚷着："你干什么？动手干什么？"乔天庆也过来帮着毛金豹去掰老汉的手。这下后面的人乱了，有两三个人马上冲上去，要和毛金豹、乔天庆他们撕扯。陈副镇长大声喊："都别动，有话好好说！"可是没有人听他的，还有人想过去抓陈副镇长，我立刻过去阻挡冲击陈副镇长的人。

一时间场面有些混乱，眼看一场冲突就要爆发。在这关键的时刻，一辆黑色的小轿车缓缓地停在了校园里。随着沉闷的关车门的声音，赵清明书记和许长杰从车里走下来。赵书记快步走向人群，一边大喊："大家都不要动，我是故城镇党委书记赵清明！"人群瞬间安静下来，大家都停了手。陈副镇长连忙过去打招呼："赵书记，你怎么来了？"赵清明冲我们点点头："你们辛苦了！"然后回过头对群众说："乡亲们，这次选举大家有什么不满意的地方可以给我说。咱们不要闹，慢慢说好吗？"老汉过去握住赵清明的手激动地说："赵书记啊，你可要为我们老百姓做主啊！不是我带头闹事，实在是他们太不像话了！"赵书记安慰他说："不要着急，你慢慢说。"于是老汉就把刚才的事情说了一遍，最后他说："赵书记啊，你给评评理，明明是没有公布选民名单，毛金豹硬说是我没看到。他要是承认了，我也

414   选调生

不会发这么大的火!"赵书记一边听一边皱起了眉头。他扭头对毛金豹说:"金豹,那个选民名单到底张榜公布了吗?"毛金豹信誓旦旦地说:"赵书记,这个我向您保证,绝对公布了!"赵清明用疑惑的眼光看着毛金豹说:"绝对公布了?是你去贴的选民名单吗?"毛金豹摇摇头:"不是我贴的,是我让振山安排人贴的。"赵清明又问:"那你亲自去看了吗?"毛金豹有些心虚:"这个——我倒是没有去看过。"赵清明发火了:"没有去看过你怎么能说绝对公布了?"毛金豹立刻哑口无言。赵清明又看看魏振山:"振山,金豹说是你贴的。你到底贴了吗?"魏振山说:"我都贴了。"赵清明说:"那咱们走,看看你贴的布告在哪儿?"说着,他拉出要走的架势。这下魏振山有些慌了,他低下头说:"可能有个别组没有贴吧,我记不清了……"还没等赵书记说话,毛金豹就忍不住发火了,他指着魏振山的鼻子说:"魏振山,你是干啥吃的?我看你是成事不足败事有余,就这点事你都办不好!整天光说我不给你权力,你干的都是啥事?你这不是制造矛盾吗?……"这一顿骂把魏振山骂得无地自容,他耷拉着脑袋一句话也不说。赵清明说:"金豹,你也别光怪他,你也有责任,你就不会实地看看吗?还有,晨辉也有责任,包括陈镇长都有责任!如果你们其中哪怕一个人去实地看看,就不会出今天的事了!"我的脸顿时火辣辣的,偷眼看陈副镇长,他的脸也变得通红。

赵书记语重心长地说:"我看是官僚主义在作怪。我们每个干部啊,不要光听汇报,要脚踏实地。耳听为虚,眼见为实嘛!不仅仅是这次选举,包括其他的每项工作都要这样。还有,人不可能没有失误,不犯错误,犯了错误就要及时改正,不要死不承认,否则只会让事情越来越糟。群众利益无小事,一定要认真啊……"然后,他对毛金豹说:"金豹,你现在立刻去把选民名单张榜公布!"毛金豹答应一声,立刻去行动了。最后赵清明向人群深深地鞠了一躬:"我代表镇里向大家道歉了,是我们的工作没有做好,还请乡亲们多多谅解!"人群中顿时爆发出热烈的掌声。老汉满意地说:"还是赵书记好，没想到赵书记这么没有架子。其实没有张榜公布选民名单也不是什么大不了的事，我主要是想争这口气！要是他们早点承认错误，也不会闹成这样！"赵书记微笑着对老汉说："你这样做很对。以后我们工作中哪点做得不够，你还得给我们提出来啊！"老汉也高兴地笑了。

人群渐渐散去。赵书记又向陈副镇长叮嘱了一番，然后带着许长杰离开了学校。

赵书记走后，我们都长出了一口气。陈副镇长说："以后我们大家可千万不能大意了。要是再不加小心，不知道还会出什么样的乱子。"大家答应着，然后分头行动，继续进行选举。魏振山尴尬地站在那里，左也不是，右也不是。陈副镇长安慰他说："老魏啊，今天的事如果是你粗心大意，以后注意点就是了——相信你不会是有意的吧？"说着，陈副镇长用眼睛直盯着魏振山。我听出了这话的意味。魏振山脸有些发红，他愧疚地说："陈镇长，我明白你的意思，这次我真不是有意的！你要是那样想，就冤枉死我了。"陈副镇长点点头："好吧，我相信你。你去忙吧！"

接下来的选举没遇到太大的麻烦。等再次来到那个叫魏德旺的老汉家时，我的心突突直跳，生怕他再闹出什么事端来。没想到这次他很爽快，什么话也没说，拿起笔很快就填好选票，塞进票箱中。我向他道歉说："刚才的事，是我们的工作没做好，还请你多多原谅。"他摆摆手："这也不能全怪你，也怨我脾气不好。其实，我主要不是冲着你发火的。你也得多包涵。"

由于今天是星期六，小学生们不上课，小学校园里空荡荡的。中午十二点多的时候，各选举小组先后带着票箱回到了校园。校园里开始热闹起来，大家一边走一边说笑，谈论着上午的选举情况。我问楚天舒："怎么样？你们这个小组进展顺利吗？"他反问我："你呢？"我笑着摇摇头："非常不顺利，票箱差点被夺了。"于是，我把遇到的麻烦简要给他说了一遍。楚天舒说："大差不差。我们这一

选调生

组遇到的麻烦也不少，好几个苶子都想捣乱。唉，基层的选举真难啊！"我笑着说："是啊，不像上边的选举，基本上都是全票通过。"我们正说话的时候，小童这一组的人也回来了。

票箱当着村民代表们的面进行了封存。大家简单吃了午饭，下午三点钟的时候，公开唱票正式开始，地点就在校园的一间大教室里。镇村干部、村民代表和闻讯赶来的部分群众挤满了教室。计票人和监票人都由镇村干部和村民代表组成。

唱票正式开始了，刚才还熙熙攘攘的人群立刻安静下来，大家聚精会神地关注着选举的结果。由小学校长念选票，一名老师在黑板上写着被选举人的名字，这两个人也都是村民代表。"村主任——魏振山；村委员——魏正仁、乔天庆！"校长念了第一张选票，那个老师马上在黑板上写下他们的名字。"村主任——魏正仁；村委员——乔天庆、毛国安！"校长接着念选票。不一会儿，已经念了三十多张选票，黑板上出现的候选人也多起来，有的人我甚至都没有听说过。人们又开始议论纷纷，有人说："这次选举真是不错，群众想选谁就选谁。你看看这选票，五花八门，什么人都有。"有人不以为然地说："不错什么啊？主要的选票还不是那几个人？我看村里的这几个人还是没少拉票！"这时候有人对一个中年妇女调侃说："嫂子，你快看，有人选你了！你马上就能当上村主任了，还不快点请客？"那个中年妇女正盯着黑板看，抿着嘴笑，回过头嗔怪那人说："去去去，你笑话我是不是？才得了一票！还不是陪陪榜？"她虽然这样说着，但是脸上还是流露出一副喜不自禁的样子。我觉得这个妇女有些面熟，想了半天，才想起来是在选举前期贴宣传标语时遇到的那个说"想尝尝当村主任的滋味"的妇女。于是忍不住和她搭话："得了第一票就会有第二票、第三票，不管选上选不上，有人选你就是好事！"那个妇女看看我，笑着说："你说得也对。其实我也没那么大的官瘾，就算是陪陪榜也成！"

唱票接着往下进行。魏庄村有一千四百多名符合条件的选民，大约九成的人参加了投票。因此等念完大约一千张选票的时候，村主任的选举形势就明朗了，魏振山和魏正仁两个人的选票遥遥领先，就看鹿死谁手了。根据规定，村主任的选举第一轮如果得票第一的人得票数没有达到半数，要进行第二轮选举，由第一轮得票最多的两个人进行角逐。

天色渐渐暗下来，校园里的树木渐渐模糊不清了，选举会场亮了灯。我走出选举现场，稍稍休息一下疲惫的耳朵，一个个人名仿佛还在耳畔响起。这一天过得真累，漫步在校园中，我算是在喧闹中求得暂时的宁静吧！一阵春风吹过，夹杂着油菜花香和泥土的气息。我不禁想起自己的小学时代，那时候只顾读书学习，除了考试外，可以说是无忧无虑；而现在，纷乱芜杂的事务和错综复杂的关系让人烦恼。就拿选举来说吧，里面的事情就多得很，现在还不知道刘金霞她们那一组情况怎样……我正胡思乱想的时候，身后传来小童的声音："晨辉，快来啊，唱票结束了！"我赶快随他进了会场。

黑板上是密密麻麻的人名和"正"字，村民代表正在统计票数。不一会儿，作为村民代表的小学校长宣读了得票情况："村委会主任，魏振山502票，魏正仁485票……村委会委员，毛国安712票，乔天庆692票……"在大家的监督下，小学校长宣读完了选举得票情况。于是陈副镇长宣布："今天魏庄村参加选举的有效票数为1302票，村委员得票最多的两个人是毛国安、乔天庆，而且他们的票数都超过了半数。下面我宣布，毛国安、乔天庆当选新一届魏庄村村委会委员！"说完，陈副镇长带头鼓掌，会场里立刻响起热烈的掌声。陈副镇长接着宣布："村主任选举没有一个人得票超过半数，得票数最多的两个人是魏振山和魏正仁。根据规定，要对魏庄村的村主任进行第二轮选举，这次候选人就是魏振山和魏正仁。今天的选举到此结束，明天我们进行第二轮选举！"

会场里热闹起来，人们议论纷纷地离开了会场。我走到毛国安面前说："祝贺你当选村委会委员！"毛国安笑着说："还不是多亏了你们的捧场!"我说:"主要是你为人厚道,在群众中的口碑好,这次被选上也是必然的结果。我还记得有群众向我反映,前几年收什么款,你们组的群众第一个交齐,甚至别的组的群众都愿意把钱交给你。他们说交给你放心,不会担心你把钱花了。这个事我还记得清清楚楚呢!"毛国安谦虚地说:"这都是过去的事了,不值一提。"这时候乔天庆走过来,握着毛国安的手说:"国安,想不到你得票比我还多!你从第四村民小组组长一下子升为村委会委员,咋说今晚你都得请客!"毛国安爽快地说:"没问题,老乔你说吧,安排在什么地方?"乔天庆拍了拍毛国安的后背:"改天吧!刚才我是吓唬吓唬你,看你是不是小气的人!"说完,两个人都哈哈大笑起来。

魏振山的脸一直绷着,别人跟他说话他都心不在焉的。我想他准是不太放心明天的第二轮选举,毕竟魏正仁得票数和他相差无几,究竟鹿死谁手还很难说。反观魏正仁,倒是很平静,该说说该笑笑,像是什么事情都没发生似的。

人群散去了,就剩下陈副镇长我们几个和毛金豹。陈副镇长打了个哈欠说:"没什么事的话我们也走吧,回去还得赶快去印第二天的选票。金豹,你要盯紧些,千万不要出什么乱子!"毛金豹答应着说:"这个陈镇长放心,这几天是关键时候,我就是不睡觉也要保证不出事。"陈副镇长笑了:"那倒不至于,该睡觉还得睡觉,盯紧些就行。"毛金豹还要留我们吃饭,陈副镇长说:"客走主人安。我们不走,你就得陪我们。我们还是走吧!"

回到镇里,简单吃了饭,陈副镇长安排我和楚天舒、小童到门口的文印室督促印好明天的选票,然后回屋睡觉了。我们三个人则忙到了大半夜。

六十三

第二轮的投票进展得比较顺利。与第一轮不同的是,选票上已经印好了魏振山和魏正仁的名字，而不是像第一轮那样的"海选"。上午下村后陈副镇长先让毛金豹安排人把候选人名单贴在了各村民小组显眼的位置。之后，按照昨天的分工，各选举小组开始进村入户。这次魏振山和魏正仁要回避，不能跟着选举了。陪同我的只剩下组长乔大槐和那个村民代表。去的第一户还是那对老夫妇家。老头有些吃惊，问我："昨儿个不是选过了吗？咋又要选举？"我向他解释说："是这样的，老大爷。昨天选举的村主任没有人选票超过半数，按照规定，要进行第二轮选举。不过这次的选举已经印好了候选人，就是昨天选举得票数排名前两个的魏振山和魏正仁，你可以在他们两个人中选一个。"老头"哦哦"地点着头，然后接过选票看了看，刚要说话，后边的乔组长拦住了他："你先别着急着选。"然后不满意地对我说："你怎么不把政策说清楚？"我有些纳闷，问他："哪点说错了？"乔组长说："你应该说，候选人是两个。如果对这两个人都不满意，还可以另选他人。"我嘴上说："你说得对，多谢你的提醒。"心里有些不以为然，心想就算是再另选他人，能改变结果吗？乔组长指着选票耐心地对老头说："候选人是魏振山和魏正仁，你要是都不满意，还可以选别的人。我看这两个人都不怎么样！"老头有些不知所措，迷茫地看着我。我有些生气，对乔组长说："这两个人好不好群众说了算，咱们都不要有什么暗示，好吗？"乔组长不由自主地向后退了退，不说话了。老头对我说："你是镇里的人，我相信你。你帮我选吧，就选魏正仁。"我立刻帮他在魏正仁的名字下面打了对号，又让村民代表看了看，然后投进了票箱。乔大槐有些泄气，无精打采地随着我离开了老头家。

又去了几家，乔大槐都跟着，不过他一直在暗示群众另选他人。我想，这个人怎么和昨天大相径庭？他是不是有什么别的目的？那个村民代表只是冷笑，不多说话。好容易等到乔组长不在的空隙，我小声地问村民代表："今天他是怎么回事，老是想让别人另选他人？"村民代表笑着反问我："你没看出来吗？你仔细想想。"我想了片刻，

选调生

也没想出个所以然来。村民代表见状，凑到我耳边小声地说："他是想让别人选他自己。昨天的村委员不是把毛国安选上了吗？他和毛国安都是组长，他干的时间比毛国安还长，你说他能服气吗？他这点花花肠子，我一眼都看出来了。"我也笑起来："没想到还有这个情况。乔大槐他都没想想自己几斤几两？他能和人家毛国安比吗？谁好谁坏，老百姓心里有杆秤！再说了，就算别人另选他人，选了他，他还能得几票？还能扭转了大局？"

接下来的两三家，乔组长说："这都是我的近门儿。"不等人家开口，他又把"另选他人"那一套端了出来。我实在看不下去，就说："你怎么老是影响人家选举？他们想怎么选就怎么选，咱们最好都别干涉！"他不高兴地看着我："我怎么干涉他们了？你总得把政策说清楚吧？"正和他争执的时候，没想到这几户却说："乔叔你看着办吧，你帮我们填选票。"他们都自己主动把应该享有的权利放弃了，我还能说什么呢？看来，基层民主意识的提高还需要一个漫长的过程。乔大槐得意扬扬地拿起选票，到一边填了。从他写字的手势看，他把两个候选人都划掉了，然后重新写了一个名字。还用问吗？肯定是他自己。这几张选票被投进了票箱。不管怎么说，都是合法有效的选票。

上午十一点钟的时候，第二轮选举就结束了。陈副镇长建议趁热打铁，现在就开始唱票。刚开始的时候，魏振山得意扬扬的，因为他的票数遥遥领先。可是过了不久，形势就有了变化，魏正仁的票数慢慢追上来，渐渐地超过了他。魏正仁还是宠辱不惊的样子，可是魏振山却沉不住气了，急得直咂嘴，从椅子上站了起来。旁边的乔天庆拉了他一下："你急什么？票还没念完嘛！再说了，要是不选你，你站起来也没用！"这时候选票中忽然出现了几张乔大槐的票，人们开始议论纷纷。乔天庆小声骂道："这个家伙捣什么乱，还能指望这几张票当上村主任？"

中午十二点多的时候，选票念完了，结果是：魏正仁732票，魏振山618票，乔大槐23票。选票刚念完，魏振山就气呼呼地离开了会场。毛金豹拦住他说："振山，你干吗去？"没有回音。乔天庆说："让他走，这么小心眼，我看不选他也对！"在众人的监督下，陈副镇长郑重宣布："乡亲们，经过民主选举，魏庄村村主任选举结果已经揭晓，魏正仁当选为新一届魏庄村村主任！"宣读完毕，他带头鼓起掌来，立刻掌声四起。陈副镇长又让魏正仁讲话，魏正仁谦让了半天，说："乡亲们，这次大家选举我当村主任，我实在没想到。大家都知道我以前曾带头闹事，和镇里对着干。后来镇里派人把问题解决了，还不计前嫌，让我当村里的会计主任。有人会问，是不是你被镇里收买了？我可以向大家保证，没有这回事。我想，不管是我带头闹事也好，当会计主任也好，都不能越过一个'理'字。人都是要讲道理的。镇里把村里的事情处理得很圆满，你说我还能无理取闹吗？反过来说，要是镇里处理得不圆满，别说是让我当会计主任，就是让我当村支书我也不干！这次大家选举我当村主任，我感谢大家对我的信任，我会尽全力干好村里的工作，给大家办事！还有，如果哪件事镇里没处理好，我还会带领大家去镇里闹事的，镇里解决不了的还有县里、市里！……"他的话还没说完，就被一阵热烈的掌声淹没了。

　　魏庄村的选举总算结束了，大家心里都很高兴。晚上我正和楚天舒、小童闲聊，手机忽然响起来。一看号码有些陌生，我迟疑了一下，还是接了电话，原来是魏振山打来的。他劈头就问我："晨辉，你觉得我这个人怎么样？这几年干得怎么样？"我一愣，心想他问这些是什么意思？于是就随口说道："你这个人挺不错的，这几年干得也行。"得到我肯定的回答后，他就有些咄咄逼人了："那好，既然我干得不错，那这次为啥没有选上？晨辉，你觉得这次选举公平吗？为啥第一轮选举的时候我的票数超过魏正仁，到了第二轮他却超过了我？这里面肯定有人拉票。我希望镇里能调查调查，然后重新选举。"我一听心里就有些来气，心想没选上你就说有人拉票，要是选上了你就不会吭声了。于是我平静地说："我觉得这次选举总体是公平的，从程序上讲是合法的，选举的时候各选举小组都有镇村干部

　　　　　　　　　　　　　　　　　　　　选调生

和村民代表跟着，不会有人拉票……"我还没说完，他就火了："晨辉，你知道什么？你凭什么保证没人拉票？我看你也被魏正仁收买了。你去告诉陈镇长，魏庄要是不重新选举，我就去县里、市里告你们，让你们吃不了兜着走！"我也火了，心想魏振山你怎么能这样？群众不选你，能怪谁？本来还想安慰他几句，现在看来没必要了。于是我也毫不示弱地说："我还是那句话，选举是公平的，不存在重新选举的问题。你没选上怪不了别人。你要是想告你就告去，那是你的权利！"他气急败坏地说："好好好，我明天就去市里告你们，出了什么事可别怪我事先没给你们说……"说完，他狠命地挂断了电话。

我也气得狠狠地把拳头砸在桌子上。小童问："怎么回事，气成这样？"于是我就把刚才的事情讲了一遍。小童说："晨辉，我看你最好找找陈镇长把魏振山的意思说一下，万一他去上访，出了事怎么办？"楚天舒也说："小童说得对，陈镇长是咱的领导，看他怎么说。"我渐渐地平息了自己的情绪，冷静下来想想，觉得他们俩说得有道理。于是我们三个就去找陈副镇长。陈副镇长听完后皱起了眉头："重新选举是不可能的！这个魏振山，刚被选掉，立马就成了对立面。看来前段时间我找他谈话一点用都没有，以前他是暗中指使人拆台，现在居然跳到明处了！不用管他，让他去告，我们占着理，怕什么？"见陈副镇长也这么说，我这才放了心。

魏庄村选举结束后，我们这一组开始集中力量转战赵坡。陈副镇长胸有成竹地说："赵坡村是个好村，这次选举应该不会有什么问题。"所以我们去赵坡的时候也没有那么着急，九点出头才来到村里。和村组干部、村民代表简单沟通后，决定分组入户选举。正准备行动的时候，陈副镇长的手机响了。他悠然地接通了电话："喂……嗯，是我……什么？你说什么？"陈副镇长的脸色忽然变得严肃起来，不像刚才那么轻松自在了。"好的，我马上赶过去！"挂了电话，他立刻对我说："晨辉，你现在马上和我去故城村！"回头对楚天舒等人说："你们几个在这里盯好，我和晨辉去趟故城村，一会儿就回来！"他又对赵坡的村干部说："你们不要等我，现在就开始选举。"大家不明白是怎么回事，一脸愕然的样子。陈副镇长也不管他们，拉着我离开了村部。我想，这么着急去故城村，莫非那里出事了？

我骑摩托车带着陈副镇长飞快地赶往故城村。陈副镇长还嫌速度慢："晨辉，你快些吧，要不就来不及了！"我也没时间问他具体情况，又加大了油门，只觉得耳边呼呼生风，十几分钟后就赶到了故城村。陈副镇长说："快点，直接去村部！"到了村部，我去停摩托车的时候，陈副镇长已经下了车，飞快地跑进村部。我还没进村部，就听到里边有人在吵嚷。一进村部的大门，见院子里黑压压的都是人，人群前边有几个人在和村干部争吵。我看了半天，才看到在主席台旁边的角落里，刘金霞正在向陈副镇长介绍情况，我赶快凑了过去。

原来故城村今天一早就开始组织选举，由于是集中选举，故城村又是大村，所以设了两个会场进行集中选举。主会场就在村部，由郭土林负责；分会场在小学校园，由楚善本负责。快九点钟的时候，人基本来齐了，郭土林和刘金霞分别讲了话。刘金霞刚宣布选举开始，人群中有人就站起来："刘主席，我想问问你们搞的这次选举合法吗？"刘金霞吃了一惊，感觉势头有些不对，于是就镇定下来问："你有什么意见要反映吗？"那人冷笑起来："意见？你是镇里的领导，我想问问你，死人有选举权吗？劳改犯有选举权吗？"刘金霞说："当然没有选举权。"那人说："那就好。可我们村的郭麻子、'楚霸王'，一个去年刚死，一个还在监狱里，怎么还有选举权？你们的选民名单中怎么还有这两个人？"说着，那人旁边站起一个人来，手里拿着一张放大的照片，向四周挥动着示意大家来看。人群马上骚动起来，不少人拥过去想看个究竟。刘金霞脸色有些发白，问一旁的郭土林说："郭支书，这是怎么回事？"郭土林的脸变得很不好看，他大声地斥责："楚健民，你瞎嚷什么？你想扰乱选举吗？那个大照片是什么？"那个叫楚健民

　　　　　　　　　　　　　　　选调生

的说："郭书记，我没有瞎嚷，也没想扰乱选举，只是想讨个说法。那张大照片就是你们贴的选民名单，怕你们不承认，我就拍了下来。不信你过来看看！"郭土林不相信，他走进人群，仔细看了看那张照片，然后狠命地把照片摔在地上："你从哪里拍的？这根本就是伪造的。你这是故意制造矛盾，信不信我现在就把你送到派出所？"楚健民气坏了，他把照片捡起来，对着人群说："乡亲们，我楚健民要是伪造了这张照片，让我天打五雷轰！不信现在咱们去看看贴的选民名单，还没有撕掉！""好，咱们走——搞的什么选举？"人群中不断有人响应，有人叫骂。不少人开始往外走。郭土林大手一挥："慢着！不要都去，像什么样子！今天主要任务是选举，去几个人就行了！"说着，他安排会计主任郭子敬随着楚健民还有随同的少数群众一起去看个究竟。郭子敬神色有些慌张，郭土林看出来了："怎么，真有问题吗？"郭子敬连声说："没问题，绝对没问题！"刘金霞对王雪萍说："雪萍，你也去看看是真是假！"

　　一会儿，出去看的人回来了。王雪萍走在最前边，气呼呼地直接去找郭土林："郭支书，你们是怎么搞的？这不是闹笑话吗？怪不得群众闹事！"见王雪萍这么说，看样子是真的了。郭土林的脸变得黑紫，他用力地拍了一下桌子，指着王雪萍后边的会计主任郭子敬的鼻子说："你是干啥吃的？让你去公布选民名单，你怎么这么马大哈？你怎么不把你爹也从坟里叫出来选举？……"这一顿谩骂和挖苦让郭子敬的脸一会儿白一会儿红的，快五十岁的人，脸往哪儿搁？刚开始他还低着头任郭土林数落，后来郭土林开始骂娘了，他实在忍不住了："郭土林，你也太过分了吧！我马大哈不错，你呢？你是支部书记，选民名单你看了吗？平时的工作你都是一指挥，拍拍屁股就走了。这次，你自己就一点责任都没有吗？"郭土林虎着脸一把抓住郭子敬的衣领："你说什么？你敢和我犟嘴？"看样子两人想要打架。人群中开始有人起哄，鼓起倒掌来。刘金霞和王雪萍等人赶快过来劝阻。王雪萍说："郭支书，你是不是想让群众接着看笑话？还不快点给群众道歉！"郭土林瞪了王雪萍一眼："道歉？有什么歉可道的？要道歉也是让这个该死的郭子敬道歉！"刘金霞用命令的口吻对郭子敬说："还不快去给群众承认错误？"

郭了敬整理了一下被郭土林抓了半天的衣领，然后低着头冲着人群说："父老乡亲们，对不起大家了，都怪我工作不认真，我向大家赔礼了！"人群中有人小声说："郭土林怎么不道歉？"立刻有人附和："对，让郭土林道歉。"那个叫楚健民的说："郭支书，你都听到了吧！群众让你道歉。你先道完歉，然后咱们再说问题怎么解决。"郭土林平时高傲惯了，哪里肯服软？于是他和几个村干部就跟楚健民他们吵了起来……

刘金霞向陈副镇长简要说了事情的经过。最后她有些恼火地说："其实从根儿上就怪王雪萍，她执意要召开村民大会。要是设立流动票箱，什么事都没有了！"陈副镇长想了想说："也不能怪雪萍，就是设立流动票箱，出现这样的情况，群众还会闹事。"刘金霞不接这个话题了，她问陈副镇长："他们去看张贴的选民名单的时候，我感觉要出大事，就给你打了电话。现在你说该怎么办？"陈副镇长说："得把群众安抚住，不能让他们进一步闹事。可以把楚健民那几个人叫过来，听听他们的意见。挑头的不说什么，事情自然就平息了。"

于是刘金霞冲着人群大声说："大家都静一静，听我说几句。"她的声音很快就被嘈杂声淹没。陈副镇长快步走上主席台，用力拍着桌子："大家安静一下，我是故城镇人民政府副镇长陈俊昌，有什么事对我说，不要吵不要闹。"嘈杂声减弱了。陈副镇长来到楚健民几个人面前，他们还在和郭土林争吵呢！郭土林和陈副镇长打了招呼，陈副镇长点点头，然后对楚健民说："我是故城镇的副镇长陈俊昌，谢谢你指出了我们工作中的缺点，向你表示感谢！"以楚健民为首的几个人的情绪稍稍平息了一些，楚健民说："陈镇长，我想听听你们镇里怎么处理这件事。"陈副镇长想了想说："你看这样行吗？

现在重新张贴选民名单，立刻把这两个人的选民资格取消。镇村两级向全体村民道歉。"楚健民用征询的目光看了看身边的几个人，这时候"叫郭土林道歉"的呼声又响了起来，楚健民点点头说："既然陈镇长这么说了，我们可以不深究这件事。但是得听群众的意见，让郭书记给群众道个歉。"郭土林一听就火了："让我道歉，门儿都没有！刚才郭子敬已经代表村里道过歉了，你们还想怎么着？"一听郭土林这么说，群众稍稍有些平息的怒火又爆发了。有人叫嚷："这是什么选举？咱们去县里说理去！""对，咱们去县里讨个说法！"楚健民也转身准备往外走："陈镇长，咱们别谈了，我们去县里讨说法！"郭土林满不在乎地说："去去去，你们去，你们只要敢去，回来看我怎么收拾你们！"这时候一直没有说话的王雪萍实在忍不住了："郭支书，你服个软就这么难吗？你要知道你这个支部书记是干什么的，是为群众办事的，不是用来要横的！做错了事，就得向群众承认错误，让群众原谅你。我看你平时是强横惯了，再这样嘴硬，迟早要吃大亏的！"陈副镇长也说："老郭，人能大能小，你就服个软，把这个事平息了算了！"哪知道郭土林一点也听不进去，他冲着王雪萍吼道："你这个小丫头片子知道什么？用不着你来教训我！"王雪萍气得转身就走，撂下一句话："故城村我是不再包了，你们另请高明！谁有这个能力谁来！"

正在这时候，一个高大的身影出现在众人面前。"你们都别争了，向群众认个错，让群众谅解，什么事都没有了！"大家定睛一看，正是赵清明书记，身边还跟着许长杰。陈副镇长有些纳闷："赵书记，你怎么来得这么巧？"赵清明说："是王雪萍打电话让我来的！她把情况都给我说了。"又看看王雪萍说："这个小丫头工作很认真负责，胆子还大。我正在镇里和李镇长商量事，这不，她一个电话就把我叫来了。"刘金霞有些不高兴地说："雪萍你应该给我们说一下，怎么不吭声就给赵书记打了电话？这么点事，还得惊动赵书记？"赵清明摇摇头说："金霞，你说得不对。事态紧急，她直接给我打电话也没什么不妥的，都是为了工作嘛！"郭土林也过来和赵书记打招呼，他说："赵书记，没想到我这里也会出事，让你也跑来！"赵清明严肃地说："刚才你们的谈话我都听到了，人犯了错误就要勇于承认嘛！群众是我们的衣食父母，难道给群众认个错就不行吗？非得处处凌驾于群众之上吗？这个错误你要是不愿意承认，由我来承认好了。"

说着，他走上主席台，郑重地对大家说："乡亲们，我是故城镇的党委书记赵清明。关于这次选举的事情，是我们工作没做细，我这个党委书记没当好。下面我正式给父老乡亲道歉了！"说着，他向群众深深地鞠了一躬。人群中有人叫嚷："郭土林，赵书记都道歉了，你还藏着干吗？"郭土林有些站不住了，他只好走上主席台，冲着赵书记说："赵书记，这都是我的错，是村里没把工作做好。"赵清明指了指群众："你别给我承认错误，给群众赔个不是吧！"郭土林眉毛挑了几挑，最后还是压住了怒火，对赵清明说："赵书记，这个歉我不能道。要是道歉的话，我就没有一点威信了，以后还怎么在村里开展工作？"赵清明冷笑着说："我看不见得，就是圣人也难免犯错误，何况是你？我看要是求得群众的谅解，以后你的工作会更好开展！"郭土林想了想，然后狡猾地说："这样吧，要想让我道歉也不难，得先把郭子敬给免了——这个家伙真是胆大包天，竟敢和我顶嘴！我就想让他知道知道我的厉害！"赵清明的脸色马上阴沉起来，说："你这是和我谈条件吧？"郭土林皮笑肉不笑地说："我没这个意思，你要是这样想我也没办法。今天的事都是郭子敬惹出来的，还不该把他拿下吗？"赵清明针锋相对地说："免不免郭子敬是镇党委的事，用不着你操心了吧？这和你道歉有什么关系？一码归一码！"见赵清明丝毫不给他面子，郭土林实在有些挂不住了，于是翻了脸，气势汹汹地说："赵书记，我这是尊重你，叫你一声书记，你不要不识抬举！要是这样，今天我还就不道歉了，你能把我怎么样？"

赵清明气得脸色铁青，刚要发作，郭子敬快步走过来，说："赵书记，你不用为难，这个会计主任我还真不想干了。我现在就正式提出辞职! 再见——"说着，他头也不回地走了出去。赵清明一愣，他无论如何也想不到郭子敬会主动辞职，刚想叫住他，这时候郭土林又把话拉了回来，冷笑着说："好了，赵书记，郭子敬已经不干了，那咱俩今天的事也就算了。刚才我说话有些难听，你不要往心里去。现在我就向群众道歉!"说着，他转过脸，冲着群众鞠了个躬："大家不要闹了，这次选举选民名单虽说是郭子敬具体负责的，刚才他已经辞职，但不管怎么说，我也有领导责任，我向大家道歉了!"虽然他的道歉有些勉强，但群众还是热烈地鼓起掌来……

六十四

　　故城村的选举有惊无险地结束了，楚善本高票当选新一届村主任。又过了几天，中工作区的选举工作基本结束，人们长出了一口气。可是我还有些隐隐约约的担心，因为故城村选举那天我接了个电话，是魏振山打来的，来电显示是莲城市。他在电话中威胁说："晨辉，我现在就在市人大的门口，要是你让陈镇长接电话，让他答应重新选举，我就不去市人大告了。"当时故城村正在为选民名单的事情闹得不可开交，我烦得不行，陈副镇长更是焦头烂额，于是我就给他顶了回去："你随便告吧，你就是告到中央，也不会进行重新选举。"见我撕破脸了，他也毫不客气地说："好好好，丁晨辉，这可是你说的，以后出了事你要负责的!"还没等我再说什么，他就挂断了电话。事后我冷静下来，觉得话说得有些过，就找机会对陈副镇长说了。原以为陈副镇长会批评我太鲁莽，哪知道他反而夸奖我说："你做得对，身正不怕影子斜。不要怕他的威胁，让他告去!"我这才稍稍放了心，但还是有些不安，生怕真出了事。

　　一连过了十多天，真的没有发生什么事，我的心里开始放松起来，难道魏振山的事情过去了吗? 有一次，我实在忍不住问了毛金豹魏振山最近的情况。他轻描淡写地说："他啊，出去打工了。"我一愣，心想他都五十来岁的人了，还出去打什么工？毛金豹看出了我的疑虑，他叹了口气说："老魏自己感到没脸在村里待了，就说出去打工，名义上是打工，实际上就是出去躲一躲。其实没选上也很正常，可老魏这个人就是小心眼，自尊心又强，所以他受不了村里的指指点点。我和老魏是有些矛盾，可是共事了好几年，他这一走，我还是有些难受的……"沉默了片刻，他话锋一转："晨辉，有一件事说起来有些好笑。听说老魏还去市里准备把我们都告了，他进了市人大，见到里面的干部，人家问他有什么事。他说他是原来的村主任，这次落选了。还没等他说下去，人家就问：'群众不选你，你来这里干什么？'他说：'这次选举有问题，我觉得不合法。'人家又问他：'哪里不合法？'他支支吾吾地说：'我感觉……感觉有人拉票。'人家马上笑了：'你感觉有人拉票，光凭感觉能行吗？要是光凭感觉这世界不就乱了？要靠事实说话——你的证据呢？'他傻了眼，一句话也说不出来。见他这个样子，人家就冲着他摆摆手：'你先回去吧，我们这里还忙着呢！等你有证据了再来！'就这样，人家把他打发回来了。"我恍然大悟地说："怪不得呢！前些日子他给我打了几次电话，威胁要重新选举。后来没了动静，原来是这样。"毛金豹问："他也给你打电话了？这个魏振山，真是的！你不知道，他还找过我几次，说些不中听的话。我都没跟他一般见识。"

事情终于真相大白了。我不禁有些叹息，想想魏振山也不容易，当了几年的"骡子村主任"，真有些憋屈！可是他考虑问题只顾自己的得失，有利于自己的事情就争着抢着要做，没利可图的事就往后躲，还处处拆台，这样下去，群众能选他吗？

换届选举这件大事结束后，镇里对村班子进行了调整。魏庄村党支部书记仍然是毛金豹，村主任是魏正仁，乔天庆仍然是副支书兼治保主任，新上来的毛国安被任命为会计主任。毛国安为人正派，不贪不占，在群众中威信很高，因此他当会计主任最合适。另外，考虑到原来的妇女主任长期在外打工，镇里新任命了妇女主任，就是"想尝尝当村主任的滋味"的那个妇女。她名字叫白桂花，是我和毛金豹商量后向镇里推荐的。看得出来，这个女人工作上很泼辣，毛金豹说她人也挺不错的。

村班子配齐后，我和毛金豹商量下一步魏庄村的工作思路。毛金豹感慨地说："难啊，现在办啥事都得有十足的把握才行。要不以后出了什么乱子，一切责任你都得担着。老百姓就是这样，办好了什么都好说，要是办砸了他非给你闹翻天不可。"一席话说得我有些泄气了。但转念一想，任何事情都会有风险，要是瞻前顾后；患得患失，没有一点魄力，那什么事情都办不成的。于是我就把这些道理给毛金豹讲了一遍。他不住地点头："那咱们好好想想，只要把握大，咱们就干——晨辉，你有什么思路吗？"我想了半天，然后问他："有一段时间没去过鱼塘了，还有种植药材的几户，不知道他们现在怎么样？"他说："看样子是不错，要不咱们去看看？"

我们俩一起找到鱼塘主，他停下手中的活，把我们领进鱼塘边临时搭建的小屋里。我问他一年来的收成，他黝黑的脸上露出笑容："还不错，多亏了你的帮助。这一年来纯收入大约有十一二万吧，可以先还掉大部分信用社的贷款。"我又问他今年的打算，他说："要是钱宽裕的话，我想把另外一处荒废的鱼塘也承包了，到时候再雇几个人——就是信用社的贷款要先还，镇帮咱出着利息，咱不能总让镇里夹在中间吧！这样钱又不够了……"我听出了他的意思，很明显，他希望贷款期限能延长一些。于是我说："我给领导反映一下，贷款给你延长，你看好吗？"鱼塘主立刻站起来，使劲握着我的手说："那太好了，我早想就这样，只是不好张嘴再麻烦你。你要快点帮我说说，晚了就种不上莲藕了！"我说："只要你敢干，我就尽快找领导说！"忽然，我灵机一动，想起了前些日子在报纸上看到的有关农民专业合作社的报道，于是说："你听说过农民专业合作社吗？"他略微愣了一下，随即说："在电视上听说过，不知道是啥玩意。"我笑着说："我也是知道一点点，反正好处很多，成立合作社后人多力量大，不但能降低风险，提高效益，还能带动更多农民致富呢！你现在不是想扩大规模吗？还想雇人吗？我看你最好成个合作社。"他不住地点头："我听你的，你说咋办好就咋办！"

离开鱼塘后，又去了几块白芷地。白芷长势很好，已经长得很高了，远远望去绿油油的一大片。等走到跟前时，浓郁的药香扑鼻而来，我深深吸了一口白芷的香味，顿时感到神清气爽。毛金豹不由自主地说："这一大片白芷，长得真好，看样子等到七八月份产量一定不低。这几户要发财了！"他这么一说，我的心里顿时美滋滋的。

正在这时候，远处走来两个农民。其中一个是五十多岁的老汉，我一眼就看出来他是前段时间选举时候，夺我票箱的村民魏德旺。毛金豹指着他们说："这两户都是去年秋天种白芷的大户。那个魏德旺种了有七八亩呢，是个种药的大户。"我一听，很高兴，正准备找这几户聊聊呢。魏德旺也看到了我，笑着说："你叫丁晨辉吧？前些日子咱俩也算不打不相识啊！"我也笑了。寒暄几句后，我问他们种药材的感受。"感受？能有什么感受？一个字——好呗！"魏德旺指着这片白芷地说，"这是我家的地，去年种了七亩多。没想到长得这么好，今年可能发个小财！"另一个农民说："肯定能发财。以前我也种过，都没有今年的好。看来有技术人员指导就是不一样！"我又问他们有什么问题没有，魏德旺想了想说："问题倒是没有，就是怕到时候药商刁难，卖不上好价钱。"一句话把我心里说得有些发堵。是啊，万一卖不上好价钱怎么办？这时候另一个农民说："怕什么，只要咱的药材质量好，还怕卖？你想得太多了。"毛金豹也说："是啊，你就是整天怕天塌下来，哪有的事啊？"

又走访了几户农民，他们对种药材都很积极。没有种药材的还不停向我打听这方面的优惠政策，他们打算麦收后也改种药材。我问他们："有适合麦收后种植的品种吗？再种白芷肯定不行，不是季节。"一个农户说："我都打听过了，板蓝根、柴胡、知母等都行，只要镇里给优惠政策，我们都愿意改种药材。"

转了大半天，最后回到了村部。我说："我看思路已经明确了，那个鱼塘主的事，我这一两天就找领导去说。药材的事，现在还早，到5月份咱们再着手也不晚。"毛金豹点点头，然后拍拍我的肩膀说："看来你的书没白念，很有头脑，一套一套的。"我谦虚了几句，然后说："你再和其他村干部商量商量，看还有没有更好的思路。"谈了一会儿话，又扯到村里的稳定上。我问："现在村里还有不安定的苗头吗？还有人闹事吗？"毛金豹想了想说："暂时没发现有什么苗头。出了个魏振山，没想到一下台，就站在了对立面，不过我看他也起不了什么风浪。那个毛晓龙，去年冬天打黑除霸收拾了他一下，现在比谁都老实，墨镜也不戴了，开春就出去打工了！"

回到镇里的第二天我就找陈副镇长说了鱼塘的事，陈副镇长又带我找了赵书记，一切都很顺利。赵书记明确表示支持鱼塘主扩大规模，支持在时机成熟的时候成立农民专业合作社，他当即给信用社和工商所打了电话。得到明确的答复后，我立刻找到鱼塘主，告诉了他这个好消息。鱼塘主很激动，准备这一两天就开始动工。

办完了这件事，我的心里格外舒服：一方面是为群众办了实实在在的事，另一方面是成功后的那种成就感。我想，一个人最高兴的事莫过于英雄有了用武之地，在这种情况下，即使苦点累点，也心甘情愿……

六十五

随着田野里的麦子一点点变黄，"三夏"又要来临了。按照惯例，镇里要召开"三夏"动员会，之后就是禁烧、收粮，要忙上两个多月。我也做好了住村的准备，今年没有了杨高远，我肯定会更忙一些。这天晚上陈副镇长值班，我和楚天舒、小童几个人陪他玩了一会儿扑克。快十点了，大家开始散去，各自回屋睡觉。我刚要上楼，陈副镇长叫住我说："晨辉，你先别走，和你商量个事。"他开门见山地说："晨辉，你还记得前些日子你给我说的中药材的事吗？"

我先是一愣，马上想起来了——那次和毛金豹到村里了解情况，听到不少村民反映中药材的意见，有要技术的，有要销路的，有要优惠政策的，等等。我就找机会把这些情况给陈副镇长说了，并建议镇里赶快研究，争取在麦收之前出台政策，好让有意愿的农民收完小麦后调整种植结构，改种中药材。当时陈副镇长同意了，他说："你这个想法很好，调整种植结构也是大势所趋。不过我还得找赵书记和李镇长说，看他们怎么考虑。要是有他们的支持，事情就好办多了。"过了俩星期，没有动静，我就试探着问情况怎样。陈副镇长皱着眉头说："我已经给他们说过了，他们说研究研究再说。等等看吧！有什么消息我告诉你。"又等了十来天，还是没有动静，我不好意思再问了。眼看着麦子一天天地成熟，我的心也慢慢变凉，觉得没有希望了。

现在陈副镇长忽然提起中药材的事，我一下子又来了精神。我点点头说："怎么会不记得？一直在盼望着你给我回信儿呢！"陈副镇长笑了，他拍拍我的肩膀说："我先要恭喜你了。""恭喜我什么？"我一愣。他笑着说："直说了吧，赵书记和李镇长对你的想法很重视。这段时间我们先后碰头几次头，镇里最终决定出台支持中药材发展的意见，对种中药材的农户每亩补贴一百五十元。还有，为了支持中药材的发展，赵书记提议成立故城镇农业办公室，让我推荐人选，我当时就推荐了你当这个农办主任。赵书记笑了，他说：'晨辉是最好的人选，我和你不谋而合啊！'李镇长也同意了。不过这两个文件还没有正式印发，还需要班子会研究通过，这些都是程序问题了。晨辉，你说我该不该恭喜你？"我高兴地站起来："陈镇长，太谢谢你了！"激动了几分钟后，我心里渐渐平静下来，又觉得压力很大，就说："陈镇长，我包个村可以，要是让我当农办主任，心里没底，不知道该怎样开展工作。另外，农办不会只有我一个人吧？"陈副镇长鼓励我说："没关系，我是抓农业的副镇长，你是农办主

选调生

任，有什么事咱们商量着来嘛！至于农办的组成人员，当然不是你自己了，起码还得给你配两三个人——你说吧，想要谁？"我想了想，觉得还是让陈副镇长决定的好，就说："陈镇长你来定吧，只要合适就行。"陈副镇长想了想说："振兴、天舒，可以吗？再给你配个女的——田俊秀，可以了吧？"我笑了："陈镇长，看来你是了解我的。知我者，陈镇长也！"陈副镇长也笑了："晨辉，你刚上班的时候我就是你的领导，可以说我是看着你成熟起来的。你平时和谁投缘，我能不知道吗？要是杨高远没走，我也会提他到农办的。"

又谈了一些中药材的事，时间已经不早了。我起身告辞，陈副镇长说："你们几个人都是兼职。平时还要做好包村工作，可能比以往要忙些。另外要保密，先不要对别人说。"

没过几天，两个文件就印发了。在包括各村领导和全体镇干部参加的大会上，赵书记宣读了支持中药材发展的具体意见，李镇长宣读了成立故城镇农业办公室的通知："经镇党委研究同意，决定由镇团委副书记丁晨辉同志担任镇农办主任，成员有楚天舒、童振兴、田俊秀。"宣读完毕，赵书记带头鼓起掌来。许多双眼睛朝我这边看过来，我顿时感到有些不自然，心里却是美滋滋的……

农办正式成立了。陈副镇长我们几个商量后，决定要开展的首要工作就是扩大声势，让更多的农民了解镇里的优惠政策和发展中药材的决心。陈副镇长提出要以点带面、逐步推开，今年的工作重点就是魏庄村如何扩大种植面积，明年力争再发展两三个村。具体到如何扩大声势，我提出两点意见：一是通过张贴标语、发放宣传页、村广播等形式，做到让村民对政策家喻户晓；二是积极向《颍川通讯》投稿，向县委县政府报送信息，引起上级领导的重视，取得他们的支持。陈副镇长做了补充，他说："晨辉提的两点很好。除此以外，我想向镇里建议，组织镇村干部和种植大户到后井镇的中药材园区看看，学习一下他们连片种植的经验；还可以到安徽亳州去参观考察，去那里的中药材交易市场看看，也熟悉熟悉药商，说不定以后还会和他们打交道呢!"陈副镇长又问其他人的意见。小童说:"一下子就好几件事呢!有些乱,最好分分工。"楚天舒和田俊秀也提了一些具体的意见。最后陈副镇长决定,楚天舒和田俊秀负责村里的宣传工作;我和小童负责参观考察的组织联络工作,同时向县里投稿和报送信息;陈副镇长自己负责向镇领导汇报。

思路明确后,关键是要迅速行动。眼见麦子还有一周多就要收获了,到那时会更忙,所以必须抓紧。参观考察的事进展很顺利,除了镇村干部外,种植大户有十二户。去后井镇是乘坐镇里的大车去的,用了半天时间;去安徽亳州包了一辆中巴车,用了两天时间。参观回来的路上,大家兴致很高,一路上不停地谈论着,都觉得见了世面,开了眼界。参观考察回来后,楚天舒和田俊秀来汇报说村里的宣传工作已经按计划顺利开展。我晚上熬夜写出了两篇稿子——《故城镇多措并举大力发展中药材种植》《故城镇利用"三夏"积极引导农民调整种植业结构》,第二天就让小童报到了县里。

陈副镇长还是有些不放心,他亲自带着我们几个来到魏庄村,见到房前屋后显眼的地方贴了不少宣传标语,路上偶尔还可以看到丢弃的宣传页。陈副镇长围绕村子转了一圈,然后问毛金豹:"这段时间群众有什么反应没有?"毛金豹说:"反应很好,我了解到的准备收完麦改种中药材的农户就有三十多户,肯定还有不少我没了解到的。"陈副镇长又问:"他们有什么问题吗?"毛金豹想了想说:"有!部分农户对镇里的补贴政策能不能落实心里还不踏实,怕最后是一纸空文。"陈副镇长来回踱着步,最后他打定了主意:"金豹,你马上把准备麦收后改种中药材的农户叫来十几个,我给他们开个会。"

大约过了半个小时,打电话邀请到的十几个农民陆续来到村部。陈副镇长简要地把镇里的政策又说了一边。有个五十来岁的农民说:"陈镇长,你说每亩补贴一百五十元,什么时候补?"陈副镇长说:"等种上了药材就补。"农民不信任地说:"不会骗我们吧?我们种完了药,你们要是不补咋办?我要求镇里先把钱补给我们。"陈副镇长冷笑了一声："老乡，你说得也在理。可你反过来想想，要是镇里先把钱补给了你们，你们不种药材咋办？镇里总不能强迫你们吧！"农民哑口无言了，好半天他挠挠头，咂着嘴说："种完后再补怕镇里骗我们，先补了你们又怕我们骗了镇里。这还真是个难题。"其他几个农民也都小声嘀咕着。陈副镇长一本正经地说："镇里的红头文件写得清清楚楚，能骗你们吗？镇里可是一级政府啊，能乱来吗？"旁边一个四十来岁的农民说："陈镇长说的话我信。退一步说，就是镇里不补贴我，我也正想种呢！"他这么一说，那个五十多岁的农民无话可说了，最后他说："那好吧，我们相信镇里，等我们的苗一出来镇里就得补贴。"陈副镇长点点头："你们就放心吧！"

这十几个农民虽然口头上答应了，但是看得出来他们还是有些不放心。他们走后，我用商量的口吻对陈副镇长说："要不先把去年已经种药材的农户的补贴资金发了？这样也能让他们吃个定心丸，还能带动更多的人种药材呢！"陈副镇长思索了片刻说："你这个建议不错。不过我做不了主，还得请示赵书记和李镇长。这样吧，回镇里后我就找他们说去……"

大家回到镇里后就各自休息去了，这几天为了中药材的事大家都很累。晚上我躺在床上很快就沉沉睡去，不知过了多长时间，忽然一睁眼，窗户已经有些发白。拿起手机看了看，还早呢，才早上五点多，看来5月的天亮得真早。我正准备躺下再睡会儿，忽然听到有人在敲我的门。我吓了一跳，忙问："谁啊？""晨辉，快起来，有事！"是陈副镇长的声音。难道出了什么事？我一骨碌从床上爬起来，穿上鞋就去开门。陈副镇长进来了，面带微笑，不像是坏事。我正想问他，他却先开口了："晨辉，你赶快叫农办的几个人，咱们去魏庄量地！""量地？"我揉了揉惺忪的双眼问："量什么地？"陈副镇长笑着说："你不是说要把第一批的补贴资金发了吗？昨晚上我已经请示过赵书记和李镇长了，他们都同意。所以咱们今天就去量地。"我还有些纳闷："补贴和量地有什么关系？"陈副镇长有些嘲笑地说："晨辉，你怎么人到事处迷？不量地怎么知道该补多少亩？""哦，是这样啊。"我这才恍然大悟，随即又不解地问陈副镇长："种了多少药材，村里肯定知道。问问毛金豹不就知道了？还用亲自去量？"陈副镇长吁了一口气说："晨辉，你还是工作经验少啊。你让村里报数字，他们肯定会多报，多报一点就会多得到一点补贴，这个道理你还不明白吗？"我这才彻底明白陈副镇长的用意，但还是有些不甘心地说："陈镇长，我看毛金豹这人挺实诚的。"陈副镇长说："他这个人怎样先不管，咱们也应该深入实际掌握第一手资料嘛！"是啊，陈副镇长说得很对，就应该多调查研究，了解真实情况！我心悦诚服地点了点头。

陈副镇长先回他自己办公室等着。我马上洗了脸，叫醒了小童和田俊秀，又到后楼叫醒了楚天舒。我们一起在外边简单吃了早餐，早上七点多的时候，就来到了魏庄。

六十六

见到毛金豹的时候，他正在吃早饭。见我们来，他有些吃惊："陈镇长，你们这么早来，肯定有急事吧？"陈副镇长说："还是药材的事。昨天咱们找了十几户座谈，看他们还是有些不放心。晨辉向我建议先把去年种药材的五十多户农民的补贴资金发了，这样他们就放心了。昨天晚上我请示赵书记和李镇长，他们也都同意。现在时间紧迫，两三天就要开镰，到那时都忙。所以我想抓紧时间先量地，看看现在到底有多少亩，造个底册，每户该补多少。今天量完地，明天就发放补贴。"毛金豹很高兴："早该这样！群众这下就放心了！"然后话锋一转，"量地的事，我看用不着。这两天我已经统计好每户种了多少药材，这不，有现成的底册。"说着，他站起来，从抽屉里拿出一本稿纸。刚要翻开，陈副镇长劝阻说："金豹，先别忙，你先坐下。"毛金豹一愣："怎么了？"陈副镇长说："你看我们已经来了，还是亲自量一量地吧？"毛金

选调生

豹有些不解："我这里有现成的底册，你们还费那事干吗？"陈副镇长执意要量地："还是再量一下为好，毕竟是钱的事，弄错了不好。"两个人争执了半天，毛金豹慢慢地听出点意思来了："陈镇长，你不会是不相信我吧？还怕我骗镇里的补贴资金？"陈副镇长忙摆摆手说："不是那个意思，你多想了。"毛金豹冷笑了一声说："好吧，咱们现在就去量地，也证明一下我的为人。我把我这个底册先锁好，你们量好后，和我这个底册对照一下，就清楚了。"说着，他拿起桌子上的小锁，把抽屉锁上了。

　　气氛有些尴尬。我站起来说："毛支书，陈镇长主要是对工作认真负责，没别的意思。再说了，我们再量一次，数据更准确嘛！"毛金豹不说什么，站起来说："陈镇长，那咱们走吧！"陈副镇长站起来拍拍毛金豹的肩膀："金豹，真有些生气了？"毛金豹摇摇头："哪能呢？我要是为这点小事生气，就太小心眼了。主要是你们对我还是有点不放心，让我有些难受。"陈副镇长笑着说："我们对你一直都很放心的。以前我们工作深入实际的少些，这次量地也算是深入实际调查研究嘛！"说着，两个人相视一笑，一起向外走，我们也跟了出去。

　　毛金豹联系好了会计主任毛国安、副支书兼治保主任乔天庆，让他们准备好工具，现在就到地里等着。陈副镇长问："村主任魏正仁呢？"毛金豹说："他这几天出去联系收割机了。"毛金豹又叫来五组组长乔大槐，毛金豹说那五十多户中有四十户左右都在他的组。我以前跟乔大槐打交道不多，经历了换届选举，我对他印象特别深，感觉这个人有些小聪明，会要些小伎俩。一会儿乔大槐来了，听说要量地，他神色有些慌张，不停地嘟哝着："不是有现成的底册吗？还量什么？"嘟哝了几次，陈副镇长有些烦了："让你领着量地，你怎么那么多废话？你要是不愿意领，现在可以回家！"乔大槐不敢多说什么，领着我们下地了。陈副镇长又让毛国安和乔天庆也跟着我们量地，自己和毛金豹在地边等着。

量地的事情看起来简单，实际上却复杂得很。方方正正的地块还好说，可是有的地块是三角形、梯形，甚至还有近似圆弧形的，量起来很费事。好在我的数学还不错，丈量土地还不成问题。我让楚天舒固定好皮尺的一端，让小童去放线。线拉直确认无误后，我报出数字，让田俊秀记录，然后用计算器算出面积，写上这个农户的名字。量完一块地后，就赶快收起尺子，再到下一块地。有的地块是连着的，工作量稍小些。见陈副镇长他们离得很远，乔大槐就小声地骂："这个陈镇长，四眼猫，说话真难听。都不会说句人话，不得好死！"我实在听不过去了，就驳斥他说："你别在这小声嘟哝好不好？陈镇长批评错了吗？你是组长，量个地是你分内的事，还这么磨磨蹭蹭？"小童也说："你最好别在这里骂，传到陈镇长耳朵里，没你的好果子吃！"乔大槐憋着气不吭声了。

量了十几个地块后，太阳已经升得很高了，天开始热起来了，我们几个身上都汗津津的。毛金豹从附近村民家里端来白开水，我们几个简单休息了一下，喝了几口水，接着工作。看来还得加紧，今天必须量完。又经过一处地块时，乔大槐说："停下停下。量这块地吧！"我一看，这块地和别的地块不一样，很明显不是白芷，就问："这里种的是什么？"乔大槐说："是蓖麻。"我有些纳闷，问他："又不是白芷，蓖麻地量它干吗？"乔大槐说："蓖麻也是中药材，镇里不说要补贴中药材吗？蓖麻怎么就不能补？"后面跟着的副支书乔天庆说："你捣什么乱？人家镇里明明说是补贴白芷的，哪里说补贴蓖麻了？"这次乔大槐底气十足，他从口袋里拿出宣传页，指着上面的字说："你们都看看，镇里白纸黑字写着每亩中药材补贴一百五十元，是不是？"我仔细看了看，立刻感到这个宣传页有问题，是我们制定政策时没有考虑仔细，要是明确一下补贴的种类就好了。一时间我没了主意，就对他说："要不这事咱们问一下陈镇长，他是分管农业的副镇长。"

我们来到地头找到陈副镇长和毛金豹。陈副镇长问："出了什么

　　　　　　　　　　　　　　　　　选调生

事？"于是我就把刚才发生的事说了一遍，同时把宣传页递给他。乔大槐问："陈镇长，你说蓖麻算不算中药材？该不该补贴？"陈副镇长看完宣传页后说："镇里的意思是对白芷进行补贴，你说的蓖麻不在补贴范围内。"这下乔大槐可抓着理了，他顺便把刚才挨批评的气也撒了出来，大声嚷道："陈镇长，你这样不对，别看你是副镇长但也要讲理。镇里文件光说要补贴中药材，蓖麻是中药材，就得补！这个道理讲到天边我也不怕！"陈副镇长气坏了："你这个人怎么总是捣乱？我说不能补就是不能补！"乔大槐气得扭头就走，一边大声嚷着："镇里说话不算话，这工作我没法干了。回家去！"毛金豹忙拦阻他："你等等，急什么急？"乔大槐也不回头，离开地头，向通往村里的小路走去。乔天庆恼火了："金豹，劝他干吗？让他走！一开始我看这个人就不地道！"

乔大槐走后，大家渐渐镇定下来。陈副镇长又仔细看了看宣传页，自言自语地说："看来镇里的文件确实有问题，刚才在气头上，可能态度蛮横了些。"说着把宣传页递我。我说："要是能明确一下补贴的范围就好了。"陈副镇长点点头，思索了片刻，他拿起手机："赵书记吗？我是陈俊昌，我们正在村里量地，刚发现一个问题。就是咱们对中药材的补贴政策不够严谨，中药材的补贴应该有个界定范围，不然下面执行起来有些乱，很容易让人钻了空子……哦哦，好的好的……晚上我再具体向你汇报。"挂了电话，陈副镇长说："赵书记和李镇长正在县里开会，他们说晚上再和我研究这件事。"又对大家说："咱们接着量地吧，只量白芷地。老乔，你也是这组的人，地块也熟悉吧？你领着晨辉他们量地。"乔天庆说："没问题，离了他我们照样量地！"

到了下午三点多的时候，五十多户的白芷地总算量完了。毛金豹让大家一起到他家。趁大家喝水的时候，我们几个人把每户的面积抄写了一份，并计算出了总面积，一共一百七十二亩。毛金豹见我们算完了，拿出钥匙开了抽屉，把他自己的底册拿了出来："你们自己看吧,看我是不是糊弄你们。"我接过底册翻了翻,在最后一页上看到合计的总面积,一共是一百九十二亩。和我们量的总面积差二十亩呢!要是差三亩五亩的还有情可原,不可能没有误差。一下子差了二十亩,不得不让人打个问号。我没说话,悄悄地把两个底册交给了陈副镇长,并用手指了指最后的合计数。陈副镇长仔细看了看两个底册,不由得皱起了眉头。毛金豹在对面坐着,好像看出了什么,问道:"怎么?有什么问题吗?"陈副镇长把底册放下说:"金豹,来,你过来看看。怎么差这么多?"毛金豹立刻过来坐在陈副镇长旁边,把两个底册拿起来仔细看。看着看着,他就坐不住了,站起来说:"这到底是怎么回事?差了二十亩,太多了!到底是谁的错?"陈副镇长问我:"晨辉,你有漏掉的吗?"我再次把自己的那份底册拿起来,认真对了对,然后说:"没错的,一共五十五户,我刚数过一遍。"陈副镇长转身问毛金豹:"你这个底册是怎么得来的?是你自己亲自去量的吗?"毛金豹脸色有些难看,他摇摇头:"没有,基本的数据是乔大槐和毛国安给我提供的,我只是汇总了一下。"陈副镇长对我说:"晨辉,你一户一户地对一下,看看问题出在哪里。"这时候乔天庆和毛国安也都忍不住过来看。我和楚天舒、田俊秀把五十五户挨个对照了一下,最后发现有八户数据不一样。毛金豹的底册中这八户每户都多出了两三亩。对照完毕后,我就把这个情况对大家说了。乔天庆仔细看了看圈出来的这八户,然后用手拍了一下桌子:"哼!我看出来问题出在哪儿了——是那个乔大槐捣的鬼!"陈副镇长忙问怎么回事。乔天庆指了指这八户的名字说:"你们看,这八户都是他那个组的人。还有,这六户都是他的本家,另外两户是他的狐朋狗友。怎么这么巧,问题都出在这八户身上?其他人怎么没有问题?肯定是这个家伙想虚报面积,借机骗取镇里的补贴款。这个家伙太不地道了!"毛国安不住地点头:"乔叔说得对,我看就是他捣的鬼。"毛金豹气得脸一阵红一阵白,连声说:"没脸见人了,没脸见人了!以后还咋让陈镇长信任我?要是不知道内情的还以为我这个人不厚道呢!"见他一直在自责, 陈副镇长安慰他说: "金豹, 我一直相信你的, 这件事也不能全怪你。不过, 有些事情最好自己去调查, 不能光听汇报, 只有亲自调查了才能得到真实的情况。"毛金豹感激地说: "谢谢陈镇长的宽宏大量! 要是换了其他领导, 说不定把我批成什么样子呢。"陈副镇长说: "这样吧, 我看这八户最好还是重新测量一下, 说不定是晨辉他们量错了呢! 咱也不能冤枉好人。"

　　乔天庆领着我们三个人又到地里, 把这八户的面积重新测量了一遍。结果表明我的数据是对的, 确实是乔组长虚报面积了。在往回走的路上乔天庆一边走一边骂: "这个见钱眼开的家伙! 油锅里的钱都想拿, 他这个组长真是不想干了! "回到毛金豹家里, 我们把重新测量的结果汇报后, 毛金豹气愤地说: "事情很清楚了, 是他在捣鬼。这样的组长还要他有啥用? 撤了算了! "毛金豹又给魏正仁打电话, 说了今天的事。最后毛金豹说: "正仁也同意。那就把他撤了吧! 这两天抽时间宣布一下。"陈副镇长忽然想起了补贴范围的事, 他问毛金豹: "收完麦改种中药材的农户, 他们准备种什么药材? "毛金豹说: "大多数准备种柴胡。据有经验的种植户讲, 根据咱们村的土质, 再加上收完麦后的时节, 也就种柴胡合适。"陈副镇长点点头说: "那我就向镇里建议, 把补贴范围暂时定为白芷和柴胡两种, 以后形势变化了补贴范围再调整嘛! "乔天庆说: "乔大槐这家伙玩的都是小聪明, 别的不会, 钻政策的空子倒是比谁都能! "陈副镇长说: "还别说, 这个乔大槐倒是提醒了我们, 看来以后镇里制定政策的时候还要考虑周全! "

　　第二天镇里就发了文件, 明确了中药材的补贴范围。陈副镇长让重新制作宣传页, 到村里去张贴发放。同时, 按照昨天确定的底册, 对这五十五户种植户发放了补贴。为了扩大影响力, 发放补贴的时候, 在村里举行了个简单的仪式, 吸引了不少村民前来观看。这下子, 又有不少人表示愿意收完麦后改种药材。

　　"三夏"工作正式开始了。和往年一样, 禁烧工作是一个重要内容。今年的禁烧工作与去年相比容易了一些。因为去年是禁烧工作的第一年，有了去年的基础，今年农民心里已经有了禁烧意识，再加上多种形式的宣传，所以整体工作不像去年那样"村村点火、处处冒烟"了。即使这样，镇里还是把干部派到了地头，组织了机动力量，一旦遇到火情，紧急出动扑火。我们农办的几个人除了要抓好禁烧工作外，还得考虑中药材的事，因此就更加忙碌了。

麦收完毕后，那些愿意改种中药材的开始行动了。经过镇里联系，县农业局和药材办提供了种子，派来了技术人员，指导农户种植。十多天后，一共有七十五户种植了大约二百三十亩柴胡。等种植完毕后，陈副镇长我们几个人心里的一块石头才算落了地。我抽时间写了两篇稿件报送到了《颍川通讯》和县委县政府。

刚喘口气没几天，陈副镇长又召集农办开会，说是县里对故城镇发展中药材很感兴趣，决定组织药商来故城镇实地参观考察。赵书记和李镇长对此次考察很重视，认为这是一次宣传故城镇中药材种植、争取上级支持的好机会。另外去年种的白芷8月份就要收获了，到时候会遇到销路问题，药商来考察时也正好可以谈谈销路。按照镇里安排，这次参观考察的筹备工作交给了陈副镇长和农办。介绍完情况后，陈副镇长问大家怎么办。我问陈副镇长："他们什么时候来？"陈副镇长说："说是下周，具体时间还没定。咱们要快点准备，下周一前全部完成。"楚天舒说："陈镇长，你就安排吧，安排到谁身上谁就干呗！"小童和田俊秀也都表了态。陈副镇长看看大家说："既然这样，那我就安排了。我考虑主要有这几方面工作：第一，得准备宣传页，到时候来的人都要人手一份，这项工作就由晨辉负责；第二，要安排好路线，天舒，你和俊秀到魏庄再去看看，到时候车从哪里进，从哪里出，路上有障碍的要让村里尽快清除；第三，要准备十块牌子，分别写上'故城镇中药材生产基地'十个大字，小童，你先到镇上制作广告牌的商户的门店里看一下，有合适的给我说一声，我看过了再定；第四，要事先安排几个中药材大户，到时候参加座谈，这件事

　　　　　　　　　　　　　　　　　　　　选调生

我直接给毛金豹打电话，让他安排。"陈副镇长宣布了分工，大家都说："请陈镇长放心，保证完成任务！"最后陈副镇长又问大家有什么补充的没有。我问道："县里来的领导是谁？到时候咱们需要去迎接吗？"陈副镇长笑着说："晨辉，这个你就不用操心了。由赵书记和李镇长他们具体考虑。"

　　大家开始分头行动。我当天就拟好了宣传页上的文字内容，拿给陈副镇长看。陈副镇长一边看一边点头："行，挺不错的。"又问我："晨辉，种植面积四百亩的数据是怎么得到的？"我说："是前些日子量地的数据。"陈副镇长又问："包括今年新发展的面积吗？"我点点头说："是的。所有的都算上了。"陈副镇长皱起眉头，不说话了。他端起茶杯，一边喝水一边想着什么。最后，他把茶杯放在桌子上，一锤定音地说："种植面积就写成八百亩吧！"我大吃一惊："夸大一倍？这合适吗？万一他们来了，咱们没那么多，怎么办？要是差个三五十亩还能说得过去。"陈副镇长笑着说："晨辉，你放心吧！他们也就是走马观花地看看，不会去较真的。退一万步说，万一他们较真，咱们也有办法解释。反正现在新种的苗都还没出，随便指出一片地就能糊弄过去。他们还能把土刨开看看？"我没吱声，心想又要造假，唉！陈副镇长看出了我的心思。他说："晨辉啊，其实很多事都是被逼无奈的。咱们虚夸一些，别的乡镇不知道要比咱们虚夸多少呢。就拿后井镇来说吧，他们的中药材号称三千亩。前段时间咱们去实地看了，我觉得，一千亩顶天了！所以说这个不必太较真，主要是一种声势，要借助这次参观考察活动，把咱们故城镇的中药材宣传出去。你说是吗？"我无奈地说："既然这样，那我现在就把数据修改了。你看其他地方还有需要修改吗？"陈副镇长摆摆手："没了。除了数据，其他的都很好。"

　　我把数据修改后，晚上在门口的文印社按照陈副镇长的要求印了三百份。过了两天，楚天舒、童振兴、田俊秀也都分别完成了各自的任务。陈副镇长又对每项工作进行了实地查看，确认没有什么疏漏的地方后，才放了心。

考察团来的前一天，陈副镇长带着我们几个人到村里，先在一大块连片种植的白芷地边把"故城镇中药材生产基地"的牌子栽上，然后又沿着路线看了一遍，生怕出现什么问题。最后，他对毛金豹说："从现在起你派人轮流看着那十块牌子，别让人偷走了。要是看不住，我拿你是问！"毛金豹笑着说："我晚上搬个竹床躺在地头看着，你看行不？"陈副镇长说："谁看我不管，我要的是不出事。"毛金豹感叹地说："真麻烦，栽个牌子还得有人看。有啥操啥心！"又瞅了一眼旁边的乔天庆："乔叔，这个事交给你了。反正你晚上一个人也没事。"乔天庆一听就急了，骂道："娘了个腿！豹，好事你怎么不分派我？光想坑我是不是？"毛金豹笑着说："谁不知道你老乔老当益壮，一个顶俩。交给别人我还不放心呢！"

六十七

考察团终于来了。陈副镇长带着我们坐镇里的面包车一早就来到魏庄村，在村口等候。陈副镇长悄悄告诉我："听赵书记说这次主管农业的葛副县长也要来，看来考察团的规格不低。"不一会儿，赵书记、李镇长也坐着小轿车来了。大约九点钟的时候，从通往县城的公路上驶下来两辆大巴车。前面的车停下来，车门刚一打开，赵书记和李镇长就迎了上去。寒暄几句后，两个人从大巴车上下来，回到自己的小轿车里。于是，小轿车带路，两辆大巴车跟在后面，我们也赶快上了镇里的面包车，大家一起向村里驶去。

车队在离村部不远的一片空地上停了下来。赵书记、李镇长、陈副镇长以及镇里来的干部立刻下了车，迎候在大巴车的车门前。大巴车的门开了，为首的一个人缓缓地走下来。这个人四十多岁，西装革履，头发梳得干干净净，大概这就是葛副县长了。葛副县长分别和赵书记、李镇长、陈副镇长等握了手，又冲着后边的镇村干部挥手致意。大巴车上的其他人也跟着下了车。于是握手成了一项主要活动，不同的手或紧或松地握着、摇晃着，充满了亲切。趁着这个空隙，我给大巴车上下来的每个人都发了宣传页。葛副县长看了一眼宣传页，随手交给了旁边挎着公文包的秘书。

考察团在赵书记、李镇长、陈副镇长以及毛金豹的陪同下一边走一边谈，不时地指指点点。先来到"故城镇中药材生产基地"的牌子前说了半天，然后他们就下了地，抚摸着深绿色的叶子，有的人还把鼻子凑到叶子上闻。他们下地里看的时候，我和楚天舒、小童以及田俊秀等人就在路边等着，这个场合我们是插不进去的。不一会儿，考察团从地里走出来，又去了另外一块地，我们自然也跟着。转了几块地后，开始分头到种植大户家里去座谈。我的心里轻松了许多，因为按照计划，座谈完后他们就要离开了。

大约十一点的时候，考察团先后从种植大户家里出来，回到大巴车上。我们就在车旁边招呼着。最后，葛副县长在赵书记、李镇长、陈副镇长等人的陪同下也准备上车。正在这时候，忽然远处有人大声喊叫："县里的领导先别走，我们老百姓有点事要说！"

大家不约而同地回头看，见远处气喘吁吁地跑来两个人，手里好像还拿着什么东西。葛副县长也愣住了，看了一眼身旁的赵书记和李镇长，然后镇定下来。等那两个人来到车前，我才看清楚，原来是落选的村主任魏振山和被撤职的五组组长乔大槐。我有些纳闷：魏振山不是出去打工了吗？什么时候回来的？他们俩有什么事要找县领导说？我心里隐约感到一丝不安。

"你们俩有什么事找我？"葛副县长问道。

"这位县领导，我想问一下，要是有人虚报中药材面积，你们会处理吗？"魏振山气呼呼地说。我的心头一凉，糟了，怕什么来什么！再看看旁边的陈副镇长，表情也紧张起来。

"只要你反映的属实，我们肯定会处理的。你不要着急，慢慢说。"葛副县长不慌不忙地说。

"好，那你先看看这个。"说着，魏振山把手里的一张纸递给了葛副县长。我偷眼一看，原来是魏庄村中药材的宣传页。葛副县长接过宣传页，并没有看，问道："这有什么问题吗？"魏振山冷笑了一声："上午我看到宣传页上说我们魏庄中药材面积是八百亩，我怎么算也没有那么多，顶多也不超过四百亩。这是咋回事？"乔大槐也说："是啊，前段时间量地我参加了，根本没有那么多！"

葛副县长仔细看了看宣传页，然后对赵清明说："赵书记，中药材面积到底是多少？你能解释一下吗？"赵清明转过脸问陈副镇长："俊昌，你是主抓农业的副镇长，你说说吧！"陈副镇长的脸涨得通红，他有些结结巴巴地说："八百亩，应该……应该出入不大。即使不到这个数字，也差……差不多！"听陈副镇长这么说，魏振山火了，他过来就去拽陈副镇长的袖子："走，陈镇长，咱们当着县领导的面，现在就去量地，看看我说的到底是真是假。"陈副镇长挣脱了魏振山，一动不动地站在那里。

葛副县长一脸严肃地问："陈镇长，你给我说实话，到底是多少亩？"陈副镇长见实在瞒不住了，只好低着头说："葛县长，实话对你说吧，实打实一共四百亩。"赵清明发怒了："俊昌，明明是四百亩，你为啥说是八百亩？你到底是怎么想的？"又转脸看着我，厉声问道："晨辉，你是农办主任，你能给我解释一下吗？"我的脸上热辣辣的，低下头不说话。陈副镇长连忙说："赵书记，这不关晨辉的事，是我让他在宣传页上这么写的。我是他的领导，他能不听我的吗？"

葛副县长缓和了口气，问道："陈镇长，你虚夸了一倍面积，到底是怎么想的？我想听听你的心里话。"陈副镇长稳了稳情绪，说："葛县长，其实不光是我们，后井镇的中药材面积对外号称三千亩，其实据我了解，也就一千亩出头。受他们的影响，我想我们夸大一倍也不为过。为什么要夸大？一方面是政绩工程和侥幸心理。还有一个更重要的原因，就是想造成一种声势，引起上级领导的重视，从而得到上级的支持。从这一点上来说，我这样做不是为了我自己，而是为了全

　　　　　　　　　　　　　　　　　　　选调生

镇特色农业的发展。发展中药材种植，难度很大，非常需要政策扶持，我们镇里前段时间出台了补贴政策，但是光这些是不够的，更需要上级的大力支持。葛县长，这就是我的心里话，但不管我的出发点怎样，我毕竟是犯了错误，我请求领导处分。"

大家都静静地听着。等陈副镇长说完后，葛副县长动情地说："陈镇长能把真实想法说出来，这很好。但不管怎样，他虚报了面积，欺骗了领导，犯的错误是严重的，至于怎么处分，随后由县里决定吧！但我也要向大家做个检讨，看来我还是下基层调研的少，犯了官僚主义错误，要不是今天有人举报，我还被蒙在鼓里呢！掌握的情况不准确，决策怎么能正确呢？回头我也要认真反思。还有，赵清明书记、李书田镇长，你们也有领导责任，不光是陈镇长一个人的事！"说完后，他又握着魏振山和乔大槐的手，和颜悦色地说："谢谢你们俩的举报，是你们俩让我了解了真实的情况，以后有什么情况还要继续反映上来。"

刚才陈副镇长挨批评的时候，魏振山和乔大槐冷笑着，一副幸灾乐祸的样子。现在听葛副县长表扬他们，两个人满意地点着头，然后转过身，大摇大摆地走了。

见他们走远了，葛副县长微笑着说："不说虚报面积的事了，一码归一码，你们的工作还是挺不错的，我很满意。下一步，我会向县里汇报，争取在资金、技术等方面向你们倾斜。今天不少药商看了白芷后，认为你们这里白芷的成色比其他地方要好，当时就有几个药商和种植户签订了收购合同。看来这次我们没白来！"听完葛副县长的话，我们几个心里这才得到了一些安慰，辛苦一些没什么，挨了批评也没什么，只要能得到领导的支持。

车门缓缓地关上了，赵书记、李镇长站在车门口，不停地挥手，一直到两辆大巴车消失在远方。两个人长出了一口气，也分别上了自己的小轿车，回镇里去了。喧闹了大半个上午的村庄终于恢复了原有的宁静。乡村小路一下子空空荡荡的，地上散落着花花绿绿的宣传页，被风吹起，又落在了远处。陈副镇长让人把"故城镇中药材生产基地"这十块牌子拔出来，放到面包车上。乔天庆松了一口气说："快点儿拔走，省着我一直操心——你们不知道，昨儿个晚上我睡在地边一直看着，还有不少蚊子，我几乎一夜都没合眼！"陈副镇长安慰他说："老乔辛苦了，这次考察团来我给你记上一大功！"

由于虚夸中药材面积，一星期后，县纪委监察局给了陈俊昌党内警告处分，对赵清明和李书田进行诫勉谈话；镇里也安排党委副书记崔大状分别对我和毛金豹进行了谈话。事后，我想了许久，在那样的大环境下，自己虽然有些无奈，但不管怎么说，还是怨自己不够坚持原则，如果据理力争，尽力去说服陈副镇长就好了。好在又过了不久，颍川县下发了关于进一步支持特色农业发展的文件，其中对于中药材连片种植的，每亩补贴一百元；此外在技术、信贷等方面也给予大力支持。这一点，让陈副镇长、毛金豹我们得到了不少安慰。

"三夏"结束后不久，镇里就开始安排夏粮收购的事情。我的心里又开始紧张起来，心想一年时间过得真快，去年收粮的场景还历历在目，如同昨天，转眼间新一年的收粮又要开始了。去年收粮的时候真可谓惊心动魄，今年呢，会不会和去年一样难收？今年又会发生什么事呢？

正当全镇干部积极准备投入夏粮收购这场攻坚战的时候，一件突如其来的事情让很多人重新惶惶不安起来，再也没有心思下村收粮了。其实这件事也是在意料之中的，只不过大家没有足够的重视，再加上过去了几个月，大家或多或少地把它淡忘了。这天点名的时候，气氛就有些不正常。点完名，赵书记照例要讲上几句。可是这天他却说："桂委员，你是镇里的组织委员，你说说吧！"桂宝华从第一排的椅子上站起来，然后转过身面向大家，刚要说话，赵书记说："你上台讲吧！"许长杰急忙从旁边将一把椅子搬到主席台上，一边说："桂委员，请坐吧！"桂宝华走上主席台，在边上坐下后，他清了清嗓子说："同志们，有件事需要向大家通报一下，因为这件事关系到每个人的切身利益，所以希望大家充分理解，正确对待。"会场上立刻安静下来。桂宝华接着说："春节前的机构改革大家都还记得吧——那次咱们精减掉了手续不全的十八个人。但是，这只是第一步，按照县里的安排，机构改革要分两步进行：先是精减临时人员和手续不全的人员，然后对精减后的人员重新定岗定编，整个机构改革工作要在7月底前全部完成。昨天，县里召开了机构改革推进会，要求第二步改革近期要实质性推进。我算了一下，现在是6月底，时间已经不多了，所以我们要按照县里要求抓紧实施……"桂宝华说话的时候，台下的人开始交头接耳起来。桂宝华用手拍拍桌子："大家先不要议论，听我说完。这次改革大家先不要害怕，因为基本不牵涉精减人，主要是重新确定一下行政编制和事业编制。至于怎么确定，确定谁是行政编制、谁是事业编制，由镇党委集体研究。我要说的就这些！"桂宝华说完后，用目光扫了一下赵书记。赵书记点点头："好。桂委员刚才把第二步机构改革的情况说了一遍，最后我还要强调一点，就是要正确对待这次定编定岗问题。关于行政编制——大家都知道——就是公务员，但是数量毕竟有限，多数人恐怕还得定为事业编制，个别人甚至没有编制。其实行政编制和事业编制的工资待遇区别不大，没有编制的以后有空缺了还可以递补。所以希望大家不要对这件事看得过重。"赵书记说完后，又问了李书田和崔大壮，两个人都摆摆手，表示没什么可说的。赵书记这才宣布散会。

会后许多人都集中在机关大院里久久不愿离去，大家议论的核心当然是定编问题。桂委员身边围了不少人，大家七嘴八舌地问这问那，我也挤过去想听个究竟。桂委员看到我后，指着我对旁边的人说："还是人家晨辉，一点也不用担心，来的时候就是行政编制，人家是正经八百考上的公务员，省委组织部的选调生！你们就不一样了，定什么编制还两说呢！"有人顺着桂委员的话说："就是，看来有学历的还是占便宜。"我心里美滋滋的，也彻底放了心，心想爱怎么改就怎么改，与我无关。

过了一会儿，有人来叫桂委员，说是赵书记找他有事。桂委员走后，剩下的人还在议论，说话也更加放得开了。信访办的周振川说："赵书记和桂委员真会稳定人心。说行政编制和事业编制区别不大，我看纯粹是瞎说，区别大着呢！谁不知道行政编制好处多，提拔优先，还更保险，到具体的事上你们就知道了。听说行政编制就二十多个，光副科级就占了十几个，剩下的看镇里怎么分配。要是分配不好，恐怕又要出乱子！"旁边的人纷纷点头表示赞同。有人问："老周，那你自己呢？估计能定上什么编制？"周振川胸有成竹而又得意扬扬地说："我？肯定要占行政编制。我都五十多岁的人了，光工龄都三十五年，我要是定不上行政编制，谁还有资格？要是敢不把我定上，我就告去，告到哪里我也有理——谅他们还不敢！"有人附和着说："是啊，老周你定上行政编制是板上钉钉的事！"

其实，我对行政编制和事业编制的了解并不多，但是根据以往大家的说法判断，周振川说得是有道理的，两者确实存在差别，行政编制当然要比事业编制好。赵书记和桂委员故意淡化两者的区别，显然是为了机关的稳定。我暗自庆幸自己来的时候就是考录的公务员，是行政编制，这样省去了定编的麻烦。

太阳越来越高，也越来越热了，人群渐渐散去。本来要下村的，可是陈副镇长也没再提这件事，所以我就回自己房间看书了。下午的时候我睡了个午觉，刚洗了把脸，就听到有人敲门。我开门一看，原来是楚天舒和小童，他们也闲着无聊，来找我说话。刚说了几句话，就扯到机构改革上，楚天舒说："我是不敢多想，能定上事业编制就很满意了。"小童也说："是啊，我们的资历都太浅了，肯定是事业编制。真羡慕晨辉，年纪轻轻的就是公务员。"我心里虽然美滋滋的，但是嘴上还得安慰他们："你们俩定上事业编制也不错，以后可以慢慢再往上递补嘛！"过了一会儿，小童忽然说："我刚才听许长杰和别人小声嘀咕，可能下午就要开党委会，是不是研究这件事呢？"我说："希望如此，早点定好，早点安心工作！"谈了一会儿话，大家开始玩扑克，一直"疯"到傍晚。

晚上带班的领导是桂宝华。吃过饭后小童建议我们三个人去找桂宝华打听打听情况。他办公室里坐着好几个人，都是打听情况的。刚走了一拨，又来了一拨。好容易没人了，我们三个才走进去。桂委员打着哈欠说："你们坐吧，今天可把我累坏了！"我想应该简单说几句话就走，好让桂委员早点休息。小童开门见山就问定编的情况。桂委员点上一支烟，悠悠地说："下午是开了党委会，但是还没最终定。你们三个估计都会是事业编制。"他这漫不经心的一句话让小童和楚天舒如释重负，却让我的心瞬间悬了起来。我试探着问："我们三个都是事业编制吗？"桂委员点点头："还没最终定，但是凭你们三个人的资历，应该是事业编制。"我的心里"喇"的一下凉了，一股怒火让我开始变得激动起来："桂委员，你上午不是还说我定行政编制没问题吗？怎么现在又变卦了？"桂委员不紧不慢地说："我是说过这句话。可此一时彼一时啊，下午镇党委会研究的方案大体是根据工作年限来定的。那些老同志干了大半辈子，前途是没有了，总不能连个行政编制也弄不上吧？你们还年轻，以后还有机会……"不等桂委员说完我就急不可耐地站起来，气呼呼地说："桂委员，镇里谁都知道我是省委组织部下派到故城镇的选调生，是通过公务员考试考录的，整个颍川县就我们两个人。还有比这资格更硬的吗？别的我不管，我的公务员身份是上级给的，这次无论如何也得定上行政编制！人总得讲道理吧！"我以前对桂委员挺尊重的，可这次我再也按捺不住心中的怒火了。我说出的话有些刺耳，小童拉了我一把，我什么也不顾了，使劲甩开他的手。桂委员的脸有些难看，看得出他尽量克制住了自己，耐心地说："晨辉，你不要着急好不好？我刚才说过，你还年轻，以后机会多着呢！这次先照顾一下老同志，好不好？他们毕竟干了大半辈子了……"我打断他的话说："不能什么事都按资排辈，按资排辈也要讲一讲原则吧？要是我是分配进来的一般的学生我也不去争了，可是，我明明是国家考录的公务员，到哪一级都得承认，镇里却要给我定事业编制，这还有天理吗？"桂宝华也忍不住了："晨辉，你这个人怎么这样？定编的事是镇党委开会研究决定的，也不是我一个人说了算。你要是不服，去找镇党委说理吧！"说着，他站起来，做出要送人的姿势。我二话没说，转身就走。小童和楚天舒面面相觑，想说什么却又不知如何是好，只好跟着我出了桂宝华的办公室。

小童埋怨我说："晨辉，你太沉不住气了，跟桂委员急什么？"我没好气地说："今天的事你都看到了，我明明是公务员，却非要给我定事业编制。这口气我怎么能出得来？这次别说是桂委员，就是赵书记我也不怕！"楚天舒劝解说："算了，都别争了。你们俩说得都有道理。小童是好意，可是晨辉生气也有道理，这事搁谁身上也受不了。"

三个人分手后各自回房间休息。我一看手机，已经快十点了。于是赶快洗漱，然后上了床，可是躺在床上无论如何也睡不着觉，满脑子都是定编的问题。按资排辈，什么年代了还搞按资排辈？要说排个顺序也应该按工作成绩。我来到故城镇后，特别是包村以后，不敢说是成绩显著，但也是卓有成效吧。不客气地说，比那些整天无所事事吃老本的人强多了。再说了，我明明是考录的公务员，是省委组织部下派的选调生，可是他们却偏偏不认，实在是太让人气愤、太让人憋屈了！我一定不能忍，一定要讨个说法！我冥思苦想着，可是想了半天也想不出好的办法。找赵书记？基本没用。方案是镇党委研究决定的，他能推翻他自己吗？再找桂委员说说好话？没用！再说自己已经把弓拉满了，如何下得了台阶？我该怎么办？我到底该怎么办？难道就这样忍了吗？谁能帮帮我？……

六十八

第二天五点多我就醒了，觉得有些头疼。这一夜我也不知道自己睡着了没有，反正处于一种半睡半醒的状态，出现的梦境或者叫作幻觉吧，都是有关定编的，反正所有的结果都是失败，都是屈辱。

选调生

我用凉水洗了脸，开门透透气，感受一下早起的凉风，多少舒服了一些。然后开始坐在床上发愣，过了一会儿觉得还是应该看点书什么的。忽然，我的目光落在一个记录本上，那是开选调生座谈会时我做的记录。我把它拿出来，打开看，回忆着座谈会上的一幕幕。翻着翻着，我看到了一个电话号码，是莲城市委组织部青干科的电话。我猛然眼前一亮，对了，怎么把冯科长给忘记了！冯科长在选调生座谈会上的讲话仿佛在耳边响起："大家把青干科的电话记一下，回去后要好好工作，要是遇困难可以直接给我打电话……"当时我随便在本上记下了这个电话号码。现在不正是遇到困难了吗？不正是可以给冯科长打电话了吗？

顿时，我来了精神，拿起手机刚要拨，一看时间，才六点多一点，冯科长还没上班呢！还得耐心地等待。唉，真是急死人了！

好容易等到点完名，我也顾不得陈副镇长召集不召集工作区开会，就直接跑到楼上。进了宿舍，把门关好，我拿起手机就拨通了青干科的电话。铃声响过三声后，传来一个女人的声音："喂，你好！"正是冯科长。我像盼到了救星似的，急不可待地说："冯科长，您好！我是咱们九九年的选调生，我叫丁晨辉——就是分到颍川县故城镇的那个。"冯科长稍微愣了一下，随即就明白了我是谁："噢——知道知道。晨辉，你有什么事吗？"我接着说："是这样的，我想问一下，当初我们选调生分到乡镇的时候是不是带着编制的？是不是行政编制？"冯科长有些吃惊："是啊，当然是。当初你们分下去的时候我就说得清清楚楚，你们是正经八百的公务员，也就是你所说的行政编制。怎么，你现在忽然想到问这个？"得到冯科长肯定的答复后，我的心里踏实了一些，就说："冯科长，既然是这样，有件事我想给您反映一下——太可气了！"冯科长说："晨辉，你慢慢说。"于是我就把机构改革的事情和镇里按资排辈的意思简单说了一遍。电话那端冯科长静静地听着，最后她也实在忍不住发火了："胡闹！竟然有这样的事情，简直无法无天！晨辉，你先别着急，我现在就给颍川县委组织部打电话!"我十分感激地说:"太谢谢您了,冯科长,给您添麻烦了!"冯科长说:"不用谢,这个问题你就应该给我说,要不然就是我的失职。你现在什么也别想,安心工作吧!"

给冯科长打完电话,我的心里舒服多了。忽然,我想起了吴俊峰,有一阵子没和他联系过了,不知道他情况怎么样。我们俩可是一批的选调生,颍川县机构改革,他所在的乡镇也不能例外,他会不会和我一样遇到类似的麻烦?我给他打了传呼,不一会儿他回了过来:"晨辉啊,好久没通过电话了。你这段时间过得怎么样?"我打断他的话说:"别的先不说,我先问你,机构改革的事你们云山镇进展得怎么样?"他叹了口气:"不怎么样!人心惶惶的。"我又问:"你呢?定的是行政编制还是事业编制?"他又叹了口气:"还没定呢,不过听领导的口气好像是事业编制吧,他们说我资历浅。咱们不都是参加过公务员考试了吗?怎么还是事业编制?我正为这事发愁呢!你呢?"我抢白他说:"你怎么总是叹气?光叹气有什么用?得想想办法。要不然太欺负人了!"于是我就把我的情况给他说了一遍。他也有些着急了:"晨辉,你说该怎么办?有什么好办法吗?咱们俩又都没有过硬的关系。"我说:"我正想给你说这件事呢!我刚才给莲城市委组织部青干科的冯科长打了电话,反映了我的情况。你最好也给冯科长打个电话反映反映,这样她会更加重视。"听我这么一说,吴俊峰说话顿时有劲了:"好,我马上就打。"

大约十五分钟过后,我的手机再次响起,是吴俊峰打来的。他说:"我也给冯科长说过了。她很客气,表示上午就会给颍川县委组织部打电话,让我们安心工作。"我长出了一口气:"那好吧,咱们就等等看,有什么消息相互通报。"

我哼着曲子下了楼,找到楚天舒和小童。他们有些意外:"怎么?晨辉,有什么好事吗?昨晚上你还生气呢!今天我们俩正想去劝劝你。"我笑了笑说:"没事,有些东西不该是你的,你强求也没用;该是你的,谁也夺不去!"小童看着我,像是发现了什么:"晨辉,你

选调生

话中有话，有什么事情瞒着我们俩？"楚天舒也说："就是啊，我看你有点不对劲，肯定是有好事了！"于是我就把刚才给市委组织部青干科打电话的事情说了一遍。楚天舒说："有市委组织部给你做主，你的行政编制没问题了。"我愤然地说："本来是属于我的东西，现在却要想办法去得到，还因此而高兴。真是没了天理！"小童拍了我一下："得了吧，晨辉，你比我们俩强多了！你有了问题还有人给你做主，我们呢？要是我们有了问题，谁替我们说话？"

白天没有下村，首先是陈副镇长没有召集，再一个就是人们也都没了心思。有了冯科长的话，我底气十足，因此就静静地等待着事态的变化。到了晚上，我正在看书，手机响了，是党政办公室的号码。许长杰说："晨辉，你快去桂委员办公室，他找你好像有急事。"我心头一动，莫非与定编有关？有这么快吗？带着疑虑，我赶快来到桂委员的办公室。这几天桂委员忙坏了，一直就待在镇政府，即便有组织干事樊国超给他帮忙，也是忙得不可开交，只有到了晚上才稍稍清闲一些。由于昨天晚上和他发生了不愉快，见了他，我有些不自然，不知道该说什么好。桂委员倒是恢复了往常和我说话的热情，他先是有些抱歉地说："晨辉啊，唉，这几天我忙得焦头烂额。你看看，机构改革这么大的事赵书记都推给我了，这关系到每个人的切身利益，不好办啊。方方面面的利益，很不好平衡。因此，我也有些急躁，昨儿晚上脾气也不好，你不会往心里去吧？"见桂委员有道歉的意味，我连忙站起来说："桂委员，你太客气了！昨儿晚上是我太急躁，说话太难听，还请桂委员原谅。"桂委员笑着说："好了好了，这件事就算过去了。今晚把你叫过来，主要是想告诉你个好消息，镇党委已经同意定你为行政编制了！"尽管这是预料之中的事，但我还是十分激动："真的吗？太谢谢你了，桂委员！"桂宝华看着我说："说实在话，这次你还真得感谢我。昨天晚上我仔细想了想，你工作干得不错，又是省里的选调生，能和别人一样吗？应该特事特办，不能拘泥于资历。所以今天上午我就找机会向赵书记说了你的情况，建议把你改为行政编制。赵书记对你印象不错，最终也同意了。所以过些日子你要请客哦！"我立刻说："一定一定。这件事多亏了你替我说话，我太谢谢了！"我嘴上这么说，心里却暗自好笑：是你桂宝华在赵书记面前替我说的话吗？应该是冯科长的力量吧！你这点小聪明太不高明了，也太小看我了，我已经不是刚上班时的样子了！

这天夜里，我睡得太香了，一方面是因为一块石头落了地，另一方面昨晚没睡好觉，太困了。

就这样纷纷扰扰地过了一星期后，机构改革的定编工作终于尘埃落定。镇里公布了行政编制和事业编制名单：行政编制中，除了镇班子成员外，还有信访办的周振川等几个老同志，再有就是我和樊国超、程晓广；小童、许长杰、吴秋娜、李学武等人都被定成了事业编制；此外，还有少数上班晚的人没有定上编制，属于编外人员，如楚天舒、王雪萍、田俊秀等。这些年通过各种渠道安排进来的人很多，早就超编了，因此有些人没有编制。赵书记再三强调要正确对待这次定编，尤其是编外人员更不要有什么想法，要安心工作，不要担心被精减掉。尽管赵书记这么说，有一种传言还是不胫而走，说是行政编制的人可能要涨工资，编外人员过一段时间要被精减掉。因此机关大院里还是人心不稳。

机构改革名单公布的当天，周振川就很高调地叫了定上行政编制的几个人出去吃饭，他要请客，用他的话说"这是一辈子的大事，花点钱祝贺一下，值得"。叫我的时候，我找了个借口，推辞了。因为我不想看到这些人大摇大摆地从那些没有定上编制或者定编不理想的人面前经过，这样就太伤那些人的心了。毕竟这是"几家欢喜几家忧"的事。我很为楚天舒、王雪萍、田俊秀三个人担心，他们是编外人员，尽管赵书记一直在安慰，但是外界的传言太可怕了。哪知道王雪萍满不在乎地对周围的人说："管它呢！要是让我回家，我马上就走，我还正想回家呢！我现在干一天算一天，只要对得起自己的工资就行！"说着，拉起田俊秀上了楼。楚天舒情绪很低落，我和小童安慰他了半天，效果也不理想。楚天舒沮丧地说："唉，完了，没想到刚上班不到两年就得回家——大不了我去找高远，也到北京去看看!"

大家议论了几天后，逐渐平息下来。不管怎么说，工作还是要干的。陈副镇长开始组织工作区人员下村收粮。我请了一天假，和吴俊峰一起去莲城市委组织部。这个提议是我提出来的，一方面是为了汇报工作，更重要的是当面感谢一下冯科长。我们别的方面做不到，当面感谢一下还是很有必要的。

很久没有和吴俊峰见面了，见到后感到格外的亲切，彼此问了对方的情况。吴俊峰说："我一直都是包村，云山镇要发展旅游经济，我还被抽调到旅游业发展办公室，现在是这个办公室的副主任。山里面，除了矿产外，就只能发展旅游经济了。还好，今年春天风景区开门营业，客源还不错。"我也把村里发展莲鱼共养和中药材的事情讲了一遍。他说："看来我们俩都没白下基层，多多少少也发挥了点作用。选调生，不能白叫了这个名字!"

一路上说说笑笑，感觉时间过得好快，九点半的时候就来到莲城市委组织部青干科。冯科长和小穆都在，和往常一样，见到我们，他们两个十分热情，让我们有种回了家的感觉。寒暄了几句后，我开门见山地说："冯科长，我们是特地来感谢您的。没有您的帮忙，机构改革我们两个都不知道成了什么样子。"冯科长笑着问我们："你们两个人都定成行政编制了?"吴俊峰点头说："是啊，没想到定个编还这么麻烦。"冯科长认真地说："那天你们两个给我打过电话后，我当即就给颍川县委组织部打了电话。我告诉他们，关于选调生问题，一定要高度重视，他们当初是通过几道关口进来的，都是大学生里面的佼佼者，是名副其实的公务员。如果这次连行政编制都定不上，不仅违反了政策，而且会挫伤大学生到基层工作的积极性，以后谁还去基层工作?此外，我还给其他县区的组织部打了电话，提醒他们在机构改革中要关注选调生，保护选调生的合法权益。当天下午，颍川县委组织部就给我回了电话，说他们县委组织部很重视，立即就选调生的编制问题召开了专门会议，研究决定选调生问题要特事特办，并且给相关乡镇的书记和组织委员打了电话。我听完后这才放了心……"我和吴俊峰再次站起来，向冯科长表示感谢。冯科长摆摆手说："你们都坐下，这些都是我们青干科应该做的事情，谈不到感谢。说实在话，我很喜欢你们这些到基层去的大学生。当初你们去基层的时候，应该是顶着很大的压力，而且还得有很大的勇气。我很同情你们，所以，我尽我所能给大家创造一个好的环境吧！"接下来，我们俩各自把在乡镇的情况向冯科长汇报了一遍。冯科长照例拿出本子，认真地记录，不时地夸奖我们："你们俩都是好样的，在基层也干出了成绩，没有辜负组织上对你们的期望。"

又谈了一会儿，话题渐渐转到了选调生的前途上。冯科长说："你们确实不能和其他人一样。但是我们青干科的力量毕竟还有限，我们只能向领导建议，或者给各地呼吁，能起多大作用就很难说了。此外，各地对选调生的重视程度也不一样。你们九九年的选调生，我所了解的，只有一个刚提拔了副科级，其他的还都是科员。所以，你们还得正确看待。"我们不住地点头，能说什么呢？冯科长对我们确实是尽了她最大的力量，她只是个科长，有很多问题不是她能左右得了的。忽然，冯科长想起了什么："我差点给忘了，现在莲城市莲花区正面向全市公开选拔十二名副科级领导干部。你们两个都符合条件，又都很优秀，要是你们两个报了名，估计很可能被选拔上的。你们不能光等组织提拔，也要主动寻找一些机会，这可是个很好的机会啊！"我们俩立刻眼前一亮，问："冯科长，现在报名还来得及吗？"冯科长说："应该来得及，前几天我才看到他们的公告。"说完后，她还不放心，又打电话问了情况。放下电话后，她高兴地说："还来得及，不过要快，剩下两天的报名时间了。你们这次来得也正是时候，正好赶上！"

回去的路上，我感慨不已："咱们俩这次运气真不错，没想到意外得到了莲花区公选的消息。要是咱们不来这趟，或者是晚几天来，也许就赶不上了！"吴俊峰说："这次多亏你了，是你提议我们俩来的。"我笑着说:"很多机遇都是靠自己争取到的,只有主动想办法,才能有出路。还有,就是'塞翁失马,焉知非福',本来没有定上行政编制是坏事,可是经过我们的努力,坏事变成了好事。要是没有定编这个风波,也许我们就不会得到公选这个消息。"吴俊峰自言自语地说:"莫非该我们时来运转了?"我点头说:"我看很有可能。不能老是走背运吧!现在机遇来了,就看我们能不能把握住。好在我一直没忘了看书,时刻准备着呢!"吴俊峰笑起来说:"我也一样,工作之余没有忘记看书。人们常说,'机遇是为有准备的人而准备的',我对这次公选考试充满信心。"

第二天,我们又请了假,准备好资料,一起去莲花区委组织部报了名。看了招考简章,要经过笔试、面试、体检、考核等环节。现在距离笔试的时间还剩十天。临别时,我和吴俊峰握了握手:"祝我们都能马到成功!"

只剩下十天的准备时间,还要下村收粮,很难兼顾到。我就把公选这件事告诉了陈副镇长——对于陈副镇长,我早已经把他当作可以信赖的人了。陈副镇长很感兴趣:"晨辉,你这个思路很好。不管结果如何,你一定要试一试。这样吧,这十天,你每天上午跟着大家下村收粮,中午吃过饭后就回镇里,利用下午和晚上的时间好好复习,准备公选考试。祝你成功!"

怎么准备考试?准备什么呢?以前只参加过选调生的考试,却从来没参加过公选的考试。我仔细想了想,觉得可能大同小异,主要还靠平时知识的积累和临场的发挥,现在复习也只是临阵磨枪。我在桌子上翻了半天,把三年前参加选调生考试的复习资料找了出来。看到这些复习资料,我不由得想起大学快要毕业的那段时光。那次准备考试的时候,我还是个涉世不深的大学生,转眼间三年过去了,时光好快啊!我又到县城书店买了一本时事资料和一本公开选拔考试的参考书。我想,十天的时间,也只能准备这些了。

7月中旬的天气炎热无比,三楼的小屋显得更加闷热。尤其是下午，简直热得让人透不过气来。宿舍里没有空调，只有一个破吊扇在不停地旋转，带来几丝凉意。我把自己关在宿舍里，脱光了上衣，还是汗流浃背。我接来一盆凉水放在桌子下面，然后坐下来，把双脚伸进去，才感到了凉爽。于是我开始认真地复习，拿出了当年准备考研究生的劲头，把自己彻彻底底地当成了学生，沉浸在了迎考中。过了一段时间，脚下的凉水不那么凉了，我重新打一盆凉水来。累的时候，就听一会儿音乐，听一些中外名曲。每天晚上到了十一点多才睡觉。小童和楚天舒知道我要考试，晚上也不来打扰，给我创造一个好的环境。

收粮还在继续，不会因为我的复习迎考而停滞不前。今年的夏粮收购形势依然不容乐观，总体上比去年好了一点点，但魏庄依然是攻坚的重点，少数村民依然找出种种理由拒绝交粮。我想，要是什么时候把农业税费免除掉，该有多好！这样能够减轻基层干部多少精力！上午，大家一起集中入户催粮，在吵吵嚷嚷中度过；中午，大家就聚在驻村干部休息的空房子里吃饭。今年春夏之交，县里派了驻村干部到魏庄，毛金豹把他们安置到一所空房子里面。房子的主人是毛金豹的本家，常年在外，房屋破破烂烂，院子里长满了野草，部分地方还杂生着野玉米菜。驻村干部平时就住在空房子里，收粮的时候，他们也跟着。到了中午，小院子里热闹起来，陈副镇长带领大家支起了锅，买了挂面和菜，由王雪萍和田俊秀等女同志做捞面条，众人又一起动手拔了野玉米菜下锅，场面好壮观。陈副镇长风趣地说："自己动手，丰衣足食。咱们不加重村里的负担，自己做的捞面条吃起来还香！"

吃过午饭后，正值一天中最炎热的时候，大家或者休息，或者打牌，等到下午四点左右暑气稍稍消退一些的时候继续开始收粮。我上午和大家一起工作，吃过午饭后就骑着摩托车赶回镇政府，投入紧张的复习迎考中……

选调生

六十九

十天的时间一晃而过,公选考试笔试的日子终于来到了。考试的地点在莲花区健康路小学。老家离莲花区近些,于是前一天我先回了老家,第二天一早从老家出发赶赴莲花区。参加笔试的人员并不多,五六十人的样子,两个大教室就容纳下了。我的座位在前排临近窗户,吴俊峰距离我很远,在最后一排的中间。考试还没开始的时候我往座位后边看了一下,见坐着个戴眼镜的小伙子,有些文弱书生气,感觉有些面熟,不知道在哪里见过。我看他的时候,他也抬头看了我。俩人目光相对的时候,他冲着我笑了笑。我试探着问:"你是叫贾……贾耀辉,是不是?"他也立刻认出了我:"你是丁晨辉!"于是我们俩热情地握了握手。我说:"九九年莲城市的选调生一共咱们七个人,除了吴俊峰外,我对你印象最深,上次见面好像是两年多前的一次选调生座谈会,你说你是学中医药专业的,一直在感叹专业不对口。"他点着头说:"是啊,时间过得真快,转眼两年多就过去了。"我问他:"你现在还在乡里当通信员吗?"他摇摇头:"去年年底刚调到莲花区委组织部。"我有些吃惊,更多的是羡慕:"你真行,能调到组织部工作,太好了。我们还在遥遥无期的黑暗中摸索呢!"

我们俩小声地聊了几句后,考试就正式开始了。卷子一共八页,还好,前边的选择和判断题我基本都熟悉,偶尔有几道题不敢确认,只好估摸着填写答案。后面的就是案例分析了,其中最后一题是:"假如你是乡长,在招商引资工作中有两个项目可供选择:一个项目见效快,效益好,但是有轻度的污染;另一个项目是生态环保的项目,但是周期长,见效慢。你准备选择哪一个?为什么?"我握着钢笔想了想,然后毫不犹豫地选择了后者——宁可不要发展速度,也不能以牺牲环境为代价。我不禁想起小时候,家乡的小河清凌凌的,河里面的鱼虾游来游去,自己常和小伙伴去河里捉鱼,游泳。可是上初中以后，村子附近建了一家小造纸厂和小化工厂，水质就渐渐变坏。到后来，竟成了臭水沟，再也看不到小鱼小虾了，和小伙伴捉鱼、游泳的事只有在梦中才能出现。当时我就想，将来我要是有了权力，一定要想方设法把污染治理好，重新找回童年时那清凌凌的小河。可是，那时候我只是个学生，又能怎么样呢？所以当看到这样的题目时，我带着感情在考卷上一气呵成写出了自己的答案。

考试结束铃声响起后，大家把卷子折好，放在书桌上，然后有秩序地离开了教室。我想，这次考试，虽然名额只有十二个，却承载着五六十个人的梦想。有了梦想，这个世界才有了意义！这时候吴俊峰也过来和贾耀辉打招呼，我们三个有说有笑地一起到外边吃饭。吃过饭后，我和吴俊峰一起回颍川县，贾耀辉则回莲花区委组织部上班。临分手的时候，我们各自留了电话，然后挥手告别。

回到故城镇后，我立刻投入紧张的夏粮收购工作中去。这段时间别人都很忙，我却是半日制，所以感觉有些不好意思。陈副镇长问我考试情况，我说："感觉还行吧！不过也不好说，谁知道别人的水平怎么样？"陈副镇长说："你只要感觉还行就好，这几天你仍然上午收粮，下午就不用跟着去了，好好准备面试吧！笔试结果什么时候能出来？"我说："按照他们的招考简章，好像是三天内通知面试，要是三天内没有接到通知，就是没有入围面试。"陈副镇长鼓励我说："不管有没有入围面试，这三天你都要积极准备。我想你会入围的。"

在忐忑不安的盼望中，第三天上午，我正在村里和大家一起走村串户，手机忽然响起来，一看来电显示，是莲花区的电话！我的心立刻激动起来，莫非我真的入围面试了？我慌忙拿起手机来到一个僻静的地方，电话里传出一个女同志的声音："你是丁晨辉吗？恭喜你入围了我们莲花区委组织部组织的这次公选考试。本周六上午八点半之前请你务必来到莲花区健康路小学参加面试，带好你的身份证和准考证……"挂上电话，我的心里一阵狂喜，我进入面试了！已

　　　　　　　　　　　　　　　　选调生

经成功了一半！我喜不自禁的表情被陈副镇长看在了眼里，他把我拉到一旁，小声地问："是不是公选结果出来了？你入围了？"我点点头："刚接到莲花区委组织部的电话，说是周六上午面试。"陈副镇长看着手机上的日历，算了算时间："今天星期三，周六上午面试，也就是说还有两天多的准备时间。你现在马上回镇里，这里的收粮不用你管了！"我还想说什么，陈副镇长用不容置疑的口气说："你还愣着干什么？快回去！"于是我骑上摩托车，飞快地赶回镇政府。刚回到宿舍，我的手机又响了，这次是吴俊峰打来的。没等他说话，我就猜到了结果，抢先说："你是来告诉我你进入面试了吧？"电话那端传来了爽朗的笑声："是啊，听你口气，咱们俩都入围了吧？"我说："这次咱俩运气都不错，看样子真的要时来运转了！"他笑着说："那好，我就不多打扰了，咱俩都抓紧准备吧，周六见！"

周六的上午我依然早早从老家出发。出发前，父亲叮嘱我说："面试的时候不要慌，要沉着冷静，随机应变！"这些日子，父母对我参加公选考试抱了很大的期望。父亲说："要是这次你能成功，就能少奋斗好几年。你一定要尽最大努力！"所以，对于这次面试，我做了充分准备，把可能想到的题都想了一遍。毕竟，我不仅仅代表我自己，还承载着父母的殷切期望啊！

参加面试的一共有二十四人，是按照1:2的比例确定进入面试人员名单的，所有面试的人员先集中在一个教室里。我见到了吴俊峰和贾耀辉，彼此打了招呼。先是抽签，确定出场顺序。吴俊峰抽到了二号，他叹了口气，连连摇头："不好不好，前三出没好戏，出场太早吃亏啊！"我抽到八号，算是一个不错的出场顺序。贾耀辉抽到十八号，他也有些不满意："太靠后了，到那时候考官都累了，给不出好成绩！"

随着第一名考生被工作人员领走，面试正式开始了。其余人员就暂时被"软禁"起来，连去卫生间都有工作人员陪同。七八分钟后，工作人员来领吴俊峰，我和贾耀辉向他挥挥手："一切顺利！"吴俊峰冲着我们挥挥手，跟着工作人员走了。于是，随着工作人员的来来往往，我的心里也渐渐紧张起来，既盼望着早点面试早点心静，又有些希望晚一点到来。在这复杂的心理中，终于，轮到我了。工作人员把我领到一个大教室里，我进门一看，对面黑压压的好多人，一部分是评委，还有很多领导模样的人。我到讲台上后，先向对面的人鞠了一躬，然后坐下，深深地吸了一口气，缓解一下紧张的情绪。

　　等我坐好后，对面的一个胖乎乎的五十多岁的人说话了，看样子他是主考官。他和蔼地说："丁晨辉同志，请你先抽题，抽完题后请认真听题，一共三道题，每道题作答时间不超过三分钟。我念完题后，你可以有一分钟的思考时间，考虑成熟后再做回答。下面请工作人员准备抽题。"有工作人员端着一个纸箱走过来，让我从里面摸出一个乒乓球。我摸出一个后，交给他。他看了看，回过头对主考官说："他抽的是五号题。"主考官从案头的信封里抽出一张纸后，开始念题："区教育局要举办一次'讲文明树新风'活动，如果你是主管这方面的副局长，你准备怎么办？"主考官念题的时候，我的笔在白纸上迅速地记着题的要点，然后脑筋开始飞速转动。这样的题，以前好像见到过，不过没怎么重视，现在该怎么办？真后悔当初没好好看看。不过我马上镇定下来，想到不久前陈副镇长我们几个商量组织中药材现场会的情况，虽然和现在的问题内容不同，但是道理都是一样的。我心里有了底，然后在纸上飞快地列着提纲："一、制定工作方案，召集各相关单位开会，明确责任分工。二、通过多种形式，加强宣传。三、根据方案确定具体活动内容，抓好组织实施，加强督导检查。四、活动完毕后，对工作进展情况进行考评总结，奖优惩劣。"草草列了提纲后，我开始按照提纲的思路回答问题，尽量做到声音洪亮、不慌不忙。第一个问题回答完后，我感觉手心里都是汗。主考官面带微笑地点着头，开始念第二个问题。接下来的这两个问题一个涉及上下级关系，一个是涉及信访稳定。这两个问题对我来说不算太难，准备面试的时候看过类似的题目，再加上有了

　　　　　　　　　　　　　　　　选调生

第一题的经验，我很顺利地回答完毕。

等主考官说我可以离开的时候，我才长出了一口气，再次鞠躬致意，然后由工作人员引导，进了另一间教室。这个教室里都是参加过面试的人，气氛显然要轻松许多，吴俊峰和另外的六个人正在那里有说有笑地谈论着面试题目呢！吴俊峰问我："你抽了几号题？"我说："五号题，你呢？"他说："我的是三号，咱们的题目不一样。"这时候有个穿浅蓝色短袖的矮个子走过来对我说："你抽的也是五号题？咱俩一样。我问你，第一题你是怎么回答的？就是那个'讲文明树新风'活动的题。"我就把自己的回答提纲简要地说了一边。矮个子听完后撇撇嘴："我和你回答的不一样，我也列了几条：一是层层转发文件，把活动精神传达下去。二是加强领导，各级成立领导组织。三是抓好宣传教育，提高相关人员文明素质。我觉得你忘记了重要一条，就是层层转发文件！不先把文件转发下去，怎么开展活动？"我的脸立刻火辣辣的，觉得他说的似乎有些道理，不由得叹了口气，低下头。吴俊峰看出了我的窘态，安慰我说："也不一定，我看关键在于抓落实，你回答的也不错。先不要气馁，成绩还没出来嘛！"

面试一直进行到将近中午十二点，大家都有些饥肠辘辘了，谈论的声音也越来越大。等最后一个考生走进来的时候，教室里的议论达到了高潮，因为最关键的时刻马上就要到来了。

大约十五分钟后，工作人员让大家一起去面试教室，主考官要当面宣读面试成绩。大家立刻迫不及待地赶到面试教室，教室里鸦雀无声，大家都在静静地等待着命运的宣判。主考官先是公布了二十四名考生的面试成绩，我的成绩是八十点四分，吴俊峰成绩是七十九点六分，贾耀辉成绩是八十二点八分。那个和我抽了相同试题的矮个子只得了六十点四分，他有些不服气，撇撇嘴，但也无可奈何了。我有种胜利的快感，看来吴俊峰的分析是对的。

公布完面试成绩后，接着区委组织部的一名领导宣读了笔试、面试加权平均后的最终成绩。我名列第四，吴俊峰列第六，贾耀辉列第三。我们三个都进入了前十二名！宣读完毕后，每个考生脸上露出了不同的表情，有的喜悦，有的叹息，有的激动，有的无奈，真是几家欢喜几家忧！没有进入前十二名的考生有的准备离去。这时候，组织部的领导说："大家先别走，我的话还没说完呢！咱们下一步进入考核程序的比例是1:1.5，也就是说有十八个人进入考核程序……"有两三个人刚想走，听到了这句话，赶快把迈出去的腿收了回来，脸上也由阴转晴。组织部的领导接着宣读了进入考核程序的名单，自然，我们三个人都入了围。最后，组织部的领导说："这几天，我们将分组对进入考核名单的十八名同志进行考核……"他的话音还没落，考生中就发出了热烈的掌声。谁都知道进入考核程序意味着什么。

随着人流走下教学楼后，我感到脚步是如此轻松，似乎马上就能飞起来。正午的阳光热烈地照在大地上，是那么热情和奔放。一切看起来都那么顺眼！我高兴地对吴俊峰和贾耀辉说："我们的一只脚已经踏进了副科级的大门！"吴俊峰拍拍我的肩："尤其是你，才二十四岁。二十四岁就成为副科级干部，在咱们县很少见的，简直就是奇迹。"贾耀辉说："走吧，中午我做东，咱们找个地方先祝贺一下！"

周一上午点完名我先找陈副镇长说了面试的事，陈副镇长非常高兴："晨辉，我早就知道你是这块料。是金子迟早要发光的，现在是你这块金子发光的时候了！"我谦虚了几句，然后说："陈镇长，他们说这几天就来考核，我是不是应该给赵书记和李镇长说一下，好让他们也有个准备。"陈副镇长笑着说："太应该了。要是再不说，就有些失礼了！考核虽然是个程序，但是赵书记和李镇长的话也很关键。你最好现在就去说。"

赵书记办公室里的人有些多，点名后的这段时间往往是赵书记最忙的时候，请示的、汇报的络绎不绝。我就先在党政办公室等着，

选调生

让走廊上的许长杰帮我留意着赵书记的动静。过了好一会儿，许长杰冲我使了个眼色，我立刻站起身向赵书记办公室走去。敲开了门，赵书记办公室依然烟雾缭绕，发出呛人的味道。我先是咳嗽了两声，赵书记连忙开了窗，一边把烟头摁灭，一边自言自语地说："吸烟这个毛病怎么改也改不了，损人又不利己，唉！"说着，他示意我坐下，开门见山就说："晨辉，说吧，工作中又遇到什么新的难题了？"我摇摇头："赵书记，这次不是工作上的事，是我个人的事……"赵书记吃了一惊："哦？个人？个人有什么事要我帮忙，你只管说。"我说："我是想向您汇报一件事，前些日子我参加了莲花区组织的公开选拔副科级领导干部考试，已经入围了，可能这几天他们要来考核我，所以……"赵书记眼睛一亮，脸上立刻露出了笑容。他很感兴趣，让我把事情的前前后后详细地说了一遍。说完后，他从椅子上站起来，要和我握手。我也连忙站了起来。他一边握着我的手一边说："晨辉，你来上班的时候我就看你有进取心，觉得你迟早会有出息的，现在果然应验了！你走这一步走对了，通过公选考试，把主动权掌握在自己手里。要是一直等，凭你的资历，还不知要等多长时间呢！"我一直微笑着，不知道该说什么谦虚的话好。最后我说："赵书记，考核的时候，还请您多关照！"赵书记把手一挥："这还用说嘛！本来就表现不错，我还能说你表现不好？你只管放心吧，等一会儿我再给李镇长说说！"听他这么说，我想自己就不用再去见李镇长了，要不然显得自己太张扬。

尽管我很低调，但是我参加公选考试入围的消息，还是不胫而走。机关大院里人们用异样的眼光看着我，当然大多数是充满了羡慕和赞许。

两天后，考核组终于要来了。事前，陈副镇长得到了消息，他提醒我说："你的表现是不错，不过就是有一点，除了楚天舒、童振兴以及咱们工作区的人外，你和机关大院里其他人的交往并不多，尤其是一些资格老的同志。当然了，打牌、打麻将你不喜欢，你也不可能通过这些和他们混在一起。但是，考核的时候他们投票也很重要，你最好买些烟让让他们，其实他们也不在乎你的烟，主要是说明你看得起他们。人都是有自尊心的。"于是，在考核组来的那天一大早，我提前买了几盒烟，见人就发。信访办的周振川接过烟说："晨辉，你只管放心吧。别看平时有些人你和他们来往不多，但是大家心里都很佩服你。你这次是天大的好事，谁还会给你说坏话？"

按照往常的规矩，是早上八点钟点名。可是今天直到八点半，一楼的铃声也没有响。我知道，那是因为我的原因。人们三个一群、五个一伙地交谈着，不时地指指点点。为了避嫌，我和楚天舒以及小童上了三楼，扶着栏杆向下观看。

大约九点钟的时候，机关大院里驶来两辆陌生的黑色小轿车。考核组终于来了！赵书记和李镇长亲自过去迎接，车上一共走下来五个人，大家一边握手一边上了楼。十分钟后，一楼的电铃响起来，要集合了。我和楚天舒、小童赶快下了楼，往一楼的大会议室跑去。在会议室的门口，我看到新贴了一张通告，来不及细看，只扫了一眼，见上面的标题写着"考核通知"四个字。

人到齐后，又等了大约两三分钟，赵书记、李镇长陪同考核组来到会议室。他们在主席台上坐好后，赵书记先讲话："同志们，可能大家已经知道了。今天，莲花区委组织部考核组一行三人在咱们县委组织部领导的陪同下，到咱们镇考核丁晨辉同志。晨辉在前些日子莲花区组织的公选考试中，成绩优秀，按照程序，今天要对他进行考核。下面，我先介绍一下今天来的各位领导：这位是莲花区委组织部副部长黄重阳同志……"主席台中间的一个戴眼镜的四十来岁的瘦高男子站了起来，向大家点头致意。赵书记接着介绍了考核组的另外两个人，分别是莲花区委组织部组织科的于科长和莲花区纪检委的魏干事。介绍完考核组后，赵书记又介绍了陪同考核的颍川县委组织部的领导，分别是干部科的李东伟科长和苗干事。

赵书记介绍完后，莲花区委组织部副部长黄重阳讲了话，介绍了考核办法和程序，然后考核组开始发选票。很快，大家填完了选票。等选票收完后，李书记说："镇里中层以上干部都不要远去，马上就开始座谈！"

七十

二楼走廊里不时有人来来往往，组织干事樊国超在组织中层干部参加对我的考核座谈。桂委员让我先回避一下，于是我和楚天舒、小童一起回到我三楼的宿舍。我们三个说说笑笑，话题当然离不开这次考核。忽然，小童像是想起了什么似的说："晨辉，你给考核组准备的有东西吗？"我一愣："还要准备东西？"他认真地说："你最好买一些烟，等考核组走的时候送给他们，这样对你有好处。"我犹豫了一下："这样不好吧！这不是给他们送礼吗？再说，有这个必要吗？"楚天舒说："晨辉，我看小童说得对。送他们几盒烟，人之常情，送总比不送强吧？再说了，你这次机会来之不易，就差最后一步了，要确保成功。"我的心有些活了，仔细琢磨一下，觉得他们的话有道理。于是我问："那给他们送多少好呢？"小童想了想说："送太多也不现实，咱们工资也不高。最好是十块钱的烟每人送两盒。"我说："好，就这样办。"于是我拿出一百元钱，交给小童，让他帮我出去买烟。

快中午的时候，樊国超来叫我，说是考核组要见一下我本人。我有些紧张，立刻跟着樊国超来到赵书记的办公室。赵书记正陪着考核组的人说话，见我进来，立刻向考核组介绍："黄部长，这就是丁晨辉。"那个戴眼镜的四十来岁的瘦高男子立刻站起来，和我握着手说："晨辉，请坐！"我又和其他的几个人握了手。和李东伟科长握手的时候，他冲着我挤了挤眼睛，好像在说："祝贺你了，晨辉。"赵书记介绍说："晨辉在镇里一直表现很好，是镇里的宣传组成员，又是包村干部，前段时间兼任了镇里的农办主任。小伙子踏实能干，工作成绩突出，人缘也不错，镇里的班子成员对他印象都很好。"我谦虚了几句。黄部长笑容可掬地问了我一些情况，比如老家是哪里的，成家了吗，等等。最后黄部长说："晨辉，今天上午我们对你进行了考核，根据目前掌握的情况，大家对你评价很高。对此，我们会如实向区委汇报。不过，我想提醒你一点，就是你要做好两手准备。"我心里一沉，心想这是什么意思？难道还有什么问题吗？黄部长大概看出了我心里的变化，就解释说："我们考核是按照1:1.5的比例进行的，也就是说公选十二个人，但是一共考核十八个人，是有一定差额的。你下一步要做的事情就是安心工作，录用了当然更好，要是万一没有录用，你也别有思想负担。"我有些着急，于是就冒失地问了一句："黄部长，我还想确认一下，要是同等情况下，比如考核成绩都很好，那还是应该按照总成绩从高到低来取，对吗？"黄部长脸上掠过一丝不快，但很快就恢复了笑容："原则上讲应该是这样，不过最后结果要由区委常委会来定……"这时候赵书记插话说："晨辉你不要多说了，你听黄部长的就没错。"说着，冲我使了个眼色。我立刻会意了，心想大概是黄部长说话留有余地，对于我来说应该是八九不离十吧！于是就笑着对黄部长说："谢谢黄部长的关心，我一定做好两手准备，不管结果如何，我都会安心干好本职工作！"黄部长满意地说："这就好，这就好！"

考核组要走了，赵书记再三挽留他们吃饭，李东伟说："赵书记，你就别让我们为难了。要是在这里吃饭，部里这边我怎么交代？"赵书记笑着说："既然这样，那我就不留你们了。"大家下了楼，准备把考核组送上车。众人正在告别的时候，小童从旁边递给我两个小手提袋，我赶快过去对黄部长和李科长说："今天上午你们辛苦了，这是我的一点心意，请你们收下。"可是两个人无论如何也不收，黄部长还说："晨辉，你怎么还来这一套？"我拎着两个手提袋站在那里左也不是右也不是，眼看着他们上了车。小童在远处着急地喊道："晨辉，你扔他们车上不就行了！"一句话提醒了我，我也顾不了许多，飞

选调生

快地来到两辆车前，隔着窗玻璃把烟扔了进去。车子启动了，很快离开了镇政府大院，我心里的一块石头才算落了地。

看着车子走远了，赵书记回过头拍拍我的肩说："晨辉，我要提前祝贺你，你马上就要成为县里最年轻的副科级干部了！"说完，他带着几个班子成员上了楼。

中午的时候我给吴俊峰打电话，先是说了上午的考核情况，然后问他什么时候考核。他说："下午。组织委员通知说是下午三点钟他们来。"又简单说了几句话，听到电话里有人喊吴俊峰的名字，于是我赶快挂了电话。

考核组来过后，镇政府大院里没有人不知道我要成为副科级领导干部了。我一下子成了名人，走到哪里都能听到有人在议论："我说人家在这里待不长吧！你看还不到三年，就要提拔走了。唉，咱们混了这么多年，白混了！""人家是正牌的大学本科生，又是省委组织部的选调生，咱们能跟他比吗？"我听了之后心里自然美滋滋的。

这一天我在众人的议论声中陶醉了。连我自己都没想到，自己竟然这么快就要成为副科级干部了，这是半个多月前无论如何也不能想到的。那个时候自己还在为定编的事情而烦恼呢。莲花区的副科级干部，能安排到哪里呢？是办事处，还是局委？自己有这个能力胜任吗？想着想着，我又觉得压力很大。还有，马上就要离开故城镇了，我真有些舍不得。两年多了，这里的很多地方都留下了我的足迹，尤其是魏庄村，看着它一天天地好转，真想多待两年。杨高远、楚天舒、小童、致清叔，这些真诚无私的友谊，使我在异乡的土地上得到了温暖，使我不再孤独，时时给我安慰和力量。赵书记、陈副镇长等人，对我关怀备至，能遇上这样的好领导，真是我的福气。唉，马上就离开他们了！以后再也不能和他们朝夕相处，我去了新的地方，还会遇到这样友谊吗？还有王雪萍，不知道她对我的看法是否会因此而改变……

第二天我照例和工作区一起下村收粮，虽然要走了，但还是要站好最后一班岗。可是到了晚上吴俊峰忽然来了电话，他劈头就说："晨辉，看来事情有些不妙了。"我一愣："怎么？难道是公选出了什么差错？"吴俊峰说："是的，就是公选的事。刚才我听一个同事说，咱们的公选考核出现了阻力，好像是颍川县委组织部拦着不让莲花区委组织部的人考核了，还说现在考核组已经撤回了。"我的心头一沉，急切地问："你的同事？他怎么知道的？消息确切吗？"吴俊峰说："我那个同事他哥是县委组织部的，因此这个消息应该很确切。不过他也没太肯定，让我们最好再核实核实。我很着急，就先给你打电话了。"我长叹一声："怕什么来什么，真没想到到了考核程序还能节外生枝，唉！咱们向谁去核实呢？组织部我也不认识人。"吴俊峰也不住地叹息，他和我一样，组织部没有熟人。忽然，我想起贾耀辉来，于是马上对吴俊峰说："要不我给贾耀辉打个电话，他在莲花区委组织部，应该了解情况。"吴俊峰说："晨辉你提醒得对，你现在就给他打电话，打完电话马上给我说一声。"

　　我慌忙挂断电话，立刻拨打了贾耀辉的传呼。一会儿，他回电话了："晨辉，我正准备给你打电话呢！"我开门见山地问："是不是考核组的事？我听说考核组已经撤回了，不知道是真是假，特来问问你。"于是我就把刚才和吴俊峰通电话的事简单说了一遍。贾耀辉直言不讳地说："消息是真的。去颍川县的考核组要考核四个人，本来安排两天时间，结果头一天考核完你和吴俊峰后，晚上就出了变化。听黄部长说当天晚上颍川县委紧急召开常委会，专题讨论了公选考核的事，认为你们几个是人才，不能就这样被莲花区挖走。于是颍川县委马上通知我们区委组织部，让我们考核组撤离。黄部长很生气，和他们吵了几句后，连夜就返回了莲花区……"还没等贾耀辉说完，我肺都要气炸了，打断他说："这帮官僚分子，都是干什么吃的？这时候想起我们是人才了，早干吗去了？"贾耀辉连忙劝我："晨辉你先别着急，不光是你们颍川县，还有两个县的考核组也被当地阻挠，也都撤回来了。区委准备明天上午紧急召开常委会，讨论应对办法。我想事情最终会解决的, 你先等等看! ”贾耀辉又安慰了我几句, 才挂了电话。

我立刻又给吴俊峰打过去, 把确切的消息告诉他。他也气得不行: “他们不提拔咱们, 这次咱们好容易自己争取到的机会, 他们又给搅黄了! ”我说: “咱们不能就这么忍了。咱们县不是考核四个人吗? 咱们四个联合起来, 到莲城市委组织部告他们去, 看他们是怎么重视人才的! ”吴俊峰激动地说: “好! 我也是这么想的。我现在就通过我的同事把那两个人的电话要来, 我和他们联系一下, 看看咱们是明天或者后天什么时候去。”我叮嘱他说: “那我等你的消息。你要快些! ”

夜里我又失眠了, 昨天夜里是高兴和激动, 而今天夜里却是愤怒和失望。我像过电影似的回忆起了这段日子的遭遇, 从机构改革的定编到昨天上午的考核, 自己经历了由失望到希望、再由希望到失望的跌宕起伏的经历, 简直像是在云里雾里一般。人生啊, 就像是一场戏, 没想到这次戏中的人物竟成了自己⋯⋯后半夜快一点了, 我穿上拖鞋, 开了门, 站在三楼的栏杆上远望。机关大院里静悄悄的, 人们早已经睡去, 偶尔有一阵风吹来, 带来阵阵清爽。抬头看看天, 深邃的夜空中, 星星眨着调皮的眼睛, 像是在和我开着玩笑。不知天上宫阙, 今夕是何年!

好容易熬过黑夜, 太阳照常从东方升起。早上点完名, 赵书记让我去他办公室一下, 我就预感到是公选的事。果然, 到他的办公室后, 赵书记先是叹了口气, 然后摇摇头说: “晨辉啊, 没想到事情变化得这么快。县委组织部昨天晚上给我打电话, 说是你们公选考核⋯⋯”我打断赵书记的话: “赵书记, 事情我都知道了, 是咱们县委组织部从中作梗, 把人家的考核组给赶跑了, 对吗? ”赵书记点上一支烟: “既然你都知道, 具体的细节我就不说了。组织部让我做好你的思想工作, 希望你好好干, 以后会有机会的。”我鼻子一酸, 强忍着没有落下眼泪, 低着头不说话。赵书记看出了我的委屈, 他叹息着说: “晨辉, 我很理解你的心情, 知道你取得这样的机会很不容易。可是现在事已至此，再伤心难过也没有用。我早就对你说过，是金子早晚会发光的，只要你有这个实力，即使你失去了这次机会，下次机会也不会等太长的时间。我想，县里既然把你们看作人才，下一步就一定会考虑你们，你再慢慢等等吧！"

　　出了赵书记的办公室，我的心里既委屈又愤怒。回到自己的房间后，手机响了，是吴俊峰的。他说："那两个人一个是颍川通讯报社的，一个是后井镇。我和他们已经联系过了，咱们今天先撒个谎，把假请好。明天一早一起去市委组织部！"

　　公共汽车在莲颍公路上飞快地行驶，最后一排的座位上四个人正在热烈地谈论着。吴俊峰我们两个是老熟人，那个后井镇的名叫姚成全，个头比较高，脸上棱角分明，看起来有些清高。通过交谈，知道他是九八年的选调生。我笑着说："我觉得你有些脸熟，好像以前在哪里见过。"姚成全想了一下说："是不是九九年年底的那次选调生座谈会？当时九五年、九八年和九九年的选调生都参加了。"我立刻想起来："对，就是那次座谈会，后来就没有再组织过类似的座谈会。"那个颍川报社的叫张金豹，他的名字在《颍川通讯》上经常看到，由于他的名字和魏庄村支部书记的名字一样，所以我对这个名字印象格外深刻，这次算是对上号了。张金豹个头不高，圆脸，戴副眼镜。我对他说："早就听说过你的大名，今天终于见到了！"他笑起来："我们几乎每天都有采访任务，所以写稿比较多。"我又说："我去过报社好几次，咱们可能见过，只是那时候不认识。"他笑着说："那好，你以后再投稿，就直接找我，多用几篇你的稿件还是没问题的——哦，对了，以后也许你不用再去投稿了。要是这次咱们申诉成功，就要离开原来的单位了。"话题就这样转到公选考试上。姚成全皱起眉头说："我看青干科不一定能解决问题，如果不行，咱们直接找莲城市的组织部长。"吴俊峰说："咱们还是先找青干科吧，走一步说一步。"张金豹说："青干科我就不去了，我在外面等着。我和你们不一样，我不是选调生啊！"我说："一起去吧，你虽然不是选调生，但咱们几个现在的性质是一样的。"

　　汽车到莲城市后，我们又打面的来到莲城市委组织部。见我们四个一起来，冯科长感到有些意外。她很热情地让我们坐下，又让小穆倒了茶。我们把张金豹介绍给冯科长。冯科长试探着问："你们四个人一起来，肯定有事吧？"于是我们把公选考核受到阻挠的事情原原本本地说了一遍。最后我说："冯科长，很感谢您告诉了我们公选的消息，可是没想到现在竟成了这样的局面。我们没有什么办法，只好请您来帮忙。"冯科长认真地听着，眉头渐渐拧成了个疙瘩。我们说完后，她先让我们喝茶，然后说："莲花区公选的事情，我一直在关注，因为这次选调生报名的人很多。考核受到阻挠的事情我昨天听说了，也感到很生气。这件事我打电话问过几个县，也包括你们颖川县，得到的答复是县委组织部无能为力，这是他们当地县委主要领导定的。颖川县委组织部说，他们开始对公选考核是支持的，还派了两个人陪同。可是到了晚上，县里的主要领导就不同意了，组织部还得听县委的，他们也没办法啊。我一听他们说得也有道理，也不能太勉强他们。于是就想着这两天找机会给程部长汇报一下，看他有什么办法。所以你们还得等等看……"看得出，冯科长是尽了最大努力，她能做的，也只有这些。以前觉得冯科长几乎是无所不能的，什么事情只要找到她，就能迎刃而解，定编的事情就是她一句话，才给我们吃了定心丸。但是现在看来，一个人的能力毕竟是有限的，她也只是个科长。公选考核的事情没想到这么复杂，竟然连她也无能为力。我们说了一些感激的话，是发自内心的感激，然后离开了青干科。临别时，冯科长有些不好意思地说："你们等等看，不能影响了本职工作。我这边找程部长说说，同时再想想其他办法帮你们呼吁呼吁。"

　　我们垂头丧气地走出组织部的大楼，大家都沉默不语。片刻之后，姚成全不甘心地说："咱们大老远跑来，难道就这样回去？"吴俊峰说："那你的意思是——"姚成全说："别等冯科长去找程部长说了，干脆咱们直接去找程部长！他是市委常委，要是找到他，说不定咱们的事还有希望！"我们顿时来了精神，像是抓到了一根救命稻草。我问："程部长的办公室在哪个房间？咱们不知道怎么办？"姚成全掏出手机说："我有个朋友在市委组织部，他肯定知道，让他帮我们指认一下。"说着，他拨通了电话。大约五分钟后，有个穿着西服的年轻人走下楼，姚成全迎上去和他打招呼，那人又和我们分别握了手。随后，那人说："你们跟我来吧！"我们跟在他后面，和他保持一段距离。快到四楼的东头时，他神色有些慌张，左右看了看，见走廊里并没有人，才指了指一个大办公室，然后迅速地冲着我们使了个眼色："我先走了！"随即转身离去。看样子他思想上有顾虑，怕让别人知道是他引我们找领导的。

我们开始敲那个大办公室的门，好几下，没有人开门。这时候对面办公室门开了，从里面走出来一个四十多岁的男人，他问道："你们找谁？"姚成全说："我们找程部长。"他又问："你们是哪个单位的？"姚成全说："我们几个都是颍川县的，都是省委组织部下派的选调生。"那人摇摇头说："程部长不在，出差了！"姚成全问："那他什么时候回来？"那人说："这个不好说，大概得三五天吧！"

离开程部长的办公室后，大家又有些失望了。我试探着说："要不咱们找找市委孙百川书记？他是市里的一把手！"姚成全不以为然地说："没用，肯定见不着，他身边的秘书肯定得挡驾。我现在就怀疑程部长根本就没出差，是他的秘书在骗我们！"吴俊峰说："要不咱们再回去看看？跟程部长的秘书好好说说。"姚成全摇摇头："没用。你怎么说？人家都已经说过出差了，能让咱们见吗？要是咱们见了，那他刚才说的不就成谎话了吗？那他的脸往哪儿搁？"我们一听也有道理，就又陷入了沉默。我自言自语地说："要是有孙书记或者程部长的电话号码也行，咱们先给他打电话，然后再去找他。"这时候沉默了半天的张金豹忽然说话了："我在市报社有个很好的朋友，他经常去采访孙书记的活动，可能会知道孙书记的手机号。"我马上又来了精神，催促他说："那你赶快打电话问问。"张金豹往一边打电话去了，一会儿他回来了，说："我那个朋友说一会儿把手机号码发过来，他还叮嘱我说千万别说是他把号码说出来的。"几分钟后，张金豹的手机响了，是接收到短信的提示音。他赶快打开短信，我也凑过去，记下了那个号码。给市委书记打电话，我犹豫了半天。姚成全说："我看还是算了，打了也没用。"他这句话反而让我坚定了信心。市委书记也是人，我给他打电话反映问题，他还能把我吃了？再说了，要是因为胆怯，我们这次公选岂不就是彻底失败了吗？我拿起手机，拨通了那个电话号码。响了几声后，电话那端终于有人接通了，是个男子的声音。我立刻迫不及待地说："您好，您是市委孙书记吗？我是颍川县……"电话那端迟疑了一下，然后打断我说："孙书记？你找哪个孙书记？"我说："是市委的孙百川书记。"那人冷冷地说："你打错了。我不是什么孙书记。"我很纳闷，问道："那你是那个单位的？"那人说："我是国税局的。"说完，便迅速挂断了电话。

电话那端成了响个不停的忙音，我呆呆地半天没有说话，有点丈二和尚摸不着头脑。张金豹问："怎么样？孙书记怎么说？"我摇摇头："那人说他不是孙书记，是国税局的。"张金豹一愣："怎么会是这样？难道我的朋友骗我？"姚成全冷笑着说："我估计你的朋友没骗你，电话号码是对的。接电话的可能是孙书记的秘书，他一听势头不对，就赶快找个理由挂了电话。"吴俊峰说："我看成全说得有道理，市委书记能随便接陌生人的电话吗？"

看来给领导直接打电话这条路也走不通了。我们又犯了难，下一步该怎么办呢？正在这时候，张金豹的手机响了，他走到一边没人的地方去接电话。几分钟后，他回来了，脸上充满了喜悦："走吧，颍川县委组织部来电话让我们几个赶快回去，可能是好事！"

七十一

下午的时候，我们赶到了颍川县委组织部。路上我想，县委组织部的消息真灵通，怎么这么快就知道我们去了市里？可能是好事，是什么好事？难道是我们几个在颍川县就地提拔？要是那样的话也是个不错的结局。

接待我们的是县委组织部的韩为民副部长。还记得刚上班不久"三级联创"检查的时候见过他，对他印象还不错。韩副部长先是问了我们几个人的基本情况，一边问一边记录，问完后他严肃地说："你们几个都是颍川县的人才，不好好想着为颍川县人民做点贡献，怎么总是一心二心地往外跑？难道颍川县就没有适合你们发展的舞台吗？"他劈头盖脸的这几句话说得我们心里很不舒服。姚成全抢先反问他说："韩部长，我想问一下，我们几个到底算不算人才？"韩为民一愣："当然是了。"姚成全冷笑着说："韩部长，我看不见得吧！如果没有莲花区委组织部来考核我们，你们是不会把我们当作人才的。"韩副部长生气了，他盯着姚成全说："你这话是什么意思？"姚成全说："没什么意思。我想问一下，县委组织部为什么要干涉我们参加公选？颍川县不重视我们，难道还不允许我们自己想办法吗？"韩副部长说："这不叫干涉公选，是为了挽留人才。颍川县诚心地挽留你们。"姚成全点点头："那好，既然诚心挽留我们，那总得拿出点诚意吧！对我们几个，部里下一步准备怎么办？"韩副部长说："那还得再研究研究。"姚成全冷笑了一声："研究研究？又是这一套词，我们早就听够了。我们现在也不想麻烦部里研究了，只想让你们放行，给我们一条生路。"韩副部长实在忍不住，猛然间重重地拍了拍桌子："你也太放肆了，敢和组织上讨价还价！说你们几个是人才，那是高看你们！我警告你们，要是再闹下去，别怪组织上对你不客气！"他这句话惹了众怒，我们几个同时站了起来。姚成全愤怒地说："走，咱们不和他说了！咱们去找唐部长说理去。"我们怒气冲冲地离开韩为民的办公室。姚成全走在最后，几乎是摔门而去。

唐部长是颍川县委常委、组织部长。我只见过他一次面，那还是去年代表故城镇参加的一次团委书记会议上见过。唐部长中等个子，身体微胖，鼻梁上架着一副黑边眼镜。当时觉得这个人挺和蔼的，不算是有架子的人。但是通过公选这件事，这些日子又对他颇有怨言。张金豹在《颍川通讯》报社上班，对县委比较熟悉，他带着我们找到唐部长的办公室。刚要敲门，从对面办公室过来一个年轻人拦住我们："你们要找唐部长？"我们点点头。那人小声说："你们先等一下，唐部长正在和几个人商量事。"说着，年轻人把我们领进对面的办公室。大约过了十分钟，唐部长办公室的门开了，有两个人和唐部长握手告别。人刚走，年轻人马上进了唐部长的办公室。片刻之后，门又开了，只听见里面有人说话："请他们几个人进来吧！"没等年轻人来叫，我们几个迫不及待地走进唐部长的办公室。

　　唐部长很客气，一边示意我们坐下，一边让年轻人倒茶。随后，他开门见山地说："其实这几天我一直想见见你们四个人，无奈事情太多，只好让韩部长代表我见见你们。怎么样？韩部长把部里的意思都跟你们说了吧？"姚成全说："唐部长，那个韩部长有些太官僚了，他还威胁我们！"唐部长一愣，随即微笑着说："哦？还有这事？他是怎么威胁你们的？"于是我们几个七嘴八舌地把刚才见韩为民的情况说了一遍。唐部长听完后皱起了眉头："这个韩为民，怎么能这样说话？根本就没理解我的意思！"姚成全顺势说："唐部长，那您的意思是什么？"唐部长诚恳地说："我先代表部里给大家道个歉，以前对人才重视不够，特别是对选调生重视不够，存在重选轻用问题。当然这里面的原因很复杂，也不是我一个人说了算的。希望大家能够谅解。我本意是想让韩部长给大家好好解释一下，没想到他却把事情弄坏了。"唐部长这么一说，我们心里的怒火平息了许多。我说："唐部长，希望您能多理解理解我们。我们争取到一次公选的机会真的很不容易，眼看就要成功了，却出现这样的局面，实在是让人恼火。我们真的很希望通过这次公选脱颖而出。"吴俊峰也说："是啊，唐部长最好还是把我们放行吧！"唐部长微笑着摇摇头："你们几个我是一个都不会放的。要不然我就会落得个不重视人才的骂名。这个骂名我可承受不起啊! 我恳请大家留下来,能为颍川县发展多做贡献。"姚成全说:"唐部长,你不放我们走,到底是怎么考虑的? 能不能给我们个明确的说法? "唐部长说:"对你们几个,部里是有考虑的,只不过现在时机还不成熟,得有个过程,得等到水到渠成的时候。所以你们还要耐心地等等。"姚成全说:"等我们不怕,我们怕的是等来等去又空等一场。"唐部长认真地说:"我是一个县的组织部长,能对你们说假话吗? 再说了,一个县的副科级职位几百个,还差你们四个人吗? "唐部长把话说到这种地步,我们无话可说了。唐部长最后说:"公选的事情就先这样。你们几个回去什么也别想,好好工作,请相信组织。"

离开唐部长的办公室后,我们找了一个偏僻的地方坐下休息。张金豹问:"你们说唐部长都这样说了,他不会骗我们吧? "吴俊峰说:"我想应该没问题。唐部长说得对,一个县几百个副科级职位,不差我们四个。"姚成全想了想说:"是真是假,观察观察才能知道。咱们先等一段时间看看。"大家又议论了一阵。我感慨地说:"看来世界上很多事情都是事在人为的。咱们这么一'闹',还真起了点作用。要不然谁会给你承诺? "姚成全说:"首先咱们占着理,有理的事情,为什么不'闹'? 确切地说,这叫维护咱们自身的合法权益。只要占理的事,告到中央我都不怕!"

回到镇政府后,赵清明书记找机会又找我谈了话,无非是要干好工作,心无旁骛,迟早会有机会的,等等。我猜测,肯定是组织部长给他打了电话,让他再做做我们的思想工作。

转眼间十多天过去了,机关大院里的人几乎都知道了公选考核遇到的问题,大家私下里又开始议论纷纷起来。听小童说,不少人表示惋惜,认为失去这样的机会太有些可惜了;有部分人对我的前途还是很看好的,认为这件事迟早要有个说法;还有人说我是好高骛远,不安分工作;当然也有个别人幸灾乐祸。这些议论,不管是好

选调生

的还是坏的，我都看得很淡，有句话叫作"走自己的路，让别人去说吧"。我想，只要自己尽了最大努力，就有成功的可能；如果不努力，那结果只有一个，就是失败。这天下午，我正在和工作区的人一起在村里收粮，手机忽然响了，打电话的人自称是县委组织部的。我心里一阵惊喜，心想莫非我们的事情有进展了？但是这个念头只是短暂地一闪，就消失了。电话是通知我参加莲城市委组织部召集的选调生座谈会的，时间定在明天上午，颍川县参加人员有我和吴俊峰以及姚成全三个人。

第二天，我们三个相约一起来到莲城市。座谈会的具体地点定在莲城大酒店六楼会议室，冯科长和小穆早就到了。与两年多前召开的那次座谈会不同，这次的座谈会参加的人员不多，会议室里只有二十来个座位。听冯科长说这次座谈会是省委组织部青干处的领导基于调研基层选调生的成长状况而召集的。九点钟的时候，座谈会正式开始，由市委组织部副部长张建青主持，记得两年多前的那次选调生座谈会他也参加了。张副部长先介绍了参加座谈会的省委组织部的两位领导，分别是青干处的钟开明处长和蔡丹副处长。掌声过后，张副部长开始主持会议："同志们！今天我们召开这个选调生座谈会，主要是想了解一下基层选调生的成长状况。省委组织部对选调生工作非常重视，今天，省委组织部青干处的钟处长和蔡处长两位领导在百忙中抽出时间，来实地了解情况。参加这次座谈会的选调生是九八年、九九年和两千年选调生中的佼佼者，素质都很高。我希望大家能畅所欲言，把想说的都说出来……"讲到这里，张副部长用眼光征求了一下钟处长的意见，然后说："下面，请钟处长讲话！"

钟处长大约四十岁，个头不高，头发很短，看上去很精干。他环视了一下我们，然后笑着说："在座的各位都是选调生，其实我和大家一样，也是选调生。不过我是你们的老大哥，我是八三年的选调生。我也曾经年轻过，也在乡镇工作过，所以我们的心是相通的。因此，希望今天大家放下思想包袱，不要有什么顾虑，心里怎么想就怎么说，只有掌握了真实情况，我们才能去想办法解决问题，才更有利于选调生工作更好更有效地开展。下面，大家开始吧，谁先开始？"

钟处长扫视了我们一圈。片刻之后，距离我左边不远的一个男青年开口说话了："各位领导，我是两千零二年的选调生，也是在座各位的小学弟。我想谈一谈我去乡镇工作的感受。我觉得基层很锻炼人，大学生到基层很有必要。不到两年时间，我学到了很多东西，增长了很多见识。我要特别感谢省委、市委组织部的关怀，感谢各级领导对我的帮助……"接着他讲了自己在乡镇党政办工作的情况，并举了两个例子来说明他的观点。总之，讲了不少成绩，说了不少感谢的话，对于问题却是轻描淡写。他讲完后，又有两个人发言，也是对成绩夸夸其谈，对问题避而不谈或者一笔带过。我心里有些着急，心想讲成绩是必要的，可是存在的问题为什么就不敢说呢？我就不相信他们在基层都是顺风顺水的。这几个人发言的时候，钟处长和蔡副处长拿出笔记本认真地记录着，冯科长和小穆也在不停地写着；只有张副部长看起来有些疲倦，微闭着眼睛，低着头，双手交叉在一起托着前额，看起来一副昏昏欲睡的样子。忽然，张副部长的手机响了，他立刻站起来，出去接电话。过了一会儿，他回来了，对着钟处长耳语了几句，又和冯科长小声地说了几句话。最后，他冲着大家说："我这里临时有个会议得马上参加，不能陪大家了。接下来请冯科长继续主持。"

张副部长走后，会议室里轻松了许多。这时候姚成全开始发言，与别人不同的是他先轻描淡写地说了一些成绩，然后话锋一转把重点放在讲问题上："各位领导，刚才简单说了一些在基层的工作情况。下面我想多说几句，也是我的心里话，不当之处，也请领导批评指正。我觉得选调生存在重选轻用问题，没有得到应有的重视。当初我们进入选调生队伍的时候，经历了好几道关，可是选派到基层后也就一放了事，很少人去关心选调生的成长。拿我来说吧，在乡镇

　　　　　　　　　　　　　　　选调生

工作三年多了，虽然不能说是成绩卓著，但也是取得了一些成绩的，这一点领导和同事都看得见。可是直到现在我还是个科员，去年底提拔了两个副科级，都是些会投机钻营的，我心里就很不平衡，不是说我向组织要待遇，而是感觉到没有干劲，没有体现出选调生的优势。这样一来，别人也不把选调生当回事，还有人讥讽说大学生到基层纯粹是个大傻瓜。你说，这样的环境我们干工作还会有激情吗？……我的汇报完了，可能有偏激的地方。总之一句话，希望上级领导能重视选调生重选轻用的问题。"

姚成全说完后，会议室里静悄悄的，大家都沉默不语。钟处长带头鼓起掌来："这位同志讲得很好，对与错先放在一边，最起码敢于说真话，这一点就值得肯定！"受姚成全的鼓舞，吴俊峰开始发言，也着重讲了问题，不少问题和姚成全相同。吴俊峰发言的时候，我忽然灵机一动，想起不久前的公选考试，虽然不抱太大希望了，但还是有点不甘心，何不趁此机会说一说呢？不管起不起作用，至少能一吐为快，比憋在肚子里强，还能让省里知道下面的真实情况。打定了主意，等吴俊峰说完后，我马上开始发言。我先简单说了一些成绩，然后就把话题引到了公选考试上："说到选调生重选轻用问题，我也感触很深。但是我觉得机会不能光靠等，更重要的是要靠自己去争取。俗话说，'临渊羡鱼，不如退而结网'。但是，就这一点点希望也被官僚主义和地方保护主义给扼杀了。就拿这次莲花区组织的公选考试来说吧，出发点很好，给人才一个公平竞争的舞台。不瞒各位领导，我和吴俊峰、姚成全三个人都入了围。本想着有了出头之日，可是万万没想到颍川县却以挽留人才为名，把着我们不放，把本来好好的机会给破坏了，太让人气愤和寒心了！希望钟处长和蔡处长能帮助协调解决这个问题……"我的话还没说完，立刻就有好几个人插话，七嘴八舌地说起了公选考试的事，看来他们也参加了这次公选，也遇到了类似的问题。钟处长看了看冯科长："冯科长，这件事属实吗？"冯科长有些尴尬，点点头："基本属实。我们市委组织部也正在积极协调这件事。"钟处长又问了一些详细情况，吴俊峰、姚成全和其他几个人争先恐后地作补充。钟处长认真记录着，最后他说："关于公选的事情先谈到这里，会后我再了解了解情况。我想先说一点，公选考试是人才脱颖而出的好途径，不管以什么名义把着人才不放，都是错误的！我会尽我们最大努力去帮助协调这件事。下面，其他人接着说！"

又有人相继发言。大家的胆子大起来，能说的、不能说的，都说了出来。快中午的时候，钟处长做了总结发言："今天上午的座谈会开得很好，大家真可谓畅所欲言，把想说的都说了出来，有的问题还很尖锐。说实在话，我很高兴，了解到了基层的真实情况和你们的真实想法，我们此次调研没白来。近些年，我们选调生工作力度在不断加大，不仅招录的频率增加了，而且每次招录的数量也增加了，这是好事。但是也存在一些不容忽视的问题，比如说今天大家提到的重选轻用问题。我们在其他地方调研的时候，反映最多的问题也是这个问题。对此，我有了一个初步的设想或者叫作计划，那就是'三五八计划'：对于一些表现优秀、素质很好、群众认可、成绩突出的选调生重点培养，争取三年左右时间提拔到副科级岗位上来，五年左右时间提拔到正科级岗位上来，八年左右时间提拔到副处级岗位上来。这样一来，不仅能有效解决选调生重选轻用问题，而且还能培养出更多的优秀年轻干部，和国家提出的干部年轻化、知识化等目标也是一致的。我衷心希望在座的各位都能进入这个计划中来。当然，这只是个初步的设想，具体实施起来也会存在很多困难。但是，我们会尽最大努力去实施它，为选调生的茁壮成长创造一个好的环境！"钟处长慷慨激昂地讲着，讲到这里的时候，会议室里爆发出雷鸣般的掌声……

这次座谈会结束后，我们的精神得到了很大的鼓舞。"三五八计划"让我们振奋，虽然知道真正实现这个计划的人微乎其微。通过座谈会吐露了自己的心声，反映了问题，虽然也知道这些问题也不是一时半会儿就能解决的。但是，至少我们看到了希望。

公选的事情也算暂时告一段落。我们能做的，能反映的渠道也只有这些了。虽然短时间内不会有什么结果，但至少是埋下了希望的种子，说不定哪一天就会生根发芽。我的心态也逐渐平静下来。

接下来，工作该干还是要干好的。时令已到了8月下旬，这段时间的集中收粮，我由于忙于公选考试以及后面的申诉维权，只是断断续续地参加。好在有陈副镇长的支持，有工作区其他人员的理解，等公选的事情暂时告一段落的时候，收粮也告一段落了。总体情况比去年强，其他村基本都收齐了，只是魏庄村还有五户没有交粮。这五户包括去年无论如何都不肯交粮的那三户，当时陈副镇长表示一定要提请法院强制执行，可是后来问了两次，陈副镇长就说等等，再后来也就不了了之了。听毛金豹说，这三户私下里开始炫耀："我就是不交粮，我看也没人把我怎么样！"今年开始收粮的时候，我就有一种预感，今年他们还不会交粮，而且说不定还会对其他农户带来负面的影响。结果果然应验了。我再次找到陈副镇长，说了对这五户提请法院强制执行的事。陈副镇长叹了口气："不是我不想强制执行，无奈法院程序繁多，而且赵清明书记怕引起其他不稳定因素，因此还是建议去做思想工作。你是知道的，去年那三户油盐不进，怎么说都没用，这件事就拖了下来，一直到现在。"我说："那今年就增加到了五户，如果还不采取措施的话，也许明年就增加到十户了。这样下去，让老实的人吃亏，让刁钻的人占便宜，以后工作会越来越难做的。"陈副镇长点点头："晨辉，你说得很对，这个道理我也明白。我抽时间再找赵书记说说，今年无论如何也不能再拖延了，一定要把尾欠清理干净！"

七十二

杨高远回来了。周末的一个傍晚，我正在宿舍看书，忽然觉得窗外好像有人影晃动,于是想站起来到外面看个究竟。还没等我站起来,一个熟悉的身影便出现在眼前:高高的个头,瘦瘦的身材,略微发红的脸,这不是我日思夜想的杨高远吗? 有所不同的是,与以往在乡镇的时候相比,他的穿着更加干净大方,多了一点城市人的味道。我惊喜地叫道:"高远——"杨高远冲着我点头微笑:"晨辉——"两只手紧紧地握在一起。我一边帮着杨高远把他背上鼓鼓囊囊的背包放下,一边激动地问:"高远,你怎么回来了?"杨高远在我对面坐下后说:"我从北京回来的,在省城下了火车,又坐公共汽车正好经过镇政府。这次回来主要是想看看你们,然后再回家看看。说实在话,这半年多我想死小童、天舒你们了,做梦都梦到你们!"我说:"高远,我也一样啊,太想你了!"自从春节前送杨高远走后,我们就再也没见过面。春节后不久接到过一次杨高远的电话,是他从北京打来的,告诉我他在北京找到了一家电子科技公司,一切安好。此后一直没再联系。没想到今天竟出乎意料地见面了,怎么不让人激动呢?

我拿起手机给小童和楚天舒打了电话,让他们赶快过来。杨高远好奇地问:"晨辉,你怎么搬到致清叔的宿舍? 什么时候搬的?"我笑着说:"春节过后吧! 具体原因一言难尽,回头我再详细给你说。"杨高远说:"怪不得呢! 我去了你原来的宿舍,换成别人了,一打听才知道你搬走了!"又问:"你和'侠女'的事进展得怎样?"我苦笑着说:"彻底吹了。其实我搬宿舍也和她有直接的关系……"我们俩正说话的时候,小童和楚天舒来了。大家热情地握手,问了彼此的情况,一时间有说不完的话。我看了看外面渐渐暗下来的天,说:"咱们别光顾着说话,一起出去聚聚吧!"楚天舒连声说:"对对对,今晚咱们一醉方休。"杨高远摇摇头说:"最好别喝醉,喝到尽兴为好!"

我们在镇政府斜对面的群英饭店要了个小包间。四个人团团围坐,要了一瓶白酒,一边吃一边谈论着这半年多来的变化。自然,谈

　　　　　　　　　　　　　　　　　　选调生

话的焦点集中在杨高远身上。杨高远介绍了他在北京这半年多的情况。原来他所在的这家电子科技公司在北京西部，是一个规模比较大的中外合资企业。杨高远应聘成功后，一直在销售部工作。开始摸不着门道，销售业绩比较差；不过两个月后，业绩就开始慢慢提升，现在已经得心应手了，工资待遇也有了大幅的提高。杨高远感慨地说："谁说干部离职后什么都不会？我看主要是没用心。要是用心去学，照样能干出成绩。现在我在那里工资加提成每月两千元左右，是在乡镇时候工资的七八倍呢！……"一席话说得大家心里直痒痒。楚天舒说："高远你别勾引我了，说得我真想辞职。"小童也说："是啊，要不我也辞职跟你一起去吧！"杨高远笑起来："辞职？你们也就是嘴上说说，估计要当真辞职的话，你们还没有这个勇气。不管怎么说，乡镇干部是国家工作人员，是正当的职业。我是没办法才离开的，要是不被精减掉，我才不辞职呢！我这是'置之死地而后生'！"小童和楚天舒也笑了："高远你算说到我们心坎儿上了。乡镇干部就是块鸡肋，但不到万不得已的时候还是舍不得丢掉。晨辉，你说呢？"我说："其实我也很愿意出去闯一闯的，前年曾出去闯过一次，没有成功。现在想想，那时候主要是没下定决心，还留有后路。要是彻底没了后路，估计我现在也和高远一样呢！"杨高远说："幸亏你那时候没出去，要不我们就不会认识了！"大家哈哈大笑起来。杨高远又说："其实在北京打工工资虽然很高，但是工作太累。不光是工作本身很累，竞争压力大；更主要的是人与人之间钩心斗角很厉害，找个知己朋友都很难，哪像我们几个这样推心置腹？所以说我是被迫的，要是有一点希望，我还是想留在镇政府。我好怀念咱们在一起的那段时光，好羡慕你们三个，好想再下一次村……唉，这辈子没希望了！"说到动情处，杨高远的眼睛湿润了，大家的心里也忽然变得难受起来：是啊，永远不可能回到以前那样的岁月了。

夜里快十点的时候，聚会才算结束，每个人都喝得脸上红润润的，不过都没有醉，真正算是恰到好处。8月下旬的天，虽然白天还很热，但是晚上已经凉爽多了。机关大院里静悄悄的，看来夜已经有些深了，一阵凉风拂过，让人沉醉，使人心旷神怡。

我们三个都想让杨高远住在自己的宿舍，最终杨高远还是留在了我的宿舍。夜里，我和杨高远抵足而眠，不由得又谈起了一幕幕的往事。杨高远问："你和'侠女'真的一点希望都没有了吗？"我长叹一声："郎有情而妹无意。这句话最贴切了。"杨高远试探着问："我走后，你们俩又发生什么事了？"于是我就把春节后王雪萍找赵书记告状的事情说了一遍。最后我说："我搬宿舍也正是这个原因，眼不见心不烦。我觉得什么事情都要有个度，我自认为已经尽最大努力了。要是这样还不能打动她，只能说是没有缘分。"杨高远也不住地唉声叹气，一直说"太可惜了，太可惜了"。我又问他是否谈朋友了，他喜不自禁地说："晨辉，还记得以前我对你说过的我那个高中女同学吗？"我想了想说："记得。好像你对她很有好感，就是没有勇气去表白。后来她有了男朋友……""早吹了！"杨高远打断我说，"我去了北京，做梦也想不到一次很偶然的机会又遇到了她，她也在北京打工。后来才知道她和原来的那个男朋友早就吹了。于是随着我们俩交往得越来越密切，现在她已经是我的女朋友了！"我很惊喜："高远，你行啊，没想到去了北京这么快就有了女朋友！"杨高远幸福地说："晨辉，你信不信这句话，'塞翁失马，焉知非福'。世界上的事啊，真是说不清道不明的。"我笑着说："是啊，前边的路是不确定的，是吉是凶很难预料。但恰恰是这种不确定性，给人们提供了奋斗的空间。要是一切都是预料中的，那人活着还有什么意思？"杨高远笑着说："晨辉，你这话仔细品品，饱含着哲理。你都快成哲学家了！"

知己朋友难得的相聚，总有说不完的话。直到夜里十二点多的时候，我和杨高远才开始休息。皎洁的月光透过窗户照进来，静静地洒在床上，杨高远发出了轻微的鼾声，我的眼皮也开始打架，慢慢地周围的一切模糊起来……

第二天一早小童和楚天舒就来喊我们一起吃饭。早饭过后，杨

选调生

高远提出要到魏庄村去看看，于是我们四个人骑着摩托车下了村。经过鱼塘时，远远就闻到淡淡的荷花的清香。围着鱼塘转了一圈后，又去看种植的中药材。两个月前郁郁葱葱的白芷叶子现在黑绿中已经泛黄，看样子快要成熟了。我指着一大片白芷说："高远，去年还是在你的提议下镇里才大力发展中药材，你的功劳不小啊！"杨高远谦虚地说："晨辉，要说功劳，应该是大家的功劳，特别是你的支持。"说完，他出神地望着随风荡漾的白芷，眼睛再次湿润了。我想，此时此刻，他看着那一大片白芷，就像是看到自己久违的朋友或者说是精心呵护的孩子，怎么不激动万分，不心潮澎湃呢？……

中午的时候我们一起去敬老院见到了致清叔。五一过后致清叔如愿以偿到敬老院上了班，当然这得益于赵书记的特别关照。致清叔到敬老院后我去找过他几次，他的日子过得挺悠闲的，比过去在党政办公室的时候自在多了。见到我们四个特别是杨高远的到来，致清叔非常高兴，不停地问这问那，中午的时候非要请客去外边吃饭。我们知道他家境困难，就婉言谢绝了他的好意。于是我们就在敬老院的食堂吃了午饭。

午饭后，我们辞别致清叔，回到镇政府。杨高远打算下午就走，回老家两天看看父母，然后就返回北京。我们依依不舍地把他送上回家的公共汽车。杨高远动情地说："别送了，送君千里，终有一别。只要有机会，我会回来看望弟兄们的！"

随着一声汽笛，公共汽车缓缓驶出了我们的视线。大家使劲挥着手，不停地摇着，摇着……

七十三

魏庄的中药材陆续成熟了。随着白芷叶子的逐渐变黄，终于到了收获的季节。看吧，魏庄的田野里好一派热闹的景象！药农纷纷拿起镰刀和锄头下了地，和收获红薯一样，他们先把外面变黄的茎叶用镰刀割去，然后就开始用锄头去刨地里面的白芷。看着成熟的白芷，我好高兴，好有成就感——大家的一番心血总算没有白费！于是下村工作之余，我就骑摩托车到地头随便走走看看。看到有干活的药农，我就凑上去问这问那。药农魏德旺对我说："种白芷的学问大着哩！就拿什么时候收获来说吧，以叶片发黄时收获为佳。要是收获过早，根还没有长大，干燥后很容易出现裂缝，产量品质低。当然了，也不能太迟。要是收获过迟，消耗养分，根部就出现木质化，品质也不行。还有，挖的时候最好挑在晴天，还要特别小心不要挖断、挖伤，要挖出全根，抖掉泥土，不要用水洗，要及时运回加工干燥……"我虽然听了个一知半解，但还是感觉又增加了不少学问。我问他今年的收成怎么样？魏德旺抑制不住内心的喜悦说："那还用说吗？肯定不错。只要行情好，一亩地最起码赚个两千块钱没问题！"我问他："那你以后还种吗？"魏德旺说："这还用问吗？我的承包地就这么多了，如果别人愿意租给我地，我就再种他个一二十亩！"

　　和我一样，看到药农在收获白芷，陈副镇长和毛金豹等人也很高兴。这几天，陈副镇长光往魏庄跑了，大家都在兴高采烈地议论着中药材的收成。毛金豹说："看来扩大中药材面积这步棋算是走对了。照这样下去，过不了几年，魏庄村也会变成富村！"陈副镇长说："要是今年取得圆满成功，不愁下一步不会再扩大面积！"大家高兴地说笑着，整个魏庄村充满了欢乐的气氛……

　　可是谁也没想到，我们高兴得有些太早了。这天上午我和陈副镇长往魏庄，打算找到毛金豹，和他商量下一步扩大中药材面积的事。刚走到村口，就看到黑压压的一群人聚在一起，吵吵嚷嚷的，人群前边有好几辆农用三轮车，发出突突的声音。我暗想：这是干什么去？难道又出了什么事？正想着的时候，陈副镇长一把拉起我的胳膊："晨辉，咱们快点过去！看样子他们想去上访！"等我们赶到现场的时候，有的人已经跳上了三轮车。陈副镇长大声喊道："乡亲们! 先不要动,你们这是要干啥去?"

不少人认出了我和陈副镇长。有人嚷道:"陈俊昌,可找着你了。就是你坑了我们,你还有脸来? 快点赔我们的损失!"还有人说:"还有那个丁晨辉,也不是啥好东西,整天鼓动我们种药材,坑死我们了!"这些人一边骂一边很快将我们俩包围起来,有的人看样子还要打人。我的心怦怦直跳,同时感到一头雾水:前几天还是好好的,大家都在为中药材丰收的事情而高兴,今天怎么忽然说我们坑了他们? 这到底是怎么回事?

陈副镇长用手擦了一把额头上的汗,说:"大家先别着急,你们说我和晨辉坑了你们,我总得知道是咋回事吧?"人群中顿时炸起锅来,大家争先恐后,都想去说理。陈副镇长摆摆手:"你们要是都说,我一句话也听不清,还是找几个代表说吧!"于是众人推举了种药大户魏德旺。通过魏德旺的讲述,我和陈副镇长才知道了原因。原来白芷收获完毕后,药农一边晒一边开始联系县里的药商。在今年6月份的那次现场会上,几个药商和一部分种植户签订了收购合同。于是,签了合同的药农一点也不着急,一副胸有成竹的样子。可是,仍有不少药农当时没有签订收购合同,他们就有些着急了,开始主动去联系那几家药商。谁知道药商给的答复是今年白芷大丰收,价格便宜。已经签订收购合同的农户他们没办法,按照合同收购价收购;没有签订合同的药农,他们不愿意收购。如果要收购也可以,得把价格往下压。这下可把没有签订合同的药农的心给凉了。他们不服气地说:"都是一样的货,为啥不一样的价? 明明是敲诈人嘛!"可药商那边更是振振有词:"市场经济,买卖自由。嫌价格低你们可以不卖啊?"这些药农气得要死,但也无可奈何:白芷不是粮食,可以自己吃,得赶快想办法出手,要不然钱都砸在货上了。于是这部分药农情绪一激动,就想到了上访。

了解完情况后,陈副镇长想了想,然后说:"这样吧,你们要反映的问题我已经很清楚了,我是主抓农业的副镇长,我肯定会想方设法帮助大家解决问题的。你们先回去吧,请你们相信我!"

药农的情绪稍稍稳定了一些,上了农用三轮车的人有的也跳了下来。陈副镇长刚想再往下说,忽然人群中有人喊道:"陈镇长,你嘴上说得挺好的,我们凭什么相信你?"我循着声音看去,原来是魏振山,他旁边站着乔大槐。我有些纳闷:怎么他们俩也在人群里?尤其是魏振山,根本就没有种药啊,他来掺和个啥?这时候乔大槐也附和道:"就是啊,镇里的干部从来都是说话不算话,我看大家今天也不要去镇里了,干脆直接到县里去!"经他俩这么一鼓动,人群又骚动起来,从车上跳下来的几个人重新上了车。

陈副镇长气得脸色铁青:"魏振山、乔大槐,你们以前可都是村组干部啊,现在怎么能挑唆群众去上访?"魏振山振振有词地说:"这不叫挑唆,叫反映问题,群众有问题了,不去找领导找谁?上次你们虚报中药材面积,这个账还没算呢!"陈副镇长压了压怒火:"振山,上次你向县领导反映虚报面积的事,不管你是出于什么目的,我不怪你,那次确实是我的错。可这次的事,我已经向群众承诺解决问题了,你怎么还煽风点火?我知道,你还是因为选举的事心里不平衡。可那是群众不选你,没有人故意和你过不去,你应该好好反思反思自己才对。"魏振山冷笑着说:"让我反思?笑话!该反思的是你们,就是因为你们和毛金豹一起和我作对,才让我当了几年'骡子村主任',你们还有脸说我?"

两个人正在争吵的时候,忽然人群外闯进来两个人,正是毛金豹和乔天庆。毛金豹几步冲到魏振山面前,说:"魏振山,我今天才知道,你这个人有多么阴险!去年你当村主任的时候,就暗地鼓动毛晓龙、乔振华和我作对。我说那时候干啥事都不顺,原来是你捣的鬼!"魏振山来了个死不承认:"毛金豹,你这叫血口喷人,我啥时候鼓动他们俩了?你有证据吗?"这时候,人群外一瘸一拐地走进来一个人,正是那个"瘸子"乔振华,他指着魏振山说:"我可以做证,就是你暗地里指使我和毛晓龙的!"然后又对大家说:"魏振山叫我

　　　　　　　　　　　　　选调生

们俩和村里捣乱,好把毛金豹弄下台,他好去当支书,这是他亲口说的。他还说要是他以后当了支书,一定不会亏待我们!"魏振山的脸涨得通红,他气急败坏地说:"瘸子,你和毛金豹合伙来整我啊?毛金豹给了你什么好处?"

"振山,你还像个党员吗?"人群中传出一个苍老的声音,大家循声一看,原来是五保老人乔梅林。他接着说:"谁对谁错,老百姓心里有本账。那年下暴雨,是镇里的干部还有毛金豹把我救了出来,那时候你在哪儿?那年交粮,是毛金豹想办法解决了我的困难,那时候你想到过我吗……人干啥事是要凭良心的,要不然会天打五雷轰!"这时候人群中不少人交头接耳起来,有人开始骂道:"原来魏振山是这号人啊,以前真是瞎了眼!""就是啊,他当村主任的时候办过几件好事?选下台真是活该!"……

魏振山再也站不住了,他涨红着脸,分开人群,低着头灰溜溜地走了……人群中发出一阵哄笑。

毛金豹忽然又想起来一件事:"对了,还有那个乔大槐。乡亲们,你们知道为啥把他撤职吗?就是因为他想贪污镇里对中药材的补贴款,油锅里的钱都想拿,这样的人能当组长吗?"大家的目光不约而同地寻找乔大槐,见他早已没了人影,不知什么时候已经偷偷溜走了。

他们俩走后,大家松了一口气。这时候药农魏德旺说话了:"陈镇长,刚才只顾说魏振山的事,药材的事还没说呢!"陈副镇长点点头:"请大家放心,我一定想办法,争取尽快帮大家解决问题!大家有什么好的办法或者建议,也可以及时给我说。"

众人散去后,陈副镇长马上召集村组干部和部分种药大户开会,一起研究解决办法。讨论了半天也没有个结果。药农的白芷丰产了却没有丰收。要是他们也早点签订收购合同就好了。可是现在说什么都晚了!陈副镇长自言自语地说:"要是今年的销路问题解决不了,损害了农民的积极性,下一步谁还种植药材呢?请大家好好想想，一定要想出好办法来！"后来有药农说："大家别说了，颍川县的药商都是一个鼻孔出气，给他们说抬高价格是没有用的。咱们想想外圈还有没有认识的药商。"他冷不丁冒出的这句话给我提了醒，我灵机一动："陈镇长，我倒有个建议，何不联系一下亳州那边的药商？咱们6月份不是去那里考察过吗？"陈副镇长一拍脑袋，像是忽然从梦中惊醒了似的："对对对，我怎么把亳州给忘了？亳州那边的宣传页我还有，在我办公室的抽屉里。"这时候毛金豹从抽屉里翻出几张彩页，晃了晃说："陈镇长，是这个吧？"陈副镇长接过彩页，迅速地看了看："是，就是这几张！"于是大家相互传递着看了宣传页。陈副镇长按照宣传页上的电话打过去，很快电话接通了。陈副镇长说："你好！是亳州市药材办吗？我是颍川县故城镇政府的。有点事想和你们协商一下……"听得出电话那边的人很客气。陈副镇长就把销售白芷的事情说了一遍。那边的人很感兴趣，问这问那。陈副镇长的电话打了十多分钟才结束。挂上电话后陈副镇长的眉头舒展了，他笑着说："看来有门儿，亳州那边说他们准备这一两天来咱们这里实地看一下！"大家都长出一口气，脸上也都露出了笑容。陈副镇长说："亳州的药商来咱们这里看看，对咱们来说是个大好事。咱们一定要重视，对人家要热情。大家回去后赶快去准备，让人家看咱们最好的白芷。我这边给赵书记汇报一下，最好让赵书记或者李镇长亲自陪同他们，表示咱们的重视。"

两天后，亳州那边果然来人了，一共来了十二个人，由亳州的药材办主任带领。这边赵清明书记亲自接待。在魏庄村，亳州考察团实地看了中药材后，他们很高兴，认为这里的白芷品质比亳州那边要好得多，而且药农的要价也不高。最后亳州方面和这些药农签订了收购协议，收购价格比颍川县的药商每斤还高出两块钱！这下可把这些药农给高兴坏了，他们洋溢不住的喜悦让那些先签订合同的药农都有些害"红眼病"了。此外，亳州方面对魏庄今年6月份新种植的柴胡也很感兴趣，表示也可以和这些药农提前把收购合同签了。

大家又是一阵喜悦。这真是"山重水复疑无路,柳暗花明又一村"啊!

魏庄的中药材销路问题就这样圆满解决了。村里的农户很受鼓舞,纷纷表示等收秋后腾出地改种中药材。陈副镇长满意地说:"大家都看到了吧,等收了秋,不用怎么动员就会有更多的人去种药材!"事后我仔细想想,觉得信息太重要了,尤其是进入二十一世纪以后,整个社会已经朝着信息化方向发展。做什么事,如果不掌握信息,眼前一片黑,那就很难取得成功。发展农业也一样。就拿这次的销售白芷来说吧,亳州那边正需要大量的好品质的白芷,而我们这边却在为白芷的销路而发愁,本地的药商又肆意压价。根本原因就是信息不对称,要不是我们6月份去了亳州参观考察,要不是遇到困难时忽然想到了亳州,也许魏庄村的中药材种植就会因为这次的销路问题而夭折,那么农民致富的一个重要门路就会白白地丧失了……

七十四

时令到了9月初,天气变得凉爽起来,虽然中午还有些闷热,但是晚上睡觉舒服多了。这天晚上镇里召开班子会,党委秘书王志伟通知我和组织干事樊国超列席班子会。晚上八点钟,班子会正式开始。先是研究讨论殡葬改革、计划生育等问题,接着又通报了几个村存在问题的整改情况。班子成员们抽着烟,喝着水,喋喋不休,一会儿工夫会议室里就变得烟雾缭绕,有些发呛。许长杰把会议室的窗户打开通了风,情况才稍好些。我去了趟卫生间,然后在楼梯栏杆前使劲呼吸了几口新鲜空气,回来的时候,感觉舒服了一些。这时候前面的事项已经讨论完了,大家合上本子,准备等党委书记赵清明宣布散会。只见赵清明忽然从口袋里拿出一封信来,放到会议桌上,表情变得严肃起来。他点上一支烟,使劲吸了两口,然后认真地说:"大家再稍等一等,还有件事需要向大家通报一下。前些日子我收到一封匿名信——"他用手指了指桌上的信，然后说，"我是不喜欢匿名信的，有什么事情可以光明正大地说嘛！但是这封匿名信我觉得还是应该引起重视——"会议室里顿时变得鸦雀无声，大家都在等待赵书记下面的话，不知道他这葫芦里卖的是什么药。

"这封信署名是故城村的知情群众，反映了故城村党支部书记郭土林的一些问题，一共列举了五大罪状，分别是欺上瞒下、好大喜功、搞一言堂、贪污腐败、横行乡里。大家可以把这封信相互传阅一下。"说着，他把信交给镇长李书田。李书田迅速地看了一遍，然后交给副书记崔大壮，之后是镇人大主席白五臣、党委秘书王志伟以及桂宝华、陈俊昌等人。大家开始窃窃私语起来，有人说："有这么严重吗？我看郭土林工作还是挺不错的。"有人说："我看百分之八九十是真的，你看平时郭土林的表现就知道，霸道得很，谁也不放在眼里。"还有人说："信里的内容，我也听到过一些风言风语。群众的确对他有不少意见。"

匿名信传递了一圈，又回到赵清明面前。赵清明把烟在烟灰缸上轻轻磕了两下，然后说："对于这封信的内容，刚才我听到有人表示怀疑。其实这段时间我私下安排人已经进行了调查暗访，总体来说基本属实。特别是贪污腐败和欺压百姓，群众反映很多。这封信里提到的私自侵吞村里的门面房收入、截留计生费用、贪污修路款等问题，有的证据确凿，有的还需要进一步调查。打击报复村民楚健民，手段太卑鄙了，不就是换届选举的时候提了他的意见吗？还有原来的会计主任郭子敬，不就是换届选举的时候顶撞了他几句吗，就非得逼得人家辞职。不但如此，还处处给人家穿小鞋，让人家简直没法生存。作为基层的党支部书记，是直接和群众打交道的，代表我们党委和政府的形象啊，能这样胡作非为吗？这样下去，我们党委和政府的威信何在？大家都说说吧！"赵书记越说越激动，他用力地拍着桌子，气得呼呼直喘气。

会议室里沉默了。刚才窃窃私语还可以，但是一旦要正式表态，

选调生

却都闭口不言。其实，我心里明白其中的一些原因，因为大家都知道郭土林有后台，据说他的什么亲戚就是市委书记孙百川，都有些怕引火烧身。见大家都不发言，赵清明有些着急了："怎么？都不愿意说？都怕得罪郭土林？只要我们是站在群众的立场上说话，他就是后台再硬，我们也不怕！"他看了看陈副镇长："俊昌，你是中工作区的负责人，你说说对这封信怎么看？"陈副镇长清了清嗓子，壮着胆子说："我相信匿名信里反映的情况是属实的，这从郭土林平时的一贯表现就可以看出来。他们村里的事大大小小都是他说了算，别人根本就没有发言权，稍有反驳，他就大骂不止。在这样一个没有民主和监督的村委班子里，别人工作能有积极性吗？他能不犯错误吗？能不贪污腐败吗？表面上看村里班子是团结的，一团和气，人家不是没有意见，是有意见不敢提啊！对村民打击报复，我也知道一些。早在'三个代表'学习教育活动的时候，我就走访过一些群众，他们表面上说郭土林好，其实看得出来说的是假话，是对我们的不信任啊，是怕我们和郭土林串通一气打击报复啊！所以，我觉得郭土林的问题迟早要解决，现在该是解决这个问题的时候了！"

赵清明脸色舒展了一些，他看了看旁边的崔大壮："崔书记，你是党委副书记，你说说！"崔大壮喝了一口水，然后挺了挺身子说："说实在话，我早就觉得这个人有问题。别的不说，就从他对镇干部的态度上就能看出来。大家都有同感吧？不就是一个小小的村支部书记吗？整天摆着个臭架子，自以为是，摆给谁看？赵书记，可能他的眼里只有你和李镇长——"说着，崔大壮看了一眼赵清明和李书田，接着说，"别的人去了根本就不放在眼里，包括我在内。不说咱们是镇里的干部，就是普通的一个人，人与人之间最起码的尊重应该有吧！这样一个高傲自大、不知道天高地厚的人，我不相信能当好村党支部书记。刚才陈镇长说得很对，没有人能够监督他，他不犯错误才怪呢！"

接着又有几个人发言，从不同方面批评郭土林。赵清明的脸上露出了笑容,他很满意。这时候镇人大主席白五臣说话了,他看了一眼赵清明,然后皱着眉头问:"赵书记,你没点到我的名字,我能说几句吗?"赵清明一愣,随即点头说:"白主席,你是班子成员,当然可以说了。今天怎么变得这么客气?"白五臣说:"那好,我也说几句。刚才听了几个班子成员的发言,感觉像是在开批斗会。我觉得,大家看问题有些片面,郭土林难道就一点好处都没有吗?大家都知道,这些年故城村年年先进,不管是县里的还是镇里的,评先进的时候大家都投了票,都是表示同意的,那时候怎么不说他有这问题有那问题?村里的修路是他争取到的,当然这也离不开镇里的支持,但不管怎么说是他为村里办的好事;还有村小学是他组织翻修的,没花镇里一分钱,都是村里出钱还有一些人的捐款,要不是他有这个意识,恐怕学校早出事了;还有其他很多的事,我就不一一列举了。我想说的是,看一个人应该全面些,不能因为他犯了点错误,架子太大,就彻底否定他。我觉得这样对他不公平。我的看法是郭土林虽然有些地方存在问题,但总体上还是很优秀的村支书。"

白五臣讲完后,党委秘书王志伟接过话说:"我觉得刚才白主席说得很对,要说错误,谁都会犯错误。我在故城镇也待了好多年了,对郭土林印象也不好,说句那个话,在他那里连顿饭都混不上。但是他的政绩是不可抹杀的,全镇二十五个村,哪个村有他干得好?这一点我就不多说了。有人写匿名信举报他,我觉得说不定写信的人另有目的。再说了,作为全镇最大的村,不可能做到每个人都满意,有人写信举报,又有什么大惊小怪呢?所以我的意见和白主席一样,郭土林虽然有问题,但总体上还是挺不错的。"

赵清明的眉头渐渐地又凝成了个疙瘩,他看了看桂宝华说:"桂委员,你也说说!"刚才大家发言的时候,桂宝华一直听着,也不去看赵书记。这回赵书记主动点到他,他也不得不发言了:"既然赵书记点到我了,那我就说几句。我觉得郭土林这个人具有两面性,有好的一面,也有坏的一面。这些年他确实做了不少好事,刚才白主席提

选调生

到了修路、建校等事，这一点是值得肯定的；但是他犯的错误也是严重的，贪污腐败、欺压百姓，这一点不能原谅。我想下一步应该以批评教育为主，如果他能改了，当然是最好的结果。我的话完了！"

赵清明静静地听着，没有任何表情。等所有的人都发完言后，赵清明把烟在烟灰缸里按灭，然后定了定神说："大家刚才的发言很好，多数人认为郭土林存在的错误是严重的，应该给予处理；也有少数人认为郭土林成绩是主要的，错误是次要的。有不同意见也在所难免，也很正常，真理越辩越明嘛！我是这样想的，要正确看待功和过的问题。郭土林过去是做过一些好事，但那是他的职责所在，也就是说他做这些事情是应该做的，要是一点好事也不做，那要他这个党支部书记有什么用？但是，大家更应该看到，郭土林的问题是很严重的，经济问题，那是法律都不能饶恕的；欺压百姓，说到底是一种官僚主义，没把百姓放在心上。他趾高气扬也好，架子大也好，这些都可以原谅，他可以不尊重我，不尊重镇里的干部，但是有些错误是绝对不能原谅的。大家都知道新中国成立初期的刘青山和张子善吧，新中国成立前有很大的功劳，可是新中国成立以后逐步腐化堕落，中央最终还是给了他们最严厉的处分。所以说功和过是不能相抵的，不能因为有了点成绩就能胡作非为。对于郭土林的处理，我觉得虽然现在有些问题还没有彻底查清，但是就掌握的情况来看，他继续担任故城村的党支部书记已经不合适了。我建议立即免去他的村党支部书记职务，然后再进一步调查处理！"

赵清明的话刚说完，白五臣就忍不住了："我认为这样处理不合适，太冤枉郭土林了。他是犯了点错误，但不是说不可以改正，还不至于到免职的地步！"陈副镇长说："我支持赵书记的意见，应该免去他的职务。"又对白五臣说："不是所有的错误都可以原谅、都有改正的机会的！"白五臣气坏了，他用力拍了拍会议桌，然后站起来指着陈副镇长说："陈瞎子，你处处跟我作对，我到底什么地方得罪你了？"陈副镇长扶了扶眼镜，也站起来说："白主席，你年龄大，我尊重你,但你也不能骂人!别忘了你是正科级干部!"

两个人还要争吵。赵清明重重地拍了一下桌子,两个人都不说话了。赵清明脸色铁青地说:"你们都坐下,这是开班子会,不是吵架的地方!"又对白五臣说:"白主席,关于郭土林的问题,你有不同意见,我可以理解。但不要动不动就发脾气,这样不好!"白五臣气呼呼地坐下,不说话了。接下来其他班子成员纷纷发言,大多数人支持免去郭土林的职务。

见时机成熟,赵清明说:"按照组织程序,任免一个村党支部书记需要镇党委集体研究决定,下面请所有的党委委员留下,其他的班子成员和列席人员可以散会了!"像镇人大主席白五臣、副镇长陈俊昌、镇人大副主席刘金霞等七八个人虽说是班子成员,但不是党委委员。他们纷纷站起来准备离开会场。忽然白五臣大声地说:"大家先等一下,我还有几句话要说。"大家都愣了一下,不约而同地把目光集中在白五臣身上。赵清明吃惊地问:"白主席,你还有什么话说吗?"白五臣冷笑了一声:"赵书记,我想提醒你一下,也提醒大家一下:别忘了郭土林的亲戚是咱们莲城市的市委书记孙百川!我希望赵书记你做什么事情要慎重,在动郭土林之前要好好想想!"说完,他头也不回,就往会议室门口走去。赵清明望着他的背影冷笑着说:"谢谢白主席的提醒,我会慎重的!"

我和组织干事樊国超也离开了会场。我的心怦怦直跳,心想以前也列席过班子会,都没有今天这么惊心动魄!我不由自主地随着陈副镇长去了他的办公室。刚进办公室,陈副镇长就气愤地说:"没想到白五臣竟然在班子会上和我拍桌子!他这人就是喜欢倚老卖老,别人不和他一般见识,他还觉得人家好欺负。"说着,他坐下来,又招呼我坐下。我问陈副镇长:"白主席怎么总是替郭土林说话?为了他几乎要和赵书记闹翻。"陈副镇长看了看我说:"晨辉,这里面的事情复杂着呢!你还记得去年魏庄上访的事吧?牵涉到白五臣,赵书记丝毫没看面子,给了白五臣一个处分,当时他就骂骂咧咧的,扬言要报复赵书记。还好，赵书记也没太介意。另外，听说白五臣和郭土林好像有什么瓜葛，具体什么事，我就不太清楚了。有这两方面原因，你说他能同意免去郭土林的职务吗？还有那个王志伟，在办公室的时候就处处拆我的台，后来通过残联基地的牛向东和郭土林搭上关系，通过郭土林的帮忙才提拔成了党委秘书。你说，在班子会上他能不替郭土林说话吗？其实，要我说，郭土林早就该免职，你看看现在的故城村油盐不进，咱们都没办法开展工作！"我若有所悟地点着头，然后又问："你说这次郭土林能被免职吗？"陈副镇长想了想说："根据目前的情况看，党委会通过他免职应该问题不大。但是我担心的是即使党委会通过了，就能那么顺利地把他的职务免去吗？白五臣最后说的话一点也不假，他的后台是孙百川，他能就这样善罢甘休吗？"我的心里一阵紧张，问道："那陈镇长，你的意思是说还有可能出现麻烦吗？"陈副镇长叹了一口气："很难说，这几天如果没事，就没事了。希望一切顺利吧！"

七十五

　　我离开陈副镇长办公室的时候，见许长杰还在二楼倚着栏杆站着，不时地往会议室张望，看样子党委会还没结束。又看看手机，已经十点多了。我打了个哈欠，回到三楼休息。躺在床上，心里还在惦记着党委会的事情，不知道关于郭土林的免职能否通过。睡眼蒙眬中，感觉外面好像起风了，狂风透过后窗灌进来，把桌子上的书吹得"哗啦哗啦"直响，有几本书掉在了地上。我赶快下床把后窗户关好，又把掉在地上的书捡起来。风进不来了，可是把后窗户吹得"啪啪"直响。一会儿，风小了，取而代之的是"隆隆"的雷声和阵阵的闪电，紧接着瓢泼大雨下起来了。我躺在床上，听着"哗哗"的大雨，似万马在奔腾，又好像千军在打仗。雷声越来越大，今年从来没有遇到过这么响的雷声，我感到有些害怕，生怕天真的会塌下来……

第二天早上起床后感觉冷飕飕的，短袖已经穿不成了，只好换上衬衣。雨后的清晨，一切都是湿漉漉的，笼罩着一层薄薄的水雾。八点钟的时候，一楼的电铃照例响了，大家像往常一样从各个方向出来，涌向一楼的大会议室。

　　主席台上坐着镇党委书记赵清明和镇长李书田，他们的表情都很严肃。等政府秘书程晓广点完名后，赵清明开始讲话："同志们，在今天开会之前，先给大家通报个事情——"我的心里一惊，第六感觉告诉我，赵书记可能要提郭土林免职的事情。赵清明扫视了一下会场，刚要说话，忽然他的手机响起来。赵清明拿过手机，仔细看了看来电显示，然后接通了手机："哪位？……哦，组织部啊……我是，我是赵清明……什么？找我谈话？……现在就去？我正在开会呢！……好好好，我马上就去！"挂上电话后，赵清明的脸色变得很难看，他嘴里嘟囔着："什么事这么急，叫我马上赶过去？"他小声地在李书田耳边嘀咕了几句，然后站起来对大家说："组织部这边有急事找我，我得马上赶过去。下面由李镇长接着讲。"说完，他急匆匆离开了会场。

　　赵书记走后，会议室里一片骚动，人们开始交头接耳起来。李书田示意大家安静，然后又简单讲了几句，就宣布散会。至于赵清明书记开头提到的要通报的事情，自然也就没了下文，让人们更加疑惑不解。

　　散会后，人们没有立刻散去，而是三个一群五个一伙地站在机关大院的空地上议论纷纷。从消息灵通的人嘴里得知，昨天晚上镇党委会已经通过了郭土林的免职决定，同时决定暂由故城村的副支书兼村主任楚善本主持村里的日常工作；计划今天上午就印文件，然后由镇党委副书记崔大壮去故城村宣布镇里的决定。但是大家议论的重点好像不完全在这些，而是在猜测组织部突然找赵书记谈话里面暗藏的玄机。有人说："这很正常，组织部就是管干部的，找一个镇里的书记谈话再正常不过了。"立刻就有人反对："你说得不对，今

选调生

天开始点名的时候，好像赵书记一点都不知道情况，而且事情又那么急，看来是组织部临时通知的。要是正常的谈话，电话应该打到办公室，而不应该直接打赵书记的手机啊？"还有人说："是不是和赵书记的前途有关？是不是赵书记该升官了？"马上有人接过话："那也不会啊，要是升官的话，事先也应该有个考核程序啊？"总之，大家议论纷纷，莫衷一是。

由于这些日子相对清闲些，上午没什么大事，大家议论了一会儿后，就渐渐散去。可到下午的时候，就有一种议论说是赵书记要调走，去县委统战部当副部长。我感到很吃惊：这太突然了，怎么事先一点迹象都没有啊？我不由得去找陈副镇长求证。班子成员里面，能没有架子和我推心置腹说话的人，恐怕也只有陈副镇长了。

见到陈副镇长的时候，他正在办公室里一边来回踱着步一边唏嘘不已："怎么会是这样？太不公平了！还有公理吗？"我问道："怎么了，陈镇长？到底出了什么事？"陈副镇长无可奈何地叹了口气，坐下来，又招呼我坐下。"晨辉，"他说，"镇里出了大事！"我马上意识到可能和赵书记有关，于是说："是不是赵书记有什么事？我刚才听人说赵书记要去统战部当副部长，不知道是真是假？"陈副镇长点点头："是真的。今天上午组织部找他谈话就为了这件事。"我很奇怪，就问："赵书记当书记当得好好的，怎么会突然去了统战部？这背后有什么问题吗？"陈副镇长气得拍了拍桌子："还不是因为那个郭土林——我就不明白，堂堂一个镇党委书记怎么就斗不过一个村支书？郭土林没被免掉，赵清明书记反而被逼走了，这不是天大的笑话吗？"

在我的再三追问下，陈副镇长把事情的详细经过说了一遍。他说："昨天晚上镇里开党委会的时候，有人悄悄给郭土林打了电话，向他透露了消息，结果今天一大早组织部就找赵书记谈话。这中间的具体细节我不太清楚，但是很容易推测：郭土林可能连夜给莲城市委书记孙百川打了电话，然后孙百川给颍川县的主要领导打了招呼。颖川县不敢得罪孙百川书记，只好将赵书记调走。这样赵书记一走，免去郭土林职务的事情就不了了之了。这也是县里的一种策略……"我认真地听着，同时感到后背一阵阵发冷：难道这就是政治斗争？太残酷了，简直就是你死我活！我又恨那个告密者，就是他断送了赵书记！于是我问道："那个告密的人是谁？太可恶了！"陈副镇长胸有成竹地说："肯定是白五臣和王志伟。除了他们俩还会有谁？"我问他："你亲眼看到了？"他摇摇头："不用亲眼看到就能知道。你想，班子会上和赵书记唱对台戏的是谁？又是谁在为郭土林百般辩护？再说了，他俩和郭土林平时关系就很密切。"

事情基本上弄清楚了。我感到异常的愤恨，恨白五臣和王志伟的告密，恨郭土林的嚣张，恨市委和县委主要领导的以权压人……社会是在不停进步的，都什么时代了，还能上演这样的悲剧？我和赵书记接触不多，因为他是领导，是故城镇的最高领导，而我只是一名普通的乡镇干部，地位差别使我和他接触的机会有限，但是就在这有限的接触里，我深切地感受到赵书记是个好人。尽管他也有官僚主义的一面，也有爱面子、讲排场的时候，存在这样那样的缺点，但是他性格豪爽，平易近人，对群众有一颗赤诚的心，在故城镇的这几年，是办了不少好事的。我和杨高远提出的中药材种植和莲鱼混养，没有赵书记的大力支持，是不可能取得成功的。赵书记对我一直另眼看待，我担任团委副书记乃至后来的农办主任，都是赵书记亲自点名的。因此，不管从哪方面来说，赵书记都是我发自内心非常尊重和佩服的人。他含冤调走，无论如何都是令人难以接受的。

赵书记要调走的消息不胫而走，仅仅过了一天，机关大院里就满城风雨了。大家都在议论纷纷，不少人在骂，骂郭土林，骂上级的领导，骂那个告密的人——尽管大家没指名道姓，但都心照不宣。白五臣从人们面前经过时，一些知道内情的人就把脸扭到一边不去看他，白五臣脸上有些不自然，讪讪地走了。有人望着他的背影说："我看人还是要积点德才好，太缺德了要损阳寿的。你们说是不是？"立刻有人接过话说："是啊，尤其是上了年龄的人，更要给自己留条后路。"大概是白五臣听到了，他回过头看了看说话的人，想要发作，但最终还是忍住了……

秋雨时断时续地下了两天，伴随着肆虐的秋风，天气变凉了许多，开始有树叶落下来，让人感到压抑、悲凉。赵书记被组织部叫去谈话两天后，就要正式离开故城镇了。这天上午他参加了在故城镇的最后一次点名。赵书记的脸色苍老了许多，没有了往常的神采奕奕。可以想象，这两天他的内心是多么的委屈和痛苦啊！镇长李书田先是讲了赵书记在故城镇的工作业绩，然后说："可能大家都知道了，由于工作需要，赵书记要去县委统战部任职。虽然我们都很舍不得赵书记离开，但是还是要服从县委的统一安排。下面，请赵书记给我们讲话！"大家不约而同地鼓起掌来，掌声持续了很长时间。赵书记站起来，先是给大家深深地鞠了一躬，然后把手伸出来，做出向下压的姿势，掌声这才渐渐停下来。还没说话，赵书记的眼睛就有些湿润了，他尽量平息了一下自己的情绪说："同志们，时间过得真快，转眼间我在故城镇工作已经三年多了。和大家相处了三年多，我感到很荣幸。我的脾气不太好，这期间可能得罪了不少人，在此我向大家表示深深的歉意！"说着，他又站起来，向大家鞠躬致意。随后他说："说句内心话，本来我还想在故城镇干上几年的，可是有句老话叫作'树欲静而风不止'，很多事情都是计划赶不上变化。这次我的调动来得很突然，具体原因我就不多说了。不管上级的决定合理也好，不合理也好，我都要坚决服从，这也算是讲政治吧。在这里，我想说几句题外话，就是该怎样为人处世的问题。当然，每个人都有每个人的处世方式，我只想谈谈自己的一点感悟。工作和生活中总会有遇到困难的时候，我们该怎么办？当然能绕着走是最好的。但是有些困难从一个人的良知上讲是不容回避的，是你必须克服的，这时候就应该尽全力去克服，即使在困难面前你没有成功，但是只要你尽力了，对得起自己的良心，也会问心无愧的。无论做什么事，一个人时刻要把自己的良心放在首要位置。我在故城镇这三年多时间，为群众也算做了一点点事情，当然很多问题还没有解决。对于有些村的班子问题，我知道里面的关系错综复杂，有的人后台很硬，我犹豫过，退缩过，但是最终还是决定要敢于碰硬，哪怕碰得头破血流。因为我知道如果我不这样做，我的良心上是会不安的。这次，我尽了最大努力，虽然有些遗憾，但是我的内心还是很坦然的……我想，一切尽在不言中。要和大家分别了，我的心里很难受。但是，天下没有不散的筵席，祝大家在以后的工作和生活中一帆风顺！谢谢大家……"又是一阵经久不息的掌声。

天色阴沉沉的，外面淅淅沥沥地下着小雨。桑塔纳轿车停在了楼前的空地上，程晓广、许长杰等人早已把赵书记的东西装好。大家冒着小雨纷纷上前和赵书记握手，告别。一切进行完毕，赵书记刚要上车，忽然，一阵"噼里啪啦"的鞭炮声响起来，随之有十几个人迅速闯进了机关大院。

大家都大吃一惊，目光不约而同地被吸引过去，连赵清明和李书田也不由自主地向大门口望去。为首的是一个五十多岁的男子，个头不高，臃肿的身子，肥头大耳。这不是故城村的党支部书记郭土林吗？他来这里干什么？

郭土林走上前皮笑肉不笑地说："赵书记这就走啊？你是我的上级，要走了，怎么着我也得来送送行！"说着，冲后边的人使了个眼色，立刻有人重新点燃一挂鞭，伴随着"噼里啪啦"的响声，一股浓烟升腾起来，散发出呛人的硝烟味。

一看这阵势，镇长李书田上前跨了一步，指着郭土林厉声斥责道："郭土林，你这是干什么？"郭土林依然冷笑着说："干什么？我不是说了嘛，要给赵书记送送行。赵书记高升了，我不得祝贺祝贺？"这时候赵清明早已气得脸色铁青，他强忍着怒火，尽量平息了一下情绪说："郭土林，我谢谢你专程来给我送行，太谢谢了！现在你可以走了吧？"

"让我走? 没那么容易! 有些事情咱们还得说道说道。"郭土林摇头晃脑地说,"赵书记,你来故城镇三年多时间,我给你总结一下。你来的时候,全镇二十五个村,只有两个乱村;现在你该走了,全镇的乱村成了五个,都是让你给祸害的。计划生育乱罚款,我就不相信你一点都不知道! 修镇西边的路,几十万的修路款,我就不相信你一点也没贪污! 还有,社会治安,今天这家被偷了,明天那家丢东西了,你这个镇党委书记是怎么当的? 还有……"

郭土林还要说下去,镇长李书田实在忍不住了:"住口! 郭土林,不许你诬蔑赵书记! 你说话要有根据,不能信口雌黄!"郭土林丝毫不理会李书田,继续说:"就这我还是拣轻的说,还是给赵书记留着面子呢! 全镇二十五个村,就我故城村最好,年年被评为'五好党支部'——这可是你们镇里给评的吧? 可你们倒好,看着我不顺眼了,就想把我一脚踹开,你们还有良心吗? 故城村要不是我在那儿镇着,早乱了! 你们不想着我的好,还想方设法害我,总想免掉我的村支书职务。你们说说,你们整天都干些什么事?"

郭土林说得唾沫星子乱飞,他还不罢休,上前一步指着赵清明说:"赵清明! 你想动我就能动得了吗? 你也没看看自己有几斤几两! 我在故城村当了十几年支书了,还没人能把我怎么样。想免我的职,那他是打错算盘了! 别说是你赵清明,就是再换个更厉害的人我也不怕! 就是你走后李书田当了书记,他也别想动我! 想动我,他得想想后果,赵清明就是动我的下场! ……"

赵清明一直静静地听着,他的胸口一起一伏的,身体轻微地颤动着。忽然,他转过身去,快步来到一棵大树前,俯下身去,"哇"的一声,吐了起来。众人立刻围拢过去,见树根旁有一口血。"赵书记,你怎么了?"大家急切地问着。赵书记摆了摆手,片刻之后,他从口袋里掏出卫生纸擦了擦嘴,然后缓缓地站起来说:"没事。你们不用管我。"

人群中突然爆发了。有一个五大三粗的人实在忍不住,冲过去抓住郭土林的衣领,吼道:"郭土林,你太嚣张了! 我打你个王八蛋！"说着，挥起拳头就要打。大家仔细一看，原来是转业军人李学武。郭土林身后有人手疾眼快，一把抓住了李学武的胳膊。这时候，陈副镇长、我、小童、楚天舒以及王雪萍、田俊秀等中工作区的人都围拢上去，那边郭土林身后的十几个人也不甘示弱，纷纷上前，一场冲突已经箭在弦上。

"大家都先住手！"一声低沉而有力的声音忽然从身后传来。大家回头一看，原来是赵清明书记！于是两边的人不约而同地往后退了退，让出来一片空地。赵书记走到郭土林面前，义正词严地说："郭土林，你的闹剧该收场了吧！我这次是没能免去你的职务，但是并不代表以后没人能免得了你。你说谁也别想动你，这话未免太过了吧！人们常说，'三十年河东，三十年河西'，不管你身后有多么硬的后台，他总有不在那个位置的那一天。你的所作所为，你自己心里最清楚。不能说你没有功劳，没有成绩，谁这样说，那就是在冤枉你。但是有了点功劳，并不意味着就可以乱来；要是乱来，老百姓是不会答应你的，党纪国法也饶不了你！你在村里独霸一方、欺压百姓、胡作非为的事情其实我早就掌握了，之所以以前没有动你，是因为看在你以前的功劳，想给你改过的机会。我这么说，可能有人会说我言不由衷，在找冠冕堂皇的理由；有人会说主要是因为我惧怕你的权势，不敢动你。有没有这样的原因呢？毫不隐讳地说，有！如果没有这个因素，可能我早就把你免职了。之所以拖到现在，主要是怪我犹犹豫豫，迟迟下不了决心，还是有自我保护的意识，这说明我还不够一个合格的党员。但是，后来我慢慢想通了，权力算得了什么？功名利禄又算得了什么？都是身外之物，早晚都会失去的。为老百姓实实在在办一些事情才是最重要的。因此，我才下定决心，在我的能力范围内，即使我丢官罢职，也要把你这个欺压百姓的村霸免去！对你的问题进行调查处理！"

赵书记说到这里的时候，李镇长带头鼓起掌来，机关大院里立刻响起热烈的掌声。郭土林嘴角上露出轻蔑的微笑，那样子好像在

510   选调生

示威: 那现在如何, 你能把我怎么样? 赵书记看了看郭土林, 然后自信地说: "虽然这次我没能动得了你, 但我相信这只是暂时的, 不久的将来就会看到你的下场!" 机关大院里再次爆发出雷鸣般的掌声……

秋雨逐渐大起来。随着车轮上溅起的水滴, 桑塔纳轿车载着赵清明书记、载着遗憾, 离开了故城镇。郭土林和他身后的十几个人也离开了镇政府大院。一切都恢复了平静, 天色阴沉得可怕, 天空中大片大片的黑云压了上来。只有秋雨还在没完没了地下着, 如醉如痴, 如泣如诉……

七十六

赵清明书记调走后不久, 上级任命李书田为故城镇新任党委书记, 同时调县人事局的党组书记、副局长张明远任故城镇的代理镇长。张明远我印象很深, 刚毕业的时候和吴俊峰一起找过他, 要不是他帮忙, 我们俩不知还要等多长时间才能上班呢! 关于赵清明书记被逼走的事情, 人们着实谈论了一阵, 大多数人都觉得太憋屈、太可气: 一个堂堂的镇党委书记竟然被一个可以称为"村霸"的村党支部书记逼走了, 是不是有些太可笑了? 郭土林是有后台, 是有人在背后撑腰, 可是也不能太过分了吧! 这样一来, 上级的威信何在? 郭土林以后还不猖狂得上了天? 大家对赵书记表示同情, 对郭土林恨得要命却又无可奈何, 有的也只是骂骂而已: 郭土林, 看你最后要落个什么样的下场!

过了一段时间, 这场风波渐渐平息了, 一切又恢复了正常。只是郭土林变得更加猖狂了。听人说他现在走路都变成了四方步, 昂着肥肥的脑袋, 挺着厚厚的肚皮, 一摇三摆的, 那副小人得志的样子让人恨不得过去给他两个耳光才解恨。只要有机会, 他就对人说起他逼走镇党委书记的"光辉成就", 尤其是对镇村两级的干部: "哼! 敢和我作对, 还想不想活了? 他赵清明还不是灰溜溜地滚出了故城镇!

赵清明都滚蛋了，我看谁能把我怎么样？……"气得包村干部王雪萍很快就找到李书田，要求离开故城村，哪怕换个再难再乱的村，也比故城村强。后来李书田和陈副镇长再三做工作，才勉强留住了她。陈副镇长安慰她说："雪萍，你看看咱们中工作区的人，除了你之外，谁还能去故城村包村？郭土林看着你还算有点顺眼，为了镇里的工作大局，你就再忍一忍吧！"

在人们的议论中，转眼就到了9月下旬。按照惯例，"三秋"工作将要开始了。临近国庆节的那天上午，我正准备和大家一起下村，忽然手机响了，看来电显示好像是颍川县城的。电话接通了，那人先确认是我后，然后介绍了自己："我是县委组织部干部科的……"我听着声音有些耳熟，试探着问："你是李科长吧？"电话那端马上显得高兴："是我！你还能听出我的声音？"我笑起来："那当然了！当初我刚上班的时候到组织部报到，最先见到的就是你，什么时候都不会忘！"他也笑了，然后郑重地说："通知你一件事，县委组织部要在10月8日上午在县委党校举办第七期科级后备干部培训班，你们镇里一共三个人参加，你是其中之一，请你一定记好时间，准时参加。具体事宜你们的组织委员随后会告诉你。"又话锋一转说，"按照资历，你是没有资格参加这次培训班的。但是这次唐部长专门交代，说你和吴俊峰、姚成全、张金豹四个人表现不错，破格提名你们四个也参加这次培训班，要我给你们几个一个一个打电话，把他的意思捎到。"最后，李科长意味深长地说："晨辉，我先要祝贺你了，能参加这次培训班的人，很可能就是不久就能提拔重用的人，你可一定要珍惜这次机会啊！"我的精神立刻振奋起来，激动地说："谢谢李科长！谢谢唐部长！"

果然，不一会儿，桂宝华把我叫到他的办公室，开门见山就说："晨辉，看来你的好事要来了！"由于有了思想准备，我只是微笑着点点头。于是他把这次培训班的事情具体说了一遍，然后说："镇里一共三个名额，房管所所长，民政所所长，还有你。他们两个资格老，参加培训是意料之中的事，你算是黑马了。说实在话樊国超是组织干事，资历也比你深，表现也不错，这次都没轮到。看来还是有上级关照的好，你是沾着选调生的光了！"我虽然口头上附和着，但是心里却有些不服气：我是沾着点选调生的光不假，但是更重要的是自身的努力。魏庄村是个乱村，许多人都不愿意去，我克服了多少困难你怎么不说？别人喝酒打牌、打情骂俏的时候，我自己一个人默默地看书学习，又有几个人知道？最后，桂宝华递给我一份表格说："晨辉，你赶快把这个表格填一下，中午之前一定要交给我！"

我拿到表格后，先去了陈副镇长的办公室，把参加培训的事说了一遍。陈副镇长很高兴，拍拍我的肩膀说："晨辉，你很快就有出头之日了！"李科长、桂宝华和陈副镇长都这样说，看来大家的政治敏锐性都很强，英雄所见略同。高兴之余，我又有些担心："培训班一共俩星期的时间，这段时间正好是'三秋'，村里都很忙，魏庄还要忙着组织种药的事，我这一走，村里的事……"陈副镇长摆摆手说："晨辉，你只管放心地走吧，村里的事情我自有安排。"

国庆节期间，镇里分成两班轮流休息。到了10月7日的下午，按照通知要求，我去县委党校报到。刚报完到，领了学习资料，就听到有人叫我，原来是吴俊峰。他兴奋地说："知道有我们四个，我报完到就在旁边等你们来呢！"我们彼此询问这段时间对方的情况，刚说了没几句，就听到有人喊我们俩的名字，抬头一看，正是姚成全和张金豹。故友相见，自然十分亲切，大家又是一阵寒暄。等姚成全和张金豹报完到，大家一起去学员宿舍吴俊峰的房间。大家一边喝茶一边攀谈。最后姚成全说："晚上我做东，弟兄们喝几杯！"

县委组织部第七期科级后备干部培训班正式开班了。这天上午八点半，在党校大礼堂，县委组织部的唐部长在开班典礼上作了简短的讲话。正当大家热烈鼓掌的时候，忽然有个年轻人走上主席台，附到唐部长耳边悄悄嘀咕了几句。唐部长显出很惊讶的样子，他微微点点头，那人便下了主席台。掌声过后，唐部长站起来说："非常抱歉，本来我要和大家一起听一听今天上午的课，可是刚才市委通知有个紧急会议，我得马上赶过去。对不住大家了！"说完，他收拾好公文包，又小声对挨着他坐的县委党校校长交代了几句，然后匆匆离开了县委党校礼堂。

　　唐部长走后，党校的校长简单介绍了一下培训的课程安排，又强调了一下听课纪律，培训班就正式开始了。一位五十来岁的老教师开始讲公务员暂行条例，一直到中午。下午继续讲公务员暂行条例，枯燥无味的条文，再加之午后生物钟的原因，开始有人打瞌睡。我的眼皮也直打架，听着听着就不知道讲什么了。讲了一会儿，老教师一看这样子，就直接宣布休息十五分钟，打瞌睡的人这才有了精神。不少人离开座位去礼堂外透气，我和吴俊峰、姚成全、张金豹等人也走了出去。外边有些热，我去了趟洗手间就又回到座位上。不一会儿，吴俊峰也回来了，他拉了一下我的衣服，悄悄地说："晨辉，你知道吗，市里出大事了！"我一惊，心想能出什么大事？于是急切地问："什么大事？你快说！"吴俊峰压低声音说："刚才听纪委的一个朋友说，莲城市的市委书记孙百川被双规了！""什么？孙百川书记被双规了？消息确切吗？"我简直有些不敢相信自己的耳朵，孙百川可是莲城市的最高领导啊！吴俊峰说："消息应该没问题，你没看到上午唐部长刚讲完话就被叫走，可能是县委召开紧急会议传达这件事。"我们俩正说话的时候，姚成全和张金豹也回来了，他们也像是发现新大陆似的，迫不及待地对我俩说了孙百川被双规的事情。

　　看来消息是真的了。我的心里有一种说不出的滋味：这么大的官竟然也会出事，昨晚上还在电视上看到他主持会议并讲话呢，没想到今天竟然成了阶下囚。人生啊，就是这样扑朔迷离，成与败，荣与辱，也许近在咫尺，稍一不慎，就会从这端走到那端，从天堂走向地狱。感慨之余，我又有几分快意：孙百川书记可是郭土林的靠山啊，没有孙百川在背后撑腰，郭土林敢这么猖狂吗？就为了无原则地袒护一个区区的村党支部书记，硬是活生生地把镇党委书记赵清明给

　　　　　　　　　　　　　　　　　　　　　　　选调生

逼走，滥用职权也太过于明显了，这难道不是他的罪孽吗？以小见大，这样的小事都敢滥用职权，到处插手，何况是那些大事！这样看来，孙百川被双规，可以说是罪有应得。我还有几分好奇：这下孙百川书记倒台，靠山没了，郭土林该怎么办？他还会和以前一样飞扬跋扈吗？

　　第二天上课前几乎所有人都知道莲城市出了大事，大家交头接耳，议论纷纷。有人找到当天的《中原日报》，在第二版左下角的位置有一则简讯："中原省纪委监察厅权威发布，莲城市委书记孙百川涉嫌严重违纪，目前正在接受组织调查。"人们一边感慨，一边谩骂，对今天上午上什么课倒是不感兴趣了。

　　我看看课程表，上午的课是政治经济学。我想，我学的就是金融，这样的课对我来说就是小菜一碟。八点半的时候，一位年轻的女老师走上主席台，她个头不高，披肩发，蓝色的上衣，高跟鞋踩在主席台的木地板上，发出清脆的响声，看样子也就二十多岁的样子。我的心里立刻就有些不服气：这么年轻的女老师，也来给我们上政治经济学？能讲好吗？

　　女教师抬起头来，用手把头发往后拢了拢，环视了一下大家，然后说："大家好，今天由我给大家讲政治经济学……"她说话的时候，我端详着她的模样，猛然间我激动得差点喊出声来：秋华，怎么会是她？真的是她吗？她不是在县城三高教学吗，怎么会来党校？又怎么这么巧来给我们上课？我的脑海中不停地转动着，这些疑惑让我百思不得其解。

　　自从和秋华分手后，除了那天夜里见到她和韩俊涛在一起外，就再也没有见过面。这两年来她的情况我一无所知。原本很好的朋友，纯洁无私的友情，就是因为捅破了那层窗户纸，男女朋友没做成，就变得形同陌路。听人常说，恋爱不成还可以做个普通朋友，可是话虽这样说，到了现实中，又有几个人做得了普通朋友？唉，人生若只如初见该多好啊！无奈时光不能倒流，过去的就永远过去了，一去不复返!

秋华在主席台上认真地讲着课,我的思绪却飞得很远很远,想起毕业后和她相处的点点滴滴……忽然,会议室里莫名其妙地安静下来,我感到好像有许多目光向我直射过来。我赶快抬头向主席台上看去,见秋华正目不转睛地看着我,引来不少人向我这边观看。秋华,她也发现我了!我的目光和她相对时,她好像如梦方醒似的,赶快把目光移开,神色有些不自然,慌忙看了看桌子上的教案,继续讲课。

课间休息十五分钟。礼堂里一阵喧哗,不少人开始出去透气。我犹豫着,要不要过去和秋华说几句话。虽然以前是很好的朋友,可是毕竟有过那么一段往事,多少还是有些尴尬。没想到秋华走下讲台,径直向我这边走来。我冲着她微笑着点点头。她大大方方地说:"晨辉,真是你啊!听说这次培训班每个乡镇来的都有人,我就在猜会不会有你,今天果然见到你了。怎么样?现在过得好吗?"我笑着说:"秋华,我也没想到你能来给我们上课,我竟然成了你的学生。你不是在三高当教师吗?怎么会来到这里?"

秋华扭头看了看四周,有一些学员向这边张望。她说:"晨辉,咱们出来说吧!"说着,她向礼堂门口走去,我跟在她后面往外走。来到一处假山旁边,这里安静了不少,旁边种着不少花,散发出阵阵清香;小鸟在柳树上叽叽喳喳地叫着,让人心情舒畅。在柳树下,秋华止住脚步,仔细地看了看我,然后忍不住笑了:"晨辉,两年多过去了,你还是那样,还是有些腼腆,有些傻乎乎的……不过,也不能说没有变化,比过去成熟了不少。"我也在打量着秋华,见她穿着打扮比过去讲究了,时髦了许多,不再是那个有些清纯的女孩了;面貌基本没什么大的变化,只是比过去白了一些,也漂亮了一些;她的肚子有些微微隆起,身体显得有些微胖。我感慨地说:"是啊,时间过得真快。这两年多,咱们俩都有了不少变化,当然有些本质的东西没有改变。要是改变了,我还是我吗?"她笑起来。我问她:"你怎么来

　　　　　　　　　　　　　　选调生

党校了？"她说："那是去年的事。党校对外招录教师，在三高我觉得太忙太累，想着党校能轻松一些，就报了名，没想到一下子就录用了。谁知到党校后才知道，工作太轻松了也不好，除了搞些培训外，很多时候无所事事，有些无聊，想想还不如在三高的时候忙些好，那样还感觉充实。如今，想回去都难了！"我说："其实很多事情都是这样，拥有的时候看不到它的好，一旦失去才会看到它的价值。不过既来之则安之，环境轻松了，自由支配的时间多了，你可以做些自己想做的事情啊。"她认真地点着头："你说得对，不过要是让我想想还能做点其他的什么事，还真有些难。不是刚毕业的那时候了，一会儿一个想法！"我笑着说："那你就充分享受生活。"她又问了我的情况，我简单地把在乡镇的经历说了一遍。她说："你总算实现了你当初的愿望，看样子你还是挺喜欢这样的生活。"我说："不能说很喜欢吧，但是至少感觉到了充实。"

她话锋一转，脸上微微泛起红晕，有些羞涩地说："要不是这次培训，你还不会见到我吧？"我有些不自然了，支支吾吾地说："也许吧。不过……不过也说不准，县城就这么大，也许不经意间就见着了。"她摇摇头说："不对，要是心里没有对方，近在咫尺却又远在天涯。你看看，这两年多，咱们遇到过吗？"忽然她又想起了什么："也不能说没遇见过，那天晚上你和你女朋友……对了，你现在早已经成家了吧？"我苦笑着摇摇头："成家？连个女朋友还没有呢！"她有些吃惊："不会吧！那你在一起的那个女的……"我说："不合适，早就吹了。"她又问："那你后来没再找吗？"我自嘲地说："我这样傻乎乎的，又有些腼腆，谁能看上我呢？"秋华忍不住笑了："晨辉，我刚才说你傻，可不是真的说你傻。你这个傻，是傻得可爱的傻。怎么会没有人看上你呢？当初的时候，我不就看上过你吗？"我的脸有些发烫，说："你毕竟是你，可是这个世界上像你这样的人太少了。"秋华说："太少总是有吧，也许你还没遇到那个在等你的人。你这么真诚、这么有进取心，肯定会有人欣赏你的。"我轻轻地叹口气："秋华，虽然我知道你在安慰我，但还是希望有那一天吧！"秋华有些动情了，她深切地望着我说："晨辉，我以前给你讲过一个故事，你还记得吗？"我想了半天，没想出什么，就说："秋华你就别让我猜了，是什么故事？"秋华说："你难道忘了？咱俩分手的时候，我给你讲过的那个给教授剪裤腿的故事……"我的思绪顿时飞到了在小河边我和秋华分手的场景，立刻想起了那个故事。我问她："你是说那个教授的母亲、妻子和女儿先后给教授剪了裤腿的故事吧？"秋华点点头："就是这个故事。你现在明白点什么道理了吗？"我想了想说："要是她们之间多些沟通就好了，就不会犯这样的错误了。是不是这个道理？"秋华说："你说得还算有些靠谱。缺乏了沟通，就不会有默契。要是那时候在你去省城的事情上，你和我多些沟通，对我多些理解，也许——也许就不是现在的这个样子了！……"说完，她叹了口气，低下头不作声了。

如烟的往事不由自主地涌上心头，我回忆着自己毕业后的点点滴滴，有成功，有失败，有对的地方，也犯了不少错误，酸甜苦辣，五味杂陈……我悔恨自己的年少无知，悔恨自己的意气用事。可是，一切都不可挽回了……良久，她抬起头来，幽幽地说："其实这件事也不能全怪你，我也有错的。要是那时候我对你多些宽容，多替你考虑考虑，就好了。现在说什么都晚了，都怪那时候我们俩都太年轻，相遇在了错误的时节，正如一朵鲜花，在不该开放的季节开放……"我仔细品味着她说的每一句话，字字句句都很有道理。要是早明白这些道理该多好啊！沉默了片刻，我说："你亲手给我织的手套，我还一直保存着……"我的话还没说完，她再也忍不住了，大滴的泪水夺眶而出……

为了打破这忧伤的气氛，我问她："现在俊涛怎么样？你俩过得好吗？"秋华从随身包中掏出纸巾，擦去了泪痕，平静了一下自己的情绪，然后说："他还好，就是整天忙，在家的时候少。他对我还算好吧！"我点点头："那就好，这下我就放心了。"她挺了挺自己有些微微隆起的肚子，说："晨辉，我怀孕了。四个月了！"我有些吃惊，心里有种说不出的涩涩的滋味。我说:"那我要提前恭喜你,恭喜你要做妈妈了!"又说,"到时候别忘了给我说一声,我一定去!"没想到秋华却摇摇头:"到时候就不打扰你了。其他同学我都可以通知,就是不通知你。"我一愣:"为什么?"她笑着说:"因为你和别人不一样啊!"随即她又深情地看着我,忽然大声地说:"晨辉,我爱你,我是爱过你的……"

七十七

后备干部培训班进行了两个星期,除了学习以外,还参观了驻军营地,进行了为期三天的军训。在最后一天的闭幕式上,唐部长又到场做了热情洋溢的讲话,勉励大家回去后要好好工作,不要辜负组织上的期望。

回到故城镇后,一个振奋人心的消息传来:郭土林倒台了!这个消息是小童告诉我的。那天傍晚我回到故城镇,先回到自己的宿舍,把随身的东西放好,然后就去找小童。离开镇政府半个月时间,不知道镇里有了什么变化。小童第一句话就是:"郭土林这个家伙总算倒台了,大快人心啊!"我简直有些不敢相信自己的耳朵,惊喜地问:"真的吗?真是太好了!什么时候的事?"小童说:"快一星期了吧。"接着小童就把这件事原原本本地和我说了一遍。

原来李书田接任镇党委书记后,表面上不动声色,让郭土林看起来好像很软弱的样子,暗地里继续搜集郭土林违法犯罪的证据。莲城市委书记孙百川被双规后,郭土林的精神头立刻有些蔫了,说话底气也明显不足了,以往飞扬跋扈的样子也收敛了不少。李书田见时机成熟,正准备把他拿下的时候,正巧故城村爆发了大规模赴镇政府上访事件。挑头的人是楚健民和郭子敬,跟随的群众有二三十人,部分村组干部也参加了上访。这些群众和部分村组干部都是以往受他欺压严重的人。他们向镇政府递交了村里一百多人的联名告状信,状告郭土林欺上瞒下、贪污腐败、横行乡里等种种问题。李书田当即收下了告状信,一边安抚告状的群众,一边派人跟县公安局经侦大队联系。得到群众上访告状的消息后,郭土林曾试图组织部分村干部和忠于他的人阻挠和打击上访群众,但是这些人平时惧怕郭土林的权势,对他只是表面上忠诚,大多数暗地里也把他恨得要死,见他的后台被双规了,许多人找出各种理由对他敷衍塞责;少数忠诚于他的"死党"见大势已去,也都动摇了,都做了墙头草,对他阳奉阴违,气得郭土林又拍桌子又大骂,却也干瞪眼没有办法。没过几天,县公安局派人连夜就带走了郭土林。镇里随即召开了党委会,一致同意免去郭土林故城村党支部书记的职务,鉴于原来的村主任楚善本在群众中威信较高,又是多年的老党员,决定任命他为故城村新的党支部书记。

小童绘声绘色地讲着,脸上洋溢着笑容。我越听越高兴,真是大快人心啊!我问他:"那镇干部和村里的人对这件事都怎么看?"小童看看我说:"还能怎么看?大家都是拍手称快,说郭土林是罪有应得,这下子也算是给调走的赵清明书记'报了仇'。特别是包村干部王雪萍,她对咱们工作区的人说,'我这些日子都憋屈得快要发疯了,看着郭土林那副小人得志的样子就来气,真的快把我气死了!这下子郭土林这个王八蛋可算倒台了,真是解气,我太痛快了,今晚我请大家吃饭!'那天晚上她真的请大家在外边饭店好好吃了一顿饭,还喝了好几杯酒呢!"我说:"可以理解。咱们在村里工作难做点也没什么,就是别受气。她在故城村,可是受了不少窝囊气!"小童又说:"这是咱们镇里的干部,你知道村里的群众是什么反应吗?"我说:"都什么反应?"小童伸出三个手指头在我面前晃了晃:"他们村里出钱,整整唱了三天大戏,不知道放了多少鞭炮,庆祝郭土林倒台。好家伙,那场面,人山人海呢!"我想起了赵书记临走时候郭土林来镇政府放鞭炮的场面,于是说:"真是报应!赵书记调走的时候,他带人来放鞭炮;他下台的时候,群众不光是放鞭炮,还唱大戏庆贺。当初他无论如何没想到自己也有这一天吧!"小童笑着说:"当初? 要是当初他知道自己还有这一天的话,就不会这么嚣张了。看来人做事还是要留些分寸,也给自己留条后路。"说了一会儿话,小童又想起了什么:"晨辉,忘了给你说了,那个白五臣,与郭土林也有瓜葛,故城村修路的时候郭土林没少给他送礼。只是白五臣没有被抓走,县纪检委、监察局分别给了他党纪政纪处分。这些还不是最重要的,重要的是大家都知道是他和王志伟给郭土林通风报信的,他自己感觉没脸见人,就主动打报告提前退休了。还有那个王志伟,通过郭土林向孙百川行贿,这次也被查了出来,王志伟还和郭土林的内弟牛向东一起贪污残联基地的补贴资金。前几天县纪检委把王志伟和牛向东给带走了。"我长出了一口气,感觉心里无比的舒服、畅快。他们这些人被处理,真是罪有应得啊! 于是我站起来说:"走! 叫上楚天舒,晚上咱们也出去喝他几杯!"

第二天点完名后,陈副镇长问我参加培训的情况,我又问了村里的情况。陈副镇长说:"禁烧已经基本结束,魏庄村现在主要就是农业结构调整,引导他们扩大中药材种植面积。你这几天把这件事盯一盯。"于是我赶快下了村。骑摩托车经过村里的田地时,见有不少人在地里干活,正好在地边遇到了乔天庆,我便问他中药材种植情况。他把手上的灰尘拍了拍,然后指了指地里说:"这不是。你看吧,不少人正在忙着种药呢!"我问他:"今年种药的积极性咋样? 村里还得多督促督促他们呢!"乔天庆说:"还督促个啥? 今年的中药材收成不错,也卖了好价钱,你不用督促,就有不少人主动去种。除去去年的面积,今年估计再增加个二三百亩没问题!"我这才放了心。又找到毛金豹,问了这段时间村里的情况。毛金豹说:"一切正常,你就放心吧! 禁烧的时候咱们村一点火也没着,陈镇长让组织群众种药材,现在都在种呢,也不用操心。有的人还不放心,来问我今年种药材是不是还有补贴呢!"我说:"补贴肯定还有,这点给群众解释清楚,让他们放心。"毛金豹又说:"对了,还有个事得给你说说，前些时那个鱼塘主和五六个人合伙成立了水产养殖合作社，这在咱村里可是件新鲜事！不少人还想去那儿干活呢！"我欣慰地笑了："这就对了，咱魏庄现在既有药材，又有鱼塘，看来以后群众致富的门路越来越宽了啊！"

聊了一会儿，渐渐谈到了村班子问题，毛金豹说："自从换届选举后，新当选的村班子比过去强多了。主要是没人相互拆台，大家劲往一处使。魏振山现在老实多了，好像还有点变化，前几天听他老婆说他也想种植药材。"我笑着说："这就对了。以前他就是放不下他的脸面，死要面子活受罪呗！可能时间长了就慢慢好了。"又聊起村里的信访问题，毛金豹点着头说："还行，基本没有上访告状的。就是小事不断，一到事上，就有人拿事说事，找出种种理由不配合村里的工作。我和正仁、天庆有时候也作难啊！"我想了想说："毛支书，我说句话不知道你爱不爱听？"毛金豹看着我说："晨辉，你说吧，只要有道理，我毛金豹一定接受。"我接着说："去年我曾经提到要设立村干部接待日制度，后来不了了之，要是现在……"我的话还没说完，毛金豹就明白了，他打断我的话说："晨辉，你不用说了，我完全同意。其实当初我就同意，只是当时村班子不太团结，怕有人从中拆台，还怕有人从中闹事，再加上我思想上有些保守。不过此一时彼一时，现在村里的情况不同了，设立这个村干部接待日很有必要！反正要去解决问题，主动去解决总比事情出了再去解决好吧！"

两天后，毛金豹主持召开村党员干部会议，宣布设立村干部接待日制度，每周一为村两委集体接待信访日，并将这件事公布于众，让每个群众都知道这件事。我高兴地说："这样吧，村干部接待日，如果我没其他事的话，也来参加！"乔天庆开玩笑说："晨辉，你是不放心我们，来监督我们的吧？"魏正仁说："老乔，你这真是好心落了个驴肝肺！人家晨辉有这个意思吗？"乔天庆说："开个玩笑嘛，不说不笑不热闹！"

魏庄村的中药材种植忙完了，村干部接待日也设立了，村里相对平静了许多。我感到很高兴，魏庄村能变成现在的这个样子，太不容易了！下一步，还应该趁着现在的有利形势，发动村班子成员，多想想门路，让魏庄村早点富裕起来！

这天上午，我正和村干部一起在村部接待来访群众，忽然手机响了，一看来电显示，是镇政府办公室打来的。我赶快接通了电话，是许长杰，他开口便问："晨辉，你在哪里？李书记找你呢。"我一愣："李书记？哪个李书记？"许长杰有些吃惊："你没病吧？还有哪个李书记？当然是李书田书记！"我这才明白过来，李镇长改称李书记，一时半会儿还适应不过来。再说了，即使有事也是陈副镇长找我，堂堂一个镇党委书记，怎么会直接找我这样一个小兵？于是我说："我在村里呢！估计二十多分钟才能回到镇里。李书记说是什么事了没有？"许长杰说："你也不用这么着急往回赶。李书记只是说让你下午的时候无论如何不要远去，有事要给你说。记着啊，下午千万不要远去！"挂了电话，我想李书记怎么这么神神秘秘的？有什么事还得非等到下午才能说？

吃过午饭，在宿舍里看了一会儿书，我就来到二楼党政办公室，一边看电视一边等待李书记的指示。办公室里还有几个闲人，看门的老头、做饭的厨师都来这里凑热闹，大家一边看电视一边聊天。一会儿工夫我就沉浸在电视剧里，忘记了周围的环境。忽然，办公室里莫名其妙地安静下来，我抬头一看，见李书田不知道什么时候站在我面前，我慌忙站起来。李书田向我招招手说："你，过来一下！"说完他进了办公室的里间，我马上跟了过去。许长杰把里间的门关好，退了出去。于是里间只剩下我和李书田两个人。我的心怦怦直跳，不知道李书田找自己究竟有什么事。李书田脸上的表情和蔼了许多，他小声地对我说："莲城市委办公室主任想见见你，他已经在我的办公室等着了。"我大吃一惊，有些不相信自己的耳朵：莲城市委办公室主任，那可是正县级干部啊！他想见我，会有什么事？难道是——一个念头在我的脑海中闪过——难道是想调我去市委办公室工作？有这样的好事吗？即使有这样的好事，能落到我头上吗？见我愣神儿的样子，李书田说："你还愣着干什么？还不快点跟我来？不会是坏事！"我如梦方醒，连忙随着李书田去了他的办公室。

李书田的办公室里坐着一男一女两个人。男的大约有五十岁，短头发，胖胖的身体，看起来挺慈祥；女的看起来不超过四十岁，戴了副眼镜，看起来很精干。李书田满脸堆笑地说："张主任，这就是丁晨辉。"又指了指张主任向我介绍："晨辉，这是市委办公室张主任。"张主任主动伸出厚厚的大手热情地和我握手，又指着旁边的那个女的说："这是袁科长。"袁科长和我也握了手。

我和李书田就在张主任和袁科长对面坐下。张主任问了我一些基本情况，如多大了，家是哪里的，在哪所大学毕业，学的什么专业，等等。我都一一作答了。他还问我找对象了没有，我说："还没呢！"一边回答心里一边想，连这个也要问吗？张主任不住地点头，他又问："你写材料怎么样？"我信心十足地说："还行吧！我是镇通讯组的成员，镇里的信息和简报很多都是我写的。"李书田在旁边补充着："晨辉这个人很有上进心，文笔也不错，工作也很有魄力，机关大院的人对他评价都很好。"张主任笑了，他和袁科长交换了一下眼光，最后像是下定了决心似的，说："市委办公室准备抽几个人过去帮忙，你愿意去吗？"我愣了一下，虽然这个想法曾在脑海中闪现过，但是真正来临的时候，我还是有些不相信自己的耳朵。李书田用脚轻轻地踢了我一下，我才慌忙回答："我愿意！"大家都笑了。李书田说："晨辉，还不快谢谢张主任！去市委办公室帮忙，这样的好事，别说是你，就是叫我去，我都愿意！"我连忙向张主任和袁科长道了谢。张主任摆摆手说："你也不要高兴得太早，我只是说抽几个人去帮忙。至于帮完忙后怎么样，以后再说。还有，我们今天来只是先见见你，回去后我们还要开会研究，至于抽不抽你去帮忙，还要等通知。你做好两手准备吧！"

张主任让我先离开李书田的办公室。我感到浑身轻飘飘的，那种来自心底的高兴和激动让我有些眩晕。我快步上楼，来到自己的房间，好半天，那股兴奋劲儿还没有消退：这是真的吗？难道我的好运真的要来了吗？我又出去站在栏杆前向下看，一会儿工夫，见李书田陪着张主任和袁科长出来了。他们握了手，然后李书田亲自为张主任开了车门，待张主任和袁科长上车后，彼此挥手告别。黑色的轿车一溜烟离开了镇政府大院，李书田目送着轿车，站了好一会儿才往回走。我赶快下了楼，重新来到二楼党政办公室，心想估计李书田还得找我，干脆我直接找他算了。果然，李书田看到我后，直接向我招手，我又进了他的办公室。

许长杰收拾完刚才喝剩下的纸杯子，然后知趣地离开了。李书田拍拍我的肩说："晨辉，看来你的好事真的来了。"我虽然心里特高兴，但还是有些不安："李书记，张主任只是说抽人去帮忙，抽不抽我还没有个准确的说法。我的心里还是有些不踏实！"李书田笑了："晨辉，大人物说话都是这样，是留有余地的，这一点你不用担心。抽几个人去帮忙，他都亲自来，你说能是简单的帮忙吗？只要你去后好好表现，肯定会留到市委办公室的。到那时候，你的前途就是一片光明！"一席话，给我吃了定心丸，我高兴地说："谢谢你，李书记！我去那里后一定好好表现！"李书田忽然问道："你和张主任以前认识吗？或者说通过别人认识吗？"我一愣，心想我怎么会和张主任认识？他是正县级干部，相当于一个县的县委书记，我怎么会认识这样的大领导呢？于是就矢口否认："不认识。今天的事我做梦都想不到！"李书田若有所思地点了点头，然后说："好了，没事了。晨辉，你先回去吧！"

七十八

我将要去市委办公室的消息很快传遍了整个镇政府。第二天一早我就觉得身上聚集了不少目光，远处还有人对我指指点点议论着什么。也难怪，这样的事情在故城镇也许从来都没有过的。对于众人的目光和议论，我从内心里感到十分高兴和自豪。这次和上一次的风波不同，虽然自己都是焦点，可上次是因为王雪萍的事被领导找去谈话而闹得满城风雨，这次却是光明正大、光彩的事情。昨天晚上我抑制不住内心的激动把将要去莲城市委办公室的消息告诉了小童和楚天舒。如我所料，他们俩都十分震惊，有些不大相信自己的耳朵，不约而同地站起来说："真的吗? 有这样的好事? "我激动地说："看来这次我真的要有出头之日了。"三个人高兴了一会儿，小童有些惋惜地说："要这么说，你在故城镇待不了几天了? "我点头说："应该很快，不会等太长时间。"楚天舒叹了口气："唉，咱们这几个好朋友，走的走，散的散。先是走了杨高远，接着致清叔又去了敬老院，现在你又要调走，只剩下我和小童了。当初来的时候无论如何也想不到会有这一天，世事难料啊! "几句话说得我的心里也是一阵难受。小童说："天舒你也别这么说，晨辉要走了，我们应该高兴才是。这次去了莲城，前途一片光明，说不定过几年就能下来当个县领导。要是像咱们俩一样困在乡镇，弄个副科级都是一大关! "楚天舒说："你说的也是这个理儿，只是晨辉也要走，我感到有些接受不了。"我安慰他说："莲城又不算太远，六七十里的事。以后我还可以回来找你们玩，你们也可以去莲城找我。"楚天舒说："你说得也对，只是我们不能像以前那样朝夕相处了。以后我要下棋还得重新找个棋友。"小童接过话说："没关系，我陪你下，这段时间我的棋艺长进不小呢! "

早上点名之前机关大院的球台前围着不少人在打乒乓球，我也围着观看。忽然，感觉背后被人碰了一下，我一回头，是桂委员。他满脸堆笑，用一种前所未有的客气的表情对我说："晨辉，你的事我刚听说。很好，这条路走对了。你什么时候走呢? "我说："不知道，他们也没说。"桂委员说："你跟我来，我给你说点事情。"说完，径直向他的办公室走去。

到了他的办公室后，他给我倒了一杯水，然后半开玩笑地说："晨辉，你真是深藏不露啊，有这么好的关系，从来都没听你说过！"他这么跟我说话，好像是两个身份地位相同的好朋友，完全没有了领导对下属的那种优越感，让我有些不适应。我淡淡一笑："桂委员，说实在话，不怕你不相信，到现在我还不知道是怎么回事，还有些不相信这是真的。我真的一点关系都没有，要是有这么好的关系，我可能早就不在这里了，不会等到今天。你说是吗？"桂委员半信半疑地说："你说得也是。可能是因为你表现好，又是选调生的缘故吧！"接着话锋一转，"你要走了，作为你的领导，又是你的老兄，有几句话想对你说说。"我连忙说："桂委员有什么教诲尽管说。"桂委员谦虚了一下说："也不算什么教诲，只是我比你大十几岁，见的世面比你广些。你这次去市委办公室，一定要注意处处小心谨慎。大机关的工作和乡镇不一样，咱们这里自由散漫惯了，到了那里可就与乡镇完全不同。离领导近，有好处也有坏处。表现好了，领导看得见，你就进步得快；要是表现不好，领导也能看得见，要是给领导留下个坏印象，那就完了。当然了，我只是提醒你一下，相信你到那里以后也是一样表现优秀的。"我连忙感谢："桂委员，多谢你的教诲，到那里以后我一定好好表现。"桂委员说："我相信你，是金子到哪里都会发光的。将来你有飞黄腾达的那一天，可千万别忘了我这个老兄啊！"我说："哪能啊，我上班不久就跟着你开展'三级联创'，还跟着你到财税组，学到了不少东西。不管什么时候，你永远都是我的领导。"桂委员满意地笑了。

上午点完名后，我和往常一样和工作区的人到陈副镇长办公室开小会。有人提及我将要走的事并夸奖我或者向我祝贺时，我都一笑了之。陈副镇长安排完工作区的工作后，宣布散会，同时让我留下。人都走后，办公室里松散了许多。陈副镇长拍拍我的肩，笑着说："你小子挺沉得住气啊，这么好的事都不告诉我？"我不好意思地说："八字只是有了那么一撇，还没完全确定呢！现在太高调了，万一去不成，那脸还往哪儿搁？"陈副镇长笑着说："晨辉你想问题倒是挺周全的，低调一点好。只是对我就不用这么低调了，具体是怎么回事？给我说说！"于是我就把那天下午市委办公室主任来找我谈话的事情说了一遍。陈副镇长问："你事先真的一点都不知情？"我摇摇头："真的。不瞒你说，到现在我还是觉得像是做梦呢！"陈副镇长想了想说："我觉得可能与你前段时间公选有关。公选考试虽然没有成功，但是提高了你的知名度，也许他们也知道了这件事，认为你是个人才，才想到来找你谈话。"我说："我也是这么想。除此之外，市委办公室主任无论如何也不会注意到我的。"又谈论了一会儿，陈副镇长收敛了笑容，一本正经地说："晨辉，我要先给你泼一盆冷水。"我一愣，不由得认真看了看陈副镇长。陈副镇长接着说："说实在话，你在镇里表现是不错，领导也都很肯定。只是市委办公室是大机关，人才济济，到了那里，也许就显不着你。你一定要加倍努力，发扬优点，克服缺点，争取到那儿以后也能像在乡镇一样出类拔萃。你来乡镇以后，我是看着你成长起来的，你很有悟性，进步也很快，就是一点，有时候胆子不够大。我觉得不管干什么事都要有魄力，不要拖泥带水、犹豫不决，那样会丧失很多机会的。你懂吗？"我点着头，仔细品味着陈副镇长的话。见我不说话，陈副镇长笑了："我说这话，你不高兴了吧？"我也笑了："哪能呢！只有好的朋友、好的领导才能推心置腹地指出别人的缺点。我感谢都来不及，哪能不高兴呢？"陈副镇长说："那就好。我是非常希望你能有更大的作为。"和陈副镇长又说了一会儿话，我一看时间不早了，要下村去。陈副镇长挽留说："村里也没什么大事，你又是快要走的人了，就别去了吧！"我说："我还是去吧，站好最后一班岗！"陈副镇长笑着把手挥了挥："你去，你去！"

到了村里，我强忍着自己的兴奋没有把要走的事情对毛金豹他们说，装出一副若无其事的样子。我想，能把自己特别高兴的事情忍住不说，这也需要定力的……

不知不觉中十几天过去了。一年四季中秋天总是那么短暂，这边"秋老虎"刚刚离开，那边严冬就开始向我们招手了。两场肆虐的大风过后，天气顿时变冷了。尤其是深秋的早晨，打开门窗，寒气袭人，出去走一遭，遍地都是飘落的枯叶，踩上去"哗哗"直响。伴随着深秋的肃杀和悲凉，我心里的那股高兴劲儿也在渐渐地消退，甚至有了几分隐隐约约的不安。怎么说呢？自从那天莲城市委办公室主任走后，十几天了，去莲城的事一点消息都没有，按理说应该有些眉目了，难道又是虎头蛇尾？我不由得想起夏天的时候公选考试的事，区委组织部都已经来考核过了，谁都认为是板上钉钉的事情，没想到还是出了意外。这次，难道又要出现什么差错？我不敢往深处多想了……更重要的是，周围人的目光也让我觉得心里阵阵发冷：刚开始的几天，大多数是羡慕和赞许的目光；可是最近这两三天，人们的目光就开始有些异样，我甚至能听到背后有人在窃窃私语，"我看他这次去莲城又要泡汤了。看来现在办什么事情都需要人，没人不行，不送礼也不行。上次他公选的事，不也是这个道理吗？""人嘛，就得随机应变。他这个人就是脑筋太死，要是灵活些就好了，唉，多好的机会！"……这些议论，如一根根针，刺痛着我的心。难道我真的错了吗？难道仅仅凭借自身的努力真的就不会成功吗？……好在身边还有小童、楚天舒，还有陈副镇长，他们倒没有什么异常，一如既往地支持我，鼓励我，使我的心里得到了一些安慰。

　　这天下午我自己一个人待在宿舍，心烦意乱地看着闲书，翻了几页，也没能看进去多少内容。不知不觉一阵困意袭来，我打了个哈欠，把被子铺开，准备躺下打个盹儿。忽然，手机响起来，我有些心烦，从桌子上拿起手机，斜靠在床头，不耐烦地说："谁啊？有什么事？"那边的人有些吃惊："你不是晨辉吗？"我听着声音有些耳熟，就换了口气说："是我，你是……？"

　　"我是县委组织部干部科的，我姓李。"

　　"是李科长啊，对不起，我刚才没听出来。"我慌忙坐起来。

　　"哦，没关系。现在我正式通知你个好事儿——"他故意把"好"字说得很重。我的心头一阵喜悦，莫非……难道真的是这件

选调生　　　　　　　　　　　　　　　　　　　　　　529

事吗?

李科长郑重其事地说:"刚接到领导通知,明天——也就是星期五下午,你去莲城市委办公室报到,带上随身行李,会有人给你安排住处;然后在家休息两天,下周一正式去莲城上班。具体事宜你和莲城市委办公室的袁科长联系。"说着,他让我记下袁科长的手机号码。

我再也抑制不住内心的喜悦,有些语无伦次地说:"谢谢你,李科长!谢谢,谢谢!"

李科长笑了,他说:"晨辉啊,不错,总算熬出头了,你算是很幸运的。这次去莲城市委办公室,咱们颍川县一共就两个人。你去了那里之后,要好好工作,别给咱们颍川县丢脸。你不仅代表你自己,也代表咱们颍川县年轻干部的形象!"

我向他保证说:"请李科长放心,请县委组织部放心,我一定不会给颍川县丢脸的。"李科长这才满意地说:"好!我相信你。一定别忘了先给袁科长打电话联系!"

放下手机后,我顿时困意全无,不由得紧紧握了握拳头,心里充满了自信和力量,喜悦的泪水夺眶而出——三年了,这一天终于到来了!这一天的到来,是多么的艰难和曲折!太难了,真是太难了!

平息了自己的情绪后,我又有些好奇:李科长刚才说,颍川县一共去两个人,除了自己以外,那个人是谁啊?都怪自己当时太激动,怎么没想起来问问?想再打电话问问李科长,又觉得有些不好意思。心想算了,明天下午肯定能知道。

按照李东伟科长的要求,我给莲城市委办公室的袁科长打了电话,她让我明天下午到莲城市委大院门前后给她打电话。我又给父母和哥哥打了电话,告诉了他们这个好消息,之前莲城市委办公室主任来的那天晚上,我已经给他们说过。他们在惊喜之余,自然免不了一阵嘱托。

打完一通电话,我准备出去找陈副镇长。刚要出门,手机又响

　　　　　　　　　　　　　　　　　　　　选调生

了。这次我认真看了来电显示，是吴俊峰。心里不禁有些纳闷，怎么他赶得这么巧，这时候给我打电话？本来我想等晚上再告诉他要走的消息。他开门见山就说："晨辉，你真不够朋友。要去莲城市委办公室这么大的好消息，都不告诉我一声？"我大吃一惊："俊峰，你怎么知道我要去莲城？"吴俊峰不动声色地说："我能掐会算啊，一算就知道你明天下午要去莲城报到。"我一听就明白他是在开玩笑，就说："去去去，别再给我装蒜了。快点说你是怎么知道的。"吴俊峰忍不住笑了，这才认真地说："刚才是不是李科长给你打电话了？"我更奇怪了："你怎么知道得这么多？"吴俊峰说："李科长提到这次去莲城市委办公室全县一共两个人，你不想知道另外的那个人是谁吗？"我张大了嘴巴："难道是你？"吴俊峰笑了："算你猜对了。刚才李科长给我打电话说，一共有两个人的时候，我一猜另外一个就是你。一问他，果然是，就赶紧给你打电话。"我一阵惊喜："真是太巧了，当初咱们俩同时去乡镇上班，现在又要同时离开乡镇！"吴俊峰感慨地说："是啊，世界上的事有时候真是很难预料，有想不到的事，没有做不到的事。"我问他："前些日子是不是市委办公室主任去乡镇找你了？"他一愣："你怎么知道的？"这次轮到我学着他的口气说话了："我也能掐会算啊！"一句话把他逗笑了："彼此彼此。"

又说了一会儿话，吴俊峰把话题一转："晨辉，你想过没有市委办公室主任这次为什么会找到我们两个？我们俩以前可都不认识他。"我说："这些日子，我也一直在想这个问题。会不会是市委组织部的冯科长推荐的？要是没人推荐，市委办公室主任无论如何也不会知道我们两个的。"吴俊峰说："你和我想到一块儿了，肯定是冯科长推荐的。我猜事情的经过可能是这样：市委办公室人手不够，想从下面抽调人。市委办公室主任就给市委组织部联系，让他们推荐。咱们选调生本来就是优秀的大学毕业生，当初考录的时候就经过了层层选拔，而且还是上面重点培养的干部，因此他们就把目光放在了选调生这个群体上。咱们俩去过青干科好几次，虽然公选的事没有成功，但是也提高了咱们俩的知名度，也让冯科长对咱们俩刮目相看，因此她就推荐了我们两个。不知道我分析得有没有道理？"

我认真地听着，一边思考着他说的每一句话，觉得他分析得很有道理。除了组织部门推荐，没有其他渠道了。于是我说："你分析得很透彻，十有八九就是这样。看来我们有机会得去青干科当面感谢一下冯科长，她是我们的伯乐。"吴俊峰说："好，咱们去莲城后就找机会感谢她。古人说得好，'千里马常有，而伯乐不常有'啊！"

和吴俊峰打完电话后，我急忙去找陈副镇长，把明天就要去莲城报到的事情说了一遍。陈副镇长如释重负地嘘了一口气，握着我的手激动地说："晨辉，恭喜你！说实在话，你的事情一波三折，连我都替你担心，太不容易了！这几天我都不敢问你这件事，生怕再出现什么意外！"我笑着说："可能这就叫好事多磨吧！还好，这次没再出差错！"陈副镇长又给李书田打电话，说了我的事。然后问："李书记，晨辉明天下午要走，我想去送送他。还有，你的车如果方便的话，能不能用一下帮他送送行李？"李书记怎么回答的我听不到。一会儿工夫打完电话，陈副镇长满意地说："我给李书记说好了，明天下午我送你。还有用车问题，李书记说他明天下午有个会，车可能会晚一些，反正你明天下午只要赶到莲城就行。"我觉得有些不好意思用李书记的车，就推辞说："要不坐公共汽车去就行，不用麻烦李书记了。"陈副镇长坚持说："晨辉，这次你就听我的安排吧。你也算是咱们镇里出的人才，对不对？怎么说也得排场些，不能让人小看！"

从陈副镇长办公室出来，我找到小童和楚天舒。听完我要走的消息后，两人自然很高兴，却感到有些意外："这么快啊，明天你就要走？就要正式离开故城镇？"我点点头说："你们还嫌快，这几天都快把我急死了！"楚天舒说："我们不是嫌快，主要是明知道你要走了，想让你在镇里多留几天。"小童说："晚上咱们一起出去吃饭，算是我们俩给你送送行！"我抬头看看外面渐渐暗下来的天，说：

选调生

"好! 等会儿咱们就出去! "

夜深的时候我们三个人从门口的饭店摇摇摆摆地回到了机关大院。说实在话,这次没有以前那么尽兴,那么热烈。也许是因为对于我来说这是在故城镇最后的晚餐了吧,席间总是笼罩着一种淡淡的压抑、淡淡的忧伤。楚天舒又喝多了,我和小童把他扶到床上,他嘴里还在嘟囔着:"晨辉,你别走,你别走啊,咱们再喝两杯! "我的心头一阵感动,眼睛湿润了——是啊,多好的朋友啊,相处了两年,虽然相处的时间不算太长,却是知己! 就要分别了,能不难过吗? 虽然不是什么生离死别,可是再也不能像以前那样朝夕相处了。小童还比较清醒,他拍拍我的肩说:"晨辉,你也早点睡吧,明天还得准备去莲城呢。"上了三楼,临分别时,他向我挥挥手:"晨辉,再见! 等你到那边安顿好后,我和天舒去找你! "

回到自己空荡荡的房间后,我坐在床上心潮澎湃,一点睡意都没有,也许是因为这是我在故城镇的最后一个晚上。故城镇,我与它相识已整整三年! 三年前的这个时候,我带着行李,在寒风中来到这个小镇,来实现我当选调生的梦想;而现在,我又要在寒风中离开它,踏上新的征程。三年前的我,是个不经世事的书呆子;而现在,我已经成熟了许多。是生活,是这个小镇教给了我很多东西。如今,要离开它了,怎能不让我伤感、留恋呢! 别了,我可爱的故城镇;别了,我毕业后人生的第一站!

这个晚上我不知道什么时候才沉沉入睡。梦境里我在田野里行走,后边有楚天舒、小童,杨高远不知什么时候也回来了……

第二天上午点完名后,我去找李书田和崔大壮告别,两个人自然是一番鼓励和嘱托。随后,我一个人骑上摩托车出了镇政府大院,我要去看看我曾经留下足迹的地方! 一路上,寒风四起,枯叶飞扬。赵坡村南的小石桥仍在,只是岁月无情人有情;魏庄的荷塘一片萧索,残存的一些枯黄荷叶在泥水中挣扎着;只有那连片的中药材,还泛着淡淡的绿意。魏庄,我的魏庄,我就要和你告别了!

快中午的时候哥哥带人帮我骑走了摩托车。因为下午去莲城的时间可能会比较晚，我又和莲城市委办公室的袁科长打了电话。下午我开始收拾东西，书籍，被褥，衣服，用具，等等。在收拾衣服的时候，我看到了那条剪开了的领带，不禁又想起去年那个落寞无助的寒冬。唉，看来这条领带暂时是缝不上了，以后能把它重新缝好的人会是谁呢？我端详着领带，陷入了沉思……

　　忽然，有人敲门。我抬头一看，不禁大吃一惊。门口站着一个五十来岁的瘦小的老头，穿着一身洗得有些发白的中山装，手里还拿着一个日记本。"致清叔，你怎么来了？"致清叔微笑着走进来说："晨辉，听说你下午就要走了，我紧赶慢赶想来送送你。还好，总算赶上了！"我连忙让他坐下。他把手里的日记本递给我说："晨辉，你要走了，我没什么送的，就送你一个日记本吧，留作纪念。到了那边，可别忘了我这个忘年交啊！"我的心里一阵内疚：自从致清叔到敬老院后，由于相距较远，这边事情又多，我和他就很少见面了，这次我要走，竟然忘记向他告别。不知道他是怎么知道我要走的消息的。我用双手接过日记本，打开扉页，见上面用钢笔写着几行流利的字：

　　祝晨辉在新的岗位上一帆风顺，大有作为！

张致清
于2002年11月8日

　　合上日记本，我不住地说："谢谢！谢谢你，致清叔！无论什么时候，无论走到什么地方，我都不会忘记你的！"致清叔笑着说："晨辉，当初你来的时候，我就看得出你是个有心的人。我总算没有看错人！"

　　傍晚时分，一辆黑色的桑塔纳轿车停在机关大院里。陈副镇长、小童、楚天舒、致清叔以及其他送我的人帮我把东西从楼上搬下来，放在了车上。一切收拾完毕后，我和大家一一握手告别。正要上车，忽然，楚天舒拉了我一下，然后指了指楼上对我说："晨辉，你看！那是谁？"我顺着他手指的方向看去，见三楼的栏杆旁倚着一个孤零零的身影，穿着粉红色的衣服，头上戴着浅黄色的帽子，双手扶着栏杆，正呆呆望着我这边……

王雪萍！不错，就是她！原来她在暗中目送我啊！

我抑制不住内心的激动和喜悦，刚想上楼和她说几句话，正在这时候，车发动了。陈副镇长上了车，招呼我说："晨辉，时间不早了，快点上车！"我连忙跟着他上了车。司机把车窗摇下来，我向窗外的人挥手致意："再见！再见！……"小童、楚天舒和致清叔在窗外使劲挥着手说："晨辉，再见！祝你一路顺风！……"

车子在寒风中离开了镇政府大院，离开了我熟悉的小镇，驶上公路，越走越远，越走越快，渐渐地融入了茫茫的夜幕中……

尾　声

时光飞逝，如惊鸿掠过。在蹉跎的岁月中，不经意间离开故城镇已经十二年了，天干地支整整一个轮回。对于宇宙来说不过短暂的一瞬，可是对于人的一生来说却是举足轻重。人的一生能有几个十二年？尤其是从青年到中年的这段时光。离开故城镇的第二年春天，我就正式调入了莲城市委办公室。故城镇距离莲城市将近五十公里，不算太远。可是由于种种原因，除了刚离开的那两三年回过故城镇几次外，已经近十年没有见过它了。那段难以忘怀的青春记忆时时闯入我的梦中，使我感叹，让我追忆。可是时光却是那样的无情，从来都是一去不复返，让我再也回不到那段如梦的青涩岁月中去……

小童不止一次给我打电话："晨辉啊，你怎么总也不回来看看。故城发生了很大变化，人也换了很多。你要是再不回来，恐怕没多少人你能认识了！……"我嘴上答应着，心里也特想回去看看，可是由于种种原因却始终未能成行。当我下定决心要把那段时光用文字写下来，并且已经完成了一半的时候，机会终于来了。

7月的一个星期六的午后，骄阳似火，公共汽车在公路上飞快地奔驰。大约下午四点钟的时候，在颍川县汽车站，我见到了在那里等候我的小童。好几年没见了，小童依然是当初的模样，不同的是胖了一些，也沧桑了一些。他诚恳地说："晨辉，刚才在家的时候你弟妹说了，今天晚上咱们在镇里找个干净点的小旅馆住下……"没等他说完，我就打断他的话："振兴，今天晚上咱们哪儿也不住，就住在镇政府的宿舍。我这次回来，就是想再在镇里住一个晚上的！"小童笑着说："好，好！就是镇里条件差些，你难得回来一次，我有些过意不去。"我说："那没关系，我又不是喜欢挑剔的人。只是难得的双休日，害得你不能和弟妹团聚。"小童连连摆手："晨辉你就别客气了，你能回来，我太高兴了！"

小童早已在县城买了房，一家三口其乐融融。近几年乡镇都成立了便民服务中心，小童被调到那里工作，每天上班下班，过着平凡而又简单的生活。在去往故城镇的公共汽车上，我们俩相互问了这几年的情况。随后，小童问我："你这次回来打算看看哪些地方？"我把早已想好的想法说了出来："首先是镇政府，能见上几个老同事最好。其次是魏庄，我一定要再去魏庄看看。还有，我想去看望一下致清叔……"小童说："没问题，一定满足你的要求！"

谈话的时候，公共汽车已经进入故城镇的地界。过了张屯，远远地就看到了魏庄——那一排排茂密成荫高不可攀的大杨树，不正是当年我和杨高远以及毛金豹等村干部亲手栽植的吗？它们已经长成参天大树了。很快，汽车又过了赵坡，终于在故城镇大路口停了下来。下了车，我的心怦怦直跳，很快就要见到我朝思暮想的镇政府了！

不知什么年月，镇政府前边那些坑坑洼洼的柏油路不见了，取而代之的是平坦而又宽阔的水泥路，路上很干净，两边安装了路灯。当

　　　　　　　　　　　　　　　　　　选调生

年我和杨高远、楚天舒还有小童经常去吃饭的群英饭店和山西牛肉饺子店早已没了踪影。快步走在新修的水泥路上，我的心里越来越激动……

终于看到镇政府的大门了！小童刚要进去，我拦住他，同时把手机交给他："先在大门口给我来张照片吧！"小童接过手机，连着给我拍了好几张。走进镇政府大院，迎面的那个大花坛和花坛里的大松树不见了。左边的小菜地和乒乓球案子、右边的小篮球场也没了，取而代之的是水泥地和矮矮的冬青树。整个镇政府大院里显得空荡荡的，十分安静。小童解释说："今天是周六，人大多都不在，只有值班的十来个人吧！"

先去小童的宿舍，几经搬迁，小童已经从原来的三楼挪到了一楼。屋内有些凌乱，南北放着两张床，看来是两个人一个宿舍。桌子和椅子很陈旧，很多漆都脱落了，估计是我在镇政府的时候就有的。小童把电扇打开，随着吱吱呀呀声，电扇转动起来，带来了阵阵凉意。稍微休息了一会儿，喝了点水，我提议在镇政府大院里四处看看。

出了宿舍，远远看到一个女干部的背影从一楼的办公室出来，向东边的楼走去。我们俩经过一楼的大会议室时，我停下来，隔着窗往里观看，见原来的硬座已经换成了软座，前后放着两台大空调。我对小童说："那时候咱们每天点名，也是在这个会议室里，现在条件好多了。"来到二楼的党政办公室，推开新换的暗红色的门，见里面坐着两个年轻人。他们有些吃惊，小童指着我刚要向他们介绍，我一把他拉了出来："算了，已经不是一个时代的人了！"

上了三楼，楼梯东边第三个房间是致清叔的宿舍，也是我后来的宿舍，不知什么时候也换上了暗红色的门。我问："现在这个房间里住的是什么人？"小童说："是一个大学生村官。"说着，他敲了敲门，没人应声。小童说："看来他周末回家去了。"幸好，一扇窗户还开着，透过窗户看去，见靠后墙放着一张床，被布挡子遮去一大半。

地上放着拖鞋和脸盆。床的旁边有两张旧桌子，其中一张桌子上放着电脑。那张旧桌子似曾相识，有些像以前我用过的，不过有些远，看得不太清。我问："大学生村官经常下村吗？"小童摇摇头："下村也不算太多，主要就是送个信儿、跑个腿儿什么的，干的大多是包村干部的活儿。现在包村干部省劲多了！"我又问："大学生村官留得住吗？"小童笑笑说："反正有几个是走了，有的考上了研究生，有的考上了公务员。留下的大多是没考上的。"我没作声，若有所悟地点了点头。

来到后楼，想去找楚天舒的房间。小童指着几个房间说："这不，都改成餐厅了！"我走近一看，果然是干净整洁的餐厅。心想，楚天舒前些年机构改革的时候考上了行政编制，调到了后井镇，恐怕也难得回来几次吧！

又转回前楼，正准备回小童的宿舍。远远地，一个高大的男人向我们这边走来，小童连忙喊住他，然后指着我说："学武哥，你看他是谁？你还认识他吗？"李学武盯着我，片刻之后惊喜地说："丁晨辉！想不到是你！什么时候回来的？"没等我说话，小童抢着回答："刚回来，这不，我带着他四处看看呢！"李学武握着我的手说："走走走，马上就该吃晚饭了，咱们几个出去喝几杯！"正说话的时候，一个女干部从东楼走出来："这儿都是谁在说话呢，这么热闹？刚才我去签到的时候还没人！"我仔细一看，这不是田俊秀吗？与此同时，她也注意到了我："你是——丁晨辉？"我使劲地点着头说："好眼力！这么多年了，还能一眼就认出我！"田俊秀笑了："对你印象特别深刻，能不一眼就认出你吗？再说了，以前我还帮过你的忙呢！"说着，她冲我挤挤眼。我知道她说的什么意思，也笑了。"雪萍怎么没来？"她问道，"自从她后来跟你去莲城后，我们也好多年没见面了，真的好想她！"我连忙解释："她单位今天有事，加班呢！不过也没关系，改天你去莲城，让她好好陪你玩玩！"她点点头，又仔细打量着我，感慨地说："晨辉也发福了，以前瘦得跟麻秆儿似的！"我说："马上就是

'奔四'的人，能不发福吗？"

　　大家又说笑了一阵，然后四个人一起出去到镇政府附近的一家餐馆吃饭。凉菜，啤酒，烩面，大家一边吃一边谈，回忆着过去，谈论着现在。很多年没见，大家似乎有说不完的话。吃过晚饭后，还意犹未尽，又到小童房间里接着聊天。不知不觉十一点了，田俊秀站起来说："学武哥咱们走吧，晨辉今天挺累的，该早点休息了！"李学武也站了起来。我拦阻他们说："没关系，我不累。和你们说话，我一点都不困。"李学武说："以后我们去莲城找你，可别嫌麻烦。"我笑了："哪能啊，就怕你们不去。"

　　他们两个走后，小童带我去冲澡。我不由得感慨地说："现在镇里的条件真是好多了！"冲完澡后，小童让我睡在他的床上，他自己则睡另外的那张床。躺在床上后，我们俩又谈了一会儿，才各自睡去。

　　夜已经很深了，机关大院里一片宁静，有不知名的小虫子在低声鸣叫。皎洁的月光透过窗户照进来，洒在床上、桌上和地上，一片清辉。一切都是那么和谐，那么自然，这在城市中是无法体会到的。躺在床上好久我都睡不着觉，过去的一幕幕像放电影似的浮现在眼前。十二年了，沧海桑田，世事变迁，当时在乡镇的我能想象得到现在的样子吗？那些人，那些事，终将随着岁月的流逝而消散，永远留存在记忆里……另一张床上的小童发出了轻微的鼾声，我也在不知不觉中沉沉睡去。后半夜曾迷迷糊糊醒来，我想了半天才确认自己的的确确是在镇政府，而不是像以往那样梦回故城……

　　这一夜睡得很香，伴随着阵阵鸟儿的叫声，我慵懒地醒来。小童也醒了，他问我："昨天晚上睡好了吗？"我点点头："很好，难得的清静。好像又找回了一点儿那时候的感觉。"

　　吃过早饭后，小童骑摩托车带我去魏庄。镇政府通往魏庄的小路不知什么时候已经变成了水泥路，虽然仍是窄窄的乡间小路，但是比过去平整多了。路两边是桐树，树影在我们身上不断变幻着图案；

田野里是大片的玉米地，一阵风吹来，散发出淡淡的泥土气息。赵坡村南的小桥还在，不过已经整修翻新，经过那里的时候，我让小童停下来，驻足良久……

魏庄到了。远远地就有淡淡的药香扑鼻而来，成片成片的绿油油的白芷在烈日下茁壮成长。祠堂前边的路上，偶尔有三三两两的村民，他们早已经不认识我了。祠堂比以往更破了，残垣断壁，但依然屹立，仿佛向世人诉说着岁月的沧桑。祠堂的院子里杂草丛生，深可没膝，看来很久没有人来过了；忽然有乌鸦从杂草中飞出，鸣叫着飞向了远方。离开祠堂，折向小学前面的那条路。小学的对面不再像十几年前那样是宽阔的田野，取而代之的是成片的厂房，有一辆大卡车正从厂房的大门口开出，冒着黑烟，发出震耳欲聋的声音。

我催促小童赶快离开。小童问："咱们还去哪儿？"我说："去毛金豹家看看吧！"小童一愣："毛金豹？他家早就没人了，就剩下一个空院子！"我说："空院子我也要看看。"

我去莲城后的第二年，毛金豹到那里办事，曾经看过我。又过了两三年，忽然听说他死了。我大吃一惊，问小童情况，他也说不太详细，只是大概知道村里有人想把他赶下台，组织少数人接连向他发难，他心里很烦闷，就经常借酒浇愁，终于在一次醉酒后，再也没有醒来……

和十几年前一样，低矮的院墙，院子没有大门，外人可以随意进去。院子里一片狼藉，杂草遍地，十分凄凉；树木却长得旺盛，屋前的那棵桐树几乎把半个房屋都遮挡了起来。堂屋的大门紧锁着，门上的年画的颜色还没完全褪去，显示着逢年过节还有人来照应；最西边的那间房也锁着，当年秸秆禁烧的时候我夜里就住在这里。小童指着空荡荡的院子说："毛金豹出事后，他的爹妈第二年就先后死去了。听说他儿子在外地，他老婆现在和他儿子在一块，所以这个院子就没人住了……"我静静地听着，没有说话，一阵心酸涌上心头……

离开魏庄，我们俩买了礼物，一起去找致清叔。小童说："致清叔前年已经从敬老院退休了。镇里对他还算照顾，给他解决了低保。他现在可以安享晚年了！"

摩托车一路向东南，大约走了二三里路，就来到致清叔的村庄。致清叔家以前我是去过的，可是十几年了，确切位置我已经记不清楚了，只能知道个大概。我问路边的一位大娘，她向东边指了指："顺着这条路一直走，从东头往西查第三家就是。"

致清叔家到了，还是记忆中的青砖蓝瓦，低矮的大门，门虚掩着。我和小童把摩托车停好，掂着礼物，径直走进院子。我在院子里大声喊："家里有人吗？"一个六十岁左右的老妇从堂屋走出来，吃惊地看着我："你们俩找谁？"我看着她，一种亲切感油然浮上心头。"婶儿，我是晨辉啊。致清叔在家吗？""晨辉？"老妇一脸疑惑。小童在一旁连忙解释："婶儿啊，你不记得晨辉了吗？十几年前也在咱们故城镇，和致清叔我们处得很好，后来去莲城了。我们俩来过你家啊！"老妇低下头回忆着，猛然她抬起头来，脸上流露出激动和喜悦："我想起来了，致清常念叨你们！"然后又对里屋大声喊："老头子，你快出来，晨辉他们来了——"

随着屋内发出响动，门帘一挑，一个久违的身影从屋里走了出来。他老了很多，两鬓已经发白，但是精神还很好。

"致清叔——"我激动地喊着，再也抑制不住自己的情绪，眼里早已闪烁着泪花……